# Fin de gira

ALINA NOT

# Fin de gira

CROSS BOOKS

CROSSBOOKS, 2023
crossbooks@planeta.es
www.planetadelibros.com
Editado por Editorial Planeta, S. A.


Avda. Diagonal, 662-664, 08034 Barcelona

Primera edición: noviembre de 2023
ISBN: 978-84-08-27904-4
Depósito legal: B. 18.369-2023
Impreso en España

*Para quienes aún escuchan canciones*
*que suenan a esperanza*

# Prólogo

No existen los finales felices. En realidad, todo depende de dónde pongas el punto. Eso es algo que en la vida real no puede elegirse. El punto y final llega cuando llega. Cuando te mueres. Punto y final. Eso es un final de verdad, después de eso, no se sigue, pero ¿todo lo de antes?: cada una de las etapas anteriores puede ser, como mucho, un punto y seguido. El final nunca es feliz. Al final todo el mundo llora en los funerales.

En serio, quédate con mis palabras: si es feliz, es que aún no es el final.

Puedo sonar muy cínica, pero la vida te enseña lo que te enseña. Y siempre he sido de las que quieren aprender. Y así llegué a la conclusión de que, si existieran los finales felices, yo no habría acabado arrastrando las dos maletas, en las que cabían todas las pertenencias de mis dieciséis años de vida, tras bajar de un taxi a la entrada de un pueblo diminuto y perdido de Montana hasta una casa un poco destartalada con las paredes exteriores pintadas de un color teja desgastado por el paso de los años. Los dieciséis años que hacía que mi madre no pisaba su pueblo natal.

Lo de mis padres podría haber sido un final feliz si hubieran podido elegir dónde poner el punto, y eso es la base más sólida de mi teoría. Habría sido un final feliz si hubieran puesto el punto cuando papá la subió al escenario en un bolo sin apenas afluencia de espectadores cuando ella tenía dieciséis años, y él, dieciocho, y se quedó sin voz para cantar en cuanto se miraron a los ojos. Podría haber sido un final feliz si el punto se hubiera colocado aquel día que a mi padre le ofrecieron un contrato para grabar su primer disco y él lo celebró besándola a ella delante de todo Great Falls (padres de la novia incluidos). Habría sido un final muy feliz si el punto hubiera sido ese momento en que él le pidió matrimonio delante de ciento cincuenta mil personas en aquel concierto que dio en Nueva York. Incluso habría sido un final feliz con el punto marcado en el día que nací yo, supongo. Pero, sin ninguna duda, ni uno solo de aquellos puntos fue el final. Por muy felices que fueran. El final de esos dos fue bastante trágico y me arrastró a mí con ellos. Más bien, me arrastró con mamá y mis dos únicas maletas hasta la vieja casa de mis difuntos abuelos.

Y justo ahí es donde empieza mi historia: recién llegadas tras un viaje de días desde el otro lado del mundo. Australia fue el punto y final de mis padres. Y creo que fue también la primera nota de mi principio. Hasta entonces todo había sido una intro de bajo y, después, vino la guitarra y el primer verso. No sé si estaba preparada para el estribillo, pero tenía que llegar de todas formas. No sé si estoy preparada para el puente, tampoco. Y, sabiendo lo que sé, entiendo que yo tampoco voy a tener un final feliz. Creo que eso no es para nosotros. Pero sé que voy a disfrutar cada giro de la melodía porque ellos hacen que cada nota suene mejor que la anterior.

# 1

# Nuevos comienzos

El póster de la última gira de Shawn Mendes que he colocado en la pared de mi nuevo cuarto se despega por la esquina superior derecha por tercera vez consecutiva, dejando ver la mancha de humedad que estoy tratando de ocultar con él. Soplo para apartarme un mechón de pelo que ha escapado de mi moño improvisado y me hace cosquillas en la nariz, y lo doy por imposible. No hay suficiente *merchandising* de Shawn en el mundo para disimular todos los desperfectos de mi primer hogar de verdad, por desgracia.

Sé lo que parece, pero, en realidad, estoy bastante contenta con el inicio de mi nueva vida. Tener una casa en la que pasar más de un par de semanas cada seis meses es un sueño hecho realidad. Y la casa podría mejorarse, sin duda, pero el hecho de colocar mi ropa en un armario y una cómoda, en vez de tenerla en esas maletas en las que me había acostumbrado a guardarlo todo, ya me hace emocionarme. Tampoco es que tenga muchas cosas. Cambiar de país cada dos o tres días cuando tu padre está en plena gira mundial no te permite acumular demasiado; te hace ser práctica. Mi madre nunca aprendió esa lección, a pesar de haberse pasado veinte años dando vueltas por el mundo detrás del que pensó que sería por siempre el amor de su vida, y sigue teniendo montones de cosas repartidas entre la casa de Los Ángeles y la de Santorini. Puede ser porque ella sabía lo que era tener un hogar permanente, donde poder guardarlas. Yo eso no lo tuve nunca. Incluso cuando papá estaba grabando nuevo material no dejábamos de ir de un lado a otro: de Los Ángeles a Nueva York, a Londres, o al estudio de Dublín. Así no hay manera de acumular pertenencias. Tengo un *e-reader*, un iPad y un iPhone. Una chica de dieciséis años no necesita más, es ahí donde está mi vida entera.

El sonido del timbre me saca de mis pensamientos y hace que vuelva la cabeza instintivamente hacia el lugar de donde proviene. La casa no es muy grande, mis abuelos tuvieron una única hija —y creo que un perro, también—, y vivieron siempre en esta casita de una planta al sur del pueblo. Tiene tres habitaciones —aunque una parece más un armario—, un baño, la cocina y el salón comedor. Y la mía es la habitación más cercana a la puerta de entrada, situada justo después de atravesar el salón, pero oigo los pasos de mi madre corriendo desde la del fondo, la que solía ser de sus padres, para ser ella quien abre la puerta.

Reconozco las voces chillonas. Me las imagino a las tres saltando y agitando las manos mientras sueltan grititos emocionados, como hacen en las videollamadas cuando se cuentan alguna noticia emocionante. Las mejores amigas de mi madre no han tardado ni una hora en aparecer por aquí desde que hemos llegado. Eso es algo que siempre le he envidiado: nunca han dejado de hablar, ni un solo día. Yo siempre he querido tener una amiga así. De esas a las que les cuentas todo. De esas a las que llamas para hablar de cualquier tontería. De esas que se sientan a tu lado y te dejan apoyar la cabeza en su hombro en silencio si has tenido un mal día, o si algún idiota te ha roto el corazón.

—¡No me puedo creer que estés aquí, Katie!

La exclamación de Amanda, con el tono un par de octavas por encima de lo que es normal en ella, es la primera cosa con sentido que oigo desde que ha sonado el timbre.

—Yo tampoco —suspira mi madre.

No parece tan contenta como corresponde a un reencuentro como este, aunque lo entiendo y apuesto a que ellas también. A mi madre un idiota le acaba de romper el corazón. Pero, al menos, ella tiene un par de hombros sobre los que llorar.

—Menudo gilipollas, chica —suelta Nicole, la amiga más directa y sincera de mamá—. Te lo dije desde que apareció por aquí para subirse a un escenario con ínfulas y una maldita guitarra. ¿Sabes qué?, lo único bueno que has sacado de él es Zoe. Y, por muy cruel que suene, me alegro de que por fin te hayas dado cuenta de cómo es de verdad, porque eso te acaba de traer de vuelta a casa.

—Nicky... —trata de apaciguar Amanda.

—No me sermonees con tu «Nicky...» —la imita—. Aquí pensamos todas igual, ¿o no, Kate?

—Me alegro de verte.

La voz de mi madre suena amortiguada y sé que es porque se están abrazando. Yo clavo la mirada en la funda negra que guarda la guitarra que he traído conmigo. «Ínfulas y una maldita guitarra.» Esta es la guitarra de la que habla Nicole. La primera guitarra de mi padre. Me la regaló cuando me enseñó a tocar.

—¿Dónde está la peque?

Tengo casi diecisiete años y debería molestarme que Amanda se refiriera a mí como «la peque», pero lo cierto es que no me molesta en absoluto. Me gusta que alguien hable de mí con ese cariño.

Salgo del cuarto y en solo dos pasos ya estoy frente a las

tres mujeres que aún siguen en el marco de la puerta abierta. Sonrío en cuanto cuatro ojos conocidos se clavan en mí. Mamá se gira para mirarme también.

—¡Cariño! —Amanda es la primera en dar tres zancadas largas y envolverme en un abrazo cálido. Cierro los ojos al aspirar el aroma de su perfume. Mi primer recuerdo de la mejor amiga de mi madre es precisamente este olor afrutado—. Mírate, estás guapísima —piropea, y me pone los brazos en los hombros para apartarme hacia atrás y mirarme de arriba abajo—. Ya eres toda una mujercita, madre mía.

Me gusta que diga eso. No es como si llevara años sin verme. Bueno, sí, lleva años sin verme en persona, pero hasta hace poco mi madre me obligaba a asomarme a la cámara y saludarlas en todas y cada una de sus llamadas.

—¡Zoe! ¿Qué has hecho con tu pelo?

Suelto una risita cuando Nicole coge entre los dedos un par de mechones ondulados que escapan del moño.

—Me he teñido.

A mi madre casi le dio algo cuando hice desaparecer el tono rubio oscuro de mi pelo y lo cubrí de color chocolate hace cuatro días. Aún estoy acostumbrándome a mi nueva imagen, pero la verdad es que me gusta más así. Pega más conmigo. Creo que mamá se lo tomó como un acto de rebeldía y la reacción propia de una adolescente a la que sus padres acaban de decirle que se divorcian y que tiene que coger sus cosas para volar a Estados Unidos en cuanto a su madre se le pase la resaca de Navidad.

Nicole me da un toquecito suave con el dedo índice en el pequeño aro de plata que llevo ceñido a la parte izquierda de la nariz.

—Te queda genial el nuevo *look* —alaba, y me guiña un ojo.

Me dejo abrazar por ella también y clavo la vista en mi

madre, que nos mira a espaldas de su amiga con expresión enternecida. Ni siquiera piensa protestar porque Nicky no critique que llevo demasiado maquillaje alrededor de los ojos, como hace ella cada vez que me ve así. Creo que no quiere decir nada delante de sus amigas, porque, entonces, le recordarían que a mi edad ella era mucho peor que yo. Lo sé. He visto las fotos. Lo cierto es que creo que mi nuevo color de pelo y mi habitual ahumado alrededor de los ojos, que no dejo de llevar desde hace cosa de año y medio, resaltan el color azul de mis iris, y esa es la única cualidad que me gusta de todas las que haya podido heredar de mi padre. Más me vale aprovecharla.

—¿Qué tal el viaje? ¿Y la llegada? ¿Te gusta la casa? —pregunta Amanda, sin darme tiempo a responder una pregunta antes de soltar la siguiente.

—Pues... sí, la verdad es que sí.

Sinceramente, la casa está hecha un desastre, pero es *mi* casa. Y solo por eso ya me encanta. Cualquier cosa sería mucho mejor que un montón de aviones y ese autobús de las giras.

—¡Venga ya! Esta casa está hecha un asco —opina Nicky, sin medir sus palabras, y suelta una carcajada—. No hace falta que te hagas la educada con nosotras, niña, es vieja y lleva abandonada bastante tiempo. Pero eso no es nada que no podamos arreglar.

Extiende el brazo derecho hasta mi madre y entiendo que esas palabras iban mucho más dirigidas a ella que a mí. Mamá se acerca y la coge de la mano, dándole un apretón. Casi parece que va a emocionarse y soltar una lagrimita, pero se contiene.

—Mañana mismo mandaré a Josh a revisaros la instalación eléctrica, para asegurarnos de que no os va a dar ningún problema. —Amanda ofrece a su marido como manitas.

Coge la otra mano de mi madre y yo casi me siento incómoda. Es como si estuviera aquí metiéndome en este momento que debería ser solo de ellas tres.

—Todo va a ir bien —dice Nicole.

—Sí —la apoya la otra—, y, aunque ahora sea duro, te aseguro que este va a ser un buen cambio, Katie. Esto es bueno para Zoe, de verdad que sí; tiene dieciséis años y debería tener estabilidad y una rutina y poder relacionarse con chicos y chicas de su edad. Sé que has cuidado muy bien de ella, que no le ha faltado de nada, y es obvio que es una chica extraordinaria, pero sabes de lo que te hablo, ¿no? Dar tumbos por el mundo no es lo que debería estar haciendo una adolescente.

Estoy a punto de intervenir, porque están ahí, hablando de mí como si yo no estuviera delante. No es que pueda reprocharle a Amanda sus palabras. Me encantaría poder relacionarme con gente de mi edad, hacer cosas que hacen los adolescentes en un lugar pequeño como este, llevar una vida *normal*. Eso es lo que quiero. También es por eso por lo que he convencido a mi madre en el largo vuelo desde Sídney para que me matricule en el instituto, aunque el curso ya esté empezado. Ella quería seguir manteniendo mi educación en casa, con esos profesores a los que mi padre paga grandes sumas de dinero por ello. Pero yo no quiero hacer eso. Yo quiero hacer lo que todos: estudiar como el resto, saber lo que es sentarte en una clase con un montón de gente y poder esconder la mirada y encogerte en la silla para que el profesor no te pregunte a ti. No es que la novedad no me ponga nerviosa, claro, pero no es por las clases, sé que voy bastante por delante de lo que se estudia en el penúltimo curso del instituto. Es la gente. No sé si sabré cómo hacerlo.

—¿Sabes qué? —llama mi atención Amanda—: Deberías conocer a Peter.

Cambio el peso de un pie al otro. Me he alterado de repente solo con escuchar el nombre de su hijo. ¿Y si no sé ni qué decirle? ¿Cómo se supone que tengo que comportarme?

—Sí, supongo que sí. Es una gran idea —habla mamá por mí, y me mira mientras se pasa la punta de la lengua por el labio inferior, que es lo que siempre hace cuando está nerviosa o indecisa.

Sé que está preocupada por mí. Por cómo me sienta yo con todo esto y por cómo me adapte a la nueva situación.

—¡Claro que sí! —exclama Nicole, encantada con la idea—. Es perfecto, Katie. Peter tiene solo un año más que ella, van a ir al mismo instituto y puede presentarle a sus amigos, así no será tan violento para ella el primer día de clase.

—Decidido —se une Amanda—. Mañana por la noche os venís a cenar a casa. Vamos a celebrar la llegada de un nuevo año y una nueva vida.

# 2

# ¿Conoces a Peter Black?

Me pongo una camiseta de Led Zeppelin cuando oigo el taconeo impaciente de mi madre acercándose por el pasillo. Ya me ha lanzado tres gritos para que nos fuéramos de una vez. Lo siguiente es sacarme a rastras. Cojo el abrigo negro que está tirado sobre la silla de mi nuevo escritorio y abro la puerta antes de que ella pueda irrumpir en la habitación.

Estaba a punto de hacerlo. Casi la arrastro dentro al abrir de un tirón, y su mano sigue enganchada al picaporte.

—Ya estoy.

Se lo digo como si no la hubiera oído llamarme. Con sonrisita de buena hija. A ver si cuela.

—Ni hablar.

—Ni hablar, ¿qué?

—Ni hablar, no vas a ir así vestida.

Me mira de arriba abajo mientras me señala con su acusador dedo índice. Le encanta utilizarlo contra mí. Pongo los ojos en blanco e intento salir del cuarto ignorando sus palabras, pero me obliga a retroceder.

—No me pongas los ojos en blanco, señorita. Nos han invitado a cenar a su casa la noche de fin de año y tienes que ir más formal. Por favor, Zoe, vamos a intentar causar buena impresión, ¿vale?

Y pone esa mirada. *Esa*. La mirada de súplica de mamá. La que lleva utilizando para evitar discutir conmigo desde que me dijeron lo del divorcio. Ha aprendido demasiado deprisa que un «por favor» y esa expresión consiguen mucho más de mí que una orden. Aunque aún hay muchas veces en las que lo olvida por completo.

—¿Qué quieres que me ponga? —cedo, y me cruzo de brazos para demostrar que, a pesar de todo, no estoy demasiado de acuerdo.

—¿Un vestido? —sugiere mamá, y me da la impresión de que está a punto de unir las manos en gesto de súplica, pero no lo hace.

Pongo los ojos en blanco de nuevo, doy un paso atrás y empujo la puerta, para poder cerrar de golpe en sus narices y cambiarme tranquilamente de ropa.

—¡No me pongas los ojos en blanco! —La oigo gritar desde el otro lado—. Y espero que sepas que no engañas a nadie con ese pelo oscuro, la sombra de ojos y una camiseta de Led Zeppelin; las dos sabemos perfectamente que tienes toda la discografía de One Direction.

No puedo evitar que se me escape la sonrisa al oír su tono, mientras tiro los pantalones y la camiseta a un lado y me pongo unas medias.

—¡No juegues con mi corazón de *directioner*!

Mi madre suelta un par de carcajadas desde el pasillo. Me gusta cuando nos llevamos bien. Espero que las cosas puedan ser así ahora que estamos ella y yo solas. Sacudo la cabeza para evitar pensar en mi padre, otra vez. No puedo creerme que, al final, todo haya acabado así. No puedo creer lo que nos ha hecho.

Cuando vuelvo a salir, mi madre me mira con una ceja

alzada y suelta un suspiro de desaprobación. Parece que no hay tiempo para discutir, porque echa un vistazo rápido al reloj y me señala el camino hacia la puerta de salida, mientras yo voy metiendo los brazos en las mangas del abrigo.

Me he puesto mi mejor vestido, así que no debería quejarse. Bueno, al menos, es el que más me gusta. Es rojo con rayas negras que forman cuadrados por toda su superficie, y tiras de cuero en la cintura y las mangas. Me sienta bien. Y ni siquiera tiene escote. Aunque es un poco corto, quizá. A lo mejor lo que le ha molestado es que haya vuelto a ponerme mis botas negras con hebillas, que llevaba antes con los vaqueros. Pero es que el tema del calzado en innegociable para mí. Creo que ya lo sabe.

—¿Vas a pedirme que me comporte? —pregunto, para picarla, mientras caminamos por las calles poco iluminadas que llevan hasta la casa de Amanda.

No sé muy bien por qué ella se ha arreglado tanto para esta noche. Lleva —llevaba— veinte años con un cantante de *rock* desaliñado y maleducado, y su estilo había sido bastante acorde con eso hasta que yo empecé a elegir mi propia ropa. Creo que entonces decidió que debía darme lo que ella considera un mejor ejemplo y dejó de ponerse cuero y de vestir siempre de negro. Pero a mí me gustaba más antes.

—Confío en que sabrás comportarte.

Su voto de confianza casi me emociona.

—¿Por qué iba a saber? No es que nunca hayamos ido a casa de nadie a celebrar nada...

—Zoe, por favor.

Ya está. Otra vez el «por favor». Así no hay manera de que una pueda ser rebelde y maleducada.

Me subo más la cremallera del abrigo, hasta cerrarlo del todo. Hace frío. Mucho. Hace tan solo cinco días estaba tomando el sol en la piscina de la terraza de nuestro hotel en

Sídney y hacía un calor insoportable, pero lo prefería. No me gusta nada el frío. Tampoco estoy acostumbrada a caminar de un lado a otro. A mí siempre me han llevado en coches con los cristales tintados y un par de guardaespaldas. Esto es mogollón de raro. Aunque me sabe un poquito a libertad.

Espero que mi madre tenga en mente conseguir un coche, de todas maneras. Caminar está bien de vez en cuando, pero no cuando en la calle la temperatura es de menos de cincuenta grados bajo cero. Sensación térmica. Aproximadamente.

Es posible que tampoco nos haga tanta falta ningún trasto con motor porque cuando llegamos a casa de Amanda, que está a las afueras, no me ha dado tiempo ni a protestar una sola vez por la caminata. Estoy bastante segura de que no habrá más de veinte minutos andando de punta a punta del pueblo. Y yo ni siquiera sé conducir.

Mamá se vuelve a mirarme con el dedo suspendido en el aire, a medio camino hacia el timbre de la puerta principal.

—Sé amable, ¿vale?

—¡Siempre lo soy! ¿Vas a llamar de una vez o quieres que nos congelemos?

Por fin llama al timbre y en solo unos segundos la puerta se abre de par en par. El calor que se escapa del interior unido a la sonrisa de bienvenida de Amanda ya me parece suficiente motivo para estar deseando dar dos pasos y abandonar la calle helada. Y, además, no puedo olvidarme de que esta noche voy a conocer a Peter Black. Y ese chico parece mi mejor opción de aterrizar sin morir en el instituto. He visto demasiadas películas como para hacerme una idea de lo que podría encontrarme allí... y da bastante miedo, aunque yo siempre haya ido de valiente.

—Bienvenidas —dice la amiga de mi madre, que nos retiene en el umbral hasta que nos ha abrazado suficiente.

Suena música suave al fondo del pasillo y hasta aquí llegan los reflejos intermitentes de lo que parecen ser las luces de un árbol de Navidad. Los mellizos de cinco años de Amanda y Josh aparecen como dos sombras bajitas y veloces que revolotean de un lado a otro profiriendo unos gritos terroríficos.

Amanda nos guía hasta el comedor. La mesa ya está preparada para cuando nos sentemos en torno a ella y se sirva la cena. Un hombre, al que reconozco solo de algunas fotos de mamá y sus amigas, sale de la cocina con un delantal puesto.

—Bienvenidas —saluda con una sonrisa cálida—. Espero que vengáis con hambre, porque la cena está casi lista.

No me gusta mucho eso de que los desconocidos me abracen como si fuéramos familia. Me aguanto porque supongo que a esto es a lo que se refería mamá al insistir tanto en que me comportara. Así que le devuelvo el abrazo a Josh y le dedico una sonrisa cuando comenta lo pequeña que yo era la última vez que me vio en persona.

Se me acelera el corazón cuando Amanda pasa por mi lado para asomarse al pasillo y poder gritar:

—¡Peter! ¡Ven aquí a saludar, no seas maleducado!

No sé ni dónde ponerme. Tengo ganas de esconderme detrás de una silla para poder observar sin ser vista hasta que decida si Peter Black parece un buen chico o si va a convertirse en mi peor pesadilla del instituto. He leído muchos libros en los que quienes deberían ser aliados torturan a la protagonista a espaldas de sus padres, así que no las tengo todas conmigo. No me da tiempo a huir ni a pensar en hacerlo, porque Amanda me retiene pidiéndome que le dé mi abrigo para poder guardarlo junto al de mi madre y que no nos estorbe. Y, cuando me vuelvo hacia la puerta, él ya está allí.

Peter Black es más alto que yo, pero no tanto como me lo había imaginado. Viste unos vaqueros grises ceñidos y una camiseta ancha de color negro. Tiene el pelo del mismo tono rubio oscuro que su madre y lo lleva corto y bien peinado, con un solo mechón cuidadosamente orientado hacia la frente. A esta distancia creo que sus ojos son castaños, aunque no sé si tendrán algún otro matiz, y dibuja una sonrisa bastante burlona mientras me observa de arriba abajo.

—Eh..., hola —digo para romper el hielo cuando me doy cuenta de que no va a dejar de mirarme así si no hablo yo primero.

—Ah, Peter, por fin —suspira su madre—. ¿Te acuerdas de Kate, cariño?

Eso consigue que aparte la vista de mí. Se convierte en un hijo dócil y bien educado mientras hace todo lo que Amanda le pide y saluda a mi madre de una forma muy correcta.

Se acerca cuando los adultos de la sala parecen decidir que lo mejor es dejarnos a nuestro aire para que nos presentemos nosotros mismos.

—Zoe Clark —dice, de nuevo con esa sonrisa. Me tiende la mano y espera sin impacientarse hasta que yo la estrecho, insegura—. Mi madre lleva dos días advirtiéndome de que tengo que portarme bien contigo.

Aparto la mano enseguida y de golpe. Suelta una especie de risita contenida que destaca más por el brillo que genera en sus ojos que por su volumen.

—¿Debería preocuparme que haya creído necesario advertirlo tantas veces?

—No te preocupes, novata, estás en buenas manos.

Da un paso atrás antes de que me dé tiempo a responder y desaparece en cuanto su madre le pide que vaya a buscar a sus hermanos.

Pasa toda la cena sentado a mi lado, pero apenas me dirige la palabra. Los dos nos limitamos a seguir la conversación de los adultos, a reír algunas de las gracias de los niños y a responder las preguntas que nos lanza la madre del otro de vez en cuando.

Y, en cuanto pasa la medianoche, se dirige directamente a mi madre y le pide permiso para llevarme con él a una pequeña reunión con sus amigos.

—Vamos, novata —me habla, cuando parece que nadie nos oye.

Me lanza mi abrigo para que lo atrape al vuelo, como si el permiso de mi madre fuera suficiente y no le hiciera falta mi opinión.

—Me llamo Zoe —corrijo, y le dedico una mirada de ojos entornados.

—Ya lo sé.

—Me daba la impresión de que te cuesta retenerlo.

Alza una ceja, con expresión divertida. Luego hace una especie de reverencia que termina señalando la puerta para que salga yo primero. Su cara de satisfacción lo dice todo cuando ve que me muevo para seguir sus indicaciones. Espero que no se le suba a la cabeza esto de que me venga bien que me presente a la gente de por aquí.

Pero creo que ya es tarde para eso cuando vuelvo a oírlo hablar a mi espalda:

—Vas a encantarles a mis amigos, novata.

# 3

# Los amigos de mis conocidos son mis amigos... por pura necesidad

Mi madre me ha retenido para darme un montón de «consejos» —que yo más bien llamaría advertencias y prohibiciones— antes de dejarme salir con Peter. Llevo cerca de tres minutos siguiéndolo en silencio hacia lo que creo que es la parte oriental del pueblo, desde donde se oye el leve rumor de las aguas del río. Me ajusto mejor el cuello del abrigo y acelero el paso para poder caminar a su lado y no detrás, como si fuera su nueva mascota.

Observa de reojo cómo me muevo embutida en la enorme prenda. Estoy segura de que debo de tener un aspecto ridículo, con mi enclenque cuerpo perdido en el abrigo más grueso que he tenido jamás. Me dedica una sonrisa mucho más sincera y amable de las que se ha molestado en ofrecerme antes.

—Hace mucho frío por aquí en invierno. Tranquila, te acostumbrarás.

Quiero responder algo como que no es para tanto, o que no tengo frío, o que he estado en sitios peores, pero me doy cuenta a tiempo de lo falso que sonaría cuando estoy bastante segura de que, con solo acercarse unos centímetros más, podría oír el castañeo de mis dientes. Él también lleva un abrigo abultado, pero ni siquiera ha cerrado la cremallera. Ha vivido toda su vida aquí, así que está claro que ya no le afectan las condiciones climáticas adversas tanto como a mí.

—¿Me acostumbraré antes o después de perder el primer dedo?

Lo oigo reír y escondo la sonrisa entre los pliegues de la bufanda.

—Espero que antes, aunque puede que sea buena idea que conozcas a mi abuela mañana mismo: ha hecho calcetines y guantes de lana para todos mis amigos desde que empecé a ir al colegio.

—¿Con cuánta gente has quedado?

Exhalo para ver cuánto vaho soy capaz de ver formarse a la luz de las farolas que flanquean nuestro paseo.

—Por si no te has dado cuenta, en este pueblo somos como medio millar de habitantes y la mayoría pasan de los treinta. No te va a costar ni dos días conocer a todo el mundo. Hoy empezaremos por la banda y las chicas, espero que te parezca bien.

Acelero el paso para que no me deje atrás.

—¿La banda?

Eso me suena demasiado familiar... y no sé si me agrada.

—Unos amigos y yo tenemos un grupo. Hacemos versiones de canciones *punk rock*. Puede que toquemos en el baile de fin de curso del instituto este año. Ya sabes, en un pueblo pequeño como este no hay mucho que hacer.

Si hay algo de lo que me he convencido a mí misma, tras dieciséis años de gira por el mundo con un cantante y coincidiendo con muchas de las bandas más conocidas del panorama musical, es de que no puedes fiarte de un músico. Aunque supongo que un músico aficionado podría ser menos problemático. Y este solo tiene diecisiete años. Pero, por experiencia, también sé que eso no es ninguna garantía.

—¿Qué instrumento? —pregunto, sin poder contener mi curiosidad.

—Guitarra.

*Fatal.* Siento debilidad por los guitarristas. Y eso que sé a lo que me expongo.

—Yo también toco la guitarra —le cuento, y pienso en la que descansa contra la pared de mi primer cuarto de verdad—. Pero supongo que lo tuyo es la eléctrica, ¿no?

—Claro. *Punk rock*, novata.

Se adelanta, se interpone en mi camino y me hace parar la marcha, quedando frente a frente. No me da tiempo a decir nada en protesta por el dichoso apodo que ha decidido ponerme.

—Ya hemos llegado. Estarán todos ahí. ¿Estás preparada?

—¿Cambiaría algo si dijera que no?

—Os vais a llevar bien —sigue, con una risa despreocupada—. Ellos son unos pringados, y tú, la hija de una estrella del *rock*. Créeme, Zoe, tu presencia aquí es lo más guay que ha pasado en el pueblo desde hace veinte años, cuando una vecina se largó con un músico —dice medio en broma, haciendo alusión a la historia de mis padres—. Están deseando conocerte.

Eso genera más presión. No sé si es consciente de ese pequeño detalle. Pero asiento y le hago un gesto que indica que estoy preparada.

Avanza dos pasos más, hasta la puerta de lo que parece un garaje. Está demasiado oscuro esta noche para apreciar el paisaje más allá del edificio, pero creo que detrás discurre el río. Llama con el puño, haciendo un ruido imposible de ignorar. La puerta cede en cuestión de décimas de segundo.

—¡Feliz Año Nuevo!

El chico que abre nos recibe con una sonrisa, un gorro de fiesta en la cabeza y unas gafas de sol enormes con forma de estrella. Tiene el pelo rubio más claro en las puntas que en las raíces y lo lleva desordenado y con los cortos mechones apuntando hacia todos lados. Viste pantalones negros rotos, botas militares y una camiseta de manga larga de Blink 182.

—Este es Mike. No te lo recomiendo. Es nuestro vocalista, y ya sabes que el cantante nunca es la mejor opción —bromea Peter.

Lo empuja a un lado para hacernos sitio y poder pasar.

—¡Eh, tío, baja la voz! El cantante siempre es la peor opción, pero eso Stacy aún no lo sabe —le sigue el juego su amigo.

—Te aseguro que Stacy sí que lo sabe.

La voz de una chica, en un tono divertido, llega desde un lado de la enorme sala. Me imagino, por cómo dice eso, que ella debe de ser Stacy. Se baja de un salto de la banqueta que hay detrás de una batería y se acerca hasta nosotros.

—Stacy es la novia de Mike —me informa Peter mientras choca el puño con ella a modo de saludo.

—Mike es el novio de Stacy —corrige ella, al tiempo que me dedica una sonrisa cómplice y me tiende la mano—. Encantada, Zoe, teníamos muchas ganas de conocerte.

No sé si puede notar el ligero temblor cuando la estrecho e intento parecer segura y confiada para compensar el incómodo cosquilleo de nervios que se me ha instalado en la boca del estómago. Que tuvieran muchas ganas de conocerme implica que han hablado de mí. Y seguro que ya se han generado una imagen sobre quién o cómo seré.

Stacy parece agradable. Es más alta que yo, tiene una larguísima melena de color castaño claro y juraría que sus ojos son verdes, aunque la iluminación del local no es la más adecuada para captar matices. Su estilo y el tono de su voz me dan buen rollo.

—Me encanta tu vestido —digo.

Espero que mi sonrisa se vea más natural de lo que la siento. Y espero que mi comentario sea bien recibido. En el mundo en el que me he criado siempre han abundado las alabanzas, pero en este caso no lo digo solo por intentar caer bien. Lleva un vestido que yo me pondría sin dudarlo. Negro, muy punk y con una falda de tul.

—Gracias —responde. Parece encantada con el halago, así que me anoto un punto positivo—. Anda, ven, no te quedes en la puerta.

Me coge la mano con total confianza y me guía hasta el centro del local. Hay otra pareja aquí, y los dos acaban de levantarse de un sofá mullido que hay contra la pared del fondo para acercarse a saludarme. Me fijo primero en ella. Es casi imposible no hacerlo. Es una auténtica belleza con ese tono de piel tostado y los enormes ojos oscuros. Sus rasgos son suaves y simétricos y el pelo, tan negro que brilla, los enmarca endulzándolos.

No quiero que note mi sorpresa, por si eso la hace sentir incómoda, pero no esperaba encontrarme a una adolescente de rasgos árabes aquí. En los dos días que llevo en este pueblo ya me he dado cuenta de que en el corazón de Montana no existe la diversidad racial y cultural a la que estoy acostumbrada.

—Ella es Lucy. —Stacy se adelanta para presentármela.

—Hola, soy Zoe.

—Todos sabemos quién eres —responde, y hace una mueca divertida mientras se acerca para estrecharme la mano.

Siento cómo se me suben los colores a las mejillas, espero que el rubor que ya les haya conferido el frío de la noche lo disimule. No me molesta que lo diga, porque es obvio y porque lo hace de una forma amable, cálida y cercana. Sin embargo, es terrorífico pensar que eso también será así el primer día que entre en el instituto. Que todo el mundo va a saber quién soy yo, mientras yo no tengo ni idea de quién es nadie. Y, para colmo, sé que es difícil cambiar la opinión que la gente se forma sobre alguien a quien creen conocer. Eso es lo que más miedo me da. Todavía tengo que descubrir la persona que voy a ser ahora que tengo un hogar en el que echar raíces... y no quiero que lo que los demás esperan de mí me condicione.

Le dedico a Lucy una sonrisa de labios sellados. La blusa color celeste que viste hace ondas cuando retira el brazo. La prenda es cerrada y larga hasta mitad del muslo y lleva unos pantalones vaqueros debajo que se adaptan a sus piernas esbeltas. A su lado, el chico tiene una mano posada en su cintura. No es muy difícil adivinar que están juntos. Tiene la piel pálida y el pelo castaño muy rizado. Son de la misma altura, pero él tiene los hombros más anchos y el cuerpo fuerte y compacto, por lo que parece más grande. Sus ojos azules brillan traviesos, como si tuviera un chiste en la punta de la lengua todo el tiempo. Parecen muy diferentes, pero, a la vez, hacen muy buena pareja.

—Yo soy Derek —interviene, cansado de ser ignorado por las chicas.

—El novio de Lucy —pronuncian Stacy y Lucy al mismo tiempo que él.

Los cuatro nos reímos y siento que eso me relaja.

—Derek es nuestro bajo —informa Peter al aparecer a mi lado.

—¡Eh! ¿A quién llamas tú bajo? Sabes que tengo un complejo con mi estatura. —Me río cuando Derek bromea, exagerando demasiado el tono ofendido, y golpea a Peter en el abdomen, iniciando una simulación de pelea. Luego se vuelve para hablar conmigo—: Lo dice por el instrumento, Zoe... El instrumento musical, me refiero.

—Para ya —lo regaña Lucy en una risita.

Mike salta en medio del grupo que formamos y se quita las gafas de sol con forma de estrella para ponérmelas sobre la cabeza.

—¡Bienvenida a la banda, Zoe! —exclama. Me contagia la sonrisa enseguida—. ¿Quieres algo de beber?

—Sí, vale.

Lo sigo con la mirada cuando se mueve hasta la esquina en la que hay una nevera y una mesa destartalada con seis sillas de diferentes estilos.

—Así que sois una banda. ¿Y tiene nombre esa banda?

—Nos falta el batería esta noche, pero sí. —Derek es el primero en responder, rápido, como si necesitara puntualizar que no están todos antes de que nadie más abra la boca.

Músicos, *groupies* y algo de beber, es casi como si nada hubiera cambiado. Me cuentan que se bautizaron como los Silky Knocks. «Golpes sedosos.» Supongo que suena estupendo cuando tienes quince años y tocas en un garaje, pero me ahorro ese comentario y cualquier burla que se me pueda llegar a ocurrir porque quiero caerles bien.

Me lo estoy pasando bien charlando con las chicas mientras ellos gritan, bromean y tocan pequeñas melodías con los instrumentos que tienen en ese espacio parecido a un escenario.

Unos golpes en la puerta cortan las distintas conversaciones. Y no tardan ni un solo segundo en repetirse, a un mayor volumen la segunda vez.

—Debe de ser Molly —dice Stacy—. ¿Podéis abrir la puerta?

Mike es quien abre, con las gafas de sol que le he devuelto hace un rato de nuevo puestas, y salta ante quien sea que venga deseándole un feliz año nuevo en un grito que no debería seguir emitiendo si de verdad quiere ser cantante.

Esa chica que debe de ser Molly pasa sin saludar, empujando a Mike a un lado con actitud juguetona. Se nota que es de las que prefiere pedir perdón a pedir permiso, aunque tampoco estoy muy segura de que le guste hacer lo primero. Lleva el pelo teñido de un color rojo oscuro, se mueve como si el local le perteneciera y clava la mirada en nosotras y se contonea de manera sensual con una mano en la cadera, luciendo un top escotado que se adapta a su figura, ceñido y suelto en las partes apropiadas y la justa proporción, potenciando las curvas de su cuerpo, y unos pantalones negros rotos por las rodillas.

—¡Lo más sexi de las tallas grandes, nenas! —exclama—. ¡Dios bendiga las compras *on line*!

Stacy silba fuerte cerca de mi oído y Lucy responde al entusiasmo de su amiga de forma más comedida.

—Feliz Año Nuevo, Molly —le desea Peter, y se acerca para besarla en la mejilla.

—Ni lo intentes, Black —advierte ella, con una sonrisa engreída—. No eres ni de lejos lo suficientemente irresistible para tanta competencia.

Lo deja atrás y viene directa hacia nosotras, caminando con toda seguridad sobre sus botines de tacón ancho. Y no estoy del todo segura de si me encanta o me intimida el desparpajo que derrocha.

Me pongo de pie cuando está a solo un par de pasos.

—Hola —saludo, con solo una sonrisa tímida—. Yo soy...

—¡Vaya, la hija de Shade Clark! ¡Ya sabemos quién eres, chica!

Recorta la distancia que nos separa y me da un abrazo que me deja paralizada por un segundo. Luego se aparta y me pone las manos en los brazos para echarme un buen vistazo de arriba abajo.

—Bienvenida, Zoe Clark, lo vamos a pasar de miedo.

Y no sé si eso será del todo verdad, pero me gustaría tener la misma seguridad que ella va desprendiendo a su paso.

Empiezo a sentirme más y más a gusto a medida que avanza la noche y yo charlo con todas estas nuevas personas. Son simpáticos, parecen querer hacerme sentir bienvenida y se interesan mucho por mí y el aterrizaje en mi nueva vida. Me sorprende descubrir lo fácil que es mantener conversaciones normales de adolescentes con gente de mi edad. Y me gusta mucho poder hacerlo. Es como encontrar por fin algo que te has pasado la vida echando de menos a pesar de no haberlo tenido nunca.

Puede que en el fondo no se me dé tan mal esto de hacer amigos.

# 4

# Sobrevivir al primer día de instituto

Es bastante entrada la mañana del día de Año Nuevo y yo sigo en la cama, despierta pero sin ganas de salir del agradable calor del edredón. Puedo oír a mamá cacharreando en la cocina, y solo espero, por favor, que no esté intentando cocinar nada complicado. No ha tenido que hacerlo en toda su vida, así que el resultado podría ser fatal.

Los recuerdos de la divertida noche pasada vuelven a mi mente y sonrío sin querer, con la vista clavada en el techo. Pasé horas hablando con las chicas y fue genial. Molly es algo intimidante, aunque no del todo en el mal sentido. Stacy me hizo muchísimas preguntas sobre cómo se vive en constante gira alrededor del mundo y parecía fascinada con cada cosa que salía de mi boca. Y Lucy... Lucy estuvo más comedida, por decirlo de alguna manera. Me da la impresión de que es la más tímida de las tres, aunque eso no le impidió participar en la conversación ni poner a los chicos en su sitio cada vez que intentaron fastidiarnos con sus bromas infantiles. Mi madre me mandó un mensaje casi a las tres de la madrugada y yo tuve que suplicar que me dejara llegar a la misma hora que Peter tuviera de tope; como siempre ha sido una firme defensora de la igualdad no pudo decir que no porque yo soy una chica, aunque estoy bastante segura de que se quedó con las ganas. Y para entonces ya me había tomado un par de cervezas y todos —excepto Lucy— teníamos más alcohol en vasos de plástico en las manos y bailábamos con la música sonando alta por los amplificadores. Mike se encargó de seleccionar las canciones, Derek no paraba de hacernos reír y Stacy bailó sobre una silla con movimientos de auténtica profesional.

No tengo resaca porque, aunque mi madre no lo sepa, estoy acostumbrada a beber de forma esporádica. Escabullirme del *backstage* y mezclarme con el público en los conciertos más multitudinarios de papá ha sido uno de mis pasatiempos favoritos desde que cumplí los catorce. Al principio solo disfrutaba viendo a la gente, esquivaba empujones y gritaba, cantaba a todo volumen y saltaba con ellos en los temas más potentes del repertorio. Luego empecé a hablar con algunos de los espectadores. Después, a coquetear. Y pronto me di cuenta de que, si usaba bien el maquillaje a mi favor, ninguno preguntaba por mi edad. Y muchos estaban dispuestos a invitarme a una cerveza. Intimar a nivel físico no es difícil cuando la música suena tan alta que es imposible entender el nombre del chico con el que hablas y la emoción inunda el ambiente. Perdí la virginidad hace cosa de un año cuando conseguí colar a mi ligue de la noche en uno de los camerinos sin que nadie nos viera. Estábamos en Berlín y él era un alemán que no pasaba de los diecisiete y al que le dije que yo formaba parte del equipo de montaje del escenario. Ni siquiera sé si me entendió. Y después de eso no nos hicieron falta demasiadas palabras. Fue rápido, brusco y bastante insatisfactorio. No podía preguntarle a nadie si se suponía que la cosa debería ser así, porque todos mis «amigos» eran adultos que me trataban como a la mascota del grupo o, peor, como si aún fuera esa niña que, a fuerza de ver todos los días, no han podido ser conscientes de que ha crecido. Hablar con mi madre habría sido una pésima idea, ella no podía enterarse de que me escapaba y me mezclaba con el público al menos en un concierto de cada cuatro. No podría haberlo hecho de nuevo jamás. Así que decidí que la única forma de averiguar si había hecho bien esa cosa del sexo... era volver a probar. La segunda vez fue en Londres, así que el idioma no suponía un impedimento. Sin embargo, no recuerdo que habláramos en absoluto. Me gustó mucho más que la primera vez. Y luego lo repetí un par de veces más. El sexo no es un problema para mí, nada que considere especial o importante. Pero ahora voy a permanecer en el mismo lugar más allá de un par de noches y, si me acuesto con alguien, el sexo no será solo sexo tal y como yo lo conozco. Ahora puedo conocer a alguien, tontear, ir despacio..., puede que hasta enamorarme. Y eso sí que es una movida. Nunca creí que pudiera tener algo así. Es emocionante, pero a la vez creo que es lo más terrorífico a lo que me he enfrentado.

Oigo el estruendo de algo que cae al suelo en la cocina. Cierro los ojos y estiro el edredón por encima de la cabeza, sin querer saber lo que ha pasado. Suelto una risita baja cuando oigo a mamá maldecir soltando un montón de palabrotas que siempre se esfuerza por no pronunciar en mi presencia. Voy a tener que levantarme y ver si todo va bien.

Me levanto de la cama y cojo una chaqueta para ponerme encima del pijama. Sí que hay que pedir a Josh que revise unas cuantas cosas en la casa. Y la calefacción debería ser lo primero de la lista.

—Buenos días, cariño —me saluda mamá cuando pongo un pie en la cocina—. ¿Te he despertado yo?

—Tú y tu concierto de cacerolas, ¿qué haces?

Está levantando una olla enorme del suelo y hay un montón de utensilios más por la encimera, por la mesa... y por todas partes. Reparo en que la puerta de uno de los armarios altos cuelga de un solo gozne.

—Nada que no podamos arreglar —asegura, exagerando su optimismo, cuando se da cuenta de que me he fijado en los desperfectos—. La casa ha estado vacía unos cuantos años, pero solo tenemos que modernizarla y darle nuestro toque, ¿verdad?

Me araña el corazón verla así, esforzándose por hacerme ver que esto no es tan malo como parece y tratando de mostrarse mucho más optimista de lo que sé que se siente. Nunca me han roto el corazón, pero me imagino lo mucho que debe de doler. Si a eso le añades perder todo lo que ha sido tu vida durante veinte años y tener que empezar de cero en un lugar que se cae a pedazos y tratando de mantener la estabilidad de una hija adolescente..., en fin, esto tiene que ser muy difícil para ella.

Me acerco y la abrazo sin decir ni una palabra. No soy muy buena expresando emociones o, al menos, no con mi madre, pero sé que necesita esto mucho más de lo que puede permitirse admitir. Se queda parada por un segundo entero y luego se mueve para estrecharme entre sus brazos con mucha más fuerza de la que yo estaba imprimiendo.

—Nada que no podamos arreglar, mamá —repito sus palabras, con la barbilla apoyada en su hombro.

—Claro que sí. Va a ir todo bien, Zoe, te lo prometo.

Me aparto y le sonrío. Asiento con la cabeza y dejo que me retire el pelo de la cara.

—Ya lo sé.

—Bien. Vamos a preparar algo de comer y me cuentas qué tal lo pasaste anoche.

Oh, oh. No ha tardado mucho en empezar a indagar sobre eso.

—Tú no sabes cocinar —le recuerdo—. Y yo tampoco.

—Entonces tendremos que aprender, ¿no te parece? Y no me cambies de tema. ¿Dónde fuisteis Peter y tú? ¿Te presentó a sus amigos?

Me muevo por la cocina para poder abrir armarios y cajones y ver qué tenemos para comer que seamos capaces de preparar.

—Fuimos a un local que tienen él y sus amigos para ensayar. ¿Sabes que tiene un grupo de *punk rock*? —le cuento distraídamente. Voy hasta la nevera, a ver si hay algo que se pueda comer crudo—. Toca la guitarra... eléctrica, claro. Conocí al bajista y al vocalista. Son majos. Y luego había tres chicas. Me cayeron bien.

Puedo ver que mamá tuerce el gesto cuando oye eso del grupo de música. No llega a decir en voz alta que no debería fiarme de un músico, pero estoy segura de que las dos estamos pensando lo mismo.

—¿Y qué hicisteis?

—Nada. Hablar, bailar..., lo normal, ¿no?

Espero que mi madre se crea que al ser menores en un pueblo pequeño a mis nuevos amigos les es imposible conseguir alcohol. Luego recuerdo que también fue menor en este pueblo pequeño y seguro que conoce todos los trucos. No es que ella fuera una hija modélica ni mucho menos. En este caso, el truco es el hermano mayor de Mike.

—Llegaste muy tarde. —Se nota que trata de ahogar un gruñido tras esa apreciación.

—¿Me oíste?

—Claro que te oí. No podía pegar ojo sin que estuvieras en casa. Te acompañó Peter, ¿no?

Asiento distraídamente.

—Creo que lo mejor será que pidamos algo para comer —propongo, para alejar el tema de conversación.

—Solo hay dos sitios en los que sirvan comida y me temo que hoy estarán cerrados —me desilusiona mamá—. Así que, al menos, ya conoces a alguien en el instituto, ¿no? Eso está bien, así tendrás con quien hablar el primer día.

El nudo que siento en la boca del estómago se cierra un poco más cuando menciona eso del primer día otra vez. Peter va un curso por encima, así que no voy a coincidir con él en ninguna clase. Molly, Lucy y Derek serán, al parecer, mis compañeros de los pupitres de al lado, ya que ellos son de mi edad. Ni eso logra relajarme demasiado, la verdad. Me siento en una de las tres sillas que aún conservan sus cuatro patas en torno a la mesa que hay en la cocina.

—Sí, estará bien —consigo decir a media voz.

—Zoe, ¿qué pasa? ¿Estás preocupada por el instituto? Fuiste tú quien insistió en que te matriculara, pensé que... Podría llamar al director y darte un poco más de tiempo para que te adaptes antes de...

—No —corto todas sus buenas intenciones enseguida. Quedarme encerrada en casa y ser la rara del pueblo no es precisamente lo que quiero—. Solo estoy un poco nerviosa. Todo esto es muy nuevo para mí. Pero quiero ir, mamá. Y estaré bien. Seguro que sobrevivo.

Se acerca y se agacha para poner los ojos a la altura de los míos.

—Claro que sí, tú siempre puedes con todo, nena. Todo esto también es nuevo para mí, pero sobreviviremos juntas, ¿vale?

Pone la mano sobre mi muslo, con la palma vuelta hacia arriba, y yo pongo la mía en contacto con ella y se la estrecho, como forma de sellar ese pacto.

El teléfono de mamá empieza a sonar con estridencia sobre la encimera. Lleva como tono de llamada la melodía de una canción que papá le compuso cuando celebraron su décimo aniversario de boda. Me pellizca el corazón oírla y pensar en lo mucho que han cambiado las cosas... O más bien en que las cosas siempre habían sido así, solo que nosotras nos hemos enterado hace muy poco. Creo que ese tono de llamada será sustituido pronto, cuando mi madre encuentre la fuerza suficiente para dejar el pasado atrás y bien enterrado.

Es Nicole quien llama y dice que quiere invitarnos a comer a su casa. Pienso darle un abrazo enorme y un beso gigante en cuanto la vea, acabo de darme cuenta de que me muero de hambre.

—Sobreviviremos con ayuda de Amanda y Nicole —le digo a mi madre cuando cuelga la llamada.

Sonríe de medio lado y asiente. Está a punto de decir algo, pero entonces es el tono de llamada de mi teléfono el que nos interrumpe y tengo que salir corriendo hasta la habitación para poder averiguar quién me llama.

Me quedo parada con el aparato en la mano cuando veo que el identificador de llamadas dice «Papá». Luego lo silencio y dejo que el nombre se refleje iluminando la pantalla hasta que los tonos se agotan. El corazón me late a toda velocidad y tengo un nudo en la garganta.

Ya no sé quién es mi padre. Creo que ya solo existe Shade Clark, el famoso cantante que ha destrozado mi familia.

♪ ♪ ♪

Hay mucha gente corriendo de un lado para otro, hablando demasiado alto y pasando a mi alrededor como si ni siquiera me vieran. Me siento fuera de lugar con mis vaqueros rotos, las botas Dr. Martens y la camiseta de Los Ramones que asoma entre los pliegues de mi abrigo abierto. La mayoría de los adolescentes que veo por aquí llevan un estilo muy diferente al mío. Bien vestidos, bien peinados, algunos llevan chaquetas de equipos deportivos.

Respiro hondo, reajusto la correa de la mochila sobre el hombro derecho y avanzo decidida hasta cruzar las puertas abiertas del instituto.

Los pasillos son aún peor. Esto es un pueblo pequeño, así que ni siquiera sé de dónde sale tanta gente. Y, lo peor de todo, un rumor de susurros nada discretos empieza a extenderse desde la puerta hacia el interior a medida que avanzo, insegura. De pronto, siento que todos los ojos están clavados en mí.

Por suerte, un brazo cae sobre mis hombros y la voz de Peter me hace sentir con los pies en la tierra de nuevo al instante.

—Venga, novata, te enseño todo esto.

Me alivia ver que él también viste un estilo lo bastante punk para no sentir que soy la única que desentona entre el resto. Me acompaña hasta la secretaría del centro, sin parar de hablar y señalarme cualquier punto importante que dejamos atrás en nuestro camino. El comedor, la biblioteca... Espero recordarlo todo al final de la mañana. Me espera mientras recojo mi horario y el director me da la bienvenida y se disculpa por adelantado por si hay algún error en cualquiera de los papeles que me entrega, ya que en mi llegada ha sido «todo muy rápido y precipitado». Capto la crítica que esconde su tono amable, pero no digo nada.

Miro el horario y luego alzo la vista hasta los ojos castaños de Peter.

—¿Debería saber cómo llegar al aula 104?

Sonríe de medio lado y me quita la mochila del hombro en un movimiento rápido.

—Tú no, pero yo sí. Sígueme, novata.

Camino detrás de él durante solo unos cuantos pasos, y luego me pongo a su altura. Las miradas y los murmullos no cesan a medida que avanzamos por un largo pasillo y subimos las escaleras. Peter parece inmune a ellos.

Por fin, para delante de una de las puertas que flanquean los dos lados del pasillo y me tiende la mochila, sosteniéndola del asa con un solo dedo. Estoy a punto de recuperarla cuando la aparta de mi alcance, juguetón. Estira el otro brazo hasta poner la mano, con un papel sujeto entre el dedo índice y el corazón, frente a mi cara. Me guiña un ojo cuando lo cojo, intrigada, y luego me pasa la mochila sin darme tiempo a mirarlo.

—Llámame si necesitas cualquier cosa. Espero que te diviertas en tu clase —desea, y hace una especie de reverencia como si fuera un bufón—. Lo siento, tengo que irme —añade en cuanto suena el timbre.

Camina unos pasos hacia atrás y luego se da la vuelta y echa a correr por el pasillo.

—¡Gracias! —le grito a su espalda, aunque no sé si puede oírme ya.

Los murmullos se acallan y me siento el centro de todas las miradas en cuanto pongo un pie dentro del aula. Impresiona bastante.

Una mano que se agita en el aire llama mi atención y veo el pelo rojo oscuro de Molly antes de encontrarme con su sonrisa. Señala un sitio vacío que hay en la fila anterior a la suya, junto al pupitre de Lucy.

Avanzo entre la gente que aún no ha ocupado sus asientos. Hago caso omiso a todos esos pares de ojos que me miran de arriba abajo cuando paso por su lado.

—Te hemos guardado un sitio —dice Lucy, y me dedica una sonrisa de ánimo.

—Gracias —digo en general, también para Molly y Derek, quien está ocupando un pupitre detrás del mío—. Empezaba a sentirme como un bicho raro.

Molly suelta una carcajada.

—Eres la nueva atracción del pueblo, chica. Se acostumbrarán.

Me guiña un ojo y lo cierto es que consigue hacerme sentir un poco mejor.

—Literatura con Anderson es un tostón —me cuenta Derek, que acaba de inclinarse sobre el asiento para estar más cerca—, así que la mitad de ellos se dormirán y dejarán de acecharte.

—Creo que me va a caer bien Anderson —le sigo el juego.

—Yo no estaría tan seguro.

El chico apenas ha terminado de decir esa frase cuando la puerta del aula se cierra con un golpe seco y todos los alumnos que aún estaban de pie ocupan sus sitios apresuradamente. El profesor es un hombre entrado en años, con el escaso pelo que le queda de color blanco, viste un traje y lleva un maletín que parece pesado y que deja sobre la mesa con la misma poca delicadeza con la que ha cerrado la puerta.

—Buenos días, señores —dice, lo que acalla el rumor que no había terminado de extinguirse todavía—. Vamos a seguir donde lo dejamos antes de las vacaciones. *El gran Gatsby*. Bien, ¿alguien quiere contarnos si ha sido la mejor lectura de sus Navidades?

Creo que me va a costar acostumbrarme a seguir el hilo de una clase con tantos alumnos, pero tengo *El gran Gatsby* superado desde el año pasado e incluso podría recitar algunos párrafos enteros sin fallar ni una coma, de manera que puedo relajarme un poco. Me acomodo en el asiento y despliego por fin el trocito de papel que me ha dado Peter antes de entrar. Dice «Contacto en caso de emergencia» y ha escrito su número de teléfono debajo. Se me escapa una sonrisa mientras lo guardo en el bolsillo del pantalón.

—Al parecer, tenemos una alumna nueva hoy entre nosotros. —Oigo decir al profesor y me tenso en un solo segundo—. Señorita Clark, ¿podría ponerse en pie?

*Fatal*. Lo que me faltaba. Me muevo despacio, con desgana, y me levanto con las piernas temblorosas. Todos los ojos están puestos en mí ahora mismo y creo que se me va a salir el corazón por la boca.

—Bienvenida, señorita Clark —suelta Derek, burlón.

La gente se ríe y eso consigue quitarle algo de tensión al momento.

—Nadie le ha dado permiso para hablar, señor Wood —gruñe el profesor—. Pero, sí, bienvenida, señorita Clark. Imagino que su educación hasta el momento ha sido algo... *especial* —elige la palabra y la pronuncia con un desprecio que no se me pasa por alto—. Espero que su adaptación a las nuevas circunstancias sea rápida y satisfactoria. Aquí, como puede ver, nadie es nadie y todos son iguales. Puede relajarse en la clase de hoy, y en lo que nos quede tratando *El gran Gatsby*, pero no le daré más tregua con el próximo libro que leamos.

Me arden las mejillas y ahora ya no es de vergüenza. Me parece que Derek estaba en lo cierto y que el señor Anderson no va a caerme bien. En absoluto. ¿Qué está diciendo? Ni siquiera me conoce. Y ya me está juzgando. Ya está dando a entender que yo me creo especial, que espero que hagan excepciones conmigo y que...

—He leído *El gran Gatsby* cuatro veces, señor. Y estaré encantada de comentarlo en clase con usted hoy mismo o cuando quiera —suelto, sin ni siquiera pensar en lo que estoy haciendo.

Sí, a veces soy algo impulsiva.

El silencio sepulcral que acaba de formarse alrededor ya me da una idea de lo temerario de mi actitud, pero no me arrepiento del todo. No sé cómo funcionan las cosas en los institutos de Montana, pero sé que un profesor que intenta ridiculizar a un alumno en su primer día de clase no es un buen profesor.

El señor Anderson está a punto de decir algo, aunque no llego a recibir su réplica porque la puerta se abre tras una tímida llamada y una chica de piel oscura, con rizos descontrolados hasta la altura de los hombros y la nariz rodeada de pecas, asoma la cabeza.

—Perdón. Siento llegar tarde, es que...

—¡Señorita Turner! —ruge el profesor, y se pasea alrededor de su mesa sin dirigirle ni una sola mirada—. ¡Qué honor que decida honrarnos con su presencia! Pase, por favor, como si usted pudiera venir a la hora que le plazca a mi clase, ¿por qué no? Aún estoy contagiado de espíritu navideño.

La chica se cuela en el aula, cierra la puerta tras ella y zigzaguea entre las mesas hasta sentarse en la última fila. Yo aún sigo de pie, así que las dos cruzamos la mirada cuando pasa por mi lado. Me dedica una sonrisa de ánimo. Y yo se la devuelvo casi sin querer. Viste pantalones anchos con bolsillos, unas botas y una sudadera de colores con capucha. Lo primero que pienso es que ella tampoco parece encajar en este lugar.

—Puede sentarse, señorita Clark. Y nos contará sus impresiones sobre *El gran Gatsby* al final de la clase, ya que tiene tantas ganas.

Me siento con los labios apretados mientras me muerdo la lengua. Claro, como si pedirle a la alumna recién llegada que se ponga de frente a la clase y hable de Literatura delante de todos sus compañeros no fuera algo cruel.

Me llama la atención escuchar a Derek susurrando detrás de mí y me giro disimuladamente mientras el profesor escribe en la pizarra.

—¡Eh! ¿Qué tal está tu hermano? —le está preguntando a la recién llegada.

La chica está a punto de responder, pero entonces Molly golpea a Derek en el brazo y le lanza una mirada de clarísima advertencia que le hace volver a sentarse bien en su asiento y olvidar sus intenciones de conversar.

No debería meterme donde no me llaman, así que vuelvo a mirar al frente y me paso el resto de la clase rezando para que, cuando llegue el final, el señor Anderson ya se haya olvidado de mí.

Por supuesto, no se ha olvidado, y Molly le está contando toda la anécdota entre risas a Peter y a Stacy mientras avanzamos por la cafetería a la hora del almuerzo. Mike está ocupando una mesa en la que ha reservado todos los asientos para nosotros. Al menos no tengo que pasarme el primer día yendo de mesa en mesa mientras todos ponen sus bandejas en los sitios libres para evitar que me siente. He tenido pesadillas con eso esta noche. En serio, creo que he visto demasiadas películas.

Peter y yo hacemos juntos la cola para conseguir algo de comer.

—Parece que no has necesitado el número de emergencias a pesar de que el señor Anderson haya captado enseguida tu aire de niña mimada.

—Aún no ha acabado el día. Y no soy ninguna niña mimada.

—Lo que tú digas, novata.

Alarga el brazo para coger el último cruasán de chocolate que queda en el mostrador y lo pone en mi bandeja.

—Vas a necesitar azúcar para el cerebro después de tu disertación sobre Gatsby.

Me trago la sonrisa solo para no darle esa satisfacción, pero lo cierto es que me encanta el detalle.

Me siento junto a Lucy cuando volvemos a la mesa. Peter lo hace enfrente y compartimos una sonrisa cómplice cuando Derek llega tan solo un minuto después y se queja por no haber conseguido él uno de los cruasanes.

La mesa enseguida se llena de conversaciones sobre música y bromas que vuelan entre todos. Yo soy la única que se mantiene callada a no ser que se dirijan a mí. No sé muy bien qué decir, porque todos se conocen desde hace tiempo y me pierdo con la mayor parte de los chistes.

Me llama la atención ver entrar por la puerta de la cafetería a la chica que ha llegado tarde esta mañana. Lleva la mochila al hombro y estira el cuello para mirar entre la gente. Molly suelta un gruñido molesto y al volverme hacia ella me doy cuenta de que está mirando a la recién llegada.

—No la mires o pensará que queremos que se siente con nosotros —dice entre dientes.

—Sabe que no queremos que se siente con nosotros, Molly —responde Stacy al instante, sin dirigir la mirada hacia la entrada y jugueteando con la mano de Mike.

Cuando vuelvo a buscarla con la vista, ya avanza entre las mesas y termina por sentarse con un par de chicos al fondo de la sala. Saca algo envuelto en papel de plata de su mochila y el envase de un zumo de frutas.

Me inclino hacia Lucy cuando nadie parece estar prestándome atención ya.

—¿Quién es esa chica? —le susurro.

Sé que, si alguien estará dispuesta a mostrarse misericordiosa con la que parece ser *persona non grata* en este grupo, será ella. Me da la impresión de que Lucy no tiene la capacidad de odiar a nadie.

Mira alrededor insegura antes de atreverse a responder, también en susurros:

—Es Michelle Turner. Es la ex de Mike.

No añade nada más. Aunque puedo ver en sus ojos que, si por ella fuera, invitaría a Michelle a sentarse con nosotros.

# 5

# Solo de batería

Es tan solo mi tercer día de clase y ya estoy llegando tarde al instituto. Mi madre no podrá enfadarse conmigo porque ha sido culpa suya, pero esa excusa no me servirá de nada delante del señor Anderson si tengo que entrar en el aula cuando él ya haya empezado la explicación.

Mamá empieza hoy en el trabajo y estaba nerviosa. Por eso ha abierto la puerta de la lavadora cuando no debía y se nos ha inundado la cocina a las seis de la mañana. ¿Quién pone una lavadora a las seis de la mañana? Creo que la pobre aún sigue llevando horarios de estrella del *rock*. La cuestión es que el desastre he tenido que solucionarlo yo para que ella no llegara tarde en su primer día. Tampoco habría pasado nada, su nuevo trabajo es echarle una mano a Nicole con las cosas del hostal que regenta a la entrada del pueblo. Nicky necesitaba a alguien de confianza y mamá necesitaba un trabajo, así que parece que todas las piezas encajan.

Un coche toca el claxon con furia cuando cruzo corriendo la carretera y lo obligo a reducir la velocidad. Y lo siento, pero prefiero morir atropellada a ser el saco de boxeo del señor Anderson durante toda la clase de hoy. En solo dos días ya he podido deducir que no le caigo bien. Sin embargo, hay algo que me salva el culo en sus clases, y es que Michelle Turner parece caerle aún peor.

Los pasillos se están quedando vacíos como consecuencia del estridente sonido del timbre, justo cuando entro por la puerta. Echo a correr lo más rápido que puedo, y jadeo y resoplo con muy poca dignidad, hasta alcanzar las escaleras que llevan al primer piso y subir los escalones de dos en dos. Ralentizo el paso cuando doblo la esquina para enfrentarme al pasillo y veo a Molly en la puerta de clase, sin ninguna prisa aparente por entrar. Está hablando con uno de los chicos que juegan en el equipo de *hockey* y, por la actitud de ambos, no parece que estén hablando de los deberes. Molly es una auténtica ligona, y yo tengo que tragarme una sonrisa divertida cuando cruzamos miradas y me guiña un ojo con aire pícaro. Al chico que habla con ella le falta poco para babear... y no es el primero al que veo mirarla con deseo.

Quizá, si a Molly le interesa ese chico que juega al *hockey*, quiera ir el sábado por la mañana a ver entrenar al equipo. Peter me envió un mensaje anoche para invitarme a acudir a la pista de hielo si me apetecía. Él se ha unido al equipo este curso, para hacer más atractivas las solicitudes de la universidad, y, aunque dice que se le da bastante bien, me parece que el resto de los jugadores no han dejado de verlo como un forastero todavía. Entiendo tan bien cómo se siente alguien cuando es «el de fuera» de un grupo, que dije que iría solo por animarlo un poco. Pero la verdad es que no me apetece ir sola.

El señor Anderson se está acercando a grandes zancadas desde el final del pasillo, así que dejo cualquier cosa que estuviera pensando para otro momento y entro en el aula.

Capto una sonrisa burlona de la chica sentada en la última fila cuando me ve llegar hasta mi sitio tan apurada y le devuelvo una cómplice antes de dejarme caer en la silla y sacar el libro de Literatura.

—Eh, Molly, ¿hoy es Gareth? Creía que ayer era Jimmy el afortunado de último curso. —Oigo la voz de Derek detrás de mí, hablando en un tono bajo y divertido.

—Soy mucha mujer para Jimmy Olson —responde ella mientras se acomoda en su pupitre—. Y Gareth tiene coche y un apartamento en Great Falls.

Derek suelta un silbido bajo. Lo oigo quejarse y reír porque, al parecer, Molly acaba de tirarle un trozo de goma a la cara. Pero enseguida toda la clase se queda en silencio cuando el señor Anderson deja su maletín sobre la mesa con un golpe seco.

—Buenos días, señores —habla al tiempo que pasea su vista por cada uno de nuestros rostros.

El movimiento de sus pupilas se detiene cuando pasan de mí a la persona que está sentada a mi izquierda.

—Señorita Kassar, le pido que respete las normas de vestimenta de este instituto y se quite inmediatamente eso de la cabeza.

Lucy hoy viste un hiyab de un bonito color rosa suave. La vi con él puesto por primera vez ayer tras la hora del almuerzo y, en las clases que dimos desde entonces, nadie dijo nada de ninguna norma sobre la forma de vestir. Además, el señor Anderson ha dicho «eso» con un desprecio tal que hasta yo me siento ofendida por ello.

—No... —Derek empieza a hablar, pero se calla de golpe cuando tanto el profesor como su novia le lanzan una mirada de firme advertencia.

—Perdón, señor Anderson, pero nadie me había dicho nada acerca de ninguna norma sobre la ropa que puede o no llevarse en los tres años que hace que vengo a este instituto. No es mi intención romper ninguna regla, pero...

El color rojo de las mejillas de Lucy contrasta con el tono suave del pañuelo que le enmarca la cara.

—He dicho que se lo quite —repite, en un tono que no deja lugar para ninguna clase de discusión.

Pero yo soy experta en encontrar hueco para discutir siempre que haga falta. Y no me puedo quedar callada cuando veo que Lucy se lleva la mano a la cabeza y empieza a soltarlo despacio.

—Si la norma de vestimenta dice que no se puede llevar la cabeza cubierta, ¿por qué no les dice lo mismo a los chicos del equipo de béisbol?

Los ojos del señor Anderson vuelan hasta mí, repletos de desdén. Ni siquiera he llegado a aprenderme los nombres de esos dos compañeros que juegan al béisbol y siempre llevan una gorra hacia atrás en la cabeza, pero espero que entiendan que esto no es nada personal.

—La vestimenta debe estar exenta de ideología, señorita Clark. No espero que esté al día de las normas de una sociedad civilizada en la que la comunidad es más importante que los egos, no se preocupe; si necesita alguna explicación puede quedarse en el aula de castigo después de las clases y se la daré de buen gusto.

—Entonces, ¿no le parece que el colgante que lleva Martha tampoco está exento de ideología? —Señalo a una de las chicas de la primera fila, que lleva una cruz colgada de una cadena de plata.

—Zoe, cállate, por favor —suplica Lucy en voz baja, a mi lado.

Ojalá pudiera callarme. Pero no puedo. Las injusticias siempre han hecho arder una llama en mi pecho. Puede que el señor Anderson tenga razón en parte y yo no sepa acatar las normas de una «sociedad civilizada», pero creo que lo que él está haciendo no atiende a ninguna norma social en absoluto. Llevo solo tres días en este instituto, y con eso ya me ha sobrado el tiempo para darme cuenta de que el profesor de Literatura no tolera a los que él considera diferentes. Por eso odia a Michelle Turner mucho más que a mí. Y ahora también la toma con Lucy.

—Un colgante es un adorno y no resulta ofensivo —empieza el profesor, cada vez más enfadado.

—¿Ofensivo? —replico.

Empujo mi silla hacia atrás y me pongo en pie, porque soy incapaz de permanecer en mi sitio como si nada. No entiendo por qué nadie más parece dispuesto a decir ni una sola palabra.

—A mí no me ofende que una compañera decida vestir un hiyab, igual que no me ofende que usted lleve esos chalecos de punto que no son la última moda, ni que mis compañeros decidan llevar la ropa de deporte de los equipos cuando vienen a clase. Me dijeron que en este instituto no había uniforme obligatorio.

El señor Anderson se me acerca pisando con fuerza, como si creyera que solo por hacer ruido con esos zapatos tan relucientes como anticuados va a conseguir intimidarme. Levanto la barbilla, decidida a no dejarme amedrentar.

—¡Señorita Clark! —ruge, parado a dos mesas de distancia—. Quiero que salga ya mismo de mi clase y que vaya directamente al despacho del director. Y dígale al señor Morris que se quedará una hora en el aula de castigo esta tarde, a ver si eso le sirve para replantearse su actitud insolente.

—Una actitud insolente es menos preocupante que una actitud racista en pleno siglo XXI, señor Anderson.

Estoy bastante segura, a juzgar por su expresión, de que, si todos mis compañeros no estuvieran mirándonos ahora mismo y conteniendo la respiración, este hombre se acercaría y me daría un bofetón. Por supuesto, no lo hace.

—Salga de mi clase —repite, con los ojos echando chispas—. Y no se le ocurra volver. Le adelanto que tiene un suspenso en mi asignatura, señorita Clark.

Me agacho para recoger la mochila del suelo y meto los libros en ella de cualquier manera. Siento la piel cosquilleando de pura rabia e impotencia. Me cuelgo el asa al hombro y camino hacia la puerta con la cabeza bien alta y derrochando seguridad mientras piso con más fuerza con mis botas de la que han podido llegar a hacer esos ridículos zapatos del profesor.

Me vuelvo para mirarlo cuando estoy en el umbral de la puerta, con el pomo en la mano.

—Ah, señor Anderson, una camiseta de *Smells Like Teen Spirit* tampoco está exenta de ideología. —Señalo mi camiseta blanca con el título de la canción de Nirvana escrito en letras negras en la parte delantera—. Y no me la pienso quitar.

No le doy tiempo a contestar antes de cerrar la puerta desde el pasillo y alejarme del aula cargando con todas mis cosas y con el abrigo en la mano.

♪ ♪ ♪

Las manecillas del reloj que hay colgado sobre la puerta del aula de castigo no avanzan. Va en serio. A lo mejor está trucado y lo único que da vueltas alrededor de la esfera es el segundero.

Suelto un suspiro cansado y eso me hace ganarme una mirada de desaprobación de la profesora que me vigila. Tampoco sé muy bien qué hace aquí. Estoy yo sola y no podría divertirme ni aunque lo intentara.

Cuando por fin llega la hora en que quedo libre y puedo irme a casa, veo que, casi sin ser consciente, he escrito las notas de una de las canciones de mi padre en la hoja que tenía delante. La arranco de la libreta y la arrugo hasta hacer una bola con ella antes de encestarla en la papelera que hay junto a la puerta en mi camino a la salida.

Los pasillos están completamente desiertos y mis pasos hacen eco en las paredes mientras recorro la primera planta hasta la escalera que baja. Cuando empiezo a avanzar hacia la puerta principal un sonido más llamativo que el de las suelas de mis botas capta toda mi atención. Tiene ritmo, me resulta familiar y suena bien. Retrocedo un par de pasos, y me doy un momento para orientarme.

Los pies me han llevado sin pedir permiso a la puerta entreabierta de un aula que no había visto hasta ahora. Es una sala de música. No es muy grande y la acústica es mejorable, pero hay unos cuantos instrumentos distribuidos por el espacio y también contra las paredes. Y, en el centro de todo ello, un chico toca la batería, ajeno a cualquier cosa que suceda alrededor.

Me quedo disfrutando del ritmo más tiempo del que probablemente debería. La verdad es que ese chico sabe lo que se hace. A juzgar por la ligera capa de sudor que perla su frente, yo diría que lleva mucho rato ya practicando con el instrumento. No falla ni un movimiento. Y se nota que lo hace a menudo porque los músculos de los brazos se adaptan a cada toque de percusión como lo hacen los de todos los mejores baterías que he conocido de gira por ahí.

De repente, abandona la interpretación de golpe y levanta la vista hacia mí. Doy un paso atrás cuando sus ojos oscuros se clavan en mi cara y veo cómo se le tensa la mandíbula. Es delgado, de rasgos angulosos, pelo moreno y los ojos de un marrón oscuro que casi parece negro a esta distancia. Viste una camiseta de Green Day demasiado grande. Y cuando cuadra la mandíbula de nuevo, me dan ganas de salir corriendo.

—¿Querías algo? —pregunta en un tono bastante desagradable.

—Perdona. Estaba saliendo y te he oído tocar —me explico, porque es obvio que yo no debería estar espiando desde la puerta como una fan loca—. Soy...

—Sé quién eres, recién llegada —corta mi presentación con un gruñido ronco.

—Tengo nombre —digo en el mismo tono desagradable que él no deja de usar.

—Y yo no tengo tiempo.

Despega la mirada de mis ojos y da un par de vueltas a las baquetas entre los dedos con bastante soltura antes de golpear el instrumento de nuevo.

—Eres muy desagradable y no me conoces en absoluto. No hace falta ser tan borde con alguien que no te ha hecho nada, ¿sabes?

Ni siquiera me mira. Sigue tocando como si yo no estuviera aquí. Por eso me sorprende oír su voz grave cuando estoy a punto de dar media vuelta y largarme:

—Te equivocas. Sí que te conozco un poco, estrellita del *rock*. Y no soy borde, tú te has plantado ahí a mirarme sin haber sido invitada.

«Estrellita del *rock*.» ¿De qué va? ¿Cómo se atreve? ¿Quién se ha creído que es?

Si sé algo en la vida es que el mayor desprecio es la indiferencia. Así que no pienso entrar en ese juego. No voy a discutir con un desconocido que se queda en el instituto fuera de horas para aporrear una batería. No me interesa.

—Disfruta de tu solo, batería —mascullo.

Me alejo del aula antes de que le dé tiempo a decir nada más. Probablemente ni tan siquiera iba a contestar.

Cuando salgo a la calle y me ajusto el abrigo en torno al cuerpo, sé que no volveré a pensar en ese chico ni un segundo más. Pero, antes de desterrarlo de mi mente, recuerdo nuestro breve encuentro y murmuro una sola palabra:

—Capullo.

# 6

# Los viernes se ensaya, los sábados se juega

No había vuelto a ver al señor Anderson desde que me echó de su clase y pensaba que volver a tener esta asignatura con él sería un infierno. Sin embargo, en la hora de Literatura que hemos tenido justo antes del almuerzo del viernes no se ha dignado ni a mirarme. Creo que a partir de ahora voy a ser como un fantasma para nuestro profesor en estas clases y, sinceramente, eso no podría alegrarme más.

Por suerte, mi madre creyó mi versión de la historia cuando tuvimos una charla muy seria la noche del miércoles. Creo que no me cuestionó porque ella sabe mucho mejor que yo cómo puede llegar a ser la gente en este pueblo. Sé que la inmensa mayoría la juzgó cuando se largó de aquí con una promesa del *rock*. Y estoy bastante segura de que los más puritanos todavía no se lo han perdonado.

Cuando suena el timbre que nos libera y todos los alumnos abandonan el aula tan rápido como pueden, yo me quedo sentada en la silla, vuelta hacia el pupitre que tengo detrás, mientras Derek selecciona unos cuantos folios de su carpeta y me los tiende.

—Gracias —digo, sincera.

—De nada, aunque no sé si te servirán de mucho, Anderson dijo que ya estabas suspendida —me recuerda.

Guardo sus apuntes de la clase de Literatura del miércoles entre las hojas de mi cuaderno y me encojo de hombros.

—Eso ya lo veremos. Te los traigo el lunes, ¿vale?

—Tranquila —me calma, con una sonrisa de medio lado—, no pienso estudiarme eso hasta el día antes del examen.

Suelto una risita en respuesta a su tono de voz jocoso y recojo mis cosas y me pongo en pie tan rápido como puedo para seguirlo hacia la salida cuando él se adelanta.

—¿Qué te ha parecido tu primera semana de clase en un instituto de verdad?

Ha ralentizado el paso para que pueda seguir su ritmo por el pasillo.

—Aún quedan dos horas más de clase para haber sobrevivido a la semana —bromeo.

—Ah, sí, y Matemáticas con Müller, no cantes victoria todavía —exagera, y suelta una risita después—. Te veo luego.

Me vuelvo a mirarlo cuando oigo la despedida al llegar a la escalera. Él ya se está acercando al tramo que sube en vez de al que baja y conduce a la cafetería.

—¿Dónde vas? ¿No almuerzas?

—Sí, pero almuerzo arriba con Chase.

—¿Quién es Chase?

Retrocede sobre sus pasos para quedar de nuevo frente a mí. No sé si me estoy pasando de cotilla, pero Derek no parece molesto. Aunque, la verdad, empiezo a creer que Derek no tiene la capacidad de molestarse nunca por nada: es un pedazo de pan.

—Es mi mejor amigo, y el batería de la banda. ¿Es que nadie te lo ha presentado?

—Me temo que no —respondo, con una sonrisa divertida ante su tono indignado.

—¿Quieres subir con nosotros?

Niego con la cabeza.

—No. Da igual. Ya me lo presentarás. Stacy había quedado en traerme hoy un par de libros que dice que tengo que leer por mi propio bien.

—Entonces, nos vemos luego en clase, Zoe Clark.

—Muy bien, Derek Wood. Que aproveche vuestro almuerzo.

—¡Lo mismo digo! —exclama mientras ya sube las escaleras a toda velocidad.

Me cae muy bien este chico. Sé que he tenido suerte de que el grupo de amigos de Peter me haya recibido tan bien y sean tan simpáticos y agradables conmigo.

Noto la presencia del guitarrista detrás cuando me pongo en la cola de la cafetería.

—Oye, Zoe, ¿haces algo esta tarde?

Me giro para mirarlo interesada. No me da tiempo a decir nada antes de lanzar su propuesta:

—Los viernes por la tarde siempre ensayamos en el local, ¿te apetece venir y criticarnos sin piedad?

♪ ♪ ♪

La puerta del local está abierta y se oye mucho jaleo dentro cuando yo llego. Pasan cerca de quince minutos de la hora en que Peter me ha dicho que habían quedado, así que asumo que todos estarán aquí ya.

—¡Eh, Zoe! —saluda Stacy, en cuanto me ve asomar la cabeza—. ¿Puedes decirles a estos chicos que Green Day les queda grande? Quieren destrozar *American Idiot* esta tarde, y me niego a no poder escuchar esa canción de la misma manera nunca más.

Empiezo a dibujar una sonrisa que se corta de golpe

cuando miro a esa suerte de escenario que los chicos tienen montado en su garaje de ensayo y me encuentro con los ojos oscuros que me observan desde detrás de la batería. *Fatal*, ¿de verdad? Debería habérmelo imaginado. ¿Cuántos baterías habrá en este pequeño pueblo? Pero lo cierto es que lo había borrado de mi mente y por eso no había pensado que el famoso Chase pudiera ser el tío desagradable del otro día.

Él parece tan disgustado como yo de habernos encontrado aquí y aparta la mirada en cuanto establecemos contacto visual.

—Zoe Clark, este es Chase Bailey... —empieza Derek, con su mejor intención.

—Ya nos hemos visto antes —gruñe Chase.

Da una vuelta a sus baquetas entre los dedos, como hizo la primera vez que nos vimos, y luego golpea uno de los platillos, impaciente.

—¿Podemos empezar de una vez?

—¿Os conocéis? —pregunta Derek, sin dejarse amedrentar.

—¿Quién no la conoce? —suelta, con cierto deje de desprecio empapando sus palabras.

Me dan ganas de decir algo muy poco correcto, pero me muerdo la lengua. Si es el batería del grupo, es amigo de esta gente, aunque no almuerce con ellos. Y yo sigo siendo solo la nueva.

—Solo coincidimos el otro día por casualidad. No sabía que él era vuestro batería —admito, y trato de mostrarme lo más indiferente posible, para que ese cretino no se crea que consigue molestarme.

Peter se acerca hasta mí y me pone una mano en la cintura, con demasiada confianza, para hacerme retroceder unos pasos y hablar conmigo a solas.

—Pasa de Chase, novata —sugiere, como si yo necesitara el consejo—. Es un poco imbécil, no es nada personal.

—No puede ser personal, no me conoce de nada.

Él sonríe de medio lado.

—¡Peter! ¿Tocamos o qué? Hemos venido a ensayar, no a ligar —nos interrumpe Derek, en tono pícaro.

Peter se encoge de hombros, como disculpándose conmigo, y me guiña el ojo antes de correr hacia el escenario y coger la guitarra. Se pasa la correa por la cabeza y el hombro, para colgársela.

Molly me tiende un botellín de cerveza en cuanto Derek toca la primera nota con el bajo. Lo cojo y lo choco con el suyo, compartiendo una sonrisa con ella.

El ritmo de la batería se une enseguida al del bajo y no puedo evitar observar con atención los movimientos de Chase mientras toca. Será un tío muy desagradable, pero no puedo negar que esto se le da bien.

Luego entra la guitarra y Peter me sonríe en cuanto mis ojos se posan en él.

Me sorprende lo bien que canta Mike. Tiene la voz quizá un pelín dulce para este tipo de música, pero consigue hacer la canción suya por completo. Todos tocan una versión propia adaptada al timbre del vocalista y eso me flipa. Suenan genial, si tengo que ser sincera. No esperaba que me parecieran tan buenos.

—Ahora tocad *You Suck At Love*, que tengo que contarles a las chicas lo mío con Gareth y creo que es la canción que me querrá dedicar el pobre diablo... —insinúa Molly cuando acaban con el primer par de canciones.

Me río con ellas. Me hace sentir bien que Molly me agarre del brazo cuando empieza a relatar sus últimas aventuras amorosas.

Lo único que me estropea la tarde es volverme a encontrar con los ojos del batería. Este local es demasiado pequeño para que podamos ignorarnos tanto como a los dos nos gustaría, me temo. Y, después de que apartemos la mirada de golpe a la vez, como si nos diera calambre solo el simple contacto visual, vuelvo a observarlo con el rabillo del ojo y veo cómo él aprieta la mandíbula con rabia, como si mi mera presencia lo irritara hasta el punto de hacerse insoportable. ¿De qué va? ¿A qué viene tanto desprecio? Nos hemos visto, literalmente, dos veces en la vida.

Ojalá no tuviéramos que vernos nunca más. Pero, al parecer, vamos a coincidir bastante de ahora en adelante. Preferiría pegarme un tiro en un pie, o algo semejante. Sin embargo, no pienso renunciar a mis nuevos amigos.

Así que, si alguien tiene que irse, sintiéndolo mucho, no seré yo.

# 7

# La cita de mis sueños no incluía hielo y un stick

Molly dijo anoche que le gustaría poder acompañarme a lo del *hockey*, pero que no quiere que Gareth se piense lo que no es. Así que este sábado por la mañana me presento sola en la entrada del pabellón que alberga la pista de hielo que hay a las afueras del pueblo. Hace tanto frío que no entiendo que necesiten un pabellón para esto: apuesto a que podrían patinar sobre el hielo en cualquier calle.

Me he ido de casa sin darle demasiadas explicaciones a mi madre. El padre de Peter acababa de llegar dispuesto a echar una mano con los pequeños desperfectos que nos hacen la vida un poquito menos cómoda. Es el manitas del pueblo y parece que no se gana mal la vida con ello. Seguro que solo pelear con la caldera ya le lleva toda la mañana, de manera que no creo que vayan a echarme de menos. Y luego mamá se empeñará en pagarle, y él y Amanda se negarán a ello, sumando otra media hora de no preocuparse por mí ni lo que estaré haciendo. Me parece perfecto.

La puerta lateral está abierta y, una vez dentro, me guío por el griterío de los chicos del equipo hasta llegar a la pista. Ya están ahí, con los patines puestos y los sticks en la mano. Me alivia comprobar que no soy la única ajena al entrenamiento que ha decidido pasarse por aquí hoy: en los asientos más bajos de las gradas hay unas cuantas personas, entre padres, novias y amigos de los jugadores. No quiero llamar mucho la atención así que, en vez de avanzar hasta ocupar un sitio, me quedo en el pasillo de entrada, bien pegada a la barandilla que me separa de las sillas. Por supuesto, aún no soy invisible, y me doy cuenta de que uno de los chicos ya ha reparado en mí y patina hasta Peter para darle un empujón hacia donde estoy.

—¡Eh, Black! Creo que han venido a verte —anuncia, demasiado alto para mi gusto.

Peter me lanza una sonrisa en cuanto sus ojos se posan en mí y empieza a deslizarse hasta el borde de la pista para acercarse a hablar conmigo.

—¡Y pensábamos que era tonto! —Oigo burlarse a uno de sus compañeros.

—¡No ha ligado en su vida y ahora va a enrollarse con la hija de Shade Clark!

—¡A ver si sales con una tía de verdad de una vez, Black! —se alza otra voz, mientras todos los demás ríen.

Mi primer impulso es entrar en esa pista sin patines ni nada, haciendo agujeros en el hielo con los tacones de mis botas, y decirles a esos chicos que se atrevan a acercarse y decir todo eso en mi cara, pero me contengo porque pienso en lo mucho que Peter parece querer encajar aquí, ya que tiene que jugar con ellos el resto del curso, y no quiero estropearlo.

—Ignóralos, por favor, son una panda de gilipollas. —Es lo primero que dice cuando estamos frente a frente en la puertecita que separa la tierra firme del hielo. Tiene las mejillas coloradas y me da la impresión de que de verdad le dan vergüenza ajena esos neandertales—. Me alegro mucho de que hayas venido. ¡Pero no te quedes ahí, novata! Pilla una silla y ponte cómoda.

No me apetecía que me vieran demasiado, pero, de todas maneras, ya es un poco tarde para eso, así que supongo que no hay razón para no sentarme durante lo que dure este rollo del entrenamiento.

—Tu padre ha ido a dar martillazos a mi casa, así que no podía pasarme la mañana durmiendo igualmente. Supongo que ver a una panda de idiotas perseguir un disco no es lo peor que podría hacer esta mañana —medio bromeo, sin despegar mis ojos de los suyos.

Sonríe de una forma sincera, cargada de diversión y bastante adorable.

—Solo será una hora de idiotas con sticks, luego podemos ir adonde tú quieras.

El entrenador utiliza un silbato para llamar la atención de los jugadores y Peter se disculpa con la mirada y no con palabras antes de salir patinando a toda velocidad hasta el centro de la pista.

Me encaramo a la grada y ocupo una silla al borde de la fila de asientos, cerca de la salida.

Peter no juega mal. Sin embargo, me doy cuenta enseguida de que, por alguna razón, no es para nada el favorito de sus compañeros. Aunque de una manera sutil —para no llamar la atención del entrenador—, me da la impresión de que se dedican a ponerle las cosas difíciles y buscarle los fallos más que a actuar como compañeros y ayudarse en las jugadas. Además, oigo sus ataques disfrazados de broma: «A este deporte solo pueden jugar los hombres de verdad, Black, demuestra de una vez que eres un hombre», «¡Le pegas como una nena, Black!», «¿Quieres jugar al *hockey* o prefieres venir aquí a lamerme las pelotas?», «Seguro que el día que te estrenes follas igual de mal que patinas, principiante». Es horrible. ¿Por qué deja que lo traten así? ¿Por qué no los manda a paseo y pasa del equipo? Ni siquiera creo que le guste el *hockey*, solo quiere poder marcar el *tic* en la casilla de deportes en la solicitud para la universidad.

O, ¿a lo mejor todos los chicos adolescentes cargados de testosterona son así entre ellos? No es que haya conocido a muchos, así que no puedo juzgar sin tener toda la información. Pero, aunque así fuera, no me agrada en absoluto. Y creo que el hecho de que Peter no entre en su juego y se mantenga digno y sereno hace que me guste un poquito más.

Hasta me pongo de pie, aplaudo y lanzo un silbido alto, ayudándome del dedo índice y pulgar, cuando el guitarrista anota un tanto. Todo el mundo va a pensar que soy una fan loca y que estoy colada por él, pero no me importa. Que piensen lo que quieran. Estoy bastante segura de que Peter necesitaba un poco de ánimo a estas alturas. Lo veo claro en la sonrisa de agradecimiento que me dedica.

Cuando llega el final del entrenamiento, viene directo hacia mí.

—¡Eh, novata! —me llama, con el casco en la mano y una sonrisa reluciente—. ¿Quieres bajar a deslizarte un poco?

Me levanto del asiento y bajo los escalones que me separan de la parte más baja de las gradas, para poder hablar con él.

—No tengo patines —le recuerdo, con una ceja alzada y una mueca divertida.

—Hay unos cuantos patines viejos en el almacén. Seguro que hay un par de tu número.

—No sé patinar sobre hielo —reconozco, con un tono de voz más comedido para que no me oiga todo el mundo.

Seguro que en este pueblo no saber patinar sobre hielo es igual que no saber cuándo va a llover con solo asomarte a la ventana. Y yo no soy buena en ninguna de las dos cosas. Esto deja en evidencia lo asquerosamente forastera que soy.

—¿No sabes patinar sobre hielo? —repite Peter, más alto que yo, y la sorpresa que tiñe su tono de voz solo confirma mi teoría—. Es facilísimo, novata, y vamos a practicar ahora mismo.

Abre la puertecita y sale de la pista, decidido. Camina torpemente con los patines hasta un banco que hay unos pasos más allá en el pasillo que conduce a la salida y se los quita para poder seguir su camino de manera más cómoda. No tengo ni idea de dónde habrá dejado su calzado, pero a él no parece importarle ir descalzo.

Coge mi mano cuando está de pie y echa a andar, sin darme tiempo a oponer resistencia.

—¡No! —protesto mientras camino tras él siguiendo su ritmo—. Esto es una locura, Peter. No quiero romperme ningún hueso.

Suelta una carcajada, y yo no puedo evitar sonreír.

—Te prometo que no dejaré que te caigas —asegura, en tono dulce.

No relaja la marcha hasta que llegamos a una puerta cercana a los vestuarios de las chicas. Me sorprende que no esté cerrada con llave. Aunque ya debería haberme dado cuenta en el tiempo que llevo aquí de que casi nada en este pueblo lo está. Todo el mundo se conoce y la gente es confiada. Ayer, en el ensayo, Derek estaba contando entre risas que lo más peligroso que había tenido que hacer su padre, que es uno de los dos únicos policías del pueblo, fue bajar de un árbol a la gata de la anciana señora Hastings.

—¿Qué pie calzas? —pregunta mi improvisado profesor de patinaje.

Está levantando uno por uno todos los patines que llenan la estantería que hay a un lado del almacén, comprobando el número que hay marcado en la plantilla.

—Seis y medio, pero no sé si es buena idea.

—¡Bingo! —exclama, antes de que me dé tiempo a exponer mi alegato.

Mira bien los patines y luego me observa a mí, de arriba abajo, con una sonrisa torcida.

—Qué pies más pequeños.

—Soy pequeña, pero es mejor que no te metas conmigo.

Su sonrisa se ensancha, divertida, y los ojos le brillan al clavarse en los míos.

—Sí, más vale —me da la razón, y casi suena como si me admirara—. Ya nos ha quedado a todos bastante claro que Nirvana es tu ideología, así que...

Se ríe a carcajadas cuando lo empujo. Parece que a todo el mundo le encanta esa anécdota.

—Empiezo a no fiarme de ti para que no me dejes caer. Apuesto a que te reirías durante semanas enteras si me caigo de culo al hielo en cuanto entre en la pista.

Soy consciente del esfuerzo que hace para tragarse la sonrisa.

—Admito que me reiría durante mucho tiempo una vez que me hubiera asegurado de que no te has hecho daño, pero no quiero que me patees el culo y acabar más dolorido que tú, así que te prometo que haré todo lo posible para que no te caigas.

Al final, cedo a esa mirada suplicante y le quito los patines de las manos, para cargar yo con ellos. Parecen bastante limpios y no huelen mal, aunque siempre me ha dado un poco de grima ponerme zapatos usados por otras personas. Por eso a mamá le encantaba ir a la bolera siempre que tenía ocasión y yo odiaba que me arrastrara allí con ella.

Peter vuelve a ponerse los patines mucho más rápido que yo con los míos. Me espera en la puertecita de entrada a la pista. Me pongo de pie con torpeza y me acerco a él. Me sujeta por el codo para ayudarme a mantener el equilibrio y se desliza dentro. No me queda más remedio que seguirlo.

—Agárrate al borde y a mi mano. Muy bien, así —me anima.

Él está patinando hacia atrás con mucha elegancia y yo soy un pato mareado incluso yendo hacia delante. No me gusta ser la torpe en nada, aunque Peter no parece tener intención de burlarse de mí por ello. De hecho, resulta ser un profesor paciente y dedicado. Tiene que salvarme de caerme unas cuatro veces sin que hayamos terminado la primera vuelta a la pista y a mí me sorprende no haber besado el suelo todavía. Me siento cada vez un poquito más confiada mientras voy haciendo caso a todas sus indicaciones.

—¡Oye! Cada vez lo haces mejor. Cógeme las manos y vamos a separarnos de esta pared, ¿quieres?

¿Es que se ha vuelto loco?

—Voy a matarme, Peter.

Se ríe tan alto que sus carcajadas resuenan en las paredes del pabellón.

—No vas a matarte. Ni siquiera vas a caerte. Vamos.

Me rodea las muñecas con los dedos, de una manera delicada, y tira de ellas de una forma muy gentil hasta que consigue que suelte las manos del borde. Sigue patinando hacia atrás y yo solo me dedico a mantener el equilibrio mientras me dejo arrastrar hacia el centro del campo de juego. Esto es genial. Y es fácil siempre que él se encargue de todos los movimientos y yo solo tenga que dejarme llevar. Mantener el cuerpo en pie sobre los patines no es tan difícil como creía.

Y entonces recuerdo todas esas cosas que sus compañeros de equipo le han estado gritando durante el entrenamiento y me siento mal por él. Quizá no debería, porque no parece darle ninguna importancia, y no lo he visto afectado por las burlas en ningún momento. Tal vez es normal entre ellos. Tal vez él también lo hace en otras ocasiones.

—Peter, ¿puedo preguntarte algo?

Me muerdo la lengua cuando la pregunta ya ha escapado de mis labios. Él detiene nuestro movimiento de forma progresiva para no hacerme perder el equilibrio, y quedamos los dos frente a frente, cogidos de las manos, en medio de la pista de hielo.

—Claro, novata, todo lo que quieras.

Me cosquillea la tripa al captar el tono de su voz y ver cómo se suaviza su mirada mientras me observa.

—¿Por qué dejas que los chicos del equipo te traten así? No paran de meterse contigo.

Sacude la cabeza y hasta se ríe suave, restando importancia a mis palabras.

—No lo hacen a malas. Son deportistas, ya sabes —dice, con una sonrisa ladeada—. Y se creen mejores que yo porque toco la guitarra en un grupo. Los músicos no están muy bien vistos entre los musculitos con poco cerebro. En este caso el novato soy yo, y a los novatos se les hacen novatadas y se les trata como una mascota hasta que se ganan su sitio en el equipo.

Alzo las cejas, incrédula. ¿De verdad las cosas funcionan así en la vida real? Pensaba que lo que veía en las pelis era solo puro drama comercial.

—Pues para ti yo soy la novata, al parecer, y si se te ocurre tratarme así vas a quedarte sin pelotas.

Se traga la sonrisa y me guiña un ojo, juguetón.

—Yo nunca te trataría así. Les tengo un montón de aprecio a mis pelotas.

Me río un poco, y él se ríe conmigo, como si acabara de contagiarlo. Luego tira de mis manos y me deslizo hasta casi rozar su pecho. Me está mirando a los ojos y puedo notar sus dudas a la perfección. Está inseguro. Y yo muerta de miedo. Porque si me besa ahora..., ¿qué va a pasar con nosotros después?

Me inclino hacia atrás cuando él se acerca despacio hacia mí. Y eso hace que pierda el equilibrio y tenga que mover las piernas muy rápido y de una forma un tanto ridícula para tratar de mantenerme en pie. Todo para acabar cayéndome de culo al hielo y casi arrastrar a Peter conmigo por mi manera de aferrarme a sus manos como si fueran un salvavidas en el naufragio del *Titanic*. Por supuesto, Peter no se cae. No me suelta, pero consigue mantenerse en pie, con el torso inclinado hacia delante y sus manos en las mías.

Y la peor parte es que empieza a reírse a carcajadas. Tanto, que como siga así también terminará tirado en el suelo igual que yo.

—Espero que a tu culo no le tengas tanto aprecio, porque pienso clavarte este patín en él —advierto, y suelto sus manos y levanto el pie derecho, para que sepa a qué patín me refiero.

El muy tonto no deja de carcajearse y se sujeta el estómago con las dos manos, demostrando que aunque le duela la tripa no piensa dejar de burlarse de mí. Sigue soltando pequeñas risitas incontrolables cuando ya parece haber calmado la peor parte del ataque, y me ofrece su mano para ayudarme a ponerme en pie. La acepto, pero mantengo mi pose indignada y lo miro con los ojos entornados mientras él se esfuerza en ayudarme a volver sobre mis patines, con cuidado.

—Me gustas, Zoe —dice, aún sonriendo.

Me ayuda a patinar hasta la puerta de salida, pero, una vez allí, se gira hacia mí y me toma por la cintura hasta pegarme al bordillo y atrapar mi cuerpo contra él.

—¿Crees que ya me has enseñado todo lo que sabías sobre patinaje? —consigo decir, tras tragar saliva con dificultad.

—Eres malísima en esto, novata —se burla, y suena bastante tierno—. Deberíamos dar clase todas las semanas, tú y yo.

Le estoy mirando los labios, y es una tortura mantener esta tensión por tanto tiempo. Él, sin embargo, no baja la vista de mis ojos. La desvía solo por un segundo, para mirar más allá de mí, hacia la salida del pabellón, como si se estuviera asegurando de que estamos solos.

Estoy a punto de decir algo más cuando baja la cabeza y posa sus labios sobre los míos con suavidad. Me muevo contra su boca, profundizando el contacto un poco más, y él responde lento y tierno.

Besa bien. Su técnica es más que buena. Y me gustaría sentir que se para el mundo y que las mariposas se desbocan en mi estómago, pero no es así. Dejo la mente en blanco, con los ojos cerrados, y me concentro solo en este beso. A lo mejor todo eso de los libros no existe: ni las mariposas, ni las chispas, ni los pies que parecen abandonar el suelo mientras el mundo gira descontrolado a tu alrededor.

Me paso la lengua por el labio inferior cuando él se separa despacio de mi boca. Cuando abro los ojos me encuentro los suyos mirando más allá de mí, por encima de mi hombro. Vuelven a clavarse en mis pupilas al sentir que lo observo.

Giro la cabeza en un movimiento rápido y casi involuntario para ver qué es lo que le ha llamado la atención. Y me parece ver una sombra escabulléndose a toda velocidad hacia la salida.

Genial, ahora vamos a ser la comidilla de todo el instituto.

# 8

# Domingos de lluvia y calcetines mojados

—Tienes que hablar con él.

Pongo los ojos en blanco, sentada en una silla de la cocina, cuando oigo a mi madre decir eso una vez más. Lleva toda la mañana igual.

—Y deja de ponerme los ojos en blanco. Sabes que odio que hagas eso.

Tiene el ceño muy fruncido cuando la miro a la cara. No lo odiaría tanto si no supiera que tengo una razón más que justificada para repetir el gesto: mamá es una pesada. Apuesto a que nunca pensó que se convertiría justo en eso cuando era ella la que llamaba pesada a mi abuela en este mismo lugar.

—No quiero hablar con él. —Creo que llevo horas respondiendo solo con muecas exasperadas a cada comentario que hace.

—Es tu padre, Zoe —dice, y baja la voz al hacerlo, como si no quisiera que el manitas que está pegando martillazos en el baño nos oiga.

Siento una repentina opresión en el pecho. Aprieto los labios, intentando contener el malestar que lucha por salir en forma de palabras.

—Qué suerte tengo de que le apetezca serlo —mascullo entre dientes.

El dolor que surca las pupilas de mamá y que le descompone el rostro por unos segundos me hace sentir culpable. Enseguida me recuerdo a mí misma que la culpa no es mía, claro, y que es él el que nos ha hecho esto a las dos. Mi madre cuadra la mandíbula y se traga sus propias emociones para volver a centrarse en lo que debería o no debería hacer yo. En lo que *debería sentir* yo. Y no me parece justo. Nadie tiene derecho a decirme cómo tengo que sentirme con todo esto.

—Lo que haya pasado entre tu padre y yo...

—No, mamá. Esto no va solo de vosotros o de lo que te haya hecho a ti; esto va de lo que nos ha hecho a todas por ser un egoísta inmaduro, un mentiroso irresponsable y un cobarde —suelto, sin contenerme esta vez. Es la primera vez que digo esas cosas en voz alta sobre papá, aunque las haya pensado a menudo en las últimas tres semanas, y no me afecta tanto como pensé que haría—. Esto va de ti, y también de mí, y...

Unos golpes suaves en la puerta de la cocina hacen que las dos giremos la cabeza de golpe, sobresaltadas. Josh está parado en el umbral, con su caja de herramientas en la mano izquierda y la frente perlada de sudor.

—Perdón —se disculpa por la interrupción en primer lugar—. La ducha ya no os dará problemas y..., eh..., el inodoro tampoco. He comprobado las tuberías y son algo viejas, pero están en buenas condiciones, pueden fácilmente no dar ningún problema por diez años más, así que...

Mamá se pone en pie y abandona su sitio frente a mí y nuestra charla seria para acercarse al marido de su mejor amiga y dedicarle una sonrisa agradecida y cargada de vulnerabilidad. Sé que no le resulta para nada fácil tener que aceptar tantos favores.

—Muchísimas gracias, Josh. Te prometo que te lo pagaré cuando...

Él la frena levantando una mano y esboza una sonrisa ladeada que me recuerda bastante a la que a veces muestra su hijo mayor.

—Sabes que no voy a permitir que me paguéis nada, Kate. Volveré a pasarme luego para terminar con las paredes de la habitación de Zoe, e intentaré sacar un rato alguna tarde de esta semana para que los muchachos me ayuden a echar un buen vistazo a ese tejado.

—No, no. Por favor, ya te he dado bastante trabajo durante el fin de semana, al menos pasa el domingo por la tarde con tus hijos o Mandy va a odiarme —medio bromea mamá—. Y... gracias por lo del coche, de verdad. Dile a Peter que él puede seguir utilizándolo todo lo que necesite si...

—Ah, no. Lo que menos necesita Peter ahora es un coche para hacer el gamberro por ahí —responde Josh, y luego chasquea la lengua con desaprobación—. Y si le dijeras eso nunca tendrías el coche disponible cuando lo necesitaras. Que no te dé ninguna lástima por él.

Me despido con la mano cuando él lo hace con palabras antes de que mamá lo acompañe a la salida. Josh y Amanda le han ofrecido a mamá prestarle por tiempo indefinido el coche viejo del padre de Josh, que ya no tiene edad para conducir. Al parecer, la familia tenía más o menos hablado que ese coche sería para Peter llegado el momento, pero mi madre y yo nos hemos interpuesto en todos los mejores planes. Peter hizo alguna pequeña broma al respecto ayer cuando salimos de la pista de patinaje, y, para mi alivio, no me pareció que fuera un gran problema para él.

—Voy a preparar algo para comer. ¿Qué te apetece? —Mamá vuelve a aparecer, más relajada que hace unos minutos cuando estábamos en plena discusión.

—Cualquier cosa que no esté cruda ni quemada estará bien —bromeo.

Me hace un gesto de burla. Se acerca a los armarios —que casi parecen nuevos después del trabajo de Josh ayer—, y busca en los estantes hasta encontrar algo que se sienta capaz de preparar.

—¿Te ayudo? —me ofrezco, una vez que me he puesto de pie y llego a su lado.

Sacude la cabeza y fuerza una sonrisa.

—No. Yo soy la madre, tú eres la hija. Y tampoco es que se te dé bien la cocina, ¿no?

Me hago la ofendida y salgo de la estancia. He visto esa cara antes y sé que, en realidad, no es que no quiera mi ayuda, sino que ahora mismo necesita estar un momento a solas.

Entro a mi habitación y observo las escasas pertenencias que tengo aquí con la insuficiente luz que el cielo que amenaza tormenta permite que se cuele a través de la ventana. Todo eso que antes viajaba en una maleta ahora está acomodado entre estas cuatro paredes. Quizá por eso la habitación parece tan vacía. Me siento a los pies de la cama y me quedo mirando la guitarra que hay apoyada en el rincón. Hace semanas que no toco ni una nota. No sé ni si soportaría sacar el instrumento de su funda y tenerlo entre las manos, y menos aún rasgar las cuerdas con las yemas de los dedos. Es demasiado él. Y yo no quiero ser para nada como él nunca más.

Quizá debería comprarme una guitarra nueva.

¿Cuándo dejan los padres de ser perfectos? ¿Cuál es el momento exacto en que te enteras de que no son superhéroes ni tienen todas las respuestas? ¿Por qué tiene que ser tan duro darte cuenta de golpe de lo muchísimo que se equivocan? Tanto, que a veces no es fácil entenderlos... ni perdonarlos.

Ha pasado un buen rato ya desde que he dejado sola a mamá y la casa está extrañamente silenciosa. Decido acercarme a la cocina para ver cómo va con eso de hacer la comida.

Cuando me asomo, veo que está vertiendo el contenido de una olla en la basura y rasca con furia las paredes de la misma. Me da la espalda, pero el movimiento descontrolado de sus hombros deja claro que está llorando.

—Mamá...

Me acerco hasta ella y la abrazo por detrás, apoyo la mejilla en su omoplato y aprieto con fuerza. Se le escapa un sollozo bastante alto, cuando hasta ahora había conseguido llorar en silencio.

—Ni siquiera sé cocinar un plato de pasta sin arruinarlo.

Deja la olla sobre la encimera con un golpe seco y, como no la suelto, termina por abrazar mis brazos mientras su cuerpo tiembla pegado al mío.

—Da igual —aseguro, con los ojos llenos de lágrimas también—. Ayer comí pasta con Peter, ni siquiera me apetecía.

—Lo siento tanto, Zoe. Lo siento mucho —sigue ella, sin escucharme—. Soy un desastre. No sé ni hacer una comida decente, ¿qué clase de madre se supone que soy?

—No digas eso. Todo va a ir bien, mamá. Ya lo verás. No pasa nada. Aprenderemos juntas.

Se gira y pone las manos en mis mejillas y acuna mi rostro con ternura, mientras las dos nos miramos entre las lágrimas.

—Tú te mereces algo mejor, mi niña. He sido una egoísta arrastrándote hasta aquí conmigo y...

—No se te ocurra decirlo —advierto, firme—. Ni se te ocurra. Quiero estar aquí. Quiero estar contigo, mamá. Aprenderemos a hacerlo bien y ya está.

Me rodea los hombros con los brazos y aprieta tanto que estoy a punto de quejarme. No lo hago. Sé que ella necesita esto. Y yo también.

Odio tanto a ese cantante que nos ha traído hasta aquí... De verdad que lo odio. Odio sus estúpidas canciones dedicadas a nosotras dos. Odio sus malditos vicios y sus excesos. Odio sus mentiras. Odio...

La lluvia empieza a caer con tal fuerza que el sonido del agua contra el tejado llega a sobresaltarnos. Y, en apenas dos segundos, un punto concreto del techo de la cocina, a nuestro lado, empieza a gotear.

—¡Mierda! —grita mamá.

Se aparta de mí y se mueve a toda prisa hacia el lugar exacto donde el suelo está mojado, como si pudiera reparar la gotera solo con ponerse debajo.

—¡Zoe! ¡Corre, pásame la olla! —me pide, acelerada.

Lo hago y no puedo evitar que se me escape una risita cuando la pone bajo la gotera y se oye el repiqueteo del agua contra el utensilio.

—Al menos va a servir para algo.

Ella me dedica una mirada asesina, y luego una sonrisa triste.

—Anda, ayúdame a comprobar el resto de la casa.

Cuando acabamos, hay cinco cacerolas distribuidas por todo nuestro hogar. Una de ellas está encima de mi cama. Encima. De mi cama. Sobre la colcha. Me ahogaré cualquier noche de estas, si no le ponemos solución pronto.

Descongelamos comida de Nicole para poder alimentarnos. Tenemos suerte de que mamá tenga unas amigas que la quieran y quieran cuidar de nosotras. Nicky se encarga de cocinar para los ocasionales huéspedes de su hostal y es una cocinera excelente. No sé por qué mi madre se empeña en experimentar en la cocina si podemos vivir de las sobras de Nicky para siempre. Yo no me quejaría en absoluto.

Por lo menos, mientras comemos parece que logramos dejar atrás el estado de ánimo tan lóbrego de antes y hablamos y hasta reímos juntas por un rato. Dicen que es importante aprender a reírse de las propias desgracias y el tema de las goteras está dando pie a muchas bromas. No podemos echarnos a llorar por esto, tenemos ya demasiadas cosas por las que hacerlo. Es mejor reírse. Mamá me habla de su trabajo en el hostal y yo le cuento cosas acerca del instituto y mis nuevos amigos.

Es la hora del ocaso cuando deja de llover. Lo sé porque estoy tumbada sobre la cama, con los cascos puestos y Simple Plan a todo volumen, y con la cacerola medio llena justo a mi lado. He tenido que vaciarla dos veces en lo que ha durado la tormenta. Observo fijamente el agua para asegurarme de que ya no hay gotas que rompan la tensa calma de la superficie. Hasta parece que entra más luz por la ventana, aunque el sol esté próximo a esconderse.

Me incorporo de golpe cuando veo abrirse la puerta de la habitación. Mamá entra con el gesto torcido y el teléfono pegado a la oreja. Dice algo mirándome fijamente y yo tengo que quitarme los cascos y pulsar el botón de pausa para poder escucharla.

—¿Qué? —le pido que me lo repita.

—¿Es que no me oyes llamar?

—¿Qué pasa?

Se acerca hasta el borde de la cama y me tiende el teléfono. La miro con el ceño fruncido sin hacer amago de cogerlo.

—Es papá. Quiere hablar contigo.

*Es papá.* Me repatea las tripas que diga eso. Que lo diga así. No «es tu padre», no. «Papá», como si se hubiera olvidado de que ya no somos una familia y que ella ya no quiere llamarlo así ni por ningún otro sobrenombre que no sea el de «capullo asqueroso».

Niego con la cabeza y me pongo los cascos. Me dejo caer tendida sobre la espalda. No me interesa. Y él lo sabe. Lo peor es que ha sido tan rastrero de llamarme a través de mamá y obligarla a ella a tener que escuchar otra vez su voz. Como si no supiera que yo he visto sus llamadas esta tarde. Como si no se imaginara que, precisamente debido a ellas, he puesto el móvil en silencio y lo he guardado en el fondo del cajón de la mesilla.

—Albert, te llama ella en cinco minutos.

Ha colgado sin decir adiós y me parece bien. Él no se merece las formalidades.

—No —digo, antes de que le dé tiempo a sermonearme.

—Sigue siendo tu padre.

Me arranco los cascos de nuevo. Me pongo en pie de un salto. Necesito salir de aquí. Me calzo las primeras zapatillas que veo, que tienen el nudo de los cordones sin deshacer, y paso por al lado de mamá sin mirarla en mi camino a la puerta.

—Que se limite a mandar dinero y ya está. Es lo que mejor se le da —gruño al salir.

—¡Zoe! —Ella me sigue. No para de decir mi nombre en ese tono de regañina que tanto le gusta y tan bien se le da—. ¡Zoe Marie Clark! —chilla cuando me ve coger el abrigo que tengo colgado tras la puerta de entrada—. ¿Dónde crees que vas?

Salgo de casa y cierro de un portazo antes de que le dé tiempo a alcanzarme. Obviamente, no pienso llamar a Shade Clark «en cinco minutos». Ni siquiera he cogido el móvil.

Me pongo el abrigo mientras me alejo callejeando, para despistar a mamá si es que viene detrás de mí. Estoy bastante segura de que no lo hará.

La temperatura parece estar cayendo en picado ahora que ya no llueve y el sol está descendiendo en el horizonte. Me he puesto unas zapatillas de tela demasiado finas, lo que no resulta ideal cuando vas a pasear con el pavimento mojado. Eso me pasa por ser tan impulsiva. Bueno, lo peor que puede pasar es que me moje los calcetines, ¿verdad? O que me resbale en las finas capas de hielo que están empezando a formarse en las aceras y me abra la cabeza. Pequeños problemas del día a día.

No sé cuánto tiempo llevo dando vueltas por las calles desiertas cuando decido ralentizar el paso y tratar de ubicarme. Sé que estoy cerca de la salida norte y no es una zona que haya visitado antes. Tampoco es que sea posible perderse en las cuatro calles que tiene este pueblo, en realidad. Por lo menos, el paseo y el frío me han ayudado a despejarme. Tener que concentrarme en dónde pisaba para no resbalar también ha contribuido a alejar mi mente de todas esas cosas que no quiero ni pensar. No he cogido los guantes, así que tengo que llevar las manos dentro de los bolsillos del abrigo y, aun así, apenas siento los dedos. Tampoco he cogido el gorro, ni la bufanda, y voy soltando bocanadas de vaho cada vez que espiro. Estoy segura de que ya debemos de estar a bajo cero.

De hecho, veo un charco de tamaño mediano que ya tiene una capa de hielo cubriendo su superficie. Hasta ahora solo los más pequeños estaban así. ¿Cómo de gruesa puede ser esa capa? Tampoco es que todo se esté congelando como en esas películas sobre el fin del mundo en que las tormentas van helando cada cosa que se encuentran a su paso, ¿o sí? Me acerco con cuidado y pongo la punta de la zapatilla sobre el hielo. Parece bastante resistente. Voy aumentando gradualmente la fuerza, y ni siquiera se resquebraja. Y entonces, cuando pongo toda la planta del pie encima, el hielo salta en unos cuantos fragmentos y yo hundo la zapatilla hasta el tobillo en un charco de agua fría.

—¡Ah!

—Darse un bañito va genial para la circulación en esta época del año.

Me giro sobresaltada cuando oigo una voz a mi espalda, y

el movimiento provoca que salpique agua del charco alrededor antes de que me dé tiempo a sacar el pie. Michelle Turner se acerca a mí rodando por medio de la calzada unidireccional encima de un monopatín. ¿Quién sale a patinar con este tiempo? ¿No le da miedo resbalar en el hielo y morir? Me da la impresión de que hay pocas cosas a las que esta chica tenga miedo. Me dedica una sonrisa de dientes muy blancos que contrasta con el tono de su piel y baja del patín para recogerlo y ponérselo debajo del brazo. Ella sí lleva guantes, y una bufanda gordísima. Y también un gorro que deja escapar por debajo unos cuantos rizos desordenados que parecen pedir auxilio por la forma en que la prenda ahoga el resto de la melena. A su lado camina el perro más grande que he visto en mi vida. Me tenso un poco cuando el grandullón se me acerca meneando despacio su cola peluda y me olfatea. Saco la mano del bolsillo, para dejar que lo haga, a ver si decide que no soy una presa apetecible, y me da un lametón con una lengua enorme y caliente que me deja los dedos llenos de babas.

—*Max*, vamos, déjala —lo llama la chica—. Perdona, tiene demasiado amor para dar. No a todo el mundo le gusta que vayas a saludarlos así, ¿sabes? —vuelve a hablar con él en voz un poco más baja cuando regresa a su lado.

—No me molesta —consigo decir, sin querer admitir que sí me ha intimidado un poquito.

Michelle se acerca hasta ponerse a mi altura y me mira con detenimiento.

—¿Estás bien?

Creo que estaba mejor antes de oír esa pregunta. Me observa como si no tuviera pinta de ir a dar una respuesta afirmativa. Y me siento muy sola y muy perdida otra vez, aunque pensara que el paseo me había mejorado el ánimo.

—Estaba dando un paseo, solo... Debería haberme puesto unas botas —murmuro, de mala gana.

Ella suelta una carcajada. Eso me sorprende un poco.

—Tengo que darte la razón. Y pisar los charcos tampoco es un pasatiempo aconsejable en invierno, pero no me gusta juzgar las aficiones de los demás. Soy Michelle —se presenta, como si de verdad creyera que necesita hacerlo.

—Lo sé. Y yo Zoe.

—Lo sé.

Forma una sonrisa que se me contagia al instante.

—Debería volver a casa —suspiro—. Enseguida se hará de noche y mi madre va a flipar si no he vuelto.

—Claro. Aunque no es muy buena idea hacer todo el camino de vuelta con ese calzado, y menos con los calcetines mojados. Es un milagro que no te hayas caído de culo todavía, ¿o sí lo has hecho?

—La chica de los milagros es como todos me llaman —bromeo.

Se ríe de mi chiste, aunque no haya tenido ninguna gracia, y eso es de agradecer.

—Oye, *Max* y yo vivimos ahí mismo. —Señala una pequeña casa algo destartalada con la fachada de un color que antes debió de ser un bonito azul, pero ahora tiene la pintura desconchada en muchos puntos—. Seguro que te encontramos algo de calzado que te sirva para que puedas volver a casa más segura. ¿Qué calzas... un siete? —calcula, con la vista clavada en mis zapatillas.

—Seis y medio —respondo, algo cortada.

—¡Genial! Yo también. Venga, te dejaré unas botas. No podría tener la conciencia tranquila si no lo hago, ¿verdad, *Max*?

El perro responde con un ladrido. Tengo que sonreír ante tanta compenetración.

—Está bien. Gracias.

Me guiña un ojo y hace un gesto con la cabeza para indicarme que la siga.

Tiene que empujar la puerta con el hombro para conseguir abrirla del todo una vez que ha girado la llave en la cerradura. Agarra al perro del collar cuando este intenta lanzarse al interior y coge una toalla de un perchero para secarle las patas con movimientos rápidos.

—Tengo una toalla para ti también —dice, en tono de broma, y me ofrece una limpia cuando el perro ya se va con sus pesados pasos hacia el pasillo.

Se lo agradezco y me descalzo y me seco un poco los pies antes de seguirla por ese corredor estrecho. Michelle ha gritado «¡Hola!» un par de veces, sin respuesta. Sin embargo, puedo ver que hay luz en una de las estancias. Cuando mi anfitriona enciende la luz que ilumina nuestro camino puedo fijarme bien en el techo y las paredes. Sé que dije que mi casa estaba hecha un desastre, pero parece de nueva construcción al lado de esta.

—Si sigues vivo, di «hola» cuando te saludan.

Casi creo que la chica está hablando al perro, que acaba de salir meneando la cola de la habitación iluminada y se aleja de nosotras de vuelta hacia la entrada, pero cuando doy un paso más veo que está hablando con una persona. Espera, ¿he dicho persona? Mejor si le llamamos «ese estúpido batería de la banda» y así nos entendemos mejor. Pero ¿qué hace él aquí? ¿Él y Michelle son... familia?

Está tumbado sobre la cama medio deshecha, bocarriba, con una pierna flexionada, la cabeza en la almohada y la vista clavada en el techo. Gira el cuello para mirar a quien le ha hablado, con una expresión tan sombría que me intimida incluso más que ese perro enorme que acabo de conocer.

—¿Piensas pasarte los días ahí tumbado ahogándote en autocompasión? —habla de nuevo Michelle, en un tono hastiado.

Entonces, él fija los ojos en mí. La habitación es muy pequeña y el borde de la cama casi roza la puerta abierta, de manera que estamos bastante cerca. Lo suficiente para que pueda ver endurecerse todavía más su mirada. No dice ni una sola palabra. Estira el brazo y agarra el borde de la puerta para empujarlo con fuerza y cerrarla en nuestras narices con un sonoro portazo.

Doy un respingo. Michelle gira la cara para mirarme y hace una mueca de fastidio en cuanto ve que ha captado mi atención.

—Ignora a mi hermano, también. Todo lo que *Max* tiene de cariñoso, Chase lo tiene de asocial —dice, no del todo en broma—. Ven, sígueme.

Obedezco y damos unos cuantos pasos más hasta lo que parece ser su cuarto. Está al otro lado del pasillo. Ella se quita el gorro, los guantes y la bufanda y los tira sobre la cama en cuanto estamos dentro. Su pelo se expande una vez que se ha liberado y queda desordenado y divertido, con los rizos apuntando en todas direcciones.

—¿Ese es... es tu hermano? —consigo preguntar, en voz baja, cuando ella ya se está librando del abrigo.

—Sí, claro —responde, tan tranquila. Luego se vuelve a mirarme y veo una chispa de comprensión en sus ojos marrones—. Ah, vale, ya sé. Lo preguntas por lo de que él es tan paliducho que parece un vampiro victoriano que no ha comido en un mes —se burla de su hermano—. Ya, no, es normal, ha ido perdiendo el color tostado con ese rollo emo que se gasta. —Se echa a reír en cuanto ve la cara que pongo y me pone una mano en el brazo, divertida—. Es broma, perdona. Somos hermanos de madre. Distinto padre... biológico, quiero decir. O sea, tenemos el mismo padre *de verdad*, pero en su caso el esperma fue de otro capullo. Blanco y estúpido. Y, en mi caso, en cambio, me quedé con los mejores genes del pueblo, los del único negro de entre quinientos blanquitos estirados. Mi madre tuvo buen gusto solo la segunda vez —me cuenta, despreocupada, mientras no para de rebuscar en la parte baja de un armario diminuto—. ¡Aquí están!

Saca la cabeza del mueble y me tiende un par de botas de agua viejas, pero que parecen estar en buen estado. Tiene una sonrisita orgullosa en el rostro, por haber encontrado lo que buscaba, y me veo obligada a devolverle una leve.

—Tampoco tenéis el mismo apellido, ¿no? —se me escapa casi sin querer.

Michelle deja las botas en el suelo al ver que no las cojo, y abre un cajón para empezar a revolver entre unos cuantos pares de calcetines.

—¿Conoces a Chase? —pregunta, extrañada. Luego cae en la cuenta enseguida—. ¡Ah, claro! Los Silky Knocks, olvidaba que estás con ellos. Espero que mi hermanito no haya sido muy desagradable contigo, no está en su mejor momento, aunque tampoco es que haya sido nunca el chico más alegre del lugar —sigue hablando, sin mirarme—. Ten. Te irán bien.

Esta vez sí cojo los calcetines que me está ofreciendo. Son negros con un estampado de pequeñas fresas muy rojas.

—No, no es muy simpático, pero no pasa nada —le quito importancia al comportamiento de su hermano—. Muchas gracias por esto, de verdad.

—Solo son unos calcetines, mujer.

Sonrío al oír su tono. Me invita a sentarme en la cama con un gesto y yo lo hago para poder ponerme los calcetines y probarme las botas. Esta vez no me importa tanto ponerme calzado ajeno. Debe de ser por eso de que las situaciones desesperadas merecen medidas desesperadas.

—Y, en respuesta a tu pregunta, el donante de esperma de Chase se largó antes incluso de que él naciera, así que lleva el apellido de soltera de nuestra madre. Y yo llevo el de papá. Me parece bien que mis padres quisieran dejarlo con ese, aunque el buen pastor Turner lo adoptara a él cuando apenas tenía unos meses. Luego, le dieron a elegir. Y, como puedes ver, a él todo le da igual en la vida, así que no sé si no quiso cambiarlo o simplemente le da pereza hacerlo. ¿Lo ves? —Cambia el tono a uno más alegre y más agudo y señala mis pies—. Tenemos la misma talla.

—Sí, eso parece. Te las devolveré mañana en clase. Muchas gracias, en serio.

Ella se echa a reír y sacude los rizos con el movimiento.

—No tengas prisa por eso, ya me las darás. Ni siquiera te las has llevado todavía.

—Debería irme.

Me siento como la persona más maleducada y desagradable del mundo, teniendo tanta prisa cuando ella acaba de hacer todo esto por mí, pero no puedo olvidar que me he largado sin móvil y a mamá le dará algo si no aparezco en casa cuando sea noche cerrada.

—Sí, claro. ¿Quieres llevarte unos guantes?

—No, no. No hace falta. Es más que suficiente con lo que has hecho ya.

Se encoge de hombros y camina por delante de mí para guiarme hasta la salida. El perro está tumbado justo ahí, impidiendo el paso, y ella lo regaña y tira de su collar para abrir la puerta.

—Gracias —repito.

—Deja de decirlo de una vez —exige, y pone los ojos en blanco.

—Sí, ya. Nos vemos mañana en clase.

—Claro. Hasta mañana, Zoe.

—Hasta mañana, Michelle. Encantada de conocerte, *Max* —le digo también al perro al tiempo que lo rasco tras la oreja.

Él parece encantado con las atenciones, y Michelle tiene

que sujetarlo por el collar para que no venga detrás de mí cuando salgo de nuevo a la calle. Ahora parece que hace más frío que antes.

—No te preocupes, me despediré de mi hermano por ti.

Suelto una risita baja cuando oigo el tono irónico. Ríe a mi espalda y me vuelvo para despedirme con la mano antes de alejarme.

No sé muy bien lo que ha pasado ahí dentro, porque todo ha sido muy rápido y Michelle habla como si le pagaran según el número de palabras por segundo, pero lo cierto es que acabo de salir de esa casa sintiéndome bastante mejor de lo que he entrado. Y seguro que no se debe a ese desagradable batería. Ni siquiera ha dicho «hola».

Tampoco importa, Chase Bailey es la última persona del mundo con la que yo querría hablar de nada.

# 9

# Sin ánimo de ofender

El lunes por la mañana, cuando atravieso andando el aparcamiento del instituto, a primera hora, veo a Michelle bajarse de una camioneta vieja de color gris oscuro que necesita un repintado con urgencia. De las cuatro puertas que tiene en la parte delantera, precediendo una caja de un tamaño aceptable, solo otra se abre, la del conductor. Y, por supuesto, es su hermano el que se apea por ella. Hace gala de esa expresión amargada ya desde el inicio de la mañana, y no olvido que ayer me cerró una puerta en la cara, pero a pesar de todo camino decidida para llegar a ellos antes de que se alejen.

—¡Eh! —saludo a Michelle con una sonrisa—. Te he traído esto. Muchas gracias por lo de ayer.

Recoge la bolsa en la que he traído sus botas y la guarda en el asiento trasero.

—De nada —responde, pasa por mi lado y camina hasta situarse junto a su hermano, quien, por cierto, no me ha dedicado ni una mirada—. Vamos, Chase.

No ha llegado muy lejos cuando se vuelve para mirarme de nuevo.

—Oye, Zoe —llama mi atención, y camina de espaldas

para hablar conmigo sin dejar de moverse hacia la entrada del instituto—. Me pareces una tía guay.

Me lanza una sonrisa de medio lado antes de girar de nuevo sobre los talones y seguir adelante, con la mochila balanceándose a su espalda a cada paso que da.

—¡Lo mismo digo! —le grito a su nuca.

Levanta una mano en el aire, como forma de demostrar que me ha oído y aprecia mi comentario. Luego, ella y su hermano desaparecen por la puerta del edificio.

No veo a Peter hasta la hora del almuerzo. En cuanto entro en la cafetería ya tengo su brazo rodeándome los hombros y habla cerca de mi oído:

—Si no nos damos prisa nos quedamos sin zumo, novata.

—Pensaba que ya tendrías todo mi almuerzo listo encima de la mesa —me burlo.

Giro la cara para poder mirarlo a los ojos. Sus pupilas tienen un brillo divertido.

—Soy un caballero, pero nunca elegiría menú por ti sin preguntarte antes qué es lo que te apetece.

—Pues pregúntame.

—¿Qué te apetece, novata?

—Creo que un sándwich estará bien.

Me aparto y empujo una bandeja para poder poner encima la comida que voy escogiendo. Él me sigue en silencio.

—He oído decir a algunos chicos del equipo de *hockey* que os habéis enrollado —suelta Stacy en el mismo momento en que nosotros dos apoyamos las bandejas sobre la mesa que comparto con ellos cada día.

Vaya. No me esperaba nada así de directo. Tomo asiento sin decir ni una palabra. A ver si Peter encuentra la mejor manera de salir de esta situación. Sobre todo, porque yo no sé muy bien lo que significó aquel beso en la pista de hielo.

—La gente haría bien en guardarse los chismorreos y no ser tan cotilla —opina el guitarrista del grupo, mucho más tranquilo que yo.

—Así que el entrenamiento estuvo interesante, ¿quién lo diría? —se burla Molly—. Debería haber ido, solo por el salseo.

—No hay ningún salseo y es mejor que no vayáis hablando por ahí de cosas que no os importan —se planta él, con la advertencia bastante clara en esos ojos castaños.

Molly esboza una sonrisa irónica de medio lado, pero no dice nada.

—Tiene razón —aporta Lucy—. Cada uno que se meta en sus asuntos.

—Exacto, la princesa libanesa lo ha dicho —se muestra de acuerdo Mike al tiempo que se estira y roba un trozo de manzana del plato de Stacy.

—Sois unos aguafiestas —suspira Molly.

Yo sigo sin decir nada, con la vista clavada en mi bandeja mientras le quito el plástico al sándwich. Por supuesto, Derek no está aquí tampoco hoy. Imagino que ha ido a almorzar con Chase. No entiendo que el batería no pueda comer en la cafetería como el resto de nosotros.

—Estaba claro que iban a liarse, Molly, y no hace falta que nos den los detalles —vuelve a hablar el vocalista.

—No te hará falta a ti —gruñe ella—. Voy a tener que volver a enrollarme con Gareth para que me cuente lo que se comenta por el equipo.

Estoy a punto de decir algo en respuesta a eso de que «estaba claro que íbamos a liarnos», pero Lucy se me adelanta a la hora de hablar:

—Cambiemos de tema, ¿queréis? —propone, en un tono que da a entender que es más una exigencia que una sugerencia—. ¿Mañana ensayáis o no?

Eso consigue desviar la atención. Hablar de música y de sus ensayos es el tema favorito de los chicos, así que enseguida Peter y Mike monopolizan la conversación.

—¿Cuántos días ensayáis a la semana? —pregunto con curiosidad.

—Muchos menos ahora. Siempre los viernes por la tarde, muchos domingos por la mañana, y normalmente también los martes por la tarde. Antes solíamos hacerlo los lunes y jueves, pero desde que... —Peter se calla de golpe a media frase y no tengo ninguna duda de que alguien le ha dado una patada por debajo de la mesa, aunque no sé quién ha sido.

—Ah, vaya —me limito a decir, al sentirme tan fuera de lugar.

Ellos seguirán teniendo sus bromas privadas, sus historias del pasado que vivieron todos juntos y, al parecer, también sus secretos. Y me siento muy agradecida de que me hayan acogido así de bien y todos sean simpáticos conmigo, pero la verdad es que me cuesta sentir que alguna vez vaya a encajar del todo aquí. Debe de ser porque todo esto es demasiado nuevo para mí.

—Te acompaño a clase —se ofrece Peter cuando suena el timbre que anuncia el final del descanso.

—No hace falta que...

Me pone la mano sobre la boca, para callarme, al tiempo que me guiña un ojo.

A pesar de que Molly y Lucy vienen a mi misma clase se mantienen unos pasos por detrás, como si quisieran dejarnos solos.

Nos cruzamos con unas cuantas personas que nos dedican miradas curiosas e incluso se oye algún cuchicheo a nuestro paso.

—Vaya, Black ha conseguido a la hija de Shade Clark,

¿qué os parece? —grita alguien desde el otro lado del pasillo.

—Mierda —murmura Peter, avergonzado—. Lo siento, de verdad. No quería que... Ignóralos, ¿crees que podrás?

Sonrío con mi mejor actitud engreída y engancho el brazo al suyo. Si la gente quiere hablar, que hablen con razón.

—Me importa muy poco lo que digan.

Paramos delante de la puerta del aula y Peter gira el cuerpo hacia el mío. Se inclina hacia mí y me besa la mejilla, tan cerca de la comisura de la boca que casi me resulta más íntimo que el beso que me dio en los labios hace dos días.

—Disfruta tus clases, novata.

Todo el mundo nos está mirando. Y quiero decir todo el mundo. Lo primero que pienso es que Peter parece ser bastante popular en este instituto, y luego, de golpe, me doy cuenta de que no es por él sino por mí. La famosa soy yo. Y empiezo a preguntarme cuánta de la gente que ha sido amable y se ha acercado a mí en los últimos días lo ha hecho realmente por mí y cuánta lo ha hecho solo por quién es mi padre. La duda me hace sentir tan mal que se me revuelve un poco el estómago.

Entre las caras de la gente, me encuentro los ojos azules de Derek y, a su lado, a Chase Bailey. Este último tiene cara de no estar disfrutando del espectáculo. Hace una mueca de evidente disgusto y luego le da una palmadita en el pecho a su amigo y se aleja hacia el fondo del pasillo con paso firme. Pero ¿qué narices le pasa a ese tío? Desde luego, con él puedo estar segura de que jamás será amable conmigo por quién sea mi padre. Jamás será amable y punto. Lo bueno del caso es que yo tampoco tengo por qué ser amable con él, ¿verdad?

Maldito batería.

♪ ♪ ♪

Mi semana ha ido empeorando en picado desde el lunes por la mañana. Estamos solo a mitad de la segunda semana de instituto de mi vida y ya tengo ganas de coger mis cosas y largarme de aquí a esconderme del mundo.

El rumor de que Peter Black está enrollado con la hija de Shade Clark ha corrido como la pólvora entre los oídos de los adolescentes del pueblo. Y, si alguien aún no se había enterado de que la hija de un famoso acude a su instituto, ahora ya lo sabe. Yo quería encajar y que me acogieran y caer bien, pero no estaba preparada para que todo el mundo hablara de mí entre clases y tantas personas quisieran acercarse a mí con la dudosa intención de ser «mis mejores amigos de verdad y para siempre».

Solo quiero encerrarme a solas en mi cuarto durante horas y tocar la guitarra. Pero, claro, tampoco eso puedo hacerlo porque solo tengo esa estúpida guitarra que mi padre siempre ha llamado «nuestra», y no quiero que arrancar las primeras notas con ella me lo traiga inevitablemente a la memoria.

Así que cuando acaba la última hora, me escabullo de clase antes que nadie y, en vez de marcharme a casa, como hacen todos, aprovecho que las puertas del edificio siempre quedan abiertas hasta las seis, por castigados y actividades extracurriculares, para colarme dentro del aula de música. Seguro que hay alguna guitarra afinada por aquí que me sirva. Y mamá está cubriendo la recepción del hostal hasta la cena, así que no me echará de menos si vuelvo a casa un par de horas más tarde de lo normal.

Me quedo parada en el umbral de la puerta, con el pomo aún sujeto en la mano, cuando me doy cuenta de que alguien se me ha adelantado. Un chico rubio y espigado está acariciando las cuerdas de una guitarra con tanto mimo que me quedo embelesada durante todo el tiempo que le cuesta percatarse de mi insistente mirada y levantar los ojos claros hacia mí. Lo he visto antes por los pasillos y comiendo en la cafetería con Michelle, creo que va a la otra clase de mi mismo curso, pero nunca he hablado con él.

—Eh, perdona —me disculpo al instante—. Pensaba que no había nadie, no quería molestar.

—Tranquila, no molestas —dice, y esboza una sonrisa cálida—. ¿Ya se ha pasado la última hora de clase? Debería estar recogiendo.

Qué diferente a la última vez que miré a alguien desde esta puerta. Alentada por su amabilidad me adentro en la sala y me acerco más a él.

—¿Has pasado aquí la hora entera? ¿No tenías clase?

Igual me estoy pasando de cotilla. No parece que le molesten mis preguntas. Rasga las cuerdas para proporcionarnos banda sonora y ensancha esa sonrisa que parece no querer borrar.

—El profesor de la optativa estaba enfermo, así que casi todos se han ido a casa. Estoy esperando a un amigo, he venido aquí a entretenerme. Esta sala es el mejor lugar para los ratos muertos, ¿no crees?

Mientras él habla, he localizado otra guitarra junto a una de las paredes; la cojo y me siento en las escaleras que suben en la pequeña zona de mesas que forma un semicírculo frente a los instrumentos.

—Y para esconderte del mundo —añado.

—Eso también —coincide conmigo—. Soy Daniel Coleman, por cierto.

—Yo, Zoe Clark.

Suelta una risita cuando me oye presentarme con mi nombre completo. No le veo la gracia, es justo lo que ha hecho él, ¿no es lo que se supone que tenía que decir yo en respuesta?

—Me temo que eso todo el mundo lo sabe —señala, divertido—. ¿Por eso sientes la necesidad de esconderte entre un par de viejas guitarras, un teclado barato y una batería que ha conocido tiempos mejores?

—No te olvides del triángulo —bromeo, evitando dar una respuesta. Tampoco creo que sea necesario que se lo confirme con palabras.

Suelta un par de carcajadas. Me gusta el sonido de su risa contagiosa.

—No podría olvidarme de él aunque quisiera, fue lo único que me dejó tocar la profesora de música del colegio hasta penúltimo curso. Decía que las guitarras no eran para niños tan pequeños como yo.

—Qué tontería.

—Pues sí. Menos mal que no le hice caso. No he crecido mucho, pero sí he aprendido a tocar de manera bastante decente. Y la música es la mejor vía de escape, ¿no? Viéndote hoy aquí, creo que puedo sumar una más a nuestro pequeño grupo de escapistas musicales.

—¿Cuántos somos ya? —le sigo el juego.

—Tú, yo y el chico de la batería.

Creo que hago una mueca demasiado obvia cuando añade eso último. Me mira más interesado que antes, si es que era posible.

—Ya. No es muy simpático, ¿eh? —comenta como sin darle importancia—. Da igual de lo que quieras esconderte, Zoe Clark. Seguro que este es el sitio.

Me muerdo el labio.

—No es fácil ser «la famosa del instituto» —suelto sin pararme a pensar.

Bajo la mirada al suelo cuando soy consciente de que acabo de reconocer eso delante de un desconocido. Sé que si quieres hacer amigos lo mejor es mostrarte fuerte, no como una niñita llorona, así que...

—No es fácil ser el maricón del instituto.

Mis ojos vuelven a los suyos al instante cuando lo oigo decir eso con la voz cargada de amargura. Me dedica una sonrisa triste de medio lado cuando nuestras miradas se encuentran.

—Espero que la gente no sea tan imbécil como para decirlo así —murmuro.

Hace una mueca que creo que pretende ser divertida, pero no lo logra.

—Oh, créeme, dicen cosas mucho peores —suspira, y se encoge de hombros, resignado—. No pasa nada, no me avergüenza quién soy. Este es un pueblo pequeño y las cosas aquí son como son. Pero hay una parte buena, Zoe, y es que siempre nos queda la música y los amigos de verdad.

Eso me hace sonreír. Estoy a punto de decir algo cuando alguien nos interrumpe hablando desde la puerta.

—¿Estás hablando de mí, Danny?

Los dos volvemos la cabeza hacia allí al mismo tiempo. Quien ha dicho eso es otro de los chicos que van a mi curso, pero no a mi clase. Pelo castaño, ojos grisáceos y una camiseta de los Montana Grizzlies de baloncesto.

Mi nuevo conocido deja la guitarra y avanza hasta la puerta. Golpea al recién llegado en el pecho con camaradería y se gira hacia mí de nuevo.

—Zoe, este es mi amigo Lucas. No tiene ni idea de música, así que me lo llevaré de aquí para que no pierdas el tiempo con él.

—Acabo de cancelar tu invitación para comer en mi casa —masculla el otro en voz baja, como si así yo no fuera a oírlo.

Se me escapa la sonrisa y veo que a él se le forma una parecida.

—Tu padre llorará si no me llevas —lo pica Daniel con

expresión traviesa. Luego vuelve a hablar conmigo—: Te dejamos a solas con la guitarra, querida celebridad.

Respondo a eso con una mueca que le hace soltar una risita divertida. Su amigo se despide de mí con la mano y Daniel me dedica una última sonrisa muy amplia, antes de dar media vuelta para salir de aquí.

Apoyo los brazos en la guitarra y la barbilla sobre ellos. Lanzo un suspiro que suena alto y dramático debido a la acústica del lugar. Tengo que tensar unas cuantas cuerdas para poder afinarla. Luego puedo dejarme llevar y tocar. Cómo echaba de menos esto.

No sé cuánto tiempo llevo aquí, tocando con los ojos cerrados y sintiendo cada nota, cuando los abro y casi me da un infarto al encontrar una figura apoyada en la entrada, con la vista fija en mí.

—¡Dios! —exclamo, tras detener abruptamente la canción—. ¿Se puede saber qué haces ahí, mirando en silencio como un psicópata?

No sé ni cómo me he atrevido a decir eso, por lo que yo sé, tiene muchas papeletas para ser un psicópata *de verdad*.

Bailey da dos pasos adelante, paseándose como si la sala de música fuera suya, y me mira con desinterés.

—No sabía que estabas aquí. *Sin ánimo de ofender*, no eres la clase de persona que esperaba que supiera tocar una nota.

Alzo las cejas con incredulidad. Sé que no le preocupa ofender y, sí, me ha ofendido. Un poquito. Mucho. *Fatal*. Tanto que me pongo de pie y sujeto el mástil de la guitarra con una sola mano como si en cualquier momento fuera a estampársela en la cabeza. Y nada me apetece más ahora mismo.

—Sin ánimo de ofender, ya sabes dónde puedes meterte tu opinión, batería —murmuro de mala gana.

Paso por su lado, casi empujándolo, pero no se mueve ni

un milímetro. No parece intimidado por mi enfado. Dejo la guitarra en el lugar de donde la he cogido hace un rato. Ya tenía que venir alguien a fastidiar mi escape musical. Quiero decir, que ya tenía que venir *él* a fastidiarlo.

Me giro con ímpetu, con la intención de recoger la mochila y largarme de aquí antes de que le dé tiempo a decir una sola palabra más, pero sigue demasiado cerca y casi choco contra su pecho. Detengo mi avance de golpe, por supuesto, porque si lo toco a lo mejor hasta me pega algo de toda esa amargura y paso de llevarme nada de Chase Bailey. Alzo la mirada, desafiante, y encuentro su cara inclinada hacia mí mientras clava los ojos en mis pupilas. Se me escapa de golpe el aire de los pulmones y noto la respiración más pesada cada segundo que se demora en apartar la mirada. Cuando por fin lo hace, con los labios apretados y la mandíbula tensa, casi gruñe en vez de hablar:

—Quería decirte que siento cómo te traté.

Doy un paso atrás, solo para poder recuperar la normalidad fisiológica de mis constantes vitales, y lo observo, alucinada. ¿Qué es lo que ha dicho? ¿Estoy flipando?

—¿Qué? —pido que me lo repita.

—La semana pasada, aquí mismo, lo siento. Tú no tienes la culpa —murmura, pero, más que una disculpa sincera, parece que le estén arrancando las palabras a puñetazos.

Y está tan tenso que podría saltar por los aires si lo empujo con el dedo meñique.

—Ah, pues vale —digo, indiferente, y paso por su lado hasta darle la espalda y voy a por la mochila.

Puedo notar sus ojos clavados en mí mientras me la cuelgo al hombro.

—¿Pues vale? —repite mis palabras con desprecio—.

Me estoy disculpando. Se dice: «Está bien, acepto tus disculpas, Chase».

Lo encaro y le lanzo mi más fría mirada de indiferencia, aunque no sea eso lo que despierta en mí. Ansias asesinas es un sentimiento más acorde al momento actual.

—Me parece bien tu disculpa, batería. Te agradezco que te hayas molestado en ladrármela. Sin rencores, pero no hace falta que nos hablemos si nos volvemos a ver, ¿no?

—Muy bien. Si ya te ibas, ¿te importa cerrar la puerta?

Entorno los ojos y giro de golpe sobre los talones para caminar hacia la salida con pasos rápidos y furiosos. Este tío consigue sacarme de quicio cada vez que lo veo, y eso que apenas hemos hablado.

—A lo mejor sí que es un poco culpa tuya. —Lo oigo mascullar a mi espalda.

—¿Perdona? —hablo desde la puerta—. ¿Qué es lo que es culpa mía?

Sus ojos parecen aún más oscuros cuando los clava en mí.

—Ser una jodida estrellita del *rock*.

No me molesto en contestar con nada más que con el portazo que doy al largarme.

# 10

# Conducir es fácil... si sabes cómo

Estoy ya sentada en la mesa de la cafetería en esta mañana de jueves con Lucy y con Molly cuando llegan los demás. Me sorprende ver que Derek se acerca también, charlando con Mike. No ha venido con nosotras desde clase e imaginaba que, como casi todos los días, iría a almorzar en ese sitio supersecreto donde queda con el desagradable de su amigo. Por suerte, no hay ni rastro de Bailey. Mejor.

Anoche me costó dormirme porque no paraba de recordar nuestro encontronazo en la sala de música. Tragarse la rabia es malo. Muy malo, de verdad. Hace que te bulla la sangre, que te duela la tripa y que no puedas dormir hasta las dos de la mañana. Quizá mi insomnio también tuvo algo que ver con oír cómo mamá lloraba en su cuarto, claro. Me siento inútil por no poder hacer nada para que se sienta mejor.

—Necesitaremos el coche de tu hermano —le dice Peter a Mike cuando los tres chicos y Stacy se sientan con nosotras.

El receptor del mensaje pasa un brazo en torno a la cintura de su novia y la acerca hasta sentarla en su regazo.

—Creía que este año ya contaríamos con otro coche que no fuera el de mi hermano —le recuerda, y alza una ceja interrogante.

Peter se encoge de hombros y luego me da un empujoncito suave con el costado.

—*Alguien* se ha quedado con el coche de mi abuelo.

Oh, eso va por mí. Aunque..., en realidad, no soy yo la que se ha quedado con el coche. No tengo el permiso de conducir, ni sabría cómo hacerlo. Es lo que tiene haber vivido con chófer desde siempre.

—Ni siquiera lo hemos utilizado aún, y creo que mi madre diría que sí, si se lo pides con cara de bueno —bromeo, y le clavo un dedo en las costillas solo para molestarlo.

Sonríe y lo atrapa con el puño. Tiene la mano caliente y el contacto es agradable.

—¿Cuándo no tengo cara de bueno?

—Eh, tortolitos —interrumpe Derek, burlón—, nuestros ojos y la conversación están aquí.

Señala alrededor hacia las caras de todos los aquí reunidos.

—¿Para qué necesitáis un coche? —pregunto entonces.

—Bienvenida al apasionante mundo de los bolos musicales —interviene Molly, y pone los ojos en blanco.

—Nos han ofrecido dar un pequeño concierto en un antro de Great Falls a principios de marzo —responde Derek.

—Ah, vaya, qué bien..., ¿no?

—¡Va a ser la hostia! —grita Mike.

Stacy se revuelve incómoda y se aparta de él.

—Deja de gritarme al oído y zarandearme así. Y ve pidiéndole el coche a tu hermano —añade después, lo que consigue hacer reír a casi todos.

—¿Sabes?, no necesitaríamos el coche de mi hermano si os dejáramos a vosotras aquí —responde él, en tono de broma—. Cargamos los instrumentos en la camioneta de Chase y cabemos los cuatro.

—¿Y quién os iba a aplaudir? —ataca Lucy, con una sonrisita traviesa.

—¡Oye! —exclama Derek a su lado, indignado.

Ella tiene que besarlo en la mejilla varias veces para deshacer su enfado fingido. Me gusta mucho la pareja que hacen.

—Además, Zoe no os ha visto darlo todo en un concierto en vivo todavía, ¿vais a privarla de esa experiencia extraterrenal? —se burla Molly.

—Vale, Molly no viene, pero Zoe sí —bromea Peter.

Pone la mano en mi cintura y me acerca un poco más a él con disimulo.

—Bueno, miraré mi agenda, a ver cómo me viene. ¿Cuándo decís que es?

Los chicos sueltan exclamaciones burlonas mientras las chicas me vitorean por mi comentario. Por mucho que me moleste el apodo que parece haberme puesto Bailey, a veces es divertido hacerse la estrellita del *rock*.

—Tíos, necesitamos otro coche, alguien va a tener que soltar pasta para comprarse uno. No podemos depender siempre de la caridad de mi hermano. Y, yo qué sé, tampoco sabemos hasta cuándo podremos contar con la camioneta de Chase, ¿no?

Un silencio denso cae sobre la mesa en cuanto Mike deja de hablar. Me abruma un poco. Sobre todo, porque no entiendo a qué viene ni por qué todos acaban de poner esa cara de espanto, como si su amigo hubiera empezado a soltar culebras por la boca.

—Mierda, no... No quería decir eso —vuelve a hablar el que ha metido la pata—. No me miréis así, no quería decir...

—Vale —lo calla Stacy con un dedo sobre sus labios—. Nos apañaremos con el de tu hermano de momento.

Todos parecen conformes, y Mike cede muy rápido. Apenas vuelve a abrir la boca durante el resto del almuerzo y, cuando el timbre suena y salimos de aquí para volver a clase, aún tiene el ceño algo fruncido y el gesto taciturno.

¿Alguna vez me enteraré de algo de lo que ocurre en este grupito de amigos?

♪ ♪ ♪

Sé que algo va mal en cuanto encajo la llave en la cerradura de la puerta principal. No está cerrada del todo y eso es raro porque mi madre ya no debería estar aquí si quiere llegar a tiempo a trabajar. Entro con el corazón martilleándome tan fuerte en las costillas que hasta me duele y observo el salón y el comedor con detenimiento. No parece que haya nada fuera de su sitio, excepto una cosa: el móvil de mamá está tirado en el suelo y, al recogerlo, veo que tiene la pantalla tan rota que ha quedado inservible, como si lo hubieran estampado con rabia contra la pared.

—¿Mamá? —llamo. Me tiembla la voz.

No contesta, así que avanzo por el corto pasillo hacia su habitación.

—¿Mamá? —pruebo de nuevo, un poco más alto.

Empujo la puerta entornada hasta abrirla del todo. Está ahí, sentada en el suelo, con la cara empapada en lágrimas e hinchando y deshinchando el pecho violentamente, como si no lograra llenar los pulmones de aire a pesar de aspirar bocanadas muy profundas por la boca.

Me acerco hasta ella corriendo y me agacho a su lado. Todo su cuerpo tiembla cuando pongo las manos sobre la piel de sus brazos y me mira como si ni siquiera me viera.

—Mamá. ¡Mamá! ¿Qué pasa? Mamá, ¿qué te pasa? —chillo. Sujeto su cara entre las manos para intentar centrar su atención en mí—. ¿Qué pasa? Mamá, mírame. ¡Respira! Mamá, por favor...

Noto lágrimas cayendo por las mejillas. Estoy tan asustada que ahora soy yo quien tiembla sin control. Me siento tan impotente... ¿Qué hago? ¿Qué puedo hacer? ¿Cómo la ayudo? Ni siquiera sé qué es lo que le pasa. Lo único que sé es que no quiero que le pase más. Quiero que esté bien. ¿Y si le pasa algo malo de verdad? ¿Y si no puedo hacer nada porque soy una inútil? Solo una chiquilla patética que lloriquea a su lado.

Tengo que hacer algo. Lo que sea.

Saco el móvil del bolsillo de la mochila y tengo que intentar desbloquearlo hasta tres veces antes de conseguirlo por fin. El dedo me tiembla tanto que me cuesta controlar la velocidad en la que deslizo los números de la agenda hasta encontrar un nombre en concreto.

Nicole contesta al segundo tono:

—¿Zoe? ¿Qué pasa, cariño? Tu madre aún no ha llegado si llamas para...

—Nicky —sollozo—. Nicky, por favor, tienes que venir. Tienes que venir a ayudarnos. Mamá... no sé qué le pasa. No sé qué le pasa a mamá. Está en el suelo y no puede respirar..., por favor...

—Escucha, mi niña, cálmate. Respira y pídele que respire contigo. Estoy yendo para allá, ¿vale? Estoy ahí en tres minutos. Tranquila, no va a pasar nada. Dile que no pasa nada y que va a estar bien. Respirad despacio las dos, ¿me oyes?

—Sí —sollozo de nuevo.

—Espérame, ya llego.

Dejo el teléfono en el suelo, aunque no estoy muy segura de que la amiga de mi madre haya colgado. Abrazo a mamá con cuidado, sin apretar demasiado, y apoyo la frente en su mejilla.

—Mamá, tenemos que respirar despacio, ¿vale? —repito lo que me ha dicho Nicole—. Vamos, respira conmigo.

No va a pasarte nada. Vamos a estar bien. Te prometo que vamos a estar bien.

Se me rompe la voz de nuevo antes de que haya podido decir todo lo que debía. Aun así, parece que mamá empieza a calmarse despacio.

Para cuando llega Nicole, que entra empujando la puerta abierta y haciendo muchísimo ruido a su paso, las dos estamos más tranquilas. Mamá hasta ha empezado a hablar.

—Lo siento —me susurra, abrazada a mí con fuerza—. No quería asustarte, no...

—¿Estás bien? —pregunto, agobiada—. ¿Seguro que estás bien?

Nicole se agacha a nuestro lado y acaricia despacio la espalda de su amiga. Pero es a mí a quien mira.

—Ha sido un ataque de ansiedad, Zoe —dice, como si eso fuera lo más normal del mundo y no pasara nada.

—¿Ansiedad? —repito, como una tonta—. No podía respirar, Nicky, pensaba...

Sin dejar de consolar a mi madre, utiliza la otra mano para acariciarme a mí la mejilla con ternura.

—Lo sé, asusta mucho. Y si lo sufres también te asustas un montón, ¿verdad, Kate? Pero estáis bien las dos, vais a estar bien, os lo prometo.

—¡No! Me da igual lo que haya sido, quiero llevarla al hospital —me planto, con el ceño tan fruncido que hasta me molesta.

—Zoe —habla mamá con voz ronca—, estoy bien. No hace falta.

La callo solo con dedicarle una mirada preocupada. Suspira, secándose las mejillas despacio.

—Que te vea un médico, que te den algo, que te digan algo. No quiero que vuelva a pasar esto, ¿qué hago si pasa esto? ¿Y si ha sido algo más? No podéis decir que no es nada y quedaros tan tranquilas.

—Está bien —interrumpe Nicole—. Tienes razón. Vayamos al hospital para quedarnos tranquilas. Venga, tengo el coche fuera.

Se pone en pie y sujeta a mi madre del brazo para ayudarla a levantarse del suelo. Lo hace de forma torpe, como si le faltaran fuerzas. Yo, en cambio, me pongo en pie de un salto y me paso las mangas del abrigo por los ojos, poniéndolas perdidas de rímel, para secarlos.

—Voy a estar bien, de verdad. No necesito ir al hospital —consigue decir mamá, creo que más por tranquilizarme a mí que porque lo crea.

—Tú no, pero tu hija sí lo necesita —habla Nicky, en un tono muy dulce—. Anda, vamos.

—El hostal...

—Oh, Kate, por el amor de Dios, que le den al hostal —masculla, y se ofrece como muleta para que mamá pueda caminar apoyada en ella—. He dejado un aviso en recepción para los dos huéspedes que tenemos y he cerrado. No pasa nada. Estaremos de vuelta pronto. Vamos, por favor.

Ocupo el asiento trasero del coche de la amiga de mi madre. Sé que hay más o menos media hora de camino hasta el hospital. Y también sé que no sirve de nada tener un coche para hacer el trayecto si no sabes cómo conducirlo. ¿Y si le vuelve a pasar algo así a mamá y no encuentro a Nicky ni a Amanda? ¿Y si le pasa algo peor? Necesito ser capaz de actuar como una adulta y llevar a mi madre al hospital si ella lo necesita. Tengo que cuidar de ella. Ahora solo nos tenemos la una a la otra.

Las dos amigas van hablando en voz baja en los asientos delanteros durante la mayor parte del camino. Tan bajo que sé que es porque no quieren que yo oiga lo que dicen. A pesar de ello, capto algunos pequeños retazos de la conversación. Y lo que oigo no me gusta nada: «llamada de teléfono», «el abogado de Albert», «custodia». *Fatal*. Tendré que preocuparme por eso más tarde. Primero, tengo que asegurarme de que mamá va a estar bien.

Me bajo del coche de un salto cuando estacionamos en la puerta del hospital de Great Falls. Le abro la puerta a mamá, y ella me pone mala cara, pero no dice nada.

El tiempo se me hace eterno mientras espero a que alguien la atienda. Y, cuando ese momento llega, tienen el descaro de pedirme que espere fuera mientras la médica habla con ella. Estoy que me subo por las paredes. No puedo estar quieta. Debo de estar siendo tan insoportable que al final Nicky me da algo de dinero y me pide que vaya a buscar agua a la cafetería o a alguna máquina que encuentre por ahí.

Me aventuro por los pasillos sin alejarme demasiado del lugar donde atienden a mamá. Es la zona de urgencias, así que nadie parece muy contento por aquí. Cuando por fin encuentro una máquina de la que poder sacar una botella de agua, algo me llama la atención al fondo del pasillo. Michelle está sentada en una de las sillas que hay a ambos lados, con las mangas de la sudadera estiradas hasta tapar por completo las manos y jugueteando con ellas. Tiene la espalda encorvada hacia delante y la mirada clavada en el suelo, con los rizos cayendo en cascada sobre su cara. Un hombre grande y fuerte se acerca hasta donde está y le pone la mano en el hombro. No tengo dudas de que es su padre; «el único negro entre quinientos blanquitos estirados». Aunque no tiene pinta de pastor, sino más bien de guardaespaldas, o algo así. Los dos parecen tan tristes y tan cansados que sé que lo último que necesita es verme a mí aquí.

Recojo la botella de agua y vuelvo a desandar el camino para esperar a que mamá salga de una vez y me diga que todo va a estar bien de ahora en adelante.

♪ ♪ ♪

—El tejado está arreglado, Zoe. Ya puedes dormir tranquila... y seca —me informa Josh, socarrón, desde lo alto de una escalera apoyada en la fachada frontal de la casa.

—¡Muy gracioso! —le grito mientras me alejo.

Se me escapa la sonrisa y la escondo entre los pliegues de la bufanda cuando lo oigo carcajearse a mi espalda.

Luego recupero la expresión taciturna de las últimas veinticuatro horas mientras recorro la distancia que me separa del local de ensayo de los chicos. Ayer fue uno de los peores días de mi vida y todavía no me he recuperado de la impresión de haber visto así a mi madre. Y, para colmo, ella no para de decir que está bien como si de verdad se lo creyera y repite sin descanso que es, como madre, la que tiene que preocuparse por mí y no al revés. Y no quiere entender lo que llevo todas estas horas intentando meterle en la cabeza: que ahora tenemos que cuidar la una de la otra.

Tampoco parece querer oír que necesito sacarme el permiso de conducir. No quiere ni hablar de que yo conduzca un coche y ha puesto como excusa que la autoescuela más cercana está en Great Falls y ella no puede llevarme y traerme para las clases debido a sus nuevos horarios de trabajo. He de admitir que tiene un poco de razón, aunque por supuesto no es lo que le he dicho a ella. Ha cedido solo en parte y me dejará apuntarme a la autoescuela en verano, cuando haya acabado las clases del instituto. Pero, claro, el verano aún queda muy lejos. Hasta el verano podría pasar cualquier cosa y yo debería estar preparada para no ser un cero a la izquierda en caso de que ella me necesite. Y, si es una emergencia, tener o no tener el permiso de conducir es lo de menos, ¿verdad que sí?

Así que he tomado una decisión: voy a aprender a conducir. No voy a hacerlo por la vía convencional, claro. No voy a obtener un permiso a cambio de mi esfuerzo. Y, sobre todo, mamá no puede enterarse de nada. El único problema que se me plantea ahora —y es uno de los gordos— es que solo conozco a una persona que no le deba lealtad a mi madre y tenga coche propio. Y sería la última persona en el mundo a la que le pediría un favor.

La puerta del local de ensayo está abierta cuando llego ante ella. Asomo la cabeza despacio, para poder ver quién hay antes de revelar que estoy aquí. Me alegro de haberlo hecho. Me aparto y me escondo a un lado cuando veo que solo hay un chico ahí dentro. Y que ese chico no es otro que el insoportable batería de la banda.

—Te he visto, estrellita del *rock*.

Oigo su voz. Imposible no hacerlo con lo alto que ha hablado. *Fatal*, ¿ahora qué? Bueno, siempre puedo largarme y volver más tarde. Total, creo que los dos nos hemos dado cuenta ya de que no nos caemos bien. Tampoco es que tenga que hacerme la educada.

—Puedes entrar, no tengo nada contagioso —vuelve a hablar, elevando aún más el volumen.

—Eso habría que verlo —digo entre dientes, irritada.

—También puedo oírte —me responde desde dentro—. Soy muchas cosas, pero sordo todavía no.

Pongo los ojos en blanco, aunque no haya nadie que pueda apreciar mi gesto de exasperación.

Vale, espera un momento, ¿por qué tendría que irme yo si el primero que se comportó como un auténtico capullo fue él?

*Además, es el momento ideal para pedirle que te enseñe a conducir.*

¿Qué? ¿Perdona? ¿Qué clase de pensamiento intrusivo y autodestructivo es ese? Ni de broma le pediría un favor a ese... De repente, me doy cuenta de que, si de verdad quiero aprender a conducir sin que mi madre se entere de nada, no tengo otra opción. ¿Por qué los puñeteros astros parecen haberse alineado en mi contra?

Cojo aire, para armarme de valor, y entro en el local caminando firme y segura sobre mis botas. Cierro la puerta detrás de mí porque no sé a quién narices se le ocurre tener la puerta abierta cuando estamos a bajo cero... y también porque necesito un poco de intimidad para perder así la dignidad. Vale, voy a pedírselo, pero, desde luego, no pienso suplicar, ¿está claro?

Chase Bailey está sentado a la batería, jugueteando con las baquetas, como siempre suele hacer. Lleva una sudadera de color gris y no entiendo cómo aguanta sin el abrigo. Aquí dentro hace casi el mismo frío que en la calle. Me observa por dos segundos muy largos, con una ceja alzada. Luego, al ver que no digo nada, aparta la mirada y se centra en el instrumento. Comienza un ritmo que se ve obligado a interrumpir cuando me acerco despacio hasta plantarme delante de los platillos.

—¿Quieres algo? —pregunta, irritado.

Levanta las baquetas y deja que el sonido del último golpe se apague lentamente entre los dos.

—Es difícil de admitir, pero sí.

Echa el torso hacia atrás. Parece sorprendido. No me extraña. Esta situación es lo más surrealista que he vivido nunca. ¿Yo pidiendo favores? Y lo que es peor: ¿de verdad estoy a punto de pedirle un favor al chico más insoportable del pueblo?

—Estás de broma —suspira.

—Necesito que me enseñes a conducir.

Ya está. Lo he dicho. No ha sido tan difícil. Soltarlo y ya. Asertividad y cero rodeos.

Él hace una mueca y se cruza de brazos al tiempo que endurece la mirada, clavada en mis ojos.

—Piérdete —dice, despacio y vocalizando, para que me quede bien clarito el mensaje.

Doy un paso atrás y suelto un bufido enfadado.

—¿Tienes que ser tan borde todo el tiempo? Por un poco de amabilidad nunca se ha muerto nadie, ¿sabes?

Dibuja una sonrisa irónica de medio lado mientras me estudia con la mirada. Lo hace con tanta intensidad que empieza a ponerme nerviosa.

—A lo mejor yo sí que lo hago —murmura, en tono jocoso.

No sé cuál es el chiste, si tengo que ser sincera.

—Vale. Olvídalo —gruño, y le doy la espalda para alejarme. Creo que prefiero volver a la calle y congelarme a seguir a solas con él ni un minuto más.

Doy solo un paso hacia la puerta y él habla y frena de golpe mi huida:

—La gente suele decir «por favor».

Me giro para enfrentarlo de nuevo.

—¿Qué?

—La gente normal, cuando quiere que alguien haga algo por ellos, lo pide por favor.

—Quieres decir que yo no soy gente normal.

Encoge un solo hombro y hace girar una baqueta a toda velocidad con la mano derecha.

—Quiero decir que eres un poco maleducada.

Aprieto los dientes y me preparo para responder. Quiero responder a eso. Quiero responder con tal intensidad que es probable que se entere todo el pueblo. Pero justo entonces me doy cuenta de que sigue siendo mi única opción, así que me trago el orgullo.

—Necesito que me enseñes a conducir, por favor —me obligo a decir.

Suelta una carcajada. Encima, se está riendo de mí. Quiero matarlo, y a lo mejor si lo hago nadie lo echa de menos.

—¿Por qué yo? No sé si te has dado cuenta de que no somos amigos ni nada que se le parezca, pequeña diva.

Juro que si accede a hacer esto voy a despeñar su camioneta por un barranco con él dentro.

—Mi madre no se puede enterar. Y eres el único que tiene coche.

Eso parece captar su atención y hasta deja las baquetas a un lado y me mira con más interés.

—¿Por qué no? —me interroga, como si no hubiera escuchado siquiera la segunda parte de mi alegato.

—Porque no quiere que me preocupe por ella ni que la cuide, pero necesito estar preparada si alguna vez le pasa algo y tengo que sacarla de aquí. No sé si te has dado cuenta de que en este pueblo no hay de nada, y que, por ejemplo, el hospital más cercano está a media hora.

—Me he dado cuenta perfectamente de a qué distancia está el hospital más cercano, créeme.

Aparta la mirada de mis ojos cuando me callo y lo observo. Ayer su hermana estaba en el hospital y también su padre. ¿Puede que...? A lo mejor me entiende porque a su madre le pasa algo que requiera de atención médica, ¿no? A lo mejor él también se preocupa por su madre y no quiere que ella sepa lo mucho que lo está. Si tenemos eso en común, puede que aún tenga una mínima esperanza para convencerlo de esto.

—No quiero que ella sepa que estoy preocupada y que estoy haciendo esto —confieso—. Eso solo la haría preocuparse más y sentirse culpable, ¿lo entiendes?

Cierra los ojos por un segundo, y luego asiente una sola vez.

—Lo entiendo —dice, en voz tan baja que me cuesta oírlo.

—¿Crees que podrías ayudarme, por favor? No puede enterarse nadie —advierto, antes de nada.

Sacude la cabeza, como si no le convenciera en absoluto la idea.

—Hay algo que no me queda claro... ¿Qué se supone que gano yo con esto?

—¿Ser buena persona?

Chasquea la lengua con desprecio.

—Mira, déjalo —me rindo—. Encontraré otra manera.

—Espera —me pide, y hasta se pone en pie para mirarme desde su altura—, creo que hay algo que tú puedes hacer por mí.

¿Favor por favor? Bueno, eso sería lo más justo y así no le debería nada a Chase Bailey después de haber obtenido lo que quiero. Suena tentador. Si no estuviera tan segura de que va a decir algo que me hará querer cortarle las pelotas, claro.

—Tú dirás —doy pie, sin esconder mi desconfianza.

—Podrías enseñarme a tocar la guitarra.

Eso sí que me sorprende. Me hace fruncir el ceño, incluso. ¿Enseñarle a tocar la guitarra? Tiene que estar vacilándome. ¿Por qué iba a necesitarme a mí para eso? ¿No se supone que tiene al menos un amigo que sabe tocar?

—Hay una maldita melodía que no consigo sacarme de la cabeza —me da las explicaciones que yo no he pedido en voz alta—. Me está volviendo loco. Y no puedo reproducirla con la batería, necesito un instrumento que me permita escucharla de verdad, poder tocarla y ver si es buena o no y, a lo mejor, continuarla.

Eso me intriga. Yo nunca he aprendido cómo componer música. Supongo que, para empezar, hay que tener un don y luego aprender a desarrollarlo. No soy capaz de escribir ni una sola nota. Pero mi padre siempre ha dicho cosas como esa: que «tenía melodías en la cabeza». A mí me pasa con algunos versos, tengo canciones enteras sin música en el viejo cuaderno que hay en el bolsillo de la funda de la guitarra. Mamá siempre insiste en leerlo y no la dejo hacerlo, ella dice que son poemas y me pone histérica. Para mí nunca han sido, son, ni serán poemas. Son canciones que aún no han encontrado una melodía.

—Bien, pero no puede enterarse nadie.

Le tiendo la mano, como forma de sellar el trato. La mira con algo parecido al desprecio, pero esboza una especie de sonrisita divertida.

—Lo último que quiero es que la gente me relacione contigo, estrellita del *rock*.

Atrapa mi mano antes de que me dé tiempo a apartarla. La estrecha con firmeza para sellar nuestro pacto. Su piel está caliente y la sensación del contacto me recorre el brazo y envía un escalofrío a lo largo de mi columna vertebral.

Veo un amago de sonrisa torcida en su cara, pero lo sofoca enseguida.

—¿Qué tal si empezamos el martes con la conducción?

Recupero la mano de un tirón y me alejo de él tan rápido como puedo cuando unos golpes en la puerta interrumpen la conversación. Debo de estar poniéndome roja, como si acabaran de pillarnos enrollándonos en vez de dejándonos claro lo poco que nos soportamos.

Chase va a abrir, sin mostrarse alterado en absoluto. Los de la puerta son Mike y Stacy, que llegan juntos y cogidos de la mano.

—¡Eh! ¿Dónde está todo el mundo?

El batería ni siquiera responde. Los ignora a ambos con tanto descaro que hasta a mí me hace sentir incómoda y se sienta de nuevo frente al instrumento para empezar a hacer ruido.

El resto de la banda no tarda mucho más en venir. Molly es la única que pasa del ensayo hoy.

—Eh, ¿va todo bien? —me pregunta Peter en voz baja cuando se acerca a saludarme.

Veo preocupación de verdad en sus ojos castaños y eso me enternece.

—Estoy bien —lo tranquilizo, y trato de mostrar una sonrisa convincente—. Necesito internet en mi casa ya o me volveré loca.

—Te paso luego el contacto de la compañía que pusimos nosotros el año pasado, en dos días lo teníamos todo listo.

Así me gusta, Peter: dando soluciones. Y ni siquiera he tenido que decir un estúpido «por favor».

—Gracias —murmuro, un poco más cerca de él.

—Oye, novata, ¿qué tal si hacemos algo el fin de semana? —propone en voz baja para que no nos oigan los demás.

—Me encantaría.

Sonríe y se aleja alegre hacia el escenario. Lo sigo con la mirada y tropiezo con otros ojos. Chase Bailey... Ese insoportable batería aparta la mirada con la mandíbula apretada en cuanto mis ojos encuentran los suyos y empieza a hacer más ruido que nunca con su instrumento de percusión.

*No te fíes jamás de un músico, Zoe.* Yo acabo de quedar con uno y hacer un trato con otro. Y las dos cosas van a suponer tan solo el principio de mis problemas.

# 11

# Lecciones y moral

Empiezo a entender eso de odiar los lunes por la mañana. El fin de semana ha sido fantástico y que esta mañana el despertador me haya arrancado de un bonito sueño me ha arruinado el principio de la semana. No quiero ir al instituto y escuchar a toda esa gente hablar sobre mí. No me apetece esquivar personas que solo vayan a acercarse por interés. Lo único que quiero es volver a acurrucarme en la cama, dormir hasta tarde, pasar el día tranquila en casa escuchando música e intentando cocinar alguna receta sencilla mientras mamá trabaja, y luego, por la tarde, pasar el rato con Peter justo como hemos hecho los dos días pasados.

El fin de semana ha sido fantástico. Espera..., ¿eso lo había dicho ya? Es que es verdad. Peter y yo nos entendemos muy bien. Es fácil hablar con él de muchas cosas. Es divertido bromear y reír juntos. Es dulce, amable y encantador.

—¡Zoe! ¡Levántate o llegarás tarde!

Gruño, estiro el edredón hasta taparme la cabeza e ignoro el grito de mamá, que ha sonado bien alto en el pasillo. En menos de dos segundos oigo cómo se abre la puerta del cuarto.

—Vamos, te recuerdo que tú insististe en ir al instituto

como todos los demás y eso significa que tienes que seguir su horario.

—He cambiado de idea.

Mamá se limita a soltar una risita. Luego se aleja, aunque deja la puerta abierta.

Cuando por fin me levanto, tengo que darme prisa para estar lista a tiempo. Me llevo una pequeña regañina por desayunar de pie y demasiado rápido, pero creo que necesitaba esos diez minutos de remolonear en la cama.

Salimos juntas de casa y caminamos hasta el punto donde nuestros caminos se separan. Mi madre ha estado trabajando más horas de las que Nicky le exige en estos últimos días y a mí no me importa demasiado que pase poco tiempo en casa porque sé que necesita tener la cabeza ocupada. Eso le está viniendo bien. Al menos no la he oído llorar en las pasadas noches. Y, sinceramente, quiero a mi madre y las dos nos necesitamos mucho en este momento, pero después de años de vivir pegada a mis padres me está encantando tener un poco de libertad.

—Que tengas un buen día, cariño —me desea.

Le sonrío y la beso en la mejilla antes de alejarme a toda prisa.

—¡Tú también! —le grito por encima del hombro.

Empiezo a sospechar que no va a ser un buen día cuando el instituto queda a la vista y me doy cuenta de la cantidad de gente que hay rodeando la entrada principal. Reconozco a un montón de periodistas carroñeros cuando los veo. Y sé sin ninguna duda que esperan mi llegada, con las cámaras preparadas.

Freno la marcha en medio del aparcamiento y miro hacia todos lados buscando algún lugar por donde colarme sin ser vista. Y tengo que darme prisa. Muchos de mis compañeros ya están hablando con la prensa, buscando sus quince minutos de fama a mi costa. No creo que vayan a reconocerme solo con verme de lejos, mis padres siempre se han preocupado mucho de que mi imagen no fuera pública, y los abogados de papá se encargarían de destrozar a cualquiera que se atreviera a sacar una foto mía en cualquier medio mientras siga siendo menor de edad. Así que supongo que no tengo que preocuparme por las cámaras y sí por las preguntas. Y que, si están aquí, es porque están esperando que yo los lleve hasta mi madre a ver si ahí encuentran una buena historia que rascar.

Me sobresalto cuando noto unos dedos cerrarse en torno a mi muñeca y alguien tira de mí hacia un lado. Al mismo tiempo, veo a Michelle acercarse hasta los periodistas y ponerse a parlotear como si creyera que están aquí por ella. Lo cierto es que todos están prestándole atención, lo que implica que, de momento, dejan de buscarme a mí.

—Vamos, entraremos por la puerta de atrás.

Chase Bailey me guía por el lateral del edificio, donde quedamos fuera de la vista de cualquiera que esté en la entrada principal, y no parece tener intención de soltarme hasta que nos hayamos colado y estemos a resguardo. En tan solo unos segundos el contacto con su piel caliente empieza a resultarme insoportable. Entramos por una pequeña puerta que hay en la parte de atrás. Chase me suelta en cuanto se cierra tras nosotros con un golpe brusco, como si eso lo hiciera despertar a la realidad y el contacto acabara de darle calambre.

—Eh..., gracias —le digo a su espalda, cuando ya camina dejándome atrás, sin pronunciar ni una sola palabra.

Gira la cabeza para mirarme por encima del hombro, de una forma fría y un pelín intimidante.

—Que no se te suba a la cabeza. Solo he hecho lo que mi hermana me ha pedido.

Da un paso más, y miro su nuca con los ojos entornados. Tengo ganas de gritar. Este batería consigue ponerme de los nervios de verdad. Yo no le he hecho nada, ¿por qué tiene que comportarse así conmigo? En vez de elevar la voz tanto como quiero, me dedico a mascullar entre dientes:

—Estúpido.

Se da la vuelta de golpe y clava los ojos en mis pupilas. No sé si el brillo que desprenden las suyas es de rabia o de diversión. Con este tipo nunca se sabe.

—¿Qué has dicho? —pregunta con una ceja alzada.

—Eres un idiota —le digo sin amedrentarme—. No hace falta que vayas por ahí siendo así de desagradable y actuando como si tuvieras que perdonarme la vida solo por cruzarme en tu camino. No sé quién te crees que eres, Bailey.

—Creo que soy el chico al que le pediste un favor el viernes, ¿no? —me recuerda, con media sonrisa irónica.

Me dan ganas de borrársela de alguna manera. De la manera que sea. Incluyendo comentarios muy crueles o incluso una bofetada, pero no soy partidaria de la violencia física ni verbal. No pienso rebajarme a su nivel.

—Ya me estoy arrepintiendo.

—Empezamos mañana por la tarde. Quedamos aquí en el aparcamiento a las cuatro —propone, como si no acabáramos de lanzarnos cuchillos con la mirada.

—Hoy también puedo —digo, no sé ni por qué. Tampoco estoy tan ansiosa por montarme en un coche viejo con él, aunque supongo que cuanto antes empecemos antes acabaremos, ¿no?

Da dos pasos caminando hacia atrás y sacude la cabeza.

—Pero yo no.

Y luego se larga. Respiro hondo para no acabar pagando la frustración con nadie más. Yo no soy como él: no voy por ahí hablando mal a gente que no se lo merece.

Camino hasta la puerta de clase con la cabeza gacha y hago como si no notara todas las miradas curiosas. Supongo que no todos los días hay periodistas en la entrada de este instituto. Y eso era lo único que me faltaba para ser aún más el bicho raro del pueblo.

—Joder, tía, eres famosa de la hostia —me recibe la voz de Mike cuando llego a la entrada del aula.

Levanto la vista, sorprendida. Mike no suele dejarse caer por aquí, solo se mueve por los pasillos de último curso. No es solo él, todos mis nuevos amigos están aquí y parece que estaban esperando mi llegada.

—Eso de ahí fuera era una locura, me han preguntado si te conocía seis personas diferentes en lo que me ha costado subir los escalones de la entrada —aporta Stacy—. Me sorprende que hayas podido llegar hasta aquí.

Peter da un paso adelante y me coge la mano con delicadeza.

—¿Estás bien?

Asiento.

—¿Quieres que salga a decirles cuatro cosas? —se ofrece Molly, con una sonrisa divertida.

Sacudo la cabeza. Me emociona bastante ver cómo todos están aquí preocupándose por mí y haciendo piña a mi alrededor.

—No pasa nada.

—¿Cómo los has esquivado? —pregunta Lucy.

—Chase me ha colado por la puerta de atrás.

—¿Chase? —repiten Peter y Derek a la misma vez.

El primero parece quizá un poco molesto y el segundo más bien sorprendido.

—En realidad, no creo que quieran nada de mí —sigo hablando, ignorando la intervención de los dos chicos—. Seguramente solo han venido al sitio donde sabían que me encontrarían para poder localizar a mi madre. Saben de sobra a lo que se enfrentan si publican cualquier cosa sobre mí sin el consentimiento de mi padre.

Molly enlaza el brazo con el mío y tira de él para acercarme más a las tres chicas, que están juntas.

—Ser famosa no es tan emocionante como lo pintan, ¿verdad? —dice, en tono burlón.

Suelto una risita triste.

—Para nada.

—No te preocupes, Zoe. Mi padre, como agente de la ley, se encargará de echarlos a patadas del pueblo —asegura Derek.

Me dedica una sonrisa amable y me hace sentir bastante mejor.

—Deberíamos ir yendo a clase —les recuerda Stacy a los dos mayores. Tira de la mano de Mike, llevándolo con ella—. Se habrán largado cuando salgamos, Zoe, ya verás.

Michelle pasa justo por detrás de ellos cuando se están alejando y me parece ver que Stacy le dedica una mirada un poquito desagradable, pero la hermana de Chase hace como si ni siquiera los hubiera visto. Posa sus ojos en los míos y hace una levísima inclinación de cabeza cuando le dedico una sonrisita de agradecimiento. Luego aparta la mirada y entra en clase enseguida.

—Ahora mismo voy, chicos —les dice Peter a sus dos compañeros de curso.

Derek y Lucy se apresuran a entrar en el aula para dejarnos algo de intimidad, y ella tiene que volver atrás y agarrar a Molly del brazo para conseguir que nos deje solos también.

—Estoy bien, Peter.

Fuerzo una sonrisa algo más amplia, a ver si así se convence.

—Si necesitas esconderte algún rato..., solo sílbame y vengo, ¿vale?

No suena a broma del todo, aunque me guiña un ojo y estira la comisura de los labios de forma perezosa.

—¿No será mejor si te llamo al móvil? Solo por asegurarme de que escuchas mi llamada de auxilio.

Se acerca un poco más y nuestros pechos se rozan con el vaivén de la respiración.

—Es un pueblo pequeño, te oiré si gritas.

Me veo reflejada en sus ojos. Me gusta la manera en que me mira. Me hace sentir cómoda y me sorprende la confianza que hemos construido en tan poco tiempo. Con él puedo relajarme, ser yo misma, decir tonterías y contarle las cosas más absurdas. Sé que voy a poder contar con él, y eso es justo lo que venía necesitando desde que aterricé en este lugar.

♪ ♪ ♪

La camioneta de Chase Bailey está parada en el aparcamiento del instituto cuando llego allí a la hora acordada este martes por la tarde. Por lo demás, el lugar está desierto.

Me sorprende lo bien que huele cuando abro la puerta del copiloto y me subo de un salto a su lado. Busco con la mirada algún ambientador colgado del espejo retrovisor que lo justifique y no veo nada. Me cuesta un par de segundos llegar a procesar que lo que huele así de bien es él. Y puede resultar chocante, pero creo que eso solo hace que me caiga un poco peor. No se puede ser así de desagradable y tener un olor tan atrayente. Es injusto. Es una paradoja. No quiero que me guste nada en absoluto de él. Y ahora voy a tener que asociar un olor que me resulta agradable con algo tan odioso que acabará por hacer que los aromas de bosque me resulten repulsivos.

—Hola —saludo, solo por ser educada.

No dice nada. Ni siquiera me mira. Pone en marcha el motor y yo tengo el tiempo justo de quitarme el abrigo y abrocharme el cinturón de seguridad antes de que se incorpore a la carretera y pise el acelerador.

—¿El aparcamiento te parecía un mal lugar?

A través de la ventanilla va quedando atrás la imagen del pueblo mientras nos alejamos y nos metemos por una carretera más estrecha que surca los campos al oeste.

Vale. Acabo de montarme en un coche con un chico que parece odiarme y ahora él me está sacando del pueblo y llevándome al medio de ninguna parte. ¿Tendrá pensado matarme? Ni siquiera siento miedo, porque, si es así, él debe de tener más que claro que el sentimiento es mutuo.

—Creía que no querías que se enterara nadie —habla por primera vez desde que he subido al vehículo—. Conozco un buen sitio para hacer prácticas. Fue donde mi padre me enseñó a mí.

Mantiene la vista en el frente, el gesto serio y las dos manos en el volante.

—Vale —me limito a decir.

Observo con disimulo el interior de la cabina mientras seguimos rodando por la carretera en silencio. Bueno, no en completo silencio porque él lleva música de All Time Low sonando suave a través del viejo reproductor de música de la camioneta. No tiene demasiados adornos aquí, tan solo una cinta de color verde colgada del espejo retrovisor. Cuando mis ojos ya han recorrido el salpicadero, siguen con el volante y no puedo evitar fijarme en la tensión con la que los dedos de Chase lo aprietan. Puedo ver un par de venas azuladas bien marcadas en el dorso de su mano derecha, que terminan por perderse bajo la manga del jersey. Tiene las manos grandes, fuertes, algo rudas... Aparto la mirada enseguida en cuanto un pensamiento inapropiado invade mi mente. Zoe, por favor, este chico es odioso: no me gustan sus manos ni, desde luego, su olor. Entonces observo su rostro. Parece muy concentrado, la mandíbula inferior está tan tensa que le endurece los rasgos. Es atractivo. *Fatal*. No es que sea guapo de una manera convencional. De hecho, ni siquiera me había parado a pensar en que tiene *algo* hasta ahora. Es asquerosamente atractivo de alguna extraña manera, esa es la definición más exacta. Tiene los labios carnosos, justo como me gustaría tenerlos a mí y no haber heredado los finísimos labios de mamá. La nariz respingona, las pestañas abundantes y tupidas, muy negras, y las cejas arqueadas.

Lo que yo decía: *asquerosamente atractivo*. Un chico de esos a los que es mejor no mirar dos veces. Eso seguro. Ya ha quedado más que claro que por dentro es todo lo contrario.

—¿Te importa dejar de mirarme? —gruñe entre dientes.

Vuelvo la cara de golpe hacia la ventanilla. Me arden las mejillas. Ahora se va a creer que me gusta su cara. Lo único que le faltaba para ser aún un poco más altivo y arrogante.

—No te estaba mirando —acierto a decir, en voz baja.

No contesta. Si no estuviéramos a unos escasos centímetros de distancia, juraría que ni me ha oído.

Tarda cerca de cinco minutos más en girar por un camino asfaltado y parar la marcha. Apaga el motor y se suelta el cinturón. Yo hago lo mismo, indecisa. No estoy del todo segura de si quiere que le cambie el sitio para ponerme yo al volante o si va a hacer que me baje y largarse dejándome tirada en medio de ningún lugar. A nuestro alrededor solo hay campos de cultivo tan secos que dudo que nunca haya llegado a crecer nada en ellos. Por mucho que fuerce la vista hacia el horizonte, no hay nada más que color marrón salpicado de escasísimos puntos verdes que conforma la maleza aquí y allá.

—Creo que está limpia de hielo —dice el batería para sí mismo.

Abre la puerta y se baja de un salto. Avanza unos metros, pisando con fuerza con las abultadas botas que lleva en los pies, comprobando el pavimento. Enseguida vuelve sobre sus pasos y se asoma al hueco que ha dejado su puerta abierta.

—Vamos, ¿no querías aprender a conducir? Vas a tener que ponerte detrás del volante para eso.

Aprieto los labios, para no insultarlo de ninguna forma. Me habla en un tono de voz tan condescendiente que tengo ganas de matarlo, de verdad. Me muerdo la lengua, porque lo último que quiero es ser yo la víctima de toda esta historia y si me deja aquí tirada cuando empiece a caer el sol es posible que no encuentre el camino a casa y me congele.

Me apeo y rodeo el vehículo por delante hasta plantarme en el lugar donde él está. Me mira de frente por un par de segundos y me sorprende lo imponente que resulta a pesar de ser apenas media cabeza más alto que yo.

—Hagamos esto de una vez —pido, como forma de indicarle que se aparte a un lado y me deje ocupar el lugar del conductor.

—Qué directa —se burla, con un tono de voz pícaro que no parece nada propio de él—. Espero que tengas claro que solo hemos venido aquí a conducir.

—Apártate, Bailey.

Lo empujo a un lado sin ningún cuidado para poder colarme en el coche, y cierro la portezuela de un golpe seco. Por un momento tengo miedo de que este trasto viejo empiece a caerse a pedazos por mi brusquedad. Pero no, parece que sigue en pie.

No protesta, si es que mis malos modos lo han molestado. Rodea el vehículo en sentido contrario a como lo he hecho yo y se monta a mi lado, en el asiento en el que hasta hace un momento estaba mi culo.

—Ajusta el asiento —me ordena, seco—. Hay una palanca...

—Ya sé cómo se ajusta un asiento —lo corto de malas maneras.

Lo acomodo hasta que me aseguro de llegar a los pedales. Luego hago amago de girar la llave para arrancar. La mano de Chase posándose firme sobre la mía me lo impide y envía algo parecido a una descarga eléctrica a lo largo de todo mi brazo hasta que termina por recorrerme la médula espinal.

—¿Qué crees que haces? —pregunta, con toda tranquilidad, como si él no hubiera sentido ese choque de electrones al rozar mi piel.

Me apoyo en el respaldo y lo miro contrariada.

—¿Conducir?

—Lo difícil no es conducir, sino hacerlo con seguridad. ¿Acaso ves algo por los espejos retrovisores?

Hago una mueca y luego me pongo a ajustar el espejo central hasta que estoy satisfecha con la imagen que me devuelve.

Me paso mucho rato insultando mentalmente a mi profesor de conducción segura mientras él suelta todo su rollo acerca de retrovisores, intermitentes, posiciones de la palanca de cambios y pedales. Tampoco es tan difícil, es un coche automático, solo hay que acelerar si quieres ir más deprisa y frenar cuando quieras parar, ¿verdad? Pero él lo está convirtiendo en todo un mundo y su manera de hablarme, como si hubiera nacido ayer o no hubiera visto un coche en mi vida, me está sacando demasiado de quicio.

—He oído que os habéis quedado con el coche viejo del abuelo de Peter —dice cuando se cansa de explicar cosas como un sabelotodo—. Es básicamente igual a este trasto, así que no deberías tener problemas si le pillas el truco.

—Muy bien.

Y no espero ni un segundo para pisar el freno, como él me ha dicho que tengo que hacer, y girar la llave un cuarto de vuelta hasta que oigo el motor ronronear y ponerse en marcha. Suena bien. Y yo sigo paso a paso todas las instrucciones recibidas y empiezo a rodar despacio. Pan comido. Tampoco es para tanto. El volante va un poco duro, eso sí. Piso el acelerador y ganamos velocidad muy rápido... puede que demasiado. Sobre todo, porque aún no tengo la suficiente destreza al volante.

Creo que vamos directos al campo más cercano. El cuerpo del batería invade por completo mi espacio vital y pone la mano al lado de la mía para manejar el volante. La otra entra en contacto con mi muslo, instándome a apretar el freno.

Y la peor parte es que su cercanía me pone mucho más nerviosa de lo que podría haberlo hecho estrellar la camioneta. No se aparta cuando me he detenido del todo. Nuestros brazos se rozan y su mano sigue transmitiendo un calor insoportable a mi pierna a través de la tela de los vaqueros. Se me ha cortado el aliento de golpe y puede que incluso necesite jadear de un momento a otro. Él vuelve la cara hacia la mía despacio, lo justo para que nuestras pupilas conecten. Está tan cerca que su olor me invade y me nubla el juicio. Y esos ojos oscuros son de todo menos inofensivos.

—¿Qué demonios haces? ¿No ves que así te vas a matar? —gruñe, cabreado.

Su aliento me acaricia los labios y hace cosquillear toda la piel alrededor.

Se aparta de golpe y yo inspiro con fuerza para llenar los pulmones de aire.

—¡Deja de gruñirme cada vez que dices una palabra!

—exijo, con un tono de voz demasiado elevado para un espacio cerrado como este—. Yo no te he hecho nada. Nada en absoluto. Ni siquiera me conoces. ¿Se puede saber por qué te caigo tan mal?

Lo pregunto casi sin pensar, porque no puedo hacerlo. No me doy cuenta hasta mucho después de que él podría hacerme la misma pregunta y yo no tendría respuesta.

—No es que me... —empieza, pero corta el discurso enseguida, y lo redirige sin darme tiempo a añadir nada más—: Llegas aquí con tus aires de estrellita del *rock* y te crees que todo el mundo tiene que caer rendido a tus pies. No se puede gustar a todo el mundo, Clark, supéralo. Eres... No sé si puedes entender lo mucho que me irritas. Eres ruidosa y molesta y llamas demasiado la atención. Eres... chirriante.

Lo ha soltado deprisa y de golpe, y yo me quedo por un momento sin saber qué decir. Incluso él parece confuso, como si no entendiera muy bien de dónde ha salido todo eso.

—Chirriante —repito, escupiendo la palabra con desprecio—. No creo que nunca en la historia de la humanidad nadie haya utilizado ese adjetivo para describir a una persona.

—Bueno, pues tú lo eres —insiste, con la vista clavada en el frente y cuadrando la mandíbula.

—¿Sabes qué? Tú eres un engreído que va por ahí mirando a todo el mundo por encima del hombro. A lo mejor el que tiene complejo de estrellita del *rock* eres tú, batería. Mira, no necesito todo esto. Me da lo mismo. Encontraré otra forma. No tengo por qué soportarte ni un segundo más.

Me estiro para coger el abrigo del asiento trasero y salto fuera del coche sin pensármelo. Voy poniéndome la prenda encima mientras camino por la carretera desandando el camino que hemos hecho hasta aquí.

Los periodistas de ayer no consiguieron nada de nada aparte de poner a todo el pueblo en su contra. Y sé que mi madre no es de las vecinas favoritas, pero lo cierto es que todos han hecho piña en este caso y eso es de agradecer. A pesar de eso, estoy segura de que aún no se han marchado. Al menos, no todos ellos. Y si me encontraran vagando sola por una carretera cuando ya empieza a escasear la luz, tendrían mil historias jugosas que inventar sobre mí. Pero, ¿sinceramente?, prefiero eso cien veces antes que volver a subirme a la camioneta del batería.

Los faros me iluminan antes de adelantarme. Chase baja la ventanilla, sentado al volante.

—No seas orgullosa y sube al coche —dice, con un tono algo más relajado, aunque tampoco agradable del todo—. Te vas a congelar.

—Prefiero congelarme que aguantarte.

—Y me parece una elección muy lícita que yo también haría con los ojos cerrados, pero te recuerdo que hemos hecho un acuerdo de beneficio mutuo.

—Búscate a otra que te enseñe a tocar la guitarra.

—No. Vas a enseñarme tú.

Para el coche y se baja para interponer el cuerpo en mi camino. Dejo de andar para no chocar contra él e incluso doy un paso atrás porque, para ponerme las cosas aún más difíciles y sacarme más de quicio, su cercanía sigue despertando algunas sensaciones que odio con todas mis fuerzas.

—Lo haré si dejas de llamarme estrellita del *rock* y yo puedo insultarte cada vez que te pongas borde.

—Me taparé los oídos y apretaré los dientes cada vez que te pongas chirriante —me la devuelve—. Venga, te acerco a casa.

Sopeso mis posibilidades durante dos segundos escasos. Hace demasiado frío. Así que paso por su lado con la cabeza bien alta y todo lo digna que puedo y vuelvo a subir al asiento del copiloto para dejar que él conduzca. Hacemos todo el camino en un silencio espeso. Hay una tensión flotando entre los dos que no sé muy bien cómo describir.

—Déjame aquí mismo —pido cuando llegamos a la entrada del pueblo.

Esta vez no protesta. Para el coche y espera a que me baje sin mirarme.

—Vamos a tener que aprender a llevarnos un poco mejor si queremos que esto funcione —digo, con la puerta ya abierta y un pie en la calle.

Gira la cara hacia mí, con la expresión endurecida.

—No vamos a ser amigos, Clark.

—Desde luego que no, Bailey.

Salto fuera de la camioneta y pego un sonoro portazo antes de alejarme calle abajo con la cara escondida entre los pliegues de mi abrigo.

Voy a tener que tirar de todo mi autocontrol para no matarlo.

# 12

# La misma talla

Derek me alcanza trotando por el pasillo cuando me dirijo hacia la cafetería a la hora del almuerzo.

—Eh —saludo en respuesta a su sonrisa—, ¿hoy nos haces el honor de almorzar con nosotros?

Mi gesto burlón se desvanece cuando veo cómo se ensombrece su mirada. Es menos de un segundo y luego vuelve a su expresión pícara y encoge un hombro.

—Chase no ha venido al instituto esta mañana —justifica, y es evidente que no tiene intención de añadir nada más.

Mi espalda se endereza y mis músculos se ponen rígidos cuando oigo ese nombre. Se me pasa por la cabeza que mi reacción corporal a su mera mención debe de ser parecida a la forma en que los gatos se erizan e intentan parecer de mayor tamaño cuando encuentran un rival en el camino. Ayer me pasé todo el trayecto a casa maldiciendo entre dientes desde que bajé de su camioneta. Esto de aprender a conducir va a ser mucho más duro de lo que pensaba.

El barullo de voces que siempre llena la cafetería a estas horas se acalla cuando nosotros atravesamos las puertas que se abren aquí desde el pasillo. Me da la impresión de que todo el mundo me está mirando, pero tampoco es que eso suponga una novedad en los últimos días, así que alzo un poco más la barbilla, tirando de orgullo, y avanzo hacia la cola de la comida con Derek pisándome los talones.

—Oye, la gente no para de mirarte —susurra el chico cerca de mi oído mientras nos movemos juntos cada uno con una bandeja en la mano.

—Vienes poco a la cafetería últimamente —bromeo, sin darle importancia.

—Espera, ¿eres famosa o algo así? —me sigue el juego.

Suelto una risita y cojo un pequeño envase con ensalada y un vaso grande de zumo.

—La gente no sabe con qué entretenerse. A lo mejor te están mirando a ti.

La conversación de mis amigos durante el almuerzo me ayuda a olvidar que soy el centro de atención más de lo que me gustaría.

Me escabullo de la cafetería unos minutos antes del final del descanso para poder pasar por el baño.

Estoy a punto de salir de allí cuando oigo una especie de hipo en un cubículo que tiene la puerta cerrada. Doy unos pasos lentos y silenciosos y presto atención. Creo que alguien está llorando.

—¿Hola? —llamo insegura—. ¿Hay alguien ahí? ¿Estás... estás bien?

La puerta se abre de golpe y me sorprende ver a Michelle salir enjugándose los ojos con las mangas de la sudadera. Ni siquiera me mira y se acerca al lavabo como si estuviera dispuesta a lavarse la cara, pero no llega a abrir el grifo.

—Eres tú, Zoe —dice, con la voz tan ronca y apagada que se me hace difícil entenderla.

Me acerco a ella despacio y prudente porque parece capaz de salir corriendo como un cervatillo asustado si hago cualquier movimiento brusco.

—¿Estás bien? —pregunto de nuevo.

Es absurdo que pregunte cuando la respuesta resulta tan obvia, pero no tengo ni idea de qué debería decir o qué puedo hacer.

Asiente, pero a la vez tiene que atrapar dos nuevas lágrimas entre los dedos. Busco en los bolsillos hasta encontrar el paquete de pañuelos de papel que sabía que llevaba por alguna parte, saco uno y se lo tiendo. Me doy cuenta de lo ridículo del gesto enseguida, ya que estamos en un baño y rodeadas de papel por todas partes, pero ella lo coge de todas formas e intenta pagármelo con una sonrisa que no le sale natural.

—Gracias.

—De nada. —Observo cómo se lo pasa por la cara, secando las mejillas—. Parece que tenemos la misma talla de lágrimas, también.

Esta vez su sonrisa es más sincera. Se suena la nariz en el pañuelo que le he dado y consigue serenarse un poco. Luego lo tira a la papelera y abre el grifo para mojarse la cara y limpiar bien los restos de lágrimas. Se seca rápido, con papel del que hay en el dispensador junto al lavabo. Parece mucho más entera cuando ha terminado. Se enfrenta a mi mirada y dejamos transcurrir unos segundos en silencio solo mirándonos.

—¿Puedo hacer algo por ti?

Da dos pasos decididos hacia mí y me abraza. Me sorprende tanto que me cuesta reaccionar y devolverle el abrazo. Está claro que lo necesita. Sus rizos desordenados me hacen cosquillas en la cara, pero no me quejo.

—Gracias, Zoe, de verdad —murmura sobre mi hombro.

Se aparta y respira hondo antes de atreverse a enfrentar mi mirada. Sus ojos oscuros sí se parecen a los de su hermano, aunque puede que sea lo único que tienen en común físicamente.

Está a punto de decir algo más cuando la puerta del baño se abre de golpe y Molly entra como un tornado, interrumpiendo la conversación y acabando con la calma.

Michelle agacha la cabeza y sale de aquí sin decir ni una sola palabra, esquivando a Molly, que hace como si ni siquiera la viera.

—¿Qué es lo que pasa con vosotras? —pregunto sin poder contenerme.

Nos sostenemos la mirada mientras el aire empieza a volverse denso a nuestro alrededor. Molly endurece el gesto y aprieta la mandíbula, visiblemente molesta.

—Esa chica hizo daño a dos de las personas que más quiero. Eso no se perdona.

Me quedo sin palabras ante lo amarga que ha sonado. Cuando estoy a punto de recuperar el habla, el timbre suena con fuerza en el pasillo anunciando el final del tiempo de descanso y tenemos que volver a clase. Cuando entro me llama la atención ver a Derek al fondo del aula, agachado junto a la mesa de Michelle, que está sentada de lado en la silla, hablando en voz baja. Por supuesto, no puedo oír lo que dicen, pero el gesto sombrío de Derek, tan raro en él, no deja lugar a dudas de que, sea lo que sea, no son buenas noticias.

Me escapo de clase lo más rápido que puedo en cuanto se da por finalizada. La gente sigue mirándome cada vez que se cruza conmigo por los pasillos y yo no quiero hablar con nadie. Hoy solo quiero ser una más, una chica invisible sobre la que nadie cuchichee. Mientras bajo las escaleras dudo si debería irme a casa o mejor esconderme un rato en la sala de música con una guitarra que no me recuerde a mi padre. La gente ya está empezando a abarrotar los pasillos y no tengo demasiado tiempo para decidir, así que me muevo rápido hasta allí.

Solo he puesto un pie dentro cuando una mano salida de la nada me agarra fuerte del brazo y tira de mi cuerpo hasta esconderme tras la puerta entreabierta. Mi espalda se pega a la pared y un cuerpo más grande que el mío se planta justo delante, tan cerca que puedo sentir todos los músculos que lo componen en tensión. Abro la boca para protestar, pero la mano se posa entonces sobre mis labios y me amordaza para no dejarme emitir ningún sonido.

Tengo ganas de gruñir y de luchar y de morderle la mano a Chase Bailey, que ahora acaba de clavar sus ojos oscuros en los míos mientras me mantiene secuestrada. Nuestras pupilas conectan y se quedan pegadas por un segundo que se hace casi eterno. Mi enfado se esfuma a medida que mi parte racional se va fundiendo a negro. Está muy cerca, demasiado, y huele escandalosamente bien. Nuestras respiraciones se acompasan, aun sin quererlo, y siento el corazón tan desbocado que temo que él lo esté oyendo también.

—Shh —me pide silencio, y sus pupilas suplican.

Aparta la mano muy despacio y, en el camino, acaricia mis labios con la yema de los dedos, despacio, haciéndolos cosquillear con impaciencia. Se me cierra un nudo en pleno estómago y mi vientre se tensa. Esos abismos que tiene por ojos bajan a mis labios cuando los dedos los abandonan. Los entreabro y se me escapa un pequeño jadeo. Mi pecho roza el suyo cuando lo hincho en busca del oxígeno que tanto necesito. Siento sus pupilas subiendo hasta mis ojos, que recorren cada una de sus facciones con atención.

Parpadeo como si eso pudiera devolverme de golpe a la realidad e inspiro todo lo hondo que puedo para darme voz.

—No vuelvas a tocarme —advierto, en voz baja pero firme, con los ojos clavados en los suyos.

—Perdona —se disculpa, y da un pequeño paso atrás que resulta insuficiente para darnos la distancia que los dos necesitamos.

Me muevo hacia un lado con la espalda pegada a la pared, y luego doy un par de pasos que me alejan de él.

—No quiero que nadie sepa que estoy aquí —sigue hablando, como si aquí no hubiera pasado nada—. Ya sabes que, a veces, gritas demasiado y no eres discreta.

Me giro para encararlo escupiendo veneno con la mirada.

—¿Te persigue la policía? —lanzo mi apuesta.

No me sorprendería.

—No. Pero no quiero ver a nadie ahora.

—Pues la sala no es de tu propiedad, así que vamos a tener que encontrar alguna manera de decidir quién se queda y quién se va.

Cruzo los brazos delante del pecho, para que capte la idea de que no se lo pienso poner fácil. No sé por qué este tío se cree que puede ir por ahí como si fuera el rey del mundo, expulsando a la gente de lo que cree que son sus dominios y...

—¿Crees que podríamos empezar las clases de guitarra?

Me está mirando de una forma diferente a otras veces: más amable, más vulnerable, más... ¿humano? No sé si Bailey es humano del todo.

—¿Ahora? —Es lo único que soy capaz de responder.

Dibuja media sonrisa irónica y encoge un solo hombro antes de responder, en tono engreído:

—Podría decirse que no me sobra el tiempo.

Y podría decirse que yo no tengo nada mejor que hacer y que esto puede ser la distracción que mi mente necesita, pero eso no lo pienso decir en voz alta mientras él esté delante.

—Bien —me limito a decir, indiferente.

Me acerco a por las dos guitarras que hay apoyadas en los soportes cerca de la pared del fondo. Oigo cómo él cierra la puerta para asegurarse de que nadie va a asomarse a cotillear. Le tiendo el instrumento cuando estamos frente a frente y luego me siento en una de las sillas que forman un semicírculo en el centro de la sala. Chase toma asiento bastante lejos.

—¿Sabes algo de guitarra? —pregunto.

—Un poco.

—A ver.

Durante un rato se dedica a enseñarme las notas que sabe tocar, y yo no paro de corregir la posición de sus dedos una y otra vez. No parece que le moleste que señale sus errores con tan poco tacto, pero sospecho que sigo sin ser su persona favorita y quizá incluso le caiga un poco peor ahora.

—Cuando estaba aprendiendo, lo que hacía era elegir canciones que tuvieran solo un par de acordes y las tocaba hasta que sonaban bien —le cuento.

Coloco los dedos en «sol» y rasgo las cuerdas. Ni siquiera lo miro mientras hablo porque cada vez que lo hago vuelvo a recordar esa sensación que me ha invadido mientras me tenía arrinconada contra la pared.

—¿Te pasa algo?

La pregunta me sorprende tanto que los dedos se me resbalan y la guitarra suena mal. Levanto la cara solo lo justo para poder mirarlo entre las pestañas.

—¿Por qué?

—No lo sé. Estás menos... chirriante —dice, tras un par de segundos en los que parecía estar eligiendo la expresión más adecuada.

—Y tú estás menos amargado —respondo entre dientes—, pero no me apetece charlar.

—Es todo un alivio oír eso.

—Pon los dedos como los tengo yo, toca y cállate.

Y, contra todo pronóstico, el batería obedece sin soltar ni una sola tontería más.

Es bastante tarde cuando damos por terminada la sesión. Me había olvidado por completo del mundo exterior, como cada vez que cojo la guitarra, y tengo que darme prisa en consultar el móvil cuando el conserje se asoma para decirnos que tenemos que estar fuera del instituto en cinco minutos, para ver si mamá ha vuelto a casa y está preocupada por mí. No hay noticias de ella, pero sí de Peter, que ha mandado un mensaje hace casi una hora:

¿Qué tal, novata? ¿Estás bien? Si quieres podemos quedar para dar una vuelta, ¿te apetece?

Me muerdo el labio, me siento un poco culpable. Yo lo único que quería hoy era no ver a nadie, y eso lo incluye a él. Respondo enseguida, mientras noto la mirada de Chase sobre mí, pendiente de mis movimientos.

Perdona, acabo de ver tu mensaje. ¿Hacemos algo mañana por la tarde?

No levanto la vista de la pantalla antes de hablar en voz alta:

—¿Te importa dejar de mirarme?

—Eres muy lenta y tenemos que irnos ya.

Gruño por lo bajo, recojo la mochila y me la echo al hombro antes de llevar la guitarra a su sitio y seguir a Bailey fuera del aula. Caminamos uno al lado del otro por los pasillos hacia la salida, pero no hablamos. Ahora es él quien va atento a la pantalla del móvil. Acabamos de poner un pie fuera del instituto cuando suelta un suspiro molesto y se mete el dispositivo en el bolsillo de malas formas.

—¿Qué pasa? —pregunto, casi como un acto reflejo.

Me mira como si acabara de darse cuenta de que sigo aquí, justo a su lado. Aprieta los dientes y las líneas de su mandíbula se endurecen.

—No somos amigos, Clark. No necesitas saber nada de mi vida.

Y dicho eso se aleja a grandes zancadas hasta el aparcamiento sin despedirse, sube a la camioneta y se aleja de aquí dejándome sola y molesta, una vez más.

# 13

# Shawn Mendes lo canta mejor

Un perro enorme está tumbado en la entrada del local de ensayo cuando Peter abre la puerta y me cede el paso el viernes por la tarde. El animal se levanta y se acerca para saludarme, meneando la cola de lado a lado.

—Hola, *Max*.

Le rasco detrás de la oreja y pega el hocico a mi cadera, reclamando más atenciones.

Creo que Peter dice algo a mi espalda, pero la voz de Derek, que acaba de llegar tras nosotros, eclipsa por completo la suya.

—¡*Max*, tío! ¿Qué haces aquí, chaval?

El perro se vuelve hacia él y me abandona para ir a juguetear.

—Muévete a otro sitio con esa bola de pelo gigante, para que pueda cerrar la puerta —pide Peter.

Empuja a Derek y le da unas palmaditas a *Max* en el lomo antes de cerrar para evitar que se escape el calor del radiador eléctrico que alguien ha encendido en medio de la sala.

—¿Cómo es que has traído a *Max*, Chase? —pregunta Derek.

Entonces me fijo en el batería. Como siempre, ya está sentado tras el instrumento y da vueltas a las baquetas entre los dedos a toda velocidad.

—Mi hermana ha empezado a currar en el Driftwood por las tardes y no puede sacarlo. Ahora ese chucho se ha convertido en mi sombra.

—Pues tu sombra abulta tres veces más que tú —advierte Lucy, con un tono dulce que termina sonando preocupado.

Bailey se limita a apretar los labios y no dice nada. Los demás tampoco parecen muy dispuestos a ahondar en el tema. Derek no pregunta por el nuevo trabajo de Michelle y, por su expresión, creo que la noticia le afecta más de lo que quiere mostrar. Como siempre, yo no entiendo nada, pero ya empiezo a acostumbrarme.

Los chicos ensayan mientras nosotras, acurrucadas juntas muy cerca del pequeño radiador que ni de lejos es suficiente para calentar el local, charlamos y bromeamos y aplaudimos entre canción y canción. La verdad es que cada día me gustan más. No tienen temas propios —aunque Mike no para de insistir en que pronto los tendrán—, pero hacen su versión de cada una de las canciones que interpretan y está empezando a engancharme ese toque punk y desenfadado que le dan hasta a aquellas que parecían no poder serlo más.

—Tengo la garganta seca, deberíamos dejarlo por hoy y tomar unas cervezas —sugiere Mike.

Derek deja el bajo a un lado del pequeño escenario y se vuelve hacia el batería:

—¿Te quedas un rato y tomas algo con nosotros, tío?

Me sorprendería mucho que Bailey dijera que sí, la verdad. No tengo ni idea de por qué, pero parece odiar a muerte a cualquiera que no sea su amigo el bajista.

—No, qué va. Tengo que sacar a *Max* a dar una vuelta y me voy a casa.

Se pone en pie y se guarda las baquetas en el bolsillo trasero. Lanza un silbido corto, y el perro, que dormitaba a mi lado encantado con mis caricias, levanta las orejas para prestarle atención.

—No seas aguafiestas —intenta convencerlo Derek—. Solo un rato.

Bailey sacude la cabeza.

—Déjalo —interrumpe Peter—. Cada uno sabe dónde está su lugar.

—Que te jodan, Black —masculla el batería entre dientes, al tiempo que avanza a grandes zancadas hacia la salida y abre la puerta de un tirón—. Vamos, *Max*.

El perro obedece al instante y se mueve rápido para marcharse con su dueño.

Nadie dice ni una palabra y todo es silencio en el local hasta que Bailey pega un portazo que resuena en las paredes. No tengo ni idea de lo que pasa o ha pasado entre ellos, pero, desde luego, ahora entiendo que prefiera pedirme a mí que le enseñe a tocar la guitarra antes que a Peter. Si hay algo que me ha quedado claro es que ellos dos no son amigos.

—Tío... —empieza Derek.

—No me eches el sermón, Derek —advierte Peter—. No fui yo el que empezó con esta mierda.

—Venga, colega, es su hermana, ¿qué esperabas que...?

—Déjalo, Derek —interviene entonces Mike—. Nadie obligó a Chase a escoger un lado.

—Pues, si es así, deberíais dejar de defender tanto vuestro puto lado —se planta el otro—. Ya se han torcido bastantes cosas y, al final, vais a terminar por joder también la banda.

—La banda va a joderse igual, Wood —dice Mike entre dientes—. Voy a fumar un cigarrillo.

Da dos zancadas firmes hasta alcanzar el abrigo y luego abre la puerta de un tirón para salir al exterior.

—Te acompaño —ofrece Peter, aunque sé que él no fuma.

Derek se acerca para hablar con Lucy en voz baja:

—Oye, amor, me voy a casa, ¿vale? ¿Quieres...?

—Volveremos juntas —corta Molly—. Lárgate, tío, que cuando os ponéis así ya sabes que es mejor no insistir.

Él pone los ojos en blanco. Besa a Lucy y le susurra un par de cosas al oído antes de despedirse de nosotras y marcharse también.

—En el fondo, los chicos tienen razón sobre Chase —murmura Stacy—. Está amargado.

—¿Y qué esperas? —suspira Lucy.

—¡Venga ya!, no me digáis que lo entendéis. Pensad qué haríais vosotras: ¿malvivir como un santo o aprovechar el tiempo? Porque no creo que beber, fumar o pasarlo bien por una vez vaya a suponer tanta diferencia al final.

Un silencio denso se impone alrededor del radiador por unos segundos. Luego Molly lanza un resoplido y sacude la cabeza.

—Venga, Stacy, eso ha sido cruel hasta para mí —suelta, en un tono que pretende sonar jocoso, pero no llega a serlo.

—Chicas —interrumpo, harta de perderme en todas las conversaciones—, ¿se puede saber qué pasa con Bailey?

Las tres me miran como si se acabaran de dar cuenta de que hay una extraterrestre entre ellas. Me dan ganas de encogerme y hacerme pequeñita ante el impacto de sus miradas.

—¿No lo sabes? —pregunta Molly, con los ojos más abiertos de lo normal por la sorpresa.

—Vaya, es verdad, ¿cómo va a saberlo ella? —murmura Stacy.

—¿Qué pasa?

—Chase está enfermo, Zoe —me cuenta Lucy, con la voz teñida de tristeza—. Tiene una enfermedad renal, algo hereditario, creo. Hace como un año le dijeron que lo más probable es que tarde o temprano necesite un trasplante de riñón.

Se me revuelve el estómago. *Está enfermo.* ¿Enfermo?

—¿Y qué pasa si no consigue ese trasplante?

—Pues que, como dice Stacy, no importará lo estricto que haya sido con la bebida, con el tabaco o con la dieta —suspira Molly.

—Se va a morir —traduzco a un lenguaje más crudo, en un murmullo suave.

Sus palabras del miércoles en la sala de música se abren paso en mi mente: «Se podría decir que no me sobra el tiempo». *Fatal.* Debería haber sido más amable con él, ¿verdad? Debería...

—Creo que él tiene bastante asumido que sí —admite Lucy, y su voz corta el hilo de mis pensamientos—. Lo que nadie sabe, al parecer, es cuánto tiempo tiene. Un año..., tal vez menos. Está bastante peor desde la última vez que lo hospitalizaron. Por eso los chicos han tenido que bajar el ritmo de los ensayos, él tiene que ir varias veces a la semana al hospital de Great Falls.

—Que se va a morir está claro —interviene Molly, tan directa y sincera como siempre—. Lo que no está tan claro es si va a vivir el tiempo que le queda o lo va a seguir tirando a la basura.

♪ ♪ ♪

El domingo por la mañana le digo a mi madre que voy a salir a dar un paseo cuando ella se está preparando para ir a echar una mano en el hostal de Nicole. No protesta demasiado. Eso está bien. Ahora puedo hacer casi lo que quiera, siempre que ella considere que estoy segura y dentro de los límites del pueblo.

No me gusta mentirle, pero esto es más bien solo ocultar la verdad, lo que es menos malo, ¿no es así? Porque lo cierto es que Bailey me sorprendió anoche al enviarme un mensaje proponiendo una clase de conducción hoy por la mañana. No tengo ni idea de cómo ha conseguido mi número, pero por mensaje tampoco es simpático.

Llego al aparcamiento del instituto demasiado pronto. La vieja camioneta aún no está por aquí. Paseo de un lado a otro, despacio pero sin parar, para que el frío no me cale los huesos.

El sonido del motor me hace girarme y veo la camioneta. Miro a todos lados para asegurarme de que no hay nadie antes de subir al asiento del copiloto y dejar que Chase conduzca sacándonos del pueblo por el mismo camino que recorrimos el otro día. Ninguno de los dos dice nada en todo el trayecto, y yo le lanzo miradas disimuladas de reojo todo el tiempo, solo para ver si logro captar en él alguna señal de su enfermedad. Por supuesto, no hay nada. No lleva un cartel en la frente que lo diga, ni nada parecido.

Pega un frenazo brusco en cuanto llegamos a la carretera que nos sirve de pista de prácticas, y creo que suelto una protesta en voz baja cuando el cinturón de seguridad se me clava al retener la inercia de mi cuerpo.

—Si no dejas de mirarme cuando conduzco, se acabarán las clases, Clark.

Se suelta el cinturón y abre la puerta de un empujón nada delicado. Ni siquiera me mira y aprieta tanto la mandíbula que es posible que termine por astillarse un diente.

No quiero que se pregunte por qué actúo de forma diferente con él, así que decido responder como lo habría hecho hace un par de días:

—Mirarte es cualquier cosa menos agradable, así que no te lo tengas tan creído —le dejo claro cuando nos cruzamos al bordear el vehículo para cambiar posiciones.

—Cualquiera lo diría, estrellita —masculla en respuesta.

—Piérdete —digo en el momento en que me siento tras el volante.

Me preparo para arrancar y entonces él estira la mano, quita la llave del contacto para esconderla en el puño y me mira con reproche.

—¿Qué haces?

—Joder, esto es inútil, te importa una mierda y ni siquiera prestas atención —me acusa—. ¿Qué es lo primero que tienes que hacer?

Suelto un resoplido. Este tío es un rollo. Puede que las chicas tengan razón y no haga nada que se pueda considerar divertido, emocionante o arriesgado. Sí que puede que esté tirando su vida a la basura... Me siento culpable al instante por estar pensando tan mal de él cuando su situación es la que es. Está claro que está enfadado con el mundo. Pero tiene un buen motivo para estarlo.

—Colocar los retrovisores —recito como si fuera una alumna de ocho años entonando la lección.

—Pues haz lo que tienes que hacer. Yo me estoy tomando esto en serio, Clark. Si no vas a hacer lo mismo avísame ya, porque si algo no puedo permitirme es perder el tiempo.

Vuelvo la cabeza para poder mirarlo. *Fatal*, no me puedo creer que haya dicho eso así, tan tranquilo. No parece que esté afectado. Sigue con la misma expresión de capullo integral de siempre. Estoy a punto de decir algo cuando el tono de llamada de mi móvil llena la cabina del vehículo.

Me estiro para recuperar el bolso del asiento de atrás y rebusco hasta encontrar el aparato. «Papá.» Cuelgo sin pensarlo ni un segundo, y me aseguro de silenciarlo.

—Lo retiro —dice Bailey.

Lo miro con el ceño fruncido.

—¿El qué?

—Lo de que eres una estrellita del *rock* —aclara, y se nota demasiado que se está aguantando una sonrisa que lucha por aflorar—. De *rock* no tienes nada por mucho que te pongas una camiseta de Guns N'Roses.

Creo que se me suben los colores a las mejillas cuando entiendo que lo dice por el tono de llamada. Es la melodía de *There's Nothing Holdin' Me Back,* de Shawn Mendes. No es que me avergüence de Shawn, ¿vale?, pero no me viene bien enseñar los puntos débiles cuando estoy tratando con el enemigo.

—No soy elitista en cuestión de música. La música es música y no le hago ascos a ningún estilo.

—No, está claro. Eres una chica de música comercial que se siente especial por escuchar a los Rolling de vez en cuando. Siento decirte que no es muy original.

—No sabes nada de mí, así que cierra la boca, Bailey.

—Predecible... —murmura, con la vista perdida por la ventanilla, como si yo o mi respuesta no le interesáramos.

Me muerdo la lengua y me dedico a colocar los retrovisores. He venido aquí para aprender a conducir este trasto, no para discutir, así que lo mejor es que me centre y no le dé pie a volver a abrir su bocaza. Extiendo la mano ante él para que me pase la llave. La deja sobre la palma de mi mano con mucho cuidado para que nuestras pieles no se toquen. Estoy a punto de arrancar cuando lo oigo canturrear bajito, con voz grave:

—*She says that she's never afraid, just picture everybody naked...*

—Cállate.

—Perdona..., ¿te molesta que destroce tu canción?

—Evidentemente, Shawn Mendes lo canta mejor. Y ya que tú te tomas esto de las clases tan en serio, deberías centrarte en enseñarme para que acabemos con esta tortura cuanto antes.

Asiente con la cabeza una sola vez. Me parece que le he

convencido con eso de acabar cuanto antes. Apuesto a que el sentimiento es mutuo.

—Me lo tomo en serio, he estado practicando con la guitarra tanto como he podido.

Me cruzo de brazos, porque es obvio que no voy a empezar a conducir pronto si él tiene ganas de charla.

—¿Y qué tal?

—Bastante penoso, necesito más clases.

—¿Quién lo diría, batería? —Finjo sorpresa.

—A lo mejor me ayudaría eso que dijiste de tocar una canción hasta que salga bien. ¿Cuál es tu canción favorita? ¿*Mercy*?

Se está burlando otra vez. Y yo tengo ganas de patearle el culo.

—Olvídame —digo entre dientes.

—Mierda, en serio, necesito una canción objetivo para motivarme.

Lo miro a la cara al notar el cambio en su tono de voz. Está más serio. Parece tener mucha prisa en aprender a tocar la guitarra..., en sacarse esa supuesta melodía de la cabeza. Y, al ver las sombras que le surcan la mirada por detrás de las pupilas, entiendo algo de Chase Bailey: no tiene todo el tiempo del mundo y él lo sabe.

Seguir discutiendo no nos va a ayudar a aprovecharlo.

—Deberíamos hacer una tregua —propongo, sin estar muy segura.

Siento su mirada sobre mí durante unos segundos que se me hacen eternos, pero mantengo la vista clavada en el volante. Aun sin verlo, soy capaz de notar su cambio de humor. Se esfuma cualquier rastro de cordialidad y se evapora la actitud burlona y casi divertida que tenía hace un momento, cuando se metía con la música que me gusta. La frialdad ha tomado el relevo y, cuando habla, me pone la piel de gallina.

—¿Quién te lo ha contado? —pregunta con voz áspera e intimidante.

—¿Quién me ha contado qué?

—Ya sabes el qué.

Conecto nuestras miradas.

—Las chicas me dijeron que estás enfermo. ¿Es verdad?

Aparta la vista de inmediato y su mandíbula se tensa tanto que parece como si en cualquier momento fuera a romperse en mil pedazos.

—¿Eso cambia algo? Porque no pienso ser tu amigo para que te sientas mejor.

Me tenso, y la indignación me hace alzar aún más la barbilla, desafiante, aunque él ni siquiera me esté mirando.

—Sigues siendo un borde, así que me parece que nada ha cambiado.

—Bien. Arranca el coche de una vez.

Apenas hablamos más allá de las instrucciones bruscas y secas que él me da mientras hago rodar el coche y las preguntas para las que yo necesito respuesta en términos de conducción. El ambiente se destensa un poco a medida que los minutos pasan y yo llevo el coche de un lado a otro del camino lo mejor que puedo.

Cerca de una hora después no puedo evitar volver a mirarlo con disimulo mientras conduce de vuelta hacia el pueblo. Mi obligación con él, dadas las circunstancias, es enseñarle a tocar la guitarra. Y, si necesita una motivación para ello, trataré de ser buena profesora y dársela.

—Es *Dream On*, de Aerosmith —hablo, rompiendo el tenso silencio que lleva unos cuantos minutos reinando en el vehículo.

Me mira por una fracción de segundo antes de devolver la vista a la carretera.

—¿Qué?

—Mi canción favorita.

—¿Por qué?

No esperaba tener que dar explicaciones. Pierdo la vista por la ventanilla y me encojo de hombros, aunque sé que él no me está mirando.

—Para mí habla de pérdida y de frustración, pero también de resiliencia. Creo que, sobre todo, si algo encierra esa canción es esperanza.

No dice nada por un buen rato. Al final, habla, y su voz suena más suave y aterciopelada y percibo un leve temblor justo al final:

—Entonces vas a tener que enseñármela.

# 14

# Un padre siempre es un padre

Salgo del baño envuelta en una toalla y con el pelo recogido en un moño alto que he tenido que hacerme para no mojarlo en la ducha. No sé qué hora es, pero seguro que no me sobra el tiempo. Mamá me ha entretenido con tonterías antes de ir a trabajar, y Bailey debe de estar a punto de llegar para su clase de guitarra de hoy. Sigo sin saber si es muy buena idea lo de haberlo citado en mi casa, pero mi madre no va a estar en toda la tarde y aquí tengo dos guitarras, así que tiene sentido. Además, es menos probable que alguien nos vea aquí que en la sala de música del instituto. Y la sala de música del instituto estaba ocupada por Daniel la última vez que intentamos usarla para una clase. Supongo que es más fácil así.

Entro en mi cuarto y me acerco al armario para buscar algo que ponerme. Rescato un pantalón negro y una camiseta de manga larga y estoy a punto de girarme para abrir el cajón de la ropa interior cuando capto un movimiento junto a la ventana que me pega un susto de muerte.

El batería está ahí, a un lado y sin decir ni una palabra, mientras yo ya estaba a punto de dejar caer la toalla para vestirme. Pero ¿qué...?

La ropa se me cae de las manos y tengo el corazón desbocado por el susto. ¿Qué creerá que está haciendo? ¿Acaba de colarse en mi casa? ¿Me está espiando?

—¡Dios, Bailey! —le grito con todas mis fuerzas.

No dice nada, pero se encoge y su cuerpo parece hacerse más pequeño e inofensivo en respuesta al ataque. Da un paso a un lado, hacia la puerta, con la mirada clavada en el suelo y sacudiendo la cabeza, como si esa fuera la única defensa posible.

—¿Qué haces ahí? ¿Es que quieres que me dé un infarto? —sigo gritando.

Me agacho, sujetando la toalla con fuerza contra el pecho con un puño, y cojo una zapatilla del suelo para lanzársela. Le golpea el costado, pero ni siquiera se queja.

—Pe... perdona —murmura en un tono apenas audible—. Perdo... no...

—¡Sal de aquí, pervertido! —chillo de nuevo, y le lanzo una camiseta arrugada esta vez—. ¡Fuera!

Como no se atreve a levantar la mirada ni un solo milímetro, choca con el marco de la puerta antes de ser capaz de salir del cuarto. Me acerco hasta allí en dos zancadas furiosas y cierro de un portazo. Tengo que respirar hondo un par de veces para calmar la taquicardia.

Salgo un minuto después, ya vestida. Está en el salón, lo más cerca posible de la puerta principal, sentado en el brazo de la vieja butaca de mi abuelo. Levanta la mirada en cuanto nota mi presencia, y veo en sus ojos lo incómodo que está. *Fatal*, ¡no ha sido él quien llevaba tan solo una toalla hace un momento! ¿Y si no llego a verlo ahí plantado como un pasmarote? ¿Habría dicho algo o se habría quedado a verme desnuda?

—Explícame qué hacías en mi cuarto.

No se me pasan por alto las marcas oscuras que tiene bajo los ojos. Hoy es martes y esta mañana no ha venido al instituto. Ahora sé que esas faltas semanales están justificadas porque va al hospital cada lunes por la tarde y jueves por la mañana, y creo que también los sábados. A veces no se siente bien al día siguiente. Pero me impresiona el aspecto demacrado que tiene hoy.

—Habíamos quedado hace un cuarto de hora —se disculpa a su manera—. He estado llamando, pero no respondías, y la puerta estaba abierta. He entrado a ver si estabas bien y entonces has aparecido y...

—Pervertido —repito, en un tono más relajado y de forma burlona—. No vamos a volver a quedar aquí. Las clases serán en un sitio público, y me da igual si no quieres que te vean conmigo.

—Que no se te suba a la cabeza, Clark —bufa, indignado. Aun así, tiene las mejillas coloradas y sé que está pasando un mal rato con esto—. Tampoco eres tan famosa. Y no tienes nada que quiera ver, créeme.

Pero, aunque eso es lo que dice, puedo notar cómo sus ojos descienden y se pasean por mi cuello y recorren mi torso, despacio y sin perder detalle. Me pone nerviosa que me mire así, no de la manera en que lo ha hecho al encontrármelo en mi cuarto, sino con un nerviosismo que más bien parece impaciencia y anticipación. Doy un paso atrás y cruzo los brazos sobre el pecho. Estoy segura de que ha notado cómo me afecta su comentario: famosa es lo último que quiero ser.

Voy a mi cuarto a por las guitarras —la vieja y la nuevísima que compré la semana pasada por internet— y al volver me acerco hasta él y le estampo la de mi padre contra el pecho. La sujeta enseguida y su mano roza la mía al hacerlo. La aparto al abrasarme con el contacto y él incluso da un paso atrás, dejando claro que no soporta tocarme. Por suerte, sé que cada vez estamos más cerca de terminar con esto. Yo me atreveré a coger el coche si lo necesito con urgencia, y él se sacará la melodía de la cabeza en cuanto consiga dominar el cambio entre «sol» y «re».

—¿Cómo llevas la canción? —pregunto.

—La odio. Es casi tan chirriante como tú, por eso te gusta tanto.

Me ofende de verdad que diga eso, no sobre mí sino sobre *Dream On*. El único problema que tiene con la canción es que no sabe tocarla.

—Entonces elige otra y toca hasta que te hartes.

Me siento al borde del sofá y él hace lo mismo, lo más lejos posible. Acaricia la guitarra despacio y con mimo, admirando sus curvas.

—Qué pasada de guitarra —dice para sí mismo.

—La primera guitarra de Shade Clark —le cuento, sin preocuparme de si transmito toda la amargura que siento—. Si la desafinas, arderás en el infierno.

—Pues más vale que no, no creo que tenga tiempo suficiente para redimirme.

A pesar de que llevo dos semanas captando cada comentario irónico que hace sobre su propia muerte, me siguen impactando. Ni siquiera parece que le afecte. Me da la impresión de que tiene muy asumido lo que va a suceder. Y a mí me encoge el corazón.

—Vamos a empezar.

Pierdo la noción del tiempo mientras ensayamos una y otra vez las mismas notas y los mismos ritmos. Chase Bailey no es tan insoportable cuando está concentrado en la guitarra, con la mirada decidida y el ceño fruncido.

—¿Qué? —pregunta cuando me pilla mirándolo.

Sacudo la cabeza y endurezco el gesto.

—Ya vale por hoy.

Me pongo de pie, con mi nueva guitarra aún entre los brazos. Creo que es la mejor compra que he hecho nunca. Es perfecta y preciosa, es solo mía, y siento que me ayuda a expresarme como la de mi padre nunca terminó de hacer. Quizá por eso, cuando mi alumno se pone de pie y está a punto de dejar el instrumento sobre el sofá, hablo sin pensar:

—Llévatela.

Me mira con las cejas alzadas y la boca un poco abierta. No puedo evitar que mis ojos recorran sus labios por unas décimas de segundo. *Fatal.*

—¿Qué? ¿Cómo voy a...? Es la guitarra de tu padre.

—Por eso. Necesitas ensayar y yo tengo dos guitarras. Ya me la devolverás.

—¿Estás segura de...?

Camino hasta la puerta y la abro para invitarlo a marcharse sin palabras. Guarda la guitarra en la funda, con unos movimientos delicados y desesperantemente lentos, y luego carga con ella hasta salir a la calle, con el abrigo debajo del brazo, como si no fuera a congelarse por no llevarlo puesto. Se vuelve para mirarme en cuanto está en el exterior.

—Gracias —dice, en un tono demasiado amable para estar dedicándomelo a mí.

Hago una mueca. No es para tanto. Yo no quiero ver la guitarra de mi padre cada día y, si él tiene una en casa para practicar cada vez que tenga un rato, antes terminaremos con las clases y podré librarme de su compañía. En realidad, no es un favor si soy yo quien más sale ganando con ello.

—Ah, Clark —me llama cuando estoy a punto de cerrar la puerta. Me mira de arriba abajo mientras espero lo que tenga que decir—: No le des vueltas a si todos hablan de ti, ya sabes lo que le pasa a toda esa gente del instituto...

Tengo que carraspear antes de poder decir algo, con un hilo de voz:

—¿Qué les pasa?

—Que eres una estrellita del *rock* —aclara, con media

sonrisa que casi parece tierna—. Y se mueren de envidia por la forma en que brillas.

♪ ♪ ♪

Peter me alcanza corriendo a la salida del instituto el miércoles. Me pasa un brazo por los hombros y me besa la mejilla sin dejar de caminar, y tengo que cambiar el paso para amoldarme a su ritmo.

—¿Qué tal, novata? He oído por el pasillo que has vuelto a liarla en clase del señor Anderson —me acusa, divertido—. ¿No te han dado ya la medalla oficial de justiciera del instituto?

Le clavo el codo en las costillas y me trago la sonrisa solo para mantener la pose indignada con la que se supone que debo responder. El señor Anderson ha dejado en ridículo a uno de los chicos del equipo de *hockey* cuando ha errado una respuesta, y yo no he podido evitar saltar cuando le ha dicho que es obvio que cuanto más músculo, menos inteligencia. No puede ir tratando así a la gente. De verdad. Esta vez no me ha echado de clase, aunque sé que ha sido porque apenas quedaban cinco minutos para el final de la hora y prefería invertirlos en tratar de humillarme a mí en vez de en castigarme y seguir con el resto de la lección de hoy. Ya tengo asumido que no voy a aprobar Literatura desde nuestra primera clase, así que tampoco importa tanto.

—Todavía no, igual me la gano si consigo que sirvan sándwiches sin moho en la cafetería.

Peter se ríe, y oír su risa me sienta bien.

—¿Qué haces esta tarde? —pregunta.

Salimos por la puerta principal y yo no contesto porque lo que hago está a un lado de las escaleras y parece estar discutiendo con su hermana. Esta tarde voy a conducir, y Bailey me ha dicho en un mensaje que, si lo hago bien, me dejará traer el coche de vuelta hasta el pueblo.

—No necesito que me acerques, pesado, déjame tranquila de una vez. —Oigo a Michelle, visiblemente irritada.

—Y yo no necesito que trabajes.

La mirada de Michelle conecta con la mía y se calla cualquier cosa que fuera a decir. Eso solo consigue que su hermano también vuelva la cabeza. Sus ojos se detienen un momento en mi cara, reparan en el brazo de Peter sobre mis hombros y se apresura a apartar la vista de nuevo, con una evidente mueca de disgusto.

—Eh..., Zoe... —me llama Peter, lo que me devuelve a la realidad.

Sigo el rumbo de su mirada. La mayoría de la gente que salía del edificio se ha quedado parada al pie de los escalones y están muy atentos a algo en la carretera.

Un coche enorme, elegante, de última gama. Y, apoyado en la puerta trasera, un hombre grande de piel oscura, cuadrado como un armario, con un traje negro y gafas de sol, a pesar de que está nublado.

Me libro del brazo de Peter y bajo los escalones a toda velocidad, con una sonrisa que no puedo ni quiero disimular.

—¡Lion! —exclamo, feliz, cuando da un paso al frente, descruza los brazos y me dedica una sonrisa parecida.

Me lanzo sobre él, que me estrecha en un achuchón al instante. Soy diminuta en comparación, pero siempre me ha hecho sentirme como si fuera capaz de cualquier cosa. Es el guardaespaldas de mi padre desde que tengo uso de razón, pero para mí es familia y no un empleado.

—¡Hola, señorita! Vaya, cómo has crecido. Me moría de ganas de verte. No sabes cuánto te echamos de menos.

No he crecido ni un centímetro, pero no se lo discuto. Se

me encoge el corazón cuando dice que me echan de menos. Y se me aprieta un nudo fuerte en el estómago cuando por fin soy consciente, tras la alegría inicial, de que el hecho de que él esté aquí significa que mi padre no anda muy lejos. Y yo aún no estoy preparada para verlo. No hay que ser muy listo para darse cuenta de eso, dado que llevo evitando sus llamadas un mes y medio. Pero eso no parece importarle, claro. Voy a tener que verlo y hablar con él, me guste o no.

—Vamos, cielo, tu padre está deseando verte de una vez —dice Lion, como si pudiera leerme el pensamiento.

Sé que lo del cochazo enfrente del instituto ha sido todo un acontecimiento y que mañana todo el mundo hablará de esto. Recuerdo las palabras de Bailey sobre el modo en el que brillo y me siento algo mejor. Tampoco es como si pudiera hacer nada para evitar que murmuren, ¿no? Así que subo al asiento trasero cuando Lion me abre la puerta.

En cuanto estoy dentro me lanzo hacia la parte delantera, colándome entre los asientos, para abrazar por el cuello a Alexis, el chófer oficial de papá. Se ríe con mi entusiasmo, y Lion se monta conmigo en el asiento de atrás y no para de preguntarme cosas sobre mi nueva vida en el tiempo que nos cuesta llegar hasta nuestro destino. No es mucho, porque el lugar que mi padre ha elegido para nuestro reencuentro no es otro que uno de los dos bares del pueblo, el Driftwood.

Papá se pone de pie en cuanto me ve aparecer. Va vestido como toda una estrella del *rock*, con ese aspecto tan cuidadosamente desaliñado que siempre ha encantado a sus fans. Parece nervioso y puedo ver cómo se retuerce las manos mientras me acerco, con Alexis y Lion justo detrás de mí, como si temieran que vaya a salir corriendo de un momento a otro. Eso es lo que de verdad me gustaría hacer, pero no puedo. Por supuesto, ha elegido la mesa más discreta del local, al fondo y escondida tras una columna.

—Mi niña —murmura.

Estira el brazo hasta posar la mano en mi hombro y me atrae hacia él para abrazarme. Me dejo hacer, pero no le devuelvo el abrazo. Se me llenan los ojos de lágrimas cuando me golpea el olor de su perfume caro y siento el calor de la piel de su brazo en la mejilla. Me trago cualquier emoción, porque no pienso estropear mi maquillaje ahumado. Y lo peor de todo es la rabia que me da sentir lo muchísimo que lo he echado de menos yo también. No debería hacerlo. Debería poder odiarlo después de todo lo que sé.

Me siento a su lado, en el mismo banco, solo porque él me guía para que lo haga. No quita el brazo de encima de mis hombros y me mira como si llevara años enteros sin verme.

—Nunca me coges el teléfono. —Es lo que se le ocurre decir para romper el hielo.

Muy bien, papá.

Vuelvo la cara para dedicarle una mirada dura, pero me encuentro con sus ojos azules y se me atascan las palabras en la garganta. Parecen tristes. Y, peor que eso, están tan rojos que no cabe duda de que se ha metido algo antes de venir a verme. Esa es otra de las razones para que papá se haya caído del pedestal, también: hace tiempo que las drogas se le han ido de las manos.

—¿Sabe mamá que estás aquí? —pregunto a media voz.

—Sí. La he llamado para decirle que iba a recogerte y comer juntos.

Hace una seña hacia la barra al tiempo que dice eso, como si acabara de acordarse de que me ha traído aquí para comer.

—Tú no me has recogido, en realidad, has mandado a Lion y Alexis a hacerlo —rebato, sin importarme que los dos hombres estén justo enfrente, oyendo cada cosa que digo.

—Zoe... —habla, conciliador—. Eres mi hija... Ni siquiera quieres hablar conmigo. Vamos, pequeña, sé que estás enfadada, pero...

Alguien para delante de nuestra mesa e interrumpe lo que fuera a decir a continuación. Levanto la vista y me sorprende encontrar a Michelle ahí plantada, con un delantal de camarera con el logo del local y una libreta y un lapicero en la mano. Si ha llegado aquí tan rápido como yo, eso es que su hermano sí que la ha acercado con la camioneta, al final.

—¿Ya saben lo que van a pedir? ¿Quieren que les tome nota?

Como siempre, papá pide por mí. Y además añade un montón de comida al menú que sabe que seré incapaz de terminar. Sonrío a Michelle antes de que se vaya, y ella me devuelve una sonrisa parecida y desaparece de forma discreta, como si llevara haciendo tan bien el trabajo de camarera toda la vida.

La comida resulta bastante tensa. Albert Clark, al que todo el mundo conoce por su nombre artístico, no para de intentar conectar conmigo de alguna manera, y admito que no se lo estoy poniendo fácil. Y eso no sería un problema para mí si de verdad pudiera estar tan enfadada como quiero estarlo, pero es que... Es que también quiero dejarme abrazar y decir que lo echo de menos. Y mis sentimientos encontrados están empezando a darme dolor de cabeza. Además, me siento culpable. Muy culpable por tenerlo aquí. Por saber que él ha venido hasta aquí por mí, para verme, para hacer las paces conmigo porque le importo. Porque soy su hija. Y no sé por qué narices parece que yo soy tan especial. No es justo. Como ha dicho antes Peter, a veces sí soy una pequeña justiciera... y saber que yo soy parte de la injusticia me parte y me vuelve del revés.

—Come algo más, anda —me regaña papá.

Empuja hacia mí el plato de las patatas fritas que hay en el centro de la mesa y puedo notar cómo le tiembla el pulso. Aprieto los dientes con fuerza porque sé que no tardará mucho en ir al baño para calmar esas leves señales de que la raya anterior está dejando de ser suficiente. Hace más de un año que fui consciente por primera vez de que mi padre tenía un problema. Y hace tres largos meses desde que por fin lo admití y empecé a ser capaz de apreciar todos los síntomas. He perdido la cuenta de la cantidad de veces que he suplicado que lo dejara. Mamá me hizo caso..., pero es que ella no había llegado nunca tan lejos como él. Una niña de dieciséis años no debería tener que revisar entre las cosas de su madre cada día para asegurarse de que lo siguiente no será engancharse a las pastillas. Y no debería tener que recordarle a su padre que las drogas son malas... ¿No se supone que es al revés?

—No tengo más hambre. —Se me ha cerrado el estómago de golpe.

Lo empujo para que se mueva y me deje salir del asiento, en el que me tiene atrapada contra la pared del fondo.

—Ya he terminado. Debería irme a casa.

—Quiero que vengas conmigo, Zoe. Vuelve conmigo, ¿eh? Te llevaré a todas partes, podrás volver a recuperar la vida que te mereces vivir. No tienes que quedarte en este pueblo asfixiante.

—Me gusta este pueblo asfixiante —lo defiendo a mi manera—. Me gusta tener una casa de verdad, y me gusta ir al instituto y poder tener amigos.

—¿Es que no nos echas de menos? —presiona, y señala con la cabeza a los dos hombres que tenemos enfrente, que llevan toda la comida sin decir ni una palabra.

Me protesta el corazón cuando los miro. Claro que los

echo de menos. A ellos, a los músicos de la banda, a Bianca, la mánager de mi padre, a Floris, la cocinera que viaja con ellos a todas partes... Los echo de menos a todos, pero no puedo dejar sola a mamá. Y tampoco quiero hacerlo, y menos ahora cuando poco a poco empiezo a sentir que este pequeño pueblo de Montana es mi sitio.

—He hablado con mi abogado y él también cree que lo mejor es que estés conmigo, Zoe.

Frunzo el ceño. Me acuerdo de aquel día en el coche de Nicole llevando a mamá al hospital tras su ataque de ansiedad. «Abogado.» «Custodia.» Sacudo la cabeza, incrédula.

El guardaespaldas y el chófer de papá se retiran discretamente, abandonando la mesa para darnos intimidad en esta discusión. No deberían haberse molestado. Aquí no hay nada que discutir. Y la que se larga soy yo.

—No quiero irme, papá —repito—. Estoy cansada de dar vueltas, de tus conciertos, de tus excesos y de criarme con tus empleados mientras tú te vas de fiesta y te bañas en champán caro. No quiero seguir de gira. Necesito parar.

Dibuja una leve sonrisa de medio lado, como si le costara entender lo que estoy diciendo. Niega con la cabeza.

—Mis empleados son tu familia —me recuerda, y eso duele demasiado porque es verdad y los quiero tanto que me hace dudar el hecho de que quedarme aquí implique no volver a verlos—. Y yo soy tu padre. Te quiero más que a nada en el mundo, princesa, quiero tenerte conmigo.

Oírlo decir eso me duele. Me quema. Me ahoga. Empujo su cuerpo con más fuerza hasta que cede y consigo escabullirme y ponerme de pie en el pasillo.

—No me voy —dejo claro antes de echar a andar hacia la salida.

—¡Zoe! Aún eres menor de edad y, lo siento, pero la decisión no es tuya.

Me giro para encararlo, con la mirada escupiendo fuego.

—¡Tú lo decides todo, ¿no?! —le grito, sin importarme quién me oiga—. Tú decides si vamos en autobús o en avión; tú decides si vas a los Grammy o a los Billboard; tú decides si quieres ser padre o no quieres serlo —acuso, con los ojos llenos de lágrimas—. Pero no puedes decidir por mí. Eso no puedes hacerlo y, si lo haces, voy a odiarte para siempre, Shade —amenazo, pronunciando su nombre artístico con rabia.

Su expresión cambia y puedo notar el segundo en que consigo romper el corazón de mi padre. Pero eso no me detiene. Me doy la vuelta y salgo del bar lo más rápido que puedo, con el pulso acelerado y las lágrimas nublándome la vista. Soy una justiciera y me parece lo más justo: al fin y al cabo, él ha roto más corazones antes..., incluido el mío.

Unas manos grandes y fuertes sobre los brazos me hacen frenar la marcha cuando ya estoy en la calle. La pena inunda los ojos de Lion cuando encuentran los míos.

—Lo odio, Lion —sollozo, con mi interior bullendo en furia.

—No, no lo odias, princesa —dice él, suave, dando al apodo el mismo tono exacto que le da mi padre, lleno de cariño—. No es fácil, lo sé. Pero es tu padre. Y un padre es siempre un padre, preciosa, no te olvides de eso.

Doy un paso atrás y me libro de su agarre. Sacudo la cabeza con tristeza. Empiezo a entender que los lazos de sangre también tienen que cortarse si el nudo empieza a asfixiar.

—Él solo es padre cuando quiere serlo.

Y luego paso por su lado sin que intente detenerme y corro calle abajo. Necesito alejarme. Necesito desaparecer y tomar distancia.

No puedo ir a casa. Seguro que mi padre va allí y no quiero estar presente cuando mamá lo mire y se puedan ver en sus ojos los pedazos de un corazón destrozado. No puedo ir con Peter, mamá llamará a Amanda en cuanto sepa que me he largado de la comida.

Así que sigo corriendo, rumbo al aparcamiento del instituto. Le mando un mensaje a Chase y le pido que adelantemos la hora de nuestra clase hoy.

# 15

# Imperfectos

La camioneta vieja de Bailey frena la marcha en el lugar exacto para que la puerta del copiloto quede ante mí. Ha tardado apenas diez minutos desde que he llegado al aparcamiento, pero ya estoy abrazándome a mí misma y frotando los brazos sobre las mangas del abrigo para darme calor. Estamos a mitad de febrero y me gustaría pensar que lo peor del invierno ha pasado, pero el padre de Peter dice que aún queda frío para rato.

Antes de que pueda abrir la puerta y subir al vehículo, *Max* asoma su cabezota desde la caja de la parte de atrás y suelta una especie de gemido para llamar mi atención que no pega nada con un perro tan enorme y fuerte como él. Eso consigue sacarme una pequeña sonrisa y me acerco a acariciarlo en agradecimiento por mejorar mi ánimo. Pero mi ánimo cambia radicalmente, y aprieto los dientes con fuerza para contener las ansias asesinas, cuando su humano toca el claxon un par de veces como forma de meterme prisa.

—Pensaba que ibas a cancelar la clase de hoy, no a adelantarla —dice en cuanto me monto a su lado y cierro de un portazo—. Si pretendes de verdad no ir de estrellita del *rock* por la vida, estaría bien que le dijeras a tu papá que le mande a su princesa carruajes más discretos.

Pierdo la vista por la ventanilla, tragándome la rabia y el nudo que se me forma en la garganta por esa manera que tiene de decir «su princesa», aunque él no sepa que papá me llama así a veces ni lo que significaba para mí y cómo eso ha cambiado.

—Hace mucho frío para que *Max* vaya fuera —digo, sin dedicarle ni una sola mirada—. ¿Por qué no lo dejas ir en el asiento de atrás?

Es mejor que cambie de tema, y he dicho lo primero que se me ha ocurrido para conseguirlo. La verdad es que hace demasiado frío a la intemperie, pero *Max* tiene tanto pelo que supongo que está hecho para soportarlo.

Puedo notar cómo los ojos de Chase Bailey abandonan la carretera para clavarse en mí, y cómo desvía la vista de nuevo al frente solo a pequeños intervalos que le permiten no salirse de la vía. Me pone nerviosa saber que me está observando con detenimiento, y tengo que poner toda mi fuerza de voluntad para no girarme y mirarlo yo también. No quiero que vea mi expresión, ni mucho menos que note cómo sigo temblando por dentro después de todas las emociones que me ha removido el encuentro con papá.

—A *Max* le encanta el frío y odia el verano. Además, no soporta ir en el asiento de atrás, se pasa el rato lloriqueando y arañando la puerta.

No respondo y él tampoco dice nada más, pero mueve un par de ruletas del salpicadero para subir la calefacción. Entonces, soy consciente de cómo me tiemblan las manos y me estiro las mangas del abrigo para cubrirlas por completo, porque lo último que quiero es que él me vea vulnerable en modo alguno.

Hacemos el resto del camino en silencio hasta llegar al

punto de esa carretera alejada donde él siempre me cede su lugar al volante. Esta vez no se apea enseguida, sino que baja la ventanilla y da dos golpes con la palma de la mano en la carrocería. Veo por el espejo retrovisor cómo *Max* responde a eso saltando fuera de la caja y empieza a alejarse, olfateando los alrededores.

—¡No te vayas lejos! —le advierte su dueño.

Sube la ventanilla de nuevo antes de girarse para mirarme. Me suelto el cinturón despacio, y él hace lo mismo. Luego me bajo la cremallera del abrigo y me desprendo de él, porque ya no hace frío. Sin embargo, no he dejado de temblar.

—Vamos —digo, y pongo todo mi esfuerzo en mantener la voz firme—. Cuanto antes empecemos...

—No vas a conducir así.

—Así, ¿cómo?

La forma en que su mirada parece capaz de atravesarme y ver mi interior me hace estremecerme al tiempo que sus pupilas acarician mis rasgos, despacio y con interés, como si nunca me hubiera mirado de verdad hasta este preciso momento.

—No sé lo que te ha pasado con tu padre, pero, sea lo que sea, no estás temblando porque tengas frío, Clark.

Tiene razón. Me asusta que parezca capaz de ver en mí aquello que estoy intentando ocultar con todas mis fuerzas. No puedo ser débil. No puedo venirme abajo, ni tan solo por un momento. No me puedo relajar. Mamá me necesita mucho, y tengo que seguir con esto como si todo fuera a salir bien, aunque no esté para nada segura. Y, desde luego, no quiero que él sea quien me vea en mis horas bajas.

*Fatal.* Debería haber llamado a Peter. Él me haría sentir mejor. Él me cogería de la mano y lo que tengo delante parecería un poco menos negro. Él me escucharía y, si no supiera qué decir, simplemente se quedaría en silencio y me abrazaría. Eso es justo lo que necesito ahora.

—No es asunto tuyo, batería.

—En eso tienes mucha razón. Pero sí lo es mi camioneta y, además, estoy seguro de que te habrán dicho que no aprovecho la vida porque me he resignado a la muerte, pero te aseguro que aún no ha llegado ese momento y que, en todo lo que pueda evitarlo, me niego a morir a tu lado. No te vas a poner al volante hasta que estés más tranquila.

—¡Estoy muy tranquila! —grito, irritada, y sé que eso solo consigue quitarme la razón.

Bailey ni se inmuta, y me observa con una imperturbabilidad pasmosa, mientras a mí se me escapa una lágrima traicionera y tengo que usar el puño de la sudadera con cuidado para secarla y no dejarme la cara perdida de rímel.

—Venga —dice, como si no acabara de gritar y llorar justo delante de sus narices. Tira de la manilla de la puerta y la abre antes de volver a hablar—: Vamos a dar un paseo con *Max*, eso te ayudará a relajarte.

Coge el abrigo del asiento trasero, se baja sin esperarme y cierra la puerta, dejándome sola en el interior. Se aleja sin volver la vista atrás, con las llaves de la camioneta en la mano, siguiendo la misma dirección por la que se ha alejado *Max* hace tan solo unos minutos.

Lo cierto es que siento que no puedo quedarme aquí sentada y que mi cuerpo me está pidiendo que saque toda la rabia que llevo dentro, aunque sea corriendo en círculos hasta que me falte el aire en los pulmones. Salgo del vehículo y camino tras él, abrigándome bien. No ha llegado demasiado lejos, creo que porque va despacio para esperarme. No digo nada cuando llego a su altura, y él tampoco, pero pronto sincronizamos nuestro paso mientras nos adentramos en los campos que rodean la solitaria carretera.

*Max* aparece a nuestro lado enseguida y se acerca para que Chase le rasque tras la oreja antes de trotar y adelantarnos como si estuviera dispuesto a marcarnos el camino. Una pequeña nube de vaho abandona mi boca cada vez que espiro, pero el frío me está sentando bien. Me está helando las emociones y entumeciendo poco a poco el dolor. Quizá sea eso, o tal vez lo que me esté ayudando sea el paso tranquilo pero decidido de *Max*. O a lo mejor la calma y paz que transmite Chase Bailey cuando cierra esa bocaza que tiene y camina relajado, con los hombros caídos y las manos en los bolsillos.

—Siento haberte gritado, tú no tienes la culpa —me disculpo.

—No pasa nada. No es fácil ser una estrellita del *rock* —responde, burlón.

Freno la marcha para girar el cuerpo hacia él y poder mirarlo. Cuando me imita y nuestros ojos se encuentran no veo en ellos el desprecio que esperaba, sino algo mucho más cercano y tierno, y eso hace que la molestia por su comentario se desinfle.

—Deja de decir eso —exijo, con un tono de voz menos firme de lo que debería—. Tú no tienes ni idea de cómo es mi vida, Bailey. Y no: no es fácil ser una estrellita del *rock*, o que la gente asuma que eso es lo que eres. No es fácil ser la hija de alguien que es estrella del *rock* antes que padre, con todo lo que eso implica. Y no es fácil tener que soportar a alguien que te trata como si fueras un bicho molesto, porque resulta que es el único que tiene una camioneta que se cae a pedazos, y necesitas aprender a conducir por si un día a tu madre le da un ataque de ansiedad y te asustas porque piensas que ha vuelto a consumir o que se ha hartado de pastillas porque tu padre le ha destrozado la vida y tienes que llevarla al hospital. Así que deja de hacer como si me conocieras, no tienes ni idea de quién soy ni de por lo que estoy pasando.

—No la tengo. Y no quiero tenerla. Porque tampoco es fácil ser el tío al que todos miran con lástima y rehúyen porque no saben qué decirle. Ni aguantar a la chirriante de turno porque necesitas sacarte una melodía de la cabeza antes de que muera contigo para siempre. No, no es fácil. Y lo último que necesito, Zoe Clark, la maldita última cosa que yo necesito es...

Se queda callado de golpe, como si acabara de darse cuenta de que iba a decir algo en voz alta que no quiere que nadie sepa.

—¿Qué es lo que no necesitas?

Sacude la cabeza, hunde más las manos en los bolsillos y le da una patadita a una piedra antes de continuar caminando. Tengo que dar dos zancadas rápidas para alcanzarlo y amoldarme a su paso de nuevo.

—Nada —gruñe—. ¿Sabes qué es lo bueno de hablar con alguien a quien no soportas y que no te soporta? Que no va a pensar peor de ti de lo que ya lo hace, y que, aunque lo hiciera, a ti va a importarte una mierda.

Me muerdo el labio cuando me mira y me pilla con los ojos puestos en su perfil. Se le marca la mandíbula cuando habla con esa amargura y eso resulta, de alguna extraña manera, irritantemente atractivo. Bajo la mirada al suelo antes de que pueda leerme el pensamiento. Tampoco creo que pueda darse cuenta de si me pongo roja, seguro que el frío ya se ha encargado de colorearme las mejillas y la nariz sin necesidad de azorarme.

—¿Quieres volver al coche? Tienes pinta de ir a congelarte en cualquier momento.

—Mi padre engañaba a mi madre —digo, sin saber ni de dónde salen las palabras.

Me siento mejor cuando lo digo en voz alta, no sé por qué. A lo mejor porque soltarlo me ayuda a desprenderlo de mi interior. A lo mejor porque, si pongo todo lo que guardo dentro en palabras, consigo que deje de ser una bola tan enorme y se convierta en pequeños pedazos de voz que digerir de uno en uno.

—Siento decir que eso no es un muy buen cotilleo para contarle a la prensa, me parece que todo el mundo lo daba por hecho —murmura él, aunque lo dice con un tono de voz tan suave y empático que no llega a molestarme.

Siento las frases formándose, atascándose en mi garganta cuando intentan salir todas juntas y desordenadas. No debería contarle nada en absoluto a Chase Bailey, pero él tiene razón en algo: no va a pensar peor de mí y, si lo hace, supongo que tampoco importa tanto.

Necesito sacar esto fuera de una vez.

—Ser hija de una estrella del *rock* parece divertido, pero en realidad es la peor mierda que puedas imaginarte —suspiro con amargura.

—Puedo imaginarme muchas mierdas y seguro que alguna es peor —rebate, en tono de broma.

Lo fulmino con la mirada, pero me relaja ver un amago de sonrisa torcida en su rostro. Su mirada me anima a continuar, y es muy raro que eso me dé la confianza suficiente como para decidirme a hacerlo. No sé por qué, pero tengo claro que Bailey no contará a nadie ni una palabra de lo que yo pueda llegar a decir aquí. Cualquier cosa que hablemos hoy, quedará solo entre nosotros.

Echo a andar deshaciendo el camino por el que hemos venido, de vuelta al coche. Él lanza un silbido bajo, para llamar al perro, y empieza a caminar a mi lado en silencio.

—Hay tantas cosas que odio de mi padre que no sabría ni por dónde empezar.

—Pues empieza por las que no odias, entonces.

Lo miro de reojo solo por un segundo, y aprieto un poco más el paso.

—No sé si se me ocurren ahora mismo.

—Es tu padre, ha venido hasta aquí para verte y te quiere, ¿no?

Me impacta oír eso. Porque sí, papá ha venido hasta aquí para verme. Lo ha hecho porque me quiere. Y ese no es el problema. Aunque creo que es la parte que más duele.

Caigo en la cuenta, de golpe, de que a Chase Bailey su padre nunca lo quiso, que se largó antes de que él hubiera llegado a nacer siquiera, según me contó Michelle. Lo miro, para ver si él está pensando en eso también. Debo de parecerle una estúpida egocéntrica que no ve más allá de sus privilegios, porque al menos yo sí tengo un padre. Un padre que ahora parece tener muchas cosas en común con el suyo.

—¿Cómo es no tener padre? —pregunto, insegura.

Me lanza una mirada tan fría que consigue hacer que el día parezca primaveral en contraste.

—Yo sí que tengo padre —masculla de mala gana.

—Perdona, no quería decir...

—Sé lo que querías decir —me interrumpe, seco—. Un padre no es la mitad de una dotación genética. Hay que ser mucho más que eso para ganarse el nombre. —Hace una pausa y luego me tiende las llaves del coche—. Ponte al volante. Michelle no tenía derecho a contarte nada sobre mí.

Me subo al coche y me acomodo en el asiento del conductor, sin ajustarlo para llegar a los pedales porque así tengo más sitio para estar cómoda. No me quito el abrigo porque siento que estoy helada. El batería no tarda más de unos segundos en ocupar el lugar del copiloto, a mi lado. *Max* da vueltas por el campo cercano, remoloneando para no volver a subir a la caja. Guardamos silencio por un momento que se hace pesado y eterno.

—Tiene otra hija —digo de golpe y sin haber planeado hablar en voz alta.

—¿Qué?

Giro la cara para mirarlo. Él tampoco se ha quitado el abrigo y el rubor de sus mejillas le da un toque mucho más aniñado y tierno que la expresión dura que lo acompaña a todas partes. Me está observando con curiosidad, con el ceño fruncido, y los labios entreabiertos. Me perturba el fugaz pensamiento de cómo de fríos se sentirán en contacto con los míos.

—Mi padre —vuelvo a hablar en un hilo de voz—. Dejó embarazada a una mujer hace ocho años. Tiene otra hija. Tengo una hermana.

Me quedo sin voz cuando intento seguir hablando. Tampoco sé qué más me queda por decir. Mi memoria me trae de vuelta todos los recuerdos de aquellos días en Australia. Cuando me colé en su sala privada del *backstage* en el concierto de Melbourne, dispuesta a registrar todas sus cosas y deshacerme de los malditos polvos blancos que lo hacían desaparecer cada día un poco más. Viéndolo en perspectiva no me habría servido de nada tirar toda la droga por el retrete: con solo chasquear los dedos él habría logrado que le trajeran más sin tener que levantarse de ese sofá lleno de manchas y que apestaba a alcohol. Busqué por todas partes... y entonces encontré la carta. Sin remite ni sello, entregada en mano. Había una foto. La niña se parecía tanto a él que no necesité leer la carta para confirmar quién era. Y, aun así, lo hice: la leí. Solo pedía más dinero.

—Joder —dice Chase en apenas un murmullo—. ¿No lo sabías?

Niego con la cabeza.

—Nadie lo sabía. Él y su abogado, supongo. Decidió no ser padre con ella, eligió ser solo un cheque desorbitado que llega una vez al mes. Y lo peor es que ni siquiera eso lo eligió, lo único que él buscaba era comprar el silencio. No se puede comprar a la gente, ¿verdad que no? ¿Cómo puede sentirse una niña que no sabe quién es su padre y a la que su madre negó la verdad a cambio de unos cuantos miles? Eso no está bien.

Bailey se mueve, acercándose un poco más a mí. No llega a tocarme, y no sé si ha tenido la intención de hacerlo y se ha frenado a tiempo, pero lo prefiero así.

—No, eso no está bien.

—Lleva mintiendo a todo el mundo más de ocho años. A mi madre. A mí. Debería odiarlo por ello, ¿no?

Él sacude la cabeza y eso llama mi atención y hace que conectemos la mirada.

—Es más difícil odiar que querer, Clark. Sobre todo, cuando ya quieres a esa persona.

Me muerdo el labio con fuerza, para no llorar. No pienso hacerlo. No pienso soltar ni una sola lágrima.

—Esa es la peor parte. Que lo echo de menos. Que sigo queriendo que sea mi padre como lo era hace unos meses.

—Lo es. Y es normal que te sientas así.

Echo la cabeza hacia atrás, para golpearla con el respaldo del asiento, y clavo la mirada en el techo de la vieja camioneta.

—No. No es justo. No paro de preguntarme por qué yo merezco que él quiera tenerme en su vida y esa niña no. ¿Por qué yo soy su hija y ella solo un gasto mensual? ¿Por qué soy yo la especial y la afortunada? Soy la elegida —murmuro—. Y ella es... Vi una foto. Es preciosa y perfecta. Yo soy cualquier cosa menos perfecta, Bailey, y, sin embargo, yo tengo un padre y ella no. No es justo. No me lo merezco más que ella.

—Escucha, estrellita —llama mi atención, en un tono dulce que no es para nada propio de él—: nadie es perfecto. Ni siquiera yo —bromea, y le lanzo una mirada envenenada que lo obliga a hacer un esfuerzo para tragarse una sonrisa de medio lado—. Pero, ¿sabes?, son las imperfecciones las que nos hacen especiales, Clark. Es lo que te distingue del resto y te hace única y particularmente chirriante.

—Cierra la boca —intento gruñir, aunque suena más como un suspiro.

Eso sí consigue hacerlo sonreír, y esa sonrisa capta toda mi atención en el fugaz segundo que se mantiene en sus labios. Nunca lo había visto sonreír así... Sonreír *de verdad*. Y es como si el día encapotado hubiera dejado de ser tan oscuro solo por una pequeña fracción de tiempo.

—Tú no tienes la culpa —sigue hablando, a pesar de mis advertencias—. Y que esa niña haya crecido sin un padre no quiere decir que tú tengas que obligarte a dejar de querer tener uno.

Escondo la mirada y me muerdo con fuerza la parte interna de la mejilla, para no dejar que las emociones me dominen. No puedo pensar en esto ahora. No quiero que ni Bailey ni nadie me convenza de que hay que aceptar que la vida no es justa y seguir con la tuya como si nada.

Así que decido que tengo que cambiar de tema ya. Y rápido.

—¿Cuáles son las imperfecciones que te hacen tan especial, batería?

Lo miro de medio lado, con una ceja alzada y mi mejor expresión desafiante.

Hace una mueca antes de contestar:

—Tengo un riñón bastante imperfecto, por si te lo estabas preguntando.

Me quedo seria de golpe. Él parece mucho menos afectado que yo.

—¿Qué es...? —me interrumpo antes de acabar la pregunta. No sé si tengo derecho a inmiscuirme en esto o si a él le molestará hablar de su enfermedad.

—Puedes preguntar, Clark. Todo el mundo en el pueblo está al tanto. Es una enfermedad rara. Se llama enfermedad poliquística renal autosómica recesiva. Cuesta más decir el nombre completo que morirse de ello —trata de bromear, aunque su voz suena ronca y apagada—. Es genética. Recesiva, como bien has oído. Así que el hombre que me engendró no quiso saber nada de mí, pero me dejó un regalito. Me lo diagnosticaron a los seis años, por pura casualidad. Lo más normal es que dé síntomas desde el nacimiento, pero a veces no es así. Empezó solo en un riñón, en el izquierdo. Tuvieron que operarme para quitármelo a los doce. Dicen que la operación es casi rutinaria ahora con todos los avances médicos, pero me dejaron una cicatriz enorme. Otra imperfección. Todo había salido bien y parecía haber dejado atrás los médicos y los hospitales. Hace un año empezó otra vez. Riñón derecho. Ya no quedan más cartuchos, así que desde que empezaron los síntomas de insuficiencia renal tengo que ir a diálisis tres veces por semana, ¿sabes lo que es?: tienen que sacarte la sangre para que la filtre una máquina. Es mucho más aburrido de lo que suena, te lo aseguro.

Jugueteo con las manos en el regazo mientras intento asimilar todo lo que me cuenta y pienso bien qué debería decir:

—Habrá algo que pueda hacerse, ¿no?

—No tengo mucha fe en ello —responde, y se encoge de hombros, con total naturalidad—. Si de verdad quieres aprender a conducir, más vale que nos pongamos en marcha —cambia de tema—. ¿Estás mejor?

Asiento, con solo un movimiento de cabeza, cuando veo cómo me mira. Como si pudiera detectar mis mentiras si me atrevo a soltar alguna.

Abre la puerta y se baja, para soltar el pequeño portón trasero de la caja y que *Max* vuelva a subir. Cuando se sienta de nuevo a mi lado sé que la charla ha terminado y que, si no quiero estropear lo que quiera que ha sido esto con él, los dos tenemos que volver a la normalidad y hacer como si este momento nunca hubiera existido.

—Arranca —me pide, en cuanto nos hemos quitado el abrigo y abrochado el cinturón. Mi ritual de los retrovisores está completo, también—. Vamos a salir a la carretera.

No es que no confíe en mi habilidad para la conducción, pero salir a la carretera, así de golpe, me pone un poco nerviosa. Admito que me viene bien concentrarme en esto para poder olvidarme un poco de todo lo demás. Él se encarga de indicarme paso por paso lo que tengo que hacer a cada momento, incluso cuando sabe que eso ya hace tiempo que lo tengo dominado.

Creo que la cosa está yendo bastante bien. No nos cruzamos con más de tres o cuatro coches, y cada vez me siento más segura. Estoy disfrutando bastante de la experiencia. Hasta que oigo la sirena.

—Mierda —murmura Bailey, para nada asustado.

¿Cómo puede quedarse tan tranquilo y solo decir «mierda», cuando tenemos un coche de policía detrás?

—Échate a un lado y para —me indica.

Hago lo que me pide y, en cuanto he parado el motor, lo miro con desesperación. ¿Qué me va a pasar? Estoy conduciendo sin permiso. Podrían llevarme directa al calabozo, y mi madre va a enterarse de lo que he estado haciendo. Se sentirá fatal, porque sabrá que lo hago por el miedo a que a ella le pase algo. Pensará que es una carga para mí, que quizá no sea tan mala idea que vuelva de gira con papá, y...

—Tranquila —dice él, con las pupilas clavadas en las mías—, no va a pasar nada.

—¿Nada? —repito, incrédula, con la voz más chillona que de costumbre.

A lo mejor sí que soy un poco chirriante algunas veces.

Unos golpes suaves en la ventanilla me hacen dar un bote en el asiento, y el tonto de Bailey hasta suelta una risita. No le hago caso, porque no es el momento para insultarlo en voz alta. Bajo la ventanilla y el policía apoya las dos manos en el hueco, agachándose para poder mirarnos a los dos.

—¿Dónde creéis que vais? —Es lo que pregunta, con las cejas alzadas y una expresión de reproche bastante paternalista.

—¿Qué hay, agente Wood? —habla el batería.

Se inclina sobre mí, para charlar con el policía, y yo tengo que pegarme al respaldo del asiento cuando invade para ello mi espacio personal.

—¿Se puede saber por qué está conduciendo tu camioneta una joven sin permiso de conducir, Chase?

—Ella insistió —bromea mi acompañante.

Ato cabos enseguida cuando veo la confianza con la que se hablan y recuerdo que Chase acaba de llamarlo «agente Wood». Claro. Es el padre de Derek. Pero, por muy padre de un amigo que sea, sigue siendo un policía y yo acabo de cometer un delito.

—Cambiad de sitio inmediatamente.

Me suelto el cinturón rápido y me cambio de asiento sin salir del coche cuando Bailey se baja del lado del copiloto.

—Señorita Clark —me llama el policía, aún asomado a la ventanilla—. Si no me han informado mal, aún no puedes llevar a los chicos a Great Falls con el viejo coche de los Black, no creo que la cosa cambie tratándose de una camioneta. La primera es solo una advertencia. La segunda hablaré con tu madre. Y la tercera te llevaré a la comisaría, ¿entendido?

Asiento varias veces con la cabeza.

—Sí —consigo decir a media voz.

—Te pareces mucho a Kate —comenta entonces, y dibuja una sonrisa afectuosa—. Anda, dale recuerdos a tu madre, y dile que nos alegramos de tenerla de vuelta por aquí, ¿quieres?

—Claro.

Me sonríe por última vez y se aparta de la puerta, para dejar que el dueño de la camioneta pueda ponerse al volante.

—No puedes ir por ahí haciendo lo que te dé la gana, ¿lo entiendes, chico? —Oigo que le dice en voz baja.

—Claro que sí, tampoco es para tanto, Charlie.

—Yo decido lo que es para tanto y lo que no. Vamos, haz el favor de irte a casa y pasar tiempo con tu madre.

Bailey suelta una especie de gruñido al sentarse a mi lado y ajustar el asiento.

—Mi madre no está en casa —dice entre dientes.

Pero solo yo lo oigo porque el agente Wood ya está acariciando a *Max* y diciéndole algunas palabras cariñosas antes de alejarse de vuelta al coche patrulla.

—*Fatal* —murmuro cuando ya rodamos por la carretera de vuelta al pueblo—, esto ha sido una mala idea.

—No ha sido una mala idea —rebate—. Lo estabas haciendo muy bien, incluso cuando nos han parado. Tenemos que empezar a salir a la carretera si de verdad quieres atreverte a hacerlo si un día lo necesitas.

—Ya. No queríamos que se enterara nadie. Y ahora, ¿qué?

—Charlie no dirá nada.

—¿No se lo dirá a Derek?

—De Derek me encargo yo. Deberías estar orgullosa de lo que has hecho y no preocupada por quién lo sepa.

Me cruzo de brazos y me encojo en el asiento. Bailey conduce hasta la calle de detrás de mi casa, en vez de dejarme en el aparcamiento del instituto. He intentado protestar, pero lo cierto es que no me apetece ir caminando con el frío de la tarde. Ya casi es de noche, además.

Me suelto el cinturón y me ladeo en el asiento para poder mirarlo. Él no parece atreverse a mirarme a mí más que de reojo.

—Bailey, lo de esta tarde...

—No significa una tregua —aclara al instante, sin dejarme terminar.

—No, claro que no.

Gira la cara y sus ojos oscuros se clavan con intensidad en los míos.

—Eres muy imperfecta, Clark.

Se me tensa un nudo en el estómago, que está a punto de voltearse. Recuerdo lo que ha dicho antes: las imperfecciones son las que nos hacen especiales. Así que no tengo muy claro lo que significa esto en realidad.

Hago una mueca.

—Claro. Y, oye, aunque no seamos amigos ni nada de eso...

Mi cuerpo me está pidiendo que lo haga, incluso si mi parte racional me advierte de que no es buena idea. Sigue siendo el malhumorado batería y, además, no hay tregua entre nosotros. Pero esta tarde me ha calmado la ansiedad, me ha adormecido las emociones difíciles y me ha hablado con más honestidad de lo que lo ha hecho nadie en mucho tiempo.

Así que me estiro hacia él y enredo los brazos en su cuello, dándole un abrazo. Se queda rígido, como una tabla, pero eso no me detiene.

—... estaría bien que no te murieras —termino la frase, en un susurro y hablando cerca de su oído.

Luego me separo y bajo de la camioneta sin añadir nada más. Acaricio a *Max* y me alejo hacia casa, a pesar de que no me apetece enfrentarme a lo que pueda encontrar allí.

Los veo en cuanto abro la puerta y se me corta la respiración al mismo tiempo que se desata la taquicardia. Papá está sentado en el sofá, y mamá, lo más lejos de él que puede, en la otra punta del asiento. Y sí, tiene esa mirada. Esa mirada rota de quien aún tiene resquicios de astillas clavados en el corazón.

—Zoe.

Papá se pone en pie en cuanto me ve. Aprieto los labios y empiezo a negar con la cabeza, para indicarle que no quiero verlo y mucho menos hablar con él.

—Dame solo cinco minutos, hija, y me iré.

Eso consigue convencerme.

—Bien.

Salgo al porche, con la esperanza de que me siga. No pienso hacer esto delante de mamá, bastante ha aguantado ella ya.

Miro desafiante a mi padre en cuanto lo tengo enfrente.

—No voy a volver.

—No voy a obligarte a hacer nada que no quieras —me sorprende—. Solo, por favor, cógeme el teléfono de vez en cuando, ¿quieres? Y prométeme que vas a pensar en pasar el verano conmigo.

Me encojo de hombros, aunque ya no me siento tan dura como hace un minuto.

—Lo pensaré —digo a media voz.

Me envuelve entre los brazos y me estrecha contra el pecho. Por mucho que trate de resistirme, la niña que aún hay en mí me traiciona y se aferra con fuerza a su cintura, hunde la nariz en su ropa y aspira para no olvidarse de su olor mientras él esté lejos.

Y tal vez Bailey tenga razón: nadie es perfecto. Y yo sigo queriendo tener un padre, aunque no lo merezca más que cualquier otra niña de ojos azules como yo.

# 16

# Una cita de verdad

—Zoe, ¿quieres una cerveza?

Sacudo la cabeza al tiempo que rechazo el ofrecimiento con un gesto de la mano. No sé por qué no me apetece. Puede que el hecho de haber visto a papá hace una semana y saber lo que el alcohol y las drogas pueden hacer con alguien me esté dando una nueva perspectiva. Yo no quiero ser así. No quiero ser una de esas personas que parecen no saber divertirse si no tienen una copa en la mano. No quiero caer en ese limbo de emociones cuando el alcohol te adormece los sentidos. Cuando te sientes mal, es demasiado tentador. Y sé que así fue como empezó papá... y ahora no es capaz de parar.

Además, yo tengo dos riñones que funcionan y de repente no me parece para nada justo maltratar mi organismo cuando hay gente que se muere por no tener lo que tengo yo. De nuevo la privilegiada. Y no hay nada que me dé más rabia que sentir que soy más afortunada que los demás sin haber hecho nada para merecerlo.

—Tráela, que ya me la bebo yo —se ofrece Stacy para no malgastar mi parte de bebida del ensayo de esta tarde.

No es que las chicas tengan un problema con el alcohol,

tampoco. Sé que a veces soy demasiado extremista. Suelen tomarse un par de cervezas en una tarde de viernes de ensayo. Es solo que a mí ya no me apetece hacer eso. Me siento muy lejos de esa Zoe que se escabullía en los conciertos de su padre para mezclarse con la gente, conseguir que la invitaran a unos tragos y tener sexo con un desconocido en algún rincón discreto del *backstage*. A lo mejor estoy solo empezando a encontrarme.

—Guarda alguna para mí, que después de cantar me quedo con la garganta seca, nena —habla Mike a través del micrófono, burlón.

Los altavoces emiten un pitido y todos nos quejamos al unísono, llevándonos las manos a los oídos. *Max* emite un aullido corto también, para no desentonar.

—¡Lo siento! —grita Derek, para hacerse oír por encima de nuestro alboroto.

Levanta las manos en el aire, como si lo estuviéramos apuntando con un arma, y se acerca hacia el amplificador al que se acoplan los instrumentos. Siempre es él el encargado del sonido, aunque me temo que no tiene tanta idea como quiere hacernos creer.

—¿Te echo una mano? —ofrezco al ver que cada vez que toca algo parece empeorar el problema.

Alza la cara para poder mirarme, agachado en el suelo, y levanta una ceja en un gesto de incredulidad que casi consigue ofenderme.

—¿Eres técnico de sonido?

—No, pero llevo molestando a técnicos de sonido mientras trabajan desde los dos años, creo que he visto unos cuantos truquitos —respondo con una sonrisa engreída.

El chico se aparta y hace un gesto con la mano para indicar que el amplificador es todo mío para que lo toquetee a mi antojo.

No tardo demasiado en dejarlo todo listo para que los chicos puedan tocar sin problemas durante toda la tarde. Me pongo en pie, dispuesta a alardear de mis habilidades, y no me da tiempo ni a volverme a mirarlos con una sonrisita de superioridad porque Peter me abraza por la espalda, enredando los brazos en mi cintura, y me besa la mejilla como recompensa por mi trabajo.

—Mucho más que una cara bonita, novata —me dice al oído—. ¿Te apetece que salgamos mañana tú y yo solos?

Me muevo para poder girarme y mirarlo. Tiene una sonrisa arrebatadora en los labios.

—¿Como una cita?

—Una cita de verdad —confirma.

Esa sonrisa ladeada, el pelo desordenado, unos pantalones ajustados y rotos, la camiseta sin mangas, y la guitarra a la espalda, con la correa cruzándole el pecho, es todo lo que necesita para ser el prototipo de chico que a mí podría volverme loca. Pero lo que más me gusta de pasar tiempo con él es que no tengo que pensar, ni medir mis palabras, ni esforzarme por encajar, puedo simplemente *ser*, y esta amistad es mucho más de lo que nunca he tenido.

Asiento con la cabeza, contagiándome de su sonrisa.

—¡Eh, señores! Hemos venido aquí a ensayar, no a follar —nos interrumpe Mike, socarrón—. No hace falta que recuerde a nadie que tenemos un concierto el fin de semana que viene, ¿verdad?

Peter se aparta con cara de querer matarlo, y yo sonrío un poco avergonzada. Mis ojos se encuentran con los de Bailey, que está sentado a la batería. Tiene cara de hastío y la mirada clavada en nosotros dos, y aparta la vista al instante mientras veo tensarse los músculos de su mandíbula. Descarga las baquetas con fuerza sobre su instrumento para meter presión al resto y empezar de una vez.

Yo voy a sentarme junto a Lucy mientras ellos discuten cuál debería ser la primera canción de hoy. Oigo a Bailey proponer *Come As You Are* de Nirvana, y levanto la mirada rápidamente hasta su cara. Me está mirando de reojo, y la comisura de su boca se estira cuando ve que me muerdo el labio para abortar un amago de sonrisa. Es su canción de la semana, la que tiene que practicar para tocar perfecta en nuestra próxima sesión de guitarra. La anterior fue *Knocking On Heaven's Door* de Bob Marley, porque le pareció irónicamente apropiado... Tonto batería. Me dan ganas de decirle que no cuenta como práctica si la está tocando con la batería y no con la guitarra, pero no puedo hacerlo con tanto público delante. En nuestra última clase, hace dos días, acabé largándome del aula de música dando un portazo. Sacarme de quicio no deja de ser su especialidad.

Molly arrastra el culo por el suelo, con una lata de cerveza en la mano, hasta llegar a mi lado. Eso me hace apartar la mirada de Bailey al instante.

—Oye, Zoe, cuenta... ¿Cómo va la cosa entre Peter y tú? —cotillea.

Tanto Stacy como ella se inclinan hacia mí y me miran como si fueran un par de niñas esperando a escuchar el cuento de antes de irse a dormir.

—No seáis entrometidas —intercede Lucy por mí.

—No somos entrometidas, nos interesamos por nuestros amigos —corrige Stacy.

—Bueno..., somos amigos. Nos estamos conociendo.

—Peter es el mejor tío que conozco. Cuídalo, Zoe, eres una tía con suerte —asegura Molly, y me guiña un ojo.

—Tendré cuidado con él —aseguro, solo medio en broma.

Y, por suerte, Lucy cambia el tema de conversación y, por un momento, yo me pierdo en mis pensamientos. Cuando me doy cuenta de que he estado distraída y vuelvo en mí, hay algo nada bonito que cruza mi mente: si Peter es el mejor tío que conoce Molly y mi mejor amigo y estoy tan cómoda con él... ¿por qué llevo un rato más largo de lo que quiero admitir con la vista clavada en el movimiento de unos brazos que marcan el ritmo a la batería?

♪ ♪ ♪

Peter, que ha encargado la cena para los dos en el Driftwood, sostiene abierta para mí la puerta del establecimiento, para que pueda pasar primero. Hay bastante gente dentro, creo que no quedará ni una mesa libre, así que mi cita de hoy ha hecho bien en pedir la cena para llevar de modo que podamos buscar un lugar más íntimo donde compartir la comida a salvo de miradas indiscretas. Sin ir más lejos, unos cuantos de sus compañeros del equipo de *hockey* están armando escándalo al fondo y lo llaman en cuanto nos ven aparecer. Él no parece tener ninguna intención de acercarse a ellos y los saluda desde lejos, sin mucho interés. Luego, cambia de idea en cuanto vemos que es Michelle quien está tras la barra.

—¿Puedes recoger tú el pedido? —delega en mí, con una mano en mi espalda—. Está a mi nombre y ya está pagado. Voy a saludar a los chicos un segundo, vuelvo ahora.

Se ha ido antes de que me dé tiempo a mostrarme conforme. Vale, eso es raro. Sé que Michelle y la banda no son amigos, pero me chirría un poco que Peter se comporte como si fueran polos idénticos en un imán que se repelen sin remedio.

De todos modos, me acerco hasta la barra y sonrío a la chica, que se acerca a mí enseguida y me devuelve una sonrisa un poco más brillante.

—Hola, Zoe —saluda.

Termina de secar un vaso y lo deja en la parte baja del

mostrador, antes de inclinarse para oír lo que yo tenga que decir.

—Hola. No sabía que también trabajaras hoy —digo primero, como forma de romper el hielo.

Por lo que sé, va al bar todas las tardes después de clase. Pasar también aquí metida los fines de semana me parece más una forma de esclavitud que un trabajo.

—Los fines de semana me pagan las horas casi al doble —explica, como si me leyera el pensamiento—. ¿Quieres que te ponga algo? —Señala las botellas de refresco que hay tras ella en una balda.

Sacudo la cabeza.

—No. Solo pasaba a recoger el pedido de Peter.

Me parece ver que frunce los labios, pero no dice nada. Se da media vuelta y desaparece tras una puerta de vaivén que imagino que comunica con la cocina. Un minuto más tarde vuelve y pone una bolsa sobre la barra delante de mí.

—Ten. Ya está pagado.

—Gracias —respondo. No quiero molestarla mientras trabaja, así que doy un paso atrás y agarro la bolsa con nuestra cena, dispuesta a irme—. Que te sea leve el turno de hoy.

—Oye, Zoe...

Me detengo en cuanto la oigo llamarme, con su voz tan empapada de dudas que me preocupa lo que vaya a decir. Pero, cuando mi mirada encuentra la suya, cierra la boca, da un paso atrás y sacude la cabeza.

—Nada. Que aproveche la cena. —Esconde la mirada.

—Michelle —la llamo para evitar que se aleje antes de satisfacer mi curiosidad—. ¿Qué? ¿Qué ibas a decirme?

Mira un momento hacia el fondo de la enorme sala, y no me hace falta girarme para saber que si siguiera el curso de esa mirada me encontraría con la mesa que ocupan los chicos del equipo de *hockey*. Fuerza una sonrisa de medio lado.

—Iba a decir que no sé si darte las gracias u odiarte por lo que estás haciendo con mi hermano.

Está claro que no era eso lo que ha estado a punto de soltar antes, pero, de todos modos, esa frase tampoco me deja indiferente.

—¿Lo que estoy haciendo?

Ensancha la sonrisa, más sincera ahora, y hace amago de poner los ojos en blanco.

—Me está volviendo loca, todo el día con esa guitarra intentando clavar una canción que se le resiste demasiado —se mete con él—. Pero está muy motivado y es bueno volver a verlo motivado con algo. Además, no sé si te has dado cuenta de que es un negado a la hora de expresarse con palabras..., pero con la música es otra cosa. Es su forma de comunicarse con el mundo. De decir lo que no sabe o no se atreve a decir en voz alta. Sé que le prestaste la guitarra y, bueno, todo lo demás también. No te preocupes, no desvelaré vuestro secretito, él ya se ha encargado de amenazarme con cosas muy chungas.

—¡Eh, chica! ¿Atiende alguien o qué? —Nuestra conversación se ve interrumpida por un hombre impaciente en la otra punta de la barra.

Michelle me sonríe con cariño y se da la vuelta para alejarse. Ha dado solo dos pasos, dejándome aquí muda, y frena la marcha y gira la cabeza hacia mí, con un gesto mucho más grave esta vez.

—Ve con cuidado con Peter, no...

—¡Chica!

Se marcha a toda prisa tras la nueva llamada, y yo me quedo aquí plantada con el ceño fruncido. ¿A qué viene eso? Peter es el chico más dulce del pueblo y, además, creo que me está dejando conocerlo y que él quiere conocerme a mí. Esto me descuadra.

Una mano en el hombro me sobresalta y, cuando me vuelvo en un movimiento rápido, me encuentro una sonrisa cálida en la boca de Peter que hace brillar sus ojos con una chispa de diversión.

—Perdona, no quería asustarte. ¿Nos vamos?

Llevamos nuestra cena hasta el local de ensayo de los chicos. Al menos aquí no nos congelaremos y podemos estar solos. Es justo lo que me apetece.

No es hasta que casi estamos acabando con la comida que compartimos cuando me acuerdo de las palabras que me ha dedicado Michelle antes de largarse para atender a su siguiente cliente. Y casi preferiría que no hubieran vuelto a cruzarse por mi mente porque lo estoy pasando demasiado bien como para estropear la velada. Pero es que ahora me muero de curiosidad y no puedo aguantar más, así que aprovecho un segundo de silencio...

—Peter..., ¿puedo preguntarte algo?

—Claro, novata —concede al instante, con una sonrisa leve—. Puedes preguntar lo que quieras.

—¿Cuál es la historia de la banda con Michelle Turner? ¿Por qué parecéis odiarla?

Pierde la sonrisa y se le ensombrece el gesto. A lo mejor la cosa entre ellos fue peor de lo que habría podido imaginarme. ¿Y si al final no toda la culpa fue de ella, como Molly me dio a entender? Deja los últimos restos de la comida a un lado y pasa unos segundos en silencio como si estuviera pensando muy bien la mejor manera de contarme una historia complicada.

—Sabes que ella salía con Mike el año pasado, ¿no?

—Sí.

—Una noche, a final del curso pasado, tocamos en una fiesta de los alumnos de último año. Todo el instituto estaba allí. En el descanso de la actuación, los chicos fueron a beber algo, pero a mí se me acababa de romper una cuerda de la guitarra, así que me quedé detrás del escenario para cambiarla. Michelle apareció allí de repente, sola. No sé si había bebido, la verdad, puede que sí. El caso es que se abalanzó sobre mí..., ya sabes —suspira, con cierta amargura—. Le dije que no, por supuesto, que Mike era uno de mis mejores amigos y que jamás se me ocurriría hacerle algo como eso, y ella... Bueno, se puso hecha una furia. Tuve que contárselo a Mike cuando acabamos el concierto. No es... No sé, quizá no debí decírselo, ¿no? Ya sabes eso que dicen de que ojos que no ven, corazón que no siente. Pero él tenía derecho a saberlo y yo...

—Hiciste bien —lo tranquilizo, al ver que esconde la mirada.

Realmente parece sentirse culpable por aquello, aunque no fuera culpa suya. Es lo que habría hecho cualquier buen amigo, ¿no? Otra forma de proceder no hubiera sido justa para Mike.

—Ya —suspira y sacude la cabeza—. Pues cuando Mike fue a pedirle explicaciones, ella dijo que era mentira y que había sido al revés. Que había sido yo quien me había lanzado sobre ella. —Suelta una especie de risita irónica—. Por suerte, Mike me creyó a mí y no a ella, pero eso estuvo a punto de cargarse nuestra amistad, de verdad que sí. Y ella... Ella no era solo la novia de Mike, ¿sabes? Era parte del grupo, era una más de la banda, y era... era una de mis mejores amigas. Me rompió el corazón que tratara de echarme mierda encima. Podría haber dicho cualquier cosa, ¿no?: que estaba borracha, que se le fue la olla, yo qué sé. Cualquier cosa menos darle la vuelta a todo e intentar dejarme a mí como el malo de la historia.

Me acerco un poco más a él, para que sepa que estoy de su lado. Se nota que está nervioso recordando aquello y no para de rehuir mi mirada como si le avergonzara.

Cojo su mano y apoyo la cabeza en su hombro.

—Lo que ella hizo no estuvo bien.

—No —murmura—. Si Mike llega a ponerse de su parte, yo... No sé si lo entiendes, Zoe, me habría quedado sin el grupo, sin mis amigos, sin nada. Mike estaba loco por ella, la verdad es que pensé que se quedaría a su lado sin pensarlo dos veces.

—¿Y no has vuelto a hablar con ella? ¿No habéis intentado aclarar las cosas?

—No. No he vuelto a hablar con ella desde entonces. De todas maneras, hizo mucho más que mentir sobre mí. Al final, no nos quedamos sin grupo, pero ya te habrás dado cuenta de que no es que seamos la banda más unida del mundo —ironiza—. Chase se puso del lado de su hermana. Derek siempre está y estará del lado de Chase. Así que tampoco es que seamos ya la misma banda que el año pasado.

Me aparto solo lo suficiente para poder alzar la vista y mirarlo a la cara. Esboza una sonrisa triste cuando nuestros ojos se encuentran y yo estiro una mano para acariciarle la mejilla. Me dan ganas de preguntar cómo es posible que el grupo no haya estallado ya por los aires, con esa actitud que Bailey tiene a todas horas y las tensiones entre ellos. Pero entiendo que lo que ha dicho Peter hace un momento no solo es cierto para él: quedarse sin el grupo supone para ellos algo así como quedarse sin nada. Y la propia Michelle ha dicho esta noche que la música es la única forma de expresarse de verdad que tiene Chase Bailey.

Lo entiendo demasiado bien.

# 17

# Great Falls es otro mundo

Los dedos me quedan suspendidos sobre las cuerdas de la guitarra, sin llegar a puntear ni un solo acorde más, mientras observo absorta cómo Bailey toca el estribillo de *7 Years* de Lukas Graham. No es que toque especialmente bien o que me esté sorprendiendo de pronto con su talento innato para la guitarra. Lo que pasa es que se ha puesto a cantar, y ese deje rasposo que deja escapar con las notas más graves me ha erizado la piel. Aunque no la eleva mucho en ningún momento, es inevitable darse cuenta de lo bonita que es su voz cuando canta.

Levanta la vista y me mira entre las pestañas, y a mí se me acelera el corazón sin ningún motivo aparente.

—¿Qué pasa? —pregunta, con el ceño fruncido, sin dejar de tocar.

Falla un par de notas antes de apartar la mano de las cuerdas. Todavía no tiene la suficiente práctica para poder seguir tocando si no tiene el cien por cien de su atención puesta en lo que hace. Escondo la mirada tan rápido como puedo, y siento un repentino calor subiéndome a las mejillas.

—No, nada.

Pierde el interés enseguida y respira hondo, y coloca

los dedos con sumo cuidado en el mástil para volver a empezar la canción desde el principio. Si hay algo que debo reconocerle a Chase Bailey es que es un tío constante. Y no tiene pinta de ir a rendirse con esto por mucho que le cueste.

—¿Tú nunca cantas? Ya sabes, con el grupo —hablo, sin darme tiempo a pensar.

Suelta un gruñido y rasga las cuerdas de la guitarra con menos mimo que hasta el momento. Luego me mira con el gesto torcido, reprochándome sin palabras que haya roto así de nuevo su concentración.

—¿Qué? —me pide que se lo repita, aunque en realidad suena más bien como si me mandara callar.

No es que yo sea de las que se callan cuando se lo mandan, así que insisto:

—¿Siempre canta Mike? ¿Nunca lo has hecho tú?

Sacude la cabeza, y por su expresión diría que nunca nadie se lo ha planteado. Pero es que tiene voz para cantar. Tiene voz para cantar el tipo de canciones que ellos tocan. Y diría que su timbre es mucho más acorde al tipo de música. Mike canta muy bien, y lo cierto es que da a cada versión un toque diferente y especial por lo dulce de su voz. Pero es que, si Bailey cantara una de esas canciones, tal y como acabo de escucharlo..., ¡vaya!, creo que sería capaz de volver a ponerme la piel de gallina en cada actuación.

—No. Yo no canto —suelta sin más.

Vuelve a mirar la guitarra y no parece dispuesto a continuar la conversación.

—¿Por qué no?

Tiene la cabeza gacha y aun así veo cómo pone los ojos en blanco.

—Soy el tío de la batería. No canto. No me interesa.

—¿No te gusta?

Suelta otro gruñido, más alto esta vez, deja la guitarra a un lado en el sofá y me dedica una de esas miradas que matan.

—No te he invitado a mi casa para charlar, sino para terminar de una vez con esta maldita canción y pasar a la siguiente.

Eso está claro. Esta vez ha dominado la canción en menos tiempo del que ha tardado con las anteriores. Está empezando a tener soltura y cada vez consigue sonar mejor. Supongo que no se puede decir que la guitarra sea su instrumento, pero tiene verdadero talento para la música en general y solo necesita algo más de práctica para tener la confianza suficiente para lanzarse a intentar componer esa melodía que lleva dentro. Tampoco es que me haya «invitado» a su casa. Esa afirmación resulta cuestionable. Solo me ha mandado un mensaje para decir que la clase de guitarra tendría que ser en su casa porque no podía ir él hasta el instituto. No ha dado más explicaciones y yo no las he pedido. Hoy es jueves y los jueves por la mañana va a diálisis en el hospital de Great Falls. Ninguno de los dos lo hemos comentado en el tiempo que llevo aquí. De todas formas, sus ojos hundidos y ese aspecto de cansado que arrastra hoy dejan las cosas claras. Admiro ese compromiso que ha adquirido con aprender a tocar la guitarra. Hoy habría tenido una buena excusa para cancelar la clase, y apuesto a que, en realidad, preferiría estar en la cama durmiendo.

—¿Te gusta cantar o no? —pregunto de nuevo, solo para dejar claro que no me intimida su tono.

—Supongo que sí.

Creo que se ha rendido ante la evidencia de que no pienso callarme. Y su cara me está dejando bastante claro que le estoy pareciendo más insoportable y «chirriante» que nunca, pero eso me anima a ir un poco más allá y seguir molestándolo. Un ceño fruncido es mejor que no mostrar nada de lo que lleva dentro y, a veces, hasta se le escapa una sonrisa por mucho que se esfuerce en contenerla.

—Si te gusta cantar, ¿por qué no lo haces?

—Mike es el cantante.

—El cantante no tiene por qué cantar *todas* las canciones. Podrías probar con alguna.

Suelta una risa ronca que me descoloca. La clase de risa que indica que la persona que hay enfrente te parece un poco ingenua.

—No me interesa. No voy a cantar en público, no es lo mío, no me mola.

—¿Y cómo lo sabes si no lo has probado?

—No canto delante de la gente —repite, más serio y levantando un poco la voz.

Vale, tampoco hace falta ponerse así. Aún consigue acabar con mis nervios cuando se pone borde. Pero yo también empiezo a ser bastante experta en acabar con los suyos.

—No paras de repetir eso de que no tienes todo el tiempo del mundo y, sin embargo, hay como un millón de cosas que no estás haciendo —pincho donde sé que puedo hacerlo saltar—. Deberías probar con todas esas cosas que nunca te has atrevido a hacer. Al fin y al cabo, te he oído decir más de una vez que no tienes nada que perder.

Su mirada se vuelve fría hasta casi la congelación, mientras me observa con una dureza a la que ya me tenía desacostumbrada.

—Métete en tus asuntos, Clark —ruge—. Te estás olvidando de que tú y yo ni siquiera nos caemos bien, así que no intentes darme consejos.

Me pongo en pie, recojo la funda de mi guitarra con un movimiento brusco y paso con cuidado para no pisar a *Max*, que dormitaba a mis pies, dispuesta a caminar hacia la puerta. No quiero ser consciente de lo que me afecta que diga eso, cuando yo siento que entre nosotros las cosas hace tiempo que han empezado a cambiar. Pero, aunque entienda su amargura, no tengo por qué aguantar sus malos rollos, ni hoy ni nunca.

—La clase ha acabado —mascullo.

—Y si hablamos de perder el tiempo me parece que tú te llevas la palma con eso —sigue hablando a mi espalda, como si no se hubiera dado cuenta de que he recogido y estoy a punto de largarme.

Me giro para mirarlo, echando chispas por los ojos.

—¿Perdona?

—No me imagino nada en el mundo que sea una mayor pérdida de tiempo que salir con Peter Black —suelta, sin ni siquiera mirarme, mientras guarda la guitarra de mi padre en la funda negra con bastante más mimo del que utiliza para tratarme a mí.

No me puedo creer que acabe de decir eso. Tengo que haber oído mal, ¿verdad que sí? No tiene ningún derecho a hablar sobre Peter y sobre mí. Y, después de todo lo que sé, estoy segura de que no es objetivo en el tema de su compañero de banda.

—Métete en tus asuntos, Bailey —le ladro, igual que él ha hecho antes.

—No es que sea un tipo para nada de fiar, es bastante mentiroso —sigue, sin hacer caso a mi comentario.

—Hasta luego.

Avanzo hasta la puerta, y dejo a mi espalda el sonido de su voz cuando vuelve a hablar:

—Nos veremos el sábado en el concierto, estrellita.

No puedo estar más irritada cuando abro de un tirón dispuesta a salir a la calle y dar un buen portazo. No debería porque, a juzgar por su aspecto, la casa podría derrumbarse si no tengo un poco de cuidado. No me da tiempo a poner un pie fuera. Al abrir, me encuentro de frente con un hombre fuerte, de hombros anchos, que me dedica una sonrisa cálida que no logra disimular su sorpresa. Tiene las llaves en la mano.

—Hola —saluda, amable.

—Ah, hola, pastor Turner —digo, con la actitud más educada que consigo rescatar en medio de mi evidente enfado.

*Max* acude a saludar, con pasos pesados y meneando la cola. En solo un segundo siento la presencia de Bailey a mi espalda.

—Hola, papá —habla, más calmado que yo y con un tono más agradable—. Has salido pronto, ¿no?

—Ha habido un problema con una máquina y hemos tenido que pararla hasta mañana. ¿Cómo estás, chico? ¿Te encuentras bien?

—Estoy bien —suspira él, con paciencia—. Zoe ha venido a tocar un rato la guitarra —cuenta, como si ese no fuera nuestro secreto mejor guardado.

A lo mejor, si Michelle lo sabe, como me dijo el fin de semana en el bar, eso significa que ya lo sabe toda la familia. El pastor no pone cara de sorpresa, así que me imagino que se han dado cuenta de que se pasa horas tocando una guitarra que no es suya.

—Sí, pero ya me iba —intervengo, para que esto no se alargue y tenga que quedarme aquí atrapada en una conversación entre padre e hijo.

—Parece que va a llover en cualquier momento —vaticina Chase, da un paso al frente y observa el cielo por un segundo—. Te acerco con la camioneta.

Ni loca. Ni. Loca. No he podido dar un portazo, pero sí pienso negarme a que se haga el caballero ahora delante de su padre y me acerque a casa.

—No hace falta. —Le dedico una mirada de clara advertencia que espero que su padre no pueda captar pero él sí—. Estoy a menos de quince minutos.

—No sé si la tormenta aguantará quince minutos —opina su padre.

—No me cuesta nada —insiste Bailey, casi a la vez.

—Prefiero ir andando —me planto.

Mantenemos una lucha de miradas que se alarga lo suficiente como para que su padre se vea obligado a intervenir:

—Será mejor que alguien te acerque, Zoe —dice, cuando un viento repentino sacude las copas de los árboles a lo largo de la calle. Luego se gira y centra toda la atención en Chase, y habla un poco más bajo como si creyera que así ya no voy a enterarme, aunque esté a medio metro de distancia—: Dame las llaves de la camioneta, puedo acercarla yo. Deberías descansar y...

Bailey suelta otro de sus habituales gruñidos y lo veo fruncir el ceño más de lo que llega a hacer conmigo, aunque me hubiera parecido que eso no era humanamente posible.

—Estoy bien, papá —insiste, molesto—. Puedo conducir cinco minutos. Al fin y al cabo, conduzco media hora de ida y otra de vuelta tres veces por semana y no pasa nada.

Al pastor Turner le cambia la expresión de forma radical, y me da la impresión de que sería la que pondría si Chase le hubiera dado un bofetón en vez de solo escupir palabras.

—Chase...

—Estaré de vuelta enseguida —lo interrumpe el chico, con un tono de voz mucho más suave esta vez.

Su padre asiente con un solo movimiento de cabeza. Bailey me pone una mano en la espalda para empujarme hacia el lugar donde está aparcada la camioneta.

—Vamos —me ordena en voz baja.

Me despido del pastor de forma educada, mientras su

hijo me arrastra con él. El hombre me despide levantando la mano y dedicándome una sonrisa cálida.

Meto la guitarra conmigo en la cabina del vehículo y me la pongo entre las piernas antes de cerrar la portezuela. Observo con atención la expresión de mi acompañante cuando se monta al volante. Está serio y tiene tensos todos y cada uno de los músculos de la mandíbula. Nunca me había planteado cómo acudía Chase a su tratamiento de diálisis, pero había asumido que lo llevaba uno de sus padres. Viendo lo hecho polvo que se queda después, me sorprende que haya dado a entender que va y vuelve solo de Great Falls para cada sesión.

—Creía que tu padre era el pastor de la iglesia bautista, ¿no? —digo para romper el hielo cuando ya ha puesto en marcha la camioneta y rodamos por la carretera.

—Lo es.

—Ya. Como ha dicho algo de una máquina y...

—Tiene otro trabajo —me corta, de mala gana y con la vista clavada en el frente—. Igual que mi madre.

—Ah. Eso significa que no están mucho en casa..., ¿no?

—Cierra la boca, Clark.

A lo mejor esta vez sí que me estoy metiendo donde nadie me llama, así que obedezco y me quedo callada. Pierdo la vista por la ventanilla y, en cuanto lo hago, ya veo las primeras gotas de lluvia impactando contra el cristal.

El trayecto en coche de su casa a la mía no llega a los cinco minutos y, sin embargo, en ese tiempo ya se ha desatado una tormenta de las que impiden ver más allá de tu propia nariz. Habría acabado empapada si llego a venir caminando. Los limpiaparabrisas funcionan a toda velocidad y aun así su trabajo resulta insuficiente. Las calles están desiertas mientras el agua que cae limpia las aceras y oscurece las fachadas de los edificios. Me encanta el sonido que hacen las gotas más gruesas contra el techo del vehículo.

Chase no ha vuelto a decir ni una palabra cuando para la camioneta delante de la puerta de mi casa. Entiendo que hoy no tiene uno de sus mejores días, así que me trago cualquier cosa que pudiera llegar a reprocharle y decido no echar más leña al fuego.

—Gracias por traerme. Ve con cuidado a la vuelta —murmuro.

Estoy a punto de tirar de la manilla de la puerta cuando lo oigo llamarme:

—Zoe.

Giro el torso para poder mirarlo, sorprendida. Creo que podría contar con los dedos de una sola mano las veces que lo he oído pronunciar mi nombre y no mi apellido. Tiene la vista perdida en la lluvia que resbala sobre el parabrisas y parece inseguro.

—¿Qué?

Me mira y, cuando me clava esos ojos oscuros, creo que se me llega a cortar el aliento por unas décimas de segundo.

—Entiendo que no soy quién para decirte nada, pero lo de antes iba en serio. Ten cuidado con Peter. Ese idiota no se merece a alguien como tú.

—¿Como yo? —repito, incrédula, y alzo una ceja—. ¿Quieres decir tan «chirriante»? ¿Tan «imperfecta»?

Su mirada se intensifica un par de puntos más hasta que casi me quema.

—Sí —confirma en un susurro—, eso es justo lo que quiero decir.

No respondo. Tiro de la manilla de la puerta y cargo con la guitarra hasta casa. Y esta vez no me he privado de dar un buen portazo al salir.

♪ ♪ ♪

—Tu batería pesa como un muerto, tío —protesta Derek mientras Chase y él cargan con el bombo para subirlo a la caja de la camioneta.

Mike se da prisa en terminar de acomodar unos cuantos cables y corre para echarles una mano. Puedo ver cómo Bailey tuerce el gesto al notar la presencia del ex de su hermana a su lado, pero no dice nada. El cantante hasta le da una palmada amistosa en el hombro cuando dejan el instrumento, y me da la impresión de que el batería se contiene para no ladrarle igual que hace con todo el mundo.

Mi madre no puso muy buena cara cuando le dije lo de ir a Great Falls para el concierto de los chicos, pero, como siempre, Amanda terminó de convencerla. Me parece que a la mejor amiga de mi madre le encanta el hecho de que su hijo y yo pasemos tiempo juntos. Eso me viene bien, porque así mamá también está tranquila y contenta. Eso sí, me ha dicho como un millón de veces que tenga cuidado, como si no me hubiera pasado toda la vida de concierto en concierto mucho más multitudinarios que este.

Entro de nuevo al local para ayudar a Molly a mover el último amplificador que queda por cargar en la camioneta.

—¿Lo tenemos todo? —pregunta Mike cuando Bailey cierra la portezuela de la parte de atrás de la caja.

—Todo —confirma Derek.

Camina por el lado opuesto de la camioneta a por el que lo hace Bailey y entre los dos extienden una lona para cubrir la carga. No tiene pinta de que vaya a llover, pero lo cierto es que es mejor prevenir.

—Pues vamos, ¿quién viene conmigo? —Mike da vueltas a las llaves del coche de su hermano entre los dedos.

Chase ni siquiera espera a que los demás elijan vehículo, y va directo a la puerta del conductor de la camioneta, saca las baquetas de la batería del bolsillo trasero del pantalón y se monta al volante sin mirar a nadie. No se puede decir que esté muy simpático.

Derek se aparta del grupo y va a montarse a su lado, haciendo las veces de copiloto. Lucy es la siguiente en ir tras su chico y subir al asiento trasero. Stacy ya se ha acomodado en el coche del hermano de su novio y Molly va con ella sin decir ni una sola palabra. Peter y Mike me miran a mí, como si esperaran mi veredicto.

—Eh... Ya voy yo en la camioneta, no me importa —decido.

Chase me dedica una mirada a través del espejo retrovisor cuando me acomodo detrás de su asiento. Aparto la mía enseguida y me abrocho el cinturón de seguridad.

—La princesa libanesa y la estrella del *rock* —habla Derek, en un tono burlón—. Nos ha tocado lo mejorcito del reparto de pasajeros, tío, somos unos chicos con suerte.

Golpea el brazo de su amigo con el puño y luego se gira en el asiento para dedicarnos una sonrisa divertida.

Me molesta un poco el uso de ese apodo, solo porque sé quién lo dijo primero de entre ellos dos. Y una cosa es que Chase Bailey me llame «estrellita del *rock*» cuando estamos a solas y otra es que se refiera a mí así cuando habla con su mejor amigo. No digo nada, porque paso de darle la satisfacción de saber que me molesta tanto. Lucy no parece para nada disgustada con su apodo, al contrario que yo, y estira el brazo para acariciar con cariño la mejilla de su novio. Derek vuelve a ponerse bien en el asiento y golpea rítmicamente el salpicadero con las baquetas de Chase.

—Ten cuidado con eso o te corto las manos —amenaza el conductor.

El otro se limita a soltar una carcajada.

—Vamos a hacer un conciertazo, tío. En esa sala caben por lo menos doscientas personas —comenta, sin hacer caso de la amenaza, emocionado, y sin parar de moverse en el asiento, como si hubiera tomado tres kilos de azúcar antes de montarse en la camioneta.

—Sí, estará bien —se limita a decir Bailey, en un tono mucho más bajo.

—Y el fin de semana que viene...

—No vamos a hacer nada el fin de semana que viene.

—¡Venga ya, Chase! —exclama Derek—. No seas aguafiestas. —Se gira en el asiento para poder mirarme—. Oye, Zoe, el miércoles es el cumpleaños de Chase, ¿verdad que vendrás el sábado a la fiesta que voy a montar en su honor?

—No va a haber ninguna fiesta —apunta Bailey, sin darme tiempo a contestar.

—¡Claro que va a haber una fiesta! —corrige Derek, con una sonrisa traviesa—. El sábado hay una fiesta por el cumpleaños de Chase, no sé si él va a venir porque es un gruñón asocial, pero el resto de nosotros vamos a celebrar sus dieciocho por todo lo alto, ¿te apuntas o qué, Zoe?

—Claro —decido, y no puedo evitar que se me dibuje una sonrisa traviesa de medio lado antes de añadir algo más—: Si él no va, seguro que es mi tipo de fiesta.

Lo oigo soltar un bufido molesto y me siento satisfecha por haber conseguido hacerlo reaccionar de alguna manera. Derek, por el contrario, suelta una carcajada altísima y se recuesta de medio lado en el asiento para mirar a su amigo.

—Viene la estrella del *rock* a tu fiesta, colega, ahora atrévete a decirme que tú no quieres ir.

Chase le golpea con fuerza en el pecho, pero Derek se limita a seguir riendo.

Llegamos al local donde será el concierto con tiempo de sobra para prepararlo todo. Nosotras cuatro trabajamos tanto como los chicos para montar el escenario y dejar el sonido listo para el momento en que este espacio empiece a llenarse de gente. Me siento en mi ambiente mientras bromeo con ellos y me dedico a conectar cables y colocar amplificadores. Luego le robo la guitarra a Peter para ajustar el sonido mientras él me observa con una mirada curiosa.

—Podéis tomar una cerveza y solo una si no le decís a nadie que he hecho la vista gorda con eso de vuestra minoría de edad —ofrece el dueño del local, al tiempo que le da una palmada en el hombro a Mike.

—Genial —responde él—. ¿Quién quiere una?

Las manos empiezan a alzarse hasta que solo Lucy, Bailey y yo dejamos pasar la oferta.

—¿No quieres una, Zoe? —se extraña Molly.

—No. Paso.

No dice nada más ni insiste. No conmigo, aunque sí se dirige a alguien:

—Chase, venga, tómate una, no pasa nada por una cerveza antes de un concierto.

Bailey tuerce el gesto y se vuelve hacia el dueño del local.

—¿Puedo tomar un botellín de agua? —pide, con media sonrisa encantadora que no sabía que era capaz de esbozar.

—No vivirá un poco ni aunque le ofrezcas la oportunidad en bandeja —masculla Peter.

Contengo la respiración por un segundo, porque Bailey se gira hacia él echando chispas por los ojos, y temo que el concierto vaya a arruinarse antes de haber llegado a comenzar. No me puedo creer que Peter acabe de decir eso. Ha sido un comentario innecesario, cruel y fuera de lugar. Me aparto de él casi como un acto reflejo.

—Cierra la boca —gruñe Bailey.

Pasa por su lado sin ni siquiera rozarlo, aunque me da la impresión de que Derek y Mike ya estaban preparados para intervenir y frenar la disputa en caso necesario. El batería va directo a sentarse tras su instrumento y parece dispuesto a ignorarnos a todos por el resto del día. Gira las baquetas entre sus dedos, como siempre hace, y, de golpe, levanta la vista y clava los ojos en los míos. Nos sostenemos la mirada sin que me vea capaz de apartarla, hasta que Stacy se planta a mi lado y me ofrece un refresco, captando toda mi atención.

Los chicos están perfectos para el concierto de esta noche cuando, minutos antes de que empiece, la gente empieza a llenar el local. Van vestidos con un rollo punk que me encanta, y podría decir que Peter está increíble —con esos pantalones ceñidos y deshilachados y una camiseta ancha de Kiss con las mangas cortas arremangadas hasta el borde de los hombros, con el pelo desordenado y la guitarra colgada—, si no fuera porque no puedo dejar de mirar a Bailey mucho más de lo que sería capaz de admitir en voz alta. La manera en que la baqueta gira a toda velocidad en su mano derecha es hipnótica, como lo es la forma en que los músculos de ese brazo se tensan con cada movimiento. Lleva una camiseta sin mangas, de color gris y con un dibujo de colores vivos plasmado en la parte delantera; pantalones negros que marcan su delgadez, pero le sientan como un guante, y unas botas militares con los cordones bastante sueltos. Stacy está pintándole la raya del ojo a su novio, y Derek está protestando porque una de las uñas que lleva pintadas de negro se le ha descascarillado mientras probaba el sonido del bajo.

Las chicas y yo no tardamos mucho en perdernos entre la gente cuando ellos ya están sobre el escenario y listos para comenzar.

—¡Eh, Zoe! —me llama una voz conocida a mi derecha cuando estoy avanzando cogida de la mano de Molly, que me arrastra hacia primera fila ante la tarima.

Giro la cabeza y me encuentro a Daniel Coleman detrás de una amplia sonrisa. Junto a él, su amigo Lucas me dedica un saludo algo más comedido.

—¡Ey! —exclamo, contenta de verlos aquí—. No sabía que veníais.

Le grito a Molly que enseguida me reúno con ellas, y me suelta la mano y avanza detrás de las otras dos, dejándome sola con los chicos.

—Danny me ha arrastrado hasta este antro —protesta Lucas, en tono de broma.

—Hay que apoyar la música local, y los Silky Knocks son lo único parecido a eso que tenemos —se defiende—. Además, de vez en cuando viene bien acercarse a la urbe y saber que existe más civilización que las cuatro casas del diminuto pueblo en que vivimos.

Creo que estoy de acuerdo con eso.

Estoy a punto de decir algo cuando la voz de Mike suena a todo volumen a través de los altavoces, dando las buenas noches y presentando al grupo. Daniel y Lucas se unen a nosotras cuando los invito a formar parte de las *groupies* que chillamos y cantamos a todo volumen las canciones justo debajo del escenario.

Los Silky Knocks lo están dando todo canción tras canción y lo estoy disfrutando muchísimo más de lo que había llegado a imaginarme. Hay que admitir que son buenos. Ya me había dado cuenta de eso en los múltiples ensayos a los que he acudido, pero es que los cuatro se crecen encima del escenario y la actuación está siendo brutal. Viendo cómo se compenetran ahí arriba nadie diría que hay tensiones internas difíciles de ignorar.

Apenas podemos acercarnos a felicitar a los chicos y darles ánimos para lo que queda en el descanso que hacen a mitad de actuación porque hay muchísima gente que se nos adelanta. Hay un montón de chicas intentando llegar hasta ellos y me encanta el modo en el que tanto Stacy como Lucy se encogen de hombros y dejan que sus novios atiendan a las nuevas fans sin torcer el gesto. Por supuesto, el cantante se lleva la palma a la hora de atender a jóvenes que sonríen coquetas, pero la verdad es que el guitarrista no se queda atrás y yo me río cuando Peter cruza su mirada con la mía y pone los ojos en blanco con disimulo.

La segunda mitad del concierto mantiene el nivel y siento la garganta irritada de tanto cantar y gritar cuando casi está llegando a su fin.

—Y ahora, señoras y señores, por petición expresa de nuestro batería, el señor Chase Bailey... Saluda, Chase —pide Mike, a través del micro, y se vuelve para mirarlo con una sonrisa traviesa. Bailey levanta las baquetas y la gente silba y chilla en respuesta—. Vamos con un tema que no solemos tocar en los conciertos. Chicas, yo me daría prisa en intentarlo porque me parece que este batería empieza a estar pillado y me ha pedido que modifique un poco la letra de esta canción para alguna misteriosa afortunada. ¡Vamos allá!

Los primeros acordes de *Perfectly Perfect*, de Simple Plan, llenan la sala e incluso baja el volumen de las conversaciones para atender a la canción más lenta y romántica que el grupo ha tocado en toda la noche. Se me acelera el corazón y la mirada penetrante de Lucy, justo a mi lado, me está poniendo nerviosa. No sé por qué me mira así, ni tampoco por qué mi organismo ha decidido llevarme al punto de hacerme temblar las piernas y provocarme miedo a que se note demasiado. Está claro que, si Chase Bailey le está dedicando una canción a alguien, ese alguien no soy yo..., ¿verdad? Pero la voz de Mike, más dulce y melodiosa que nunca, empieza a entonar las primeras palabras de la letra y yo siento que cada una de ellas va directamente dirigida a mí. *Puede que pienses que no eres una supermodelo, pero a mí me pareces una. Prefiero tener una foto tuya en mi móvil que en la portada de una revista. Es difícil creer que una chica como tú podría tener inseguridades. Es gracioso que todas las cosas que te gustaría cambiar son las cosas que resultan tiernas para mí. Y sé que no me crees, y que piensas que soy un tonto, pero no me importa. Quizá nunca veas en ti lo que yo veo, las pequeñas cosas que me vuelven loco. No estoy loco. Tú eres perfectamente imperfecta para mí.*

Es como si se me parara el corazón cuando oigo esa modificación en la letra que al parecer Bailey ha pedido a Mike que hiciera... Ahora el estribillo ya no dice «eres perfectamente perfecta para mí» como en la original, sino «perfectamente imperfecta». Imperfecta.

Y entonces sí que estoy segura de que se me han subido los colores a las mejillas y un calor repentino me invade todo el cuerpo. Mis ojos lo buscan sin permiso y los suyos están clavados en mí, aunque no deja de marcar el ritmo sin fallar ni una sola vez.

*Fatal*. ¿Qué es...? ¿Qué significa esto?

Paso todo el resto de la canción sin atender a nada de lo que ocurre alrededor. Lucy ha intentado hablarme un par de veces, pero me temo que la he ignorado. Y lo único que consigue hacerme volver al lugar y momento en el que estoy es ver a Peter acercarse a decir algo en el oído de Mike, en cuanto termina la canción, y luego volver a su micrófono para hablar:

—Ya que estamos dedicando canciones, dejad que toquemos la última para alguien muy especial para mí. Ella es mucho, mucho más de lo que se ve a simple vista —dice, con una sonrisa bastante irresistible de medio lado, al tiempo que parafrasea la siguiente canción—. Mucho más que la hija del puto Shade Clark y, desde luego y sin ninguna duda, es justo mi tipo.

Da un paso atrás y rasga la guitarra para dar el pie al resto del grupo y empezar a tocar la canción *Just My Type* de The Vamps.

Quiero que me trague la tierra. De verdad. Quiero que desaparezca el local y toda la gente que mira a todas partes, curiosa, para intentar localizar a la hija del famosísimo cantante de *rock*. No sé lo que Peter está intentando demostrar, ni a quién, pero, desde luego, esto no va conmigo. No puedo creerme que me haya expuesto así cuando él sabe que lo último que quiero es ser para el mundo la maldita hija de mi padre, y...

—Zoe —me llama Molly, en tono preocupado, a mi lado—. Zoe, ¿estás bien?

Sacudo la cabeza y me doy media vuelta para largarme de aquí. A saber lo que harán o dirán algunas de las personas que están esta noche en el concierto si descubren que soy yo la hija de Shade Clark. Ya sé cómo va esto. Y lo último que necesito es ser el centro de atención. Salgo al aparcamiento y respiro hondo antes de alejarme a grandes zancadas de la puerta del local. Ni siquiera me he parado a coger el abrigo y el frío de la noche me azota como una docena de látigos y me hace encogerme y tiritar. No importa. Prefiero congelarme a quedarme ahí dentro un solo segundo más. Voy hasta el lugar donde está aparcada la camioneta de Bailey y me refugio detrás de la puerta del copiloto, en el lado opuesto a la salida, donde nadie pueda localizarme a simple vista si viene detrás de mí.

No debo de esconderme demasiado bien, porque en solo un par de minutos Lucy está frente a mí, mirándome preocupada, y me tiende mi abrigo, que lleva en la mano derecha. Lo cojo y me lo pongo porque, la verdad, estoy helada ya.

—¿Estás bien? Peter ha estado un poco desafortunado con ese discursito.

Me encojo de hombros mientras me abrazo a mí misma.

—Sé que no lo ha hecho con mala intención, es que...

—Es que quieres ser tú, sin que nadie te pueda prejuzgar

por quién es tu padre. Lo pillo —dice, como si me estuviera leyendo la mente.

No digo nada, pero tampoco hace falta que le confirme lo que resulta tan obvio. O, al menos, es obvio para casi todo el mundo, excepto para Peter.

—Oye... —vuelve a hablar tras un largo minuto de silencio—. No sé muy bien qué pasa con Chase y contigo...

Levanto la vista, alarmada, y clavo los ojos en los suyos con dureza. Se calla al instante y se muerde el labio, como si se arrepintiera de las palabras una vez que ya las ha pronunciado.

—Nos odiamos bastante. Y nada más allá de eso.

Bueno, esa debería ser toda la verdad, ¿no? Lo hemos dejado claro en infinidad de ocasiones desde que nos conocemos.

—Chase se expresa mucho mejor con canciones que con palabras, Zoe.

Nos sostenemos la mirada en un silencio tenso. No es la primera persona que me lo dice y no sé por qué sienten la necesidad de contármelo.

No me da tiempo a contestar, porque ella clava la mirada en algún punto detrás de mí y se aparta.

—Voy dentro a ayudar a recoger.

Se marcha de mi lado tan sigilosa como ha venido. Mi corazón se desboca estúpidamente cuando Bailey aparece a mi lado y se apoya sobre la carrocería de la camioneta, sin mirarme.

Él tampoco ha cogido el abrigo y va con esa camiseta sin mangas con la que no debería ir paseando en una noche helada.

—Un final épico para un concierto, he jodido una baqueta —dice como forma de romper el hielo. Me enseña la baqueta partida en dos.

Giro el cuerpo para poder mirarlo a la cara.

—¿Cómo has hecho eso?

—Contra el *tom base* por no hacerlo en la cabeza de ese estúpido de Black —gruñe, con la mirada fija enfrente y la mandíbula tensa.

—Esa canción no era para mí, ¿verdad que no? —cambio de tema, y utilizo un tono lo suficientemente duro como para que no se le ocurra ir de que él piensa que somos amigos a estas alturas.

—Claro que no —responde entre dientes.

Me mira con el ceño fruncido. Yo levanto la barbilla, desafiante.

—Eso espero.

—Eres tan... —murmura cabreado.

—Deja ya eso, Bailey —replico, sin darle tiempo a encontrar la palabra hiriente adecuada que parece estar buscando.

—Me sacas de quicio, joder.

—Y tú me...

Se mueve rápido y empuja mi cuerpo con el suyo, atrapándome contra la puerta de la camioneta. Su corazón palpita casi tan deprisa como el mío y puedo sentirlo retumbando en mi pecho, incluso con el abrigo de por medio. Está tan cerca que nuestras respiraciones se entremezclan y yo tengo que abrir la boca para poder tomar aire. Baja la cabeza despacio y su aliento me hace cosquillas en los labios cuando vuelve a hablar:

—Yo te... ¿qué, Clark?

Tengo las palabras atascadas en la garganta, aunque mi mente grita bien alto un montón de cosas: «me pones histérica», «me provocas ansias asesinas», «me quitas las ganas de vivir», «me pones...». Mierda, me pone...

—¡Chase! —Oímos gritar a Derek desde algún lugar tras la camioneta.

Bailey se aparta, como si mi cercanía acabara de darle calambre, y se larga de vuelta hacia la puerta del local, a grandes zancadas.

Yo solo puedo dar gracias porque la camioneta nos haya ofrecido el suficiente refugio para que nadie haya sido capaz de ver nada. Me encojo un poco más, apoyada en la carrocería, y tengo que darme muchos más minutos de los que me gustaría para poder controlar los latidos furiosos de mi corazón.

# 18

# Señales

—El sábado hay una fiesta en la vieja casa Wood, vente —va diciendo Derek mientras reparte panfletos del tamaño de medio folio—. El sábado hay una fiesta en la vieja casa Wood, no puedes faltar.

Creo que ni mira a quién se lo ofrece, está invitando a todo el mundo de los dos últimos cursos de instituto indiscriminadamente. Acabamos de salir de clase para el descanso del almuerzo, y Lucy y yo le seguimos los pasos compartiendo miradas divertidas mientras él continúa con su tarea. Molly se adelanta para caminar a su mismo ritmo.

—No me puedo creer que estés repartiendo invitaciones, eso es tan del siglo pasado, Derek —suspira—. ¿Por qué no lo pones en las redes?

—Me siguen unas quince personas —responde él, tan tranquilo—. No montamos una fiesta con quince personas, Molly.

—Bueno, pues yo compartiré tu historia y así tendremos unos cuantos invitados más —ofrece la solución, tras sonreír coqueta a un chico del equipo de *hockey* que acaba de decir «Hasta luego, Molly» en un tono de lo más sensual.

Cojo el brazo de Lucy, para llamar su atención, y me acerco más a ella para poder hablarle al oído:

—¿Cuál es la vieja casa Wood?

—Es la casa donde vivían los abuelos de Derek, ahora casi siempre está vacía, solo la ocupan sus tíos cuando vienen de visita. ¿Sabes esa casa que queda a la izquierda antes de pasar el cartel de entrada al pueblo cuando vienes desde Great Falls?

La imagen de esa casa aparece en mi mente. No pensaba que estuviera deshabitada, la verdad. Está en muy buenas condiciones, es de dos plantas, tiene un pequeño jardín delantero muy cuidado, con una fuente en el caminito de entrada, y parece lo suficientemente grande como para poder dar una fiesta en ella. Lo que no tengo tan claro es si el agente Wood lo aprobará. Y tampoco tengo para nada seguro que el homenajeado vaya a acudir a su propia fiesta de cumpleaños, pero eso ya es otra historia.

Llevo tres días de lo más agotadores, evitando a Bailey y también evitando a Peter tanto como puedo. El sábado, después de todo lo que pasó en el concierto, me aseguré de mostrarme muy ocupada ayudando a recoger el equipo para que ninguno de los dos intentara hablar conmigo. Hice el camino de vuelta en la camioneta de Bailey y soy consciente de que Derek y Lucy no pudieron pasar por alto la tensión que se respiraba en el ambiente, pero nadie hizo ningún comentario. Después de echar una mano para devolver todos los instrumentos y los equipos de sonido al local de ensayo, me largué andando a casa sin esperar a que nadie tuviese tiempo de ofrecerse a acompañarme. Bailey no ha vuelto a dar señales de vida, y ni siquiera me lo he cruzado por los pasillos. Peter lleva intentando hablar conmigo desde el domingo. Ya estamos a miércoles y empiezo a darme cuenta de que a lo mejor estoy siendo injusta con él. Por eso acepto cuando, mientras almorzamos, se ofrece a acompañarme a casa cuando salgamos del instituto.

Se acerca trotando por mi espalda, una vez que he dejado atrás los escalones de salida del edificio. Me sobresalta un poco, porque ya casi ni me acordaba de que se supone que me iba a acompañar y, en cambio, estaba pensando en que hoy es el cumpleaños de Chase Bailey y yo no lo he visto por aquí en todo el día.

—Hola, novata, ¿te ibas sin mí? —pregunta, en un tono lastimero un tanto cómico.

Le sonrío y sacudo la cabeza.

—No, solo me estaba adelantando. Lo siento, sé que he estado un poco... distante —elijo la palabra con cuidado—. Es que...

—Siento de verdad lo del concierto —se apresura a decir él, antes de que yo pueda dar más explicaciones—. No quería... Quería decir que tú eres mucho más de lo que la gente ve y no solo..., ya sabes. Pero dije lo que dije y no me di cuenta de que eso iba a llamar la atención de todo el mundo y solo iba a conseguir el efecto contrario. No quería hacerte sentir mal, Zoe, de verdad que no. Eso es lo último que quiero.

Suena tan sincero que me siento culpable por haber estado tanto tiempo ignorando sus mensajes. Aunque, la verdad, no he estado evitándolo por eso. Lo que él dijera en el concierto ha terminado siendo lo de menos. Lo que de verdad me tiene en este estado en los últimos días es lo que pasó en el concierto, sí, pero con otra persona diferente. Que Bailey me dedicó una canción, aunque ahora lo niegue, lo que pasó en el aparcamiento... Lo que me hizo sentir. Sí, esa es la peor parte.

Dejo de andar y me giro para poder mirar a Peter a los ojos. Mi estado de ánimo cambia cuando me veo reflejada en ellos. Todos los músculos en tensión se relajan solo con la manera en que me mira. Doy un paso adelante y le echo los brazos al cuello, para abrazarlo con fuerza. Me devuelve el abrazo al instante y me aprieta contra su cuerpo, haciéndome sentir a salvo. Estar con él es estar en casa.

Hacemos el camino hasta mi casa sin parar de hablar de todo y de nada, como siempre.

Cuando entro, tiro la mochila sobre el sofá y camino hasta la cocina en primer lugar. Empieza a parecer cada vez más un hogar de verdad, y eso me encanta. Creo que no voy a querer irme nunca de aquí, a pesar de todas esas desventajas que pueda tener vivir en un pueblo pequeño. Como ya me imaginaba, mamá me ha dejado una nota en la nevera. Dice que tengo lasaña descongelada para comer —cocinada por Nicky, por supuesto—, que ha llegado un paquete para mí esta mañana y lo ha dejado sobre mi cama, y también que me quiere.

Salgo corriendo hasta mi cuarto, impaciente por abrir el paquete y comprobar si es lo que yo quería que fuera. En un impulso algo tonto y bastante absurdo e irracional, el domingo por la mañana encargué algo por internet. La web prometía entrega en cuarenta y ocho horas, pero tengo que admitir que no tenía mucha fe en ello.

Ahí está, un paquete pequeño y alargado. Me siento al borde de la cama y lo abro lo más rápido que puedo. En solo unos segundos tengo las baquetas en las manos y les doy un par de vueltas observándolas desde todos los ángulos. Son preciosas..., todo lo preciosas que pueden ser unas baquetas, supongo. El grabado sobre la madera ha quedado perfecto. Por supuesto, no encargué que grabaran su nombre, sino su apellido. Acaricio el «Bailey» que hace relieve sobre la superficie lisa. Apuesto a que aún necesita una baqueta nueva después de destrozar una de las suyas en el concierto del sábado. Aunque no estoy segura de que un regalo de mi parte vaya a ser bien recibido, y tampoco sé hasta qué punto yo no voy a arrepentirme de habérselo hecho.

Como si me estuviera leyendo el pensamiento, el móvil suena con la entrada de un mensaje y en cuanto lo consulto veo su nombre reflejado en la pantalla:

A las cinco en el aparcamiento del instituto. Hoy vas a conducir hasta Mid Canon y cogeremos la vieja carretera.

Tecleo rápido para darle una respuesta:

No entraba en mis planes una clase hoy. Pensaba que tendrías cosas mejores que hacer en tu cumpleaños.

Créeme, no tengo nada mejor que hacer.

Vale. Supongo que yo tampoco.

La camioneta ya está a un lado del aparcamiento cuando yo llego andando hasta allí. *Max* asoma su cabezota desde la caja y suelta un ladrido corto y bajito, para llamar mi atención. Me acerco a saludarlo antes de subir al asiento del copiloto junto a su humano.

—Eh —saludo.

Dejo el bolso entre mis pies, en el suelo. Llevo su regalo dentro, e incluso lo he envuelto, pero todavía no sé si me atreveré a dárselo.

—Eh —responde, desinteresado.

—Feliz cumpleaños.

—No empieces con ese rollo —avisa, sin ni siquiera mirarme.

Arranca la camioneta y conduce para sacarnos del aparcamiento, pero, en vez de seguir el camino de siempre, se dirige al sur para coger la carretera que lleva al próximo pueblo.

—No es ningún rollo. Es tu cumpleaños y te he felicitado, no te lo tomes como una declaración.

—Pues olvídate de que es mi puto cumpleaños. No tienes que tratarme bien porque sea mi cumpleaños, ni hay tregua de cumpleaños ni ninguna mierda así.

—Tranquilo, que te trataré tan mal como siempre —respondo, irónica.

—Mucho mejor.

Pongo los ojos en blanco y pierdo la vista por la ventanilla. Diría que está más gruñón que de costumbre, pero supongo que, en realidad, siempre es así.

Salimos del pueblo sumidos en un silencio solo roto por la música bajita que suena por los altavoces de la camioneta. De nuevo, es All Time Low, y a mí me encanta ese grupo, aunque me aseguro de no hacer ningún comentario y de que no se me escape ni un solo tarareo.

Bailey para el vehículo a un lado cuando el pueblo ya ha quedado atrás y hemos cogido la vieja carretera que lleva al sur. Intercambiamos una mirada, y él es el primero en apartar la suya y soltarse el cinturón.

—Venga, te toca.

Se baja para rodear el vehículo y montarse en el asiento que ahora ocupo yo. Me doy prisa en cambiarme al sitio del conductor, pasando sobre la parte central con cuidado y ajusto el asiento mientras lo oigo decirle a *Max* algo que no entiendo. Cuando sube a mi lado yo estoy ajustando los retrovisores y, al mirarlo de reojo, veo que está haciendo esfuerzos por tragarse la sonrisa. Apuesto a que siente que el hecho de que yo me asegure de que todo está en su sitio y de que veo perfectamente es por completo mérito suyo.

—Vale, estoy lista.

—Muy bien. Pues no sé a qué estás esperando.

Suelto un suspiro exasperado y arranco. Me pone un poco nerviosa conducir por la carretera, pero sé que domino este trasto lo suficiente para que lleguemos vivos al siguiente pueblo.

—Tienes que estar atenta a las señales —me indica Bailey, en un tono tan desinteresado como si la cosa no fuera con él.

—¿Lo dices de forma literal o metafóricamente, en plan un rayo de luz que me marque el camino o seguir la estrella que más brille?

Me parece que suelta una risita, aunque lo disimula rápido cubriéndola con un gruñido de esos que son tan propios de él.

—Hablo de las señales de tráfico —concreta un poco más—. Ya tenemos bastante estrella contigo en esta camioneta.

Esta vez soy yo la que suelta un gruñido y, al mirarlo de reojo, veo que tiene media sonrisa de lo más irritante dibujada en los labios. Y lo más irritante de todo es el vuelco que me da el estómago cuando la veo, claro.

—Si hay un semáforo en rojo, paro; si hay un stop, freno; si hay un ceda el paso, me aseguro de que no viene nadie antes de pasar, y si viene una ambulancia, me aparto a un lado y le dejo vía libre.

—Si ya lo sabes todo, para a un lado y vámonos a casa, que ya hemos terminado las clases —suelta en respuesta, y parece molesto.

—Sé la teoría, necesito practicar —corrijo.

—He terminado con *California* —dice, cambiando de tema—. Necesito otra canción.

—Creo que puedes empezar a subir de nivel, elige una cualquiera y lánzate con ella.

—Prefiero que me la enseñes tú.

Lo miro de reojo. No me está mirando, sino que mantiene la vista al frente, atento a cualquier cosa que pudiera aparecer en la carretera y de la que tenga que avisar a una conductora novel como yo. No parece estar dándole importancia a lo que acaba de decir, pero está claro que la tiene. Él ya sabe lo suficiente como para no necesitar más clases de guitarra, y solo acudir a mí si algo se le atasca. Yo ya me atrevo a conducir si lo necesito y, puesto que lo haría sin permiso, tampoco es que necesite cumplir todas las normas de tráfico al pie de la letra, vale con no estrellarme. Sin embargo, yo aún siento que quiero seguir practicando con él en su camioneta. Y él prefiere que pase un par de horas a la semana tocando la guitarra a su lado.

Respondo solo a media voz:

—Deberías darle otra oportunidad a *Dream On*.

—Paso. La tengo atragantada. Odio esa puta canción.

Eso me ofende, si tengo que ser sincera. Porque es mi canción favorita de toda la historia y él lo sabe. Me muerdo la lengua y aprieto los labios, mientras sigo conduciendo en silencio.

—¿Vas a ir a la fiesta del sábado?

Su pregunta me sorprende. No me esperaba para nada que volviera a hablar y menos que lo hiciera para preguntar algo como eso. Reduzco la velocidad para poder mirarlo por un segundo sin estrellar el coche. No es que por esta carretera haya demasiado tráfico, y es recta, pero nunca está de más tener un poco de cuidado extra, ¿no?

—¿Yo? ¿Vas a ir tú a la fiesta del sábado? —le devuelvo la pregunta en tono irónico.

—Yo he preguntado primero.

Menuda actitud más infantil la suya, ¿no se supone que cumple dieciocho años? Ahora mismo me considero la madura de entre nosotros dos.

—Me parece que va a ir todo el mundo, Derek se ha encargado de que todos se enteren —respondo, sin llegar a responder del todo.

Suelta un suspiro molesto. Ya. Me he dado cuenta de que no es muy sociable, ni tampoco el alma de la fiesta.

—Pues qué bien.

—Es tu fiesta de cumpleaños. Sería raro que tú no aparecieses por allí —opino, aunque estoy segura de que va a ladrarme de un momento a otro para decirme que no me meta donde no me llaman.

Se queda callado. Por un rato lo suficientemente largo como para que yo ya piense que no va a volver a hablar del tema.

—No me apetece mucho celebrar nada —confiesa en voz baja.

Me muerde un poco el corazón oír ese tono y la amargura que empapa sus palabras. La verdad es que puedo entenderlo. Lo entiendo tanto que hoy me cuesta un poco más eso de fingir que no nos soportamos.

—No se cumplen dieciocho todos los años —aporto, mucho más alegre que él.

—No se cumplen años todos los años, probablemente.

—Deja de decir cosas como esa.

—Es la verdad.

—Pues a lo mejor eso es motivo suficiente para que haya que celebrarlo cuando sí se cumplen, ¿no?

Su mirada me está atravesando, y yo no separo la vista

de la carretera porque no quiero enfrentarme a sus ojos oscuros tan llenos de sombras.

—A lo mejor sí.

Entonces sí tengo que mirarlo. Aparta la vista en cuanto mis ojos conectan con los suyos y se revuelve el pelo con una mano, moviendo todo el cuerpo para alejarse más de mí y pegarse a la puerta.

—¿Y no es lo que deberías hacer hoy? ¿No deberías estar celebrando tu cumpleaños con alguien que al menos te caiga bien y no encerrado en una camioneta vieja conmigo?

—Si te metes con mi camioneta vuelves andando —responde al instante, y, por sorprendente que eso sea, me suena a broma.

—¿De verdad no tenías nada mejor que hacer? —insisto, al ver que evita el tema.

—Mis padres tienen dos trabajos cada uno, y mi hermana ahora también pasa las tardes en ese maldito bar. *Max* y yo hemos comido un poco de tarta, ha sido toda una celebración.

No hace falta que lo diga para que yo sepa a qué se debe que sus padres y su hermana trabajen tanto y nunca estén en casa. No soy tan tonta como para no saber que una enfermedad como la suya puede hipotecarte la vida, y que nada es gratis... ni barato. Tampoco necesito oírlo decir ni una palabra más en voz alta para entender que no le gusta que tengan que echar a perder su vida por él, en cierta forma, y que preferiría tenerlos en casa y pasar tiempo con ellos. Y todo cobra mucho más sentido de lo que ha tenido hasta ahora: la casa que necesita unos cuantos arreglos que parecen no poder permitirse; la camioneta vieja que, a pesar de ser el único vehículo de la familia, siempre está a disposición de Chase; su discusión con su hermana por el trabajo; que no pueda permitirse comprarse una guitarra o, ya puestos, una batería que tener en casa para no tener que quedarse a practicar con el viejo instrumento del instituto...

Sé que no quiere hablar de eso conmigo. De manera que no ahondo en el tema.

—Entonces, creo que yo soy tu mejor opción para que te canten el cumpleaños feliz.

—Odiaría cada nota —dice, pero puedo captar con el rabillo del ojo que se le escapa una sonrisa leve.

Eso me gusta. Me sienta bien ser capaz de hacerlo sonreír. Hoy es su cumpleaños y, por mucho que él no lo quiera, vamos a hacer una maldita tregua.

—Lo reservaré para el final de la cita.

He hablado en el tono más irónico posible y, sin embargo, puedo notar cómo su mirada me estudia con mucho detenimiento y a mí se me sube el calor a las mejillas tras haber pronunciado la última palabra. Supongo que es la peor que podría haber usado para definir nuestros encuentros, aunque sea bromeando.

Cualquier tipo de tensión que pudiera estar a punto de imponerse entre los dos desaparece de golpe cuando vemos a un hombre, vestido con uno de esos monos de trabajo de mantenimiento de carreteras, que agita una banderita roja, advirtiéndonos de que reduzcamos la velocidad. No hace falta que Bailey me diga nada para que yo lo haga, y me alegro de que no se ponga a darme instrucciones y confíe en que tengo el suficiente sentido común para saber que tengo que detenerme. Pronto vemos cuál es el problema: el tronco de un árbol —el único árbol que parecía haber a lo largo de todo nuestro trayecto— ha caído en la carretera, cortando la circulación en ambos sentidos, y un grupo de operarios ya están trabajando para despejar el camino.

—Para a un lado, puede que les lleve un rato —murmura mi acompañante.

Estoy a punto de decir que deberíamos dar la vuelta y volver por donde hemos venido, y no sé por qué no lo hago. Guío la camioneta hacia el arcén y detengo el motor cuando considero que este lugar es tan bueno para parar como cualquier otro.

—Puede que les lleve todo el resto de la tarde.

Mi observación no obtiene respuesta. En cambio, Bailey se quita el cinturón y se apea del vehículo sin decir ni una sola palabra. Para cuando recupero mi abrigo y estoy dispuesta a salir tras él, ya está hablando con uno de los operarios. Me bajo de la camioneta. Me acerco a la parte trasera para acariciar a *Max*, que debe de estar preguntándose qué hacemos aquí parados.

—Dicen que lo mejor que podemos hacer es volver hasta el desvío y coger la principal.

Me vuelvo para mirar a Chase cuando oigo su voz a mi espalda. No ha cogido el abrigo y se está acercando a mí con los hombros encogidos y las manos en los bolsillos. Un cosquilleo me recorre la espalda cuando recuerdo que tampoco llevaba abrigo el sábado tras el concierto y, aun así, me dio la impresión de que su cuerpo ardía cuando se pegó al mío.

Creo que volver al interior de la camioneta con él, tan cerca, no es lo que necesito ahora, y la brisa fría de la tarde se compensa con los rayos de sol que aún logran acariciarme el rostro. Es una de las sensaciones más agradables, y quiero disfrutarla un rato más, así que hablo sin darme tiempo a pensar:

—¿Y si damos una vuelta con *Max* antes de volver?

El rostro de Bailey muestra una ligera sorpresa, pero no deja que esa expresión permanezca visible por demasiado tiempo. Hace un asentimiento breve y algo tosco, con los labios apretados y formando una línea fina, y se acerca a la parte trasera de la camioneta para abrir el portón y animar a *Max* a bajar.

Camino detrás del perro que ya trota de un lado a otro olfateando la escasa vegetación que hay en el campo contiguo. Puedo oír a Bailey correr tras nosotros una vez que ha recuperado su abrigo del asiento trasero. Aún está poniéndoselo cuando ralentiza el paso al llegar a mi altura. No decimos nada por un buen rato, pero no me siento incómoda paseando a su lado en silencio. Creo que es mejor así.

—No es que *Max* y yo pasemos todos los cumpleaños solos, ¿sabes? No tienes que sentir pena por mí.

No se me pasa por alto la amargura con la que deja escapar esa última frase. Lo miro de reojo solo un instante fugaz y veo que ha apretado la mandíbula y endurecido su expresión, con la vista clavada en *Max*, que nos saca unos cuantos metros de ventaja.

—Me caes demasiado mal para darme lástima, Bailey.

Y lo digo porque sé que eso es lo que quiere oír para poder relajarse, para no tener que ponerse esa fachada de chico duro con la que se disfraza cada vez que nos acercamos al tema de su enfermedad. Es verdad, en parte: lástima es probablemente la última emoción que provoca en mí. Antes hay otras muchas a las que prefiero no poner nombre.

—Mejor, porque estoy bien con lo que tengo, no necesito estúpidas fiestas de cumpleaños, ni una maldita tarta con dieciocho velas.

—Eso deberías hablarlo con Derek y no conmigo.

Solo consigo hacerlo gruñir, pero cuando lo miro de reojo una vez más puedo ver que ha relajado la expresión. Creo que hasta está luchando contra un amago de sonrisa que amenaza la comisura derecha de su boca.

—Derek solo oye lo que quiere oír. Hablar con él es inútil la mayor parte del tiempo.

—¿A qué hora sale tu hermana de trabajar? A lo mejor aún tienes que aguantar una cena familiar y una tarta con velas.

—No. Hoy le tocaba cubrir el turno de cenas —responde, en un tono más apagado—. Ojalá pudiera...

Deja la frase en el aire y le da una patada a una piedrecita que sale disparada hacia delante y capta toda la atención del perro, que echa a correr para poder atraparla.

—¿Qué? —presiono, suave, para animarlo a terminar la frase.

—Da igual, tú no lo entenderías —murmura. A pesar de ello, coge aire y sigue hablando, sin darme tiempo a decir nada—: No deberían estar haciendo esto por mí, y mucho menos ella. No tiene ningún sentido que trabajen tanto para... ¿Sabes cuánto tiempo hace que mi madre no se compra un vestido? Antes le encantaba la moda. Antes mis padres salían a cenar a algún restaurante bonito de la ciudad en su aniversario. Mi hermana tenía tiempo para dibujar. Odio que su vida se haya acabado solo por empeñarse en que no acabe la mía. Es absurdo. Lo único que hacen es trabajar para cuidar de mí y yo ni siquiera puedo contribuir a eso. Ojalá pudiera pedirles que se rindieran de una vez y pasaran ese tiempo conmigo mientras aún podemos hacerlo.

Por unos segundos el silencio cae entre los dos mientras el eco de su voz rota desaparece con un soplo de viento helado. Y no, no siento lástima por él, pero su dolor se me cuela dentro poco a poco y hace protestar a mi corazón.

—¿Y por qué no lo haces?

Me mira, y cuando nuestros ojos se encuentran, una chispa de rabia incendia los suyos.

—No puedo. ¿Lo ves? ¿Ves como no lo entiendes? Lo único que mantiene en pie a mi madre es la estúpida esperanza de que haciendo todo esto saldremos adelante. Me paso los días inventándome absurdos planes de futuro para que ella crea que tengo ganas de cumplirlos algún día, porque es la única manera de ver otra vez un mínimo brillo en su mirada. No puedo decirle a mi madre que yo ya me he rendido, que he aceptado lo que es tan obvio, Clark. No puedo. Decir que sé que no hay futuro le rompería por completo el corazón. Y yo no puedo hacerle eso a mi madre.

Gira la cara, siguiendo a *Max* con la mirada, pero sé que no lo hace por vigilar al perro. Puedo ver cómo se pasa las mangas del abrigo por los ojos, con disimulo. Y yo me muerdo el labio para evitar que me tiemble cuando mis pestañas llegan a humedecerse.

—Lo entiendo. Pero quizá sí deberías decirles cómo te sientes. Están haciendo todo esto por ti, porque te quieren, porque les importas. Y a lo mejor que te sientas solo tampoco es lo que quieren y no se han dado cuenta de que...

—Yo no me siento solo —masculla, de mala gana, cortando mi discurso—. Estoy harto. Quiero que la gente deje de pasarlo mal por mi culpa. Quiero que tengan una maldita vida de verdad, porque no tiene sentido tirar cuatro a la basura cuando solo hay que dejar ir una.

—No es tu culpa.

—¿Qué dices?

Me fulmina con la mirada cuando gira todo el cuerpo para enfrentarme. Yo no me dejo amedrentar. Levanto la barbilla y clavo los ojos en los suyos con firmeza.

—La culpa no es tuya. No tienes la culpa de estar enfermo. No tienes la culpa de las decisiones que tus padres o tu hermana hayan tomado para enfrentar esto. Es lo que hay. Es un asco, sí. Pero la culpa de que la gente que te quiere sufra por ti no es tuya. Excepto cuando te portas como un imbécil amargado, entonces sí.

Resopla.

—Así que soy un imbécil amargado.

—Sí. Al cien por cien.

Suelta una especie de gruñido como forma de disimular una risita, pero veo su sonrisa de medio lado igualmente. Le da un aire tan dulce, en contraste con toda esa aura de chico atormentado que arrastra, que me provoca una sonrisa leve a mí también.

—¿Quieres saber lo que eres tú?

Suelto una carcajada al captar un brillo travieso en su mirada y sacudo la cabeza.

—No, gracias. Preferiría no escuchar tu opinión.

—Tú te lo pierdes. Era casi un piropo.

Me muerdo el labio inferior para contener la sonrisa, pero él no me ve porque se adelanta dando largas zancadas, con las manos en los bolsillos y aire despreocupado. Casi un piropo de parte de Chase Bailey debe de ser aún más irritante que cuando intenta ofender. Estoy segura.

Le sigo los pasos, y me sorprende oír su voz cuando estoy llegando a su altura:

—Tu madre tampoco pasa mucho tiempo en casa, ¿verdad que no?

—Al contrario de lo que la gente del pueblo parece creer, no es ninguna cazafortunas, así que trabaja un montón de horas para ganar su propio dinero con el que pagar las facturas, como todo el mundo. Aunque eso me deja sola en casa la mayor parte del día, sí, pero no importa. He pasado los últimos dieciséis años rodeada por gente y nunca he podido estar sola de verdad, solo me escapaba algún rato cuando todos estaban ocupadísimos durante los conciertos, así que agradezco un poco de libertad.

Me observa con curiosidad por un par de segundos, sin

dejar de caminar. Luego suelta una especie de risa, ronca y bajita.

—Míranos, estrellita del *rock... Nos dejaron solos; los niños en la oscuridad...* —recita las palabras de una canción de All Time Low que reconozco al instante.

*Niños en la oscuridad...* Y veo claro lo mucho que él lo es.

—*Nunca nos rendiremos* —recito otro de los versos.

Su mirada se torna más cálida, pero también más oscura. Da un paso hacia mí, y enseguida frena de forma brusca, como si un muro invisible le impidiera seguir avanzando, y agacha la cabeza.

—Deberíamos volver. El sol ya está bajando.

No espera mi respuesta antes de silbar para llamar a *Max* y empezar a recorrer el camino de vuelta a buen ritmo.

# 19

# Toda chica como tú merece un caballero

Aún no han terminado con el árbol cuando llegamos hasta la camioneta. Ahora ya da lo mismo, porque Bailey tiene razón y, si no emprendemos el camino de vuelta, el sol terminará su descenso y tendremos que hacerlo a oscuras.

—Debería aprender a conducir por la noche, ¿no crees? —planteo en cuanto me acomodo tras el volante.

—Primero tendrías que saber conducir de día —ataca, con sarcasmo.

Le respondo con un gruñido disconforme y, aunque no lo miro, puedo notar que eso ha conseguido hacerlo sonreír. Empiezo a darme cuenta de que molestarme es algo que le hace bastante gracia.

Conduzco todo el camino hasta la entrada sur del pueblo y, antes de llegar a pasar el cartel que marca los límites, paro a un lado para cambiarnos el sitio y que sea él quien lleve el volante. No me apetece que el agente Wood vuelva a llamarnos la atención por esa pequeña tontería de que aún no tengo mi permiso de conducir.

Bailey ha estado callado y sumido en sus propios pensamientos todo el trayecto. Me acomodo en el asiento del copiloto, que él acaba de desocupar, y al rozar mi bolso con el pie me acuerdo de lo que aún llevo dentro para él.

—¿Te dejo en el instituto, o puedo acercarte a casa? —pregunta, al tiempo que se abrocha el cinturón—. La verdad es que doy menos vuelta si te dejo directamente allí.

—Tengo algo para ti.

Gira la cara de forma brusca para poder observarme. Me pone nerviosa que me mire así de atento y estando tan cerca. Pero si lo he soltado de golpe es porque, si me lo llego a pensar un poco más, me habría vuelto con las baquetas a casa. Y solo conozco a una persona que se llame Bailey y toque la batería, así que no es como si pudiera reciclarlas para otro regalo en algún momento.

—¿Qué?

—Te he comprado un regalo.

—¿Y por qué demonios lo has hecho?

—Porque es tu cumpleaños, y es lo que suele hacerse en los cumpleaños —justifico, y hago una mueca resignada—. Pero ¿sabes qué?, me acabo de acordar de que no te lo mereces.

—No jodas. Ahora me muero de curiosidad.

Aprieto los labios. Sus ojos brillan entre divertidos y curiosos, y no puedo negar que me gusta verlos así. Me muevo rápido para no fijarme demasiado en él. Saco el pequeño paquete envuelto y se lo estampo en el pecho, de malas maneras.

—Feliz cumpleaños, idiota.

Se ríe, y su risa invade cada rincón de la cabina y termina por hacerme sonreír, aunque no quiera.

—No tenías que haberme comprado nada.

—Desde luego que no. ¿Vas a abrirlo?

Rasga el papel sin ningún cuidado, despreciando así el tiempo y esfuerzo que he invertido en envolverlo. Enseguida tiene las baquetas entre las manos y les da vueltas con lentitud para estudiarlas desde todos los ángulos.

—Joder, Clark, no...

—Pensé que aún no habrías podido reponer la que destrozaste el sábado —interrumpo lo que fuera a decir—. Es una tontería.

—No es una tontería. —Su mirada se me clava y hace arder mis mejillas—. Es perfecto. Yo... nunca había tenido unas baquetas personalizadas. Gracias.

Ese «gracias» tiene un énfasis que nunca antes he oído por parte de Bailey. Aparta la mirada cuando se da cuenta de que parece que empieza a sobrar aire entre los dos, y clava los ojos de nuevo en las baquetas mientras hace girar la que tiene en la mano derecha entre los dedos como acostumbra a hacer.

—No ha sido nada —murmuro, con una especie de nudo en la garganta.

—Recuérdame que tengo que lanzarle una de estas a Peter a la cabeza al menos una vez antes de morir.

Espero que no pueda considerarse una traición a Peter que eso me arranque una sonrisa y tenga que contener la risa.

—Mejor date prisa con eso —me atrevo a decir.

Me arrepiento al instante porque, aunque él siempre haga comentarios de ese tipo y yo solo buscara bromear para apartar la sensación que me atormenta en este ambiente demasiado íntimo, no sé si el humor negro es algo que él acepta por parte de otra persona. Lo último que quiero es estropear el buen rollo que se había instalado entre nosotros, y mucho menos molestarlo o hacerle daño. Pero él levanta la vista para clavarla en mis ojos y deja escapar una risa ronca que ilumina su cara aún un poco más.

—Sí, apúntalo como primer punto en mi lista de cosas que hacer antes de morir.

Los dos sonreímos. Y él utiliza las baquetas para golpear el volante y luego la rejilla del aire acondicionado de la camioneta, consiguiendo el sonido más parecido posible a ese que suele emitirse después de un chiste malo.

—Bailey...

—¿Sí, Clark?

—¿Qué es lo que te pasó con Peter y con Mike? —pregunto, aprovechando la tregua que parece que hemos establecido por un rato—. No sé, me resulta raro que sigas con el grupo cuando parece haber tan mal rollo.

—Y solo me llevo bien con el treinta y tres coma tres por ciento de mis compañeros —completa—. Puedes decirlo. Si sigo con la banda es porque la música es lo único que me hace tener ganas de levantarme de la cama cada mañana, Zoe, esa es la verdad. Y no hay muchas opciones por aquí para tocar algo decente con una banda decente, ¿sabes? No pienso renunciar a eso por un par de gilipollas. No puedo renunciar a la música, y no voy a hacerlo hasta el día en que me muera.

Me encoge el alma que hable con esa vehemencia. Y también el hecho de que haya utilizado mi nombre y no mi apellido para referirse a mí. Tiene un matiz diferente cuando escapa de sus labios en esa voz ronca.

—¿Qué pasó? Antes erais amigos, ¿no?

—¿No te lo ha contado Peter?

—Me ha dado su versión de una historia, sí.

—Sus mentiras, más bien —corrige, irónico.

—Te peleaste con ellos por lo que pasó con tu hermana —apuesto, sin apartar los ojos de su rostro.

Sacude la cabeza con tristeza.

—No tengo motivos para creer en la versión de Peter cuando mi hermana dice que no es verdad. Y, si Peter se ha inventado todo, ha conseguido hacerle daño a ella. Así que, sí, podría decirse que tengo muchas ganas de lanzarle una baqueta a la cabeza por eso.

—Si la versión de Peter no es cierta, ¿qué es lo que pasó?

—No te lo puedo decir, porque tampoco me creo del todo lo que me contó mi hermana. Sé que Peter miente, pero está claro que Michelle tampoco dice toda la verdad. Aun así, si alguien le hace daño a mi hermana, ese alguien ya no es amigo mío. Eso es lo que pasó.

—¿Y Mike?

—Mike decía que estaba loco por ella y que la quería más que a nadie en el mundo, pero a la hora de la verdad no se lo pensó dos veces antes de acusarla de mentirosa y decir un montón de cosas que la hicieron polvo. La abandonó. Le rompió el corazón. Todos le dieron la espalda a ella, y, al final, tampoco es que hayan estado ahí para mí, así que si te digo la verdad por mí pueden irse al infierno. Derek es el único que se ha portado siempre como un amigo.

—Siento que las cosas fueran así.

Tampoco es que esto me aclare nada más allá de lo que ya sabía. Peter tiene una versión y Michelle tiene otra, y creo que nadie aparte de ellos dos sabe de verdad lo que ocurrió en aquel concierto. Entiendo que Bailey se pusiera de parte de su hermana, independientemente de quién tenga razón en el asunto.

—Sé que no debería decirte nada y que no soy quién para meterme en lo que tengas o no tengas con Peter, pero... —empieza, inseguro—. Mira, Peter ha terminado por demostrarme que no es alguien de fiar. Y, aunque mi hermana no me haya contado la verdad, estoy muy seguro de que él miente. Y lo que Peter tiene contigo es..., no sé, hay algo que no encaja.

Cuadro la mandíbula y aparto la mirada hasta perder la vista por la ventanilla. No es justo. No está bien que me diga esto cuando él no tiene ni idea de lo que hay entre Peter y yo. Vale, su hermana salió herida, pero eso no tiene nada que ver conmigo.

—¿Me acercas a casa?

Lo oigo emitir un suspiro cansado antes de murmurar un «claro» sin mucho entusiasmo.

Mantenemos el silencio hasta que para la camioneta en la calle del lateral de mi casa. Me quito el cinturón y tiro de la manilla de la puerta despacio, para darle tiempo a decir algo más si es que se ha quedado con algunas palabras atrapadas en la garganta. No habla, así que me bajo de un salto, me cuelgo el bolso al hombro y sostengo el abrigo bajo el brazo.

—Clark...

Me vuelvo a mirarlo. Tiene cara de no ir a añadir mucho más, porque sabe que cualquier cosa que quiera decir es algo que no va a gustarme, eso lo tengo claro. Doy un paso atrás.

—Hasta luego, Bailey.

Cierro la puerta y le doy la espalda para caminar hasta casa. Creo que no se pone en marcha para irse de aquí hasta que estoy dentro y ya no puede verme.

—¡Zoe! ¿Puedes venir un momento?

La voz de mi madre, que llega desde la cocina, me hace volver a la realidad. Sacudo la cabeza, para librarme de los pensamientos a los que no conviene dar vueltas, tiro el abrigo y el bolso en el respaldo del sofá de cualquier manera y me encamino hasta allí.

—Hola, mamá. ¿Qué haces?

Lo último que esperaba es llegar a casa y encontrarme a mi madre cocinando, en serio. Y, además, ¿no se supone que aún debería estar en el trabajo?

—El hostal se ha quedado vacío por esta noche y Nicky me ha despachado —explica en respuesta a la pregunta que no he hecho en voz alta—. He pensado que me vendría bien practicar un poco con la cocina, aunque esperaba que estuvieras aquí y me ayudaras. Remueve esto para que no se pegue mientras troceo la carne, ¿quieres?

Hago lo que me dice, aunque sigo sin estar convencida de esto. Hay un libro de recetas abierto sobre la encimera y todo un despliegue de ingredientes y utensilios.

—¿No es mejor dejar las recetas complicadas para los profesionales? —la pico, al ver la cantidad de pasos que muestra la hoja en la que está abierto el libro.

—Si vas a hacer algo, hazlo a lo grande —responde ella, en un tono divertido—. Y, oye..., ¿quién es ese chico que acaba de dejarte en casa con una camioneta?

*Fatal.* Tengo que ponerme roja a la velocidad de la luz. Hasta ahora no había caído en la cuenta de que la calle lateral se ve desde la ventana de la cocina. Tampoco es que pensara para nada que mi madre iba a estar en casa.

—¿Qué...?

—Remueve.

Me sobresalto y me doy prisa en empezar a mover el brazo de nuevo para revolver el contenido de la olla con la cuchara de madera.

—¿Qué? ¿No me lo vas a contar? —insiste.

—No era nadie. O sea, sí, claro que es alguien, como una persona, supongo, pero nadie de quien deba hablarte en especial. Solo un compañero del instituto.

—Creía que Peter y tú erais *muy* amigos.

Ese tono pícaro lo dice todo. Doy dos pasos atrás para apartarme de su campo de visión cuando echa unos trozos de carne a la olla y me quita la cuchara de la mano.

—Peter y yo somos amigos —aclaro—. Y Bailey es solo un compañero. Tocan juntos en el grupo, es el batería.

—¿Cómo dices que se llama?

Me apoyo en la mesa. Espero que este interrogatorio no se alargue demasiado.

—Chase Bailey.

Se vuelve a mirarme al instante, con demasiada intensidad y olvidando que debería seguir removiendo la comida.

—¿Es el hijo de Caroline Bailey?

Me encojo de hombros. La verdad es que no sé cuál es el nombre de pila de su madre, pero tampoco es que haya tantos Baileys en el pueblo.

—Si ahora es Caroline Turner, entonces sí —doy más pistas—. ¿Qué pasa?

Mamá niega con la cabeza, quitándole importancia, y devuelve su atención a la receta que está siguiendo.

—Nada. Había oído decir que su hijo está enfermo, no pensé que fuera al instituto contigo, eso es todo.

—Sí, tiene una enfermedad renal rara, genética, creo. ¿Conoces mucho a su madre?

Cualquier cosa para alejar el tema de Bailey y de mí compartiendo algo más que pasillos en el instituto, o de la enfermedad de Bailey, ya puestos.

—La conocía, sí. Tiene mi edad, fuimos juntas a clase desde siempre. La verdad es que no nos llevábamos muy bien —admite, y suelta una risita algo nostálgica—. Hace unos años eso de la sororidad no se llevaba, ¿sabes? Y hubo un tiempo en que a las dos nos gustaba el mismo chico. Admito que yo no me porté muy bien, estaba celosa. Bueno, ella era la más guapa del curso, sin duda, Nicky estaba bastante colada.

Sonrío. Según lo poco que he oído, Nicky estaba bastante colada por una chica distinta cada mes, al menos hasta que conoció al amor de su vida y acabaron por romperle el corazón.

—¿Y quién se quedó con el chico al final?

—Ella. Tampoco es que duraran mucho. Antes de que yo me fuera de aquí ya había conocido a un chico malo de Great Falls que, por lo que me contaron, salió corriendo sin mirar atrás cuando ella se quedó embarazada. Pobre chica —termina, y sacude la cabeza con tristeza.

—Sí, bueno, luego conoció al pastor Turner y llevan casados desde entonces —expongo la parte feliz de la historia.

—Ya. Claro. Tienes razón. Y, después de esta charla sobre historia antigua, dime: ¿qué hacías tú en una camioneta con el hijo de Caroline Bailey?

Intento pensar rápido. ¿Extraescolares? ¿Un trabajo de la clase de ciencias? Incluso preferiría decirle que me estoy enrollando con él antes que confesar que me está enseñando a conducir a escondidas.

Por suerte, mi móvil empieza a sonar en algún lugar del bolso, en el salón, y me disculpo y salgo corriendo para coger la llamada antes de que se note que me estoy pensando demasiado la respuesta a su pregunta.

La pantalla del teléfono indica que tengo una llamada entrante de «Papá», y yo me trago el nudo de la garganta y me obligo a descolgar y hablar con él, como llevo haciendo desde que estuvo de visita en el pueblo.

Voy a mi habitación para que mamá no tenga que escuchar demasiado y, como siempre, intento contar lo mínimo para no alargar la conversación. Sigue habiendo muchas cosas de Shade Clark que no me gustan, incluso cuando intenta hacerse llamar simplemente «Albert».

En cuanto cuelgo la llamada, veo que tengo una notificación pendiente en la aplicación de música. Frunzo el ceño cuando pulso sobre ella y veo lo que dice:

*Chase Bailey ha compartido contigo una lista de reproducción.*

Me viene a la cabeza eso de que Bailey se expresa mucho mejor con música que con palabras. Y no tengo ninguna duda de que antes, cuando me he bajado de su camioneta, se ha quedado dentro unas cuantas cosas que decir.

Pulso sobre la notificación con el dedo tembloroso, sin saber qué puedo esperar de todo esto. Hay una sola canción, y las primeras notas ya me dicen más de lo que necesitaba saber, sin necesidad de mirar el título o el artista.

Ha elegido a Shawn Mendes. Y yo no quiero seguir escuchando, pero dejo que las palabras de uno de mis cantantes más amados me transmitan todo eso que Bailey no quiere decir en voz alta.

*Puedo tratarte mucho mejor que él,*

*y toda chica como tú merece un caballero.*

Y así es cómo alguien como Chase Bailey es capaz de arruinarle a una chica algunas de sus canciones favoritas.

# 20

# El alma de la fiesta

Stacy enlaza su brazo con el mío y va dando saltitos para sacudirse de encima el frío de la noche mientras avanzamos hacia la vieja casa Wood, donde la fiesta ya ha comenzado. Peter, Molly y Mike nos siguen unos pasos por detrás, bromeando entre ellos y con la risa de la chica haciendo eco por todos los rincones del pueblo.

—¡De verdad que no puedo creerme que nunca hayas ido a una excursión escolar! —chilla mi acompañante.

Eso llama la atención de los demás y Molly ni siquiera me da tiempo a responder antes de ponerse a nuestra altura y agarrar mi otro brazo, estrujándome un poco entre las dos.

—¡¿Nunca has ido a una excursión escolar?!

Abro la boca para responder, pero la voz de Mike a mi espalda corta mi discurso sin haber llegado a empezarlo.

—¿Y cómo creéis que iba a hacerlo? Se ha perdido lo mejor de la vida académica.

—También lo peor —apunta Peter.

—Bueno, ¡pues ya estás tardando en apuntarte! —sigue Stacy como si los demás no hubieran llegado a hablar—. El plazo para hacerlo acaba el miércoles que viene.

La contento con un «está bien» a media voz. El jueves, en

clase, la profesora Newman se encargó de recordar que el plazo para apuntarse a la excursión de antes de las vacaciones de primavera estaba ya a punto de finalizar, por si alguien aún no lo había hecho. Para mí era la primera noticia de esa excursión, aunque al parecer todos mis amigos se habían apuntado ya a principio de curso y ahora les parece una tragedia si yo no voy. No estoy muy segura. Las excursiones programadas dentro del curso escolar en este instituto, según me han dicho, siempre son para los alumnos de los dos últimos cursos. Este año el destino es Calgary, pasada la frontera con Canadá. Yo ya he estado en Canadá... unas cuantas veces. Sería dentro de tres semanas. Y no sé si quiero o puedo dejar sola a mamá durante cuatro días enteros, y más teniendo en cuenta lo mucho que está insistiendo mi padre para que pase con él las vacaciones de primavera. Sé que mamá es adulta y que, en teoría, sabe cuidarse sola. Pero hace ya unas cuantas noches que he vuelto a oírla llorar cuando se acuesta, por mucho que por el día me muestre una sonrisa y finja estar mejor que nunca.

Peter enreda los brazos en mi cintura y me empuja suavemente para hacerme avanzar y librarme de las dos chicas que no paran de parlotear.

—Lo pasaremos bien, novata. Y todo el mundo irá.

Me muerdo la lengua para no rebatir eso. Sé que no todo el mundo irá. Sé que Chase Bailey no irá, porque no puede alejarse por tanto tiempo del hospital. He oído cuchichear a las chicas acerca de que Michelle Turner tampoco lo hará, porque no tiene dinero para pagarlo. Así que no todo el mundo va a ir, al parecer.

—Hablaré con Newman y me apuntaré el lunes, ¿vale?

Derek nos abre cuando ya hemos pulsado el timbre unas tres veces. Lleva un sombrero de *cowboy* y un vaso en la mano y nos sonríe.

—¡Eh! Sois los últimos, tíos, vaya mierda de amigos que no ayudan a organizar el fiestón del año.

—¿Y quién se pasó ayer aquí por la tarde antes del ensayo para traer toda la bebida? —le recuerda Mike.

Ayer puse una excusa para no ir a ver el ensayo de los chicos. Dije que me había venido la regla y estaba cansada y dolorida, lo cual no era del todo mentira, y me quedé en casa batallando con mis propios pensamientos. Lo hice porque no quería ver a Bailey, en realidad. No hemos hablado desde que me envió esa canción. No sé muy bien cómo sentirme. Y si ahora estoy aquí, en su fiesta de cumpleaños, es porque a las chicas no les hubiera valido ninguna excusa para librarme y porque tengo la esperanza de que él no esté. Quizá es mejor que la cosa se quede aquí, antes de que él haga o diga algo aún peor y yo tenga que salir huyendo para no enfrentarme a lo mucho que eso me acelera el estúpido corazón. Ya no necesito más clases de conducir, si somos realistas. Y él tampoco me necesita para ganar soltura con la guitarra...; por mí puede quedarse la dichosa guitarra de mi padre para siempre, si quiere.

—Ah, eso..., un favorcito de nada. Venga, pasad, que ya estamos a tope. ¿Qué queréis beber?

Seguimos a Derek al interior. Peter me sujeta la mano con firmeza hasta que estamos en medio de la enorme planta abierta. Entonces, un montón de tíos del equipo de *hockey* nos rodean y empiezan a bromear con él hasta conseguir apartarlo de mi lado.

—Te veo luego —me promete antes de alejarse empujado por Gareth.

No me da tiempo a echarlo de menos, porque Lucy se abre paso hacia nosotras desde la zona de la cocina y se nos une para empezar a contarnos todos los cotilleos acontecidos antes de nuestra llegada.

Habrá unas cincuenta personas, más o menos, y eso significa que han venido casi todos los alumnos de los dos últimos cursos del instituto. Supongo que a Derek le gustaría poder decir que todo es mérito de su convocatoria y las invitaciones que repartió por los pasillos, pero estoy del todo convencida de que el éxito hay que agradecérselo a Molly. Es la que tiene don de gentes en este grupo.

Stacy y Molly bailan juntas, preciosas y sexis en esos vestidos de fiesta que han decidido ponerse hoy; cada una con su propio estilo, Stacy lleva ese rollo punk que va tanto conmigo, y Molly, brillos y estampados animales que luce como nadie. Yo no soy tanto de vestidos, así que llevo unos pantalones rotos y una camiseta suelta de Green Day que deja ver el sujetador negro en los costados. No parece que haya logrado deslumbrar a Peter con mi *look* de hoy, la verdad, no ha vuelto a dirigirme ni una mirada desde que hemos llegado a la fiesta.

Por eso sé que el cosquilleo que siento en la nuca y que me hace ser consciente de que alguien me observa no es por él. Tengo mis sospechas sobre quién puede ser y no quiero confirmarlas, así que lucho contra mis impulsos y no me doy la vuelta. Es imposible no encontrarte con alguien si está en esta fiesta. No hay tanta gente como para que puedas esconderte, así que a los cinco minutos de llegar mi mirada ya se ha cruzado con la de Bailey por primera vez. Los dos la hemos apartado al instante y creo que nos estamos esforzando mucho por no acercarnos al otro. De momento lo conseguimos, quizá porque yo estoy con las chicas y él se relaciona solo con Derek.

—Voy al baño.

Lucy me saca de mis pensamientos y miro alrededor para situarme de nuevo en la realidad. Mike se ha acercado hasta donde estamos y está bailando con Stacy de una forma un tanto íntima para estar rodeados de gente. Molly, por otro lado, parece estar tonteando con Gareth al otro lado del salón. Y, cuando busco a Peter, veo que está inclinando al máximo un vaso de cerveza mientras unos cuantos chicos del equipo le jalean. Me da la impresión de que ya no está tan incómodo con ellos como aquella primera vez en que fui a verlo entrenar. Cada vez está más integrado, y no sé cuánto me gusta el Peter que veo cuando es solo uno más del equipo.

—¿Te acompaño? —ofrezco a mi amiga.

—No hace falta.

Me dedica una sonrisa leve y se aleja antes de que me dé tiempo a insistir.

Acabo de quedarme sola en medio de una fiesta y no estoy muy segura de lo que debería hacer para no parecer un pasmarote aquí, sin ni siquiera tener una bebida propia. Recorro la sala con la mirada. Lo primero que me llama la atención es ver a Lucas Hayes arrebatándole un vaso de la mano a Daniel. El chico lo intenta recuperar y parecen estar discutiendo. Supongo que es mejor no meterme ahí, así que no es el momento de ir a saludar, me temo.

Al final, me quedo sin opciones. Todo lo que puedo hacer es ir hasta la barra de la cocina y servirme algo de beber mientras charlo un ratito con Derek. Con un poco de suerte, quien lleva toda la noche a su lado no me dirigirá la palabra. Los observo durante unos cuantos segundos antes de acercarme. Derek habla y, sorprendentemente, Bailey se está riendo. No de forma irónica, y no soltando tan solo una carcajada o una de esas risas roncas que he logrado arrancarle en contadas ocasiones. No, qué va. Se está riendo a carcajadas, con ganas y relajado. Se está riendo de una manera que me pellizca suavemente el estómago y me agita el pecho en un soplo cálido. Se ríe como si fuera feliz. Y yo me quedo enganchada a esa risa incluso aunque no pueda llegar a oírla desde aquí.

Me obligo a caminar hacia ellos, con las piernas temblorosas. Derek me ve primero. Me sonríe y me tiende una mano cerrada, para que le choque el puño.

—¿Qué tal, Zoe? —pregunta mientras lo hago—. ¿Lo estáis pasando bien? ¿Dónde has dejado a las chicas?

—Muy bien, aunque me temo que falta la tarta para que esto sea una fiesta de cumpleaños. Lucy ha ido al baño, vendrá enseguida.

—¿Quieres algo de beber?

Miro de reojo a Bailey, y él aparta la mirada como si el contacto visual quemara. Vuelvo a centrarme en Derek y me inclino sobre su vaso medio lleno para intentar adivinar lo que contiene.

—¿Qué bebes tú?

—Ponche. ¿Te apetece un poco?

Ingiriendo ese ponche, Stacy ha acabado bailando sin rastro de vergüenza en medio de la sala, así que creo que paso por hoy.

—¿Y tú qué bebes, batería?

La pregunta escapa de mis labios sin que a mi cerebro le dé tiempo a recordar lo incómodos que parecemos estar ahora el uno con el otro. Vuelve a mirarme, sorprendido de que me haya dirigido a él.

—Es zumo de piña —responde, a media voz y algo cortado.

—Suena bien —decido, y giro el tronco para mirar a Derek de nuevo—. ¿Tienes de eso para mí?

—Eh..., sí, claro.

Busca entre las botellas que hay en la nevera hasta dar con la del zumo y me la tiende enseguida. Le pago con una sonrisa y me sirvo un vaso, mientras siento los ojos del batería fijos en mí.

—Gracias, Derek.

Le devuelvo la botella y él la recoge en silencio. Luego, tras cerrar la nevera, nos mira a Bailey y a mí alternativamente, como si se sintiera incómodo aquí a solas con nosotros dos.

—Esto... Ah, ahí está Lucy. Voy a...

No termina la frase y se aleja a grandes zancadas para ir en busca de su novia. *Fatal.* Yo no quería quedarme a solas con el batería. De hecho, era lo que llevo tratando de evitar toda la noche.

—Clark, yo...

—Está bueno este zumo —corto cualquier cosa que fuera a decir.

—¿Por qué no bebes?

Apoyo la parte baja de la espalda en el borde de la encimera, en la misma postura en la que él está, a su lado, y vuelvo la cara para mirarlo.

—¿Y tú?

—Ya lo sabes —gruñe.

—Estoy cansada de que parezca que la gente solo se divierte si bebe, es... Me he cansado de eso. Lo justo es que trate bien mi cuerpo, ¿verdad?

—No se trata de justicia. La vida no lo es.

—No, no lo es. No me apetece beber y ya está.

—Ayer no viniste al ensayo.

—No me encontraba bien.

—Ya. No quiero que malinterpretes lo que pasó el miércoles.

Su tono de voz vuelve a ser duro y cortante, como acostumbra a hablar cuando se pone a la defensiva conmigo. Me da rabia que haga esto y mucho más que deje todo el peso de la incómoda situación que vivimos a mi ineptitud para interpretar sus señales confusas, así que me despego de la encimera y me enfrento a él.

—¿Lo que pasó? ¿Te refieres a que me dedicaste una canción de Shawn Mendes sin dar la cara, como un cobarde?

—No te la dediqué —aclara, y fija las pupilas en las mías con firmeza—. Y, en todo caso, no era para que te lo tomaras al pie de la letra.

No me puedo creer que siga haciendo esto, una y otra vez. Cada vez que da un paso adelante, retrocede dos más, y sé que esta situación acabará por dañarnos a ambos. Lo sensato es salir de ella.

—¿Sabes qué, Bailey? No quiero entenderte. La verdad es que me da igual lo que quisieras decir. Es mejor que dejemos lo de las clases ya, creo que los dos tenemos las bases suficientes para lograr lo que queríamos. Así que ensaya solo con la guitarra y yo ya veré lo que hago con el coche.

—No quiero que lo dejemos.

—¿Y qué es lo que quieres?

Avanza hacia mí, y se me corta la respiración cuando la última palabra escapa de mis labios. Nuestros ojos siguen perdiéndose en los del otro y se me acelera el corazón sin ningún motivo cuando se inclina hacia mí, para ganar intimidad, y coge aire para responder a mi pregunta.

—Oye, tío... No quiero fastidiarte la fiesta de cumpleaños, pero tu hermana acaba de aparecer en la puerta. —Derek se planta a nuestro lado, con Lucy cogida de la mano, e interrumpe cualquier cosa que pudiera haber sucedido entre nosotros a continuación.

Bailey se vuelve de golpe y barre todo el espacio con la mirada. Yo también lo hago, movida por la curiosidad. Creo que nadie esperaba ver aparecer a Michelle Turner en esta fiesta. Cuando la localizo, veo que no camina del todo recto y se mueve entre la gente como si fuera el alma de la fiesta y creyera que todo el mundo la estaba esperando para pasar un buen rato. Va diciendo cosas a cada grupo con el que se cruza, pero no se detiene a escuchar ni una respuesta. Es evidente que no ha esperado a estar en una fiesta para tomarse la primera copa.

El batería maldice entre dientes, abandona su vaso de zumo aún medio lleno sobre la encimera y se aleja a grandes zancadas hacia donde su hermana sigue paseándose como si fuera la protagonista de la noche.

—¿Tú le dijiste que había una fiesta? —Oigo preguntar a Lucy.

—Claro que se lo dije. Es la fiesta de cumpleaños de su hermano, aunque nadie parezca tener en cuenta ese detalle. Pero ella dijo que no iba a venir. Además, esta noche trabajaba en turno de cenas —responde el anfitrión.

—Parece que su turno ya ha acabado.

Yo me mantengo en silencio, observando la escena. Bailey tiene a su hermana cogida por el brazo y no hay duda de que están discutiendo. En solo unos segundos, ella se libra de él y se mezcla aún más con la gente, dejándolo atrás. Y Chase se encamina hacia la puerta de entrada, muy cabreado, y da un portazo al salir que queda amortiguado por la estridente música.

Mi cuerpo se pone en marcha, sin pedir permiso a mi parte racional, y estoy a punto de ir tras él. Por suerte, Derek se me adelanta y se va corriendo hacia la salida de la casa.

Miro a Lucy, en espera de que sea ella quien hable primero.

—Quizá deberíamos ir a ver si Michelle está bien —sugiere.

Tampoco me sorprende tanto. Siempre me ha dado la impresión de que a Lucy le apena que las cosas hayan terminado así con la hermana del batería. Aunque decidiera quedarse del lado del resto del grupo, eso no implica que tenga que odiar a Michelle como parecen hacer los demás.

—Sí, deberíamos.

Caminamos juntas hacia el centro de la fiesta, pero, para cuando conseguimos localizarla, ya vemos que no está sola. Está con Daniel, y los dos están gritando y soltando risitas tontas mientras brindan con dos vasos llenos hasta el borde y derraman parte del contenido.

Es ya de madrugada cuando recojo mi abrigo del montón que hay junto a la entrada y salgo para tomar el aire. Hace rato que alguien ha dejado la puerta principal abierta para ventilar cuando el calor que se acumulaba dentro ha empezado a ser demasiado. No sé dónde se han metido las chicas, Peter sigue con el equipo desde hace horas y ni se ha molestado en venir a buscarme como había prometido, y Derek se ha pasado el rato sin despegarse de Chase Bailey desde la llegada de Michelle. He perdido la cuenta de la cantidad de vasos que he visto pasar por las manos de ella, siempre acompañada por Daniel, que no se quedaba atrás.

Me encuentro a Lucas sentado en la escalera del porche, tecleando rápido en su teléfono móvil. Lo guarda en el bolsillo cuando paro a su lado y levanta la mirada.

—¿Puedo sentarme?

—Sí, claro.

Lo hago y tiro de las mangas del abrigo para cubrirme las manos. Es posible que esté helando a pesar de que ya se acerca la primavera.

—¿Qué les pasa a Daniel y a Michelle esta noche? —pregunto, con media sonrisa.

—Han decidido que sería muy divertido tenerme haciéndoles de niñero. Es que... En fin, nada, es algo complicado y es... ¿Sabes que nunca se habían emborrachado antes? Ni siquiera beben. Y hoy han decidido que sería un buen día para empezar a hacerlo a lo grande. Por eso tengo que quedarme en vez de largarme a casa, que es lo que me apetece, y vigilarlos.

—Ya veo.

—¿Y tú? ¿Qué haces aquí fuera, Zoe? ¿No lo estás pasando bien?

Sacudo la cabeza, para desmentir esa suposición.

—No es eso. Es que he perdido a todo el mundo. No sé dónde se han metido, la verdad. Me apetecía tomar un poco el aire. Y yo también estaba pensando en irme a casa.

—Huye antes de que encuentres un borracho que vigilar —bromea.

Justo acaba de decir eso cuando los dos borrachos que necesitan vigilancia salen por la puerta agarrados del brazo y comunicándose a gritos.

—¡Uuuh! ¡Mira quién está aquí! —chilla Daniel, con una risita.

—Chicos...

A Lucas no le da tiempo a soltar la advertencia que parecía a punto de salir de su boca, porque entonces Michelle señala algo con la mano y los dos salen corriendo, entre risas y tropezando el uno con el otro, sin ni siquiera ponerse el abrigo.

Poco después vemos a Michelle doblarse sobre sí misma y empezar a vomitar en los arbustos que rodean el camino de entrada.

Tengo que empujar a Daniel a un lado para poder sujetarla yo, y le aparto los rizos de la cara con cuidado para evitar que se ensucie el pelo. Lucas está ocupándose de su vociferante amigo a mi espalda, y tengo que pedirle un pañuelo cuando no encuentro ninguno tras rebuscar en los bolsillos del abrigo.

Alguien me tiende un pañuelo de papel, pero cuando me giro a mirarlo no es Lucas, sino Chase Bailey quien está al otro lado, con la mandíbula apretada y cara de querer matar a su hermana. Deja que yo la ayude a limpiarse antes de apartarme a un lado con delicadeza y sujetarla por el brazo con mucho menos cuidado del que ha tenido conmigo.

—Se acabó. Nos vamos a casa. ¿Qué demonios crees que estás haciendo, niñata?

La arrastra con él hacia la calle.

—¡Oye! ¡Ten cuidado! No creo que se encuentre muy bien —le grito a su espalda.

—No me digas. —Lo oigo responder entre dientes.

Me giro para mirar a Lucas.

—¿Puedes con el borracho número dos? —pregunto, en tono jocoso.

—Sí, voy a llevarlo a su casa.

—Bien, entonces yo también me voy.

No espero su respuesta antes de correr al interior para recuperar el bolso. No veo a nadie a quien pueda avisar de que me voy ya, así que decido mandar un mensaje luego a las chicas, cuando esté de camino a casa.

Espero que todavía no se hayan largado cuando cruzo el camino de entrada y llego al borde de la carretera. Por suerte, veo la camioneta de Bailey unos metros más adelante. Me acerco tan rápido como puedo y oigo a los hermanos discutir.

—¡Déjame en paz, Chase! Vete tú a casa y déjame tranquila.

—De eso nada. Te vienes a casa conmigo ahora mismo. ¿Es que no ves cómo estás? No sé qué te crees que estás haciendo. Como papá y mamá te vean así van a matarte.

—A lo mejor así se dan cuenta de que existo.

—Venga, Michelle, no digas eso.

—Si me machaco el hígado y los riñones se acordarán de que tienen una hija, ¿no crees? Y a lo mejor hasta tú empiezas a ver más allá de tus malditas narices y te das cuenta de una vez de que sigo aquí.

Ralentizo el paso cuando la oigo romperse y sollozar. No quiero interrumpir su discusión, y mucho menos cuando esto deja de ser sobre ella estando así de borracha y se convierte en algo mucho más íntimo y emocional.

—Sé que estás aquí, pequeñaja.

Ya puedo verlos, y freno la marcha del todo para que ellos no puedan verme a mí. La ternura con la que ha hablado Chase, en voz baja, me araña el corazón. Michelle se lanza contra su pecho y lo abraza. Él tarda un par de segundos en reaccionar, como si no estuviera acostumbrado a que su hermana le demuestre afecto, y luego la envuelve entre los brazos y la mece suavemente.

—No me llames pequeñaja, no me sacas ni dos años.

—Casi.

—Pero no. Deja de ser tan gilipollas. Te necesito aquí, Chase.

—Lo sé.

—No quiero que te mueras.

—Ya lo sé. Venga, vamos —la anima, mientras camina hacia la camioneta con ella aún pegada a su cuerpo—. Tienes que irte a la cama y dormir la mona.

Me parece que es mi momento de intervenir y echarle una mano a Chase para llevar a Michelle a casa sana y salva.

—Hola.

Me acerco despacio, prudente. Los dos giran la cara para mirarme y tengo dudas de que vaya a ser bien recibida. Sin embargo, Michelle se separa de su hermano y da unos pasos hasta llegar a mí. Me sorprende que me eche los brazos al cuello y me estruje sin ningún cuidado, pero le devuelvo el abrazo sin pensarlo demasiado.

—Zoe, gracias por cuidarme —murmura, y me cuesta entender que es eso lo que dice.

—Eh, ¿estás bien?

La ayudo a limpiarse las lágrimas de las mejillas con las mangas del abrigo cuando se separa para mirarme.

—Venga, Michelle, vámonos a casa —insiste Bailey, impaciente.

—¿Os importa si os acompaño? Quizá le vendría bien ir dando un paseo, para despejarse.

—Hace mucho frío. Vamos. Sube, Zoe, te acerco a casa.

—Te ayudo a llevarla a ella antes.

Aprieta los labios, pero no dice nada. Se monta al volante y nos deja a las dos plantadas de pie en medio de la calle. Ayudo a Michelle a subir en el asiento de atrás y luego lo hago yo a su lado.

—¿Te encuentras bien? ¿Estás mareada? Avísame si tienes ganas de vomitar —sigo hablándole mientras la ayudo a abrocharse el cinturón de seguridad.

Cruzo una mirada con Bailey por el espejo retrovisor, pero él retira la suya al instante y arranca sin perder ni un segundo más.

—Mi hermano es un idiota —murmura Michelle con la cabeza apoyada en el respaldo del asiento y vuelta hacia mí—. Gruñe mucho. No le hagas caso. Solo es así de desagradable con la gente que le gusta, porque quiere morirse solo y amargado para que nadie llore por él.

—Cierra el pico, tonta —le habla él en tono de advertencia desde el asiento delantero.

—No vamos a llorar menos porque ahora te portes como un gilipollas.

—Mira quién fue a hablar —masculla su hermano—. Dame las gracias porque no vaya a contarle esto a papá.

—Cuéntaselo. No me importa.

—Anda, cállate de una vez.

Michelle me mira solo por un segundo, antes de girar la

cara y perder la vista por la ventanilla. Me quedo en silencio porque no sé muy bien qué decir. Por suerte, el viaje hasta su casa es corto y pronto nos encontramos en la calle lateral, donde Bailey para la camioneta a un lado y se baja de un salto para ayudar a su hermana a salir.

Yo también me apeo y los observo en silencio, con los brazos cruzados para disminuir la sensación de frío.

—Voy a llevarla a la cama. Tengo que sacar a *Max* a dar una vuelta, ¿me esperas y te acompañamos a casa? —propone el batería, con un brazo en torno al cuerpo de su hermana, y los ojos clavados en mí.

Asiento una sola vez.

—Sí. Vale.

Me devuelve un asentimiento tosco, y luego se aleja para doblar la esquina y poder entrar por la puerta principal de la desvencijada casa.

Me apoyo en la parte trasera de la camioneta, y veo una luz encenderse en el interior. Me muerdo el labio mientras pienso en esta noche. En lo que ha pasado y en lo que no ha llegado a pasar, en lo que se ha dicho y, sobre todo, en aquello que cada uno hemos callado. Soy muy consciente de que Bailey siempre deja cosas sin decir. Quizá no se le den bien las palabras, pero tampoco es capaz de admitir algunas de las cosas que solo se atrevería a decir con música. Y Michelle ha dicho «solo es así con la gente que le gusta», y me es difícil aceptar cómo me siento yo con respecto a eso.

*Max* llega hasta mí antes de que vea aparecer a su humano tras él. Acaricio al perro y luego alzo la mirada para encontrarme con esos ojos oscuros que me miran inseguros.

—¿Quieres... dar un paseo?

Sacudo la cabeza. No. Ni siquiera quiero hacer esto. Pero doy un paso al frente y me obligo a hablar:

—Toda la gente que te conoce dice que te expresas mejor con canciones que con palabras.

—Olvida toda esa mierda, Clark —gruñe—. Tú misma has dicho que es mejor que dejemos las clases, ¿no? Pues ya está.

—Y tú has dicho que no quieres que lo dejemos.

Se mueve a un lado y camina decidido hacia la puerta del conductor de la camioneta.

—¿Sabes qué? Mejor no damos ese paseo. Te acerco a casa y después no tenemos por qué volver a dirigirnos la palabra nunca más. Mejor. Eso es lo que quieres, y creo que tienes razón.

Pero ¿de qué va? Yo ya no pienso dejar las cosas así. De ninguna manera. Me acerco decidida y me meto entre él y el vehículo, apoyando la espalda en la carrocería. Él se echa unos cuantos pasos hacia atrás, como si no soportara tenerme tan cerca.

—Te has pasado toda la noche mirándome —acuso, sin pararme a pensar en lo que digo.

—Si me has visto mirarte es porque tú también me mirabas a mí —me la devuelve, firme, pero con la vista clavada en el suelo.

—Yo te miraba porque nunca te había visto reírte así, tan de verdad —decido ser sincera, pase lo que pase después—. ¿Por qué me mirabas tú?

Siento cómo se me descompensa el pulso. Él levanta la vista para clavarla en mis ojos y puedo ver en su cara el mar de emociones confusas que se arremolinan también en su interior.

—Me gustaba tu camiseta —dice, a media voz.

Suelto una risita irónica y niego con la cabeza. Lo mejor que puedo hacer es largarme de aquí, eso lo tengo claro.

—¿Por qué me enviaste esa canción?

—Porque Peter es un idiota y no te merece.

—¿Y quién me merece, Bailey?

Suelta una especie de quejido exasperado y se gira de golpe para caminar hacia un lado, ganando aún más distancia entre nosotros.

—No necesito esto —murmura—. No necesito esto para nada, Clark, maldita sea. Te lo he dicho, te avisé, y tú... Dios, eres tan...

—Chirriante —completo, con la barbilla alzada, y le sostengo la mirada cuando se gira a mirarme de nuevo.

—Mucho. Y demasiado brillante, como un puto neón, y con tantas malditas imperfecciones que me sacan de quicio y...

—¿Y qué más?

—No necesito esto —repite, despacio y con la respiración algo agitada, con los ojos clavados en los míos.

—¡Deja de decir eso! —exclamo, al volumen más bajo que soy capaz de mantener—. ¿Qué es lo que no necesitas? ¿A qué te refieres con eso?

—Olvídalo.

Doy un paso hacia él, y me detengo de nuevo, pero eso logra captar su atención. Nos sostenemos la mirada por un par de segundos en completo silencio y luego cojo aire y repito la pregunta:

—¿Qué es lo que no necesitas, Bailey?

—No necesito más razones para querer vivir.

Su murmullo ronco, amargo, entra en mí y ralentiza por un momento los furiosos latidos de mi corazón. Se me enreda dentro y hace un nudo con mi estómago y deja trepar una bola a mi garganta. Tengo que esforzarme para poder respirar y mantenerme en pie, sin que se resquebraje mi fachada.

Él respira rápido, mantiene la mirada esquiva, y parece

arrepentido de sus palabras desde antes incluso de haber llegado a pronunciarlas.

—¡Joder! —exclama, y se gira para darme la espalda. Luego se vuelve de nuevo, brusco, y clava los ojos justo en el centro de mis pupilas—. Mierda, Zoe.

Da tres zancadas furiosas directo hacia mí. Su cuerpo se pega al mío y tengo que retroceder hasta que mi espalda choca con la puerta de la camioneta y su pecho colisiona con el mío sumando los latidos agitados que martillean los dos. Siento su aliento cerniéndose sobre mí y, en un solo instante, sus labios cubren los míos y empujan hasta abrirse paso y hacerlos responder. Su mano derecha se enreda en mi pelo y con el pulgar me acaricia la mejilla, despacio y con ternura, estremeciéndome con el cosquilleo en mi piel. Me agarro a los bordes de su abrigo abierto y tiro de él para acercarlo más, aunque ya no sea posible. El roce de sus labios, húmedos, suaves y cálidos, lanza toda una corriente de sensaciones que se extienden por todo mi cuerpo, hasta tirar de mi vientre y tensar mis caderas.

Chase Bailey me está besando. Y la peor parte es que yo le estoy devolviendo el beso con una necesidad que jamás había sentido. Se ha apagado todo el mundo a nuestro alrededor y todo lo que soy y todo lo que tengo está concentrado en su boca y la mía, fundiéndose como si fuera nuestro último día en la Tierra. Y quiero más. Él aún sigue besándome con desesperación y yo ya quiero que vuelva a besarme otra vez.

Es todo demasiado. Cómo huele. Cómo sabe. Cómo su cuerpo se amolda al mío y encajamos como si estuviéramos hechos para ello.

Y es solo un maldito beso, pero silencia al mundo y lo hace explotar en colores.

No puedo hacer esto.

No puedo seguir.

Lo empujo, con las dos manos en su pecho, y él se separa despacio, dándome espacio a medida que lo reclamo. Siento sus ojos recorriendo mis facciones y sé que buscan los míos cuando soy capaz de abrirlos, pero mantengo la mirada esquiva.

Doy un paso a un lado, mientras sacudo la cabeza, confusa. Y luego despierto de golpe y echo a correr. No hago caso cuando lo oigo llamarme.

No me detengo hasta llegar a casa. Y ni siquiera allí estoy lo suficientemente lejos como para poder borrar de mis labios el sabor de los suyos.

## *PALABRAS PARA ZOE I*

*Me gustaría decir que aquel beso fue el principio y, quizá, también un final. Los dos sabemos que no es así. Que el principio fue antes, mucho antes. Y el final es algo que nos alcanza, aunque por momentos nos creamos capaces de detenerlo.*

*Me has dicho muchas veces eso de que me expreso mejor con música. Es verdad que las palabras no son exactamente lo mío o, más bien, que me cuesta expresar algunas cosas en voz alta. Hacerlo por escrito es más fácil, pero, tranquila, no pretendo robarte el puesto: tú serás siempre la letrista y yo pondré la melodía.*

*Aquel beso improvisado e impetuoso, furioso y tan necesitado no debería haber sido, pero fue. Para empezar, debería haber preguntado si podía besarte antes de hacerlo. Eso no estuvo bien por mi parte. Además, un primer beso tiene que ser dulce y tierno y bonito, y ese no fue exactamente lo que había imaginado. Y mira que lo había imaginado veces, Clark. Tantas como veces te había tenido al lado conduciendo mi vieja camioneta, y tantas como te vi fruncir el ceño y concentrarte en la posición de mis dedos sobre el mástil de la guitarra.*

*Pero hablaba del principio, ¿verdad? Me enredo con las palabras y me pierdo cuando lo único que quiero decirte es que antes de ese beso ya te habías colado dentro. Que no necesité que respondieras a mis labios para empezar a sentirlo. Tú ya habías llegado.*

*Llegaste y trajiste contigo un maldito vendaval que agitó las flores más secas; llegaste y traías contigo tanta luz que empezó a colarse por debajo de las rendijas de las puertas selladas. Y ¿sabes?: lo odié. Tanto, que quise odiarte a ti también. Ya lo había aceptado. Ya empezaba a sentirme casi a gusto en la oscuridad. Y llegaste tú brillando tan fuerte que hiciste explotar el maldito mundo en colores. Fuiste una nueva canción sonando tan alto que ya no pude ignorarlo.*

*No debería haberte besado aquella noche. Y, sin embargo, si pudiera volver atrás, te besaría mucho antes.*

# 21

# Al otro lado de la frontera

Peter me quita la bolsa de las manos y carga con ella hasta el maletero abierto del autobús. Me vuelvo a mirar atrás, y mi madre me saluda con la mano, apoyada en la puerta abierta de nuestro viejo coche, como si aún tuviera cinco años y estuviera dando vueltas en un tiovivo. Le devuelvo el saludo, rápido y disimulado, y me doy prisa en subir al vehículo. Sigo sin estar del todo convencida con esto del viaje a Calgary, pero mamá prácticamente me ha obligado a venir. Creo que intenta demostrarme que ella es la madre y yo la hija y que sabe cuidarse sola. He tenido que ceder porque no quería discutir eso, y también porque Nicky me ha prometido que estará pendiente de ella mientras yo no estoy.

—¡Eh, Black! Te hemos guardado un sitio.

Los chicos del equipo de *hockey* están al fondo del autobús y llaman a Peter a gritos cuando sube justo detrás de mí y caminamos por el pasillo central para buscar dónde sentarnos.

Doy solo unos pasos más y veo la sonrisa de Lucy, que aparta su bolso para dejar libre el asiento junto al pasillo.

—Siéntate conmigo, Zoe.

Molly y Stacy están discutiendo entre ellas justo en los

asientos de al lado, y puedo ver a Derek con Mike solo un poco más atrás.

Sonrío a mi amiga y me siento con ella.

—Gracias por guardarme el sitio.

—Pues claro.

—Mirad quién viene por ahí. ¿Es en serio? Pensaba que no vendría.

Ese comentario por parte de Molly, que está junto a la ventanilla del lado derecho, nos hace ponernos en pie para asomarnos a cotillear. Y, como le ha sucedido a ella, me sorprende ver los rizos desordenados de Michelle Turner que se mueven de lado a lado mientras ella intenta encajar su equipaje en el maletero junto a las cosas de todos los que ya estamos montados en el autobús.

—Oí decir que la Asociación de Padres había decidido pagar el viaje de quienes quisieran venir y no tuvieran el dinero, pero no creí que ella se apuntaría a eso de la caridad —comenta Stacy, con un toque de desprecio salpicando sus palabras.

—No seas así —la regaña Lucy—. Tiene derecho a venir a las excursiones, también.

—Mientras no nos la crucemos demasiado... —aporta Molly.

Yo no digo nada. Vuelvo a ocupar mi asiento cuando Lucy hace lo propio y cruzo una mirada con Michelle, que sube al vehículo y avanza por el pasillo, buscando un sitio libre.

—¡Michelle! ¡Vente aquí! ¡Te hemos guardado un sitio! El que grita por encima del resto de voces que inundan el autobús es Daniel, y también está levantando la mano y haciendo aspavientos para llamar su atención. No puedo evitar que se me escape la sonrisa al verlo.

La hermana de Chase y yo no hemos hablado desde que

hace casi tres semanas me fuera con ellos de la fiesta. Dudo que ella recuerde que yo estaba en la camioneta cuando la llevamos a casa. Estaba bastante borracha.

Cierro los ojos por un segundo e intento apartar aquella noche de mis pensamientos. Es una tarea difícil porque se ha convertido en un recuerdo bastante recurrente. No he vuelto a acercarme a Chase Bailey en todos los días que hace desde su fiesta de cumpleaños. Y él parece querer evitarme tanto como lo hago yo.

No he hablado con nadie de lo que pasó, y he decidido que lo mejor es no hacerlo jamás. Un absurdo mecanismo de defensa que no sabía que tenía me está haciendo comportarme como una cría asustada y he cerrado la puerta a cualquier reflexión sobre lo que siento en realidad. Enterrarlo y borrarlo es la salida fácil y, aunque no pueda enorgullecerme de ello, es la que yo he escogido. Bailey es complicado y tampoco estoy segura de que él sepa lo que quiere mucho más de lo que lo hago yo. Como no se cansa de decir, esto es lo último que necesita, y no quiero enredarme con él si va a cambiar de idea y dejarme fuera en cualquier momento.

Sin embargo, lo que podría llegar a tener con Peter si me centro en avanzar con él es fácil, cómodo y agradable. Es lo que *yo* necesito ahora. Tengo que desterrar a Bailey de cualquier rincón oculto de mi mente.

♪ ♪ ♪

El primer día de turismo en Calgary ha sido agotador. He estado todo el tiempo con las chicas y con Mike y Derek, mientras Peter iba con los chicos del equipo. Anoche también tuvo fiesta con ellos en una de las habitaciones, y las chicas y yo comimos dulces de la máquina expendedora del pasillo hasta que las profesoras pasaron a despachar a cada quien a su cuarto asignado. Hoy Molly ha hecho cientos de fotos, y me he reído tanto que creo que he debido de ganar al menos un par de años de vida.

Ahora solo necesito una buena ducha para estar como nueva y dispuesta a irme de fiesta a la habitación desde la que se oiga la música más alta.

Cuando salgo del baño, vestida para comerme el mundo y terminando de secarme el pelo con una toalla, llaman a nuestra puerta. Molly abre de inmediato y me lanza una mirada pícara antes de apartarse para dejar entrar a quien está al otro lado. Peter pasa al interior del cuarto con una sonrisa ladeada de aire tímido.

—¡Qué bien que hayas venido, Peter! —exclama Molly sin darle tiempo a saludar—. Me voy a esa habitación que acabas de dejar libre, entonces.

Me guiña un ojo y se estira para coger la tarjeta que le permitirá abrir la puerta más tarde. Apuesto a que Gareth la está esperando impaciente. Luego sale y cierra tras ella, dejándonos solos.

—Eh —dice Peter, y da un paso prudente hacia mí—. Siento no haber venido a verte anoche, ya sabes cómo son los chicos y... Tenía ganas de estar contigo. Sigo teniendo ganas de estar contigo, en serio.

Doy dos pasos hacia él y lo beso. Dejo caer al suelo la toalla que tenía entre las manos y las pongo en su nuca para evitar que se aparte demasiado pronto. Llevo días pensando en que necesito esto para borrar lo que pasó con el batería y fomentar la conexión que sé que Peter y yo podemos construir. Y ya no quiero perder más el tiempo. Él pone las manos en la leve curva de mis caderas y me devuelve el beso con dedicación. Cuando se aparta, me deja con ganas de más.

Lo beso de nuevo. Pone una mano en la parte posterior

de mi cabeza y profundiza el beso al tiempo que rodea mi cintura con el otro brazo y se mueve llevándome con él. Trastabillamos un poco hasta toparnos con el borde de la cama, y entonces soy yo quien toma la iniciativa, me subo sobre el colchón y tiro de su camiseta para arrastrarlo conmigo. Acaba de colocarse entre mis piernas, con el cuerpo sobre el mío, cuando mi teléfono empieza a sonar.

—*Fatal* —murmuro entre dientes.

Él suelta una risita y rueda sobre el colchón para liberarme.

El oportuno al que se le ha ocurrido llamarme a estas horas es mi padre. Pongo todo mi esfuerzo en acortar la conversación, pero a él le apetece insistir en eso de que vaya a pasar las vacaciones de primavera a la casa de Los Ángeles. Cuando por fin consigo colgar, Peter me mira con las cejas alzadas, tumbado de costado a mi lado en la cama.

—Suena como todo un sueño de vacaciones de primavera eso de pasarlas en una mansión de Los Ángeles.

Pongo los ojos en blanco y clavo la vista en el techo.

—Nadie ha dicho que sea una mansión. Y no es de buena educación escuchar las conversaciones privadas de los demás.

—Estás a treinta centímetros de mí —se justifica, en tono de broma—. ¿Vas a ir? ¿Pasarás las vacaciones con tu padre?

Aprieto los labios y los muevo de un lado a otro, como si eso me ayudara a pensar.

—No lo sé.

—Zoe, está bien si quieres pasar unos días con tu padre, ¿sabes? Sigue siendo tu padre.

Giro la cara para mirarlo y él me acaricia la mejilla con un dedo. Asiento. A Peter le he contado cosas que no le he contado nunca a nadie más..., excepto a Chase Bailey, claro. Pero el chico que tengo delante ahora sabe cómo hacerme sentir mejor, creo que es un don. Tan solo con unas pocas palabras y silencios cómodos consigue que no sea tan dura conmigo misma y me convence de que está bien sentirme como me siento, incluso aunque no sea justo del todo que yo me haya quedado con todo el amor de padre que Albert Clark tenía para dar.

Peter me hace sentir bien.

Peter me hace sentirme en casa.

Peter me hace estar cómoda y me permite ser yo misma sin ningún tipo de filtro.

Y quiero que conectemos también a otro nivel. Así que me acerco decidida y estrello los labios contra los suyos, sin decir ni una palabra más.

Nos besamos lento y suave al principio, y luego voy imprimiendo intensidad al roce a medida que empiezo a necesitarlo. Peter cuela la mano bajo la ropa, pero no traspasa el límite que marca el borde del sujetador. Lo empujo con todo el cuerpo para colocarme sobre él y, una vez así, me quito la camiseta sin contemplaciones y la lanzo a los pies de la cama, librándome de ella para que no estorbe. Me mira con detenimiento por unos segundos y luego me acaricia la espalda despacio al tiempo que me acerca de nuevo a su boca. Lanzo un gemido contra sus labios cuando una pierna se cuela entre las mías y siento el roce de su muslo. Se incorpora con cuidado y yo lo ayudo a librarse de la prenda que le cubre el torso cuando lo veo tirar de los bordes. Nos sonreímos cuando logramos deshacernos de ella y él aparece ante mí despeinado. Paso las manos por su pelo y es él quien se acerca para poder besarme de nuevo. Me río en voz baja cuando me sujeta por la cintura y me lanza a un lado en un movimiento rápido, para poder ponerse encima. Su sonrisa de medio lado es tan irresistible que empiezo a no poder contener las ganas de quitarnos todo el resto de esta ropa que ya solo sirve para estorbar.

Su móvil se pone a vibrar mientras movemos las caderas en sincronía, y estropea la perfecta banda sonora del roce de la tela de nuestros pantalones y los suspiros mal contenidos.

—Perdona —murmura de mala gana.

Se separa solo lo justo para poder sacar el móvil del bolsillo y, cuando mira la pantalla, se aparta un poco más y se sienta al borde de la cama.

—¿Qué pasa? —pregunto, me incorporo y me apoyo en los codos para mirarlo.

Sacude la cabeza.

—Nada. Lo siento. Son los pesados del equipo. Voy a silenciar los mensajes, ¿vale?

Sonrío cuando me mira de reojo y asiento.

—Sí, mejor.

—Sí, mejor —repite, igual que yo, y con una sonrisita bastante dulce, mientras trastea en la pantalla.

Lo deja sobre la mesilla, de cualquier manera, apoyado de medio lado contra la lamparita.

Me mira con los ojos cargados de dulzura cuando vuelve a colocarse poco a poco sobre mí.

—¿Por dónde íbamos? —pregunto en un susurro seductor.

—Mmm..., déjame recordar...

Cierro los ojos y me muerdo el labio cuando sus besos húmedos me recorren el cuello y su boca se desliza despacio hacia mi esternón. Esto es agradable. Me cosquillea la piel y tengo ganas de mucho más. Es distinto al sexo que he tenido hasta ahora: rápido, excitante y desenfrenado. Nos acariciamos despacio, pero sin parar, con entrega y con devoción, y cuando mis dedos ya están soltando sus vaqueros con habilidad, su móvil suena con una melodía estridente y me da un susto de muerte.

—¿Qué es eso?

Peter se da mucha prisa en acallarlo y consultar las notificaciones.

—¡Mierda! —exclama, y se pone en pie de un salto—. James dice que las profesoras están haciendo la ronda. Tengo que irme.

Me incorporo de golpe, sentándome en la cama, y me pongo la camiseta para cubrirme cuando Peter me la pasa.

—Han elegido el mejor momento —digo entre dientes.

—Creo que esa es precisamente su intención —responde él, con una risita.

Se coloca la camiseta de cualquier manera, despeinándose de nuevo, y se acerca a besarme suave en los labios antes de dar unos pasos atrás, en dirección a la puerta.

—Eh, novata —me llama cuando ya tiene la espalda pegada a la salida—. Quiero que sepas que...

Deja la frase a medias, mientras me observa con detenimiento. Su expresión es demasiado seria y me mira como si se sintiera culpable por haberme dejado a medias. No creo que las profesoras vayan a sentirse igual, así que más vale que salga cuanto antes.

—¿Qué?

—Eres una de las personas más increíbles del mundo, Zoe. Y eres... Creo que no he conectado así con nadie antes. Tú me haces sentir bien conmigo mismo, ¿sabes? Y eso es... —Sacude la cabeza hacia los lados y fuerza una sonrisa tímida—. Solo quiero que tengas eso muy claro: significas mucho para mí.

—Vale —digo en voz baja, porque no sé de dónde rescatar más volumen—. Tú también significas mucho para mí.

Asiente despacio y esconde la mirada.

—Lo siento —suelta en un hilo de voz, tan bajito que apenas puedo oírlo—. Buenas noches.

Abre la puerta de un tirón y sale sin darme tiempo a decir

nada, a pedir explicaciones por sus disculpas o a dar las buenas noches también.

Espero a Molly durante un rato, pero, para cuando me quedo dormida casi sin querer, ella aún no ha vuelto al cuarto que compartimos.

Me despierta por la mañana, sacudiendo mi hombro sin ningún cuidado, y yo le respondo con un gruñido y estiro la sábana para taparme la cabeza.

—Vaya, vaya —dice, en tono burlón—. Peter te dejó agotada anoche, ¿eh, novata? Dormías como un bebé cuando llegué.

Me estiro y me tapo la boca con una mano para poder bostezar a gusto. Apenas puedo abrir los ojos.

—Sí, claro. Como si nos hubiera dado tiempo a mucho antes de que la señorita Newman patrullara por los pasillos.

—¿En serio? ¿Cuánto tiempo necesitas? Porque yo tuve tiempo más que de sobra hasta las dos de la madrugada cuando se empezaron a oír las llamaditas de atención en las puertas.

Frunzo el ceño y trato de enfocar su imagen para ver su expresión. Hay demasiada luz y me molesta en los ojos, así que los cubro con la mano de nuevo.

—¿Qué dices? Peter tuvo que irse prontísimo de aquí.

—¿Qué dices? Peter volvió a su cuarto a las dos y cinco minutos de la madrugada, justo cuando yo me escabullía de allí.

No puedo pensar.

—Deja que me despierte, Molly, ¿quieres? No entiendo ni una palabra de lo que dices.

Me levanto y camino como una zombi hasta encerrarme en el baño. Un poco de agua fría en la cara debería ayudar a despejarme.

—¡Vamos, Zoe! Ya llegamos tarde al desayuno. Lucy acaba de mandarme un mensaje para decirme que Hall está pasando lista —me mete prisa mientras aporrea la puerta sin ninguna consideración.

Me visto tan rápido como puedo y mi amiga me arrastra por los pasillos y ni siquiera me hace caso cuando le pido que esperemos al ascensor. Me hace bajar por las escaleras los tres pisos hasta la cafetería del hotel.

Los chicos del equipo de *hockey* están sentados juntos en una mesa al fondo y empiezan a silbar demasiado alto en cuanto aparecemos. Peter está con ellos y baja la cabeza cuando lo busco con la mirada.

—¡Eh, tú! —llama Molly a un chico que está a un lado sirviéndose huevos revueltos de una fuente—. ¿Qué pasa? Nunca me han aclamado por echar un polvo, pero siempre hay una primera vez.

—No... no te aclaman a ti, Molly, sino a Zoe. Lo... lo siento —me dice a mí, antes de darse la vuelta y largarse a toda prisa de vuelta a su mesa.

Molly se vuelve a mirarme con el ceño fruncido, yo no sé ni qué decir. Me coge la mano de nuevo y tira de mí con firmeza para hacerme avanzar hasta plantarnos delante de la mesa en la que Peter está con sus compañeros.

—¿Qué demonios os pasa?

Gareth se pone de pie, dispuesto a interceder ante ella. Pero no le da tiempo a decir nada antes de que James Sullivan le quite a Peter el móvil de las manos y nos enseñe la pantalla con una sonrisa torcida.

—¿Veis esto? ¡Todo el mundo pensaba que Black era una nenaza y resulta que se ha follado a la hija de Shade Clark!

En el móvil de Peter un vídeo de su cuerpo sobre mí, que llevo tan solo la ropa interior, se reproduce una y otra vez. Es evidente que lo ha cortado para enseñarles a sus amigos solo una parte concreta. Y esa parte son sus manos en mis pechos, sus labios en mi cuello y, en mi cara, una expresión de placer bastante íntima.

La sala se encoge a mi alrededor, el suelo tiembla bajo mis pies, y el mundo se funde poco a poco a negro mientras trato de buscar la cara de Peter en medio de la oscuridad.

Él se pone de pie y le arrebata el teléfono a su compañero para apagar la reproducción y guardarlo, como si así nadie fuera a ver lo que ya ha enseñado a todos.

—¡Devuélvemelo, gilipollas! —Lo oigo gritar.

Siento cómo algo se resquebraja lento pero inexorablemente en mi interior. Peter no ha podido hacer algo así. Peter es la persona en la que más confío ahora mismo. Tiene que haber algún tipo de error. Tiene que haber una muy buena explicación para que mi mejor amigo haya traicionado así nuestra confianza y haya regalado mi intimidad como si no valiera nada. Peter es el chico con el que me siento en casa. Peter es el lugar donde refugiarse cuando amenaza tormenta. Peter es el único sitio en el que puedo ser yo misma del todo, sin importar mi apellido, ni las partes que hasta yo odio de mí. Sin filtros. Justo como él me ha mostrado ante todo el mundo.

No trata de justificarse.

Deja que los chicos le palmeen la espalda y ensalcen su maldita masculinidad frágil mientras se esconde de mí. Mientras me rompe en pedazos.

Ni siquiera me mira.

Y, cuando me doy media vuelta y salgo a toda prisa de la cafetería, no hay nadie que me siga.

# 22

# No has vivido si nunca te han roto el corazón

Consigo llegar hasta la habitación sin derramar ni una sola lágrima. Voy flotando por los pasillos del hotel rodeada de una densa niebla de irrealidad que me envuelve y me ahoga y no me deja pensar. No es hasta que cierro la puerta y estoy sola y protegida entre estas cuatro paredes que lo que acaba de suceder logra hacer mella en mi interior y siento cómo algo dentro de mí se deshace y se difumina, dejando un hueco que parece imposible de llenar.

Me apoyo en la puerta y las piernas empiezan a temblarme tanto que tengo que dejar resbalar la espalda por la superficie hasta acabar sentada en el suelo, abrazándome, haciéndome pequeña.

Peter me ha traicionado. Ha roto todo lo que yo creía que existía entre los dos. Y, mientras las lágrimas me resbalan despacio por las mejillas, no pienso en los besos, ni en el roce de pieles, ni en el leve cosquilleo al cogernos de la mano. Lo único en lo que puedo pensar es en la risa tonta cuando alguno de los dos decía una bobada, en las conversaciones sin tabúes y en los silencios cómodos en los que solo hacía falta su presencia a mi lado para poder sentirme mejor. En las bromas. En la confianza.

Probablemente a estas alturas la mitad del instituto ya me ha visto casi desnuda y me ha oído gemir desinhibida. Y eso ni siquiera es lo que me importa. Antes ya hablaban..., ahora solo hablarán un poco más. No importa, porque ellos no eran mis amigos, porque ellos no me conocen, porque a ellos no les he mostrado *quién soy de verdad*. Pueden hablar cuanto quieran de la hija de la estrella del *rock* que ha follado con un chico en una excursión escolar. Esa no soy yo. Pero Peter sí me conocía, a él se lo he mostrado todo, le he dejado entrar en rincones de mi mente en los que me cuesta entrar sola y he sido solo Zoe, sin trampa ni cartón. Y para él esa Zoe ha significado tan poco que la ha lanzado al frío como si se deshiciera de una mascota indeseada. Todo para impresionar a una pandilla de chicos a los que ni siquiera parece caerles bien en realidad.

Me siento utilizada. Creo que nunca había sentido nada tan desagradable como esto. Incluso todas las emociones que hayan podido atormentarme en la complicada relación con mi padre no tienen nada que ver con cómo me siento ahora. Porque entonces me dolía que él no estuviera a la altura... y la que siento no estar para nada a la altura ahora soy yo. ¿Qué he hecho mal con Peter? ¿Por qué no he sido suficiente? ¿Por qué valgo para él menos que la aprobación de esos chicos?

Me seco las lágrimas con furia, pasándome los puños de la sudadera por las mejillas una y otra vez. Ya basta. Esto no es culpa mía. Yo no he hecho nada. Yo no merezco esto.

A lo mejor la vida real es así. Quizá no puedes confiar en nadie hasta este punto. Tal vez vivir en mi mundo de estrellita del *rock* me ha hecho demasiado inocente. Son cosas que pasan. No se puede decir que hayas vivido si nunca te han roto el corazón. Todo el mundo ha pasado por ello alguna vez. Hay traiciones todos los días. Y la historia de mis padres es un buen ejemplo de ello. Solo tengo que seguir caminando y sé que el dolor se diluirá poco a poco. Día a día.

Aprieto la mandíbula y levanto la barbilla. No voy a quedarme llorando en una habitación de hotel. Esta no soy yo.

Me pongo en pie y cojo el neceser antes de encerrarme en el baño. Me lavo bien la cara y borro todo rastro de tristeza. Y luego saco el maquillaje y rodeo mis ojos de la sombra ahumada que me hace sentirme más yo. Me peino con una coleta alta. Miro el reloj y calculo el tiempo que tengo. Una hora antes de que el autobús salga para llevarnos a la excursión al Parque Nacional de Banff. Salgo del baño, cojo una cazadora, me cuelgo el bolso a modo de bandolera y me aseguro de llevar la cámara de fotos que mamá se empeña en conservar, aunque ninguna de las dos sabemos sacarle partido.

Salgo por la puerta del hotel sin cruzarme con nadie. Me siento mejor cuando una brisa fría me acaricia el rostro. Me permito darme un momento para parar, cerrar los ojos y respirar hondo. Y luego me pierdo por las calles buscando la mejor instantánea.

Quedan solo veinte minutos para que tenga que volver al hotel y empiezo a tener hambre, así que pido un café para llevar y algo de bollería con mucho chocolate en una cafetería de aire bohemio. Y luego me siento en un banco de madera en una plaza y observo a la gente que camina con prisa por la ciudad. Apuesto a que todos ellos se han sentido alguna vez como me siento yo ahora. Quizá alguno lo esté sintiendo en este momento. Pero no han dejado que eso los pare, ellos siguen avanzando. El dolor del pasado es aprendizaje en el presente y sabiduría en el futuro. De eso va la vida. Y yo estoy muy segura de que quiero vivir, con todas las letras.

—Eh, hola.

Una voz conocida me hace levantar la vista y me encuentro con los ojos oscuros de Michelle que me observan con curiosidad. Ella también lleva un vaso de cartón con el logo de una cafetería en la mano y, bajo el brazo, un cuaderno.

—¿Qué haces aquí? —pregunta, sin darme tiempo a devolverle el saludo.

Me encojo de hombros y fuerzo una sonrisa.

—La cafetería del hotel me estaba pareciendo un lugar hostil, he decidido que no quería que se me atragantara el desayuno.

Frunce el ceño.

—¿Qué ha pasado?

Da un paso más y se sienta a mi lado en el banco, dejando el cuaderno entre las dos.

—Peter me grabó en una situación un poco íntima sin mi consentimiento y esta mañana se lo ha enseñado a todo el equipo de *hockey*. Y ahora medio instituto estará hablando del polvo que echamos anoche.

—Vaya. Lo siento.

Se mordisquea el labio mientras me observa. Como si estuviera evaluando los daños para poder anticipar si voy a derrumbarme en cualquier momento o no. La verdad es que me siento extrañamente tranquila.

—Sí, yo también lo siento. Sobre todo, porque no nos acostamos anoche.

Hago una mueca y la oigo soltar una risita baja.

—Supongo que me lo tengo merecido —sigo—, ya estaba advertida de que tuviera cuidado con Peter, ¿no? Tú, tu hermano...

Sacude la cabeza y eso capta toda mi atención. Está muy seria cuando me mira a los ojos y habla:

—No era por algo así. Si se me llega a ocurrir alguna cosa parecida, habría intentado advertirte mucho más. Esto no es... No suena como Peter. Al menos, no como el Peter que yo conocía.

—Tampoco como el que conocía yo, pero ya ves —suspiro, escondo la mirada y doy un sorbo largo a mi café. Me esfuerzo por apartar esto de mi mente y cambio de tema—: ¿No has ido a desayunar en el hotel? Hall estaba pasando lista, me parece que nos vamos a meter en un lío.

Se recuesta contra el respaldo, despreocupada.

—¿Y cuándo no? He salido temprano, quería aprovechar la luz de la mañana.

—¿Para qué?

—Para dibujar.

Bajo la vista hasta el cuaderno como en un acto reflejo.

—¿Puedo verlo?

—Claro. Además, he buscado recomendaciones por internet y tenía que ver si tienen razón al decir que esta cafetería hace un chocolate caliente espectacular. ¿Quieres probarlo?

Me encanta el chocolate caliente, así que dejo sobre mi regazo el cuaderno de dibujos, aún sin abrir, y cojo el vaso que me ofrece para dar un sorbo corto.

—Mmmm. —Es todo lo que puedo decir.

Ella se ríe.

—Me vuelve loca el chocolate caliente —confiesa.

—A mí también. No sé por qué desayuno café si ni siquiera me gusta.

—Porque es lo que la gente hace.

—La gente puede irse a paseo —gruño.

—¿No estarás pasando mucho tiempo con mi hermano? Suenas igual que él —bromea, en un tono divertido.

Se me encoge el corazón. Sí que debo de estar sonando igual que él. A lo mejor ese estúpido beso me contagió un poquito de su amargura. Maldito batería. Me irritaría bastante menos si fuera capaz de dejar de pensar en esa noche.

—No. Tu hermano y yo ya hemos alcanzado nuestros objetivos y disuelto la alianza —decido contarle, no sé por qué.

—¿En serio? Sigue intentando tocar esa canción todo el día y déjame decirte que no le sale nada bien.

Se me escapa una sonrisa de medio lado. Sé que sabe tocar de manera bastante decente casi cualquier canción que le pudiera proponer, pero me imagino que conseguir encajar las notas de una propia no debe de ser tan fácil.

Abro el bloc por la última página.

—¡Vaya! Michelle, esto es impresionante. Hace media hora he sacado una foto mucho menos real que este dibujo.

Tiene una sonrisita tímida en los labios cuando la miro. Se encoge de hombros con modestia. Pero, a ver, es como para que esté orgullosa y alardee de ello, la verdad. El dibujo te adentra en el puente Peace y a través de su estructura se ven los edificios de oficinas y rascacielos que hay tras la calma del río.

—Solo... me gusta dibujar. Me relaja hacerlo —me cuenta a media voz, con los ojos fijos en las manos, como si le diera vergüenza.

—Y lo haces muy bien. ¿Te gustaría estudiar Bellas Artes?

Su silencio me hace levantar la vista de los dibujos que voy pasando página tras página. Solo responde cuando nota mi mirada sobre ella:

—No lo sé. Tampoco importa. Cuando termine el instituto tendré que ponerme a trabajar y ya está.

Me impacta su forma de decirlo, indiferente, resignada. Recuerdo cuando Bailey me dijo eso de que su familia al completo estaba hipotecando sus vidas por luchar por la suya y ahora entiendo su dolor mucho mejor de lo que pude hacerlo entonces. No digo nada, porque no sé qué decir.

Y entonces paso otra de las páginas y la imagen que encuentro, trabajada en carboncillo, hace que me dé un pequeño vuelco el corazón. Es Bailey, sentado sobre una cama con las piernas cruzadas bajo el cuerpo y la guitarra de mi padre en el regazo, abrazándola de forma íntima, los dedos en fa y el ceño fruncido. Acaricio las líneas que dibujan la guitarra, y mis ojos se centran en ese gesto de concentración, en la forma de su nariz y en la curva de sus labios.

—Deberíamos volver —dice Michelle—. Si llegamos tarde al autobús para Banff sí que nos la vamos a cargar.

Cierro el bloc de golpe y se lo devuelvo, sin mirarla. Estoy segura de que he tenido que ponerme roja, y solo espero que el maquillaje me haya ayudado a disimularlo.

Todos los alumnos están ya a bordo del autobús cuando llegamos a la puerta del hotel, y las profesoras nos miran con mala cara en cuanto estamos a su altura.

—Clark y Turner, ¿dónde demonios os habíais metido? —regaña la profesora Hall—. ¿Sabéis qué?: no sé si quiero saberlo. Estáis castigadas, no pienso perderos de vista en todo el día, así que idos olvidando de eso de recorrer el parque con vuestros compañeros hoy.

Paso junto a ellas sin decir nada y alzo la barbilla al subir al pasillo central del vehículo. Siento que todo el mundo me mira, y veo a la banda sentados en los asientos que hay junto a la puerta trasera. Molly y Stacy, Lucy y Derek, y, sentado con Mike, Peter Black. Parecen estar discutiendo entre ellos, pero se quedan en silencio cuando avanzo y paso a su lado.

—Zoe... —me llama Peter.

Incluso se pone de pie para intentar acercarse a mí. Lo

ignoro y sigo avanzando, en busca de un par de asientos vacíos.

Daniel me hace gestos desde el fondo, señalando el otro lado del pasillo en la misma fila que ocupan él y Lucas. Me siento allí, acurrucada junto a la ventanilla, y Michelle se deja caer a mi lado enseguida.

—¿Dónde estabais? —sisea Daniel—. Casi mandan a la Policía Montada en vuestra busca.

—Desayunando chocolate caliente —suelta Michelle, despreocupada. Luego sigue, en tono de broma—: Me he encontrado un alma perdida en el camino, ¿os importa que se siente con nosotros?

—Claro que no, somos pastores de almas descarriadas —dice Lucas y, al mirarlo, veo que me dedica una sonrisa ladeada.

—¿Si no por qué te guardamos un sitio a ti en el bus? —pica Daniel a la chica.

—Necesitábamos un toque femenino en este dúo de amigos —habla Lucas, con una mueca divertida—. Puedes sentarte con nosotros siempre que quieras, Zoe.

Esta vez soy yo la que esboza una sonrisa algo triste y asiento.

—Gracias, chicos.

♪ ♪ ♪

Supongo que las profesoras han pensado que apartarnos a Michelle y a mí del resto del grupo y llevarnos cerca todo el tiempo que recorremos los preciosos paisajes del parque era un castigo durísimo. Pero la verdad es que creo que a ninguna de las dos nos importa demasiado. De esta forma, Peter no puede acercarse a mí, y lo prefiero porque si viene con disculpas y excusas tendré que ponerme a gritar. Veo a las chicas mirarme de lejos con cara de circunstancias bastante a menudo, y sé que están deseando poder hablar conmigo de lo que ha pasado y saber cómo me siento. El problema es que no quiero implicarlas a ellas ni a Derek y Mike en lo que está pasando entre Peter y yo. Eran amigas suyas antes de que yo llegara, y sé que no van a dejarme tirada ahora, pero no quiero influir en el grupo que tenían antes.

Y, al final, paso un día estupendo con Michelle. No nos queda más remedio que hablar entre nosotras o pasar las horas en silencio, así que hablamos un montón. Sobre todo de tonterías, como los dibujos que veíamos de pequeñas o nuestros cereales favoritos. Consigue hacerme reír mucho, y creo que yo también le parezco divertida. Este podría haber sido un día horrible y resulta que lo estoy pasando bien. Michelle es muy diferente a su hermano, creo que, si no lo supiera, jamás apostaría a que son familia. Ella es alegre y charlatana y se ríe muy alto. Eso me gusta. Dicen que cuando una puerta se cierra, se abre una ventana. Y a lo mejor Michelle Turner acaba de convertirse en una ventana para mí. Una de enormes cristaleras que deja pasar la luz a raudales y caldea hasta las estancias más frías.

En el autobús, volvemos con Daniel y Lucas, y me siento a gusto con ellos. Esos dos no paran de discutir acerca de si la novia de Lucas, que vive en el estado vecino y a la que conoció en una de las temporadas que pasa allí con su madre, debería mudarse a Montana para estar con él y no al revés, y resultan de lo más cómico. Se nota que son amigos de toda la vida porque discuten como un viejo matrimonio. Me encanta poder ser partícipe de esa familiaridad. Así que, cuando me preguntan si quiero sentarme a cenar con ellos, no lo pienso demasiado y digo que sí.

Molly me intercepta en la recepción del hotel y me mira

con los ojos llenos de cariño, y creo que algo parecido a la compasión.

—Eh —saluda, prudente—, ¿cómo estás?

Miro alrededor y veo que Lucy y Stacy esperan no muy lejos, pero nadie está lo suficientemente cerca para oír nuestra conversación.

—Bien, supongo.

—Siento lo que ha ocurrido. ¡Peter es un gilipollas! No entiendo qué se le ha pasado por la cabeza. Tienes que saber que estamos de tu lado, Zoe. ¡Pues claro!, no hay mucho lado donde elegir después de lo que ha hecho ese idiota. Estamos... intentando entender algo de todo esto. Llevamos todo el día discutiendo con él y aún sigo sin creer que haya podido hacerte algo así.

Niego con la cabeza e intento sonreírle, para tranquilizarla. No es ella quien debería estar disculpándose.

—No pasa nada, Molly. Estoy bien. Él... Es obvio que lo único que le importa es impresionar a sus compañeros del equipo. Pero esto es algo que me ha hecho a mí, no a vosotros. Entiendo que es vuestro amigo.

—Y tú también, Zoe.

Doy un paso adelante y la abrazo. Me estrecha contra su cuerpo por unos segundos, antes de apartarse para poder mirarme a la cara.

—Necesito alejarme un poco y no hablar de esto..., al menos hasta que sepa cómo me siento y vosotros no sintáis que tenéis que dividiros entre él y yo —planteo a media voz.

Ella asiente.

—Lo entiendo. No te olvides de que estamos aquí si nos necesitas. Cuando quieras.

Me muerdo el labio para no soltar una lagrimita.

—Sí. Lo sé.

—Muy bien. Entonces, ve a cenar con esa panda de raritos y haznos una seña si necesitas que acudamos a rescatarte, ¿vale? —bromea.

Me sorprende ver que su expresión es mucho más afable que en cualquier otra ocasión en que la conversación haya involucrado a Michelle. A lo mejor está empezando a pensar que Peter no es como ella pensaba o, al menos, no del todo.

Asiento y le devuelvo la sonrisa burlona que ella luce. Antes de irme hacia el comedor, me acerco a Lucy y a Stacy.

—Hablamos luego, ¿vale?

Las dos dicen que sí al unísono, y Lucy no me deja marchar hasta darme un abrazo.

Paso gran parte de la noche con el nuevo grupo de almas descarriadas en el que parezco encajar ahora. Después de la cena nos colamos en el cuarto de Michelle, que duerme sola en este viaje, y compartimos una tableta de chocolate que Lucas ha comprado al bajar del autobús. Los chicos no paran de hacer el tonto y contar chistes malos. Y hablar con Daniel de música es fácil y cómodo y me hace sentir que he encontrado a mi alma gemela en cuestiones de guitarra. Michelle intenta enseñar a Lucas a bailar lento para que pueda impresionar a su novia la próxima vez que la vea, pero acaban tropezando con todos los muebles y haciéndonos reír a carcajadas.

—¡Espera! Escucha —sisea Daniel, y le tapa a su amigo la boca con una mano para que guarde silencio—. Creo que están haciendo la ronda. Más vale que nos larguemos.

—Yo me quedo un poco más —decido, sentada en el suelo y con la espalda apoyada en la cama libre de la habitación doble—. Total, ¿qué van a hacerme? ¿Castigarme pegadita a sus faldas toda la excursión?

Michelle suelta una carcajada.

—Eso digo yo.

—Sí, pues yo soy gay y no les parezco una amenaza, pero si pillan a Lucas en el cuarto con dos chicas, le darán a su padre la charlita sobre sexo seguro —exagera Daniel—. No es que le haga falta, su padre es todo un casanova.

—Deja en paz a mi padre y vámonos de aquí. Que las charlitas de sexo son su parte favorita de la paternidad y no necesito otra —bromea el chico.

Nos dan las buenas noches y se asoman al pasillo como si fueran ladrones o agentes del servicio secreto para asegurarse de que pueden salir sin ser vistos.

Cuando Michelle y yo nos quedamos a solas, el silencio se vuelve denso y desaparece el eco de las risas.

—¿Estás bien, Zoe?

La miro y esbozo una sonrisa tensa que me cuesta mantener.

—Es... es solo un tío imbécil, ¿sabes? Yo qué sé. Imagino que hay unos cuantos por ahí, pero es que... No es por él, o por nosotros, no es por si teníamos *algo más* que una amistad. Eso es lo que menos importa. La verdad es que creía que había encontrado en él algo que nunca había tenido, y es una persona con la que poder *ser*. Sin más. ¿Tiene sentido lo que digo?

Ella arrastra el culo por el suelo y se coloca a mi lado, con nuestros brazos rozándose.

—Claro que sí —confirma en un susurro.

—Sé que es raro, pero nunca he tenido un hogar. Mis padres me llevaban de un sitio a otro todo el tiempo y no tengo raíces en ningún lugar. Aquí... pensaba que lo había encontrado. Y ahora no sé qué pensar o qué sentir, porque una parte de eso acaba de volar en pedazos.

Michelle entrelaza el brazo con el mío y se acerca aún un poco más para poder apoyar la cabeza en mi hombro.

—Un hogar no se encuentra, Zoe, un hogar se construye.

Siento una lágrima deslizarse despacio por la mejilla, y ella, aunque no me mira, estira el brazo hasta la mesilla para ofrecerme un pañuelo de papel. No hace falta que ninguna de las dos diga nada para que sepa que estamos pensando lo mismo: sí, tenemos la misma talla de lágrimas.

# 23

# Una nueva vida

El reproductor de música me ha advertido de que estaba subiendo el volumen de los auriculares por encima del nivel seguro. Eso no me ha detenido, y ahora tengo a Olivia Rodrigo sonando fuerte en los oídos. El sol ya está bajo y, sin embargo, sigue haciendo calor. Tanto, que el bikini ya se ha secado por completo después del último baño en la piscina. Ya casi había olvidado lo que era esto. Me refiero a mi antigua vida, no al calor, aunque, sinceramente, es un paréntesis agradable frente al frío que todavía sigue haciendo en el corazón de Montana.

Me incorporo de golpe en la hamaca, sobresaltada, cuando alguien me quita uno de los auriculares con cuidado.

—¡Lion! —exclamo, con una mano sobre el pecho como si así fuera a regular mi ritmo cardíaco—. Me has dado un susto de muerte.

—Si no te pusieras siempre la música tan alta me habrías oído llamarte, princesa. Sabes que no es bueno para tus oídos.

Pongo los ojos en blanco, pero enseguida me estiro para abrazarme a su torso. Me acaricia el pelo despacio.

—Solo he venido a traerle a tu padre unas maquetas de

la discográfica y a asegurarme de que todo va bien por aquí.

Me encojo de hombros mientras me aparto con desgana. Supongo que por aquí la cosa va todo lo bien que puede ir teniendo en cuenta las circunstancias.

—Todavía no le he tirado nada a la cabeza a tu jefe, puedes relajarte y tomarte unas vacaciones tú también. ¿No hace mucho calor para ese traje?

—No es un traje, es un uniforme —corrige, con una mueca divertida—. No voy a dejar de venir cada día mientras tú estés aquí. Me alegro de que al final decidieras pasar con él las vacaciones de primavera.

No es que lo hiciera por mi padre, en realidad. Eso no se lo digo a Lion. Tampoco he dicho que mi madre prácticamente me obligó a hacerlo, ni que lo que mayor peso tuvo en convencerme de venir a Los Ángeles fue que necesitaba alejarme de casa por unos cuantos días.

—Ya. Sigue siendo mi padre, ¿no?

Lo suelto con amargura, porque lo he oído ya demasiadas veces y no creo que el hecho de ser mi padre sea disculpa suficiente para cualquier otra cosa que haya podido hacer mal.

Lion acerca la hamaca de al lado y se sienta en el borde.

—¿Qué más pasa, Zoe? ¿A qué niñato de Montana tengo que hacer cagarse en los pantalones?

Suelto una risotada y sacudo la cabeza, divertida. Lo miro con cariño.

—Todavía no hay que matar a nadie. Pero ya te avisaré.

—Eso espero, pequeña.

Me tiende la mano para que la choque en el saludo secreto que me enseñó cuando no debía de levantar más de dos palmos del suelo. Me hace sonreír. Y se queda un buen rato charlando conmigo hasta que el sol termina de ocultarse y yo estoy envuelta en la toalla para no enfriarme.

Llamo a mamá cuando él se marcha, antes de volver a entrar en la enorme casa de mi padre y tener que estar de nuevo frente a frente con él. Llevo tres días aquí y todavía no hemos sido capaces de dejar de andar alrededor del otro como un par de gatos desconfiados.

No es mi madre quien contesta al teléfono, sino Nicky:

—Hola, Zoe.

—Hola..., ¿dónde está mi madre?

—Se está dando una ducha. No quiero que te preocupes...

Se me para el corazón por un momento. ¿Qué ha pasado? Tanto esfuerzo para aguantar a Bailey y que me enseñara a conducir y ahora resulta que cuando sucede algo ni siquiera estoy allí para ella.

—Nicky, ¿qué pasa?

—Tu madre ha tenido un poco de ansiedad últimamente. Nada que no podamos controlar, ¿vale? Ayer tuvo un pequeño ataque de pánico, pero todo está bien y se está quedando unos días en mi casa. Nada por lo que alarmarse, en serio. Quiero tenerte al corriente de esto porque tienes que saberlo y para que veas que no te ocultamos nada, así que, sabiendo que cualquier cosa que pase te la contaremos, tienes que quedarte tranquila y disfrutar de tus vacaciones, ¿entendido?

—¿Cómo...? Tengo que volver allí, no debería haberme ido, no...

—Zoe Marie Clark, tú no vas a volver a casa hasta el domingo, ¿has oído? Haz el favor de recordar que tienes dieciséis años y no preocuparte de nada excepto de tus estudios, tus amigos y las complicadas relaciones amorosas de la adolescencia. Tú eres la hija, ella es la madre, y yo estoy aquí para cuidar de las dos, ¿vale? Tu madre se sentiría superculpable si vuelves ahora, no le hagas esto.

Suspiro y me froto la cara con una mano. Tiene razón, claro. Mi madre se sentirá fatal si dejo a papá aquí plantado y me vuelvo con ella antes de tiempo. Lo sé. Ella es así. Y supongo que puedo confiar en Nicky para mantener todo bajo control.

—Está bien.

—Muy bien. ¿Qué tal está el idiota de tu padre? —cambia el tono a uno mucho más burlón y no puedo evitar soltar una risita.

—Tan idiota como siempre —le sigo el juego.

—¿Todo bien por ahí?

—Sí, bien —murmuro, y luego me muerdo el labio.

Es complicado. Ni siquiera sé cómo me hace sentir compartir el espacio con papá y todo lo que él se está esforzando para que yo esté a gusto y volver a conectar conmigo de alguna manera.

—Oh, aquí viene tu madre. Te la paso para que puedas hablar un poco con ella.

Charlo unos minutos con mamá. No le pregunto por la ansiedad y no le cuento mucho acerca de papá. Hablamos de temas menos espinosos. Parece estar bien. Y me quedo algo más tranquila.

Cuando cuelgo, veo que tengo un par de mensajes nuevos. El primero de ellos es de Peter. Ya he recibido unos cuantos parecidos en los pasados días. Pide perdón, me suplica que hablemos. Lo borro y no respondo.

El otro mensaje es de Michelle. Es un mensaje de voz. Le encanta mandarlos y, además, siempre son larguísimos. Hablamos mucho desde que me recogió tras mi caída libre en la excursión a Canadá. Esta vez me está contando algunos cotilleos de los que se ha enterado durante su turno en el bar.

Y, unos segundos antes de que corte la grabación, puedo oír el sonido de una guitarra y la voz de Bailey cantando suave al fondo. Tengo que volver atrás un par de veces, y hasta ponerme los cascos para intentar escucharlo mejor y captar cada matiz de la canción, pero no se oye lo suficiente para que pueda reconocerla. Tampoco debería importarme. Supongo que si el batería consigue o no sacarse la melodía de la cabeza ya no es asunto mío.

Entro por la puerta doble que da acceso al jardín y voy primero a mi habitación para poder cambiarme y ponerme ropa cómoda de estar por casa. Luego me acerco a la puerta del estudio.

Mi padre está sentado en el sofá que ocupa el rincón del fondo de la enorme estancia. Tiene un cigarrillo a medio fumar formando un hilo de humo desde un cenicero en el borde de la mesa. Y, al lado, un vaso con hielo y un líquido ambarino ocupando hasta un cuarto de su capacidad. La esquina de la libreta sobre la que escribe, llena de rayas y manchas de tinta, se ha mojado al contacto con el vaso y una de las hojas está ligeramente arrugada. La guitarra emite notas lastimeras mientras él la acaricia muy despacio. No quiero interrumpir, porque me fascina verlo componer. Lo observo quieta y en silencio para no desvelar mi posición.

Me causa sentimientos encontrados dejarme envolver por el ambiente que él crea cuando se pierde en la música. Recuerdo que Bailey me dijo una vez que, si no sabía por dónde empezar a hablar de las cosas que no me gustan de Shade Clark, empezara por las que sí lo hacen. Este no es Shade Clark; el personaje se queda fuera cuando está en armonía con la guitarra, y eso es lo que más me gusta: cuando es solo Albert y su música. Me recuerda a muchísimos momentos sentada a su lado en silencio, escuchándolo tocar. Me recuerda a cuando cantaba algo para mí cuando era muy pequeña y no podía dormir. Esto es para mí mi padre, y me hace sentirme otra vez una niña que admira al hombre más importante de su vida.

Escribe algo más en la libreta y luego se estira para coger el cigarrillo y poder dar una calada. Entonces levanta la mirada y nuestros ojos se encuentran. No parece sorprendido de verme aquí. Suaviza la expresión y esboza una pequeña sonrisa.

—Hola, princesa.

—Perdona, no quería interrumpirte.

—No. No, para nada. No me molestas, cariño. ¿Quieres que llame a Alexis para que nos recoja y vayamos a cenar a algún sitio?

Niego con la cabeza una sola vez.

—Prefiero que nos quedemos en casa.

—Ven aquí.

Da una palmada suave en el hueco libre que queda a su lado.

Me acerco, despacio e insegura. Cuando estoy junto a la mesita, clavo la mirada en el vaso de alcohol a medio consumir. Él se da cuenta enseguida. Lo recoge y lo aparta a un lado, hasta esconderlo tras el borde del sofá, en el suelo.

—Te juro que voy a dejarlo.

—¿El alcohol? ¿La coca? ¿Las pastillas?

Cierra los ojos y veo el dolor cruzar su frente y dejar una huella en su gesto. Parece haber envejecido unos cuantos años de golpe cuando vuelve a alzar los ojos azules hasta los míos, casi idénticos.

—Todo. Lo dejaré todo, Zoe, lo prometo. Sé que no soy el padre que tú te mereces. Y necesito cambiar eso.

Me siento junto a él, en el borde del sofá, como si mi cuerpo quisiera agarrarse a la posibilidad de salir corriendo de aquí en algún momento si necesito alejarme. No digo nada. Hace tiempo que dejé de creer en sus palabras.

—Te he decepcionado —sigue hablando, en un tono grave y apagado—. No creas que no lo sé. Y eso me destroza, princesa. Entiendo que no puedas mirarme como lo hacías antes. Lo he hecho todo mal. Ojalá pudiera echar el tiempo atrás y cambiar unas cuantas cosas. No se puede retroceder y deshacer el daño cuando ya la has cagado, ¿verdad que no? Eso no significa que no me torture y que no me machaque cada día pensar en vosotras. Porque os quiero más que a nada, a ti y a tu madre.

—No parece que la quieras —digo entre dientes.

—Claro que lo hago. La he jodido y bien, lo admito. No pretendo justificarme, pero la verdad es que este tipo de vida es difícil de controlar. Es duro seguir el ritmo, es imposible mantener los pies en el suelo, y es muy fácil dejarse arrastrar. No tengo excusa para todo lo que he hecho: he perdido el contacto con la realidad, he dejado que el dinero y los halagos me elevaran hasta mirar a todo el mundo desde arriba y he... La gente, las drogas, el ruido y el subidón. He perdido todo lo que de verdad me importa por eso. Y no puedo volver atrás y no hacer daño a tu madre. Pero no puedo darte por perdida a ti también.

—Necesitas parar, papá —dejo escapar en un susurro, con los ojos llenos de lágrimas.

—Lo haré. Claro que lo haré. La semana que viene vamos a Europa. Dos meses más de gira y pararé. Te juro que pararé, el tiempo que haga falta, lo que necesite yo y lo que necesites tú. Volveré a ser tu padre.

Apoyo los codos en las rodillas y me cubro la boca con una mano. Ese es uno de los grandes problemas: que quiere volver a ser *mi* padre. Pero nada más.

—¿Por qué conmigo sí? ¿Por qué yo no soy un cheque al mes?

—Cariño...

—No es justo, papá. No lo es. ¿Y si fuera al revés? ¿Y si te estuvieras perdiendo conocerme a mí? ¿Y si me estuvieras privando a mí de conocerte? ¿Por qué nadie piensa en ella?

Papá se retuerce las manos sobre el cuerpo de la guitarra y agita tanto las piernas que el mástil se sacude arriba y abajo con violencia.

—No podía perderos a vosotras. No quería perderos. Tuve que elegir.

—No tenías que elegir. Tenías que decir la verdad —corrijo—. Tenías que pensar en alguien más que en ti mismo. Y ahora ya lo sabemos. No tienes que elegir. Puedes hacer las cosas bien. ¿Por qué no lo haces?

—No es tan fácil. Tú eres cien veces mejor que yo, cariño. Y yo solo quiero ser digno de ser llamado tu padre por una vez. Por eso te aseguro que voy a cambiar. No es fácil, pero lo haré, ¿sabes por qué?: porque si hay una persona en el mundo por la que merezca la pena hacer lo imposible esa eres tú, hija.

Siento que me ablando muy rápido cuando sus ojos se fijan en los míos y veo a la persona perdida que hay detrás de toda esa apariencia de estrella del *rock*. Todo el mundo piensa que Shade Clark lo tiene todo y, sin embargo, dudo que haya nadie más perdido que él. Por un momento, después de tantos meses, veo a mi padre en la persona que tengo enfrente. Y sigo siendo una niña. Solo eso. Así que me acerco a él, apartando el mástil de la guitarra, me abrazo a su pecho y apoyo la cabeza en su hombro.

—Mi princesa... —suspira mientras posa los labios en mi coronilla.

Sé que no le gusta el tinte oscuro que mantengo desde que esta familia se rompió. Pero acaricia mi pelo como si fuera lo más precioso que ha visto jamás.

No quiero que diga nada. Solo quiero seguir sintiéndome como cuando él era mi héroe y su voz, mi mejor banda sonora.

—¿Puedes cantar algo, papá?

Tiene que soltarme para poder tocar la guitarra, pero yo me mantengo pegada a su espalda mientras él se inclina sobre el instrumento. Canta una de esas baladas que consiguen poner la carne de gallina con solo voz y guitarra.

Cuando termina y se extingue el sonido de la última nota, soy consciente de golpe de lo mucho que necesito una tregua en la guerra que libro contra esa parte de mí que sigue necesitándolo tanto. Y hay algo en lo que no puedo dejar de pensar y me muero por ser capaz de comprender, y acerca de lo que creo que mi padre sabe más que nadie.

—Papá, ¿cómo de complicado es librarse de una melodía que se te ha metido en la cabeza? No me refiero a una canción pegadiza, sino a una de esas que nacen en tu mente, una nueva canción. Siempre dices que aparecen ahí y necesitas sacarlas y hacerlas reales.

—Lo realmente complicado es hacerlas sonar como lo hacen cuando solo las tienes dentro, ¿sabes? —responde, al tiempo que rasga despacio las cuerdas de la guitarra—. Puede ser muy frustrante porque nunca suenan exactamente igual... algunas veces acaban siendo mejores, y la mayoría de las veces acaban en la basura. ¿Sabes cuál es el truco para no perder la esencia de lo que llevas dentro en el camino?

—No. ¿Cuál es?

—Dejar de pensar en las notas, en el ritmo o en la afinación. El truco es cerrar los ojos y sentir la música.

Eso es lo que hace. Cierra los ojos y deja que la música fluya a través de sus dedos para tocar algo que yo no había oído antes.

Lo observo detenidamente. Y, después, cierro los ojos y

dejo que la música entre en mí y rellene poco a poco las grietas.

Echaba de menos a papá. Y no quiero volver a añorarlo así más.

Creo que es el momento de hacer eso: dejar de pensar, lanzarse con los ojos cerrados y sentir la música.

# 24
# Desde aquí arriba

He llegado deliberadamente tarde a clase para no tener que hablar con nadie. Es el primer día tras las vacaciones de primavera. Llegué de vuelta al pueblo ayer por la noche, así que tampoco tuve tiempo de ver a las chicas, por mucho que Molly insistiera en que me echan de menos. Estoy intentando retrasar la conversación sobre cómo va a ser mi relación con la banda de ahora en adelante teniendo en cuenta todo lo que ha pasado con Peter. El señor Anderson no me ha podido echar la bronca porque me he colado en el aula justo cuando iba a cerrar la puerta. Y ahora estoy escribiendo versos sueltos y desordenados en la parte trasera de un cuaderno sin prestar atención a la lección para nada. Sé que no le importa mucho lo que haga mientras esté calladita, me ignora de manera bastante descarada desde la última vez que me puse en pie en su clase para discutir con él.

Molly carraspea por tercera vez, sentada a mi izquierda. Me veo obligada a levantar la mirada de las letras apretujadas con las que he llenado la hoja casi por completo y fijarla en ella, por si se está muriendo o algo parecido. Levanta su cuaderno y me enseña lo que ha escrito en la última página: «¿Cómo estás?». Hace una mueca feliz seguida de una triste, luego levanta el pulgar para a continuación bajarlo, dándome opciones de respuesta. Se me escapa una sonrisa de medio lado y levanto el pulgar.

Me vino bien la distancia y, aunque no lo esperaba, estos días con papá han sido buenos para mí. Me siento mejor, más fuerte, más entera, más indiferente acerca de lo que todos estos adolescentes de instituto puedan pensar de mí y, sobre todo, más insensible con todo lo que respecta a Peter Black.

Alguien llama a la puerta, interrumpiendo el monólogo de Anderson. Y, cuando el profesor sale al pasillo para hablar con quien sea que haya osado importunarlo, Derek aprovecha para darme unos golpecitos en el hombro.

—¿Qué tal las vacaciones? —pregunta cuando me vuelvo a mirarlo.

—Todo bien.

Creo que entiende que también estoy respondiendo a las preguntas que no hace, porque ensancha su sonrisa y murmura un «guay» al tiempo que asiente con la cabeza.

Michelle capta mi atención levantando la mitad de su cuaderno para que yo pueda verlo. Ha dibujado una caricatura de nuestro profesor y se me escapa una risita baja que se corta de golpe cuando oigo al señor Anderson decir mi nombre desde el marco de la puerta entreabierta del aula:

—Señorita Zoe Clark, el director quiere que vaya a verlo a su despacho.

Me vuelvo de golpe para mirarlo. ¿Qué he hecho yo ahora?

—¿Por qué?

—Mejor se lo pregunta a él y deja de molestar en mi clase, ¿no le parece?

Una parte de mí me pide a gritos que responda a eso, pero decido que no merece la pena. Me levanto y salgo con toda la dignidad posible e intentando no salpicar con mi rabia a quienes están alrededor.

Los pasillos están vacíos y mis pasos resuenan haciendo eco contra las paredes mientras recorro la distancia que me separa del despacho del señor Morris. No hay nadie en la mesa de la secretaria y, como la puerta está entreabierta, llamo una sola vez y la empujo para poder asomar la cabeza.

—¿Quería ver...?

Se me atascan las palabras en la garganta cuando, junto a los del director, otro par de ojos me devuelven la mirada. Peter está sentado en una de las dos sillas que hay frente a la mesa de despacho, y me veo obligada a apartar la vista cuando siento como si alguien me retorciera con saña el cuchillo que llevo clavado en la espalda.

—Ah, señorita Clark. Sí. Pase y siéntese, por favor.

No quiero hacer esto. Seguro que no. No quiero tener que sentarme al lado de Peter y que el director nos pregunte acerca de lo que ocurrió en la excusión a Calgary. Sin embargo, no tengo más remedio que adentrarme en el despacho y cerrar la puerta, para luego tomar asiento, rígida y temblando por dentro. Me esfuerzo mucho para no mirar a quien hasta hace poco era una de mis personas favoritas. Puedo notar sus ojos fijos en mí, y no podría incomodarme más.

—Creo que ambos saben por qué les he llamado a mi despacho hoy, ¿verdad? —empieza el director. Solo le responde un espeso silencio, así que sigue hablando—: Me han llegado ciertos... rumores acerca de lo que sucedió en la excursión de antes de las vacaciones. Estoy deseando oír su versión. ¿Qué tienen que decir?

Me mira a mí. Me muerdo el interior de la mejilla. Y, entonces, Peter habla por mí:

—Siento muchísimo lo que hice. Estuvo mal y asumo las

consecuencias, sean las que sean. No debería haber... —Se queda callado un segundo, y luego noto cómo se mueve a mi lado y se inclina hacia la silla que ocupo—. Lo siento muchísimo, Zoe. De verdad que sí. No quería herirte, ni... humillarte, ni nada parecido. Yo...

—Bien, señor Black —interrumpe el adulto de la sala—. ¿Y usted, señorita Clark? ¿Tiene algo que decir?

Sacudo la cabeza, apretando los labios con fuerza. Me veo obligada a hablar en voz alta ante el silencio:

—No. No tengo nada que decir.

—Espero que entiendan lo grave que es esto. No es algo que el instituto pueda pasar por alto. Por ello, no me queda más remedio que expulsarlos a ambos durante tres días, con efecto a partir de mañana.

—¡¿Qué?! —exclamamos los dos al unísono.

—Ella no ha hecho nada —apunta Peter.

—Yo no hice nada malo —me defiendo a la vez.

El director mantiene su pose y un gesto aún más serio. Cruza las manos sobre unos papeles que tiene en la mesa y se inclina hacia delante para mirarme con severidad.

—Nada malo —repite, y sacude la cabeza una sola vez—. No sé cómo serán las cosas en Los Ángeles, o en Australia, o en Europa, señorita Clark, pero aquí, en el mundo real, una alumna de dieciséis años no se atrevería a decir que no hizo nada malo después de desobedecer a sus profesoras, invitar a un chico a su habitación y quitarse la ropa. Intentamos que el instituto sea un entorno limpio y seguro para todos.

—Oh, si le preocupa la seguridad, tranquilo, ya sé cómo se pone un condón —respondo, cabreada, y me pongo de pie, dispuesta a salir de aquí cuanto antes—. Este sería un entorno mucho más seguro para sus alumnas si no se les culpara por vivir su sexualidad y se pusieran medidas cuando uno de sus compañeros se cree con el derecho a violar su intimidad de esta manera. Pero ¿sabe qué?, tampoco esperaba eso de usted ni de este instituto.

El señor Morris cuadra los hombros.

—No tense la cuerda, señorita, o serán cuatro días de expulsión para usted.

—Fantástico. No se preocupe, no necesito que me señale dónde está la puerta.

Salgo del despacho hecha una furia, pisando con tanta fuerza que el suelo de madera de la antesala cruje. No me lo puedo creer. De verdad que no. ¿Cómo va a sentirse seguro cualquiera aquí, si se le culpa de que otro alumno le haga algo como esto? ¿Cómo va una chica a alzar la voz si alguna vez se siente acosada por alguien, si lo primero que le van a preguntar es cómo de corta llevaba la falda? *Fatal*, es tan injusto. Tanto, que tengo ganas de gritar y de romper algo y de dar puñetazos a las paredes.

—¡Zoe!

Oigo cómo Peter viene corriendo detrás de mí y acelero el paso, con los ojos arrasados de lágrimas de pura rabia. No quiero hablar con él. No quiero volver a hablar con él nunca más. Y, si vuelvo a oírlo disculparse, me pondré a gritar a pleno pulmón.

Me alcanza y me pone una mano en el brazo con delicadeza, para hacerme parar. No aprieta, pero el contacto me quema. Me aparto y me giro para fulminarlo con la mirada. Creo que mis ojos echan tantas chispas que podrían hacerlo arder si no tiene cuidado conmigo.

—De verdad, lo siento. Lo siento muchísimo, novata —repite, con el labio inferior temblándole. Él también parece a punto de llorar—. Te juro que no quería... Los chicos no dejaban de presionarme, solo quería ser parte del equipo igual que los demás, y ellos no...

—Todo esto... ¿para qué, Peter? Has jugado conmigo y me has utilizado para impresionar a unos chicos a los que ni siquiera les gusta quién eres de verdad. Quieres ser otra persona para encajar en un sitio al que no perteneces, cuando tienes un lugar en el mundo en el que encajas sin esforzarte y ni siquiera eres capaz de apreciarlo. No quiero tus disculpas, ni quiero volver a saber nada de ti.

Se le frunce el ceño e inspira con fuerza por la nariz, como si tuviera que poner todo su esfuerzo para no romperse delante de mí.

—Sé que la he cagado mucho. No quería que esto saliera así, me dejé arrastrar y la he fastidiado porque ellos siguen siendo unos gilipollas y tú eres la única persona con la que he sentido que podría ser yo de verdad algún día y nada más que eso. Solo yo, tal y como soy.

—Dudo que ni siquiera tú sepas cómo eres de verdad.

—Tú me conoces, Zoe, casi del todo. Lo que he sido contigo era yo. Era de verdad... casi todo.

—Lo que has hecho es mezquino y asqueroso. Y, por si no lo sabes, también es ilegal.

—Te juro que no le he pasado el vídeo a nadie. Ya lo he borrado. No existe.

La rabia me quema en la boca del estómago y sube como una bola de fuego abrasándome la garganta.

—¿Pretendes que te dé las gracias?

—Claro que no.

—Vete al infierno.

Me doy media vuelta y me largo de aquí tan rápido como puedo. Me encierro en el baño durante todo el tiempo que queda hasta el final de la clase del señor Anderson.

Por desgracia, la profesora de segunda hora me encuentra escondida en los lavabos y me manda directa a clase. Debería haberme largado de aquí ya. Total, ¿qué van a hacerme por saltarme las clases? ¿Expulsarme otro día más? Pero mi madre está en casa esta mañana, y no quiero tener que darle explicaciones ahora mismo. Y aún hace frío en la calle, de modo que no me apetece pasarme horas paseando por las afueras.

Siento las miradas de muchos de mis compañeros fijas en mí y eso me está poniendo histérica. No hay duda de que a estas alturas todo el instituto sabe que Peter y yo hicimos algo más que darnos un par de besos inocentes en la excursión a Calgary, y también que él me grabó y se lo enseñó a todos sus supuestos amigos. No hace falta que hayan visto las imágenes para que se crean con derecho a cuchichear sobre mí durante unos cuantos días, o hasta que surja alguna otra novedad jugosa.

Lo último que quiero es ir a la cafetería y tener que soportar los murmullos. Y tampoco me apetece hablar con nadie, incluyendo a las chicas, así que cuando llega la hora del almuerzo les pido a Lucy y a Molly que se vayan adelantando y prometo que no tardaré, aun cuando no tengo ninguna intención de reunirme con ellas para el descanso. Me quedo rezagada en el aula. Michelle tampoco insiste cuando le digo que no me apetece charlar. Y, cuando la estancia se despeja y me asomo al pasillo, veo que solo queda Derek.

—Eh —me saluda, con una sonrisa leve y tirante—, ¿no bajas?

Lanzo un suspiro y me encojo de hombros.

—Daría lo que fuera por ser invisible, solo por hoy.

—No soy tan buen mago. Aunque sí conozco un sitio en el que puedes esconderte un rato, si es lo que necesitas.

Lo miro desconfiada. A pesar de ello, sí que me vendría bien un sitio para esconderme, aunque solo sea un rato, así que asiento.

—Coge tu abrigo y sígueme.

Intuyo lo que me voy a encontrar al otro lado de esa puerta cuando termino de subir las escaleras tras mi amigo. O más bien a quién voy a encontrar allí. Pero, extrañamente, siento que no me importa tanto compartir el espacio con Bailey como lo haría el tener que compartirlo con cualquiera de los que están en la cafetería.

El corazón se me contrae con violencia cuando salgo a la azotea y sus ojos oscuros me reciben brillando con sorpresa.

—Eh, tío —saluda Derek con total naturalidad, como si no se estuviera dando cuenta del duelo de emociones que están librando nuestras miradas encontradas—. Traigo a una exiliada, ¿te importa si se esconde aquí un rato?

Bailey responde tan solo con un gruñido y se gira para darnos la espalda.

—No sé si... —empiezo yo.

—Bueno, genial, pues os dejo que yo hoy he prometido que iría a... que haría... Lucy me está esperando para..., ya sabéis. Venga, hasta luego.

Derek cierra la puerta cuando se marcha y yo entro en pánico por un par de segundos pensando en si será una de esas puertas que se atascan y solo pueden abrirse desde dentro y en que tendré que quedarme aquí con el batería ni se sabe cuánto tiempo, y en que ni siquiera hemos hablado desde que aquella noche..., en fin. Y no quiero estar atrapada con él y verme obligada a enfrentarme a lo que eso me hizo —mierda— sentir.

—No muerdo, Clark.

Maldito batería. Me arden las mejillas cuando suelta eso tan tranquilo, sin ni siquiera mirarme. Me permito respirar hondo un par de veces y luego avanzo hasta llegar a su altura. Está sentado en el suelo, mirando más allá del muro. La azotea está orientada al sur, así que ahora hay un agradable sol lamiendo casi cada rincón del espacio aquí arriba. Se está bien. No hace tanto frío como creía. Y Bailey no parece en absoluto preocupado porque la puerta esté cerrada, así que creo que puedo relajarme.

—¿Es aquí donde te escondes todos los días?

Levanta la vista, con los ojos entornados a causa del sol. Me parece que está guapo. Y yo estoy estúpidamente nerviosa ahora mismo, solo por el hecho de que hace unas cuantas semanas me besara sin previo aviso y a mí me gustara mucho más de lo que debería.

—Puedes sentarte, a no ser que estés pensando en salir corriendo en cualquier momento.

Eso se me clava como una espinita en plena tripa y me muerdo el labio, sin saber bien qué decir. Está claro que no lo ha dicho por casualidad. Y es cierto que salí corriendo después del beso. Pero él no tenía que haberme besado, así que no puede echarme en cara ninguna cosa que sucediera después de eso. Sigue hablando antes de que me decida a contestar:

—Y yo no me escondo. Solo vengo aquí. Me gusta estar tranquilo.

Doy un paso más y me siento en el suelo, calculando bien la distancia que quiero dejar entre nuestros cuerpos.

—Ya. Supongo que tu falta de habilidades sociales no tiene nada que ver.

—Clark, lo que pasó...

—No pasó nada.

Tengo que dejar clara mi postura ante todo esto y que lo único que quiero es borrar aquel momento como si jamás hubiera existido, así que lo digo de forma rotunda e indiscutible. Por si mi tono no ha sido suficiente, lo acompaño del lenguaje corporal más hostil que soy capaz de expresar.

Siento sus ojos recorriendo mi perfil, una y otra vez,

pero mantengo la vista clavada en el frente y la mandíbula tensa.

—Claro —suspira por fin—. He oído lo de Calgary.

Supongo que lo que también ha oído es cómo acaban de rechinarme los dientes.

—¿Vas a soltar un «te lo dije»?

—No iba a decir eso. Black es un capullo. Siento lo que pasó.

Giro la cara para poder observarlo. Ahora es él quien mira al frente y me fijo bien en cada detalle de su perfil. No parece que se esté burlando de mí ni nada parecido. Relajo los hombros y escondo la barbilla en el cuello del abrigo.

—Gracias, supongo. La mayoría del instituto está encantada con lo que sucedió para poder cotillear. Es toda una novedad oír eso. En fin, ya sabes cómo es la gente.

—La gente es una mierda.

Se me escapa media sonrisa sin querer. Tan serio y tan gruñón como siempre.

—Asocial —me meto con él.

Gira la cara para volver a mirarme y relaja la expresión en cuanto sus ojos encuentran los míos. Estira la comisura de la boca de forma perezosa, y yo no creo haber borrado todavía la tonta sonrisa de mi cara.

—Si estás en esta azotea, ahora tú también eres del selecto grupo de los asociales.

—¿Dónde hay que firmar?

Suelta una carcajada y yo me aguanto una risita, como puedo, y cierro los ojos y echo los hombros atrás, dejando que el sol me caliente el rostro.

—¿Por qué nadie más la usa? —pregunto solo un segundo después al sentir que él no deja de observarme.

—En realidad, no se puede estar aquí. El año pasado,

cuando me dijeron que la enfermedad había vuelto, pasé una época un poco... chunga —dice, eligiendo la palabra con cuidado—. Al bedel le di pena y me prestó las llaves para que pudiera subir a tomar el aire si lo necesitaba algún rato. Lo que no sabe es que me hice una copia y sigo viniendo desde entonces.

—Asocial y delincuente.

—Demasiado para este mundo, ya ves.

Sonrío al oír que me sigue la broma.

—Se está bien aquí.

—Puedes quedarte todo el tiempo que quieras, Clark. Hasta en las más cruentas batallas ha habido siempre lugares en los que refugiarse. Prometo mantener la guardia baja mientras estemos en esta azotea.

—¿Eso es como una tregua? ¿Tú proponiendo una tregua, batería?

—Odio cuando dices eso.

—¿Batería?

—No. Lo de la puta tregua.

Suelto una carcajada, sin poder contenerme, por la manera en que ha exagerado la amargura en su voz. Y, cuando lo miro con detenimiento, veo que se ríe, suave y en silencio.

—¿Cómo llevas la canción?

Pone los ojos en blanco y se estira para alcanzar la mochila y sacar algo de ella. Es un recipiente con comida dentro... si es que a esa cosa tan verde se le puede llamar comida, claro.

—Obviamente mal. Me has dejado tirado con la guitarra y ya no sé ni dónde se ponen los malditos dedos —exagera. Luego me acerca su almuerzo—. ¿Quieres?

—¿Qué es?

—Comida sana, Clark.

—¿Quieres decir comida asquerosa?

—Estás muy malcriada. Está buena —dice, con la boca llena.

—Será buena, pero es imposible que *esté* buena, Bailey. La comida verde me da ganas de llorar.

—No te cortes. Las chicas fuertes también lloran.

—¿Ah, sí? ¿Conoces a muchas?

—A ti y a mi hermana, y creo que con eso ya cumplo de sobra mi condena.

—Eres muy tonto.

—Te he echado de menos, estrellita del *rock*. Empezaba a aburrirme que nadie me insultara.

Me quedo en silencio y me muerdo el labio con fuerza. «Te he echado de menos.» Y la peor parte es que yo... ¿también? La verdad es que me he acostumbrado a esto: a las discusiones estúpidas y a las pullas constantes, a mantenerme alerta para tener siempre algo mordaz que responder cuando él hace un comentario tonto, a tenerlo cerca incluso cuando más me saca de quicio...

—Te dejaré este sitio en herencia cuando yo ya no esté —sigue hablando ante mi silencio, de forma distraída—. Aquí se puede pensar y respirar, no solo esconderte del mundo.

—¿Crees que los problemas se quedan abajo?

—La mayoría de ellos pueden al menos verse desde otra perspectiva desde aquí arriba.

Me abrazo las rodillas y apoyo la barbilla en ellas. A lo mejor tiene razón. Algunas cosas no parecen tan importantes si tú estás más alto.

—No quiero volver a clase —murmuro.

—Quedémonos entonces, Clark.

Lo miro y me siento en paz cuando encuentro sus ojos oscuros. Como si fuera capaz de parar el tiempo y no tener que volver a enfrentarme a nada de lo que me preocupa hasta que no atraviese de nuevo esa puerta.

Saca un zumo de la mochila y me lo tiende. Sonríe cuando lo cojo y vuelve a hablar, en voz baja, como si me contara su secreto más oculto:

—Aquí arriba nadie nos va a encontrar.

# 25

# Cosas que hacer antes de morir

—No me puedo creer esto, de verdad que no. —Amanda da vueltas de un lado a otro del salón de la casa de los Black, mientras se mesa el pelo de manera compulsiva, y lanza a su hijo miradas de las que matan.

Es martes por la tarde y nuestro primer día de expulsión. La charla materna ha tenido que esperar hasta ahora porque Nicky necesitaba a mamá en el hostal por la mañana. Y yo lo último que quería en el mundo era tener que volver a sentarme al lado de este tío mientras él se deshace en disculpas y burdas excusas, pero es que ahora está llorando y eso es todavía peor.

—Lo siento, mamá. De verdad que lo siento muchísimo —lloriquea, a unos centímetros demasiado escasos de mí.

—¿Por qué no me lo habías contado? —pregunta entonces mi madre, mirándome a mí.

Me encojo de hombros.

—No necesito que me defiendas de los niños malos del instituto —suelto, aunque no sea del todo verdad—. Estoy bien, mamá. Esto no va más allá de unos idiotas del equipo de *hockey* viéndome las bragas.

Pero ella me mira como si me hubiera vuelto loca.

—Esto es muy serio, Zoe.

Y lo es. Sé que lo es. No es ninguna tontería que alguien en quien confías te grabe sin tu consentimiento, eso para empezar. Y menos que luego se dedique a enseñar el vídeo por ahí. Tengo muy claro lo que es esto. Pero también tengo claro que Peter es un pobre idiota con problemas de personalidad que se ha visto sometido a la presión de unos cuantos tíos más idiotas todavía. Y quizá porque estoy acostumbrada a un mundo donde la intimidad de mi familia se vende cara a los periódicos sensacionalistas, esto no me ha afectado tanto como podría haberlo hecho. Estoy bien de verdad. Mi problema no es el vídeo. Mi problema es que Peter no es quien yo creía que era y la decepción todavía sigue a ratos llenándome los ojos de lágrimas.

—Kate, lo siento mucho —sigue también con mi madre—. De verdad que no sabes cuánto me arrepiento, lo juro, es de lo que más me arrepiento de cualquiera de las cosas que he podido hacer mal en toda mi vida.

Qué melodramático.

—¿Desde cuándo vosotros...?

Mi madre no es capaz de encontrar las palabras para formular la pregunta. Así que decido ayudarla un poco.

—Ni siquiera nos hemos acostado, mamá.

Respira aliviada sin disimulos. Me siento como la peor hija del mundo por unos escasos segundos porque... ¿de verdad mi madre piensa que sigo siendo virgen? ¿En serio?

—Y sea lo que sea lo que estaba pasando entre vosotros... —dice Amanda después.

—Sea lo que sea lo que había, te aseguro que ya no lo hay —vuelvo a responder yo con voz firme—. Tu hijo ha hecho una cosa horrible, la verdad, pero sé que se siente mal por ello y que solo ha sido un imbécil, así que podemos dejar esto aquí mientras no vuelva a acercárseme.

—Zoe...

Le lanzo la mirada más envenenada de mi repertorio cuando lo oigo decir mi nombre. Baja la vista y esconde las lágrimas. Y yo aprieto los dientes y miro a nuestras madres en espera de que por fin pongan fin a esta tortura. Se miran entre ellas y se comunican sin palabras para decidir nuestro destino. Al final, es mi madre quien habla:

—Venga, vamos a casa, Zoe, que tú y yo aún tenemos mucho de qué hablar.

Hacemos la mitad del camino hacia casa en silencio y ya empieza a resultarme incómodo. Miro a mi madre de reojo, pero ella está sumida en sus propios pensamientos, demasiado seria.

—Mamá, estoy bien, de verdad. Es un desastre, y complicado, pero puedo gestionarlo.

Ella para la marcha en medio de la carretera y se gira para mirarme con el gesto más grave que le he visto nunca, incluso cuando me dijeron que iban a divorciarse. Menos mal que no pasa ningún coche porque estoy segura de que no va a moverse de aquí sin decir lo que tiene que decir, ni aunque nos atropellen.

—Lo que más me preocupa es que pienses que tienes que pasar por algo como esto sola, Zoe. Eso es lo que más me duele de todo este asunto. ¿Por qué no me lo dijiste? ¿Por qué no acudiste a mí? ¿Y por qué no me llamaste inmediatamente cuando el director te dijo esas cosas? Es mi responsabilidad cuidar de ti y protegerte.

Se me humedecen los ojos cuando los suyos ya rebosan lágrimas. Entiendo cómo se siente. Y sé que lleva tiempo sintiendo que no es todo lo fuerte que debería por mí. Pero es que yo no necesito que lo sea. Lo que necesito es que cuidemos la una de la otra, y me temo que ninguna de las dos queremos dejarnos cuidar.

—No quería preocuparte.

—¡Es que tengo que preocuparme, Zoe! Soy tu madre, estar preocupada por ti es mi estado natural. Déjame serlo. Esto se va a acabar, ¿me oyes? Es absurdo que digamos que vamos a enfrentarnos a todo esto juntas y luego nos ocultemos las cosas para no preocupar a la otra. Si estamos juntas, lo estamos, y a partir de ahora vamos a ser claras en todo, ¿te parece bien?

Asiento, con un nudo en la garganta.

—Sí. Creo que eso estaría bien.

—Bien. Entonces, mañana por la mañana iré al instituto a hablar con el señor Morris, y me va a escuchar, cariño. Me vas a contar lo que ha pasado con Peter, sin restarle importancia. Y vamos a poner las cartas sobre la mesa. —Respira hondo y me mira a los ojos, decidida—. He estado teniendo ataques de ansiedad en estas últimas semanas. Estoy tomando pastillas para controlarlo y he empezado a ir a terapia, tendré que ir a consulta una vez al mes, más o menos, siempre que no surja ninguna urgencia.

Estiro la mano para poder coger la suya y entrelazar nuestros dedos. Eso está bien; no lo de los ataques de ansiedad, y tampoco me hace mucha gracia lo de la medicación porque no hay nada que me dé más miedo que las adicciones de mis padres, pero sí lo de que va a ir a terapia. Esa es una buena noticia.

—He estado aprendiendo a conducir a escondidas —suelto, porque, si estamos siendo sinceras, no tengo otro remedio.

Mamá frunce mucho el ceño.

—¿Qué has dicho?

—¿Te acuerdas de cuando me viste llegar a casa en la camioneta de Chase Bailey? Le pedí que me diera algunas clases porque estaba preocupada por ti y necesitaba poder coger el coche si alguna vez te pasaba algo y tenía que llevarte a algún sitio... a Great Falls o a...

—Al hospital —completa ella. Tira de mi mano y me abraza con fuerza—. Lo siento tanto, cariño. Siento tanto que estemos así y que tengas que preocuparte por mí. Todo va a ir mejor ahora, Zoe. Te lo prometo, cielo. Vamos a estar bien porque eres la personita más fuerte que conozco, ¿sabes? Y eso lo has tenido que sacar de algún lado, ¿no?

Se separa para poder mirarme a la cara y pone las manos en mis mejillas, secándome las lágrimas que empiezan a escapárseme.

—Está claro que de papá no —trato de bromear.

Y ella suelta una carcajada triste y me acaricia despacio la cara con los pulgares.

—No, está claro que de tu padre no. Anda, vamos a casa —me anima—. Y, también, vamos a tener ya mismo, quieras o no, una charla sobre sexo seguro. —Me ignora cuando protesto con unos lloriqueos lastimeros—. Y espero que de ahora en adelante no se te ocurra ocultarme si alguien te gusta, o con quién sales.

Tengo que enfadarme de nuevo con mi subconsciente cuando la imagen de Chase Bailey es la primera que me viene a la mente.

—Seremos sinceras en todo, mamá —prometo, aun sin estar segura de si podré cumplir esa promesa, sobre todo conmigo misma.

No nos ha dado tiempo a llegar a casa y ya tengo un mensaje en el móvil de parte de Molly pidiéndome que me reúna con ellos en el local de ensayo. Dice que Peter no va a estar y que tenemos que hablar de él.

Llego allí más tarde de lo previsto porque priorizo quedarme un ratito en casa, charlando con mamá. Es Stacy quien me abre la puerta y, en cuanto pongo un pie dentro, me golpea el ambiente tenso que se respira en este espacio. Como Molly ha prometido, Peter no está aquí, pero sí lo están todos los demás.

Intercambio una mirada con Bailey, que está detrás de la batería, dando vueltas a las baquetas que le regalé como si todo este asunto no fuera con él.

—Yo no quiero movidas, de verdad, pero lo que ha hecho no está bien y no podemos darle una palmadita en la espalda y hacer como si nada —está hablando Derek.

Ninguno se molesta en saludarme, lo que ya me permite hacerme una idea de la intensidad de la discusión.

—¡Y nadie le está dando una palmadita en la espalda! Pero es nuestro amigo, ¿no? Y todo el mundo la ha cagado alguna vez y no por eso se destierra a la gente —defiende Mike la opinión contraria.

—¿Sí? ¿Igual que la cagó Michelle y fuisteis muy comprensivos? —ironiza el bajista.

Mike se acerca a él en dos zancadas furiosas y lo señala con un dedo.

—No hables de lo que pasó con Michelle, porque no tienes ni puta idea.

—El que no va a hablar de Michelle a no ser que quiera quedarse sin dientes deberías ser tú. —Bailey entra en la disputa al tiempo que se pone en pie y mira al cantante echando chispas por los ojos.

—¡Vale, vale, vale! —exclama Molly, que se pasea entre los tres chicos con los brazos levantados para calmar los ánimos—. Bajad un poquito la testosterona, gallitos. Peter la ha pifiado, pero bien. Creo que la mayoría de nosotros ha intentado hablar con él en la última semana y él se ha cerrado en banda. No tiene excusa para lo que hizo, la verdad, y me parece una guarrada de las gordas. Sabéis que lo quiero más que a ninguno de vosotros, sin que os ofenda, pero esto no es algo que se pueda ignorar como si no hubiera pasado.

Empiezan a hablar todos casi a la vez, cada uno más alto que el de al lado y yo no entiendo nada. Pero sé de dónde viene todo este lío y no quiero que lo que ha pasado entre Peter y yo sea asunto de todo el mundo. Me acerco al micrófono y doy unos golpes, para asegurarme de que está conectado.

—¿Os podéis callar de una vez?

Se vuelven a mirarme cuando mi voz resuena por todo el local. Bien, por lo menos he conseguido captar su atención.

—Escuchadme —pido, tras alejarme del micro—. Lo que Peter ha hecho me lo ha hecho a mí, no a vosotros. Esto es absurdo. Es vuestro amigo desde hace tiempo, seguís necesitando un guitarrista en el grupo, y es un capullo, pero nadie se merece el destierro por haberse equivocado una vez, ¿vale?

Molly da un paso hacia mí, con los ojos tristes.

—Entonces tenemos que perderte a ti cuando el que ha hecho las cosas mal ha sido él, ¿no?

Frunzo el ceño y sacudo la cabeza.

—Claro que no. Nadie habla de perderme a mí.

—Pues ya te has largado, Zoe. Te has alejado de nosotros para no hacernos elegir, y tampoco es justo.

—Solo necesitaba un poco de distancia para poder pensar, ¿vale? —me defiendo—. Que no venga a los ensayos o no me siente en la misma mesa en los almuerzos no significa que dejemos de ser amigas.

—Tampoco nos sentamos con él —aporta Stacy—. Se pasa todo el día con los idiotas del equipo de *hockey*. A lo mejor lo que pasa es que has hecho una nueva amiga y por eso pasas de nosotras. Te estás marginando solita, Zoe.

La miro, contrariada. Su expresión es la de quien se pone

a la defensiva cuando se ve acorralado en una esquina, y no entiendo muy bien a qué viene todo esto, pero lo que sí sé es que me cabrea.

—No sabía que aquí decidierais con quién puedo hablar y con quién no.

—A ver, no es eso —interviene Molly—. Chicas, por favor, no saquéis las cosas de contexto. Hemos venido a hablar de lo que ha pasado con Peter y qué vamos a hacer a partir de ahora.

—Puedes hablar con quien tú quieras —me responde Stacy, ignorándola a ella—. Y nosotras podemos hacer lo mismo, incluyéndote a ti.

—Si lo que me estás diciendo es que tengo que elegir grupo de amigos, te aseguro que no elegiría a quien me da un ultimátum.

—Stacy, ya vale —pide Lucy, a media voz—. Esto es llevar las cosas muy lejos.

Los chicos están en silencio, observándonos como si esto fuera una pelea de gallos. Su discusión ha caído en el olvido cuando les hemos tomado el relevo.

—Ella pasó de nosotras en el viaje para irse con el grupito de marginados, ¡venga ya! —se enfada la chica—. Molly, tú eres la primera que no querías ni que se acercara a Michelle, no fastidies.

—Claro, y sabes lo que pienso, Stacy, pero... —Molly deja la frase en el aire.

Yo niego con la cabeza. Sé que Molly empieza a tener dudas. Pero es que nunca antes ninguno de ellos se había llegado a plantear que podían estar equivocados con respecto a Michelle y Peter.

—¿No habéis pensado que no tenéis la verdad absoluta? ¿Que todas las historias tienen dos versiones? Yo os invito a que conozcáis la de Peter sobre lo que pasó en Calgary y, mientras lo hacéis, dejad que yo elija sentarme a comer con quien me dé la gana.

Me doy media vuelta, dispuesta a largarme de aquí. ¿Por qué todos creyeron a Peter sin más? ¿Por qué Stacy sigue siendo tan intransigente con el tema de Michelle, a pesar de todo lo que ha pasado? Si quiere explicármelo algún día, tendrá que ser ella la que venga a buscarme, porque yo tengo muy claro que, ahora mismo, no es aquí donde quiero estar.

—Eh, vamos, chicas, chicos, relajaos todos, ¿vale? —Oigo hablar a Derek a mi espalda mientras me encamino a la puerta—. ¿Qué narices vamos a hacer con Peter?

Y cuando ya tengo un pie fuera, es Bailey quien habla, alto y claro:

—Si Peter se queda en la banda, yo me largo.

—Joder, Bailey —ladra Mike, irritado.

—Lo hago por el bien común. Os juro que si vuelvo a tener a ese gilipollas cerca es bastante probable que le parta una baqueta en la cabeza. Y, si no os importa, me voy también, que ya estoy hasta los huevos de esta estúpida discusión.

—Venga... —se lamenta Derek—. Por favor, tíos...

Ya no oigo más porque he cerrado la puerta y me alejo del local, caminando despacio y con las manos en los bolsillos. *Fatal.* Esto no ha salido bien. No quería pelearme con las chicas y, desde luego, no quiero perderlas. No quiero no volver a hablar con Molly, o con Lucy. Pero es que no tienen razón en esto, ¿no? ¿Qué se supone que debería hacer? Si hay que ser justos...

—¡Eh, Clark!

Freno la marcha y me giro para ver a Bailey trotar hasta llegar a mi altura. Lleva el abrigo abierto sobre la ropa y las baquetas en la mano derecha.

—Eso no ha sido demasiado bonito —comento, como sin

darle importancia, cuando está a mi lado y empieza a caminar—. Creo que es como el primer paso en la ruptura de toda gran banda. Ya sabes, que uno se vaya del grupo.

—Aún no me he ido del grupo. Solo he expuesto mi punto de vista —aclara, y suelta una risita entre dientes.

—Creía que tirarle a Peter una baqueta a la cabeza era una de las cosas que tenías que hacer antes de morir —recuerdo, en tono de broma.

—Oh, sí. Creo que podré prescindir de ello, pero solo porque le tengo un especial cariño a mis nuevas baquetas.

Lo miro de reojo, y él camina con la vista al frente como si no hubiera dicho lo que acaba de decir y no hubiera conseguido que me ponga roja y me ardan las mejillas una vez más.

—¿Y cuál sería el primer punto de la lista si eliminamos ese?

—Supongo que dejar algo que me haga eterno. Algo que haga que la gente piense: «Debió de ser un gran tipo, ese batería».

Bromea, pero el hecho de que utilice lo de «batería» para que la gente lo recuerde consigue arrancarme una sonrisa absurda, porque sé que lo dice por mí.

—Jamás pensaría una cosa semejante sobre ti. A lo mejor la gente que no te haya conocido...

—Gracias por defender a mi hermana, Clark —suelta, sin previo aviso.

Me encojo de hombros, aunque no sé si él puede percatarse de mi gesto, porque no me mira directamente.

—¿Qué tienes que hacer ahora? —pregunta.

—¿Ahora? No lo sé. Nada, supongo. ¿Por qué?

—Debería ir a sacar a *Max*, pero a lo mejor... Nada, olvídalo.

Tengo que acelerar el paso cuando él acrecienta la longitud de sus zancadas.

—¿Qué? ¿Qué ibas a decir?

—Es una tontería. Da igual. Déjalo. Prácticamente he dejado el grupo y me ha entrado el vértigo del tiempo libre.

Me va muy rápido el corazón y tengo que regañarme y tratar de respirar profundo para controlarlo. Ni siquiera quiero ir a ningún sitio con Chase Bailey, ¿verdad que no?

—¿Qué harás si de verdad dejas el grupo? Creía que no sabías vivir sin la música —le recuerdo, más para cambiar de tema que por otra cosa.

Se adelanta y se gira, para plantarse delante de mí en el camino, hacerme frenar, y poder mirarme a los ojos.

—No tendría que vivir sin música, Clark. No si tú me echas una mano con los acordes difíciles.

Me quedo colgada del reflejo de los últimos colores de la luz del día en sus pupilas por un segundo eterno. Sé que habla de la guitarra. Y de esa canción que necesita sacarse de la cabeza. Probablemente, ese es el verdadero primer punto de su lista de cosas que hacer antes de morir.

—Si yo vuelvo a echarte una mano con la guitarra, ¿qué harías tú por mí a cambio esta vez? —me planto, con los brazos cruzados sobre el pecho.

—Yo te doy la llave de mi azotea, Zoe. Y prometo que no diré en voz alta lo muchísimo que odio tenerte allí conmigo.

Me grabo su sonrisa a fuego en la memoria. Y, si hay que ser justos, yo tampoco le diré jamás lo mucho que odio este cosquilleo tan absurdo que empiezo a sentir cuando sonríe así.

♪ ♪ ♪

Dejo la bandeja con mi almuerzo sobre la mesa y me siento frente a Michelle, que tiene un sándwich al que le falta un mordisco enorme en la mano derecha y ya parece haberse olvidado de él. Ni me mira cuando ocupo mi sitio, ni tampoco parece estar atendiendo al parloteo continuo de Daniel, que está a su lado. Sigo el curso de su mirada para intentar descubrir qué es lo que la tiene tan distraída. Y lo único que veo es a esa chica de la clase de Danny y Lucas que siempre lleva ropa un par de tallas grande y tiene mechas azules en el pelo. Mola bastante y tiene un grupo de amigas tan variopinto que parecen elegidas a propósito para desentonar con las demás. Supongo que un poco como nosotros ahora mismo.

Lucas llega a nuestra mesa solo un par de segundos después de que me haya sentado y ocupa el sitio que queda libre a mi izquierda.

—¿Es eso zumo de manzana? —pregunta Daniel mientras estudia con detenimiento cada cosa que su amigo trae en la bandeja—. No sabía que había zumo de manzana. Yo quería zumo de manzana. Y ahora tengo zumo de naranja que sabe a polvos y tú tienes un fantástico zumo de manzana sin haberme avisado de su existencia.

—Y hasta aquí vuestra amistad —bromeo al oír el tono con el que siempre inician sus absurdas discusiones.

Lucas pone los ojos en blanco y se levanta para poder estirarse y cambiar su zumo por el de Daniel.

—No te mereces un amigo como yo —murmura de mala gana.

—¿Y quién iba a aguantar si no tus lloriqueos sobre lo difícil que es tener sexo telefónico cuando tu padre está en la habitación de al lado?

—Cállate.

Me río cuando veo que Lucas se pone un poco rojo. Así que es verdad que lloriquea por eso. Tiene que ser difícil mantener una relación a distancia así. Aunque pasó algunos días con su madre en las vacaciones de primavera, él dice que eso solo lo hace aún peor. Que las cosas se echan más de menos cuando las has tenido al alcance de tu mano hace poco.

También hay cosas que yo echo de menos. Por ejemplo, hablar en susurros con Lucy para que me explique algunas de las bromas recurrentes de ese grupo de amigos, o las carcajadas exageradamente altas de Molly cuando alguien la acusa de creerse la reina del instituto. Me giro con disimulo para mirar la mesa que antes solía ocupar con ellos. Hoy Peter está sentado allí. Ha vuelto a clase después de los días de expulsión, de los que mamá consiguió librarme a mí al final. Creo que están discutiendo, aunque eso ya no es una novedad. Derek no está en ninguna parte a la vista, y sé que estará más arriba de la tercera planta con el chico que come comida sana e insiste para que le eche una mano con la guitarra a pesar de que ha demostrado que ya conoce todas las notas a la perfección. Y yo ya llevo una semana entera sentándome en esta mesa y ninguna de mis antiguas amigas ha tratado de hablar conmigo. No es que no me duela esta situación, pero lo cierto es que he encontrado un sitio en el que estar a gusto y siento que encajo en este grupo de «almas descarriadas», que es como Danny no para de llamarnos.

Los cuatro levantamos la vista cuando alguien se para junto a la mesa. Derek nos dedica una sonrisa amplísima. A veces se pasa por aquí y se sienta un rato con nosotros. Pero hoy no viene solo. Creo que no soy la única sorprendida cuando veo que es Chase Bailey quien está a su lado.

—¡Eh! He conseguido que la mayor alma descarriada del instituto se olvide de su alergia a la sociedad y almuerce hoy aquí, ¿qué os parece? —anuncia orgulloso.

Bailey me mira y yo alzo las cejas preguntando sin palabras qué es lo que lo ha traído aquí de verdad.

—Está lloviendo —refunfuña, y se sienta a mi derecha.

No es como si fuera el primer día que llueve en todo el

curso, y nunca antes lo había visto venir a la cafetería, pero prefiero no insistir porque puede que me muerda si pregunto demasiado.

—¿Ha pasado algo? ¿Te lo han ordenado las voces de tu cabeza? —empieza Michelle a meterse con su hermano.

Suelto una risita, me alegro de que ella se ocupe de hacer el trabajo sucio y sacarlo de quicio por mí.

—He venido a comer con el grupo de los marginados, y es todo un esfuerzo, así que tachadlo de mi lista de cosas que hacer antes de morir.

—Hum... Vale, espera —le pido, y me giro para rescatar papel y un bolígrafo de la mochila.

—¿Qué haces?

—Tacharlo de tu lista.

—No la estás escribiendo en serio.

Me río, y finjo tachar algo de la hoja que tengo delante. El batería me la arranca de las manos para poder mirarla y pone los ojos en blanco y me la lanza de vuelta cuando ve que no pone nada.

—Deberíamos hacerlo —habla Michelle.

Todos centramos la atención en ella, y Derek es quien pregunta, con la boca llena tras darle un mordisco enorme al bocadillo que tiene hoy para almorzar.

—¿El qué?

—La lista de cosas que mi hermano debería hacer antes de morir.

—Estás de broma —suspira Bailey, molesto.

—No, no estoy de broma. Estás todo el día repitiendo el poco tiempo que tienes para esto o para aquello y luego no haces nada, Chase. ¿Qué pasará si un día de verdad no puedes hacer ninguna de esas cosas? ¿Si tienes que quedarte un tiempo en una cama de hospital? ¿No crees que te arrepentirás de no haber hecho algunas cosas cuando sí podías?

—Tiene sentido —se pronuncia Daniel.

El batería le lanza una mirada envenenada, pero Danny se encoge de hombros, sin dejarse amedrentar.

—No tiene ningún puto sentido —gruñe Bailey, muy en su línea.

—Claro que sí, todo el mundo debería tener una lista de cosas que quiere hacer antes de morir e intentar hacerlas cuanto antes. Al fin y al cabo, nunca sabemos cuándo puede ser nuestra última vez, ¿no?

Danny tiene toda la razón. Y creo que casi todos estamos pensando lo mismo.

—Venga, hagámosla —propone Derek, con una sonrisa traviesa.

—Apunta, Zoe —dice Lucas a mi lado, al tiempo que señala la hoja que tengo en la mano—: Decirle a alguien que lo quieres, aunque acojone.

No se me pasa por alto la mirada que le lanza a Daniel y la cara de resignación que pone su amigo en respuesta.

—No seas ñoño —se carcajea Michelle—. Apunta ser espontáneo por una maldita vez en su vida.

Él se limita a murmurar algo entre dientes que no puedo llegar a entender.

Daniel da unos toquecitos sobre el recipiente de la asquerosa «comida sana» que Chase tiene delante.

—Apunta comer la hamburguesa más enorme, deliciosa y grasienta de Great Falls.

Una risita divertida por mi parte y un suspiro molesto justo a mi lado.

—Apunta dejar de ser virgen —añade Derek, en tono pícaro.

—Que os jodan.

Bailey hace amago de levantarse de la mesa. Agarro la manga de su chaqueta. Cuando me mira y nuestros ojos conectan, hago la propuesta que sé que sí necesita apuntar en su lista de cosas que hacer antes de morir.

—Componer esa canción —digo, en un tono bastante más íntimo del que han estado usando los demás.

Aprieta los labios por un segundo. Luego hace un asentimiento tosco. Habla, sin separar las pupilas de las mías:

—Vale. Apunta.

## PALABRAS PARA ZOE II

*Estoy seguro de que recuerdas perfectamente cuando escribimos la lista. Era la idea más estúpida del mundo y, sin embargo, de un segundo para otro, se convirtió en algo tan vital como respirar, comer la comida sana que te daba ganas de llorar o beber mucha agua. Como casi todo contigo, pasé de odiarlo profundamente a querer aferrarme a ello y no dejarlo marchar jamás.*

*Algunos puntos salieron a la primera, entre risas y bromas de una panda de idiotas marginados. Otros los pensamos mucho. Tú y yo. Arriba en la azotea, planteando qué era aquello que no podríamos dejar sin hacer. ¿Te acuerdas? Dijiste que no podías morirte sin conocer a tu hermana. Yo dije que me importaba una mierda no conocer nunca a mi padre, pero que estaría bien conocer a algunas personas que admiras antes de palmarla. Creo que lo escribiste con el número cuatro. Los números eran aleatorios, porque no escribías en orden, sino como te daba la gana. Tú y tu caos de versos, estrellita del* rock*. Es lo que hace que al final toda la maldita letra tenga sentido.*

~~*Pero, como decía, que de nuevo me voy por las ramas y los dos sabemos que no me sobra el tiempo...*~~ *La lista era una chorrada, o lo fue solo hasta el momento en que trazaste el primer punto y mordiste el capuchón del boli pensando en la mejor manera de redactarla. Caótica y sin sentido. Como tú. Como nosotros. Como una de esas canciones que solo entiendes cuando la has escuchado hasta el final. Y cobró importancia cuando me miraste de reojo, sonreíste, y empezaste a escribir. Amé la puta lista por tu mirada concentrada, por tus dientes atrapando tu labio inferior mientras la releías y por la forma en que me hablaste con los ojos y me prometiste sin palabras que la completaríamos. Tú y yo. El resto de la mesa desapareció. Y pensé que era la peor idea del mundo. Pero que no quería arrepentirme de no haberlo hecho cuando ya no pudiera.*

*Sí, sé que seguí diciendo que la odiaba cada maldito día, con cada maldito punto que insistíais en tachar. Y la verdad es que no quería terminarla, porque tenía la absurda esperanza de que mientras quedaran puntos seguiría quedando tiempo. Por eso hay alguno que me guardé en secreto, que no te pedí que tacharas, solo para tener algo más de margen. Insistías en que los tachara yo y siempre te dije que era una gilipollez, ¿verdad? Era porque me gustaba ver ese gesto en tu cara cuando cruzabas una línea sobre las palabras. Porque, en cierto modo, tenía un significado especial que fueras tú quien marcara mis pequeños logros.*

*—¿Por dónde quieres empezar? —me preguntaste un miércoles a las ocho menos diez de la mañana, mientras caminabas de espaldas por el pasillo del instituto.*

*La gente se apartaba para que no los atropellaras y tú ni te dabas cuenta de que te miraban mal porque tus ojos no se apartaban de los míos. Quise empezar por ahí, Clark, por tus ojos y por tus labios, por tus manos y tu piel. Pero, como cada puta vez, me tragué las ganas y me encogí de hombros y puse mi mejor cara de póker para contestar con indiferencia:*

*—Por el principio, supongo.*

*Levantaste el papel para mirarlo tan rápido que me di cuenta al instante de que ya te lo sabías de memoria.*

*—El número uno es viajar fuera del estado.*

*Qué irritante eres, Zoe, y cuánta vida me da que tires y empujes hasta sacarme de mi jodido rincón oscuro.*

*—Claro que eso no es el número uno —gruñí de mala gana—. Te dije «componer la canción».*

*Tus ojos brillaron traviesos antes de que volvieras a abrir la boca luchando contra una sonrisa:*

*—Componer la canción es el número cinco.*

*Sacudí la cabeza y me lancé hacia delante, para arrebatarte la lista y poder ordenarla a mi manera. Como en casi todo, fuiste más rápida que yo, saltaste a un lado y la pusiste fuera de mi alcance.*

*—No puedes poner el orden que te dé la gana.*

*—No hace falta seguirlo. Podemos ir al punto que más te interese...*

*Sé que solo te callaste porque estábamos rodeados de gente y había ciertas cosas que ni siquiera tú querías gritar en medio de los pasillos del instituto. Si no, como en días anteriores, te habrías aliado con Derek y con el graciosillo de Danny para señalar chicas por el pasillo y preguntar: «¿Y qué tal ella? ¿Se merece que le des tu flor?». Daba igual cuántas veces os dijera que no había perdido la virginidad porque no había querido y no por falta de oportunidades.*

*~~Y hablando de eso... No, no de virginidades perdidas, sino de oportunidades y falta de ellas.~~ Nunca me has pedido que te hable de ella. Tampoco sé si importa. Pero a lo mejor sí hay algo que quiero decir. Cuando empecé a salir con Gia acababa de cumplir los dieciséis. Nunca había tenido novia, aunque había besado a Harriet Graham varias veces desde los quince. No es un gran historial amoroso, pero ya sabes que soy algo asocial y que la música ha sido siempre mi primer amor. Con Gia todo bien: encajábamos bastante, nos entendíamos bien y la cosa funcionaba cuando nos besábamos. Yo, como siempre, tenía la cabeza en las nubes y la batería, así que tampoco es que buscara mucho más que lo que teníamos. No fue tan inocente, en realidad, tampoco te creas. ~~Claro que le metí la mano debajo de la ropa alguna vez. Y ella me hizo media paja en el asiento trasero de la camioneta una de las primeras veces que mis padres me dejaron conducirla solo. Vale, no, creo que no quiero que sepas esto...~~ La cuestión es que, cuando me dijeron que estaba enfermo de nuevo y que la cosa no pintaba del todo bien, empecé a convertirme en el gruñón amargado que conociste al llegar. No la culpo por salir corriendo, si no lo llega a hacer ella, la habría apartado yo. Ya ni siquiera hablamos. Una vez me preguntó cómo estaba y yo ni me molesté en responder.*

*Con todo esto quiero decir, y perdona que te aburra con tanto texto (con música me expreso mejor, ¿no?), que estoy seguro de que recuerdas cuando me preguntaste por el último punto de la lista. Si no lo había hecho. Si nunca me había pasado. Y yo respondí: «No lo sé». Pero ¿sabes de lo que me he dado cuenta desde entonces?: un «no lo sé» siempre es un «no» porque cuando te pasa..., cuando de verdad te pasa, Clark, ya no tienes ninguna duda.*

*Y, sí, puedes tachar ese punto también.*

# 26

# Ahora o nunca, Bailey

**Cosas que hacer antes de morir:**

1. Viajar fuera del estado.
2. Ser espontáneo al menos por una vez en la vida.
3. Comer la hamburguesa más enorme, deliciosa y grasienta de Great Falls.
4. Conocer a alguno de tus mayores ídolos.
5. Componer esa canción.
6. Dormir bajo las estrellas.
7. Montar un fiestón que la gente recuerde para siempre.
8. Decir a alguien que lo quieres (de forma romántica).
9. Perder la virginidad.
10. Enamorarse.

Meto ese papel en el último apartado de mi carpeta y pongo el libro encima, mientras doy vueltas al subrayador amarillo con la mano derecha. No lo hago con tanta destreza como Bailey con sus baquetas, pero le concedo eso, porque algo se le tiene que dar igual de bien que gruñirme todo el tiempo.

—Vamos. Si no te lo tomas en serio suspenderemos las dos —advierto a Michelle, que me mira con una mueca de fastidio mientras termina de secar un vaso con un trapo al otro lado de la barra.

—¿Qué más da? Mira a tu alrededor, Zoe, esto es lo que me espera dentro de un par de años. El instituto es lo de menos.

—A tu madre le acaban de salir cuatro arrugas nuevas por los disgustos que le das —acuso, en tono de broma.

Se hace la difícil, pero sé que le ha hecho gracia.

—Vamos a suspender las dos de todas maneras, te recuerdo que el señor Anderson ya te dijo tu nota el tercer día que asististe a clase.

Siempre con lo mismo. Si todas nos rindiéramos tan fácilmente como ella no habría habido movimiento feminista ni abolición de la esclavitud. Me lo callo, porque sé que ella es la más feminista y la más abolicionista de todo el pueblo (o eso es lo que proclama) y se indignaría si exagero tanto el hecho de no querer estudiar mientras trabaja para el examen de Literatura de mañana.

—Por eso tengo que hacer un examen perfecto. Cuando me suspenda, pediré que lo revisen y tendrá que tragarse sus palabras.

—¿Cuánto tiempo llevas aquí? ¿Cuatro largos meses? ¿Y aún no conoces a Anderson?

—¿Solo cuatro? Se me han hecho eternos, tía.

Suelta una risita y eso me hace reír a mí también. El final del mes de abril se acerca y a mí, sin embargo, me parece como si llevara años viviendo aquí. Han pasado muchas cosas, he conocido a mucha gente importante, y he perdido a algunos otros por el camino.

Michelle me pide un momento y se aleja hacia el otro lado de la barra para atender a un nuevo cliente. Es jueves por la tarde, así que el local está bastante animado hoy. Observo a mi amiga preparar una ronda de bebidas. Si lo piensas bien es raro que ahora pasemos tanto tiempo juntas. Quiero decir, que no es raro que nos llevemos bien porque, de alguna extraña manera, conectamos de maravilla desde el principio. Pero llevo poco más de tres semanas con el grupo de las almas descarriadas y da la impresión de que son mis amigos desde siempre.

No sé muy bien lo que ha pasado con la banda, porque Bailey no habla del tema y Derek solo repite que todo es un drama y que son una panda de descerebrados. Lucy ha empezado a sentarse con nosotros de vez en cuando desde la semana pasada y, por lo que sé, Peter ya no se habla con ninguno de ellos. Y Molly y yo nos miramos por los pasillos y nos esquivamos en clase y, a pesar de todo, siento que siempre tengo un «te echo de menos» en la garganta, preparado para ella. No sé muy bien qué es lo que piensa ahora de mí. Solo sé que Stacy dice que soy una traidora y que muy probablemente ya haya empezado a denominar a Lucy así también.

Unas mechas azules y unas diminutas trenzas en una cabeza morena me llaman la atención cuando las veo acercándose a la barra. Observo con curiosidad cuando Michelle se acerca a atenderla. Jamie Evans es alta, guapa y segura de sí misma. Y Michelle se pone como un flan cada vez que está cerca de ella. No es que me lo haya dicho, pero es tan obvio que no hace falta que lo confirme de viva voz.

—Oye, límpiate la baba antes de asomarte a mis apuntes —me burlo cuando vuelve a aparecer a mi lado.

—¿Qué dices?

—Vamos...

No completo la frase con un «es evidente que pierdes las bragas por esa tía» porque ella nunca me ha hablado para nada de su vida amorosa y no sé si le molestará.

—¿Tan obvio es? —Baja la voz y arruga la nariz.

Me río bajito.

—No, tranquila. Si es muy miope puede que no se haya dado cuenta de cómo de nerviosa te has puesto cuando te ha dado las gracias y ha sonreído.

—Eres tontísima —bufa mi amiga.

Y yo me río mucho más alto esta vez, hasta que ella relaja los hombros y termina por reír conmigo.

—¿Por qué no le dices algo?

—Estás loca. Es complicado —se lamenta. Y yo espero que a continuación me recuerde lo difícil que es no ser heterosexual en un pueblo pequeño como este, como siempre hace Daniel, pero no es eso lo que dice—. Resulta que le mola tocar la batería, ¿sabes? Me daría mal rollo enrollarme con alguien que se parezca en lo más mínimo a mi hermano.

Me río tanto que tengo que terminar por doblarme y apoyar la frente sobre las páginas del libro. Cuando soy capaz de volver a mirarla, ella se está pasando la manga de la camiseta por debajo de los ojos, borrando los restos de esas lágrimas que siempre se le saltan cuando algo le hace mucha gracia.

—Te entiendo. A mí también me daría mal rollo enrollarme con alguien que se pareciera a tu hermano.

Reímos de nuevo. Luego se acerca un poco más a mí y me mira con una sonrisa pícara de medio lado.

—Me alegra oír eso, porque pasáis mucho tiempo juntos los dos, ¿no?

Me encojo de hombros y aparto la mirada para que no pueda leer en mis ojos nada que yo no quiera revelar. Es cierto que estas últimas semanas hemos pasado mucho tiempo juntos, pero la mayor parte de él estábamos también con otra gente. Solo estamos a solas cuando quedamos para tocar la guitarra. Claro que cada vez lo hacemos más a menudo.

—¿Cómo lleva la canción? —pregunta ella, interrumpiendo mis pensamientos.

—Empiezo a pensar que no tiene ni idea de lo que quiere componer.

—Nunca tuve ninguna duda sobre eso.

Sonrío distraídamente. Pasar tiempo de nuevo con Bailey después de aquel beso me tiene algo confundida. No hemos vuelto a mencionarlo y, por supuesto, no hemos vuelto a estar así de cerca tampoco. Pero es que no puedo olvidarlo.

—¿Cómo estaba hoy? —pregunto, con fingido desinterés.

Esta mañana tenía diálisis. Le he mandado un mensaje para preguntar cómo ha ido hace cosa de una hora, pero no ha respondido, lo que probablemente quiere decir que no muy bien.

—Cansado, no ha comido apenas nada, la diálisis de hoy lo ha dejado hecho un guiñapo. Se ha ido a dormir antes de que yo me viniera al trabajo. Supongo que mañana estará mejor, ya sabes cómo es esto.

Asiento y me mordisqueo la parte interna de la mejilla, sintiéndome mal por él. Hay días en que parece que ni le afecta y otros en que acaba tan cansado que apenas puede levantarse de la cama. Me gustaría poder hacer algo para ayudarlo a sentirse mejor, pero estoy bastante limitada en ese aspecto.

El móvil me vibra en el bolsillo un rato después, mientras Michelle atiende una mesa al fondo del local y yo ya he desistido con eso de estudiar Literatura esta tarde. Es Bailey:

> Todo bien. Mejor que nunca. Quiero enseñarte lo que tengo, necesito que lo toques, yo no consigo hacerlo sonar ni medio bien. ¿Mañana por la tarde? Tráete la guitarra.

♪ ♪ ♪

*Max* se aleja trotando hacia el borde del río. No me extrañaría que decidiera darse un bañito en cualquier momento. El calor ha llegado de golpe al pueblo y estoy bastante segura de que la temperatura de hoy no es lo normal para esta época del año. Aun así, el agua debe de estar helada, aunque no creo que eso fuera un impedimento para el caluroso *Max*, que lleva todo el tiempo —al menos desde que Bailey me ha recogido— con la lengua colgando y respirando de forma agitada.

Estiro las piernas, sentada en la caja de la camioneta y con la espalda apoyada en el borde derecho, y acomodo la guitarra entre los brazos. Frente a mí, separados por unos escasos centímetros, y más cerca de la parte trasera, el batería imita mi postura y acaricia con delicadeza las curvas de la guitarra de mi padre. Lleva una camiseta gris cuyas mangas cortas ha doblado un par de veces para acortarlas aún más. Y yo me arrepiento de ir vestida por completo de negro, aunque estemos aparcados entre los árboles y solo me alcancen pequeños puntos de sol.

Nunca había estado aquí antes, y me parece increíble que este sitio esté tan cerca de casa. Pensaba que todo era llano y escaso de vegetación, pero quedaba un pequeño paraíso por descubrir al otro lado del río. Bailey dice que, en todas las veces que ha venido, jamás se ha encontrado con nadie. No puedo creer que la gente desaproveche un rincón tan apacible como este.

—¿Puedes intentarlo? Ni siquiera soy capaz de imaginarme cómo suena en realidad cuando la toco yo.

Me tiende una libreta con las páginas arrugadas. Observo la partitura, leyéndola en mi cabeza. Ha dibujado incluso el pentagrama y las líneas están torcidas. Tomo nota mental de regalarle un libro de partituras en blanco, para que pueda hacer esto de una manera más decente.

—¿Qué parte se supone que es?

—Puente y estribillo. Es horrible, ¿no? Déjalo —masculla, y me arrebata la libreta de las manos, como si acabara de darle vergüenza y quisiera esconderla cuanto antes—. A lo mejor no tiene sentido fuera de mi cabeza.

—Yo no he dicho nada de eso. Vamos, intenta tocarla para hacerme una idea. Luego toco yo.

Me mira, con gesto desconfiado. Luego hace un asentimiento muy leve y deja la libreta abierta en el suelo de la caja, entre los dos. Respira hondo un par de veces y coloca los dedos con mucho cuidado antes de acariciar las cuerdas para hacer sonar la primera nota. Estoy segura de que sabe tocar mucho mejor de lo que lo está haciendo ahora. No para de equivocarse y le cuesta llevar el ritmo. Está tan nervioso que puedo notar cómo los dedos le tiemblan cada vez que los levanta del mástil para cambiar su posición.

—No puedo. No suena bien.

Suelta la guitarra, frustrado, y empuja la libreta lejos de él. La recojo y la oriento hacia mí, antes de acomodar mi postura y prepararme para tocar.

—Tienes que relajarte —le aconsejo—. Es imposible que suene bien a la primera. No importa. Ya la puliremos después. Estás tan preocupado por hacer justicia a tu idea y tocarla perfecta que te la estás cargando.

Aparta la mirada y cuadra la mandíbula.

—Me caes mal, Clark.

Suelto una risita, porque no ha sonado tan de verdad como creo que él pretendía. Me siento satisfecha cuando veo que se le escapa media sonrisa perezosa.

—Vamos allá.

Me concentro para tocar la partitura que tengo delante. Enseguida dejo de pensar y me dejo llevar por la música, como papá me dijo que hiciera. Así siempre es mucho mejor.

Lo cierto es que no suena mal. El puente es genial, tiene ritmo y tiene sentido. En el estribillo hay algo que no termina de encajar, pero es sorprendentemente bueno para ser una primera versión, la verdad.

Cuando alzo la mirada hacia Bailey, frunzo el ceño al ver su cara de contrariedad.

—No. No es así. No debería sonar así.

—Es lo que está escrito —me defiendo.

—Ese no es el ritmo adecuado.

—Lo has escrito tú, no yo.

Suelta una especie de gruñido y se estira para recuperar la libreta. La mira con el ceño fruncido y mueve los labios sin vocalizar nada con sentido mientras mueve la cabeza al ritmo de la canción que lleva meses sonando en ella.

—Tengo que volver a empezar.

—¿Puedo hacerte una sugerencia? —Dejo la guitarra a un lado y me muevo para cambiar de postura y sentarme en el mismo sentido que él, pegando nuestros hombros, para poder leer la libreta también—. El paso entre estas notas de aquí es muy brusco y es incómodo. Tal vez podrías cambiar este acorde por este otro; creo que es más armónico así. A lo mejor es más parecido a lo que tenías en mente.

Gira la cara para mirarme y yo levanto la vista para encontrar sus ojos oscuros. Está demasiado cerca. Y a esta distancia puedo fijarme en que tiene unas pecas muy leves sobre los pómulos y en la nariz, justo el lugar en el que su hermana luce las suyas, mucho más evidentes.

—Creía que tú no escribías música.

—Solo arreglillos —me jacto, con media sonrisa engreída.

Acerca la mano a mi cara y mi corazón pierde el ritmo de manera brusca cuando aún no ha llegado ni a rozarme. Su piel no entra en contacto con la mía. Coge con cuidado un pequeño mechón de pelo que se ha pegado al brillo de labios y lo aparta despacio hacia la oreja. Arrugo la nariz ante el cosquilleo y sus ojos bajan a ese punto. Se le relaja el gesto y podría jurar que hasta se le forma una sonrisa leve.

—Lo probaré —asegura.

—Genial —murmuro, como puedo, en un hilo de voz.

—La próxima vez que te la enseñe estará perfecta.

—No hace falta que lo esté. Venga, vamos a tocar otra cosa, y luego probamos otra vez.

Me aparto de su lado enseguida, porque me incomoda sentirme tan cómoda a esta distancia, si es que eso tiene sentido. Vuelvo a mi posición original y le doy una patadita suave en el costado, para meterle prisa.

—Coge la guitarra, Bailey.

Hace una mueca, pero no logra parecer tan fastidiado como le gustaría.

Tocamos la guitarra durante un montón de rato, alternando las canciones que proponemos cada uno. Y creo que no me he sentido tan feliz en toda la semana, desde la última vez que toqué... o que tocamos juntos. Entiendo su necesidad de tener la música como protagonista en su vida, porque a mí me pasa algo parecido y me siento completa cuando tengo entre los brazos una guitarra. Sonrío casi todo el tiempo, no solo porque me encante tocar, sino sobre todo porque ese tonto del batería, que va de que aún necesita mi ayuda para esto, no falla ni una nota. Me lo tomo como un éxito personal.

—Creo que ya he encontrado la manera de que me compenses las clases extras de guitarra —digo mientras guardamos los instrumentos y los dejamos a un lado.

Alza una ceja como forma de invitarme a hablar, pero no dice nada.

—Mi madre me ha dado luz verde para sacarme el permiso de conducir. El único problema es que ella no puede llevarme a Great Falls para las clases.

—Creía que había dicho que no podrías apuntarte hasta verano —recuerda.

—Sí. Eso era antes de que hayamos tenido unas cuantas charlas serias y hayamos prometido cuidar la una de la otra a partes iguales. Está claro que necesito el permiso de conducir. Hasta ella se ha dado cuenta.

—¿Y qué tengo que ver yo en todo eso?

—Bueno..., tú vas a Great Falls varias veces a la semana y...

—Olvídalo —gruñe.

Se levanta y baja de un salto de la caja. Camina hacia el borde del río, llamando a *Max*, que ahora mismo no está en ningún lugar a la vista.

Me muevo, arrastrando el culo sobre el suelo del vehículo, hasta quedar sentada en el borde y con las piernas colgando.

—¿Por qué tengo que olvidarlo? Solo me sentaré a tu lado en la camioneta. Puedo contribuir al gasto de gasolina y, solo si es estrictamente necesario, viajaré calladita.

Se vuelve a mirarme cuando *Max* aparece chapoteando por la orilla río arriba.

—Oh, sí, eso sería *muy* necesario, estrellita del *rock*.

—Venga ya, Bailey. Me adaptaré a tus horarios. Daré clase los lunes por la tarde y los sábados por la mañana mientras tú estás en el hospital, y te esperaré allí hasta que salgas. ¿Cuál es el problema?

—El problema es que yo no voy allí de excursión —suelta, amargo.

Me quedo callada por un par de segundos. Eso ya lo sé. Y lo que no digo en voz alta es que esa es una de las razones por las que no quiero esperar a verano para empezar las clases. Porque así tendré una excusa para acompañarlo y poder asegurarme de que no está demasiado hecho polvo para conducir cuando sale de la diálisis. Los últimos días ha acabado tan cansado que ha dormido horas tras llegar a casa, según me ha contado Michelle. Y no me gusta la idea de que tenga que hacer todo ese camino solo tres veces a la semana. Alguien debería acompañarlo, al menos.

—Y yo tampoco —respondo, firme, aunque tenga que callarme todo lo demás.

—¿Por qué tienes tanta prisa ahora para esto? Creía que tu madre estaba mejor.

Me encojo de hombros.

—Podría morir en cualquier momento y hemos quedado en que hay que hacer las cosas cuanto antes si no quieres arriesgarte a que se queden por hacer —le recuerdo, con media sonrisa inocente.

—Pensaré en ello —murmura, y aparta la mirada con el ceño fruncido.

—Tú también deberías.

Dedica una mirada breve a *Max*, que mete la cabeza en el agua como si se creyera que va a ser capaz de atrapar algún pez, y luego se acerca de nuevo hasta llegar a mi altura y parar de pie ante mí.

Levanto la mirada para observar su cara.

—Debería, ¿qué?

—Empezar a completar la lista —presiono—. Yo qué sé. Hacer todo lo que quieras hacer, por si mañana no puedes hacerlo. Ser espontáneo. Darte un bañito con *Max* en el río. Hacer tonterías, aunque no estés seguro de si son buena idea. Es ahora o nunca, Bailey.

—¿Bañarme en el río? El agua estará a bajo cero.

—No exageres.

—Ni siquiera es verano.

—Hace calor y estás sudando.

—Es la peor idea que he oído en la vida.

—Las malas ideas son las mejores ideas. Haz lo que quieras de una vez, o morirás virgen —le pico con una sonrisa traviesa. Me encanta lo nervioso que se pone cuando Derek, Danny o yo hacemos hincapié en ese punto de la lista—. Siempre dices «no tengo tiempo que perder», pero no paras de perderlo. Sí, puedes bañarte en el río, tocar la canción sin ponerte histérico, admitir que disfrutarías de mi compañía en los viajes a Great Falls, y también puedes intentar ligarte a esa chica de las gafas moradas de tu clase de Historia aunque vayas a hacer el ridículo.

Se acerca un poco más y a mí se me corta la respiración cuando sus ojos se clavan en los míos con un brillo peligroso.

—¿Puedo hacer lo que quiera?

Asiento despacio, y trago saliva con dificultad.

—Ahora o nunca, Bailey.

—Ahora o nunca, Clark.

Se mueve rápido, de golpe, y sus brazos se apoyan en el suelo de la caja de la camioneta, a los lados de mis caderas. Su cuerpo se cuela entre mis piernas y su torso se cierne sobre mí mientras yo me inclino hacia atrás, con el organismo al borde del colapso. Huele a puñetero bosque, su cuerpo desprende un calor insoportable, a pesar de que no llega a rozarme en ningún punto, y sus ojos en los míos, a esta distancia, son como dos agujeros negros que me arrastrarán sin remedio si no me sujeto a la cordura con más firmeza de la que en realidad poseo. Se me enreda un nudo en la tripa y mi respiración se vuelve algo más pesada. Me mira los labios y, por mero acto reflejo, me los lamo despacio, sin poder pensar. Siento un cosquilleo por todas partes que se intensifica hasta lo insoportable en mi bajo vientre. Quiero besarlo. Mucho. Demasiado. No solo eso. Quiero besarlo, tocarlo, que me toque y me haga vibrar, que me acaricie con la misma dedicación con la que acaricia las cuerdas de la guitarra. Sé que podemos ser música juntos. Y para eso ni siquiera hace falta reconocer que somos amigos, solo tiene que hacerme sentir en llamas, justo como estoy ahora mismo. Sus músculos tiemblan cuando su brazo roza el mío casi sin querer. Su aliento sobre mis labios humedecidos manda una corriente de sensaciones que se desplazan rápido por mi pecho y mi abdomen. Y, entonces, habla, en un susurro:

—Eres una cría de dieciséis años, estrellita del *rock*.

Se aparta de forma brusca, con expresión satisfecha y una sonrisa de suficiencia que debería borrarle de un bofetón si no fuera porque soy contraria a la violencia. ¿Qué ha sido eso? ¿De qué va?

—Tú eres tonto.

Se ríe. De verdad, en una carcajada seguida de unas cuantas risitas más entre dientes.

Quiero matarlo. Lenta y dolorosamente. Clavándole espinas bajo las uñas y haciéndole suplicar piedad. Pero, en vez de eso, me bajo de la caja de un salto y me desabrocho los pantalones. Porque sé que aquí el deseo no viaja solo en una dirección y, de entre nosotros dos, el más inocente, sin duda, es él. Yo puedo jugar mucho más duro.

—¿Qué haces?

Sus ojos recorren mi figura y, cuando llegan a los míos, puedo ver que están abiertos en sorpresa y, quizá, un pelín de pánico.

—Esta cría de dieciséis años se va a bañar en el río —respondo, como si no hubiera pasado nada hace tan solo unos minutos—. Supongo que tú eres tan cobarde que no piensas hacer lo mismo, pero da igual, porque *Max* y yo nos lo pasamos bastante mejor cuando no estás tú incordiando.

Me quito las zapatillas, con el pie contrario y sin desabrochar los cordones, y me desprendo de los pantalones. La mirada de Bailey baja a mis piernas y luego la aparta tan rápido como puede. Me quito la camiseta y la tiro sobre la funda de mi guitarra. Cuando decía que voy vestida totalmente de negro era de manera literal. Y me alegro de haberme puesto la ropa interior conjuntada hoy.

—Ah —llamo su atención cuando ya estoy caminando hacia la orilla—, cumplo los diecisiete dentro de un mes exacto. Por si te lo estabas preguntando.

*Max* viene corriendo a mi encuentro en cuanto ve que meto un pie en el río. Lo acaricio y jugueteo con él, y enseguida me agacho para coger una piedra de la orilla y lanzarla al interior, para que nade a buscarla. La masa de agua no es profunda, apuesto a que no me cubrirá más allá de la cintura. El problema es que está helada. Tan helada que el pie me duele como si me estuvieran clavando agujas de hielo por toda la piel.

—Zoe, no deberías... El agua debe de estar helada, vas a congelarte o a palmarla de una pulmonía.

Vuelvo la cabeza para mirarlo y le sonrío con superioridad.

—Creía que tú ya tenías muy asumido eso de la muerte.

—Sí, joder, la mía, no la tuya —protesta entre dientes.

No puedo evitar reírme ante su tono. Él sonríe de medio lado, con aire tímido.

—Vamos, Bailey. No le contaré a nadie lo de tus calzoncillos de dibujitos.

Me adentro más en el agua, poniendo todo mi esfuerzo en no ponerme a gritar lo helada que está. El agua ya me empapa las caderas cuando me giro a mirar. No lleva calzoncillos con dibujitos. Son lisos y de color verde oscuro. Aburridos. No se quita la camiseta cuando viene corriendo hacia mí y chapotea, salpicando en todas direcciones. Grito y me río a carcajadas.

—¡Para ya! ¡Está helada!

En vez de hacerme caso, lo que hace es agarrarme por la cintura y hacerme caer hacia delante para mojarme por completo. Él ya está empapado. Y yo estoy a punto de hacerle ver lo absurdo de haber mojado su camiseta cuando caigo en la cuenta de por qué no se la ha quitado y me muerdo la lengua a tiempo. La cicatriz. No quiere que la vea.

—Debería hundirte la cabeza en este palmo de agua hasta que dejes de patalear —amenazo.

—Ten paciencia, Clark, la naturaleza te hará el trabajo sucio.

Me duele mucho más de lo que me duele el cuerpo sumergido en estas aguas congeladas.

—Deja de decir eso, por favor.

Se queda serio cuando nos miramos a los ojos. Se acerca despacio hasta que su cuerpo está tan cerca del mío que ya empiezo a olvidar el frío.

—Necesito que lo tengas claro, estrellita —susurra, de manera íntima.

Agarro el cuello de su camiseta y tiro de él hasta que nuestros pechos se rozan y puedo hablar tan cerca de sus labios como antes lo ha estado él de los míos.

—No te mueras hasta que yo te dé permiso, batería, me queda mucho odio por dedicarte todavía.

*Max* nos golpea con las patas, emocionado, cuando nada cerca de nosotros, con ganas de jugar. Y yo salgo corriendo del agua en cuanto puedo, gritándole a Bailey que está loco y que se va a congelar si se queda ahí un solo segundo más.

Tarda demasiado en salir y, aun así, cuando lo hace, sigue siendo evidente la erección que esconde su calzoncillo. He logrado vengarme, y bien, si hemos conseguido eso incluso con el agua helada. No digo nada, aunque me dan ganas de hacerlo solo para ver lo nervioso que se pone. De todas formas, parece bastante ocupado examinándose con cuidado el brazo izquierdo, no sé si porque ha dejado de sentirlo debido a la congelación o porque no quiere mirarme a mí ni por un solo momento.

Él se esconde a un lado de la camioneta para cambiarse de ropa, y yo al otro. Es incómodo ir sin la ropa interior, pero supongo que es peor coger una pulmonía de verdad por dejárnosla puesta. Veo su camiseta volar por encima del techo hasta caer en la caja, y cuando sale de su posición, se ha puesto una sudadera.

Yo me abrazo a mí misma, tiritando.

—Ay, estoy helada.

—Espera, te dejaré algo.

Se mueve rápido para buscar en el asiento de atrás y pronto me ofrece una chaqueta. Me la pongo enseguida y subo la cremallera hasta arriba. Jugueteo con los cordones de la capucha mientras observo cómo él intenta convencer a *Max* de que salga del río de una vez.

Me acerco despacio y me siento de nuevo en la parte trasera de la camioneta, mirando al lugar donde el sol ya ha iniciado su descenso. Me río y protesto cuando *Max* se sacude con fuerza, justo delante de mí, y luego sube de un salto a la caja para tumbarse. Bailey se acerca, moviéndose con pereza, y se deja caer a mi lado, sin atreverse a rozarme.

—Esto ha sido la peor idea del mundo.

Me río y vuelvo la cara para poder mirarlo.

—Te lo voy a convalidar por el punto de hacer algo espontáneo, aunque la idea haya sido mía. Puedes tacharlo de la lista.

—Táchalo tú por mí.

Nos miramos a los ojos durante un par de larguísimos segundos y luego él vuelve a hablar sin apartar su mirada de mí ni un milímetro.

—Y, oye, Clark...

—¿Sí, Bailey?

—La próxima vez que me digas que haga lo que quiera, por si mañana no puedo hacerlo, será «ahora» y no «nunca».

# 27

# El fin del mundo

Estiro la mano y le robo a Bailey un trozo de zanahoria de esos que salpican de color naranja su comida de hoy.

—¿Tu madre no te da de comer en casa? —deja clara su disconformidad.

—No comida tan sana como esta —respondo con una sonrisa burlona, solo para picarle.

Aparta la comida de mí cuando ve que hago amago de otro lance para robar un poco más. Lo veo sonreír de medio lado y se me contagia el gesto con demasiada facilidad. Echo la cabeza hacia atrás y cierro los ojos, para que me acaricien los rayos de sol, que ahora pega fuerte en la azotea del instituto, pero también para disimular un poco.

—Salir del estado está muy bien, y me parece una meta asequible por el momento —sigo comentando la lista de cosas pendientes—, pero si pudieras ir a cualquier lugar del mundo, y solo puedes elegir uno, ¿adónde irías?

—Depende... ¿Cuál es el lugar que más detestas tú? Que no exista la posibilidad de toparme allí contigo sería todo un plus y uno de los principales puntos a tener en cuenta a la hora de hacer mi elección final.

Me pongo la mano a modo de visera para que la mirada

de ojos entornados que le dedico no pueda, de ninguna manera, interpretarse como consecuencia de un mero deslumbramiento.

—Todos los sitios tienen algo que los hace especiales —rebato.

—Uf, ¿quieres dejar de ser la insoportable señorita positividad? Me agotas con tu mundo de infinitas posibilidades. Seguro que hay un lugar al que le tengas manía.

—¿En el mundo entero?

—Sí, en el mundo entero.

—Tu camioneta.

Suelta una especie de bufido molesto. Me río bajito, contenida.

—Entonces, el sábado no te llevo a Great Falls, ¿no?

Hago un puchero por lo rápido que ha podido darle la vuelta a esto y reírse él de mí. Esta es mi segunda semana de clases de conducir en la autoescuela y él me ha estado llevando y trayendo cuando tenía que ir al hospital. Se esfuerza mucho en disimular lo mal que se siente después de las sesiones y se le nota, pero no se lo he dicho porque sé que necesita hacerse el fuerte, aunque yo no lo entienda. A cambio de hacer como que me creo que está bien, no le hago caso en nada más. Y, por supuesto, ni por asomo me he quedado calladita durante ninguno de los viajes.

—El sábado puede llevarme mi madre —digo, sin estar del todo segura de que eso sea cierto.

Veo que me mira de reojo un par de veces antes de soltar un carraspeo suave y hablar:

—Seguro que tu madre tiene cosas mejores que hacer. Y yo tengo que ir de todas formas.

—Genial. Iré en tu asco de camioneta entonces. ¿Me das otro trozo de zanahoria? —Arrastro el culo por el suelo para acercarme más y meto la mano en su comida sin esperar la respuesta. De todos modos, no hay más respuesta que un gruñido, como es habitual en él—. Venga, Bailey, el mundo entero está a tus pies, ¿dónde irías? —retomo el tema.

Deja la comida a un lado y mira hacia delante, más allá de los límites del pueblo.

—Me encantaría ir a Londres —dice al final, a media voz.

—Londres mola —respondo, y le dedico una sonrisa leve cuando vuelve la cabeza y nuestras miradas se encuentran.

—Tú has estado en todas partes, ¿no, estrellita del *rock*?

Me encojo de hombros.

—No como me hubiera gustado.

—¿Y cómo es eso?

—Ya sabes, a mi bola y no con la banda de mi padre como niñeros. Me encantaría haber podido recorrer Hyde Park sin prisa, o perderme un rato yo sola por el mercadillo de Camden. Algún día lo haré..., ¿querrás venir conmigo? Te dejaré hacerlo solo si estás calladito —bromeo.

Sacude la cabeza y aparta la mirada, aunque me da tiempo a captar la sombra de tristeza que cruza por sus ojos antes de que los esconda.

—Yo no podré ir nunca a Londres, Clark. Y ya no solo por falta de tiempo, literal, no sé si recuerdas que tengo que ir al hospital cada dos días, sino también porque un viaje a Europa cuesta un riñón. Créeme, eso es mucho dinero, sé bien de lo que estoy hablando.

El chiste no le sale tan bien como debería y el ambiente se torna gris y lluvioso a pesar de que aún siga brillando el sol. El dinero no supondría ningún problema si de verdad él quisiera hacer una escapada a Londres conmigo. Podría... ¿Qué narices estoy pensando?

Me he quedado en blanco y sé que necesito decir algo ingenioso ahora, pero no me da tiempo a hacer nada, porque una llamada firme en la puerta de salida a la azotea nos hace volvernos a los dos de golpe, sobresaltados.

Derek asoma la cabeza y nos hace un gesto impaciente que invita a seguirlo, como si llevara llamándonos un montón de tiempo.

—Exijo vuestra presencia en la cafetería. Ya. Es importante. Moved el culo.

Se larga sin darnos opción a réplica.

Miro a Bailey y él hace una mueca de fastidio que consigue arrancarme una sonrisa, otra vez.

—Venga, vamos, viniendo de Derek esto no puede ser para nada una exageración —ironizo.

—Olvídalo. Paso de chorradas. Hoy no quiero bajar.

—Te quedarás sin amigos, Bailey —canturreo, para molestarlo.

—Así viviré más tranquilo.

Me río y me pongo en pie de un salto. Agarro la manga de la chaqueta que lleva, para tirar de él hacia la puerta. Termina por levantarse de mala gana y me sigue en silencio. No lo suelto hasta que caminamos por el pasillo.

En la mesa que ocupan nuestros amigos, Michelle, Lucy, Danny y Lucas hablan animadamente sin que parezca para nada que nos esperan. Y Derek no está en ningún lugar a la vista. Aún quedan unos veinte minutos de descanso antes de la siguiente clase y por eso sus bandejas siguen llenas y yo aprovecho para robarle a Lucas una patata frita cuando me dejo caer a su lado.

—Eh —saluda Michelle—, creíamos que estaríais arreglando el mundo en algún rincón escondido —se mete con nosotros.

—Lo teníamos a punto, pero Derek ha venido a molestar, así que el mundo seguirá torcido durante algún tiempo más todavía —vaticino.

—¿Y dónde demonios está Derek? —Bailey, como siempre, casi gruñe al hablar.

Lucy se encoge de hombros cuando ve que la miramos a ella. Y entonces, antes de que podamos meternos más con él, Derek aparece a nuestro lado y extiende las palmas de las manos hacia delante reclamando toda la atención.

—Amigos y amigas —empieza su discurso en tono solemne—, hay dos cuestiones que quería comentar con todos vosotros. La primera es: este fin de semana, acampada, ¿sí o no?

La semana pasada empezamos ya a hablar sobre ese punto de la lista de cosas que hacer antes de morir: dormir bajo las estrellas. Derek está empeñado en demostrar sus dotes de *boy scout* y, para sorpresa de nadie, el batería es el único que no parece entusiasmado con la idea de pasar la noche acampando al norte del pueblo.

—Tendríamos que hacerlo este fin de semana —toma la palabra Lucas—. El pronóstico dice que estará despejado y Michelle no tiene que trabajar el sábado.

—Ya sabéis que yo no puedo ir —suspira Lucy, con fastidio—. Es esto o el baile, no quiero tensar más la cuerda.

—Exacto, el baile —vuelve a hablar Derek. Se gira para mirar a Daniel, quien alza las cejas en espera de lo que vaya a decirle—. Tú tocas la guitarra, ¿verdad, tío?

Carraspeo con fuerza y me señalo en cuanto consigo que Derek me preste atención.

—Yo toco la guitarra.

Derek asiente y después, sin decir nada más, vuelve a mirar a Danny, pasando por completo de mí.

—¿Guitarra eléctrica?

—Sí, se podría decir que soy uno de los mejores guitarristas del pueblo, así, siendo modesto —bromea Daniel.

—Genial. ¿Y qué te parecería tocar con nosotros en el baile de fin de curso?

Creo que todos los presentes exclamamos un «¡¿Qué?!» al unísono y bastante bien entonado para no haberlo ensayado nunca antes.

—Digamos que ha habido una movida que venía anunciándose desde hace un tiempo y Peter ya no forma parte de la banda. Se supone que tocamos en el baile de fin de curso, pero no tenemos guitarrista. Molaría que dijeras que sí.

Yo miro a Bailey, para interrogarlo sin palabras. Parece que me entiende a la primera porque me dedica una expresión que deja muy claro que él no tenía ni idea de todo esto. Y eso solo puede significar que lo que sea que ha pasado en la banda es algo muy reciente.

—Quedan menos de tres semanas para el baile —se atreve a decir Danny en un hilo de voz.

—Pues entonces más vale que nos pongamos a ensayar —decide Derek con una amplia sonrisa.

La mesa se sume de golpe en el silencio cuando todos los que están sentados frente a mí se quedan mirando a un punto a mi espalda. Bailey, Lucas y yo nos giramos a la vez, sin ningún disimulo, para ver qué es lo que los tiene así.

Es Molly.

Se queda parada cuando todas las miradas están clavadas en ella, como si no supiera muy bien lo que hacer. Luego, da dos pasos más hasta llegar a nuestra altura. Me mira a mí y luego al resto, uno a uno. Lleva una bandeja en las manos y la está sujetando con tanta fuerza que tiene los nudillos blanquecinos.

—¿Puedo sentarme con vosotros?

No decimos nada. Michelle y yo nos movemos rápido para apartar las bandejas que ocupan más espacio y hacerle un hueco. El primer asentimiento de cabeza a modo de agradecimiento la pelirroja se lo dedica a Michelle y no a mí.

Y no sé muy bien lo que ha pasado con Peter. Lo que sí

sé es que Molly acaba de darse cuenta de que lleva demasiado tiempo equivocada.

♪ ♪ ♪

—Venga, os digo que podemos coger de todo, no confiáis nada en mí, de verdad, qué aburrimiento de pandilla.

Derek nos guía confiado hasta la puerta de la pequeña comisaría del pueblo. Es sábado por la tarde y ya tenemos todo preparado para irnos hacia el norte y buscar un buen lugar en el que montar el campamento. Quiero decir que ya tenemos casi todo. Solo nos falta algún utensilio sin importancia, como los sacos de dormir o una tienda de campaña. Derek prometió tener de todo para todos cuando llegara este momento. Pero el momento ya ha llegado y seguimos sin nada.

Me vuelvo para mirar a Bailey, que se ha quedado el último, cerrando la puerta de la camioneta. Le está lanzando órdenes a *Max* para que se quede en la caja y nos espere aquí. Michelle me coge la mano y tira de mí hacia delante, de modo que no puedo quedarme rezagada y esperar a su hermano.

—¡Hola, Hank! —saluda nuestro líder al compañero de su padre en cuanto entramos en la pequeña oficina—. ¿Cómo va la guardia? ¿Todo tranquilo?

—Tan tranquilo que tu padre no está aquí. ¿Qué quieres?

—Siempre tan hospitalario, Hank. Vengo con mis colegas para coger los sacos de dormir y la tienda de campaña grande. Mi padre dijo que podía. ¿Conoces a mis colegas? Colegas, decidle «hola» a Hank.

Todos soltamos un inocente «Hola, Hank». La voz de Bailey suena justo detrás de mí y me alivia escuchar el tonito burlón que da a las palabras, porque esta mañana ha salido del hospital más hecho polvo que nunca, aunque lo haya intentado disimular conmigo. Parece que ahora se siente algo mejor, o puede que sea que ha aprendido a fingir en las horas que no nos hemos visto.

—¿Y dónde demonios pretendéis acampar? —pregunta el policía, bastante más afable que hace solo un minuto.

—Al norte, en Nelson Island.

—Cuidado con los pumas, entonces.

Daniel suelta un respingo en cuanto oye eso y agarra la manga de Michelle, tirando de ella para esconderse tras su cuerpo. Derek suelta una carcajada.

—Sí, claro. Allí no hay pumas —asegura, con aires de superioridad—. No hay pumas, ¿verdad, Hank? ¡Hank!

Lo llama al tiempo que lo persigue hacia el almacén donde guardan el material. Cuando salimos de allí, nos vamos sin una respuesta clara respecto a los pumas, pero hemos conseguido seis sacos de dormir y una tienda de campaña enorme.

Mis amigos saltan a la caja de la camioneta, con *Max*, bromeando y riendo, mientras Derek les cuenta aquella vez que su padre los llevó a él, Mike, Peter y Chase a acampar y enseñarles unos cuantos trucos de supervivencia en la naturaleza. Y en lo único en lo que él y el batería están de acuerdo es en que no llegaron a aprender nada en realidad.

Dudo un momento cuando veo que Bailey se monta tras el volante, y luego doy la vuelta al vehículo y me monto de un salto en el asiento del copiloto.

Me dedica una mirada breve y desinteresada.

—Puedes ir detrás cantando canciones de *boy scout* con los demás.

Observo su perfil despacio mientras él arranca el motor. No tiene mala cara o, al menos, no tanto como a mediodía, pero no estoy segura de que se encuentre tan bien como trata de hacerme creer.

—¿Estás bien? Si estás muy cansado puedo conducir yo... —ofrezco, con media sonrisa traviesa.

Vuelve a mirarme de reojo y hace una mueca.

—Estoy bien. Y tú sigues sin tener permiso de conducir. Eso por no mencionar que odias mi camioneta y por lo tanto no te dejaré conducirla nunca más. —Pone el vehículo en marcha cuando se da cuenta de que no me estoy dejando engañar—. Son solo como diez minutos hasta allí, Clark, no será un viaje agotador.

Lanzo un suspiro, me recuesto en el asiento y me abrocho el cinturón. Desde la parte de atrás oigo a mis amigos gritarnos que subamos la música, y yo los contento poniendo All Time Low a todo volumen, aunque el cascarrabias de Bailey proteste.

Llegamos a nuestro destino en dos canciones y media. No es que el sitio sea muy extenso, así que no nos cuesta demasiado llegar andando desde donde dejamos la camioneta hasta un claro entre unos cuantos árboles perfecto para montar el campamento. Elegir el lugar es fácil, lo de montar la tienda ya es otra historia.

Me acerco hasta donde Lucas está sentado al borde del río, escribiendo en su teléfono móvil, cuando ya hemos terminado de instalar todo lo necesario para pasar la noche.

—Eh, estamos de acampada. Móviles fuera.

Levanta la mirada y me dedica una sonrisa de labios sellados. Pido permiso para sentarme con un gesto y él me lo concede del mismo modo.

—¿Qué tal está Maddie?

—Se va de fiesta. No creo que vaya a estar preocupada esta noche por si me come un puma —se lamenta divertido—. ¿Te aburren esos de ahí? Creía que el único que no entendía de música era yo.

Encojo un solo hombro. La verdad es que los otros tres

chicos llevan ya un buen rato hablando del grupo y de la actuación que les espera en el baile de fin de curso. Michelle solo está en la conversación para sugerir estilismos porque, según ella, lo más importante es causar impacto.

—Michelle tampoco entiende de música y mírala.

—Al menos ella sabe dibujar, así que también es artista. Yo soy más de física y me mola estudiar las estrellas.

—Tienes tu punto bohemio.

Se ríe conmigo. Luego se acerca un poco más y baja la voz para cambiar de tema:

—¿Qué pasa con Chase y contigo?

—Nada —respondo demasiado rápido—. ¿Por... por qué?

Sonríe de medio lado, con aires de suficiencia, cuando me oye titubear.

—Venga, Zoe...

—Creo que ni siquiera me cae bien.

—¿Lo crees?

—Es un idiota casi todo el tiempo.

—¿Pero?

—¿Pensarás que estoy loca si te digo que hay algo como... tensión sexual flotando en el ambiente cuando se acerca demasiado? Por favor, no se lo digas a Michelle o flipará.

—Sí, claro. ¿Quién fliparía? La química es evidente. Y Michelle también se ha dado cuenta. ¡Pero si lo comentamos todo el tiempo!

Pego un pequeño saltito desde mi asiento de piedra y Lucas se parte de risa con mi reacción.

—Me estás vacilando.

—Claro que no.

—¿Y qué hago?

—Lo que quieras hacer, Zoe. Haz lo que te apetezca.

Creía que estamos todos aquí porque la vida es muy corta y nunca sabes cuándo será tu última oportunidad para hacer las cosas, ¿no? ¿Qué harías esta noche si se acabara el mundo mañana?

Giro el cuello para mirar al resto del grupo. Como siempre que está con Derek, Bailey parece relajado y feliz, se ríe mucho y de verdad, y ni siquiera gruñe cuando habla. El problema es que la manera en que me hace sentir es mucho más complicada que solo una «tensión sexual flotando en el ambiente». Eso no se lo digo a Lucas. Y trato de no decírmelo tampoco a mí misma. Porque, aunque fuera mi último día en la Tierra..., ¿sería buena idea pasarlo con ese tonto batería?

—¡Zoe! Corre, ven, acompáñame a hacer pis por si tienes que defenderme de un puma —me grita Michelle desde el borde de la línea de árboles.

—Puedo ir y defenderte yo —se ofrece Danny.

—¿Tú? No me defenderías ni de un conejo asustado. ¡Vamos, *Max*!

Tampoco estoy muy segura de que *Max* vaya a servirnos de protección frente a un puma, pero dicen que las amigas de verdad tienen que estar en lo bueno y en lo malo, así que me disculpo con Lucas y salgo corriendo detrás de ellos.

Michelle me agarra el brazo y tira de mí para acercarme a su cuerpo y hablarme en voz baja cuando vamos avanzando por entre los árboles:

—Tía, estoy pensando en pedirle a Jamie que sea mi pareja para el baile de fin de curso. ¿Qué te parece?

Sonrío y le clavo un dedo en el costado para hacerla saltar.

—Me parece que ya estás tardando —respondo, pícara.

—Daniel dice que está segurísimo de que ella diría que

sí, pero es que, uf, no lo sé. Ya sabes cómo es este pueblo, ¿no? ¿Y si le da mal rollo ir con una chica?

—¿Te da mal rollo a ti?

—Muchas cosas me dan mal rollo, Zoe, pero te aseguro que salir con Jamie Evans no es una de ellas.

—Pues ya está. Lánzate.

Detiene la marcha y me mira con una ceja alzada. El sol ya lleva un rato descendiendo en el horizonte y no hay luz suficiente para que pueda captar con certeza lo que quieren decir sus ojos, así que espero a que hable:

—¿Y tú? ¿Con quién vas a ir?

—Con nadie —respondo segura—. Es decir, con vosotros, pero sin pareja oficial.

—Estoy nerviosa —suspira, y sigue andando, aunque me temo que ya ha olvidado que en realidad estamos buscando un buen lugar donde hacer pis—. No por lo de invitar al baile a una chica. Quiero decir, estuve con una chica una vez, cuando visitamos a mis abuelos hace un par de años, no es que me esté redescubriendo ni nada parecido... El problema es que no me había gustado nadie tanto desde Mike y, déjame decirte que eso no acabó muy bien, así que...

Sujeto su muñeca para hacer que pare la marcha. No es que hayamos hablado mucho acerca de su relación con Mike y lo que terminó pasando entre ellos, pero sé que le rompió el corazón en mil pedazos. Supongo que es normal que le dé miedo volver a salir herida.

—¿Qué harías si fuera tu última noche en la Tierra, tía? —planteo.

Lanza un suspiro soñador antes de hablar, sin pensárselo demasiado:

—Haría gemir tan alto a Jamie Evans que la oirían en todo el pueblo.

Suelto una carcajada tan alta que si hay un puma por la zona no le pasaremos en absoluto desapercibidas.

—Pues ya está. Y, oye... —digo después, más insegura—. ¿Qué te parece que Molly venga con nosotras al baile?

Se encoge de hombros y sacude la cabeza, como si quisiera quitarle importancia.

—No culpo a Molly por nada de lo que pasó. Ya ves, Peter era su mejor amigo desde los cuatro años, es normal que se pusiera de su lado. La entiendo, no puedo guardarle rencor por eso.

—¿Y qué pasó con Peter? —pruebo, y casi contengo la respiración para que no le siente mal. Siempre ha cambiado de tema cuando he intentado indagar en eso.

—Esa historia no tengo que contarla yo, Zoe. Y, vamos, anda, que me estoy meando y no paras de entretenerme —me acusa sin motivo.

Pongo los ojos en blanco, pero la sigo. Para cuando halla el sitio perfecto, *Max* ya ha encontrado unos cuantos que a él sí le valían.

—Zoe —me llama mi amiga cuando estamos ya cerca del campamento—. ¿Qué harías tú si fuera tu última noche en la Tierra?

No he contestado. Aunque lo de gemir con Chase Bailey y que nos oyera todo el pueblo se me ha pasado por la cabeza, no puedo negarlo.

Los chicos están intentando encender un fuego cuando nos reunimos con ellos. Son un tanto inútiles por mucho que Derek se jacte de sus dotes de campista. Al final, Michelle tiene que sacar el mechero que ha traído para un caso como este y que les ha estado ocultando solo para poder burlarse de ellos un ratito.

Me río tanto que hasta se me saltan las lágrimas, y no podría alegrarme más de estar aquí. Bailey ha sido lo bastante precavido para traer ropa de abrigo de sobra y nos tiene que prestar alguna prenda a todos cuando cae la noche y el frío se instala de golpe en nuestro campamento. A mí me deja la misma chaqueta que aquel día en el río. Y no puedo negar que me gusta lo calentita que es y lo bien que huele... a él.

Estamos cenando y conversando cuando parte de la tienda de campaña se viene abajo a nuestras espaldas. Y diría que es un fastidio tener que volver a montarla, pero nos parece de lo más gracioso porque somos una panda de tontos.

—¿Lo ves, Zoe? —dice Michelle mientras encajamos una de las varillas—. Esto es construir un hogar. Solo espero que el nuestro sea más sólido que esta basura.

Aún me estoy riendo cuando Danny me abraza por detrás y Derek se une a nosotros solo por pura envidia.

—No sé si te has dado cuenta, pero el hogar ya lo tienes aquí. Vayas donde vayas, y hagas lo que hagas, ya tienes un sitio al que volver, Zoe Clark.

No quiero ponerme sensible como una tonta, así que me limito a abrazar sus brazos y dejo que Derek nos haga reír a todos con sus bromas y sus chistes malos.

Cuando nos tumbamos a la intemperie, arropados por los sacos y mirando al cielo, ya nos damos cuenta de que no cumpliremos el principal propósito de nuestro viaje.

—¿Decía el pronóstico cielos despejados, chico del tiempo? —se mete Danny con Lucas, mientras contemplamos la tenue luz de la luna que consigue abrirse paso entre las nubes oscuras.

—¿Por qué hemos hecho caso a las predicciones? Nunca aciertan —se queja Michelle.

—Da igual. Lo importante es que estamos aquí juntos.

Todos abucheamos a Derek al unísono cuando se pone así de ñoño.

Bailey se mueve a mi lado, y su cuerpo se acerca más al mío de una forma tan leve que no justifica la respuesta de mi organismo ni la manera en que se me acelera el pulso.

—No vas a poder tachar esto de la lista —murmuro, en un tono más íntimo, solo para él.

—No importa. Así tenemos una excusa para hacerlo otra vez —susurra de vuelta.

—Eh, chicos. —Lucas llama la atención de todos—. ¿Qué haríais hoy si supierais que mañana es el fin del mundo?

—Me largaría a ver a Lucy en vez de perder aquí el tiempo con vosotros —admite Derek, burlón.

—No quiero que mi hermano se entere, pero tiene que ver conmigo y Jamie Evans aprovechando nuestras últimas horas de vida —apunta Michelle.

—Ah, cállate —protesta el batería, exagerando el tono asqueado de su voz.

—¿Qué harías tú, Chase? —pregunta Danny.

Y él se toma un segundo entero para pensar la respuesta antes de lanzarla al aire, con esa voz ronca que me pone la piel de gallina al sonar cerca de mí:

—Compondría canciones que sean las favoritas de alguien porque suenan a esperanza.

Mueve la mano, acercándola más a mí, y solo se queda quieto cuando su meñique roza el mío. Tengo el corazón desbocado y un nudo en la garganta. Canciones que suenan a esperanza. Es justo lo que yo dije sobre *Dream On* hace ya tanto tiempo, cuando creía que lo odiaba, cuando aún no nos soportábamos, cuando no sabía que algún día, tal vez, querría escuchar todas las melodías que viven en su cabeza. Deslizo el dedo despacio, acariciando el suyo hasta colarlo por debajo. Y él termina por sujetarlo, entrelazándolos.

Nuestros amigos siguen hablando, a gritos y entre risas,

pero yo solo soy capaz de oír el latido de un corazón que no sé si está en su pecho o en el mío.

Tenemos que refugiarnos en la tienda de campaña cuando se pone a llover. No lo hace con fuerza, pero es una lluvia persistente, de esas que parece que durarán toda la noche o incluso días. Pasamos horas contando historias de miedo (y de pumas) iluminándonos con las linternas de los móviles.

Yo sigo despierta mucho rato después, escuchando el suave goteo de la lluvia en la tela que nos da refugio. Michelle está a mi lado, pero se ha acurrucado con Daniel porque los dos se quejaban del frío. *Max* ronca suavemente a sus pies. Lucas, al otro lado de su amigo, protestaba porque no habíamos anclado bien la tela al suelo y el agua terminaría colándose por debajo y mojando su saco. Y Derek duerme ante la puerta, cruzado y ocupando todo el ancho de la tienda, porque se ha hecho el valiente y dice que así nos protege de los animales salvajes. Bailey está a mi derecha, en el otro extremo del espacio, aunque no se ha lamentado por ello tanto como Lucas. Sé que está despierto. Puedo notarlo por su respiración y por el modo en que casi puedo oírlo pensar desde donde estoy. Apuesto a que él puede sentir exactamente lo mismo conmigo. Todos los demás duermen, y hay algo de íntimo en estar tendidos el uno junto al otro, en silencio y sabiendo que, de alguna manera, solo quedamos nosotros dos.

Me acerco despacio y en completo silencio, para no molestar a nadie y también para no darle a él la idea equivocada de que quiero estar más cerca, ni ninguna locura parecida. Está boca arriba, con la vista clavada en el techo de la tienda, y puedo captar el movimiento de sus párpados al pestañear en la penumbra. Me tumbo sobre el costado derecho y me pego un poquito más a él. No se mueve, pero oigo el leve cambio en su respiración cuando mi brazo, cubierto por su chaqueta y un par de capas de ropa más, roza el suyo, que descansa sobre la tela del saco.

—¿Estás bien? —pregunto en un susurro casi inaudible, para no molestar al resto.

—Sí —responde al mismo volumen.

Mañana podría ser el fin del mundo y yo ahora necesito estar más cerca. Sin más pretensiones. Solo estar. Así que lo hago: me acurruco contra su costado y pongo la cabeza en el hueco de su hombro, despacio, prudente.

—¿Puedo?

Gira la cara lo justo para que sus labios me hagan cosquillas en la frente cuando susurra la respuesta:

—Claro.

Me acomodo, con la nariz rozando la línea de su mandíbula, intentando mantener constante mi respiración mientras puedo notar cómo él hace lo mismo hasta que terminamos por sincronizarlas.

—Ojalá tuviera tiempo, Clark.

Apenas me muevo cuando me llega su murmullo apagado, pero siento su piel reaccionar y su cuerpo estremecerse cuando mi nariz le hace cosquillas y mi aliento le acaricia el cuello al responder:

—¿Tiempo para qué?

—Para todas las cosas que quiero hacer antes de morir.

Hundo la nariz en su cuello y su olor es muchísimo mejor que el olor del bosque de verdad que nos rodea esta noche.

—Hagámoslas —propongo, con los labios rozando su piel casi sin querer.

No dice nada. Pongo la mano sobre su pecho, justo por encima de donde acaba la tela del saco de dormir, y enredo un dedo en el cordón de la sudadera que lleva. Su mano se posa sobre la mía, grande y cálida, y cubre mis dedos helados provocándome un cosquilleo demasiado agradable. Siento los latidos de su corazón, descontrolados y batiendo un nuevo récord de velocidad, furiosos bajo la palma de mi mano.

Y, si supiera que mañana es el fin del mundo, me quedaría exactamente donde estoy ahora.

## PALABRAS PARA ZOE III

*Me había hecho a la idea, Clark. Sin dramas, sin lamentos y sin cabreos con un universo injusto al que es inútil reclamarle nada. Ya está. Se acabó. Esto es todo y no ha estado mal. Me obligaba a pensar eso cada día. Y terminó siendo verdad.*

*Sí, claro que decía que tenía esperanza, que todo saldría bien y que me quedaban demasiadas cosas por hacer como para morirme antes de cumplir los veinte. Lo decía solo porque mi madre necesitaba escucharlo. Lo decía porque mi hermana sonreía y empezaba a hacer planes imposibles y absurdos para cuando estuviera mejor. Lo decía porque Derek no se reía tanto cuando yo era pesimista.*

*Pero todo era mentira. ¡Claro que no lo pensaba de verdad! Los milagros son para otros, para gente lejana a la que nunca conocerás. Como eso de que te toque la lotería. Siempre es a otro y nunca a ti. Cuando tu destino está escrito y ya has leído la última página, dejas de pensar que contar la historia merezca la pena.*

*Y entonces apareciste tú. Al principio ni siquiera te había visto, ¿sabes? Michelle me habló de ti. Luego lo hizo Derek. Y después te vi. Con tu aire de estrellita del* rock*, la barbilla siempre alta, pisando fuerte y vistiendo camisetas roqueras aunque lleves a Shawn Mendes como tono de llamada. Hacía mucho tiempo que no sentía nada como lo que sentí al verte. Y no, no hablo de amor. Claro que no, que no se te suba a la cabeza. Lo que sentí fue curiosidad. Maldita curiosidad. Eso despertó una parte de mí que yo prefería ver dormida.*

*Te lo dije muchas veces: no era eso lo que yo necesitaba.*

*Estaba bien en mi mundo de sombras, dejando pasar los días hasta la fecha marcada en el calendario, aunque no supiera con certeza qué día sería. ¿Qué más daba? Me iba a morir. No había tiempo para nuevas amistades, ni para más canciones, ni para crías de dieciséis años que miraban a su alrededor como si pudieran comerse el mundo de un solo bocado.*

*La curiosidad fue el principio.*

*Luego llegó la molestia. Me molestabas, sí. No hay forma bonita de decirlo. Cada vez que aparecías, que querías asesinarme con la mirada, cada vez que me respondías como si gastar saliva conmigo te saliera caro. Me pinchabas, esa es la mejor manera de expresarlo. Me pinchabas tanto que me hacías saltar. Y eso es sentir. Y yo ya no quería sentir más... ¿para qué?*

*Después llegó la taquicardia cuando me mirabas, el tirón en los jodidos pantalones cuando te tenía tan cerca que quemabas, las ganas de alejarme de ti pero llevarte conmigo adonde quiera que fuera.*

*No sé cuándo pasó a ser algo más. No sé cuándo empecé a perderme en tus ojos o cuándo me obsesioné con la forma en que curvas los labios al reírte.*

*Solo sé que me moviste, Zoe, que me arrastraste hasta una luz que ya no me pertenecía. Que deseé con todas mis fuerzas que ese volviera a ser mi mundo. Que sentí que no se había acabado. Que no estaba. Que eso no podía haber sido todo y que necesitaba aún muchísimo más. Creo que la culpa es tuya, ¿sabes? Creo que me empujaste a la vida con tus «Ahora o nunca, Bailey» y con tus «Hagámoslo».*

*Y me lancé de cabeza. Y volvería a hacerlo.*

*Te pido que lo recuerdes, estrellita del* rock*. Que mantengas la barbilla bien alta y sigas comiéndote el mundo entero de un solo bocado. Que brilles con esa fuerza que me deslumbró y me trajo de vuelta. Que bailes como si fuera tu último baile cada maldita vez. Que vayas a Australia y conozcas a tu hermana. Que te lances en paracaídas y grites tan alto que todo el mundo oiga tu voz. Que cada vez lo pienses. Que vivas por los dos.*

*Porque todos los días son el último, aunque queden muchos aún por vivir.*

*Ahora o nunca, Clark.*

# 28
# El último baile

La música se oye desde la calle cuando Lucas y yo llegamos juntos al local de la banda. Quedan dos días para el baile del instituto y los chicos llevan ensayando muy duro las dos últimas semanas. Tenemos que esperar a que termine la canción que están tocando para que desde dentro puedan oír nuestra llamada a la puerta. Es Lucy quien nos abre y tenemos que saltar por encima de *Max*, que, como siempre, está tumbado en medio.

—¡Eh! Por favor, haced sitio a mis *groupies* —bromea Daniel, hablando al micro que tiene delante—. Llegáis tarde y ya echaba de menos que alguien me abucheara.

—Tranquilo, que vengo listo para machacarte el ego —responde su mejor amigo.

En realidad, lo apoyamos mucho más de lo que parece. Danny ha sido un gran descubrimiento para la banda porque, aparte de aprenderse con facilidad todas y cada una de las canciones del repertorio de la forma exacta en que las tocan ellos, resulta que también se le da bien cantar. Y su timbre y el de Mike combinan tan bien que han añadido una segunda voz a los versos más destacados de gran parte de las canciones que antes no la tenían. Creo que funcionan bien los cuatro juntos, aunque sea muy raro ver a Daniel en vez de a Peter encima de esa especie de escenario y con la guitarra colgada.

Bailey está dando vueltas a una baqueta en la mano derecha y propinando golpecitos con la otra en uno de los platillos. Cuando está sentado ante la batería siempre parece impaciente por tocar, como si las baquetas le vibraran en las manos. Hace una mueca de disgusto cuando nuestras miradas se encuentran, dando a entender que le parezco pesadísima por pasarme por aquí, pero al final se le escapa una sonrisa que capturo y reproduzco al instante.

—¿Queréis algo de beber? —ofrece Molly, que está cerca de la nevera.

Reparte refrescos para todo el mundo. Me siento a su lado, entre ella y Lucy, cuando los chicos empiezan a tocar otra canción. Stacy está algo apartada, en el sofá que hay en el rincón del fondo, y Lucas va hasta allí para darle conversación. Creo que aún sigue un poco molesta conmigo y, aunque últimamente han coincidido bastante, sigue sin parecer demasiado cómoda con Michelle.

—¿Al final con cuál de todas tus potenciales citas vas a ir al baile? —pregunto a Molly, en tono de broma, y la empujo con el hombro.

—Está claro que contigo —responde, siguiéndome el juego.

Estos días pasados Molly no es tan Molly como me tenía acostumbrada y me duele verla así. Entiendo que es algo por lo que tiene que pasar, eso de darse cuenta de que es posible que su mejor amigo le haya estado mintiendo sobre un montón de cosas que le han hecho ser de lo más injusta con la persona equivocada. Molly y yo nos parecemos mucho en algo, y es que las dos somos muy duras con nosotras mismas cuando nos damos cuenta de que formamos parte de la injusticia. Y ella se siente culpable ahora. Incluso cuando Michelle ha intentado hablar con ella y zanjar el asunto de la mejor manera posible.

Mi amiga lanza un suspiro y me achucha, hasta que consigue hacerme protestar.

—Te he echado de menos, Zoe.

Me aparto para poder mirarla.

—Yo también te he echado de menos. Aunque ahora no lo creas, dice mucho de ti que seas capaz de reconocer tus errores y pedir perdón. Y te aseguro que lo vamos a pasar en grande en el baile.

—¿No irás con el cerebrito ese? —cambia de tema, y señala a Lucas con la cabeza de forma poco disimulada.

Me río.

—Claro que no. Mi pareja para el baile eres tú, ¿ya no te acuerdas?

—Ah, eso, claro. Intentaré no atraer a demasiados tíos mientras estemos allí —bromea—. Sí que lo pasaremos bien.

—Sí, Lucy ha prometido bailarlas todas.

Nos reímos las tres juntas mientras Lucy detalla todos los pasos de baile que jura haber estado ensayando durante semanas para el acontecimiento del año.

Cruzo una mirada con Stacy y me apena que, al final, la que se esté aislando por elección propia sea ella.

Está ya anocheciendo cuando los chicos hacen un descanso. Yo he quedado con Michelle en que me pasaría por el bar cuando saliera del trabajo y cogeríamos algo para cenar juntas en mi casa, así que me despido de todo el mundo y camino hacia la puerta.

—Oye, Clark. —Bailey me sigue los pasos y me habla a media voz—. ¿Te importa llevar a *Max* contigo? No sé hasta qué hora vamos a quedarnos, pero tiene pinta de que se hará tarde...

—Sí, claro, sin problema. Puede venir con nosotras a mi casa hasta que tu hermana se lo lleve a la vuestra.

—Genial. ¿Qué te ha parecido? —pregunta, al tiempo que hace un gesto hacia el pequeño escenario—. ¿Sonamos bien?

Hago amago de poner los ojos en blanco.

—Sabes que sí.

—Me gusta oírtelo decir. Me hincha el ego.

—La próxima vez traeré una aguja para pincharte cuando estés a punto de explotar.

—¿No es eso lo que haces siempre?

Respondo con una mueca. Luego me pongo seria de nuevo.

—No te quedes hasta muy tarde. Mañana... —Me muerdo el labio como si así pudiera detener las palabras que ya se me han escapado y no sonar como si me preocupara tanto por él.

—Mañana iré al hospital a la misma hora y me harán la misma mierda aunque hoy trasnoche, Clark. No pasa nada. Estoy bien.

Asiento, porque no quiero meter aún más la pata. Me despido de él procurando no mirarlo a los ojos y llamo a *Max*, que parece que ya me conoce y aprecia lo suficiente para aceptar de buena gana venirse a dar una vueltecita conmigo.

Michelle se pasa todo el camino desde el bar a mi casa quejándose de su jefe. No me atrevo a decirle que al menos nos ha dejado llevarnos la cena gratis, porque no quiero que su ira se vuelva contra mí por defender a ese hombre tan horrible.

Mamá está con las cenas en el hostal, de modo que tenemos toda la casa para nosotras y para *Max*, que se tumba en el suelo delante del sofá y se dedica a mirarnos y ponernos ojitos mientras cenamos.

—No puedo creerme que dijera que no —suspira Michelle, y mordisquea con desgana una patata—. ¡Danny me había asegurado que diría que sí! Estoy bastante segura de que su radar gay no falla, así que no puede ser eso...

Me trago la sonrisa porque no quiero que piense que me río de ella. Pero es que lleva una semana larga lamentándose porque, cuando por fin se armó de valor y se acercó a Jamie Evans para pedirle que fueran juntas al baile de fin de curso, la chica no dijo que sí. A ver, tampoco es que dijera que no del todo, aunque Michelle viniera a buscarme a la cafetería y me arrastrara al baño para contarme su drama con pelos y señales. Me explico: las palabras exactas, según lo que me ha dicho, fueron que no podía ir con ella al baile porque ya tenía pareja para el evento. No es que eso signifique mucho, ¿no? Mucha gente tenía ya pareja a menos de dos semanas de la gran noche.

—Ya había quedado —le recuerdo.

—¡Pero si va con su amiga Leah! No me digas que no podría haberle dicho que se buscara la vida y venir conmigo si le interesara.

—A su amiga Leah le acaba de romper el corazón Jimmy Olson, ¿no es verdad? ¿Cómo iba a dejarla ir sola al baile en esas circunstancias? Ni siquiera tú harías algo tan rastrero por enrollarte con una tía.

—¡Yo no soy solo una tía! —exclama indignada—. Y, desde luego, con ese apoyo, ¡a ti sí que te dejaría tirada por enrollarme con Jamie! ¡Ya te digo que sí!

Se nota demasiado que bromea, y no tarda nada en contagiarse de mis carcajadas. Me alegro de que ya pueda reírse de esta forma después del drama de que le hayan dado calabazas. Le gusta mucho esa chica. Y se le nota mucho más de lo que ella cree.

—Seguro que te reserva un baile —vaticino.

—Les pediré a los chicos que toquen *I Kissed a Girl* en el momento adecuado y, ¡bam!, caerá entre mis brazos.

Casi se me escapa el agua que tengo en la boca como si fuera un aspersor.

—Creo que se aleja un poco de su repertorio habitual.

—Si no van a aceptar peticiones del público prefiero que traigan a un DJ.

—No te hará falta ninguna canción especial, tú acércate a hablar con ella y deja que la magia de la noche haga el resto —bromeo.

—Creo que no le gusto.

Baja la mirada y juguetea con la pasta que aún queda en su plato.

—Michelle..., en la cafetería no para de lanzarte miraditas como si quisiera que fueras su postre.

—Sí, claro. Danny y tú solo veis lo que queréis ver. En fin. Hablemos de otra cosa, mejor... ¿A quién vas a pedirle bailar, tú? —Me limito a responder con una elocuente mirada—. ¿Hay alguna persona que te interese?

Nos sostenemos la mirada después de su pregunta. Sé lo que está insinuando y por qué, pero es algo que seguiré negando hasta las últimas consecuencias.

—Claro que no. Y, oye, hablando del baile... ¿Cómo te sientes con eso de que las chicas vengan con nosotras? Me parece que Molly aún se siente bastante mal con todo este asunto.

Se encoge de hombros y mastica con calma antes de responderme:

—Ya he hablado con ella. Entre nosotras las cosas están claras. Creo que si se siente tan mal ya no es solo por mí, Zoe. En fin, no sé, en su momento estuvo un poco colgada de Peter Black, y supongo que es duro que tu mejor amigo caiga del pedestal, ¿no? Sobrevivirá. Molly es una de las personas más duras que conozco, no se deja hundir así como así.

Me mordisqueo el labio mientras proceso sus palabras. Puede que tenga razón, que ahora Molly no solo se sienta mal por lo injusta que fue con ella, sino que también el desengaño con su mejor amigo desde la infancia tenga algo que ver.

—¿Crees que aún lo está? —Michelle me mira como si no terminara de entender la pregunta—. ¿Crees que Molly aún está enamorada de Peter?

—No lo sé. Pero, si tuviera que apostar, me jugaría toda mi fortuna a que sí.

La cena con mi amiga se alarga hasta que su madre la llama por teléfono para saber dónde está porque acaba de llegar a casa y ninguno de sus dos hijos está allí. Tampoco su perro. Y supongo que tampoco su marido si a Michelle no la ha llamado ya su padre.

Mira el reloj en cuento cuelga y se pone de pie de un salto.

—¡Vamos, *Max*! Ya es hora de irnos a casa.

Me levanto y la acompaño hasta la puerta. Me despido de *Max* con unas cuantas carantoñas y luego la miro a ella cuando los dos están de pie en el porche.

—Mándame un mensaje cuando estés en casa.

—Tía, estoy literalmente a diez minutos y este es el pueblo más tranquilo y aburrido del mundo.

—Bueno, vale, pero tú mándamelo —insisto.

Sonríe y se estira para darme un abrazo rápido.

—Te veo mañana.

La despido con la mano y los observo alejarse. Luego cierro la puerta y me dedico a recoger y limpiar un poco para que mamá no se encuentre un desastre en el salón cuando llegue de trabajar.

Aún tengo el móvil en la mano tras leer el mensaje de Michelle —que dice que ha sorteado múltiples peligros y que *Max* ha vencido a un puma, pero que ya están en casa—

cuando unos toques suaves en la puerta principal me sobresaltan. Me acerco despacio y me asomo a la mirilla.

Es Chase Bailey, mirando directamente al punto donde se asoma mi ojo con una mueca de impaciencia.

—¿Qué haces aquí? —pregunto, nada más abrir.

Da dos pasos adelante para entrar en mi casa sin haber sido invitado y casi doy un respingo cuando su cuerpo roza el mío al pasar y me sacude una especie de electricidad inesperada. No sé si él lo nota, pero, en todo caso, no lo demuestra.

—Creo que lo tengo. Estaba caminando hacia casa y me ha venido, Clark. Así. —Chasquea los dedos—. Tengo que probarlo ya, antes de que se esfume, ¿me prestas la guitarra un segundo? Y... algo para escribir, si tienes.

Está tan nervioso y tan emocionado, como si acabara de encontrar la fórmula matemática que explica el completo funcionamiento del universo, que no puedo hacer otra cosa aparte de obedecer. Me doy prisa en ir hasta mi habitación y vuelvo con el instrumento y con la libreta en la que suelo escribir mis canciones sin melodía. Coge la guitarra y se sienta en el suelo, ante la mesita baja del salón. Pongo la libreta abierta en una página en blanco ante él y dejo un boli encima.

—¿Qué es lo que tienes? —me atrevo a preguntar.

—La estrofa —murmura distraído.

Ya está acariciando las cuerdas de la guitarra, de forma tan delicada que da la impresión de que quiere tocarla solo para él. Doy un paso atrás y le doy espacio, para no molestar. Mi padre siempre necesita estar solo y en silencio cuando compone algo y no sé si en todos los casos será así. Pero Bailey vuelve la cabeza y me mira.

—Ven. ¿Puedes sentarte aquí?

Me acerco despacio y luego me siento en el suelo, junto a

él, cerca, con movimientos prudentes. Me sonríe, cierra los ojos y toca otra nota más. Lo hace despacio, a trompicones, como si necesitara empaparse del sonido de una nota para poder pasar a la siguiente.

—Dime si suena horrible, por favor —susurra, con la vista clavada en el mástil de la guitarra.

Sacudo la cabeza, aunque sé que no va a ver mi gesto.

—No suena horrible —respondo, igual de bajito.

Asiente. Y luego suelta la guitarra para lanzarse hacia la libreta y empezar a hacer líneas, anotaciones y tachones durante un montón de rato. Parece agotado cuando suelta el boli y echa el tronco hacia atrás, con mi guitarra reposando en el regazo.

Sus ojos se clavan en los míos y tienen un brillo especial ahora mismo. Como si... como si se sintiera vivo y quisiera absorber todo lo bueno del mundo de una sola vez.

Trago saliva y suelto un carraspeo bajito cuando inclina la cabeza y su cara se acerca un poco más a la mía.

—Eh... ¿Quieres un vaso de agua?

Alza una ceja, sorprendido por mi hospitalidad. Luego hace un asentimiento algo tosco. Y yo me levanto de golpe, poniendo distancia, y voy a la cocina para coger un par de vasos.

Cuando vuelvo, veo que está leyendo mi libreta con mucha atención. Y, al acercarme más, me doy cuenta de que no es precisamente la partitura de su estrofa. Dejo los vasos sobre la mesa y retiro mis versos de golpe fuera de su vista.

—¿Qué haces? —Levanto la voz, molesta.

—Perdona... La página estaba marcada y las hojas se han vuelto —trata de explicarse—. Es... ¿Los escribes tú?

Titubeo, de pie a su lado, sin saber muy bien qué decir.

—Los versos, ¿son tuyos? —insiste.

Asiento.

—No deberías haberlos leído. Es personal.

—Son muy buenos, Clark.

—No lo son y no tenías que haberlos visto. ¿Puedes tocar lo que tienes hasta ahora, a ver cómo suena?

Abro la libreta de nuevo en la página que ha emborronado con su caos. Supongo que él lo entenderá, porque a mí me cuesta sacar algo en claro de esa partitura cuando trato de leerla.

Se bebe el vaso de agua de un solo trago y acomoda la guitarra para poder tocar. Está nervioso y suena torpe, pero consigue ponerme la piel de gallina por un segundo.

—Puede sonar bastante mejor, pero la idea es esa —murmura al terminar.

Se acerca a mí, arrastrándose por el suelo. No me aparto a pesar de que me altere más de lo que me gustaría su manera de invadir mi espacio personal.

—Escribe tú la letra —susurra, cerca, con sus ojos en los míos.

—Seguro que hay alguien mejor para eso.

—No quiero que lo haga nadie más. Tienes que ser tú. Es lo único que tiene sentido. Yo no soy bueno con las palabras, ¿verdad? Pero tú sí, tú eres... Esos versos son brutales, estrellita del *rock*. Y esta canción es... No es solo mía. Podemos terminarla juntos.

Me muerdo el labio, mientras pienso. Hace días que tengo un verso, escrito en esa libreta, que en mi cabeza suena con la melodía del estribillo que arreglamos juntos aquella tarde junto al río. A lo mejor tiene sentido.

Muevo la cabeza en un asentimiento tan leve que dudo que él haya podido notarlo, a pesar de estar a unos escasos centímetros de distancia. Me obligo a hablar en voz alta, y consigo solo un murmullo:

—Hagámoslo.

Se mueve hacia mí sin medir las distancias, o como si quisiera acabar con ellas, y cuando ya siento su respiración sobre mis labios, oímos el sonido de unas llaves encajando en la cerradura y él se aparta de golpe.

—Ah..., hola —saluda mamá, mientras nos mira alternativamente.

—Mamá. Llegas pronto, ¿no? ¿Qué hora es ya? —pregunto, desorientada.

—Hora de que vuelva a casa. ¿Qué hacéis?

Bailey se pone en pie, deja la guitarra apoyada en el borde del sofá y esconde la mirada de mi madre como si acabara de pillarlo robando o algo parecido.

—Hola, señora. Perdón, ya tengo que irme, se ha hecho tarde —se disculpa.

—Vale —acepta ella, y me lanza una mirada curiosa al tiempo que parece querer esconder una sonrisa divertida.

El batería me mira entonces a mí.

—Gracias por prestarme la guitarra y ¿puedo..., eh..., llevarme la hoja?

La arranco de la libreta en un movimiento rápido y se la doy. Enseguida se encamina hacia la puerta, cabizbajo.

—Tú eres el hijo de Caroline, ¿verdad? —empieza mamá con el interrogatorio.

Sé que Bailey lo debe de estar pasando fatal y siempre había pensado que verlo tan avergonzado sería para mí de lo más divertido y motivante, pero lo cierto es que ahora preferiría no verlo sufrir así. Me levanto y me acerco, para interponerme entre él y mi madre cuando lo oigo responder con un «Sí» apagado, y lo empujo hacia la puerta.

—Chase ya tiene que irse, mamá.

Él vuelve la cara para mirarme, en el umbral de la puerta abierta. Vocaliza sin emitir sonidos «Chase» con un brillo pícaro en los ojos, como si yo acabara de decir cualquier cosa extremadamente comprometida en vez de su nombre de pila.

—Sí. Encantado, señora Clark.

Lo saco al porche a empujones y, una vez allí, lo miro a los ojos un solo segundo y me veo obligada a apartar la vista enseguida. Creo que es demasiado íntimo.

—Ten cuidado mañana en la carretera.

Hace una mueca exasperada.

—Estaré bien. Deja de preocuparte —gruñe.

Me escuece que se construya una barrera solo porque le pida una cosa tan normal como que conduzca con cuidado. Y también me escuece mucho que me importe tanto.

—No me preocupo —dejo claro, con firmeza.

—Genial. Pues hasta mañana.

—Hasta mañana.

Da dos pasos atrás. Luego sacude la cabeza y da media vuelta para alejarse de una vez.

—Eh —lo llamo—, mándame un mensaje cuando llegues a casa.

Gira el cuello, para dedicarme una mirada de cejas alzadas y llena de diversión.

—¿En serio, Clark?

Siento arder las mejillas, pero mantengo la barbilla alta. Me doy media vuelta sin decir nada más, entro en casa y cierro de golpe, sin volverme a mirar atrás. *Maldito batería.*

Mamá me espera con los brazos en jarras.

—¿Me lo cuentas, Zoe?

Y da igual que dedique parte de mi noche a intentar explicarle que aquí no estaba pasando nada. Estoy bastante segura de que no se lo cree.

Cuando por fin me dejo caer sobre la cama y consulto el móvil, tengo un mensaje de Chase Bailey. Lo ha mandado once minutos después de marcharse de aquí. Me trago la sonrisa, aunque ahora no tenga que esconderla de nadie aparte de mí misma. Ha compartido una lista de reproducción.

Me pongo los cascos y escucho *Safe and Sound* de Capital Cities con una sonrisa en la cara que esta vez no puedo reprimir.

♪ ♪ ♪

—¿Crees que alguien ha echado alcohol en el ponche?

Me aparto para poder mirar a Molly cuando ella me pregunta eso al oído. Nos hemos quedado solas en medio del gimnasio donde se celebra el baile de fin de curso, porque los chicos ya han ido a prepararse para salir al escenario, Lucas y Michelle se han ido juntos y cuchicheando a hacer alguna travesura, y Stacy y Lucy acaban de ir al baño para no tener que perderse ni un minuto de la actuación de sus novios después.

—No lo creo. Ni siquiera ha venido todo el mundo aún.

Ella dibuja una sonrisa pícara.

—Entonces tendré que hacerlo yo.

—¡Molly! —la regaño, entre risas, cuando pasa por mi lado decidida.

No me hace caso. Me vuelvo para poder seguirla y, entonces, mi mirada se cruza con la de Peter, que está al otro lado de la pista de baile, rodeado por sus colegas del equipo de *hockey*. Todos ellos se han puesto traje y llevan la chaqueta del equipo por encima. Son como un rebaño de ovejas, todos juntitos e iguales. La verdad es que Peter parece algo triste. Supongo que como siempre últimamente. Pero, en el fondo, ha sido él quien ha elegido la gente con la que quería estar. No es como si yo tuviera que hacer nada por él.

Michelle aparece de la nada, salta sobre mi espalda y me grita en el oído cuando el director Morris presenta a los Silky

Knocks sobre el escenario. Me uno a los vítores, los aplausos y los silbidos. Creo que somos solo nosotros los que nos mostramos tan entusiasmados, pero nuestro pequeño grupito consigue hacer bastante ruido. Chase es el primero en salir. Se quita la chaqueta del traje viejo y se recoge las mangas de la camisa blanca hasta los codos antes de sentarse tras la batería, que está colocada sobre una plataforma al fondo del escenario. Empieza a caldear el ambiente con el sonido de los platillos y luego Derek entra con una sonrisa enorme y marcando los primeros ritmos con el bajo. Daniel aparece a continuación y entonces empiezan a tocar la primera canción del repertorio. Y Mike se planta delante del micrófono y saluda a todo el mundo y presenta al grupo como si fuera una auténtica estrella del *rock*.

Admito que me cuesta apartar la mirada de Bailey y lo feliz que parece aporreando esa batería. Sus ojos encuentran los míos y los dos sonreímos antes de que aumente el ritmo y vuelva a perderse por completo en la música.

Contemplo al grupo tan peculiar que formamos. Lucas en medio, moviendo la cabeza al ritmo de la canción y lanzando abucheos burlones hacia su mejor amigo de vez en cuando; Molly, con el vestido más atrevido que cualquiera de nosotras, está bailando con Michelle, que lleva un *look* bastante más desenfadado, y lanzando miradas felinas a cualquier chico guapo que pase cerca; Lucy con un vestido largo de colores vivos; Stacy, que va de rojo y está más que guapa, parece estar encajando con el grupo esta noche más que nunca; y yo llevo el vestido más punk que he podido encontrar, negro, con la falda irregular. Me siento bien. Cómoda. Guapa. Y estoy casi segura al noventa por ciento de que no tiene nada que ver con la manera en que los ojos de Bailey me han recorrido entera y sin perder detalle cuando nos hemos encontrado en la puerta. He vuelto a teñirme el pelo y esta vez le he dado un tono un poco más oscuro. Y, aunque parezca una tontería, así es más fácil sentir que por fin soy yo y nada más.

La gente parece estar encantada con la música que suena y no hay casi nadie que no se haya animado a bailar alguna canción cuando los chicos ya llevan un rato sobre el escenario. La última canción que tocan antes del descanso es espectacular y yo no puedo parar de silbarles con fuerza y de sonreír y reír como una tonta cuando veo cómo Derek y Daniel saltan sobre la plataforma de la batería, uno a cada lado, y los tres amigos tocan con mucho más entusiasmo, comunicándose a través de miradas y muecas. Ni siquiera el más multitudinario concierto de mi padre había conseguido hacerme sentir tanta emoción como esto.

Stacy y Mike desaparecen durante el descanso de la actuación. Ya me he dado cuenta, aunque trate de disimular, de que a Mike no le gusta mucho eso de estar cerca de Michelle y que ni siquiera han intercambiado ni una sola palabra desde que los conozco a ambos.

Daniel es el primero que llega junto a nosotros y hace el tonto fingiendo que necesita apartarnos y repitiendo que nos firmará autógrafos más tarde. Cuando Derek aparece con su perenne sonrisa y Lucy se la besa con entusiasmo, me echo a un lado para dejarles un poquito de intimidad. Y entonces Bailey se acerca, con una leve curvatura en los labios y el pelo desordenado. Y ya no veo nada más allá.

Le tiendo un botellín de agua y me lo paga con una de esas sonrisas de verdad que hasta hace poco pensaba que solo eran para Derek.

—Eh, Clark, estás... ¿guapa?

Suelto una carcajada indignada y él ensancha la sonrisa un poco más.

—Imagino que te ha dolido decirlo.

—Imaginas bien. Siento como si me lo acabara de arrancar de la garganta con unos alicates.

—Tú... estás como siempre, pero con traje.

—Gracias. Menudo piropo. Te estás ablandando, estrellita del *rock*. El traje es de hace unos años y, mira, mantengo la figura, aunque puede que se haya quedado un poco corto, ¿no?

Encojo un solo hombro.

—Se lleva lo de enseñar tobillo.

—Genial. Soy tendencia.

—Ya te gustaría. Aprovechando esta inesperada tregua, deberíamos bailar —propongo, con una sonrisa traviesa.

Sé que no tiene ninguna intención de bailar esta noche. Ni esta noche ni nunca, si he oído bien las doscientas veces que ha dicho eso en las últimas dos semanas.

Tomo su mano para acercarlo un poco más. Luego le levanto el brazo y giro sobre mí misma pasando por debajo. Y se puede decir que estamos bailando, aunque él no colabore. Gruñe un poco, pero me deja hacer. Cuando lo miro a la cara, divertida, pone una mano en la parte baja de mi espalda y me acerca a su cuerpo para hablarme al oído:

—Estás guapa, Clark.

Me cosquillea todo el cuerpo. Cierro los ojos y me permito sentirlo por un par de segundos. Me estiro, con nuestros pechos casi rozándose, y apoyo la barbilla en su hombro. Puedo notar su respiración colándose entre los mechones de mi pelo.

Abro los ojos despacio y, ahí, al otro lado de la pista de baile, veo a Peter y a Molly. Están hablando. O, más bien, parecen estar discutiendo. Me aparto de Bailey, mirándolos con curiosidad, y entonces Michelle salta a nuestro lado y empieza a meterse con su hermano y lo mal que toca la batería, según ella. Tengo que dejarlo marchar. Por un momento me asusta darme cuenta de lo mucho que desearía que en este baile solo estuviéramos él y yo.

Me disculpo para ir al baño y dejo a mis amigos riendo y bromeando sin parar. Siento que la mirada del batería me sigue cuando me alejo, pero él no lo hace.

Me doy prisa en volver por el pasillo después de haber tenido que hacer cola para poder hacer pis. Quiero llegar al baile antes de que el grupo salga de nuevo al escenario.

—Hola.

Me llevo una mano al pecho, sobresaltada, cuando alguien aparece a mi izquierda, acercándose demasiado. Doy dos pasos atrás, para ganar distancia, y le dedico a Peter una mirada dura, que, en realidad, ahora ya, no me sale tan natural. Creo que estoy más triste que enfadada después de todo lo que pasó. Y él lleva esa estúpida chaqueta del equipo que ni siquiera es para nada su estilo y que no combinaría en absoluto con sus pantalones rotos y sus camisetas de Nikki Sixx.

—¿Qué quieres, Peter?

Me cruzo de brazos y mantengo mi pose mientras espero la respuesta.

—Disculparme no sirve de nada y lo sé, pero es lo único que puedo hacer ya.

Sus ojos están tristes y su vulnerabilidad nunca había resultado tan evidente. Sin embargo, no me dejo ablandar. Porque el daño que me hizo aún no se ha borrado del todo.

—Ya te has disculpado. Voy a volver al baile.

—Espera. —Da un paso hacia mí y detiene la mano a poca distancia de mi brazo, como si se lo hubiera pensado mejor en el último momento antes de agarrarme—. Me merezco esto, Zoe, ya lo sé. Me merezco que tú no vayas a volver a hablarme nunca. Me merezco que los demás se hayan cabreado conmigo por haberme portado como un capullo.

Me merezco no estar con los chicos en el escenario esta noche. Y Danny lo hace mejor que yo, aunque me mate admitirlo. Me lo merezco todo porque lo que te hice es imperdonable. Pero necesito que sepas que hubo mucho de verdad entre tú y yo... Eras mi mejor amiga. Y me duele mucho haberte perdido así.

Lanzo un suspiro cansado y sacudo la cabeza.

—Tienes al equipo, que era lo que tú querías.

—No. No era lo que yo quería. Yo solo quería... Había rumores y solo quería cerrarles la boca para que... Ellos nunca me han conocido de verdad. Tú sí.

Oigo las primeras notas de una canción y la voz de Mike anunciando que han vuelto. La gente arma un montón de escándalo. No quiero perder el tiempo aquí. Nunca sabes cuándo puede ser tu último baile y no pienso desperdiciar el mío oyendo las excusas de Peter Black. Se me ocurre algo que preferiría mil veces estar haciendo... y también tengo claro con quién.

Me doy media vuelta y me alejo del que una vez fue mi mejor amigo, sin contestar. No vuelve a llamarme y yo prefiero que no lo haga. Es más fácil alejarte si nadie suplica que te quedes.

Consigo apartar a Peter de mi mente porque puede que a Chase Bailey le horrorice eso de moverse en la pista, pero Lucas es todo un bailarín, y Michelle, él y yo lo damos todo en primera línea bajo el escenario.

Creo que estoy afónica cuando Mike termina de presentar a los miembros de la banda y he pasado un buen rato gritando con todas mis fuerzas cada vez que pronunciaba uno de sus nombres.

Los cuatro parecen eufóricos cuando bajan del escenario. La música es un chute de energía y entiendo que Bailey la necesite para seguir manteniéndose en pie a pesar de todas las cosas que le han pasado en el último año.

—Debería irme a casa, mañana tengo que ir al hospital y está claro que no puedo seguiros el ritmo —medio bromea cuando le digo que aún queda mucha noche por delante.

Hago una mueca y lo llamo «aburrido», pero se limita a dibujar una sonrisa divertida en respuesta.

—En realidad ya no queda mucho que hacer aquí —admite Derek—. El baile ha acabado y de nuevo ninguno de nosotros somos rey ni reina este año.

—Dilo por ti —responde Molly—. Yo nací con la corona.

—Que alguien se la lleve a casa, está empezando con lo de los aires de grandeza otra vez —se burla Stacy.

—Venga, vámonos, la noche ha acabado, chicos —señala Lucas cuando se apagan las luces del fondo del gimnasio.

Salimos en grupo, con varias conversaciones sonando al mismo tiempo. Bailey se me acerca por detrás y me habla bajito al oído:

—¿Puedo acompañarte a casa?

Giro la cara para mirarlo. Siento la cabeza en las nubes y me limito a asentir, porque la voz encuentra problemas para atravesar el nudo de mi garganta.

Nos cruzamos con el equipo de *hockey*, reunidos a un lado de la salida, riéndose muy alto.

—Eh, Black te echa de menos, chica famosa —dice James Sullivan.

Cuando me vuelvo a mirarlo tiene una sonrisa burlona en los labios.

—Cállate —exige Peter, al tiempo que lo empuja a un lado.

—Venga, Olson te ha oído lloriqueándole en el pasillo. «Eras mi mejor amiga» —trata de imitarlo, agudizando la voz.

—Déjalo, Sullivan —interviene Gareth.

Al mismo tiempo, Mike habla, dirigiéndose a nuestro grupo:

—Venga, vámonos.

Estoy a punto de echar a andar y largarme, mientras Gareth trata de defenderlo y el resto de los chicos se ríen de que Peter haya tenido al menos la decencia de disculparse conmigo. Son una panda de estúpidos, de verdad que sí. Hasta me están dando ganas de volver ahí e intervenir yo misma. Y entonces Peter habla, más alto que los demás:

—No. No pasa nada. Es la verdad. La echo de menos. Y se convirtió en mi mejor amiga. Y, ¿sabéis que más?: por lo menos ella no me empujaba a ser una persona que no soy. Me aceptaba por mí mismo. Y no va a hacerlo más porque soy un mierda, pero estoy harto de serlo. Y de callarme. Y de esconderme. De ser alguien que no soy.

Daniel, que está a mi lado, se tensa como si la bronca se la estuviera llevando él, y se gira de golpe para mirar a Peter. Yo lo hago también, más despacio.

—Te echo de menos, novata —sigue hablando—. No en plan romántico, porque, en realidad, nunca fue de eso y creo que los dos lo sabíamos. Echo de menos a mi amiga la justiciera y la que acepta a los demás por lo que son. La cagué porque la gente empezaba a hablar y a mí me daba miedo que lo supieran. Me daba miedo que me conocieran. Y la fastidié con Michelle por lo mismo, y lo siento muchísimo. Y le destrocé el corazón a alguien por ser un cobarde, aunque para ello tuviera que romper el mío también. Lo siento —murmura, un poco más afectado, y podría parecer que está mirándome a mí, pero me da la impresión de que mira justo a mi lado.

—Peter, déjalo, no es el momento ni el lugar para hablar de esto. —Me sorprende oír la voz de Michelle.

Y estoy bastante segura de que esto ya no va conmigo, así que sujeto la manga de la camisa de Bailey y me muevo para alejarme y pedirle así sin palabras que me acompañe. Me sigue dócil y damos unos cuantos pasos.

—Zoe, espera, necesito decirte esto —insiste Peter.

—Las excusas no cambian los hechos, y creo que esto ya no va conmigo —respondo, sin volverme y sin dejar de caminar.

Paramos de golpe cuando Peter vuelve a hablar, tan alto que es posible que lo hayan oído todos los que salen del gimnasio, y puede que una parte del resto del pueblo también:

—Soy gay. Y estoy cansado de intentar ser otra persona.

# 29

# Con los ojos cerrados

Voy en silencio y con la vista perdida por la ventanilla. Ya llevo así más de la mitad del trayecto hacia Great Falls de esta mañana de sábado y soy muy consciente de que Bailey no para de mirarme de reojo. Debe de parecerle raro que no hable, en viajes anteriores ha sido todo lo contrario porque quería molestarle con mi continuo parloteo. Hoy no tengo ganas de charla. Ni de oír sus gruñidos. Necesito que el sonido ambiente se limite a la música *rock* que suena suave por los altavoces para poder pensar.

Desde que anoche nos largamos del baile no paro de darle vueltas y encajar piezas en mi cabeza. Y lo que más me alucina es que tiene sentido. Todo el sentido del mundo. Y que esas piezas encajan muchísimo mejor de lo que lo han hecho nunca.

La confesión de Peter fue inesperada y, sin embargo, estoy segura de que hay gente para la que no resultó una sorpresa. Michelle no tenía cara de estar flipando, por ejemplo. Y Danny... Daniel tenía cara de ser esa persona a la que Peter le partió el corazón. Cuando, después de soltar la bomba, Peter se largó corriendo del recinto del instituto solo dos personas fueron tras él. Que lo hiciera Molly entraba dentro de lo que podría esperarse, pero no tanto que Michelle se le uniera. Lucas se llevó a Daniel casi a rastras, sin apenas despedirse. Y yo le pedí a Bailey que nos fuéramos también antes de que a Derek le diera tiempo a digerir la novedad y empezara a comentarla con Lucy.

No fue el paseo hasta casa que había esperado, aunque el batería me acompañara todo el camino. Yo no sabía muy bien qué decir, y él respetó mi silencio. Me preguntó una sola vez si estaba bien, cuando llegamos frente a mi puerta. Le dije que sí, por supuesto, y nos dimos las buenas noches.

Y ahora llevamos ya un buen rato en esta camioneta y sé que el silencio ha conseguido ponerlo nervioso. A pesar de ello, cuando habla lo hace con un tono muy suave:

—¿Todo bien, Clark?

Me recuesto un poco más en el asiento y vuelvo la cara para poder mirarlo. Pasa los ojos de la carretera hasta mí a intervalos cada vez más cortos.

—Sí. Sí, todo bien. Estaba..., ya sabes, pensando.

—No nos lo esperábamos, ¿eh?

Me muerdo el labio cuando me doy cuenta de que, cuanto más lo pienso, menos me sorprende.

—No, aunque la verdad es que tiene mucho sentido —murmuro—. Es solo que... ¿por qué no me lo dijo? Éramos amigos, se suponía que podíamos hablar de cualquier cosa y que había confianza.

—No es que no confiara en ti para decírtelo, estrellita, es que no quería decírselo ni a sí mismo, ¿no? Tampoco nos dijo nunca ni una palabra a ninguno de nosotros y hemos sido amigos durante un montón de años. Te aseguro que nadie en la banda habría tenido ningún problema, evidentemente. Es él quien no se ha aceptado.

Asiento. Tiene razón.

—Es... injusto —suspiro al final, tras pensarme bien la

palabra que quiero utilizar—. Es injusto que algo tan natural tenga que ser tan difícil. Es muy injusto que alguien tenga que «ser valiente» para decir en voz alta quién es o cómo se siente. Y es muy injusto que un pueblo pequeño, una población cerrada de mente y una panda de críos de instituto sin maldita personalidad fuera del rebaño lo hagan aún más difícil de lo que ya es.

—Sí. Estoy de acuerdo. Pero para eso estamos nosotros, Clark, para cambiar las cosas y conseguir que deje de serlo.

Observo su perfil con detenimiento, intentando grabarme a fuego cómo baten sus pestañas, la curva de sus labios, la forma de su mentón y la increíble manera en que está haciéndome sentir ahora. Me gusta cómo piensa. Me gusta cómo es. Y se me clava como un puñal la horrible injusticia que supone que Chase Bailey vaya a dejar de existir algún día.

Intento apartar ese pensamiento tan rápido como llega, porque me abrasa igual que haría una sartén recién salida del fuego.

—¿Te dijo algo tu hermana anoche?

Michelle me mandó un mensaje casi de madrugada, pero solo decía que ya me contará cuando nos veamos.

—No. Volvió bastante tarde, ya me había ido a dormir.

Estamos atravesando las afueras de Great Falls y me doy cuenta de que tengo que decir algo ya, antes de que coja el desvío para dejarme a mí en el lugar donde suelo quedar con mi instructor para las clases y luego él se vaya al hospital.

—Te he mentido.

Suena bastante más grave de lo que es en realidad. Tampoco es que él parezca alarmarse demasiado por mis palabras.

—¿En qué?

—Me cancelaron la clase ayer, hoy no tenía que venir.

Se limita a mirarme de reojo por unos segundos. Luego, con la misma calma, habla:

—¿Y qué haces aquí?

—Quería acompañarte.

—Joder, Clark.

Aprieto los labios. Al final, sí he conseguido escucharlo gruñir esta mañana. Él tensa la mandíbula y la sujeción de sus manos en el volante. Mantiene la vista clavada en la carretera y no vuelve a decir ni una palabra hasta que estamos en el aparcamiento del hospital.

Se baja de la camioneta y cierra de un portazo. Yo me suelto el cinturón y me encojo en el asiento, dispuesta a esperar aquí durante el tiempo que él tenga que estar ahí dentro. Me cabrea que se haya molestado por esto, pero no puedo decir que no me lo esperara. Odia que se preocupen por él. Sé que le hace sentir culpable que la gente que lo quiere esté pendiente de lo que necesita o de cómo está. Y sé que debe de ser aún peor que sea yo la que ahora empieza a dar indicios de querer cuidar de él. Va a tener que aguantarse, porque no está bien que se empeñe en pasar por todo esto solo.

Me sobresalto cuando da unos toquecitos en mi ventanilla. Abro un poco la puerta, para ver lo que quiere.

—¿Vienes o no? —me sorprende—. Se permite un acompañante si la sala no está muy llena. ¿O piensas quedarte aquí cuatro horas sentada en el aparcamiento?

Me muevo rápido para seguirlo. No digo ni una sola palabra hasta que hemos cruzado las puertas del hospital y estamos en el ascensor. Él se pasea por el espacio casi como si fuera su casa, y me sorprende la cantidad de personas que lo han saludado usando su nombre solo en la planta baja.

—Lo siento —murmuro, sin atreverme a mirarlo—. Es que no quería que tuvieras que volver solo si luego estás cansado, no...

—Llevo un año haciéndolo solo, Clark.

Ha hablado con un tono de voz demasiado tierno como para que esto signifique que aún tiene ganas de echarme una bronca. Además, en cuanto las puertas del ascensor se abren, me coge de la mano para guiarme por los pasillos hasta el lugar al que vamos. Y, a pesar de la situación, es íntimo y hace cosquillear mi piel y me hace sentir inadecuadamente bien.

—Buenos días, Chase —lo saluda una enfermera con una sonrisa cómplice—. Veo que has traído compañía.

—¿Puede quedarse?

—Desde luego que sí. Será todo un entretenimiento para nuestras chicas de oro —responde ella, alegre, y me guiña un ojo con aire travieso.

Entiendo lo de las chicas de oro cuando pasamos a una sala bastante grande y veo que hay tres señoras mayores que me miran de arriba abajo con curiosidad. Al fondo hay un hombre también de avanzada edad. Y un niño de unos nueve años que se suelta de la mano de su madre y viene corriendo para saludar a Bailey.

—¡Chase!

—Eh, colega, ¿cómo estás? ¿Qué haces aquí hoy?

Chocan los puños de una forma estudiada y complicada y el niño parece encantado con ello.

—Me han sacado sangre.

—¡¿Toda?!

—¡No, toda no! Esta no me la vuelven a meter.

—¡Vaya! Pues menos mal que te han dejado algo dentro. Mira, Kev, esta es mi amiga Zoe, ha venido a entretenerme mientras me filtran.

El niño suelta una risita y luego me mira con atención.

—¿Eres su novia?

Creo que me estoy poniendo roja por momentos y toda la atención de la sala está puesta en mí.

—No, no soy su novia —respondo—. Soy su amiga.

—¡Ah! ¿Y por qué no sois novios?

Maldito niño cotilla. Aunque... todo fatal, de verdad, porque ahora mismo, por su culpa, yo me estoy haciendo la misma pregunta.

—Porque es muy gruñón —le cuento, a modo de confidencia.

Eso lo hace reír mucho otra vez. La mejor parte es que Chase también sonríe. De verdad y de manera deslumbrante.

—Venga, nos tenemos que ir. Dile a Chase qué vas a traerle el lunes —habla la madre del niño, y lo coge de la mano.

—¡El cómic de Spiderman!

—Genial. Estoy deseando que lo leamos, tío.

Le guiña un ojo y vuelve a chocar su puño. Y no sé si me gusta o no esta nueva faceta tierna que me está mostrando el batería, porque esto solo hace que me encante un poco más.

Cuando se marchan, Bailey me presenta al resto de los pacientes: la señora Sanderson, la señora Stein, la señora Mills y el señor Karsson. Una de las mujeres me va dando los nombres de pila a medida que el batería pronuncia los apellidos: Debbie, Margaret, Martha y Arthur.

—Esta es mi banda de la diálisis, actuamos dos veces por semana —bromea el chico.

Me da la impresión de que todos ellos están encantados con tenerlo aquí. Apuesto a que —por lo que veo no es tan gruñón en este ambiente— les ameniza bastante las horas de tratamiento.

—Yo tocaba el saxofón cuando era joven —asegura el señor Karsson.

—Tienes que traértelo un día, Arthur —anima él.

La enfermera entra y lo mira con los brazos en jarras y una mueca de fingido enfado, pero se le escapa un poco la sonrisa cuando habla:

—Deja de alterarme al personal, muchacho. Vamos, a tu puesto, voy a conectarte al cargador.

Me siento en una butaca que hay libre junto a la que ocupa él, y observo sin perder detalle mientras la enfermera coloca montones de tubos y esparadrapos en su brazo izquierdo.

—¿Duele? —pregunto cuando ya está todo hecho y la enfermera se va.

Chase sacude la cabeza.

—No. Es un poco molesto, pero estoy acostumbrado.

—Oye, ese niño... ¿tiene...?

—¿La misma enfermedad que yo? Sí —responde sin darme tiempo a pensar bien cómo formular la pregunta.

Me quedo en silencio, sumida en mis pensamientos. Bailey se pone a hablar con la señora Stein de forma animada, y es bonito escuchar cómo consigue hacerla reír una y otra vez. Pero yo no puedo evitar acordarme de ese niño, de que parecía tan pequeño y tan vulnerable. ¿Por qué en la vida tienen que pasarle cosas como estas a gente buena e inocente? Mi hermana no será mucho menor que él. Y me encoge el corazón pensar que algo así pudiera pasarle a ella, y eso que ni siquiera la conozco. Es tan...

—¿Cómo se llama? —pregunta Bailey, en voz baja y solo para mí. Lo miro, sin entender nada—. Tu hermana. ¿Sabes cómo se llama?

Me muerdo el labio. No sé si soy demasiado obvia o es que él es capaz de leerme el pensamiento a estas alturas ya.

—Lisa —murmuro—. ¿Cómo sabes...?

—Me dijiste que tiene ocho años. Kev acaba de cumplir los nueve.

—Es raro, ¿sabes? Que se llame Lisa; era el nombre que mi padre quería ponerme a mí cuando nací. —Él alza las cejas invitándome a contarle más sobre eso—. Mi padre, músico, fanático del *rock*, y nací en el puñetero Memphis.

Se ríe, bajito y contenido.

—¿Lisa Marie entonces?

—Marie es mi segundo nombre, pero no puedes decírselo a nadie.

—Zoe Marie Clark —dice, despacio, como si saboreara mi nombre.

Siento un escalofrío recorriéndome la columna vertebral.

—¿Tienes segundo nombre? —interrogo, para estar en igualdad de condiciones.

—Andrew.

—Chase Andrew Bailey —pronuncio como él ha hecho antes.

—Gracias por venir conmigo, Zoe.

Eso me pilla desprevenida y clavo los ojos en los suyos con el corazón acelerado. Si el suyo está igual, seguro que esto no es bueno para el proceso de diálisis, así que me alejo un poco más de su cuerpo y asiento.

—De nada, Chase.

Dibuja una sonrisa perezosa de medio lado cuando me oye llamarlo así. Me gusta cómo le queda. Y me gusta el regusto que su nombre me deja en los labios.

Miro alrededor, buscando algo con lo que distraerme, y veo una baraja de cartas sobre una mesa baja junto a la señora Mills. Me levanto para poder cogerla y miro uno a uno a los presentes.

—Ya que tenemos un rato..., ¿alguien me enseña algún buen juego de cartas?

No sé si la novedad de tenerme aquí ha sido una motivación para la banda de la diálisis, pero, cuando salimos del hospital más de tres horas después, quiero pensar que el tiempo se les ha pasado más rápido de alguna manera.

Bailey parece agotado cuando se sienta tras el volante. Y sé que se pondrá a gruñir si se lo hago notar, así que me dedico a mirarlo en silencio y no digo nada.

—Has estado genial con ellos —me sorprende, sin llegar a arrancar—. Van a pasarse por lo menos un mes preguntándome por ti durante cuatro horas dos veces a la semana, así que no sé si agradecértelo, pero ha estado bien.

Sonrío con suficiencia.

—Así que admites que no soy tan chirriante como tú te creías.

—Oh, no, no, no. Yo no he dicho eso para nada, estrellita del *rock*. Puede que tengas tu público entre los ancianos, eso sí lo admito.

—Eres muy tonto, pero pienso tomármelo como un cumplido.

Se ríe en respuesta, y parece que hasta le duele hacerlo.

—Estás cansado. Podemos quedarnos aquí un poco si quieres descansar. O podría conducir yo si... Es improbable que nos paren y me lleven a la cárcel así que puedo arriesgarme.

Frunce el ceño, sacude la cabeza y arranca el motor con un movimiento brusco.

—No jodas, Clark.

Y no pierde para nada el tiempo antes de poner rumbo a casa.

No se muestra demasiado comunicativo en el trayecto y, a pesar de mis protestas, pasa de largo el desvío a su casa para dejarme en la mía.

—Quiero que probemos el nuevo arreglo del estribillo —dice, sin dignarse a mirarme, cuando ya estoy a punto de apearme del vehículo—. ¿Puedes esta tarde?

—Sí. Después de que hayas dormido, de lo contrario no.

—Lárgate. Te llamo luego.

—Le preguntaré a Michelle si te has ido a dormir o no.

—Fuera, pesada.

Esta vez la que se marcha refunfuñando soy yo.

Como con mamá, que me interroga sobre el baile de anoche. Le cuento casi todo, aunque me callo lo de Peter. Al final, entre tantas preguntas sobre el baile y su insistencia con que le diga qué es lo que quiero de regalo de cumpleaños, me veo obligada a huir y encerrarme un rato en mi habitación.

La paz no dura mucho porque recibo un mensaje en el móvil que lo altera todo: Peter ha escrito a ese grupo que alguien creó para organizar el concierto que dieron los chicos en Great Falls a principios de marzo y en el que estábamos todos menos Chase. Dice que quiere hablar con nosotros y que quedemos en el local en veinte minutos. Y no es que lo que confesó anoche haya cambiado lo que me hizo, ni me lleve a querer perdonar todo aquello, pero no puedo negar que siento curiosidad.

De manera que me presento en el local con algo de retraso y, cuando Stacy me abre la puerta y me deja pasar, ya están aquí todos los que formábamos parte de «la banda» hace cosa de un par de meses. Me acerco hasta Lucy e intercambiamos una mirada prudente. No sé qué es lo que puede llegar a pasar.

Molly está frente a Peter, en primera línea de batalla, y no tengo muy claro si la larga charla que debieron de tener anoche sirvió para que acercaran posiciones o para alejarlos.

—Zoe ya está aquí. Di lo que tengas que decir —lo presiona.

Peter coge aire y luego lo suelta de golpe mientras se retuerce las manos.

—Quería decíroslo, chicos, de verdad que sí, pero es que...

—Vamos, Peter —interrumpe Derek—. ¿Qué pensabas

que íbamos a decir? ¿Qué crees que íbamos a pensar? Si te crees que hubiera cambiado algo en la banda es que no nos conoces, tío. Y, la verdad, parece que en el fondo no nos conocemos ninguno después de todo lo que ha pasado.

—No es fácil.

—Somos amigos desde los cuatro años —lo corta entonces Molly—. ¿Y no pensaste nunca que podías ser sincero conmigo?

—Claro que sí, pero es que no quería. No quería decirlo. Pensaba que, si no lo decía, podría... Pensaba que a lo mejor se me pasaría, que...

—No es una gripe, tío. ¿Cuántas veces tienes que oír eso de «no es una fase» para que se te meta en la cabeza? —gruñe ella—. Creo que hablo en nombre de todos cuando digo que nos duele que no confiaras en nosotros.

Peter parece a punto de echarse a llorar. Sacude la cabeza con vehemencia y da un paso hacia el resto del grupo.

—No es eso. De verdad que no es eso. Entendedlo, por favor, no quería que lo supiera nadie. Quería cambiarlo.

—Y lo de Zoe, ¿qué? Vamos, la utilizaste desde el principio —habla Molly por mí—. ¿Para eso también tienes explicación?

—Lo siento. Lo siento, Zoe —repite, dirigiéndose solo a mí—. Los chicos del equipo decían que era raro que nunca me hubieran visto con ninguna tía y luego empezó a extenderse el rumor de que me iban los chicos y yo solo... Al principio no nos conocíamos, ¿no?, así que me pareció que podía hacer que nos vieran juntos unas cuantas veces y ya está, para que se callaran. No quería llevarlo tan lejos. Pero cada vez que nos veían, me integraban más en el grupo y dejaban de decir gilipolleces. Luego empezaron a pedirme más pruebas... pruebas de que *lo hacíamos* y... no sabía cómo salir de ahí. No podía.

—No sé si tu excusa me vale, Peter, la verdad —suspiro con tristeza.

En realidad, no es excusa. No lo es. Pero empiezo a ponerme en su piel por un momento. Ha sido estúpido, inseguro y, desde luego, sigue faltándole personalidad, aunque... ¿lo entiendo en parte? Se ha dejado arrastrar. ¿Y si el Peter de antes sí era de verdad? Ese con el que me reía, con el que podía hablar durante horas, con el que sentía que ser yo misma era más que suficiente y que me trasmitía esa sensación de volver a casa. Si todo eso era verdad, y él la ha cagado estrepitosamente solo porque tenía miedo, ¿sería tan horrible intentar perdonar?

—A mí no me valen tus excusas. —Mike nos sorprende a todos dando un paso al frente y enfrentándose a su amigo—. Has mentido en todo. En todo, ¿no? Ahora que estamos sincerándonos, di la verdad de una vez: ¿qué es lo que pasó con Michelle?

En ese momento, Peter rompe a llorar. Y a mí se me estruja el corazón y tengo ganas de pedirle a todo el mundo que se calme y dejarle un poco de espacio para que pueda respirar. Esto tiene que ser muy difícil para él. Habla antes de que a mí me dé tiempo a abrir la boca siquiera:

—Me vio con alguien en el descanso del concierto.

—¿Con alguien? —presiona Derek.

—Con Daniel —confiesa en un susurro—. Estábamos... Michelle nos vio besarnos. Se largó corriendo sin decir ni una palabra y yo pensaba que se lo contaría a todo el mundo y... Me daba miedo que lo dijera y que todos se enteraran y me inventé una mentira para que nadie la creyera si lo hacía, y me siento fatal por ello, os lo juro. Lo siento tanto, Mike —lloriquea—. Lo siento mucho, tío.

Creo que nunca en todo el tiempo que lo conozco había visto a Mike así de serio. Parece estar medio en *shock*, superado por lo que acaba de descubrir. Le tiembla el labio cuando vuelve a abrir la boca, y su voz suena como un rugido:

—Eras mi mejor amigo. ¿Cómo pudiste hacerme algo así? ¡Joder, Peter! Me rompiste en pedazos. Me abrazaste mientras lloraba. Me viste hecho mierda y tú... ¡Sabías lo que Michelle significaba para mí! ¡Lo que teníamos! ¡Y te lo cargaste como si no valiera nada!

Veo la cara de Stacy cuando oye a su novio decir todas esas cosas. Y ahora la entiendo. Empiezo a entender su aversión a que Michelle se acercara al grupo, esa manía que parece tenerle y la incomodidad que se respira en el ambiente cuando las dos están cerca. Y no es que la odie, no, para nada. Está celosa. Insegura. Y probablemente siempre ha sentido que tenía que competir con el fantasma de esa relación pasada.

—Te dio igual, solo por salvar tu culo. —Mike sigue hablando, sin dar tregua—: Y ¿sabes lo peor de todo?: que ella ni siquiera hubiera dicho nada. No lo ha hecho, ¿verdad que no? Se inventó una mentira igual de absurda y yo te creí a ti porque a ella siempre se le dio fatal mentir. Todo por ti. Se acabó. Esto no lo voy a perdonar. Que te den, Black.

Sale del local y da un sonoro portazo. Aquí dentro nos quedamos quietos y en silencio. Lo único que se oye son los sollozos de Peter. Lucy da un paso al frente, insegura, luego otro más, y al final camina decidida hasta llegar a él y abrazarlo. Me alegro de que lo haga ella. Aún no estoy segura de querer o poder hacerlo yo.

Molly es la siguiente en salir del local, en silencio y cabizbaja. Luego lo hace Stacy. Derek se acerca hasta donde su amigo y su novia siguen abrazados y se une a ellos.

—La has fastidiado, tío. Mucho —dice, a media voz—. La has cagado, pero ahora es el momento de intentar arreglar lo que se pueda, ¿vale?

—No puedo. —Oigo sollozar a Peter.

—Claro que sí. Lo haremos. Poco a poco. Lo arreglaremos.

Me voy de forma discreta, sin hacer mucho ruido. Por lo menos, no está solo, así que estará mejor con el tiempo. Creo que lo primero a lo que va a tener que enfrentarse es a encontrarse consigo mismo. Veo a Molly no muy lejos de aquí, apoyada en la fachada. Se seca las lágrimas con el borde de la camiseta cuando se percata de mi presencia. Me acerco despacio.

—Oye, ¿estás bien?

Echa la cabeza hacia atrás, golpeándose con la pared, y alza la vista al cielo.

—Soy una tonta, Zoe. Pensaba que era el mejor tío que había conocido nunca, confiaba en él a ciegas, llevo toda la vida... Y él no ha parado de mentir, ¿no? En todo.

—No en todo —le llevo la contraria—. Vuestra amistad ha sido de verdad. Supongo que debe de dar miedo decir algunas cosas cuando ni tú mismo quieres admitirlas, ¿no crees? Se ha equivocado... muchísimo. Eso no quiere decir que todo lo demás sea mentira.

—¿Y eso significa que tú vas a perdonarlo?

—Aún no lo sé.

—Y yo tampoco.

Me acerco más a ella y apoyo la cabeza en su hombro, para darle el apoyo que está claro que necesita. Se mueve para abrazarme. Y lo veo muy claro, como no lo he visto antes: la chica ligona y que decía renegar del amor está enamorada... y a ella también han terminado por romperle el corazón.

♪ ♪ ♪

—Creía que no ibas a venir.

—Michelle dice que has dormido, así que me parecía justo cumplir mi parte del trato.

Me muevo de un lado a otro, con un palo en la mano, y *Max* me sigue meneando la cola, impaciente porque se lo lance.

Bailey ha aparcado la camioneta cerca del río, al refugio de los árboles, justo donde lo hizo la tarde que nos dimos un bañito. En realidad, he sido yo la que le ha pedido que viniéramos aquí, porque es el lugar ideal para componer.

—Deja de jugar con el perro y ponte a trabajar —dice a mi espalda, en tono burlón.

Lanzo el palo lejos, hacia el agua, y vuelvo sobre mis pasos para subirme de un salto a la caja del vehículo donde él ya tiene la guitarra entre los brazos.

—¿Te lo ha contado Derek? —pregunto.

Ni siquiera me mira. Hace una mueca exasperada.

—¿Lo de Peter? Sí. Y también me he enterado por los gritos de mi hermana mientras hablaba contigo por teléfono. Te dije que los dos mentían.

Me mordisqueo el labio, mientras recuerdo todo lo que me ha contado Michelle cuando la he llamado para preguntarle por la nueva versión de Peter. Ella ha dicho: «Yo no tenía derecho a contarlo si él no quería hacerlo». Y Daniel ha dicho: «No se puede sacar a alguien del armario a golpes, Zoe» cuando le he pedido explicaciones a él. Estoy un poco enfadada, creo, porque mis tres almas gemelas descarriadas me han ocultado un montón de cosas en este tiempo. El problema es que no puedo enfadarme del todo porque entiendo sus motivos. Y la lealtad es tan importante para mí que probablemente no los querría tanto si hubieran ido por ahí aireando secretos de otras personas. Lucas le prometió a Danny que no diría nada de lo suyo con Peter. Danny no quiso exponer al chico del que se enamoró y que le hizo daño. Y Michelle lo perdió todo por proteger la intimidad de alguien que una vez fue uno de sus mejores amigos.

Y creo que yo habría hecho lo mismo, así que eso de que no pienso dirigirles la palabra a ninguno de los tres por un tiempo, que les he dicho por mensaje, no creo que me dure mucho.

—¿En qué piensas?

Levanto la mirada para encontrar los ojos oscuros de Bailey que me observan con curiosidad.

—En que es difícil encontrar tu sitio en el mundo, ¿no crees?

Se encoge de hombros, baja la vista a las cuerdas de la guitarra y las pellizca con delicadeza.

—No lo sé. Yo estoy a gusto aquí contigo.

Y a lo mejor es tan sencillo como esto. Yo estoy increíblemente a gusto aquí con él. Estoy a punto de decirlo cuando vuelve a hablar:

—¿Por qué no escribes sobre eso?

—¿Sobre qué?

—Sobre encontrar un lugar en el mundo.

Sonrío de medio lado y señalo su guitarra.

—Necesitaré banda sonora para esto.

Pasamos un rato así, él tocando la guitarra y yo tumbada sobre mi estómago encima de una manta, que lleva aquí desde el fin de semana que fuimos de acampada, y escribiendo versos sueltos en la libreta a medida que me vienen a la cabeza. Y sí, escribo sobre tener un lugar en el mundo. Y también escribo sobre cómo me siento ahora mismo: como si ya lo hubiera encontrado.

Dejo de escribir y me dedico a observarlo. Está tocando *Wish You Were Here* de Pink Floyd y entona con esa voz ronca y al mismo tiempo delicada que consigue ponerme la piel de gallina y hacerme desear que nunca deje de cantar.

—Deberías hacer esto en el festival de talentos de fin de curso —digo cuando termina y me mira de soslayo.

—¿El qué?

—Cantar.

—¿Por qué?

Pongo los ojos en blanco y ruedo para tumbarme sobre la espalda con la vista clavada en las nubes blancas y algodonosas que viajan sobre nosotros.

—Porque lo haces bien, Bailey. Pienso apuntarlo en la lista y entonces tendrás que hacerlo. Punto número once: cantar en público y hacer que la gente flipe.

—Yo no canto delante de la gente.

Echo la cabeza todo lo hacia atrás que puedo, para mirarlo, aunque lo vea del revés.

—Estás cantando ahora.

—Tú no eres gente.

No quiero preguntar si debería tomarme eso bien o mal, porque sé que dirá cualquier tontería para picarme, y también sé lo que ha significado en realidad.

—Vamos con el estribillo, anda. Hemos venido para eso y me tienes aquí escribiendo letras mientras tú haces el vago. Enséñame lo que tienes.

—Eres muy directa, estrellita —se burla, pícaro.

—No te soporto, de verdad.

Se ríe suave y tan bajito como si no quisiera que yo le oyera. Luego, vuelve a quedarse serio y murmura algo así como «vamos allá» antes de empezar a tocar.

Siempre le falla lo mismo cuando intenta tocar su canción: no fluye. Es como si tocara de forma mecánica y forzada, cuando hasta ahora se ha dejado llevar por la música. Carraspea, frustrado, y se mueve para sentarse al borde de la caja, mirando al río y dándome la espalda, como si no verme fuera a ayudarlo a concentrarse. Ese es el problema, que se concentra demasiado.

—Deja de pensar tanto —aconsejo.

Me acerco hasta sentarme sobre mis piernas justo detrás de él. Suelta un gruñido.

—Tengo que concentrarme para que suene bien.

—No. Tienes que dejarte llevar y sentir la música para que suene bien. Hazlo con los ojos cerrados.

—¿Qué importa...?

Inclino el tronco hacia delante, hacia él, y pongo las manos sobre sus ojos, tapándolos. Siento el cosquilleo del batir de sus pestañas contra las palmas. Me acerco a su oído para hablar en voz baja:

—Hazlo otra vez.

Empieza por el estribillo y luego sigue. La estrofa. El puente. El estribillo una vez más. Y suena tan bien que consigue hacer justicia a los cientos de veces que estoy segura de que la ha ensayado.

Mi estómago está encogido, mi corazón descompensado y mi respiración, en sincronía con la suya, profunda aunque acelerada. Sonrío. Y solo entonces me doy cuenta de que yo también tengo los ojos cerrados, y mis manos aún se posan delicadas sobre los suyos.

Rozo el lóbulo de su oreja con los labios cuando susurro:

—Suena a esperanza, Chase.

# 30

# Cicatrices

Mis amigos me están esperando en plena calle del corazón de Great Falls con un montón de globos y gorros de fiesta en la cabeza. Los odiaría por hacerme pasar esta vergüenza si no estuviera tan feliz porque acabo de aprobar mi examen de conducir, y me hace bastante gracia verlos a los tres con esas pintas.

Michelle salta hacia delante y me abraza con entusiasmo en cuanto me acerco. Me pega con un par de globos en la cara y el pelo empieza a encrespárseme por culpa de la electricidad estática, pero no me quejo.

—¡Felicidades! Porque es tu cumpleaños y porque ¿has aprobado?

—Claro que he aprobado —respondo, en el tono más engreído que soy capaz de fingir.

Daniel utiliza los dedos para silbar tan alto que demasiada gente se vuelve a mirarnos, y Lucas empuja a nuestra amiga a un lado para poder abrazarme también él.

Es sábado por la mañana y es mi cumpleaños. Aprovechando que yo tenía que venir a la ciudad a examinarme y que Bailey tenía que ir al hospital, los chicos propusieron acercarse hasta aquí también ellos con el coche del padre de Lucas para que pudiéramos ir los cinco a comer la hamburguesa más enorme, deliciosa y grasienta de todo Great Falls. Derek estaba triste por perdérselo, pero, al parecer, él y Lucy tenían que hacer algo muy importante y muy secreto que no han querido revelarme. A cambio de pasar todo el día de mi cumpleaños con mis amigos, y de dejar que me quede a dormir con Michelle hoy, he tenido que prometerle a mamá que mañana pasaremos todo el día juntas haciendo cosas de madres e hijas.

—Vamos yendo —me anima Danny al tiempo que me pasa un brazo por los hombros—. Chase ha dicho que se reunirá allí con nosotros cuando salga del hospital.

El batería se ha pasado todo el camino hasta aquí en su camioneta esta mañana cantándome el cumpleaños feliz en distintas versiones y entonando muy mal a propósito. He tenido que recordarle lo poco que lo soporto hasta en cuatro ocasiones en solo media hora. Todo un récord.

Sonrío con disimulo cuando consulto el móvil y veo que tengo un mensaje suyo:

> Martha y Arthur preguntan si has aprobado y ya eres un peligro en la carretera legal.

Estoy a punto de responder cuando me llama mi padre. Mis amigos tienen que esperar mientras hablo con él. Se muestra entusiasmado cuando le digo que he aprobado el examen, y se lamenta mucho por no poder pasar mi cumpleaños conmigo este año. Tengo que prometerle que haremos algo especial en cuanto termine la gira. La verdad es que parece cansado, y sé que no es solo por el trabajo. Me prometió que pararía cuando pasaran los últimos conciertos, pero lo que ha hecho ha sido añadir más fechas y más ciudades al calendario de actuaciones. Se supone que habrá acabado en julio. Hablar con él, como siempre, me deja una sensación agridulce.

Luego tengo que llamar a mamá para ponerla al día de las buenas noticias.

Y después respondo a Bailey diciendo que la duda ofende, y que, a partir de ahora, debería poder conducir su camioneta siempre que me apetezca.

Los otros tres tontos me obligan a pasear con un gorro en la cabeza y unos cuantos globos por el mismo centro y delante de todo el mundo, pero me hacen reír tanto que me da igual si hago el ridículo.

Esperamos a Chase en la puerta de la hamburguesería ganadora en el certamen de la más deliciosa pero grasienta —según el criterio de Lucas y Daniel— de todas las disponibles. Llega por mi espalda y pone las manos en mis caderas y me habla al oído, antes de que los demás puedan llegar siquiera a saludar:

—Eres la hostia. —Giro la cara para mirar la suya, y me dedica una sonrisa perezosa con un brillo burlón—. Jodidamente chirriante. Pero la hostia. Enhorabuena por tu aprobado.

—¿Y me dejarás la camioneta, batería?

—Ni de broma.

Saluda a los demás, tras apartarse de mí, y protesta sin mucho entusiasmo cuando Daniel le pone un gorrito de fiesta en la cabeza. Tiene los ojos algo hundidos, los hombros caídos y se nota que tiene que esforzarse para reflejar el estado de ánimo festivo que tenemos los demás.

—¿Estás bien? —le pregunta Michelle antes de que me dé tiempo a hacerlo a mí—. Si te encuentras mal...

—No. Estoy bien. Cansado. Solo tengo el estómago un poco revuelto, se me pasará cuando coma algo.

—¿Sabes qué?: que nada mejor que una hamburguesa para asentar el cuerpo —lo anima Lucas.

Le pone una mano en el hombro y los dos abren la marcha para entrar al local y pedir la mesa que teníamos reservada. Ya les he dejado claro muchas veces que invitaba yo, por mi cumpleaños, así que me encargo con esmero de que ninguno de ellos se ponga a mirar y comparar precios.

Observo a Bailey con curiosidad cuando ya tenemos la comida delante. No sé cuánto hará que no come comida basura como esta, pero según Michelle ha sido una eternidad. Se ha estado tomando muy en serio lo de cuidarse y comer sano desde que le diagnosticaron de nuevo la enfermedad hace más de un año. Emite un gruñido de satisfacción cuando da el primer bocado. Solo le falta gemir. Y es gracioso, sí, pero también es erótico, y yo empiezo a tener demasiado calor y a pensar cosas que no debería estar pensando.

—Está buena, ¿eh? —se burla Danny.

—Es lo mejor que he probado en la vida —exagera, y nos hace reír a todos.

—No se lo diremos a mamá —le promete Michelle, al tiempo que le guiña un ojo.

—No, no se lo diremos —se muestra de acuerdo él.

Estamos ya terminando la comida cuando me llama Molly. Hablo un poco con ella y, tras colgar, consulto los mensajes. Y entonces veo que me han etiquetado en el anuncio de un fiestón de proporciones épicas —según dice el propio texto— en las redes sociales. Un fiestón que se celebra esta noche en la vieja casa Wood y que, al parecer, es por el diecisiete cumpleaños de Zoe Clark.

—Chicos..., ¿qué es esto? —exijo explicaciones, y les enseño la pantalla.

Se ponen a hablar todos a la vez, lanzan exclamaciones disgustadas y se lamentan por lo bocazas que es la gente.

—¿Quién ha sido el idiota que ha puesto la etiqueta? —se indigna Michelle, y me quita el móvil de las manos para ponerse a investigarlo.

Me han organizado una fiesta de cumpleaños «sorpresa» esta noche. Por eso Derek y Lucy tenían cosas supersecretas que hacer hoy. Se defienden diciendo que no lo hacen solo por mí, sino también para cumplir el punto siete de la lista. Eso me convence un poco más.

—¿A quién habéis invitado? —curioseo.

—A casi todo el mundo —responde Lucas.

—¿Los del equipo de *hockey*?

—Solo a Gareth.

—¿Y a Peter? —pregunto, y miro a Daniel y no a Lucas esta vez.

Niega con la cabeza. Ha pasado una semana desde que Peter salió del armario delante de casi todo el mundo. Y mamá no me ha dicho nada, pero sospecho que sus padres han oído los rumores ya, también. Yo no he vuelto a hablar con él, y él tampoco ha intentado acercarse. Derek y Lucy son los que más se han mantenido a su lado, aunque sé que Molly empieza a ablandarse a pesar de no quererlo reconocer. Michelle es, de nosotros, quien más ha hablado con él estos días. Y sé que Daniel quiere hacerlo, pero no se atreve. A lo mejor la fiesta de esta noche es un buen momento para que todos podamos aclarar esas cuentas pendientes.

—¿Y quieres que venga? —presiono un poco más.

Lanza un suspiro triste.

—¿Soy muy patético si digo que sí?

—Sí, pero te queremos igual —bromea Michelle.

Recupero el móvil y envío un mensaje rápido a un chat que pensé que no volvería a utilizar en mucho tiempo. «Vente a la fiesta esta noche, Peter.» Ahora solo espero que se atreva a hacerlo.

♪ ♪ ♪

Mi madre irrumpe en mi habitación, sin llamar ni nada, cuando yo me estoy terminando de vestir. Me giro para mirarla, aún en sujetador y vestida con mis pantalones negros favoritos, y le dedico una mueca molesta.

—Mamá, me estoy vistiendo, un poco de intimidad en esta casa no estaría de más, ¿sabes?

—¿Qué vas a ponerte? —curiosea, ignorando mi comentario, y se sienta a los pies de la cama como si estuviera dispuesta a charlar un rato largo.

En vez de responder, me pongo una camiseta de tirantes negra, con una calavera plasmada en la parte delantera y la espalda formada por un montón de tiras de tela que dejan ver la piel.

—¿Vas a ir a tu fiesta de diecisiete cumpleaños vestida de negro y con una calavera? Cariño...

—Mamá. —Le lanzo una mirada de advertencia.

Suspira de manera exagerada, pero se calla el resto de sus opiniones acerca de mi *look* para esta noche.

—Y hablando de esa fiesta...

Pongo los ojos en blanco, solo porque sé que no soporta que lo haga.

—No tienes que preocuparte. Solo vamos a estar en la vieja casa Wood con la música muy alta y diciendo tonterías. Estaremos en la salida del pueblo, te costaría veinte minutos llegar si quisieras ir a vigilarme, cosa que espero que ni se te ocurra hacer, y solo van mis amigos y alguna otra gente del instituto. Apenas se le puede llamar fiesta —suelto una mentira piadosa para tranquilizarla.

—No me intentes vender humo, señorita. Yo sé cómo son las fiestas en la vieja casa Wood. ¿O te crees que Charlie y Meredith no las organizaban cuando íbamos al instituto? —Me cuesta imaginarlo y, la verdad, creo que prefiero no hacerlo—. Prométeme que te portarás bien.

—Te prometo que me portaré bien.

—Entonces, ¿vais a dormir todos allí?

—Derek ha preparado las habitaciones, dormiré con Michelle.

—Vale, está bien —cede como si le estuviera costando mucho hacerlo—. Aunque no te lo creas yo también tuve tu edad y también me gustaba salir por ahí con mis amigos. No estás descubriendo nada nuevo —trata de picarme.

—Para mí sí.

Se queda algo más seria y asiente cuando me oye decir eso. Sé que lo entiende. Sé que sabe lo que siento y lo que supone para mí tener un grupo del que sentirme parte.

—¿Ese dibujo es de Michelle?

Se levanta del colchón y camina hacia la pared en la que lo he colgado para poder admirarlo de cerca. Sonrío. Ha sido el regalo de cumpleaños que me ha hecho mi mejor amiga: es un retrato mío, tocando la guitarra, y parece que brillo y me veo más guapa en ese carboncillo de lo que lo hago al mirarme al espejo. A los pies de mi imagen está *Max*, tumbado y dormitando mientras escucha la música.

—Sí, dibuja bien, ¿verdad?

—Es toda una artista, como su madre —admite mamá, sin dejar de observar todos los detalles.

Suena el timbre. Las dos volvemos la cabeza hacia la puerta. Me hace una seña para indicar que va ella.

—Anda, termina de arreglarte, que al final llegarás tarde a tu propia fiesta.

Recojo en una bolsa de deporte todas las cosas que he dejado sobre el escritorio y que necesito para poder pasar la noche fuera. Me miro en el espejo, y creo que me veo bien. Lo suficiente para quedarme satisfecha.

—¡Zoe! Ha venido Chase —me informa mamá desde la entrada—. Pasa, está en su cuarto.

Una absurda sensación de nervios se me instala en la boca del estómago y mi corazón late dos veces en una cuando lo veo aparecer y apoya el hombro en el marco de mi puerta abierta, para mirarme desde ahí.

—Hola.

—Hola. ¿Qué haces aquí?

—Se suponía que tenía que engañarte para llevarte a tu fiesta de cumpleaños, pero ahora que ya lo sabes me parece que será más fácil convencerte. Y..., hum..., además, también quería traerte algo.

Da un paso adelante y me muestra un paquete pequeño y rectangular que lleva en la mano izquierda. Está muy mal envuelto, pero eso es lo de menos. Un cosquilleo impaciente me recorre desde el pecho hasta la punta de los dedos.

—¿Un regalo?

Se encoge de hombros y dibuja una sonrisa tímida.

—Bueno, es tu cumpleaños y es lo que suele hacerse en los cumpleaños —me sorprende utilizando las palabras que yo usé en su día—. Es una tontería, en realidad.

Expongo las manos ante él para que me lo dé. Creo que las de los dos tiemblan un poco cuando lo hace. Me siento al borde de la cama y desgarro el papel sin ningún cuidado. Es un marco de madera, con unos cuantos huecos para poner fotos. Lo acaricio despacio, con el corazón encogido y pleno al mismo tiempo. Lo ha llenado con fotos nuestras, de nuestro grupito de almas descarriadas. Ahí estoy yo con Michelle, sonrientes y con los brazos en alto; con Daniel y Lucas, que me levantan en el aire; los seis juntos sobre la caja de la camioneta el día que fuimos de acampada; nosotros dos con las guitarras en el salón de su casa, en una foto robada que debió de hacernos Michelle; con Derek y Lucy, en el escenario del concierto que dieron los Silky Knocks en Great Falls; incluso hay una con Molly. Y, en el centro, la madera está tallada para formar con el relieve una palabra: *Home*. «Hogar.» Se me llenan los ojos de lágrimas y alzo la mirada para poder buscar los suyos sin importarme que pueda darse cuenta de mi emoción.

—¿Lo has hecho tú?

—Mi padre me enseñó a tallarlo. No ha quedado perfecto, pero...

Me levanto y doy dos pasos hacia él hasta que choco contra su pecho y le echo los brazos al cuello. Le cuesta un segundo poder reaccionar, relajar su estado rígido habitual y devolverme el abrazo. Esconde la cara entre mi pelo y me da un escalofrío al sentir su respiración cálida contra la piel del hombro.

—Es perfecto, batería. Muchas gracias.

Da un paso atrás y asiente, con la mirada esquiva.

—De nada. Deberíamos... irnos. Todo el mundo estará esperando a la chica del cumpleaños.

No digo nada. Cojo mis cosas y salimos. *Max* está en la caja de la camioneta y suelta un ladrido al verme. Bailey tiene que meterme prisa una vez más cuando se me pasa el rato haciéndole carantoñas al perro. Luego, él conduce en silencio hasta la vieja casa Wood.

Los payasos de mis amigos gritan «sorpresa» cuando entramos. Así que tengo que seguirles el rollo y hacerme la sorprendida, lo que parece hacerles un montón de gracia. Chase desaparece en cuanto las chicas me rodean y me arrastran con ellas para enseñarme toda la decoración que se han currado para el evento. Y yo siento que necesitaría todo el tiempo posible a solas con él, pero no puedo dejar de atender a toda esta gente que quiere felicitarme, ni menospreciar el esfuerzo que han hecho para montar esto.

En un rato ya estoy integrada en la fiesta e incluso estoy tan entretenida que he dejado de buscar al batería con la mirada. Hace ya como veinte minutos lo he visto desaparecer con Derek por la puerta de atrás, con pinta de ir a hacer alguna travesura. He estado con Michelle, bailando y cantando a pleno pulmón sin importarnos si mañana ninguna de las dos puede hablar. Pero ahora mi amiga está ocupada en otra cosa creo que menos agradable, y es que Mike se ha acercado a nosotras y ha pedido cinco minutos para poder hablar con ella. Ya ha pasado el doble de tiempo y no están en ningún lugar a la vista. Stacy está comiéndose las uñas en un rincón y no hay nada que Molly o yo podamos decir o hacer para sacarla de ese estado. Lucy está cuchicheando con Lucas y Danny cerca de la zona de la cocina, y eso también me preocupa un poco.

—Eh..., Zoe —me llama Molly—. ¿Lo has invitado tú?

Ha dejado de bailar y está seria. Sigo el curso de su mirada hasta la puerta y veo allí a Peter. Parece bastante incómodo, con las manos en los bolsillos y mirando alrededor como si buscara una cara amiga entre la gente y le costara dar con ella.

—Sí. Le he dicho que viniera. No pensaba que fuera a hacerlo, ni siquiera ha contestado a mi mensaje.

—Pues aquí lo tienes.

Le pongo mi vaso de zumo de manzana en la mano, para que me lo guarde, y me encamino decidida hacia la puerta, donde Peter parece no atreverse a dar un solo paso.

—Hola. No sabía si ibas a venir al final.

Intenta dedicarme una sonrisa tímida que parece que le cuesta esbozar. Y, a pesar de todo lo que ha pasado entre nosotros, me duele verlo así.

—Solo he venido para felicitarte en persona. No creo que haya mucha gente que me quiera tener aquí, y no quiero fastidiar la fiesta. Feliz cumpleaños, novata. Te mereces un fiestón como este y mucho más.

Sacudo la cabeza. Estoy harta de esto. De ver gente que se siente mal y sufre a mi alrededor. De mantener disputas y guardar rencores cuando hoy, por lo que sabemos, podría ser nuestro último día en la Tierra, ¿no es verdad? No deberíamos perder tanto tiempo en castigar a nadie por sus errores.

Tomo a Peter de la mano y tiro de él para adentrarlo en la fiesta. Ha venido hasta aquí, y no voy a dejar que se vaya cuando solo acaba de llegar. Paro la marcha cuando estamos en medio de la enorme estancia y lo encaro para poder hablarle:

—No sé si vamos a poder hacer borrón y cuenta nueva. Y puede que nunca volvamos a ser lo que podríamos haber sido, Peter. Pero a lo mejor podemos intentar empezar de nuevo, si tú quieres.

Asiente de forma tan enérgica que pienso que debe de estar haciéndose daño en el cuello. Puedo ver que tiene los ojos brillantes, por lágrimas o por pura emoción. Doy un paso al frente para poder darle un abrazo.

—Gracias, Zoe.

—Si la gente solo te acepta cuando no eres tú mismo, ¿qué valor tiene eso? Sé quien tú eres, pasando de lo que piensan los demás, y así podrás quedarte con la gente que te quiere de verdad.

—Ya tenía a la gente que me quiere de verdad, y la he jodido.

—Pues creo que es el momento de empezar a arreglarlo.

Doy un par de pasos atrás tras soltarlo. Hace una leve inclinación de cabeza, dándome la razón, y yo señalo a mi alrededor, preguntándole sin palabras a qué espera.

De entre toda la gente que hay ahora en la fiesta, él elige empezar con Molly. Y yo me acerco solo para recoger mi vaso, aún medio lleno de zumo, de manos de mi amiga y me alejo para dejarlos solos.

Michelle aparece de la nada y me coge la mano para arrastrarme con ella hacia la puerta del jardín.

—¿Adónde vamos?

—A hacer de esta una fiesta épica que la gente recordará —me informa, traviesa.

Oh, oh.

—Oye, ¿qué ha pasado con Mike?

—Hemos hablado, hemos llorado y nos hemos perdonado —me resume de manera muy rápida y sin emoción en la voz—. Hace tiempo que lo que había entre nosotros se murió, pero la verdad es que, a pesar de eso, aún teníamos un capítulo que cerrar.

—Y lo habéis cerrado.

—Sí. Puedes decirle a Stacy que no se preocupe, si lo digo yo no se lo creerá.

Atravesamos la puerta de salida al jardín justo al mismo tiempo que Lucas empieza a anunciar a gritos que es hora de salir para seguir la fiesta fuera. Y cuando salgo y veo a Derek y a Chase subidos al techo de la camioneta del batería, que está parada en medio del jardín, con unas sonrisas que no anuncian nada bueno, ya sé que se les ha ido la cabeza del todo con esto de hacer una fiesta épica. Han cubierto de plásticos buena parte del suelo y, en cuanto nos plantamos frente a ellos, ponen en marcha el cañón de espuma casero que cargan en la caja del vehículo. Todas las personas que me rodean se ponen a chillar entusiasmadas, la música sube de volumen a nuestra espalda, y empieza la batalla. Veo al pobre *Max* salir de la casa —donde llevaba tiempo en la cocina por si le caía algo de comida por casualidad— y alejarse hacia el otro lado del porche para poder dormitar tranquilo.

Bajo la espuma se lavan los malos rollos igual que el jabón es capaz de hacer con la suciedad. Incluso Stacy se une a nosotras y firma la paz con Michelle sin que hagan falta perdones ni discursos. Molly está arrastrando a Peter con ella bajo el chorro de espuma, y Daniel y él se miran a distancia de manera poco disimulada. Y yo... Yo me abro paso entre la gente y trepo por el morro de la camioneta para llegar hasta los artífices de todo esto. Chase me tiende la mano y me ayuda a llegar hasta arriba sin que mis botas mojadas me hagan resbalar por el parabrisas. Me sonríe cuando llego a su lado, y refunfuña un poco cuando le paso las manos por el pelo para llenárselo de espuma. Levanto los brazos y lanzo un grito que anima al desenfreno cuando mis amigas me silban desde abajo.

—Puedes tacharlo de la lista, Bailey.

Amplía la sonrisa y pone los brazos en torno a mi cintura. Me sitúa delante de su cuerpo y pega mi espalda a su pecho para, a continuación, hablarme al oído:

—Mejor táchalo tú por mí, estrellita del *rock*.

Lucy y yo arrastramos a los dos chicos con nosotras al centro de la guerra de espuma cuando Lucas y Daniel llegan para tomar el relevo en eso de alimentar el cañón. Es probable que no me haya reído tanto en mi vida como lo hago mientras Chase carga conmigo sobre su hombro y me planta justo debajo del chorro. Acabamos empapados. Y no podría importar menos.

—*Fatal*, tía, debo de tener el maquillaje hecho un asco —protesto, cuando la fiesta de la espuma ha llegado a su fin y Michelle y yo estamos secándonos un poco en uno de los baños de la planta superior.

Me lanza una toalla y un rollo de papel higiénico y yo solo puedo atrapar una cosa a la vez, así que dejo caer el papel y me paso la toalla por el pelo primero.

—Hemos cumplido con el fiestón, pero la noche aún no ha acabado, así que retócate esos ojos y volvamos a bailar hasta que nos duelan los pies.

—Ya me duelen un poquito.

—¿Tengo cara de querer acabar la fiesta sin que al menos uno de nosotros ligue?

Suelto una carcajada. Recojo el papel del suelo y me acerco al espejo para arreglar mi aspecto cuanto sea posible.

—Apuesta por Molly entonces y luego nos vamos a dormir.

—¿Has visto cómo miraba Danny a Peter ahí fuera? Te digo yo que el rollo de las camisetas mojadas va a dar mucho juego esta noche —insinúa ella.

—¿Y a quién mirabas tú?

Lanza un suspiro y luego pone los ojos en blanco y tira de mi brazo para arrastrarme de vuelta a la fiesta. No me da tiempo a decirle que Jamie Evans la estaba mirando de la misma manera hace un rato.

Hablando de Jamie Evans, es ella la primera en acercarse a nosotras cuando volvemos a mezclarnos con la gente.

—Hola —saluda, aunque solo mira a Michelle. Luego se vuelve hacia mí—. Feliz cumpleaños, Zoe.

—Gracias. ¿Lo estáis pasando bien?

—Claro. Mucho —responde con una sonrisa. Y luego se olvida de que existo para mirar a mi amiga otra vez—. ¿Quieres que... nos tomemos una copa?

Michelle parece pensarlo por un momento, como si esa pregunta la hubiera pillado desprevenida.

—No bebo —murmura en respuesta.

¿Qué hago con ella? ¿Le doy un empujón para que caiga en los brazos de la chica que le gusta? Es para matarla, de verdad. Pero Jamie sonríe y vuelve a hablar enseguida:

—Entonces, un zumo, he visto que tenéis la cocina bien surtida y hay de todas las frutas que te puedas imaginar.

Me gusta esta chica. Y mucho más la forma en que se están mirando las dos ahora mismo. Así que le doy un empujoncito disimulado a Michelle y me escabullo entre la gente para dejarlas solas. Molly está enrollándose con Gareth en un rincón. Mike y Stacy acaban de marcharse cogidos de la mano. Derek y Lucy, abrazados y diciéndose cosas al oído en la cocina. Daniel habla con Peter cerca de la puerta de entrada. Y Lucas se disculpa y desaparece cuando me acerco al lugar donde Bailey y él charlaban.

—Creo que deberíamos bailar, batería —digo, con una sonrisa traviesa.

—Claro que no.

—Claro que sí. Solo por si mañana no podemos hacerlo.

Lo cojo de la mano y lo arrastro conmigo al centro de la pista de baile.

Es muy tarde cuando la gente por fin abandona la fiesta y la casa empieza a quedarse en silencio. Michelle ha desaparecido hace un buen rato, y no me atrevo a asomarme a la habitación que se supone que íbamos a compartir. Ha pasado quizá una hora desde la última vez que he visto a Peter y a Daniel, y Lucas ha decidido que dormirá en el sofá en vez de tentar a la suerte entrando en el cuarto que iba a compartir con su mejor amigo. Molly y Gareth son los últimos de los que no se quedan a dormir aquí que se van a casa. Bailey ha salido a dar una vuelta con *Max* cuando Derek y Lucy anuncian que se van a la cama, y Lucas y yo nos quedamos solos, terminando de recoger algunas cosas que han quedado tiradas por ahí.

—Ha sido épico —admite mi amigo.

—Sí.

—¿Qué pasa, Zoe?

Sacudo la cabeza, para quitarle importancia, pero, aun así, no puedo evitar decirlo en voz alta:

—No sé si quiero tachar más cosas de la lista. Hoy ya van dos y cuando se acaben... ¿qué?

Lucas se acerca un poco más y choca el hombro con el mío.

—Escribiremos veinte más si hace falta, y tendrá que vivir para cumplirlas.

Lo miro de reojo y sonrío tristemente. Ojalá fuera así, ¿no? Podrían ocurrírseme un millón de cosas por hacer antes de morir si así consiguiera mantenerlo conmigo.

—Y, oye, Zoe —me llama, en voz baja—. La lista no es solo para él, ¿sabes? Todos deberíamos aprovechar el tiempo como si mañana no fuera a existir. Y si mañana fuera el fin del mundo, ¿qué harías esta noche?

La pregunta de Lucas sigue dando vueltas en mi mente cuando lo dejo acomodándose en el sofá con una manta y subo la escalera que lleva a la planta superior. Hace apenas cinco minutos que Bailey ha subido con *Max*. Y, al pasar por delante de la puerta del que iba a ser su cuarto por esta noche, lo pienso una vez más.

*Ahora o nunca, Clark.*

Llamo suave con los nudillos. Él me abre enseguida, y parece sorprendido de verme.

—¿Puedo pasar?

Se aparta, sin responder en voz alta. Cierra una vez que estoy dentro y yo me acerco a *Max*, que mueve la cola perezosamente sin levantarse del rincón que ha elegido para pasar la noche, y le rasco detrás de la oreja.

—¿Necesitas un sitio para refugiarte? No quiero saber qué está haciendo mi hermana.

Sonrío de medio lado y sus labios se curvan mientras observa mi boca.

—He venido a tomar la última —bromeo, y le muestro el vaso de zumo que tengo en la mano.

—Genial, ponte cómoda y comparte.

Me acerco hasta la cama, pero, en vez de sentarme sobre

el colchón, lo hago en el suelo, con la espalda apoyada en el somier. Imita mi postura justo a mi lado.

—A lo mejor necesito un sitio donde dormir.

Sus ojos pasan de los míos a mis labios un par de veces. Traga saliva antes de asentir despacio.

—Es tu noche, supongo, así que sería muy feo por mi parte no cederte la cama.

Me acerco un poco más y él se aparta, como si lo hubiera asustado.

—Ya no soy una cría de dieciséis años —le recuerdo.

Dibuja media sonrisa.

—No. Ahora eres una cría de diecisiete años.

Cierro los ojos y niego con la cabeza. ¿Por qué tiene que ser tan tonto? Se cree de verdad que aún me puede sacar de quicio como el primer día.

—Me caes terriblemente mal, Bailey —respondo, burlona.

—Puedes llamarme Chase.

—No quiero llamarte Chase. Solo para que quede claro: tú y yo seguimos sin ser amigos, batería —bromeo, en un susurro sensual.

—¿Y qué somos, estrellita del *rock*?

Se me acelera el pulso cuando lo oigo susurrar eso, con sus ojos clavados en los míos. No tengo una respuesta. Pero es que eso es lo de menos.

—¿Enemigos?

Lo miro desafiante, a ver qué es lo que dice en respuesta. Me encanta la forma en que nuestras pullas de antes se han convertido poco a poco en un descarado tonteo.

—No, no somos enemigos.

—Pues yo sigo pensando que eres un borde y un poquito amargado, la mitad del tiempo.

—¿Solo la mitad del tiempo? A eso lo llamo yo hacer progresos. Yo creo que eres una diva que va de estrellita del *rock* y hace demasiado ruido.

Me acerco un poco más y su nariz y la mía casi se rozan mientras nos sostenemos la mirada y seguimos hablando en susurros a pesar de estar solos.

—No te soporto.

—Te odio un poquito.

—¿Puedo besarte?

Pido permiso en un murmullo, aunque las ganas que me bullen por dentro bien podrían haberme hecho gritar. Bailey traga saliva despacio y luego asiente casi imperceptiblemente con la cabeza, rozando mi nariz en el movimiento.

—Sí.

Mis labios acallan el último aliento de su susurro cuando se posan sobre los suyos. Son cálidos y suaves y están humedecidos. Los ojos se me cierran y, cuando siento el empuje de su boca en la mía, el mundo estalla en un millón de colores. No sé qué significa eso de las mariposas en el estómago, solo sé que yo vibro por dentro, como lo hacen cada una de las cuerdas de la guitarra cuando se acarician de la forma adecuada. Que yo soy la letra y él la melodía y que ahora mismo, juntos, sonamos como la mejor canción que haya escuchado en toda mi vida. El roce delicado e inocente se disuelve cuando me muevo hacia atrás. Seguimos tan cerca que me cuesta centrar la mirada en sus ojos cuando vuelvo a abrir los míos. Me lamo los labios. Sus ojos oscuros me abrasan a esta distancia. Y entonces pone la mano derecha a un lado de mi cabeza y vuelve a besarme, con ganas, con deseo mal contenido. Liberando la tensión que llevamos acumulando desde que nos gruñimos el uno al otro por primera vez. Entreabro los labios, saboreo los suyos con la lengua y no me importa en absoluto perder el control.

El problema viene cuando perder el control implica derramar el zumo en el costado de su camiseta.

—Perdón. Perdón, perdón.

Suelta una risita suave cuando me ve tan apurada. Sus dedos siguen enredados en mi pelo y busca mis ojos sin dejar que me aparte.

—No pasa nada, Clark. Entiendo que te haya superado la emoción.

—Eres muy tonto —bufo.

Se ríe de nuevo.

—La vida te ha dado una segunda oportunidad para pensarlo mejor: ¿estás segura de esto?

—Cállate de una vez, eres pesadísimo —digo como toda respuesta.

Sujeto el cuello de su camiseta para acercarlo de nuevo a mí. Me besa despacio, como si quisiera memorizar el sabor de mis labios.

—Eres tú la chirriante, ¿no te acuerdas? —murmura contra mi boca.

—Deberías quitártela. —Se aparta para mirarme con las cejas alzadas—. La camiseta. Ya no se te va a secar y...

—Vas muy a saco, estrellita.

Pongo los ojos en blanco. Tiro de los bordes de la camiseta para tratar de sacarla por su cabeza, pero pone las manos sobre las mías y no permite que la mueva del sitio.

—No...

Entonces soy consciente, de golpe. La cicatriz.

—No voy a asustarme y salir corriendo, Chase. Déjame verla. Dijiste que cosas como esta eran las que nos hacían especiales, ¿no? Y yo quiero conocer todas tus imperfecciones.

Duda un instante más. Luego se quita la camiseta de un tirón, como si no quisiera darse tiempo a pensarlo demasiado. Observo su torso. Está delgado. Sus costillas se insinúan bajo una piel pálida y ahí, en su costado izquierdo, apuntando hacia su espalda, está la cicatriz. Es grande, sí, de color rosado y con el borde irregular. Acerco la mano derecha y paso los dedos por la superficie, acariciándola con mimo.

—¿Te molesta si hago esto?

Niega con la cabeza antes de murmurar un «No» entrecortado. Subo la mirada de nuevo a sus ojos. Me está observando como si me viera por primera vez.

—Todos tenemos cicatrices —digo. Me acerco y mis labios rozan su mejilla—. Por fuera o por dentro. Es la consecuencia de vivir, que deja huella. Deberías lucirla con orgullo, es la prueba de que sobreviviste.

Enreda los brazos en mi cintura y me pega a su cuerpo cuando mis labios buscan los suyos de nuevo. Su nariz roza el *piercing* de la mía, y sus labios me hacen cosquillas cuando susurra sobre mi boca:

—Quiero seguir haciéndolo, Clark. Quiero tener la oportunidad de vivir esto, así, contigo. Aunque me cueste mil cicatrices más.

## *PALABRAS PARA ZOE IV*

*Confieso que aquella noche pasé varios minutos mirándote mientras dormías. No en plan rarito, ni nada~~, que sé que a ti te hace falta poco para acusarme de ser un pervertido~~. Solo es que no podía dejar de hacerlo. Tendida en la cama a mi lado, con tu brazo sobre mi pecho y tus piernas enredadas con las mías. En calma, preciosa, con una leve sonrisa en los labios. Quería grabarme tu imagen para poder llevarla conmigo adonde quiera que fuera.*

*No quería dormir para no perderme ni un segundo de ese momento. De tenerte entre mis brazos y poder fingir que sería eterno. Luché contra el sueño y recé para que no saliera el sol. Saboreé el poso que tus labios habían dejado en los míos, y me perdí en el sentimiento que prendía esa jodida llama en mi pecho como si fuera la única vez que podría sentirlo.*

*Quise vivir el momento como si el mañana no existiera. Porque no lo hacía.*

*No había futuro. No había nosotros. No había mañana. Había solo una noche en la que escondernos de la realidad y habría dado todo lo que tengo porque esa noche no se terminara.*

*Me acuerdo de cuando nos tendimos en la cama, frente a frente, como si pudiéramos mirarnos bien el uno al otro por primera vez. Dijiste que la cicatriz era tu parte favorita de mí. Yo dije que eras insufrible hasta el extremo. Y me besaste para callarme.*

*—¿Cuál es tu parte favorita de mí? —preguntaste.*

*—El modo en que brillas.*

*Te burlaste, pero era cierto. Lo sigue siendo. Siempre lo será.*

*Era fácil hablar de la parte física: tus dedos, tus ojazos, cómo te sienta ese* piercing *de la nariz. Más difícil admitir en voz alta esas cosas que implican mucho más sentimiento que una mera atracción: tu inconformismo, tu valentía, tu parte más tierna, esa que no querías mostrarme al principio. Podría seguir, Zoe, porque hay un millón de cosas que me gustan de ti. Y no paraba de pensar en cada una de ellas mientras te observaba dormir.*

*Nos besamos tanto esa noche que, incluso un rato después de quedarte dormida, tenías los labios hinchados. No pasamos de ahí y no hizo falta para que fuera la mejor noche de mi vida. Besarnos. Mirarnos. Acariciarnos los rostros con las manos hasta aprenderlos también al tacto.*

*Si cierro los ojos aún puedo sentir la suavidad de los mechones de tu pelo enredándose entre mis dedos, puedo notar el calor de tu boca susurrando tonterías sobre la mía. Escucharte. Vivirte.*

*Te miré tanto para asegurarme de no perderme ni un detalle por si no volvía a mirarte más.*

*Porque solo podía hacerlo hasta que llegara el día.*

*Tú y yo estábamos condenados a tener fecha de caducidad, Clark.*

*O quizá esa noche no debería haber sucedido.*

*¿Volvería a hacerlo? Mil veces. Y quizá alguna más.*

*Mil veces.*

*Mil noches.*

*Mil vidas.*

*Mil y una cicatrices.*

# 31

# Morirse no es una excusa

—Zoe. ¡Zoe! —Un susurro, cada vez menos discreto, y un zarandeo para nada delicado en mi hombro me arrancan del sueño en la mañana siguiente a mi fiesta de diecisiete cumpleaños.

Suelto un gruñido grave, abro los ojos con desgana volviendo la cabeza hacia la fuente del sonido, y me encuentro el ceño fruncido de Michelle juzgándome sin cortarse. Justo en ese momento soy consciente de que estoy en la cama con su hermano, que él no lleva camiseta, y que mi pierna está enredada entre las suyas y mi brazo sobre su espalda.

—Tía, ¿qué...? Es que... ¡Ug! Vamos. ¡Vamos, Zoe, mueve el culo! —sigue susurrando, cada vez más impaciente.

Me aparto con cuidado y dejo a Bailey durmiendo bocabajo, con la espalda destapada y la cara vuelta hacia el lugar que dejo vacío a su lado. Se mueve un poco cuando pierde mi contacto y su brazo cae sobre el colchón cuando mi cintura deja de estar debajo.

—¿Se puede saber qué te pasa? —siseo, molesta.

Pero Michelle sigue tirando de mi brazo y me arrastra hasta la puerta. Me da el tiempo justo a coger el móvil y las botas por el camino, y solo porque ella se entretiene en llamar a *Max* para que venga con nosotras.

—¿Va en serio? ¿De verdad? ¡Mi hermano, por el amor de Dios! —Mi amiga no deja de hablar a media voz mientras bajamos las escaleras, aunque su tono es sobre todo divertido, a pesar de sus palabras—. ¿Habéis...? ¡Por favor, no me lo cuentes! Uf, no te creo. Bueno, sí te creo porque, sinceramente, se veía venir, pero... ¡Mi hermano! Lo quiero y todo, pero, chica, ¡puaj!

—No ha sido para nada «puaj» y, además, la culpa es tuya por cederle mi sitio en la cama a otra persona.

Baja la voz cuando vemos a Lucas durmiendo en el sofá, en nuestro camino a la puerta:

—¿Por qué Lucas está aquí? No me digas que Danny... ¡Oh, venga ya! No os puedo dejar solos. Y mira a ese pobre diablo, descoyuntado en el sofá... ¿Le pintamos un bigote?

Suelto una risita. Esta vez soy yo la que tira de su mano y la arrastra hasta la puerta. Salimos fuera y tengo que entornar los ojos para protegerlos de la luz de la mañana, y me siento en el escalón del porche para poder ponerme las botas que aún llevo en la mano.

*Max* se adelanta unos pasos para buscar un lugar donde hacer pis, y yo lo sigo con la mirada y contemplo el desastre que dejamos ayer en el jardín. El agua se ha secado, pero los plásticos con restos de jabón están salpicados de vasos y botellines aquí y allá. También hay un par de calcetines y un sujetador. Prefiero no saber más sobre eso, la verdad.

—¿Por qué me estás sacando a rastras de la casa, Michelle? —Es mi turno de hacer las preguntas.

Tengo que levantarme de un salto y correr tras ella cuando echa a andar sin esperarme. Engancho mi brazo al suyo para hacerla ralentizar la marcha.

—Jamie acaba de irse hace un momento y quería contarte

lo de anoche, pero... ¿has visto la hora que es? Creía que habías quedado con tu madre.

Miro la hora en la pantalla del móvil y maldigo entre dientes. Se me ha hecho tarde.

—¿Qué tal con Jamie? —curioseo, aun así.

—Bien. Muy bien. Perfecto —suspira con una sonrisa algo tonta pegada a los labios—. ¿Y tú qué...? ¡Oye! ¿Sabes qué?, no quiero detalles de alguien con tan poco criterio como tú. Te recuerdo que estabas en la cama con mi hermano. —Finge tener arcadas y yo la suelto y me alejo de ella, indignada—. ¡Zoe!

Me llama en tono divertido y corre detrás de mí hasta abrazarme por la espalda y retenerme. Apoya la barbilla en mi hombro.

—Gracias por recordarle por qué merece la pena vivir.

♪ ♪ ♪

Paseo la vista por el aparcamiento del instituto mientras subo los escalones de la puerta principal el lunes por la mañana. La camioneta de Bailey aún no está aquí. Estoy nerviosa y ansiosa por verlo y poder hablar con él porque ayer le envié un mensaje para explicarle por qué había abandonado su cama, pero no llegó a contestar. Y yo estuve todo el día desconectada del mundo porque había prometido pasarlo con mamá.

Sé por el grupo de las almas descarriadas que estuvo con Derek en la vieja casa de sus abuelos gran parte del día, ayudando a recoger el desastre. Danny me trajo la bolsa con mis cosas a mediodía, cuando iba de camino a su casa, pero no pudimos hablar de nada porque mi madre estaba delante. Intenté llamar al batería por la noche y no cogió el teléfono.

Me encuentro con Lucas en el pasillo.

—Buenos días —saludo, y le clavo un dedo en la mejilla para molestarlo. Tiene cara de estar dormido todavía—. Ayer estuve superdesconectada, así que, dime: ¿Danny y Peter? ¿Qué te contó?

—Eres muy cotilla. Lo de siempre: «Sé que se portó muy mal conmigo, pero los sentimientos no se controlan, Lucas»; «Uno no elige de quién se enamora»; «Está confundido» —imita a su amigo—. Durmieron juntos y ahora todo son incertidumbres, llantos y lamentos. Pero ya me lo sé y, si pasamos por esto una vez, pasaremos por esto otra. ¿Y contigo qué? Chase estaba muy raro ayer... más que de normal, quiero decir.

Lanzo un suspiro y me mordisqueo el labio, con una nueva oleada de nervios revolviéndome el estómago.

—No lo sé. No he vuelto a saber nada de él. No me contesta a los mensajes.

—Pues ahí lo tienes si lo que querías era hablar.

Me da un vuelco el corazón antes de girarme. Él ni me mira y no parece tener intención de acercarse. Y Michelle, que camina a su lado, pone cara de circunstancias cuando se cruzan nuestras miradas. No tengo dudas de que ha hablado con él sobre mí. Ninguna en absoluto. Y si no me ha dicho nada, ni me ha mandado mensajes para burlarse, es porque es peor de lo que esperaba. Pero a mí nadie me hace el vacío así, y menos después de lo que pasó. Espero que ese tonto batería no se crea que por ignorarme voy a desaparecer como si nunca hubiera formado parte de su vida.

Ni siquiera me disculpo con Lucas antes de alejarme de su lado sin despedirme y caminar decidida hacia el lugar donde los dos hermanos avanzan por el pasillo. Me planto frente a él, que rehúye mi mirada, y lo empujo con todo el cuerpo para hacerlo retroceder hasta la puerta del baño de chicos de la planta baja. Le pilla por sorpresa, así que no opone resistencia y, para cuando parece querer hacerlo, la inercia de mi cuerpo ya logra vencer a la fuerza que aplica en sentido contrario.

En un momento lo tengo arrinconado contra la pared de azulejos de los baños. Estamos solos. Y me da rabia que me tiemble la voz cuando hablo:

—¿Qué pasa?

Sacude la cabeza.

—Esto no es una buena idea, Clark.

—¿Me estás vacilando?

No deja que sus ojos conecten con los míos en ningún momento y mira a todas partes excepto a mi cara mientras yo lo observo con detenimiento, intentado leer detrás de la fachada.

—Lo siento —murmura—. No debí permitir que pasara. No puede ir más allá. No puedo darte... No puedo darte nada, Clark, ¿no lo ves?

Le tiembla la voz y por eso sé que esto tampoco está siendo fácil para él. Sé lo que está haciendo. Sé lo que está pensando. Lo que no sé es qué puedo decir yo para hacerlo cambiar de opinión.

—No tienes que darme nada. Esto no va de dar ni de recibir, va de estar y de no perder el tiempo y de vivir.

Sacude la cabeza.

—Te lo dije el primer día que hablamos. Te dije que no tenía tiempo. Y lo decía de verdad.

Siento como si una daga me atravesara el pecho y me cortara en dos desde el esternón hasta el ombligo.

—¿Y por eso es mejor no tener nada? ¿Si no puedes tener todo es mejor no tener nada en absoluto? ¿Si no va a durar para siempre es mejor que no empiece?

Levanta la vista para mirarme. Cuando por fin nuestros

ojos se encuentran, los de los dos están llenos de lágrimas. Tomo aire y aprieto la mandíbula, antes de volver a hablar, con la voz rota:

—¡Aún estás vivo, Bailey! Yo estoy aquí y tú también y sé que los dos sentimos lo mismo. Si dices que tenemos poco tiempo, ¡aprovechémoslo! No puedes tirarlo todo a la basura cuando aún hay tanto que podemos hacer.

Se mueve a un lado, en dirección a la puerta.

—No quiero. No puedo.

—Chase, por favor...

Se va antes de que pueda decir nada más. Me quedo mirando la puerta, inmóvil, sintiéndome vacía de golpe.

*No quiero.*

Y ni siquiera puedo obligarlo a seguir cumpliendo puntos de esa estúpida lista cuando él ya ha tirado la toalla.

Me trago las lágrimas que se me agolpan tras los párpados y camino hasta clase como un autómata. No miro a nadie mientras voy hasta mi mesa y me siento en silencio.

Michelle aparece en mi campo de visión enseguida, agachada a mi lado y con las manos en mis rodillas. Su mirada ya me dice que no le hacen falta explicaciones y, sin embargo, pregunta:

—¿Qué ha pasado?

—Dice que no tiene tiempo. —Frunzo el ceño y niego con la cabeza—. No tiene tiempo de vivir. Así que, en cierta forma, ya está muerto, ¿no?

Incluso a mí me sorprende lo amarga que suena mi voz. Michelle respira hondo y su gesto se torna triste y apagado, supongo que a juego con el mío.

—Lo siento, Zoe. Pensé que había salido de eso. Estaba tan bien últimamente... De verdad que pensaba que iba a vivir... que iba *a querer* hacerlo. Lleva mucho tiempo apartado de la vida y metido en las sombras. Me parece que las dos nos hicimos falsas ilusiones cuando creímos que podríamos sacarlo de ahí.

Observo su cara y se me clava dentro su dolor. Me inclino hacia delante para poder abrazarla. No tengo tiempo para decir nada más porque el señor Anderson entra en la clase y Michelle escapa rápido de mi lado para ir a ocupar su sitio, secándose las lágrimas con las mangas de la chaqueta.

Una mano se posa en mi hombro y, cuando vuelvo la cara, Derek me dedica una sonrisa triste.

—Chase está loco por ti, Zoe. Deja que hable con él, ¿vale?

—No. Déjalo, por favor.

El señor Anderson carraspea fuerte al frente de la clase:

—Señorita Clark, si no le interesa esta clase y lo que quiere es charlar, la invitaré gustosamente a que salga del aula. De lo contrario, siéntese bien y mantenga la boca cerrada.

Me siento bien y mantengo la boca cerrada, pero lo cierto es que no me interesa para nada su clase. Por supuesto, suspendí el último examen de Literatura y, por supuesto, he pedido que lo revisen. Así que lo que cuente Anderson en su asignatura no podría importarme menos.

Me paso todo el tiempo hasta la hora del descanso garabateando versos inconexos en las últimas hojas de mis cuadernos. Ninguno servirá para la canción, porque nada que salga de mí hoy puede sonar en absoluto a esperanza. Y, de todas maneras, supongo que ya no hay canción, ¿no? Que parte de la melodía de Bailey quedará plasmada en una libreta llena de tachones y el resto morirá dentro de su cabeza.

Camino junto a las chicas hacia la cafetería después de que suene el timbre que anuncia que es la hora del almuerzo. Michelle tampoco parece tener ganas de charla, así que Lucy y Molly van hablando entre ellas y lanzándonos miraditas preocupadas de tanto en tanto.

—A ver, tampoco voy a casarme con Gareth, pero supongo que de entre todo lo que hay en este instituto él tampoco está tan mal.

Molly mantiene su desparpajo de siempre. Y creo que hace bien. Dicen que un clavo saca a otro clavo. Se olvidará de Peter con el tiempo. Si hay alguien que sea capaz de salir reforzada de un desamor, esa es ella.

Cuando llegamos a nuestro destino, vemos que Peter está sentado solo en una mesa. Nos miramos entre nosotras y no hace falta que digamos nada para que seamos capaces de entendernos. Nos acercamos y nos sentamos con él. Mike y Stacy llegan poco después y, aunque aún no le dirigen la palabra a Peter, se unen a nosotros, lo cual es todo un avance. Y luego llegan Lucas y Danny. Y, uf, la tensión entre esos dos no deja lugar a dudas: Lucas hizo bien quedándose a dormir en el sofá.

Me duele pensar en la noche del sábado.

Y no aguanto ni dos minutos más sentada.

Me levanto y salgo, decidida en mi camino hasta las escaleras. Subo al último piso. He visto a Derek escabullirse hacia allí en cuanto hemos salido de clase. Cuando llego a la puerta de la azotea la encuentro entreabierta. Doy un paso adelante y puedo ver a los dos chicos apoyados en la barandilla, mirando hacia abajo.

—¡Joder, ¿qué quieres que haga?! —ruge el batería—. No puedo hacer esto, Derek. No puedo arrastrarla a toda esta mierda. Sé que no va a acabar bien, ¿por qué tendría que dejar que esto pase y vaya más allá si sé que al final va a sufrir? La realidad es que voy a morirme. Por mucho que complete una jodida lista, por muchas ganas de vivir que tenga, o aunque me deje llevar y me enamore como un imbécil. Todo eso da igual. Cualquier cosa que haga. Eso no va a cambiar el desenlace. No quiero dejar a nadie más llorando en mi funeral. No es justo.

—Vale, genial —responde el otro, entre dientes—. Pues, ¿sabes qué?: «Oh, perdona, no puedo tener una cita contigo porque me estoy muriendo» suena a excusa patética. No sirve. Sobre todo, porque eso ella ya lo sabe y, si no pudiera con ello y quisiera salir corriendo, ya lo habría hecho.

—No voy a hacerlo —insiste Chase.

—Eres un cabezota.

Salgo al espacio abierto de la azotea sin perder más tiempo. Derek me ve primero.

—Derek, ¿nos puedes dar un momento, por favor?

Bailey se vuelve de golpe al oír mi voz. No pone muy buena cara, pero tampoco objeta nada cuando su amigo se va, obedeciendo a mi petición.

—Zoe —suspira el batería cuando nos quedamos solos y frente a frente—, no quiero hacerte daño, de verdad. Esto no tenía que llegar tan lejos. A los dos se nos ha ido de las manos, pero...

—¿Así lo llamas tú?

Clava los ojos en los míos y vuelve a tomar aire para hablar, como si yo no hubiera dicho nada.

—Los dos vamos a sufrir menos así —murmura.

Asiento, con un gesto irónico.

—Sí, ¿verdad? Porque crees que si ahora mismo te alejas y te encierras en ti mismo y dejas de vivir y te limitas a respirar hasta que se acabe de verdad, yo no voy a llorar tu muerte. ¿De verdad te crees que me va a doler menos si ahora te portas como un capullo? Me temo que ya es tarde para eso, Bailey. —Abre la boca y yo levanto la barbilla, endureciendo el gesto—. No, escúchame. Tú no puedes decidir por mí. Tú no puedes elegir por los dos justificándote en que lo haces por mi bien. Quiero estar contigo, Chase. No me importa si es una vida, dos años o dos malditos meses. No importa. Me da igual. Porque quiero lo que podamos tener y vivirlo al máximo mientras podamos hacerlo. Y, si tú no quieres esto, de acuerdo. Respetaré tu decisión. Pero no lo haces por mí. Nos estás robando a los dos todo lo que podríamos haber tenido. Sí, recuerdo perfectamente que me dijiste que no tenías tiempo; y, si no lo tienes, deberías dejar de perderlo. No sirve de nada no estar muerto cuando no te molestas en vivir. Pero es tu decisión, no la mía, y yo no voy a obligarte a quedarte si no quieres hacerlo.

Esconde la mirada y no dice nada. Me parece increíblemente triste que esto vaya a terminar así y que él ni siquiera se atreva a pronunciar una palabra para cambiar las cosas. Pero supongo que está todo dicho.

—Tu canción sonaba a esperanza, batería, pero tú hace tiempo que olvidaste lo que es tenerla.

Me doy media vuelta y murmuro un «Cuídate» que no estoy del todo segura de que él haya llegado a oír. Hasta que no atravieso la puerta y empiezo a bajar las escaleras no dejo que un par de lágrimas empiecen a deslizarse por mis mejillas.

Ni siquiera el brillo de una estrellita del *rock* es suficiente para sacar de entre las sombras a quien no quiere abandonar la oscuridad.

# 32
# Siempre vas a tenerme

Lucas da un golpe sobre la mesa que consigue sobresaltarnos a los tres. Está demasiado serio cuando lo miramos como para que los demás podamos aguantarnos la risa.

—Chicos, por favor. —Se mantiene en su papel de sensato del grupo—. Mañana es el último examen. Solo queda una tarde en la que tendremos que estudiar. Mañana podréis hablar todo lo que queráis del concurso de talentos del viernes, de lo bien que le sienta a Jamie el cuero o de si la bisexualidad está o no peor vista que la homosexualidad. Hoy tenemos que estudiar.

—Aburrido —suspira Danny.

—Aguafiestas —aporta Michelle.

—Venga, tiene razón —me pongo de su lado—. Es la última tarde de estudio y se acabó, tomémonoslo en serio.

Mi mejor amiga hace una mueca y empuja el libro que tiene delante lejos de ella.

—¿Qué más da? ¿Sabéis lo que voy a hacer el año que viene?: servir mesas. ¿Sabéis lo que voy a hacer el siguiente?

—Servir mesas —respondemos los tres al unísono.

—Exacto. Y si por lo menos ese desagradecido no se estuviera portando como un idiota ahora mismo, no me quejaría tanto.

Siento cómo se me encoge el corazón cuando menciona al «desagradecido» porque no hace falta que diga su nombre o el parentesco que lo une a ella para que todos sepamos de quién habla. El batería lleva ya más de una semana rehuyéndome por los pasillos del instituto. En realidad, no tiene ninguna necesidad de hacerlo porque lo que le dije iba en serio: estoy respetando su decisión y no voy a intentar obligarlo en modo alguno a quedarse a mi lado. Y yo llevo más de una semana desangrándome un poquito por dentro y sintiendo que me falta algo a cada segundo del día. ¿Cómo puede alguien colarse dentro en tan poco tiempo y dejar tanto vacío cuando se marcha?

—Ya, pero tu jefe te ha dado la tarde libre para que estudies, ¿no es verdad? —le recuerda Lucas.

—Eres un rollo, tío. ¿Por qué somos amigos suyos?

Danny se encoge de hombros como toda respuesta a la pregunta. Y Lucas pone los ojos en blanco y suelta un gruñido bajito para luego volver a bajar la vista hasta las páginas de su libro.

Creo que se está pensando seriamente echarnos de su casa. Llevamos ya unos cuantos días reuniéndonos para estudiar aquí, porque su padre trabaja por las tardes y su casa es tranquila y cómoda, pero Michelle hoy se ha unido a nosotros y está revolucionando el ambiente.

—Zoe, deberías tocar algo en el festival de talentos —susurra Daniel cuando no hemos llegado a pasar ni dos minutos completos en silencio aún.

Levanto la mirada para estudiar su cara y poder decidir si habla en serio o no.

—No. No, ni de broma.

—¿Por qué no? Tocas muy bien.

—¿Qué vais a tocar vosotros? —Desvío el tema.

Los Silky Knocks van a tocar una canción el viernes en el festival, claro, pero, como no he ido a ninguno de los ensayos por razones evidentes, no estoy muy segura de qué tema será.

—No lo tenemos claro del todo. Seguro que va a ser algo de All Time Low porque Chase ha dicho que no quiere tocar ninguna otra cosa para la ocasión.

Se me cierra la garganta y se me hace un poco más difícil respirar. Bailey ha insistido para que sea una de esas canciones. Desde que recitamos de forma amarga unos versos de *Kids In The Dark*, es casi lo único que hemos escuchado juntos en su camioneta. En cierto modo, siento que ahora esa música somos él y yo, y me parece que él piensa lo mismo. Aún fingíamos odiarnos un poco cuando un día se burló diciendo que, de ahora en adelante, nunca podría volver a escuchar a ese grupo sin pensar en él. Y la peor parte es que los dos sabíamos, ya entonces, que era cierto.

—Ah. Bien —murmuro. Empiezo a recoger los libros y los meto de cualquier forma en la mochila, con las manos temblorosas—. Oíd, chicos, tengo que irme.

Los tres hablan a la vez. No los escucho. Sé que saben lo que me pasa. Y yo no quiero que me vean pasándolo mal solo porque un chico me ha rechazado. No es para tanto, ¿no? Esto sí que no es el fin del mundo. Y tampoco siento que lo sea. Pero no puedo evitar la rabia y la tristeza que se unen y se enredan dentro de mí cada vez que recuerdo que estamos tirando el tiempo a la basura solo porque él sigue teniendo miedo de vivir.

—¡Zoe!

La voz de Michelle me llega clara, justo detrás, y sé que va a venir conmigo y que no puedo hacer ni decir nada para convencerla de que se quede y de que lo que yo necesito ahora es estar sola.

Me alcanza enseguida. Va haciendo malabares con la mochila, un libro y el resto de sus cosas.

—Eh, para —me pide, y se planta delante para obligarme a detener la marcha—. Mi hermano es un idiota. Y hasta yo sé que solo quiere tocar una de All Time Low porque no se atreve a hablarte con sus propias palabras. Sabes que lo quiero más que a nada en el mundo, pero eso no me impide tener claro que lo está haciendo muy mal contigo. Lo que tienes que entender... Bueno, sé que ya lo entiendes: no hace esto porque no quiera estar contigo, sino porque le aterra lo que vaya a pasar después cuando él...

—Ya lo sé. Pero es que está equivocado: esto no es mejor para mí. Y tampoco es que él tenga derecho a decidir lo que me conviene o no, de todas maneras.

—Eso está más que claro. Tiene... movidas. En fin, ¡qué te voy a contar! He hablado con mi madre y al menos hemos conseguido que él acceda a hablar con la psicóloga del hospital durante alguna de las sesiones de diálisis de la semana. Es caro, pero no me paso las tardes sirviendo cafés y limpiando mesas para que mi hermano esté psicológicamente hecho un desastre, ¿verdad? Él va a estar bien, Zoe. Todo lo bien que pueda estar. Y en casa él es mi hermano y haría cualquier cosa por él, pero aquí, entre nosotras, es solo un capullo que ha hecho daño a mi mejor amiga.

Me rodea los hombros con un brazo y me guía hasta la vuelta de la esquina. Nos sentamos en el borde de la acera y me frota la espalda antes de volver a hablar:

—Siento que haya sido así como has descubierto que el corazón puede romperse más de una vez en la vida, tía. Aunque, ¿sabes?, la parte buena de todo esto es que ahora tienes a alguien dispuesta a ayudarte a recomponerlo todas las veces que haga falta.

Me acerco más a su cuerpo y apoyo la cabeza en su hombro, dejando que me reconforte. Creo que tiene razón.

—Estoy bien —suspiro, y me parece que a las dos nos suena un poco a mentira.

—Claro que sí. Y, cuando no lo estés, haremos lo que haga falta para que vuelvas a estarlo. Ya no estás sola. A mí siempre vas a tenerme.

Me aparto para mirarla. Las dos asentimos a la vez. No sé si es ella o si soy yo quien contagia a la otra una sonrisa triste.

—Tú a mí también. Pase lo que pase.

Tira de mí para darme un abrazo y escondo la cara en su hombro y sus rizos me hacen cosquillas.

—Eso ya lo sé.

Nos pasamos el resto de la tarde hablando. De Bailey. De Jamie. De Daniel y Peter. Y, desde luego, no estudiamos nada. Es por eso que cuando llego a casa no puedo perder demasiado tiempo charlando con mamá en la cena y tengo que encerrarme en mi cuarto a terminar de repasar para el examen de mañana.

Es de madrugada cuando dejo los libros en el suelo, sin molestarme en recogerlos, y apago la luz de la mesilla para acurrucarme en la cama. No paro de pensar en el concurso de talentos, en el grupo de los chicos y en las dichosas canciones de All Time Low. ¿Por qué tiene que hacerlo todo tan difícil? ¿Por qué quiere tocar una canción para mí si la última vez que fuimos capaces de mirarnos a los ojos me dejó marchar sin decir ni una palabra?

Recupero el móvil de encima de la mesilla y conecto los cascos para poder escuchar música hasta que me duerma. Solo por el placer masoquista de desgarrarme un poco más el corazón, selecciono la lista de reproducción del grupo que ahora nunca más podré escuchar sin pensar en el batería. Y luego elijo una de las canciones para poder compartirla con él, como él ha hecho antes en varias ocasiones conmigo. *Don't You Go: No me calles ahora, solo escúchame ahora: No te vayas y sigas con tu vida. Era solo cosa de una noche, hasta que me desperté a tu lado. No te vayas, pronunciando todas tus despedidas. Quiero una sola noche, una sola vez más contigo. Así que dame una noche más contigo.*

Cierro los ojos. Dejo de pensar. Y me duermo escuchando viejas canciones que suenan a despedida, a pérdida de esperanza y a Chase Bailey.

Cuando me despierta el sonido estridente de la alarma, lo primero que hago es consultar las notificaciones del móvil. Ahí está:

*Chase Bailey ha compartido una lista de reproducción contigo.*

Escucho *Time Bomb* en bucle hasta que entro en el instituto, intentando descifrar lo que me quiere decir en realidad.

*Era como activar una bomba de relojería, estábamos destinados a estallar.*

Levanto la cabeza para mirar al frente y me quito los auriculares cuando lo veo. Él también me está mirando. Está con su hermana y con Lucas, en medio del pasillo. Aparto la mirada y paso por su lado, dando los buenos días y sin detenerme a hablar con ellos.

—Clark.

Me giro con el corazón latiendo a toda velocidad y levanto la barbilla para poder mirarlo a los ojos. Me ha seguido un par de pasos, pero da la impresión de que no se atreve a acercarse demasiado.

—¿Podemos hablar? —suelta por fin, a media voz.

Sacudo la cabeza.

—Ahora no. Tengo un examen.

Asiente. No dice nada más. Giro sobre los talones y me alejo hacia el aula. Y este examen va a ser un desastre, porque ni siquiera puedo pensar.

He conseguido sobrevivir a la mitad de la mañana cuando subo los escalones que llevan hasta la azotea. Respiro hondo antes de empujar la puerta y dar el primer paso hacia el exterior.

Los dos chicos se vuelven a mirarme, a la vez.

—Eh..., yo..., bueno...

—Derek, nunca pones ninguna excusa. Lárgate de una vez y ya está —le doy permiso.

Me sonríe, divertido, y me guiña un ojo con disimulo antes de desaparecer y dejarnos solos.

Bailey aparta la mirada en cuanto mis ojos conectan con los suyos. Me da la espalda y se sienta en el suelo, abrazándose las rodillas.

—¿De qué querías hablar? —Rompo el hielo y doy unos cuantos pasos hasta quedar de pie a su lado.

Alza la cara para poder mirarme.

—No quiero que me odies.

Me encojo de hombros.

—No te odio más de lo habitual.

—No quiero hacerte daño. —Apoya la barbilla en los brazos y baja la vista al suelo—. Te juro que eso es lo último que quiero. Por eso... Solo estoy intentando pensar con la cabeza.

—A lo mejor ese es el problema, batería.

Saco el papel que llevo doblado en cuatro en el bolsillo trasero de los pantalones y lo dejo caer delante de él. Sé que sabe lo que es sin necesidad de cogerlo y desplegarlo para poder leerlo. Quizá por eso no lo hace.

—Aún quedan cosas por hacer. Pero si también has decidido tirar la toalla con eso, puedes quemarla. Dijiste que la próxima vez elegirías el «ahora», pero está claro que al final te has decantado por el «nunca», Bailey.

—No. Es que no sé qué es lo mejor. No sé cómo hacerlo más fácil para todos.

—¿Para ti o para mí?

Vuelve a levantar la mirada hasta mis ojos.

—Para los dos.

—Pues empieza a pensar en lo que quieres tú. Y, cuando lo tengas claro, deja que sea yo también la que decida lo que quiero yo. Podemos ser egoístas, ¿sabes? Si no lo somos ahora, ¿cuándo? Y si mañana estalla una guerra, o cae un meteorito, o se apaga el puñetero sol, nada de esto habrá tenido sentido. Piénsalo. ¿Te arrepentirías entonces de no haber hecho lo que querías hacer por pensar en un futuro que podría no llegar nunca? Yo lo tengo claro. Y tampoco voy a perder el tiempo esperando a alguien que no sabe lo que quiere.

—Zoe...

Me alejo con pasos firmes, de vuelta a la puerta de salida.

—Ahora o nunca, Bailey. Ya hemos activado la bomba.

Salgo y lo dejo solo, con esa lista de cosas que hacer antes de morir delante, invitándolo a completarla.

♪ ♪ ♪

Michelle y yo entramos tarde, cuando el primer talento del día ya ha comenzado su actuación. Caminamos agachadas y sigilosas, para no molestar, hasta encontrar nuestro sitio en la última fila, donde están sentados parte de nuestros amigos. Lucas nos lanza una mirada de reproche cuando pasamos prácticamente sobre él para alcanzar los dos asientos vacíos.

—Perdón —le susurro cuando ya estoy sentada a su lado.

Se pone un dedo en los labios, para pedirme silencio, sabiendo que eso me molestará. Le pego con el puño en el brazo y se ríe, bajito, antes de frotarse la zona con la mano.

—¿Qué nos hemos perdido? —pregunta Michelle.

—Acaba de empezar —nos tranquiliza Lucy.

—Debería haberme apuntado y salir ahí a demostrar a todos mis increíbles pasos de baile —bromea Molly.

—¿Cuándo salen los chicos? —pregunta Stacy, mientras da vueltas a la lista con los nombres de los participantes.

Alguien nos chista para que nos callemos de una vez desde la fila de delante. Lucas hace una mueca y una inclinación de cabeza que le da la razón a la persona cascarrabias que pide silencio. Se me escapa la sonrisa y entrelazo mi brazo con el suyo. Me acerco para hablarle al oído.

—¿Danny estaba nervioso?

—Es su segunda actuación ante el público, claro que estaba nervioso.

—¿Y Peter ha ido a desearle suerte o no? —cotilleo.

—Zoe...

—¿Qué?

—Cállate de una vez, ¿quieres?

Suelto un gruñido. Me aparto hacia el otro lado del asiento y libero su brazo, para cruzar los míos delante del pecho. Michelle tiene razón: a veces Lucas es demasiado correcto y formal. Pero mi amiga es todo lo contrario, así que me inclino sobre ella, para poder echar un buen vistazo a los que están sentados más allá —Lucy, Stacy, Molly y Peter, en último lugar, al final de toda la fila de asientos— y luego me pongo a cuchichear con ella en voz baja.

No prestamos verdadera atención a nuestros compañeros más talentosos hasta que los Silky Knocks salen al escenario. Me encojo cuando Bailey se pasea por ahí arriba como si fuera el dueño del mundo y se sienta a la batería. No hemos vuelto a hablar desde el miércoles en la azotea. Ayer no vino al instituto, claro, porque tenía diálisis, y tampoco he tenido noticias suyas. Y supongo que eso significa que de verdad ha escogido el «nunca» en esa especie de ultimátum que le di.

Y hoy es el último día del curso de manera oficial, aunque los exámenes terminaran hace dos. Supongo que eso significa que, si él no quiere volver a verme, lo va a tener más fácil a partir de ahora.

Cuando Mike se planta delante del micrófono, Daniel aún no está con el resto del grupo y eso es raro. Me tenso cuando oigo al cantante pedir que, por favor, prestemos atención porque tienen un problema. Miro a Lucas, en busca de respuestas, pero él parece muy relajado y hasta tiene una leve sonrisa en los labios. ¿Le hace gracia que su mejor amigo haya sufrido un ataque de pánico escénico? Yo qué sé, es lo único que se me ocurre.

—Habíamos ensayado una canción en concreto y resulta que no estamos muy seguros de poder tocarla, ¿verdad? —consulta Mike con sus compañeros.

Bailey golpea uno de los *toms* de la batería en respuesta, y Derek da una nota apagada con el bajo.

Entonces Danny sale al escenario, con su guitarra colgada y otra en la mano, sujeta por el mástil. La reconozco enseguida, a pesar de la distancia: es la guitarra eléctrica de Peter. Se me acelera el corazón casi tanto como debe de estar acelerándosele a él. Me dan ganas de soltar una lagrimita de emoción. Los chicos son increíbles. Y, a pesar de lo que haya podido pasar entre Peter y el resto de nosotros, me siento inmensamente feliz y orgullosa de ver cómo le dejan ganarse de nuevo su sitio.

—Necesitamos dos guitarras para que suene bien del todo —sigue hablando Mike desde el escenario—. ¿Alguien en la sala que toque la eléctrica? Venga, no seáis tímidos. Veamos..., ¿está por ahí Peter? ¿Peter Black? ¿Te animas a tocarla con nosotros? Venga, sabemos que esta la tienes trillada, es una de tus favoritas.

Algunos idiotas gritan palabras muy feas y mal utilizadas para referirse a la orientación sexual de Peter mientras él avanza inseguro hacia el escenario. Y nosotras gritamos más fuerte para taparlos, lanzando piropos de toda clase.

Intercambio una sonrisita pícara con Michelle cuando Peter ya está en el escenario y vemos cómo se miran Danny y él al tenderle nuestro amigo la guitarra.

—Madre mía, que se casen ya, por favor —murmura ella, y yo suelto una carcajada bajita.

Mike está hablando con Peter lejos del micrófono y, luego, parecen haberse puesto de acuerdo porque el guitarrista rasga las cuerdas para dar pie a los demás a empezar con la canción. Sí, es de All Time Low.

*Old Scars/Future Hearts.*

Derek se mueve como si estuviera ante miles de personas y no solo en el salón de actos del instituto. Mike está cantando de una manera espectacular. Daniel y Peter comparten un micrófono para hacerle la segunda voz y cada vez que se acercan la química entre ellos es palpable. Pero yo no puedo apartar los ojos del batería. Toca con más entrega que nunca y lo veo mover los labios, vocalizando la letra, durante casi todo el tiempo. Sintiendo esa canción que habla de no desvanecerse, no ser olvidado y de que esta vida es suya para vivirla. Que habla de cicatrices. Y esto solo puede significar un «Ahora, Clark», pero no sé si debo ser yo la que vaya a buscarlo esta vez.

La última actuación de la mañana está llegando a su fin y yo no quiero quedarme aquí y que mis amigos terminen por arrastrarme a felicitar a los chicos y tener que ver a Bailey delante de todos, así que me levanto del asiento.

—¿Adónde vas? —susurra Lucas.

No le hago caso. Michelle viene detrás, claro. Es prácticamente imposible librarse de ella. A no ser que haya quedado con Jamie, como esta tarde, entonces ya no parece acordarse de nada más. Supongo que es bonito estar enamorándose así y ser correspondida del mismo modo.

—No puedes salir huyendo —sisea a mi espalda cuando casi estoy alcanzando la puerta.

—Sí que puedo, mírame.

Pone los ojos en blanco cuando me vuelvo hacia ella.

El director ya está sobre el escenario, y seguro que va a empezar a dar un discurso sobre lo bien que lo han hecho todos y lo fantástico que ha sido este curso y todo ese rollo que no me apetece escuchar. Pero lo que dice, al final, es que hay otro participante que se ha apuntado a última hora y que tenemos una actuación más.

Qué pereza.

Me pongo en movimiento otra vez y Michelle me sigue como un perrito, sin importarle que la ignore. Abro la puerta y entonces oigo a mi espalda el sonido de la guitarra. Y esa melodía que reconocería en cualquier lugar. Claro, todo el mundo conoce al dedillo su canción favorita, ¿verdad?

—Eh, ¡es mi hermano! —exclama Michelle—. Y esa es la canción con la que me lleva volviendo loca todo el maldito año, la toca todos los días... y le sale de pena.

—¿Qué...?

Me giro para poder mirar. Suelto la puerta y dejo que se cierre detrás de mí.

Bailey está sentado en un taburete delante del micrófono, tocando las primeras notas de *Dream On* con la vieja guitarra de mi padre.

—Dicen que me expreso mejor con música que con palabras —habla, con voz ronca, sin dejar de tocar—. Así que espero que se entienda lo que quiero decir con esto.

Y, después, empieza a cantar. Una canción que dice odiar, pero que suena a esperanza. La sala está abarrotada. Yo siento que estamos solos. Él, yo y la guitarra. Es como si el tiempo se difuminara. Y cuando la última nota se extingue y también se ha extinguido el sonido de su voz, me muevo decidida para avanzar entre las filas de los asientos hasta alcanzar la puerta que hay a un lado del escenario y que lleva a la sala contigua, donde los artistas de hoy se esconden tras sus actuaciones. Michelle dice algo, detrás de mí, pero ni siquiera me detengo a dar explicaciones.

Derek carraspea cuando me ve y Chase se da la vuelta para mirarme. Hasta Danny y Peter, que están hablando solos y muy juntos en un rincón, me prestan atención. No sé muy bien qué decir. Tampoco hace falta que lo piense, porque Bailey me coge la mano y tira de mí para que salgamos por la otra puerta, la que da al pasillo. Lo sigo en silencio hasta colarnos en el aula de enfrente. Me atrapa contra la pared con su cuerpo en cuanto ha cerrado.

—¿Qué haces? —pregunto, con la respiración entrecortada y los ojos clavados en los suyos.

Está muy serio. Se inclina más hacia mí, sin dejar de abrasarme con esos ojos oscuros.

—Dejar de perder el tiempo.

Y entonces me besa. De una forma arrolladora y ansiosa. Casi desesperada. Y yo pongo las manos en sus mejillas y le devuelvo el beso con la misma intensidad. Ardiendo. Explotando. En llamas. Porque si a nuestra bomba ya no le queda tiempo, no podemos desperdiciar ni un segundo.

# 33

# Inspiraciones

Levanto la vista de la página de la libreta llena de versos y anotaciones para mirarlos. Bailey y *Max* están jugando en la orilla del río. Utilizo la mano a modo de visera, a pesar de llevar las gafas de sol, para que no me moleste la intensa luz de los primeros días de verano. Sonrío. Y luego escribo un verso más.

—Deberías ponerte a trabajar. Esta canción no va a escribirse sola.

Escondo mi sonrisa cuando noto sus ojos sobre mí.

—Hoy no me apetece —protesta.

Se acerca hasta sentarse a mi lado, al borde de la caja de la camioneta.

—¿Y qué te apetece hacer?

Me quita la libreta de entre las manos cuando se da cuenta de que no pienso levantar la mirada ni prestarle más atención. Me besa en cuanto giro la cara hacia él. Me separo solo unos milímetros para poder hablar:

—Creía que habíamos venido a componer.

—Claro —responde en un susurro—. Me estoy inspirando, Clark.

Suelto una risita contra su boca y él me muerde el labio

con delicadeza, tirando de él hacia abajo y acariciándolo después con la lengua. Me quita con cuidado las gafas de sol y las deja a un lado. Mi cuerpo se mueve sin mi permiso para pegarse más al suyo y enredo los brazos en su cuello para no dejar que se aleje.

—Lo que tienes que hacer por la canción, ¿eh?

—Un trabajo muy duro. En serio. Ya sabes que odio estar aquí contigo. Circunstancias adversas, estrellita del *rock*.

—No te soporto.

Sujeta mi barbilla para pegarse de nuevo a mis labios y profundizar el beso. El contacto se vuelve un poco más torpe cuando no puedo evitar que se me escape la sonrisa. A él se le contagia enseguida y nos besamos como podemos, sin querer separarnos ni para tomar aliento.

Tiro de su camiseta para arrastrarlo conmigo cuando me recuesto sobre la manta que siempre lleva en el asiento trasero y ponemos en la caja al sentarnos en ella. No ofrece nada de resistencia y se inclina sobre mí sin separar los labios de los míos. Puedo sentir su erección creciendo, pegada a mi muslo. Se pone muy tímido cuando me insinúo o si le hago bromas subidas de tono y eso por lo general me encanta, pero esta vez me trago cualquier cosa que pudiera decir porque quiero que esté cómodo y a gusto con esto. Cuela la mano bajo el top y me acaricia despacio el costado y la piel sobre la boca del estómago. Y yo hago lo mismo con su espalda y su costado. Puedo notar el contorno de la cicatriz y cómo se estremece cuando la acaricio. Gruñe suave cuando le muerdo el labio, y es muy sexi. Sube un poco más la mano, bordeando el límite del sujetador.

—¿Estás bien con...? —empieza a preguntar.

—Sí. Perfecto. No pares, Bailey. ¿Tú estás bien con...?

—Muy bien. Genial.

—Vale.

—Vale.

—Bésame.

—Sí, perdona.

Me incorporo para callarlo con los labios, ya que parece que le cuesta obedecer.

Me encanta esto. Él y yo. Es tan natural como si lleváramos siglos haciéndolo y, al mismo tiempo, es todo nuevo y distinto y emocionante. Sus besos me entumecen y me despiertan, me mantienen segura y me hacen arder en llamas, me dan alas y me traen de vuelta a la realidad. Es un todo. Sentirme completa cuando encajamos así. Como el odio y el amor. Solo dos caras de la misma moneda.

Para él esto es descubrir todo un mundo nuevo. Y para mí, aunque pueda parecer raro, también. Yo no sabía lo que era esto. Estoy descubriendo la complicidad, la tensión, el ansia y las ganas, el sexo poco a poco a su lado. Es completamente diferente. Más importante, más emocionante y mucho más intenso.

—¿Puedo...?

Asiento, tan cerca de su boca que nuestros alientos se entremezclan al respirar. Su mano se desliza sobre mi pecho y lo acaricia con mimo por encima de la tela del sujetador. Suelto un gemido bajito y arqueo la espalda mientras mis uñas lo arañan suavemente.

Beso la línea de su mandíbula, centímetro a centímetro, hasta que mis labios alcanzan el lóbulo de su oreja.

—¿Sigo siendo chirriante, Bailey? —pregunto en un susurro burlón.

Echa la cabeza hacia atrás para poder mirarme. Tiene los labios enrojecidos, las mejillas encendidas y los ojos brillantes. Más vivos que nunca.

—Eres lo único que oigo, Clark, te lo prometo. Te tengo metida en la cabeza todos los putos segundos del día.

Me lanzo hacia sus labios sin dejar que diga nada más. Cada pequeña partícula de mí lo quiere cerca..., más cerca. Él saca la mano de debajo del top para ponerla a un lado de mi cara y acariciarme despacio con los dedos.

Nunca me había sentido así. Es probable que nunca vuelva a sentir algo como esto. Entiendo lo que se dice del primer amor: es tierno e inocente hasta cierto punto, pero también incontrolable, arrollador, vibrante. Es todo un mundo nuevo que beber a tragos. No importa lo que venga después, pase lo que pase, Chase Bailey se ha convertido en mi primer amor y eso es imposible de borrar.

Muevo la pierna para conseguir rodear sus caderas y lo empujo contra mí un poco más. Murmura algo con voz ronca y sus labios bajan a mi cuello. Acaricio su espalda y el pelo de su nuca despacio, con los ojos cerrados.

*Max* salta sobre la caja a nuestro lado y se acerca para meter el hocico entre nuestras cabezas. Viene empapado y en cuanto nos separamos, protestando, se sacude y nos salpica sin ninguna consideración.

—¡*Max*! —regaña Chase, que ha rodado hasta dejarse caer a mi lado—. Piérdete.

No puedo evitar reírme. Me acerco para poder abrazar el cuello peludo del perro.

—No le hagas caso, *Max*. Te queremos y no queremos que te pierdas.

—Solo un rato. Puede volver luego.

—Luego... ¿de qué?

Le dedico una mirada pícara, y él carraspea y esconde la suya enseguida, repentinamente tímido.

—Vale. Según *Max*, deberíamos estar escribiendo una canción, ¿no?

Se peina con una mano mientras se mueve a rastras hasta alcanzar la funda de la guitarra de mi padre. Rescata esa libreta llena de pentagramas hechos a mano que siempre le acompaña. Saca un papel doblado en cuatro de entre las hojas y me lo tiende.

—¿Puedes guardar tú esto? Ya sabes, lo gestionas mejor.

Lo cojo de entre sus dedos. Lo despliego y leo una vez más la lista, tumbada boca arriba.

—Aún nos faltan cinco cosas y media por tachar.

—¿Media? —inquiere.

Se tumba a mi lado, con la cabeza pegada a la mía, para mirar la lista él también.

—Dormimos al aire libre en la acampada, pero no se puede decir que fuera bajo las estrellas, ¿no? Estaba diluviando.

—Sabes que las estrellas están ahí aunque no puedas verlas, ¿verdad, Clark?

Hago una mueca en respuesta.

—Sí, pero no es lo mismo.

—Lo haremos un día de estos. Tú y yo, ¿eh? Dormiremos aquí, debajo de un montón de estrellas.

Lo miro y él tiene la cara vuelta hacia mí, con media sonrisa tierna tirando de la comisura de su boca.

—Y, oye, Zoe Marie Clark... Hay muchas cosas en la vida que están ahí, aunque no podamos verlas.

—Ponme un ejemplo —pido, con los ojos perdidos en los suyos.

Su teléfono empieza a sonar entonces y los dos soltamos un gruñido al ver interrumpido nuestro momento. Creo que hay algunas cosas en las que empezamos a parecernos demasiado. Cuando mira la pantalla, hace amago de poner los ojos en blanco.

—Mi madre —dice—, parece que está aquí, aunque no podamos verla.

Suelto una risita y luego me tapo la boca, para que la señora Turner no me oiga mientras habla con su hijo.

—Tengo que irme —informa tras colgar—. Mi madre quiere comer en familia.

—Suena bien.

—Suena raro. ¿Te acerco a casa?

—No, ¿sabes qué?, mejor déjame tirada en medio del bosque —ironizo.

Sonríe de medio lado.

—Hacen falta más de tres árboles para llamarlo «bosque», me parece. Vamos.

Se levanta de un salto en la caja y me tiende la mano para ayudarme a hacer lo mismo. Luego baja al suelo y, cuando me acerco para seguirlo, me coge en brazos por sorpresa y me lleva en volandas hasta la puerta del copiloto mientras yo río a carcajadas, contagiándolo. Nos besamos durante unos minutos más, apoyados contra la carrocería de la camioneta. No quiero marcharme de aquí. Pero yo también debería ir a casa para comer con mamá antes de que se pregunte dónde me he metido, así que le recuerdo a Bailey que es hora de volver.

—Mañana te llevo al hospital —ofrezco cuando para delante de mi puerta—. Martha me debe la historia de cómo consiguió su primer trabajo.

Pone cara de no estar muy convencido, pero asiente. Seguramente porque no quiere que tengamos la discusión sobre su manía de no dejarse cuidar por quinta vez solo en esta semana. Lo beso por última vez y bajo de la camioneta para entrar en casa.

—¡Zoe! —me llama mamá desde la cocina. Me mira con reproche en cuanto me asomo allí—. Estaba a punto de llamarte. He hecho la comida y creo que está buena. Venga, pon la mesa, que luego tengo que irme a trabajar. ¿Dónde estabas? Creía que Michelle estaba trabajando por las mañanas esta semana.

—Michelle no es mi única amiga, mamá.

Me muevo a su alrededor para alcanzar los cubiertos y ponerlos sobre la mesa.

—Ya. ¿Cómo está la cosa con Peter últimamente? ¿Ya os lleváis mejor?

Me encojo de hombros.

—Ni bien ni mal.

—Si alguna vez necesitas hablar de cómo te sientes, con eso o con cualquier otra cosa, te acuerdas de que seguimos siendo un equipo, ¿verdad?

Me muerdo el labio. Quedamos en que no íbamos a tener secretos, en que nos contaríamos las cosas. Así que supongo que eso es lo que debería hacer.

—Claro. Solo para tu información..., estoy saliendo con Chase Bailey.

Mamá me mira y hace un asentimiento leve. Se nota que está haciendo esfuerzos para tragarse la sonrisa.

—Algo sospechaba.

Y así es como una comida de un viernes cualquiera de verano se transforma en un interrogatorio sobre mi vida amorosa. Mamá no hace ningún comentario acerca de la enfermedad de Bailey, pero puedo percibir cómo esa parte del asunto le ronda la cabeza todo el tiempo. Soy muy consciente de lo que está pensando: que voy a sufrir. Y, como no lo comenta, tampoco puedo yo explicarle que eso no importa, que forma parte de la vida y que lo único que quiero es aprovechar el tiempo con él ahora que lo tenemos, sin importar qué pasará mañana. No digo que Chase es alguien a quien merece la pena conocer y querer, todo lo que puedas, todo lo que él te permita, porque nunca habrá nadie como él y no es justo robarte la oportunidad de estar a su lado. Creo que ella lo entendería.

Esta tarde se suponía que iba a quedar con mis amigos,

pero Michelle nos ha abandonado por una cita improvisada con Jamie, Daniel ha dicho que tenía «algo que hacer» (lo que últimamente siempre resulta ser sinónimo de verse con Peter a escondidas), y hoy Lucas ha ido a echar una mano a su padre en el trabajo. De modo que yo no tengo más remedio que quedarme en mi cuarto leyendo.

Unos golpes en la ventana me sobresaltan y, cuando miro, veo la sonrisa burlona de Bailey al otro lado del cristal. Me acerco rápido a abrir.

—¿Qué haces aquí?

Él ya se está colando en mi habitación, como si fuera lo más normal del mundo entrar en casas ajenas por la ventana. Me rodea la cintura con los brazos y me pega a él para poder besarme.

—Hay una puerta, ¿sabes?

—¿No es romántico entrar por la ventana? —bromea—. Apúntalo en la lista: colarse en la habitación de una chica guapa por la ventana.

—¿Para qué apuntarlo si ya lo has hecho?

—Así tendré una excusa para hacerlo otra vez.

Lo beso de nuevo y nos movemos torpemente, pegados, hasta tropezar con la cama. Me siento a horcajadas sobre su regazo y lo beso con más intensidad, sin poder contenerme.

Me gustaría tanto parar el tiempo y quedarnos en este instante toda la eternidad... Sin preocuparnos de nada. Ni de hoy, ni de mañana, ni de lo que pasará fuera de esta burbuja en la que cabemos solo nosotros. Ser tan solo él y yo.

—¿Has visto el mensaje de Lucas? —murmura sobre mis labios.

—Me estás cortando el rollo, Bailey.

Pero sí que he visto el mensaje de Lucas. Propone una escapada el fin de semana para cumplir el primer punto de la lista: salir del estado. La familia de su novia tiene una casita pequeña en Idaho Falls, a poco más de cuatro horas de aquí. No puedo decir que yo tengo planes mejores para cumplir ese punto y que hasta he tanteado a papá para ver cómo podríamos organizar una escapada a Londres para agosto. No es del todo fácil porque hay que tener en cuenta que Chase necesitará una sesión de diálisis al menos y tampoco estaría tranquila si no tuviéramos la opción de llamar a un médico si pasa cualquier cosa, pero, claro, eso para papá no es ningún problema.

—¿A ti qué te parece? —sigue, sin hacer caso a mi observación—. No sé si es buena idea irme tan lejos del hospital.

Acomodo la postura sobre él y pongo las manos en sus mejillas para que me preste atención.

—Si quieres ir, iremos, ¿vale? Saldríamos el sábado después de la diálisis y el lunes por la mañana estaríamos de vuelta para la siguiente sesión. No tiene por qué pasar nada si te has estado encontrando bien hasta entonces, ¿no?

Asiente.

—Vale, lo decidiremos más adelante.

Vuelve a besarme y yo me aparto para poder mirarlo con detenimiento.

—¿Pasa algo? ¿Estás bien?

Asiente de nuevo, sin variar la expresión.

—Chase...

—¿Hablamos luego? Ahora quiero besarte.

No pierde el tiempo antes de hacerlo de nuevo. Y yo me dejo llevar e intensifico el roce de nuestros labios y de nuestros cuerpos, hasta que lo oigo gemir en mi boca y las manos en mis caderas me guían hasta chocar con las suyas y puedo sentir su erección. Esta tensión sin resolver va a terminar por matarnos. De verdad. Le desabrocho los pantalones y cuelo la mano dentro.

—Joder —gruñe.

Luego vuelve a besarme, rudo y apasionado, justo como yo lo quiero.

Me muevo sobre él al tiempo que lo acaricio bajo la ropa interior, arriba y abajo, lento y rápido, ajustándome en cada momento a lo que me piden sus gemidos y su expresión. No dura demasiado y se deja llevar con un gruñido que le sale de muy adentro y una especie de quejido, al final.

—Mierda. Perdón..., yo...

Lo beso en la boca para callarlo.

—Deja de pedir perdón —susurro sobre sus labios.

—Perdón —repite, y los dos soltamos una risita después—. Es que he durado como dos segundos, Zoe, vas a pensar que...

Me aparto de su lado solo para poder coger un paquete de pañuelos de la mesilla y tenderle uno para que se limpie.

—No pienso nada. No seas tonto, anda. —Acerco los labios a su cuello y lo beso lentamente—. Ha sido un placer, Bailey.

Lanza un suspiro muy largo y luego busca mis labios para poder besarme de nuevo.

—Soy un pardillo, ¿no?

Me río a carcajadas. Me hace rodar para ponerse encima, sobre la cama, y me besa de nuevo mientras me acaricia la piel de la espalda.

—No tienes que hacer nada —le susurro, cuando noto que se pone nervioso ante el cierre de mi sujetador—. Ven aquí.

Lo guío hasta que queda tumbado a mi lado y lo abrazo cerca, aspirando su aroma. Huele tan bien que me dan ganas de preguntarle cuál es su colonia para poder rociar mi almohada con ella cada noche antes de irme a dormir. Estoy muy mal, ¿no?

—¿Qué quería tu madre? ¿Algo en especial?

No parece tener muchas ganas de responder, pero al final se rinde ante mi insistencia.

—Ha estado en contacto con uno de los médicos del hospital, y le ha hablado de un nuevo tratamiento. Es... no sé muy bien de qué va, la verdad. Tampoco he querido saberlo. Es que mi madre enseguida se emociona con cualquier alternativa que le den y no es como si se pudiera hacer mucho, en realidad. No es algo que vaya a detener la enfermedad y, desde luego, no va a curarme. Solo se supone que nos daría algo más de tiempo para que avance la lista de trasplantes, con suerte.

Me aparto para estudiar su rostro.

—Eso es bueno, ¿no?

Tengo el corazón encogido mientras espero la respuesta. No parece muy convencido, a decir verdad. Pero cualquier cosa que nos dé tiempo y que pueda ayudarlo a estar mejor es algo a lo que aferrarse, ¿no es así?

Sacude la cabeza.

—Es muy caro. No tenemos dinero para eso. Ni siquiera tenemos dinero para el puto trasplante, aunque el riñón llegara hoy. ¿No lo ves, Zoe? Da igual.

—Claro que no da igual. Si puedes estar mejor...

—Estar mejor —gruñe, de mala gana—. Estar mejor y dejar a mis padres sin casa, a mi hermana sin futuro, endeudados hasta que sean viejos. Las cosas no son tan fáciles. No te haces una idea de la cantidad de dinero de la que estamos hablando.

Me incorporo para mirarlo desde una posición más elevada.

—No tiene por qué ser así. A mi padre le sobra el dinero, Chase, ni siquiera va a gastarse lo que tiene en toda su vida, y te aseguro que yo tampoco.

Aprieta los labios, se aparta de mí y se incorpora hasta

quedar sentado en la cama. Se abrocha bien los pantalones y se pone en pie antes de que me dé tiempo a replicar.

—No quiero vuestro dinero —bufa, molesto.

—No seas absurdo, no te estoy ofreciendo caridad.

Se gira para fulminarme con la mirada.

—Pues es exactamente lo que parece, Zoe. No te preocupes, ya sé que la casa tiene puerta.

Se larga sin darme opción a decir nada más y oigo el portazo que da al salir. Y yo me quedo sentada al borde de la cama, frotándome la cara con las manos, sin terminar de entender del todo lo que acaba de pasar.

Maldito batería.

♪ ♪ ♪

He perdido la cuenta ya de las veces que he tenido que poner los ojos en blanco hoy en respuesta a los gruñidos de Bailey. Menos mal que tengo las historias de las chicas de oro y que Arthur está empeñado en enseñarme a jugar al ajedrez, aunque le he dicho como siete veces que sé jugar desde los nueve años. Así, las cuatro horas que pasamos en el hospital mientras lo «filtran», como él dice, no tengo que pasarlas mirando su ceño fruncido.

Me siento al volante sin decir nada y sin esperarlo en cuanto desbloquea las puertas de la camioneta.

—Vale —suspira al sentarse a mi lado—, admito que he sacado las cosas de quicio.

—¡No! ¿Qué? ¿Me lo puedes repetir?

—Clark...

—Bailey...

—Lo siento.

—Estaba deseando escucharte suplicar.

—No estoy suplicando.

—No hace falta que llores. Te perdono por ser un idiota. Total, lo tengo asumido desde el día en que te conocí.

Me calla con un beso. Y yo enredo los dedos en los mechones de pelo de su nuca y lo atraigo un poco más cerca.

—No quiero volver a casa todavía —dice aún pegado a mis labios.

—¿Y qué quieres hacer?

—Vamos al centro.

—¿Al centro?

—Sé espontánea, Clark, está en la maldita lista.

Gruño un poco, pero pronto pongo en marcha el motor y conduzco hasta el centro de Great Falls. Algunas calles están cortadas y Bailey me señala un sitio libre donde puedo aparcar.

Tiene una sonrisa traviesa cuando, al bajar de la camioneta, me coge de la mano y me guía por las calles cerradas al tráfico hacia un lugar desde donde se oye música muy alta y un montón de jaleo.

Veo un cartel al pasar: FIESTA DE PINTURA. ¿Qué es lo que...?

De golpe, me veo en medio de un montón de gente que baila, salta, grita y se embadurna con la pintura de colores brillantes que viene hacia nosotros en todas direcciones.

—Chase, ¡¿qué demonios...?! —grito para hacerme oír por encima del gentío.

Se vuelve hacia mí y coge mi cara entre las manos, con nuestros cuerpos pegados, para mirarme a los ojos. Ya tiene la camiseta llena de pintura, el pelo manchado de verde y la mejilla de un rosa fluorescente.

—¡Estoy siendo espontáneo, estrellita!

—¡Te has vuelto loco!

Se ríe. Y luego me besa. Damos vueltas, con los labios unidos y los ojos cerrados, mientras nos llenamos de color.

Me acuerdo del primer verso que escribí con su melodía en la cabeza. De lo que sentí las primeras veces que nos besamos. El mundo estallando en colores. Y nosotros inundándonos de ellos.

—Te recuerdo que ese punto ya lo había tachado —digo cuando separamos los labios y nos sonreímos, cómplices.

—Eso no significa que no podamos hacerlo otra vez, ¿no?

Niego con la cabeza.

—No. Hagámoslo.

—Hagámoslo, Clark —responde, con la misma sonrisa traviesa y los ojos brillando en reflejo.

Uno las manos en su nuca y echo la espalda hacia atrás. La música está altísima y yo dejo que me contagie el ambiente festivo. Cuando vuelvo a mirarlo, veo que él no aparta los ojos de mí.

Y entonces me acuerdo de que acaba de salir de diálisis, que no suele ser su mejor día de la semana, y que ni siquiera ha protestado cuando he sido yo la que ha ocupado el sitio del conductor.

—¿Cómo te encuentras? ¿Estás bien? —intento asegurarme.

Estudio su expresión cuando va a dar una respuesta. Sonríe, se inclina hacia mí y clava los ojos en los míos antes de decirlo:

—Contigo me siento en la jodida cima del mundo.

# 34

# Cayendo por ti

—Toca esa parte otra vez.

—¿Otra? Ha perdido por completo el sentido, Clark.

Le mantengo la mirada, sin variar para nada la expresión, hasta que suelta un suspiro molesto de rendición y vuelve a colocar los dedos en posición en el mástil de la guitarra.

Cierro los ojos y golpeo la libreta con el bolígrafo al ritmo de la melodía. Murmuro un «otra vez» bajito cuando acaba, y esta vez no protesta. Entonces, abro los ojos y me lanzo a escribir mientras él repite los mismos acordes.

—Creo que tengo el título —anuncio, sin apartar la vista de los nuevos versos—. No es parte del estribillo, sino del verso previo.

—Lo prefiero. ¿Me lo dices?

—¿Qué te parece si la titulamos «Cosas que hacer antes de morir»?

No hace falta que responda con palabras porque veo en su cara lo que le parece la idea. Aun así, habla:

—Es perfecto —dice en un murmullo—. Cántame el verso. Ya lo tienes, ¿no?

Me muerdo el labio.

—Casi. «Tantas cosas por hacer antes de morir...» —empiezo a entonar—, «... y lo único que importa es...».

—¿Qué es?

—Pues todavía no lo he descubierto —suspiro, frustrada—. ¿Besarte? No me convence. No sé. Toda la letra habla de un encuentro que lo cambia todo, ¿no? Que hace explotar el mundo en colores y da esperanza. Que te da un lugar donde esconderte y que nadie te encuentre, un lugar en el mundo, un hogar, y... No es algo meramente romántico como una relación. Es una emoción..., es esa tensión previa que termina por explotar. Así que lo único importante...

—Es mirarte, Clark —completa él, con los ojos fijos en mi rostro.

—¿Qué?

—Lo único que importa es mirarte. Verte, conocerte. Memorizarte, grabar tu imagen para llevarla conmigo a cualquier lugar al que vaya después. Eso es lo importante.

Dejo la libreta a un lado y me muevo de forma brusca para presionar los labios sobre los suyos. En solo un segundo ya ha dejado la guitarra en el suelo, a un lado del sofá y sus manos están en mi cintura mientras encaramo el cuerpo a su regazo.

—Besarte tampoco está mal —murmura a dos milímetros escasos de mi boca.

Me río bajito y él atrapa esa risa entre los labios una vez más, la muerde, la lame y la hace suya por completo.

Entonces oímos la puerta de entrada y ni siquiera nos da tiempo a apartarnos antes de que Michelle aparezca ante nosotros y *Max* se levante y trote hacia ella para saludarla.

—Ah... ¡Agh!

Da media vuelta tras sus expresivas declaraciones y se larga hacia el fondo del pasillo.

—¡Hola! —la saludo, divertida—. ¡Eh!, ¿adónde vas?

—¡A lavarme los ojos con sosa cáustica!

Bailey se ríe y yo trato de mantenerme seria, solo por respeto a mi mejor amiga, pero me cuesta mucho hacerlo cuando la risa del chico me hace cosquillas en el cuello mientras él esconde la cara entre los mechones de mi pelo.

Miro el reloj, solo para comprobar que ya es más tarde de lo que creía.

—Debería irme.

Me retiene con los brazos anclados a mi cintura cuando intento levantarme.

—Venga, aún es pronto. Mañana no vienes conmigo a Great Falls..., me debes cuatro horas de tu compañía a cambio.

Lo beso en los labios antes de escabullirme de su abrazo y ponerme de pie. Si mañana no lo acompaño al hospital es porque la psicóloga va a pasar a hablar con él durante la sesión. Y, aunque me he ofrecido un montón de veces a esperarlo en la sala de espera o incluso en la camioneta, no ha querido que vaya con él. Así que no debería intentar chantajearme con esto.

—¿Habéis terminado con vuestro... lo que sea? —Michelle entra en el salón con una mano delante de los ojos para evitarse traumas mayores.

—Tranquila, ya me voy —informo, con una risita.

Aparta la mano para mirarme y frunce el ceño.

—¿Por qué? ¡Que se vaya él!

—Es mi casa —protesta su hermano.

—No me lo recuerdes.

La discusión se ve interrumpida por el sonido de unas llaves encajando en la cerradura de la puerta principal.

—Es mamá —susurra Michelle—. Os he salvado el culo. Me debes una.

—Cállate —responde él, también en un siseo.

—¿Hola? —Caroline Turner se asoma al salón y sonríe al

vernos aquí a los tres—. Ah, hola, Zoe, ¿qué tal? ¿Te quedas a cenar? —pregunta, amable, mientras rasca a *Max* tras la oreja.

—No puedo, gracias —me libro enseguida—. Mi madre debe de estar esperándome ya. Es tarde.

—Ah, vaya. Bueno... Oye, ¿por qué no le dices a tu madre que os invitamos a cenar el viernes? Si os apetece, claro.

Cruzo una mirada con Chase, que pone cara de no estar para nada convencido. De hecho, sus ojos me lanzan un mensaje muy claro: «Ni de broma, Clark».

—Claro, se lo comentaré. —Es lo que digo con mi mejor tono de niña buena.

—Genial. Así podemos hablar de esa idea loca vuestra de iros de viaje el fin de semana. ¿Habéis sacado al perro? —cambia el tono al dirigirse a sus hijos.

—Yo me ocupo. Acompañamos a Zoe a casa y así le doy un paseo —se ofrece Michelle.

Me coge la mano para tirar de mí hacia la salida y recoge la correa de *Max*, que está colgada en el perchero de la entrada. Solo puedo despedirme de Bailey con una mirada y una sonrisa tierna. Antes de que salgamos a la calle, puedo oír a su madre preguntándole en un tono bastante preocupado si está bien y cómo se ha estado encontrando hoy.

Michelle y yo no paramos de hablar en todo el camino hasta mi casa. Me cuenta cada detalle interesante de su tarde en el bar. Resulta que Peter y Danny han estado allí tomando algo, muy juntos y a plena luz del día. Eso ya nos da cotilleo suficiente para cubrir los diez minutos de trayecto y también para tener que quedarnos algunos más cuchicheando en la puerta. A ella tampoco le hace mucha gracia lo del viernes porque había quedado con Jamie y me iba a poner a mí de excusa.

—¡Hola, mamá! —saludo, en cuanto he cerrado la puerta

principal tras despedirme de mi amiga—. ¿Sabes qué?: Caroline Turner me ha pedido que te diga que quiere invitarnos a cenar el viernes por la noche en su casa, ¿qué te parece?

Mamá aparece enseguida desde su cuarto, al fondo del pasillo. En vez de acercarse para hablar conmigo, lo que hace es ir directa a mi habitación.

—¿Qué haces? —exijo explicaciones mientras voy hacia allí a toda prisa.

—Voy a ver si tienes algo decente que ponerte para esa cena —responde, tan tranquila, y abre mi armario—. Si no, tendremos que ir de compras.

♪ ♪ ♪

Es la madre de Chase quien nos abre la puerta el viernes cuando llegamos a su casa a la hora acordada. Mamá no ha parado de lamentarse por el estado de la construcción y por que esto no puede seguir así y todo el pueblo debería arrimar el hombro para ayudar a esta gente, porque luego la mayoría se las dan de buenos vecinos. Yo me muerdo la lengua, pero estoy a punto de decir que, por favor, cierre la boca, porque ya me quedó clara la reacción de Bailey a lo que él interpreta como «caridad».

—Hola, Kate —saluda Caroline con una sonrisa sincera—. Estás estupenda. No me puedo creer que no hayamos hecho esto antes, ya llevas, ¿qué?, ¿seis meses de vuelta por aquí? Siento haber sido una pésima vecina, pero, en fin, me paso el día trabajando...

—Para nada. No te preocupes. Yo también he estado bastante liada —admite mamá su parte de culpa—. Lo importante es hacerlo, aunque sea tarde.

—Claro que sí. Hola, Zoe —repara entonces en mí—. Venga, pasad.

Mamá se entretiene en saludar a *Max* con unas cuantas caricias. Enseguida la anfitriona nos dirige a la cocina, donde su marido y sus dos hijos ya parecen estar encargándose de terminar con la cena.

—No es que hayamos preparado un banquete, ni nada, la verdad es que no tenemos mucho tiempo para cocinar y... Nos limitamos a la cocina básica de supervivencia —bromea de nuevo la mujer.

—En eso somos iguales, entonces —ríe mi madre.

El pastor Turner se acerca para dar la mano a la invitada mientras yo intercambio miradas con los dos hijos de la pareja. Esto podría ser un auténtico desastre.

—Encantada, pastor Turner. Siento no haber pisado la iglesia en... nunca.

Ay, mamá. Es para matarla. Pero él se ríe, de manera afable, y encoge un solo hombro con resignación.

—No pasa nada. Mi familia tampoco lo hace, no puedo exigir más de mis vecinos. Pero llámame Carl, por favor. Y ten claro que la puerta está siempre abierta para ti si alguna vez lo necesitas.

—Ya, gracias. Pues llámame Kate, y quizá algún día me pase a escuchar un sermón.

Caroline se adelanta para coger un par de platos y llevarlos hacia el comedor.

—Venga, vamos a cenar, y así podemos hablar de los chicos mientras ellos están delante y avergonzarlos.

El pastor responde a eso enseguida:

—Mujer, déjalos. Solo quieren hacer una excursión de dos días al estado vecino. Son jóvenes, el chico está enamorado...

Me muerdo el labio y veo con el rabillo del ojo cómo Chase enrojece por momentos. Si supiera lo mono que está ahora mismo, seguramente le disminuirían las ganas que debe de tener de gruñirle a su padre.

—Papá —protesta a media voz.

—Perdona, ¿he empezado a avergonzarte antes de tiempo?

—Bueno, está claro que algo hay por aquí —dice mi madre, como si no tuviéramos bastante—. Zoe le ha dado la primera guitarra de su padre y eso no lo hace por cualquiera.

—No se la he dado, se la he prestado —corrijo.

Los adultos se van, riendo. Michelle hace una mueca burlona y sale tras ellos enseguida. Le tiendo a Chase uno de los dos últimos platos que quedan por llevar y yo me hago con el otro. Me acerco a él y me estiro para besarle la mejilla.

—Anda, pórtate bien, por favor.

Me trago la sonrisa cuando pone los ojos en blanco ante mi súplica.

La cena tampoco es para tanto, en realidad. ¿Nos avergüenzan un poco? Claro, son padres. Pero no es tan malo como me temía. Además, tras una serie de indicaciones muy serias a Chase sobre cuidados de salud, llegan a la conclusión de que nos vendrá bien ese viaje con nuestros amigos y eso es todo un logro.

Bailey y yo nos pasamos toda la cena lanzándonos miradas y sonrisas de un lado a otro de la mesa.

—Chase, para ti hay... —empieza su madre, en tono preocupado, cuando hemos terminado con los entrantes y sale el plato principal.

—Ya lo sé, mamá. Está bien.

El pastor Turner gruñe algo por lo bajo. Luego mira a su esposa y habla en un tono más suave:

—No pasa nada si come pastel de carne de vez en cuando.

—Las proteínas animales...

—Da igual —corta el batería la discusión—. Es mejor que siga la dieta, papá.

Su madre parece muy triste cuando baja la mirada a su

plato. Sacude la cabeza y luego fuerza una sonrisa cuando vuelve a mirarnos a nosotras.

—No es que sea una cena espectacular, y sabemos que la casa necesita algunos arreglos, pero nos alegramos mucho de teneros aquí a las dos. Gracias por haber querido venir.

—Gracias a ti por invitarnos —replica mamá al instante—. Caroline..., sé que no éramos las mejores amigas en el instituto...

—Apenas me acuerdo —responde la otra, en tono burlón y con una sonrisa que le contagia enseguida a su enemiga de juventud.

—Todo eso ya lo hemos dejado atrás. Quiero pensar que somos mejores ahora de lo que éramos entonces. No quiero incomodaros, ni nada parecido, pero tenéis que saber que estamos aquí para vosotros. Si necesitáis algo, solo tenéis que pedirlo.

Caroline niega con la cabeza.

—Es obvio que la casa necesita un poco de trabajo, pero nos apañamos. Ya habrá tiempo para eso cuando ahorremos algo de dinero, no pasa nada.

Mamá estira la mano sobre la mesa para poder coger la suya.

—Josh puede hacer los arreglos necesarios. No os cobrará nada. Y Nicky está dispuesta a preparar comida de más en el hostal cuando no tengáis tiempo de cocinar. No tenéis que hacerlo solos. Lo han hecho por nosotras, ¿verdad, Zoe? —Yo asiento con la boca cerrada—. Lo justo es que ahora nosotras hagamos algo por vosotros. De eso va la comunidad, ¿no?

Caroline le aprieta la mano y hace un leve asentimiento. Creo que no dice nada porque le cuesta hablar sin que le tiemble la voz.

—He oído decir que Chase tiene talento para la música

—sigue hablando mi madre, cambiando de tema enseguida para no alargar un momento que podría volverse incómodo—. Y, madre mía, los dibujos de Michelle son increíbles. ¿De tal palo tal astilla?

—Oh, no, ella dibuja mucho mejor que yo —se hace la modesta la anfitriona, y mira a su hija con los ojos desbordando cariño y una sonrisa tierna.

Las dos siguen monopolizando la conversación mientras dura la cena y, después, aún se toman juntas una copa de vino mientras el pastor Turner se encarga de recoger los platos, despachándonos a nosotros. Bailey sale a dar una vuelta por la manzana con *Max*, y yo me aguanto las ganas de ir tras él y me quedo con Michelle, solo por el qué dirán.

Es bastante tarde cuando damos por finalizada la velada y nos despedimos de la familia. Yo me acerco a Bailey para poder hablarle en voz baja:

—Mañana recógeme para ir al hospital, ¿vale?

—No hace falta.

—No hace falta, pero quiero ir contigo.

Parece rendirse al mirarme a los ojos y ver la intensidad con la que los míos le están pidiendo que me deje estar ahí para él una vez más.

—Vale —suspira—. Eres muy pesada.

—¿Chirriante?

—No sabes cuánto.

Mi madre carraspea a nuestro lado.

—Bueno, voy saliendo para dejarles intimidad y que puedan besarse tranquilos.

—Mamá...

Sí, definitivamente quieren avergonzarnos. Miro a Chase, y debo de estar poniéndome roja porque él sonríe de medio lado, divertido.

—¿Sabes qué, estrellita? —susurra para que no nos oigan

los que siguen con las despedidas a unos escasos dos metros de nosotros—. Creo que una de las cosas que hay que hacer antes de morir es besar a la persona por la que estás loco delante de vuestros padres.

Se inclina y me besa en los labios, sin darme tiempo a reaccionar. Y, cuando se aparta, sé que nadie ha perdido detalle de lo que acaba de suceder. Pero también sé que ese tonto batería tiene razón, y que besarlo siempre será algo que merezca la pena. Bajo cualquier circunstancia.

♪ ♪ ♪

Lucas conduce con las gafas de sol puestas y la vista clavada en la carretera. A su lado, Daniel da indicaciones fiándose del navegador de su teléfono. Y, en el asiento trasero, voy sentada entre los dos hermanos, que llevan las tres horas de trayecto transcurridas sin parar de discutir de manera absurda e infantil. Me están dando dolor de cabeza.

—Michelle, ¿seguro que no te importa compartir cuarto con este tipo?

Lucas lanza una mirada divertida dirigida a nuestra amiga a través del retrovisor. Como el destino del viaje no ha sido negociado porque quería ver a su novia —obviamente—, le toca a él conducir y hasta ha conseguido prestado el coche de su padre. Está claro que también lo ha hecho porque Bailey ha tenido diálisis esta mañana y ninguno de nosotros quería que tuviera que conducir la camioneta, aunque no lo hemos dicho en voz alta. La verdad es que parece cansado. Lo observo de reojo mientras él juguetea con mi mano entre las suyas, con la vista perdida por la ventanilla. No sé si es porque me fijo más, y me gustaría que fuera solo eso, pero últimamente siempre lo noto agotado los días que acude al hospital.

Daniel se está haciendo el ofendido por el comentario y diciendo que tendría que ser a la novia de su amigo a quien se le hiciera esa pregunta.

—La peor parte es que duerman juntos estos dos —se mete con nosotros mi amiga.

Ni me molesto en decir nada. No merece la pena entrar en su juego.

—Oye, Chase, recuerda que en la lista no pone nada de tener un hijo antes de palmarla, ¿eh? Usad protección y todo eso —se burla el copiloto.

—¡Eh! Tío, ¡puaj!, por favor.

Michelle no para de lanzar exclamaciones asqueadas y de hacer reír a los dos que van en la parte delantera. Pero Chase no ha protestado ante el comentario y que no haya dicho nada y ni siquiera se haya puesto rojo y siga pálido en extremo me preocupa mucho más que cualquier broma estúpida que puedan estar soltando nuestros amigos.

—Oye —le hablo en voz baja, cerca del oído—, ¿estás bien?

Vuelve la cara para mirarme y fuerza una sonrisa.

—Estoy bien. Solo estoy algo cansado.

Lo admite. No dice «No jodas, Clark», como suele hacer cada vez que me ve preocupada. Estiro el cuello para poder besar su mejilla.

—Duerme un poco, si quieres. Aún nos queda un rato.

Para mi sorpresa, se hunde en el asiento y apoya la cabeza en mi hombro. Entrelazo nuestros dedos y miro de reojo a Michelle. Y, sí, al final ha dejado de hacer bromas y me da la impresión de que tiene la misma expresión inquieta que debo de lucir yo.

Maddie, la novia de Lucas, nos está esperando allí cuando llegamos. Chase está medio dormido, así que me encargo de su bolsa y la mía, a pesar de sus protestas desganadas. Tenemos que esperar a que la parejita interestatal deje de besuquearse y decirse lo muchísimo que se han echado de menos para poder presentarnos a la anfitriona como es debido. Es bajita, con curvas y una sonrisa de lo más contagiosa. Me cae bien enseguida cuando empieza a llamarnos a cada uno por el nombre y a preguntarnos cosas que demuestran que sabe bastante de nosotros, aunque no nos hayamos visto nunca. Le hago a Lucas un gesto de aprobación cuando nadie nos presta atención.

Nos instalamos rápido y luego preparamos algo de cenar. El sol ya se está ocultando fuera y, aun así, cenamos en la terraza. Se está bien aquí. Se está bien con ellos. Derek y Lucy nos hacen una videollamada para que les demos envidia por no haber podido venir. Y yo vuelvo a pensar una vez más en todo lo que me había estado perdiendo hasta llegar a ese pueblo de Montana y conocerlos. Me siento feliz. Y afortunada.

Y entonces Bailey me besa el pelo y se levanta de la mesa para anunciar que se va a la cama porque está algo cansado. Se me encoge el corazón y la noche se vuelve más oscura.

Me pongo de pie, a su lado.

—¿Estás bien? ¿Quieres que vaya...?

—Estoy bien, Clark —me frena, con una sonrisa leve pero tranquilizadora—. Mañana estaré como nuevo. Quédate un rato y seguid pasándolo bien. Solo voy a dormir.

Asiento. Dejo que me bese en los labios. Todos damos las buenas noches a media voz cuando entra en la casa.

—Siempre está cansado los días que tiene diálisis —me tranquiliza Michelle cuando vuelvo a sentarme a su lado.

—Lo sé.

—Y el viaje en coche ha sido largo —aporta Lucas.

—Estará mejor mañana —añade Danny.

—Sí, sí, ya lo sé.

Mi mejor amiga entrelaza nuestros brazos y apoya la cabeza en mi hombro. Recuesto la mía sobre sus rizos y dejo que la cercanía nos reconforte un poco a las dos.

—Entonces, Maddie, ¿cómo llevas eso de tener que mudarte con nosotros a un pequeño pueblo del estado vecino? Porque te aseguro desde ya que no dejaremos a Lucas ir a ningún lado.

Daniel cambia de tema y corta la tensión con ese tono burlón que hace reír a la novia de su amigo. Y yo respiro hondo y me uno a la conversación para alejar los malos pensamientos.

Bailey está de espaldas a la puerta, metido en la cama, cuando entro sigilosa en el cuarto que vamos a compartir estas dos noches. Su respiración es regular y no da signos de estar despierto. Me cambio de ropa para ponerme el pijama de la manera más silenciosa posible y luego me cuelo a su lado entre las sábanas. Se mueve y se pone boca arriba, buscando mi cuerpo con el brazo hasta poner la mano en mi cadera.

—Hola —murmura, somnoliento.

—Hola, ¿estás bien?

Suelta un gruñido ronco.

—Claro. Anda, ven aquí.

Obedezco. Me acerco a su costado y él me rodea con el brazo, pegándonos aún más. Acomodo la cabeza en el hueco de su hombro y respiro su aroma. Es la primera vez que pienso tan conscientemente que tengo que grabarme a fuego todas estas sensaciones porque no voy a poder tenerlas por mucho tiempo. Eso me desgarra el corazón y me abrazo a su torso con más fuerza. Quiero no olvidar nunca su olor. Quiero poder recordar cómo mi piel siente la suya. Que no se borre el calor de su brazo en mi espalda. Poder quedarme con el sonido del latir de su corazón bajo la palma de mi mano. Que sean, como las estrellas, una de esas cosas que siempre están ahí, aunque no podamos verlas.

Me cuesta dormir. No paro de pensar que cada segundo sin sentirlo conmigo es un segundo desperdiciado que no podré recuperar jamás. Me duele echarlo de menos tantísimo cuando aún lo tengo a mi lado. Y, cuando me vence el sueño, me adentro en una pesadilla en la que no paro de buscarlo solo para ser consciente, una y otra vez, de que nunca volverá.

No se puede decir que haya descansado mucho esta noche. Y, cuando me despierto del todo por la mañana, Chase no está a mi lado. Me incorporo de golpe y lo busco con la mirada por toda la habitación. Ni rastro de él. Me levanto y salgo al pasillo en pijama, sin importarme para nada que todo el mundo pueda verme con esta cara de recién levantada. Creo que nadie más se ha despertado aún, porque todo está en silencio. Doy un par de pasos por el pasillo y entonces se abre la puerta del baño y él sale y me encuentra de frente. Alza las cejas, denotando sorpresa, pero veo que hoy tampoco se ha levantado sintiéndose demasiado bien.

—Eh —saluda, en un susurro tierno—, ¿te he despertado yo?

Sacudo la cabeza.

—No. No sabía dónde estabas.

Me acerco, le rodeo la cintura con los brazos y escondo la cara en su pecho. Sé que no puedo caer en esto. Sé que fui yo la que dijo que teníamos que aprovechar el tiempo y no desperdiciar ni un segundo. Y echarlo de menos cuando aún está aquí no es manera de exprimir al máximo todo lo que pueda tener con él.

—¿Preparamos el desayuno? —propongo, y tengo que

forzar mi tono alegre, pero sé que al final funcionará para animarnos a los dos.

—Tendrías que soltarme para eso —bromea. Me estruja entre sus brazos cuando intento dar un paso atrás—. O tendría que soltarte yo.

Alzo la cara para poder estirarme y besarlo en los labios. Mientras estemos aquí, los dos, juntos, vamos a hacer todo lo que haríamos si no existiera el mañana.

No soy la única que se da cuenta de que Bailey no está del todo bien hoy. De hecho, todos lo hacen. Es Lucas el primero que se atreve a preguntarle en voz alta, después de que el batería nos pida un momento antes de salir de casa y se encierre en el baño por unos cuantos minutos. Por supuesto, lo que hace es gruñir en respuesta.

—Si no te apetece ir, podemos quedarnos nosotros. Si aún no te sientes bien del todo... —empiezo.

—No jodas, Clark —masculla, molesto—. Vámonos de una vez —habla después en voz más alta, para el resto.

Aprieto los labios y me trago cualquier comentario que pudiera hacer. Sé que no está en plena forma ahora mismo, pero también sé que, si se lo decimos, se sentirá aún peor. Intercambio una mirada resignada con Michelle y comenzamos la excursión que Maddie nos ha preparado para el día de hoy.

Solo hemos avanzado unos metros por un sendero que se aleja de la ciudad y se adentra en los campos que la rodean cuando Bailey se me acerca y me coge la mano. Ninguno de los dos dice nada. Acomodo los dedos entrelazados con los suyos y no volvemos a soltarnos durante la mayor parte del día.

Si bien puede que su estado físico no esté todo lo bien que debería, al menos su estado anímico ha mejorado mucho cuando llega la noche. En esta cena sí es él: gruñón, irónico y divertido. Está integrado, participa en todas las conversaciones y hasta es él quien propone divertirnos con uno de los juegos de mesa que Danny ha traído para la ocasión.

—Estoy mejor —me promete cuando nos metemos en la cama ya de madrugada—. Esta vez ha sido un poco chungo, pero estoy bien, Zoe. Ha debido de ser por el viaje después de la diálisis, fue agotador. Por favor, no te preocupes, ¿vale?

Nos miramos frente a frente tumbados de costado sobre el colchón. Acerco más mi cuerpo al suyo y asiento.

—Vale —susurro antes de unir nuestros labios.

—Vale —murmura, igual, y luego me besa mucho más profundo y con más intensidad de la que he puesto yo.

Enredo los dedos entre su pelo y pego las caderas de los dos. No puedo evitarlo y me da la impresión de que él tampoco. Los besos dejan de ser inocentes en cuestión de segundos y nos devoramos la boca con ansia mientras nuestras piernas se enredan y nuestras pieles parecen querer fundirse.

—¿Estás...?

—Literalmente me muero por tocarte.

Intento protestar ante su dichoso humor negro, pero me calla con los labios y me borra de la mente cualquier cosa que yo hubiera llegado a pensar. Sus dedos juegan bajo mi camiseta y yo me pego a su boca para que se trague mis gemidos y los demás no puedan oírme.

—Enséñame, Clark —pide en un susurro.

—¿El qué?

—Enséñame lo que te gusta.

Creo que podría estallar en colores, en todos los malditos colores de verdad, y me cuesta no perder el control y despertar a toda la casa. Esto es lo más erótico que he vivido jamás: su mano bajo la mía acariciándome mientras se deja guiar por mis movimientos. Sus susurros en mi oído. Sus labios en mi cuello. Su lengua sobre mi piel.

—Eres un espectáculo, Zoe Clark —susurra con los labios a escasos milímetros de los míos tras beberse los gemidos de mi orgasmo.

Respondo con ternura cuando me besa de nuevo. Tengo ganas de reír y de llorar y de quedarme en este instante para toda la eternidad. La piel, tan despierta que cada una de sus caricias hace eco hasta en el último rincón. Sus besos, dulces y largos. Solo nosotros.

—Quiero más —murmuro, y acaricio la piel sobre su estómago y puedo notar cómo se estremece.

Me observa cuando me incorporo y lo obligo a tumbarse sobre su espalda y acaricio su erección por encima del pantalón de su pijama.

—Quiero descubrir qué es lo que te gusta a ti.

—Zoe...

Me estiro hacia la mesilla y cojo la caja de preservativos de sabores que traje conmigo, solo por si acaso.

Suelta una especie de quejido y echa la cabeza hacia atrás sobre la almohada cuando empiezo a quitarle la última prenda que viste. Noto que se incorpora para observarme cuando le pongo el preservativo, despacio y con cuidado.

—Esto va a durar medio segundo, estrellita.

—Asegúrate de disfrutarlo, entonces.

Jadea y se agarra a la sábana con las dos manos cuando lo acaricio con la lengua. Luego me aparta el pelo, despacio, y lo sujeta con mucha delicadeza en mi nuca para que no nos moleste.

—Vas a matarme antes de tiempo —murmura, dejando escapar un pequeño gemido al final.

Esto es completamente diferente a cualquier cosa que haya tenido antes. Es sexo y no lo es. No lo es porque es mucho más y creo que el nombre se le queda corto y no le hace justicia. Dejar mi placer en sus manos, que el suyo me pertenezca.

Apoya la frente en la mía, recuperando el aliento, cuando me acurruco a su lado. Los dos satisfechos y relajados. Y, aun así, nuestros cuerpos se pegan en vez de separarse. Mantenemos en contacto todos los puntos de piel posibles mientras nos abrazamos.

Sé que estoy perdida. Que con él estoy cayendo mucho más de lo que creía posible. Las novelas se quedan cortas. Las películas ni se acercan. Y quiero seguir mucho más. Llegar más allá. Porque no quería que Chase Bailey me hiciera sentir nada en absoluto, y ahora entiendo eso de que el amor no es fácil de controlar. Que llega y punto. Que aparece una chispa y, de pronto, es un incendio. Y quiero hacer arder todo a su lado.

—Aún nos queda mucho por aprender juntos, batería —susurro cerca de su boca, en tono pícaro.

Espero que se ponga rojo o que tartamudee, o algo parecido. Pero él me besa con ganas, me abraza más cerca y me dice que nunca ha tenido tantas ganas de aprender en toda su vida.

No puedo evitar reírme suave. Y él se ríe conmigo. Cuando se aparta un poco y nos miramos a los ojos, veo eternidad en el reflejo de mis pupilas en las suyas.

—Con lo mal que me caes, Clark, y, aun así, creo que estoy un poco enamorado de ti.

El mundo no se para esta noche, pero el momento será eterno, pase lo que pase después.

# 35

# Tu noche perfecta

—Te prometo que te compensaré, princesa.

Encojo las piernas sobre el sofá para abrazarme las rodillas, con el móvil pegado a la oreja.

—Esto es compensarme, papá —respondo, mientras lucho por tragarme el nudo de la garganta—. Gracias por hacerlo.

—Te dije que pararía, ¿no es cierto? Sé que necesito esto, Zoe. Sé que se me ha ido de las manos. Pero voy a arreglarlo y voy a hacer las cosas bien. Si todo va según lo previsto saldré antes de que empieces el curso y podremos ir a Londres unos días, como me pediste, ¿eh? Ese chico de la batería puede venir con nosotros, siempre que mantenga las manos lejos de ti.

Eso último lo dice en un tono bastante burlón y yo sonrío, aunque él no pueda verme. Al mismo tiempo se me escapa una lágrima, que me doy prisa en secar, por si mamá aparece en cualquier momento.

La gira de mi padre ha terminado. Se suponía que iba a pasar parte del verano con él, y la verdad es que no sabía muy bien cómo decirle que quiero quedarme aquí, en casa, porque no puedo perder ni un segundo del tiempo junto a

Chase. Pero papá me ha llamado para contarme que en dos días ingresa de forma voluntaria en un centro de desintoxicación, y que tenemos que aplazar nuestros planes juntos hasta que salga limpio de allí.

—Voy a hacer todo lo posible para que puedas estar orgullosa de mí, hija.

Sigo pensando en esa frase, repitiéndola en mi cabeza, mucho después de que papá ya haya colgado. Hay muchas cosas que han enturbiado la relación con mi padre en este último año y, probablemente, aún le queda mucho que demostrar para que eso pueda cumplirse de verdad, pero empezar por aquí es un buen primer paso. Sé que tengo que apartar ese sentimiento de culpa que aún arrastro cuando lo escucho decir que hace todo esto por mí y que haría lo que fuera para que yo vuelva a quererlo como antes. No es mi culpa ser la hija que se quedó con el padre. Y tampoco es mi culpa seguir queriéndolo a pesar de todos sus defectos. Solo puedo confiar en que a partir de ahora se esfuerce por hacer las cosas mejor.

Jugueteo con el móvil entre las manos antes de volver a llevármelo a la oreja para llamar a Bailey. Necesito contárselo.

Ayer volvimos del viaje del fin de semana y, por la tarde, lo acompañé a diálisis. Hoy estaba bastante cansado, así que no nos hemos visto. Y, por lo que yo sé, tampoco ha ido a ensayar con el grupo. Mi llamada va directa al buzón de voz. Me estiro en el sofá y miro el techo, algo preocupada. Me contengo para no levantarme de un salto e ir corriendo a su casa para ver si está bien. Michelle está trabajando, pero su padre estaba en casa esta tarde, así que, si pasara algo, mi amiga ya me habría informado. *Vale, Zoe, relájate, un día sin veros no es el fin del mundo.*

Mamá vuelve de trabajar a media tarde. Parece contenta y está especialmente habladora, de modo que me callo lo de mi charla con papá para no estropear su buen humor. Me pregunta por Bailey y yo le cuento que hoy estaba cansado, pero que es normal, y que seguro que estará mejor mañana.

Y entonces llega el mensaje de Michelle:

> Mi hermano está en la cama, enfermo. Tiene bastante fiebre. Su móvil lleva sin batería toda la tarde, así que me imagino que no te ha avisado. El médico ha estado aquí, dice que en principio no es grave y que no hace falta que lo llevemos al hospital. No te preocupes, ¿vale? Yo te mantengo informada.

Por supuesto, estoy en su puerta en menos de diez minutos. El sol está empezando a ocultarse en el horizonte. Me obligo a apartar el dedo del timbre para no llamar insistentemente como si me hubiera vuelto loca. Me tiemblan tanto las manos que tengo que frotarlas y retorcérmelas para disimularlo.

Es el pastor Turner quien abre. Me dedica una sonrisa afable en cuanto ve que soy yo.

—Hola, Zoe. Anda, pasa.

Se aparta para dejarme vía libre y yo me adentro en la casa, un poco insegura. Puedo oír la voz de la señora Turner en el salón, en un tono para nada relajado:

—¿Lo ves? Sabía que no era buena idea. Esa estúpida excursión vuestra de fin de semana. No tenía que haber dejado que fuera.

Es como un mazazo. ¿Es eso lo que estamos haciendo? ¿Estamos empeorando el estado de Chase con nuestras tontas ideas de esa lista de cosas que hacer antes de morir? Hay que aprovechar la vida mientras estás vivo, sí, pero ¿y si hacerlo te roba tiempo? ¿Y si quedándonos en casa y siendo cuidadosos puedo conseguir más tiempo a su lado? ¿Merecerá la pena?

—Nunca dejas que haga nada, mamá. Ese es el problema. No puede limitarse a respirar y alimentarse y quedarse en casa donde tú puedas mantenerlo en la burbuja que te gustaría formar a su alrededor —replica mi amiga—. Tiene que vivir.

—Necesitamos más tiempo.

—¿Más tiempo para qué? —pregunta Michelle con tristeza.

Las dos se vuelven a mirarme cuando reparan en mi presencia. Estoy parada en la puerta del salón y me muerdo el labio, sin saber bien qué decir, cuando los ojos de ambas se clavan en mí.

Michelle tiene razón. Sé que la tiene. Vivir es algo más que seguir respirando.

—Zoe —suspira mi amiga, y sacude la cabeza como si no supiera qué hacer conmigo—. Te he dicho que no te preocuparas.

—¿Cómo está? —pregunto con un hilo de voz.

Su madre es quien se acerca a mí y me pone una mano en el hombro. Fuerza una sonrisa que no llega a parecer natural.

—Estará bien. El médico ha dicho que solo tenemos que controlarle la fiebre hasta que remita. Su sistema inmunitario está... algo débil. Por eso todo le afecta más que al resto. Pasa, si quieres, aunque debe de estar dormido.

—No lo molestaré —prometo, para que no cambie de idea antes de que haya podido verlo.

Michelle me escolta hasta la puerta de la habitación de

Bailey. No está cerrada del todo, solo entornada. Mi amiga la cierra desde fuera una vez que yo me he colado en el cuarto, para darme algo de intimidad. Tengo que saltar por encima de *Max*, que está tendido junto a la cama, para poder encaramarme al colchón con Chase.

Se mueve, molesto, y abre los ojos cuando siente mi peso a su lado.

—Zoe —murmura, con la voz pastosa—, no tenías que venir.

—Qué pena, porque ya estoy aquí.

Pongo el dorso de la mano sobre su frente para comprobar su temperatura. Está mucho más caliente de lo que esperaba.

—No tienes que...

—Solo quiero quedarme un rato aquí contigo. ¿Puedo?

Asiente. Va a decir algo, pero hace una mueca al intentar hablar, como si las palabras le rascaran la garganta.

—Tengo sed —consigue murmurar, por fin.

Me estiro para alcanzar el vaso de agua que hay en la mesilla. Lo ayudo a incorporar la cabeza, para que pueda beber. Se lame los labios y vuelve a recostarse en cuanto lo ha hecho.

—No quiero que me veas así.

Habla tan bajito que casi me cuesta entenderlo. Me levanto de la cama para mojar un paño en una pequeña palangana con agua que hay en el suelo y lo escurro bien antes de ponérselo en la frente.

—Estás guapo, no te preocupes —replico, en tono burlón.

Me tumbo a su lado y acomodo el paño frío, para que haga buen contacto con su piel. Luego acaricio su pelo, despacio y con ternura.

—Cuando me ponga peor... no quiero que tengas que estar, Clark.

—Cállate de una vez. Voy a estar aquí, batería, si estás mejor o si estás peor. Pase lo que pase. Deja de protestar.

Me da la impresión de que trata de esbozar una sonrisa de medio lado, aunque le sale más bien una mueca.

—Descansa, ¿vale? Intenta dormir. Me quedo un rato aquí contigo —susurro.

Pongo la cabeza en la almohada, junto a la suya. Procuro no rozarlo y darle el espacio suficiente para no agobiarlo.

—Avisa a los chicos de que no voy a poder ir a ensayar.

Lo dice a media voz y de forma entrecortada, como si estuviera hablando en sueños. No sé qué hora cree que es, el ensayo ya debe de haber terminado hace un buen rato.

—Ya lo saben, no te preocupes —digo, aun así.

Respira más profundo y parece relajarse. Lo observo con la cada vez más escasa luz que se cuela por la ventana. Me fijo en cada pequeño detalle, en cada peca y todas y cada una de sus imperfecciones.

—Clark...

—¿Qué?

—Quédate.

Sigue con los ojos cerrados, la expresión relajada y ese murmullo que escapa de sus labios casi parece una alucinación mía. Me acerco un poco más y lo beso en la comisura de la boca de forma delicada.

—Sí. Me quedo.

Y cumplo mi palabra.

Al día siguiente, cuando ya ha pasado de largo la hora de comer, estoy con Michelle en el salón, terminando nuestra comida tardía mientras Bailey duerme. Le ha bajado la fiebre por fin, pero está hecho polvo después de tantas horas de duermevela y pesadillas. Lo sé porque yo tampoco he dormido nada a su lado. La situación debía de ser lo suficientemente preocupante como para que tanto sus padres como mi madre decidieran que era buena idea que me quedara con él.

Mi amiga y yo nos giramos hacia la puerta del pasillo al mismo tiempo cuando oímos movimiento en esa zona. Nos levantamos y formamos un frente unido cuando nos enfrentamos a él.

—¿Qué haces levantado? —acusa su hermana, y se interpone en su camino a la cocina.

—Estoy mejor. Solo quiero algo de beber.

—Venga, vuelve a la cama —le pido.

Lo empujo con cuidado y no tiene fuerzas para contrarrestar mi impulso, de modo que retrocede de manera dócil y pacífica hasta su habitación.

—Estoy mejor —insiste.

—Yo te traigo lo que necesites —ofrece Michelle.

Bailey pone los ojos en blanco, pero se mete en la cama de nuevo, obedeciendo nuestras órdenes.

—De verdad, ya me encuentro casi bien —me dice cuando su hermana desaparece en dirección a la cocina—. Mañana tendré diálisis y estaré hecho una mierda otra vez. Esta semana no habrá existido. Y, aun así, ha merecido la pena, Clark.

Hago un mohín con los labios. Me acerco más a su cuerpo, sentada sobre la cama. En cierto modo, me reconforta. No paro de atormentarme —y sé que el resto de mis amigos también— con si la excursión a Idaho Falls fue la peor idea del mundo.

—Quiero que estés bien —murmuro, con mis ojos en los suyos.

Me siento bastante vulnerable, pero no pienso hacerme la fuerte ahora.

—Y yo quiero no limitarme a estar solo bien.

Me muerdo el labio. Es justo lo que siempre he pensado

y, sin embargo, no es fácil verlo como está ahora. Y, aunque pensaba que se equivocaba en el enfoque con el que afronta todo esto, ahora puedo entender bien a su madre. Me esfuerzo por recordarme, una vez más, que lo importante es hacer que los días valgan la pena.

—No me he puesto enfermo por el viaje —me sorprende—. El sábado en diálisis Martha no se encontraba bien. Me habrá pegado algo. Mi sistema inmunitario siempre exagera, como puedes ver. No es culpa de la lista. Quiero seguir haciendo esto contigo.

Me pierdo en sus ojos, que aún brillan de esa forma que provoca la fiebre. Asiento. Tiene razón. Quiero que sea solo eso.

—Vale. Pero, solo para que lo sepas, cada vez que estés peor voy a quedarme. No pienso irme a ningún lado.

Sonríe de medio lado, y parece que le cuesta un gran esfuerzo hacerlo.

—Solo para que lo sepas, te diré que te largues y que no me jodas, pero en el fondo siempre voy a querer que te quedes conmigo.

♪ ♪ ♪

Los golpes en la ventana de mi cuarto me sobresaltan y el corazón me palpita con fuerza antes de que me gire y pueda verlo, plantado ahí afuera, y mis constantes vitales se alteren por otro motivo muy diferente y se me forme una sonrisa tonta en la cara.

—¿Qué haces aquí? ¿Otra vez con esa estúpida idea romántica de colarte por mi ventana?

Sonríe, con aire travieso.

—No. Hoy vengo con la estúpida idea romántica de que tú salgas por ella y te escapes conmigo.

—¿Adónde?

—A cualquier parte. ¿Te vienes?

—Suena como todo un plan.

Así que cojo el móvil, algo de dinero y las llaves de casa, y acepto la mano que me ofrece para saltar por la ventana y escaparnos del mundo por un rato en su vieja camioneta.

Me acomodo en el asiento del copiloto y, antes de que le dé tiempo a arrancar, tiro del cuello de su camiseta y lo obligo a acercarse a mi boca para besarlo hasta que siento los labios entumecidos. Está de buen humor. Parece dispuesto a comerse el mundo si se lo ofrezco. Me gustan los días así. Y últimamente no han sido muchos, de modo que me propongo exprimirlo al máximo.

Lo observo cuando por fin arranca y nos saca del pueblo cruzando al otro lado del río. Tiene buen color, media sonrisa tirando de la comisura de su boca de forma perezosa y los ojos brillantes, como si todo el tiempo se le estuvieran ocurriendo nuevas travesuras por hacer. Necesito que esta tarde sea todo lo que no pudo ser ayer y lo que no podrá ser mañana, para recordarnos a los dos por qué merece la pena aguantar los días malos. Ayer era jueves y tuvo diálisis por la mañana. No estuve allí porque la psicóloga iba a pasar a hablar con él, una vez más. Por la tarde fui a su casa a hacerle compañía, pero no pudimos hacer más que ver una película en mi portátil acurrucados en su cama, con *Max* roncando suavemente en el suelo junto a la puerta. Mañana vuelve al hospital, de modo que nos espera otro día de Bailey agotado y un poco gruñón (tampoco es que eso sea una novedad).

—Si pudieras elegir cualquier cosa en el mundo para cenar esta noche, ¿qué sería?

Alzo una ceja al mirarlo, intrigada ante su pregunta. Luego me acomodo en el asiento mientras finjo pensarlo por mucho más tiempo del que en realidad necesito.

—Falafel, hummus y kibbeh. Me encanta la comida libanesa y hace siglos que no la pruebo.

Me dedica una mirada de reojo. Por su expresión diría que ahora mismo está pensando que soy la chica más rara que ha conocido nunca.

—¿A qué sabe?

—¿En serio? ¿Nunca has probado la comida libanesa? Ay, Bailey, madre mía, tienes tantísimo por aprender. ¡La novia de tu mejor amigo es libanesa! ¿De verdad nunca has comido hummus o falafel?

Encoge un solo hombro sin soltar el volante.

—Lucy es más estadounidense que tú —se burla—. Y sus padres nunca me han invitado a su casa a cenar platos tradicionales. ¿Qué quieres que te diga? Solo soy un chico de pueblo pequeño.

—¡Tienes que probarlo!

Puedo ver cómo sonríe de medio lado, aunque trate de esconderme el gesto.

—Genial. Apúntalo en mi lista y busca el restaurante más cercano para pillar allí la cena de esta noche.

—¿De verdad? ¿Aunque nos tengamos que ir hasta... Great Falls?

Lo digo con tono burlón, como si la distancia hasta Great Falls fuera algo insalvable. Y enseguida estoy trasteando con el móvil para buscar dónde está exactamente el restaurante libanés más cercano.

—Ya se me está haciendo la boca agua.

—¿Podemos pillar también una hamburguesa grasienta por si a mí no me gusta tu comida rara?

Hago una mueca ante su pregunta. Es obvio que solo quiere molestarme. Pero lo que realmente me molesta es que mi búsqueda no obtenga ningún resultado.

—Tranquilo. No hay ningún restaurante libanés en ningún sitio al que podamos llegar a la hora de la cena, así que podrás tener esa hamburguesa grasienta siempre que tu madre no se entere.

—¿Qué? ¿Es que vivimos en medio de la nada?

—Tú lo has dicho.

Suelto un suspiro, decepcionada. Luego retrocedo en mi historial de búsqueda y la pantalla del móvil muestra las últimas noticias destacadas. Un mazo invisible me golpea la tripa cuando veo las imágenes de mi padre. No puedo evitar hacer clic en el enlace. Son unas fotos robadas, hechas desde la valla exterior del centro de desintoxicación. Lleva allí ya más de tres semanas y la verdad es que no tiene muy buen aspecto. Y el artículo que las acompaña lo destroza: «adicto», «mal ejemplo», «decadencia», «la caída de la estrella del *rock*».

—Clark, ¿qué pasa?

Bailey ha reducido la velocidad, y no deja de lanzarme miradas preocupadas de forma intermitente.

—Han encontrado a mi padre. Las fotos son horribles y...

—Tu padre está haciendo algo bien por fin, ¿no? Le está costando mucho, eso seguro, pero lo está haciendo bien. Deja que las fotos sean lo que sean y que la gente diga lo que quiera. Lo importante es que él se ponga bien y que pueda volver aquí contigo, ¿no se trataba de eso?

Me mordisqueo el labio. Asiento, aunque él no me esté mirando en este preciso momento.

—Sí. Tienes razón.

—¿Y cuándo no?

—Casi nunca. Eres un engreído.

Se ríe bajito. Luego se echa a un lado de la carretera y cambia de sentido para volver por donde hemos venido.

—¿Qué haces? ¿Adónde vamos?

—Ya sé qué es lo primero que tenemos que hacer hoy —anuncia, sin resolver para nada mis dudas.

En tan solo unos minutos estamos junto al río, en nuestro pequeño rincón aislado del mundo. Donde tantas veces hemos estado. Nos falta *Max* y, aunque no sé muy bien por qué no lo ha traído con él, no pregunto. Michelle tenía el día libre hoy, así que es probable que Jamie y ella se lo hayan llevado por ahí de excursión.

Chase saca algo del asiento trasero y, antes de darme cuenta, me ha puesto la guitarra de mi padre en el regazo, los dos sentados en la caja de la camioneta.

—¿Qué...?

—Es hora de que te reconcilies con ella también, Clark.

Me mira con una leve sonrisa alentadora. Bajo la vista hasta clavarla en la forma de la guitarra. La conozco tan bien que no me hace falta observarla demasiado para poder visualizar cada detalle, pero, aun así, lo hago. La acaricio despacio. Arranco de ella la primera nota, suave.

—Lo echo de menos —se me escapa en un susurro.

—Lo sé —responde él, dulce—. Todo va a ir bien, Zoe, te lo aseguro. Tu padre estará mejor y podréis empezar otra vez. Tienes que dejar de culparte a ti por sus errores, y asumir que él no es perfecto, tampoco. Los dos tenéis una nueva oportunidad ahora.

Se me llenan los ojos de lágrimas y me concentro en la guitarra para no dejar que él las vea.

—¿Qué tal si me cantas tu canción favorita?

Suelto una risita leve.

—Canto fatal.

—Quiero escucharte.

Levanto la vista para buscar sus ojos. Me mira con una ternura que pocas veces he podido ver en él. No dice nada más, pero me anima con un gesto. Y yo cierro los ojos y me dejo llevar, conectando de nuevo con esa guitarra nuestra. Mía y de papá. Y, ahora, también de Chase Bailey.

—He tenido una idea —dice cuando termino.

—Debería tener miedo —murmuro, burlona.

—Mañana yo tengo que estar en diálisis a las nueve y media. Tú tienes la llamada semanal con tu padre a las diez. ¿Por qué no hacemos como si...?

—Me encantan los juegos de rol —interrumpo, pícara, solo para conseguir ponerlo un poco nervioso.

Él sigue, haciendo caso omiso de mis tonterías:

—Imagina que un meteorito está a punto de estrellarse contra nuestro planeta, Clark. Impactará mañana a las nueve de la mañana. Solo tenemos esta noche para hacer todas las cosas que nos quedan por hacer. ¿Cómo sería tu noche perfecta?

—Fácil. Bailar hasta que se entumezcan los músculos, cantar hasta quedarnos afónicos, reír hasta que nos duela la tripa. Cenar falafel. Mirar las estrellas. Estar contigo. Y besarte, Bailey, besarte mucho. Toda la noche. Y, cuando el meteorito se estrelle, que me pille a tu lado.

He dejado la guitarra y me acerco despacio hasta él mientras termino de hablar. Pone las manos en mis mejillas cuando me acerco a sus labios.

—Hagámoslo, estrellita del *rock*.

—Hagámoslo, batería.

Me besa de una forma tan intensa que me hace olvidar lo de bailar, cantar, lo de reír y hasta eso de cenar. No me hace falta mirar las estrellas, porque no dejan de estar aquí, aunque no las vea.

—Empecemos por el principio —susurra sobre mi boca.

Luego se aparta, dejándome con ganas de mucho más. Se levanta y salta por el lado de la caja para acercarse a la cabina del vehículo. Conecta el reproductor de música y sube el volumen hasta que esto parece una discoteca.

—Baila como si se acabara el mundo, pequeña diva.

Hago una mueca ante el apodo. Luego le guiño el ojo y me pongo de pie sobre la camioneta. Y bailo. Sola, sin seguir ninguna coreografía, dejándome llevar con los ojos cerrados. Perfectamente consciente de que su mirada no se despega de mí ni un segundo. Ha elegido una emisora de *rock* clásico. Los dos conocemos la letra de cada canción. Y cantamos. Alto. Riendo. Escondidos del mundo en un tiempo y un espacio que es solo nuestro.

Voy hasta él cuando termino de moverme al ritmo de *Crazy* de Aerosmith de la manera más sensual posible. Puedo ver cómo me mira. Y también lo que hay detrás. Transparente y puro. Me siento en su regazo, a horcajadas, pegando nuestros cuerpos al máximo posible, y perfilo sus labios despacio con el pulgar mientras sus pupilas me acarician el rostro, inundadas de deseo.

—Si el mundo va a acabarse, Bailey, será mejor que no perdamos el tiempo estando a más de dos centímetros de distancia.

Sus dedos se enredan en mi pelo mientras funde su boca con la mía. Me aferro a sus hombros y gimo suavemente sin separarme para nada de sus labios. Sus manos bajan a mis caderas. Las mías le revuelven el pelo sin ningún cuidado. Mis dientes marcan su piel. Su lengua me abrasa. Todo mi cuerpo arde en cada punto que él roza. No sé si se da cuenta de todo lo que provoca en mí, pero yo sí soy consciente de todo lo que soy capaz de provocar en él. Y el autocontrol está sobrevalorado cuando es imposible ignorar las chispas que prenden este fuego entre nosotros. Quiero sentirlo más. Quiero tenerlo todo ahora que podemos. La máxima intensidad y todas las emociones. Llevarnos al límite... como si fuera nuestra última noche en la Tierra.

—Me vuelves loco —me susurra al oído mientras mis labios recorren su cuello.

Luego es él quien me besa el cuello a conciencia, despacio, despertando todos mis sentidos. Echo la cabeza hacia atrás y enredo los brazos tras su nuca, abrazándolo cerca. Más cerca.

*No te vayas, Chase.*

*Quédate conmigo.*

Busco su boca de nuevo y nos besamos con tanta intensidad que cuesta mantener la cordura. Sus manos están en mi culo y me pega más a sus caderas, dejándome sentir perfectamente su erección.

—Quiero más —gimo sobre sus labios.

—¿Más de qué?

—Más de ti, Chase. Lo quiero todo. Esto. Y más. Que te quedes. Que no te vayas nunca.

Inclina el torso hacia atrás para poder mirarme bien. Clava los ojos en los míos, y la profundidad que veo en ellos me impacta. Le brillan y se tornan acuosos mientras parecen escarbar dentro de mi alma.

—Eres lo más chirriante, molesto, desestabilizante..., y lo mejor que me ha pasado nunca, Clark. Daría todo lo que tengo por una vida contigo.

Me estrello contra sus labios, y ya siento los ojos llenos de lágrimas y el corazón a punto de explotar. Más lleno que nunca. Somos una maldita bomba a la que se le acaba el tiempo y, si explotamos, solo quiero poder ir donde vaya él.

Nos abrazamos con fuerza, como si nunca fuéramos a ser capaces de dejarnos marchar.

El tono de llamada de su teléfono es lo único que consigue traernos de vuelta a la realidad. No me da tiempo a ver quién es, corta la llamada rápido y se aparta de mí para teclear un mensaje para alguien. Cuando vuelve a mirarme, dibuja una sonrisa traviesa.

—Lucy conoce un sitio, estrellita. Vamos a por tu falafel.

Quizá debería extrañarme que me ofrezca las llaves y sugiera que conduzca yo, pero no estoy para pensar en eso. Si esta va a ser nuestra noche perfecta no pienso estropearla preguntando si está cansado o si se encuentra bien. No deja de mirarme con esa sonrisa y eso ya parece suficiente.

Lo obligo a cantar conmigo a todo volumen, con las ventanillas de la camioneta bajadas mientras recorremos el camino hasta Great Falls. Y me río. Mucho. Tanto, que tengo que pedirle que nos pongamos serios porque si no acabaré estrellándonos contra algo.

El sitio que Lucy conoce es la casita de una familia libanesa que prepara comida casera para quienes echan de menos sus raíces. Bailey ya ha pedido lo que queríamos, a través de nuestra amiga, así que todo está preparado cuando llegamos. Es barato y huele de maravilla.

El sol está bajando cuando Chase me pide que me desvíe por una carretera estrecha a mitad del camino de vuelta. Paramos la camioneta en una inmensa llanura y preparamos un pequeño pícnic en la caja. La noche no es fría y, aun así, nos acurrucamos debajo de la manta solo para estar aún más juntos. Se queja y hace bromas acerca de la comida, pero no deja nada de la parte que le corresponde. Y hablamos mientras contemplamos como la tierra y el cielo se besan allí lejos, en el horizonte, y el día se despide con reflejos rojizos. Me cuenta un montón de historias de cuando era pequeño. Me pregunta por Europa, por Japón y por Australia. Dice que le encantaría visitar todos esos sitios conmigo. Que sería muy afortunado si pudiera estar a mi lado para conocer a mi hermana. Y yo le aseguro que, si no podemos ir, traeré todos esos lugares aquí para él. Que comeremos *sushi* y toneladas de Vegemite. Y soñamos despiertos con todos esos escenarios.

Una pausa en la conversación nos da el tiempo suficiente para que los dos seamos conscientes de que, probablemente, todo eso nunca llegará a ser nada más que un sueño.

—Es nuestra última noche antes del cataclismo, Clark. ¿Quieres pasarla conmigo?

Ese susurro trae la certeza de vuelta. Lo quiero todo con él. Todas las noches. Todas las vidas. Aunque tengamos que vivirlas todas en las próximas doce horas.

Tengo que buscarme una buena coartada, así que le pido a Molly que me cubra —cosa que está más que dispuesta a hacer—, y le cuento una mentira enrevesada a mi madre. Y luego apago el teléfono.

—Te prometo que mañana a las nueve te dejaré en tu casa, antes de que el meteorito acabe con nosotros —dice Bailey cuando compartimos una mirada cómplice y nos sonreímos más con los ojos que con la boca—. Hasta entonces, esta es tu noche perfecta, estrellita. Y podemos hacer todo lo que tú quieras hacer.

Bordeamos el pueblo, evitando ser vistos, como un par de fugitivos. Él me indica por dónde ir hasta que llegamos a la parte trasera del instituto. Aparco la camioneta en el lugar que señala, donde no podrá ser encontrada a no ser que alguien se acerque hasta aquí buscándola. Me coge de la mano y tira de mí, nervioso y emocionado, como un niño pequeño.

—¿Dónde crees que vamos? —pregunto.

Sin embargo, no opongo resistencia. Confío en él y me dejo llevar hasta la puerta trasera, esa por la que me coló aquella vez que los periodistas aparecieron en el pueblo y rodearon el instituto.

—Vamos a dormir bajo las estrellas.

Gira la cara para guiñarme un ojo, con una sonrisa traviesa.

No le cuesta mucho abrir la puerta. Me cuenta en susurros que la cerradura lleva tiempo estropeada y nadie se ha molestado en arreglarla. Nuestros pasos hacen eco por los pasillos vacíos mientras avanzamos hacia las escaleras.

—Esto es allanamiento, Bailey.

—Solo si nos pillan —replica, burlón—. Mañana el mundo se habrá acabado, Zoe, ¿qué más da?

Sacudo la cabeza con desaprobación, pero se me escapa la sonrisa. Me sorprende que se desvíe del camino y me guíe hacia el gimnasio.

—¿Qué haces?

—Ayúdame con esto —pide, y me pasa una colchoneta—. ¿No pretenderás que durmamos bajo las estrellas en el suelo?

Suelto una risita y le ayudo a cargar con lo necesario para acampar en el instituto.

No tardamos demasiado en tenerlo todo listo en la azotea. Me tumbo a su lado sobre las colchonetas y él me rodea con un brazo, para dejar que apoye la cabeza en su pecho, y me tapa con la manta que hemos traído de la camioneta. Hasta aquí arriba no llega la escasa luz de las farolas de la calle. No nos afecta la contaminación lumínica. Y pueden verse tantas estrellas que tardaríamos una eternidad en poder contarlas. Bailey empieza a inventar nombres de constelaciones e historias sobre satélites y yo me dejo llevar y le sigo el juego. Inventamos un universo nuevo, solo para nosotros dos. Se bebe mi risa lamiendo mis labios. Y luego se olvida del firmamento y el universo y me mira solo a mí.

—Nunca dejes de brillar así, estrellita —murmura, con la frente sobre mi sien—. Le haces sombra a cualquier constelación real o inventada.

Lo acerco más a mí, hasta que su cuerpo está prácticamente sobre el mío.

—Bailey...

—Dime.

—Sé lo único que de verdad quiero hacer en nuestra última noche antes del fin del mundo.

No le dejo preguntar. Me incorporo para besarlo con ganas y todo lo demás deja de existir al instante. Somos solo él y yo. Y un momento eterno.

Nos desnudamos despacio, entre besos y caricias, dejándonos llevar, quemando las ganas. Creo que los dos temblamos, o más bien vibramos, cuando estamos del todo expuestos el uno al otro y nos miramos a los ojos.

—Me gusta, Chase. Me gusta tu piel de gallina. Y tu sonrisa. Y tus pecas y tu cicatriz, y todas tus imperfecciones.

Traga saliva, mirándome desde encima de mi cuerpo, con nuestras pieles pegadas. Sus ojos no se apartan de los míos cuando habla:

—Eres preciosa, Zoe. Todo en ti lo es.

Siento su corazón latiendo desbocado contra la palma de mi mano cuando la pongo en su pecho.

—¿Quieres que...? ¿Estás seguro de...?

—Quiero hacer esto contigo —responde—. No podría estar más seguro. Ni tener más ganas.

Me muerdo la sonrisa y alzo una ceja.

—Necesitamos un preservativo.

—Eh..., sí, claro. Sí, tengo... tengo uno en... alguna parte...

Me envuelvo con la manta, riendo ante su apuro, y lo observo mientras tantea su ropa, desnudo a mi lado, para buscarlo.

—¿Has venido preparado para hacerlo esta noche, batería?

—Bueno, no... O sea, sí, pero no pensaba... No quería...

Levanto la manta y tiro de su brazo para traerlo de vuelta a mi lado.

—Cállate —murmuro, pegada a sus labios.

Se aparta unos milímetros cuando voy a besarlo. Pone la mano en mi mejilla y me acaricia despacio, mirándome a conciencia con los ojos cargados de ternura.

—Te quiero, Clark.

Pongo en contacto nuestras pieles en todos los puntos posibles y me acerco hasta rozar su nariz con la mía.

—Te quiero, Bailey.

—La hemos jodido, ¿no?

—La hemos cagado del todo.

—No deberías haberme pedido que te enseñara a conducir, ¿sabes? Lo complicaste todo.

—Lo último que quería en el mundo era enamorarme de ti.

—Lo último que yo quería en el mundo era que te enamoraras de mí.

Le quito el preservativo de la mano y rasgo el envoltorio con cuidado para poder sacarlo.

—Ya no hay vuelta atrás. Vamos a dejar que estalle.

Casi no me deja terminar de hablar. Me besa sin perder ni un solo segundo más y la ternura y la delicadeza de los momentos previos se transforman en deseo y una necesidad irracional.

Hasta esta noche, no tenía ni idea de lo que era el sexo. El sexo de verdad. El que se siente, el que te atrapa y te envuelve, te lleva a lo más alto y te hace volar.

Hasta Chase Bailey yo no sabía lo que era el amor.

Y esta noche lo tenemos todo. El mundo entero para nosotros. Porque tenemos amor para un millón de vidas. Para beberlo a tragos y olvidar que existe nada más. Para ser él y yo y que el resto no importe.

Para estallar en todos los malditos colores.

## PALABRAS PARA ZOE V

Me acuerdo del primer día que hablamos. De ti, en la puerta del aula de música, escuchándome tocar la batería como si fuera fascinante. Me jodió. Que pareciera que todo para ti era nuevo, interesante y digno de admirar. No es que en ese momento tuviera mucho amor por la vida y el universo, entiéndeme. Estaba cabreado. Me había pasado las malditas Navidades en una cama de hospital por una infección que para cualquiera hubiera supuesto un par de días de malestar y para mí fueron dos semanas de ingreso.

No quería conocerte. No quería hacerlo porque quería hacerlo, si es que eso tiene sentido. Me habían hablado de ti, te había visto caminar por los pasillos como si te pertenecieran. La «curiosidad», Clark. Ya te he hablado de ella. Ni la quería, ni la necesitaba.

—Tengo nombre —dijiste en respuesta al apodo que te había puesto.

—Y yo no tengo tiempo. —Fue lo que respondí.

Fui sincero. Lo dije de manera literal.

No tenía tiempo para conocerte. No tenía tiempo para descubrir por qué seguías en el instituto fuera del horario de clases. No tenía tiempo para indagar sobre tu manera de hacer justicia con Anderson de la que todo el mundo hablaba. No tenía tiempo para incluir en mi vida a nadie más, y mucho menos alguien que me despertaba el interés como tú.

Interés era lo último que yo deseaba sentir por nada ni por nadie.

No tenía tiempo para nada de eso.

Y, sin embargo, me sobró para enamorarme de ti.

Tiempo. Siempre pensamos que lo habrá, ¿verdad? ~~Parece que nos sobra y lo perdemos en las cosas más absurdas sin pensar en el día en que desearemos poder recuperarlo.~~

Ojalá lo tuviera ahora. Ojalá pudiera recuperarlo. Tiempo para mirarte. Tiempo para besarte durante noches enteras y para hacerte reír. Sobre todo, para hacerte reír. Admito que me gusta tu ceño *fruncido y tu manera de llamarme tonto, pero es que verte sonreír y saber que esa sonrisa es para mí, Clark, por eso sí que merece la pena vivir.*

*Siempre supimos que el tiempo corría en nuestra contra. Que teníamos que aprovechar cada momento y que cada día sin tachar algo de esa estúpida lista era una oportunidad perdida. Ha sido un verdadero honor que me hayas permitido tachar puntos a tu lado.*

*Ahora te toca a ti, ¿sabes? Hacer una lista y asegurarte de que cada día cuente. Brillar más que nuestras constelaciones inventadas. Llegar más alto de lo que nunca nadie ha llegado porque no tengo ninguna duda de que estás destinada a ello. Me has dado una vida entera en tan poco tiempo que, al final, me has dejado con ganas de más. Más de ti. Más de mí. Más noches a la espera de que se estrelle el meteorito, para besarte y besarte y besarte, y que, cuando el mundo se vaya a la mierda, a mí me pille a tu lado.*

*Sigue habiendo todo un mundo de posibilidades ahí fuera, Clark. Miles de oportunidades para vivirlas como si el mundo fuera a acabarse.*

*Hazme un favor, ¿quieres?: vívelas todas. Por ti y por mí.*

# 36

# Quedarme contigo

Un rayo de sol impactando directamente en mi cara me hace fruncir el ceño mientras mi cuerpo va despertando poco a poco esta mañana. Me giro para evitar la molestia y escondo la cara en el hombro desnudo de Bailey. Su piel está caliente. Pongo la mano sobre su pecho y cuento los latidos de su corazón contra la palma.

—¿Aún no se ha acabado el mundo?

Sonrío cuando oigo ese murmullo ronco y siento el eco de su voz vibrar bajo mi mano.

—Todavía no.

—¿Y dónde está el meteorito?

Levanto la cabeza y apoyo la barbilla en su clavícula, para poder mirar su gesto somnoliento.

—Lejos. Muy lejos, Bailey. Aún tenemos ochenta años para estar juntos.

Me acaricia el pelo, peinándolo con cuidado. Habremos dormido tan solo un par de horas. Nos hemos pasado la noche hablando, riendo... y mirándonos. Y, a pesar de ello, siento que quiero quedarme aquí y mirarlo durante el resto de mi vida.

—Vale. Tenemos que vivir ochenta años en hora y media

—calcula, tras echar un vistazo a su reloj—. Podrían dar para mucho, pero, para asegurarnos de que no perdemos el tiempo, dime: ¿qué te gustaría hacer?

Muevo los ojos a uno y otro lado, como si eso me ayudara a pensar. No se me pasa por alto la sonrisa tierna que dibuja mientras me observa.

—Veamos, tienes que enseñarme a tocar la batería.

—¿Para que seas aún más ruidosa?

—¿Me enseñarás?

—Sé que, si no lo hago, aprenderás tú sola. Eres muy cabezota.

—¿Quieres decir decidida y perseverante?

—Claro. Tenía las palabras en la punta de la lengua.

—Y guapa.

—Preciosa, Clark.

Eso último lo dice con un tono mucho más serio. Me estiro para poder besarlo en los labios suavemente.

—¿Ha sido tu noche perfecta?

Me abraza y esconde la cara en mi hombro. Acaricio el pelo de su nuca mientras sonrío.

—No. Ha sido demasiado corta. Quiero más.

—Eres exigente, estrellita.

Me aparto para mirarlo. Y, ahora que los dos estamos más despiertos y soy más consciente, puedo ver lo pálido que está.

—¿Estás bien? Debería acompañarte hoy al hospital. Puedo hablar con mi padre desde...

—Zoe —me frena, y esboza una sonrisa leve—. Estoy bien. Para tu padre es muy importante esa llamada. No tiene nada más de ti en toda la semana, y estoy seguro de que lo necesita mucho ahora... y tú también. Si no me siento bien para conducir, le pediré a mi padre que me lleve, ¿vale? Hoy entra más tarde a trabajar. No te preocupes por mí.

Hago un mohín con los labios, no del todo de acuerdo. Pero no digo nada. Sé cómo le afecta que la gente se preocupe por él y sentir que está molestando y condicionando la vida de los demás por no poder hacerlo todo solo. Seguro que estará bien. No todos los días puedo acompañarlo y, al final, siempre lo está. Creo que es la persona más fuerte que conozco.

—¿Podemos quedarnos aquí para siempre? —pregunto, mimosa, al tiempo que me recuesto sobre su cuerpo.

Me besa el pelo.

—Sí. Para siempre, hasta las nueve.

Hago un sonido de desilusión y noto su risa vibrando en su pecho y su abdomen. Y yo también sonrío.

Tenemos que darnos prisa en recoger las colchonetas y dejarlo todo tal y como lo encontramos cuando el tiempo se nos echa encima.

Yo me meto en el baño de las chicas para poder hacer pis y adecentar un poco mi aspecto. No puedo llegar a casa de cualquier manera y que mamá me vea y sospeche acerca de mis mentiras. Cuando salgo, Bailey no está por ninguna parte. Me acerco hasta la puerta del baño de los chicos y entonces lo oigo. Está vomitando.

—Chase —lo llamo, sin atreverme a entrar—, ¿estás bien?

Sale enseguida del cubículo en el que estaba y me lanza una mirada dura de medio lado.

—Estoy bien —gruñe.

Se acerca al lavabo y abre el grifo para enjuagarse la boca, lavarse la cara y echarse agua fría en la nuca.

—No parece que estés bien. ¿Estabas vomitando?

No es que necesite preguntarlo, pero no quiero que se sienta acorralado si utilizo un tono afirmativo.

—Estoy bien —repite. Se pasa las manos mojadas por el pelo y luego camina hacia mí—. Solo un poco revuelto. No pasa nada, Clark. Venga, vámonos, no puedo llegar tarde al hospital.

Pasa a mi lado sin mirarme y echa a andar hacia la salida, sin esperarme. Corro hasta plantarme delante de él.

—Si se va a acabar el mundo dentro de un maldito cuarto de hora, entonces lo menos que puedes hacer por mí es ser sincero, ¿no te parece, Bailey? ¿Qué pasa?

Pone las manos en mis mejillas y me mira a los ojos.

—Te prometo que estoy bien para conducir y que voy a ir al hospital como cada sábado y que no es la primera ni la última vez que tengo el estómago revuelto, ¿vale? Por favor, no te preocupes. Voy a llevarte a casa, vas a tener esa llamada con tu padre y nosotros hablaremos por la tarde, ¿está bien?

Me mordisqueo el labio mientras observo sus ojos en busca de indicios de que mienta. Parece muy convencido de todo lo que dice. Así que asiento una sola vez con la cabeza.

—Vale. Vale, vamos.

Me coge de la mano y salimos del edificio. Esta vez es él quien se sienta detrás del volante de la camioneta.

—¿Cómo van nuestros ochenta años? —pregunta distraídamente mientras se incorpora a la calle principal del pueblo.

—Calculo que nos quedan unos veinticinco aún para vivirlos en los próximos cinco minutos.

—¿Algo que quieras hacer o decir antes de que se acabe el mundo?

—Sí. Me caes mal desde el primer día.

Suelta una carcajada y eso me relaja bastante. Miro su perfil. Vuelvo a pensar que no tengo el tiempo suficiente para grabarlo en mi memoria tan detalladamente como me gustaría. No quiero que el recuerdo se difumine con el tiempo, ni un poquito.

—Tú me irritas desde antes de conocerte —me la devuelve.

—Te quiero, ¿sabes?

Para en la calle lateral, en vez de en la puerta de mi casa. Me mira a los ojos y hace un asentimiento leve.

—Lo sé. Yo también te quiero. Te llamaré cuando acabe la diálisis, ¿vale?

—Sí. Vale.

Me estiro para besarlo en los labios, de forma breve. Le dedico una última mirada antes de poner la mano en la manilla de la puerta.

—Clark.

Me giro cuando lo oigo llamarme. Pone una mano en mi brazo y tira de mí para acercarme de vuelta a su lado.

—Ven aquí —murmura, con la voz ronca.

Une nuestros labios de nuevo, de una forma mucho más íntima esta vez.

—Nos quedan dos minutos antes del fin del mundo —susurro contra su boca—. Si hay algo que creas que vas a querer hacer conmigo en los próximos quince años, más vale que sea ahora, Bailey.

Se suelta el cinturón y abre la puerta. No me da apenas tiempo ni a preguntar qué es lo que hace antes de que rodee el vehículo y me ofrezca su mano para ayudarme a bajar. Es obvio que la ayuda no me hace falta, pero, aun así, la acepto y quedo de pie en la acera cerca de su cuerpo. No me suelta la mano. Clava una rodilla en el suelo y alza la mirada, con una expresión traviesa.

—Zoe Marie Clark, cásate conmigo. De aquí a unos diez años, pero, ya sabes, lo pregunto ahora por si luego no puedo.

Me río y me tapo la cara con la mano. No me puedo creer que sea tan tonto.

—Estás loco.

—¿Eso que oigo es un «sí»?

Me agacho junto a él hasta terminar sentada en su pierna y asiento.

—Me casaría contigo mañana mismo, Chase Andrew Bailey.

Nos besamos las sonrisas, de manera torpe y perfecta. Luego me levanto, lo miro desde mi altura y hago una mueca divertida.

—Me debes un anillo, batería.

—Te prometo que lo tendrás.

Aún estoy sonriendo como una tonta cuando entro en casa. No creo que hubiéramos podido tener una noche más perfecta ni aun planeándola con todo el tiempo del mundo. Me siento flotando en una nube.

—¡Zoe!

El grito de mamá me baja de golpe al suelo. Y aún es peor cuando aparece desde el fondo del pasillo y veo su expresión. Podría decirse que está bastante cabreada. Más de lo que la he visto en mucho tiempo.

—¡¿Dónde demonios estabas?! ¿Cómo se te ocurre? ¿Dónde está? ¿No está contigo? ¡¿Dónde está?!

No voy a negar que siento un atisbo de pánico en la boca del estómago.

—¿Quién? —consigo preguntar con un hilo de voz.

—¡Chase! ¿Dónde está Chase, Zoe? ¿Tienes idea de cómo está su madre? ¡El pueblo entero lleva buscándolo toda la maldita noche!

—¿Por... por qué?

—¡Debería estar en el hospital! Ayer por la tarde tenía que haber ido a ver al médico y ni siquiera apareció. ¿Es que os habéis vuelto locos los dos? ¡¿Te parece que lo que le pasa es un juego?!

—¡Mamá! ¡Deja de gritarme!

No me deja pensar. Así no puedo pensar.

—Estabas con él.

—Chase está... está bien, mamá. Acaba de dejarme aquí,

ahora pasará por su casa y luego irá al hospital a diálisis como todos los sábados. ¿Qué pasa? ¿Qué me he perdido?

—Caroline está muerta de preocupación. Y vosotros por ahí jugando a escaparos como si no pasara nada. Voy a llamarla para decirle que habéis aparecido.

Me da la espalda y camina decidida de vuelta hacia su cuarto. Se vuelve a mirarme cuando ha recorrido solo la mitad del camino.

—Y, por cierto, estás castigada, Zoe.

Me voy directa a mi cuarto. Y lo primero que hago en cuanto estoy allí es encender el móvil para poder llamar a Chase. El número de llamadas que he recibido mientras estaba apagado es delirante. De mi madre, de la suya, de Michelle, de Derek, de Molly, de Daniel..., incluso de Peter. Y Lucas no está en la lista porque ya lleva dos semanas con su madre en otro estado.

El batería tiene el móvil apagado, por supuesto.

Respiro hondo y me recuerdo a mí misma que acabo de estar con él y que estaba bien. Que sonreía, que reía conmigo, que me besaba como si esto fuera a durar para siempre.

Me doy una ducha y luego me preparo para la llamada con papá. Siempre bromea con que aquello más que un centro de rehabilitación parece una cárcel y por eso solo tiene derecho a una llamada.

No leo el mensaje de Michelle hasta mucho después de que lo haya enviado:

> Mi hermano está ingresado. Y esta vez no tiene buena pinta, Zoe.

♪ ♪ ♪

Mamá intenta seguirme el ritmo, pero para cuando llego al pasillo que Michelle me ha indicado, ya he conseguido dejarla muy atrás.

Huele a hospital. Huele mucho a hospital. Huele a hospital más que nunca y eso me revuelve el estómago y me da ganas de vomitar.

Tengo que ralentizar la marcha cuando oigo sus voces. Las de los padres de Chase. Están discutiendo, en siseos furiosos. Mi mirada se encuentra con la de Michelle, que está a un lado, con cara de no querer escuchar, pero sin poder evitarlo. Se acerca a mí en unas zancadas rápidas y, cuando me abraza, rompe a llorar.

Ahora sí que me estoy asustando.

—Caroline, solo estoy diciendo que tenemos otra hija. —Oigo decir al pastor Turner—. Que Michelle necesita una casa donde vivir, y comida en la mesa, y que tenemos que poder darle un futuro, aunque no sea mucho.

—Me da igual lo que tenga que hacer, Carl, haré lo que sea. Lo que sea, ¿me oyes? Aunque me cueste mi vida, voy a hacer cualquier cosa para no perder a mi hijo.

Se le rompe la voz al final. Yo estrecho más fuerte a mi amiga, mientras los ojos se me llenan de lágrimas también.

—¡También es mi hijo, maldita sea! No hables así, como si no me importara, como si no fuera su padre desde el mismo momento en que lo conocí. Quiero a Chase más que a nada en el mundo. Y por eso estamos haciendo todo lo que podemos, y lo seguiremos haciendo, pero no podemos quedarnos sin casa. Simplemente no podemos, ¿lo entiendes? Ni siquiera tenemos un riñón, ¿verdad? No lo tenemos. No sabemos si llegará. Tenemos que contemplar todas las posibilidades.

—No hay más posibilidad que la de llevárnoslo de vuelta a casa con nosotros. No la hay. No lo voy a permitir. Yo no voy a dejar que se me muera mi niño. No voy a hacerlo. No puedo...

Veo con el rabillo del ojo cómo el pastor Turner la abraza y la refugia contra su pecho. En ese momento, mamá se acerca tímidamente. Acaricia los rizos de mi amiga, que sigue aferrada a mi cuello.

—¿Qué ha pasado? —le pregunto a Michelle, al tiempo que la aparto lentamente y le pongo las manos en las mejillas para que me mire—. Me ha dicho que estaba bien. Me ha prometido que iba a estar bien.

Sacude la cabeza y sorbe por la nariz mientras las lágrimas no dejan de caer por sus mejillas.

—Ayer por la tarde tenía que recoger los resultados de los últimos análisis. Cambió la cita a la mañana para que nadie viniera con él. Él ya lo sabía, ya sabía que no estaba bien y no le dijo nada a nadie. Le dijeron que había empeorado, que la insuficiencia renal se ha agravado. Se llama insuficiencia renal terminal, y eso suena horrible. Le dijeron que tenía que quedarse, que a partir de ahora necesita diálisis continua, y él se largó de aquí. El muy idiota se fue...

—Conmigo —murmuro, con un nudo en la garganta—. Vino a estar conmigo.

*Como si mañana fuera a acabarse el mundo.*

*Hacer todo lo que desearías hacer antes de que ya no podamos.*

*Tu noche perfecta.*

—Los médicos dicen que necesita un trasplante pronto. Y si no...

La abrazo de nuevo. No quiero que siga hablando. No quiero que termine esa frase, como si no decirlo en voz alta fuera a impedir que se cumpla.

Reconozco a la enfermera cuando sale de la habitación. Ella también me reconoce a mí. Me dedica una sonrisa triste antes de dirigirse a Caroline Turner.

—Ya está —dice, en tono dulce—. Tendrá que estar conectado a la máquina, pero, por lo demás, está bien. Ya podéis pasar, si queréis.

Me quedo fuera cuando Michelle se da prisa en seguir a su madre al interior de esa habitación de hospital. Me muerdo las uñas, nerviosa, de pie frente a la puerta cerrada. Mamá está hablando con el padre de Chase. Luego le da un apretón en el hombro, cuando él se sienta en una silla de plástico que hay al otro lado del pasillo, y se acerca para abrazarme por la espalda.

—¿Estás bien, cariño?

Cierro los ojos y me recuesto contra ella. Me besa el pelo y me siento como si fuera una niña pequeña otra vez. Pero sé que ahora ni siquiera mamá va a poder hacer que duela menos.

—Tengo miedo —expreso en un hilo de voz—. Quiero que esté bien.

Me abraza con más fuerza, pero no dice nada. Seguramente porque sabe que no hay nada que pueda decir para hacerme sentir mejor. Porque no hay nada que pueda decirse o hacerse para cambiar las cosas.

Pasa cerca de un cuarto de hora antes de que Caroline salga de la habitación. Me acaricia el brazo al pasar por mi lado, y va directa a su marido.

—Tendremos que traerle algunas cosas de casa. Si va a pasar aquí una temporada...

—Sí. Yo me encargo, cariño, no te preocupes.

—Y tengo que... Voy a ir a comer algo antes de que se me haga tarde. No llegaré a mi turno.

—No puedes ir a trabajar hoy, Caroline. Acaban de ingresarlo.

—Si no trabajo no me pagan —dice ella amargamente—. Y te recuerdo que vamos a tener que pagar todo esto. Y la operación...

—Todavía no hay operación.

—Pero la habrá. Tiene que haberla.

Mi madre se aleja de mí para acercarse a la pareja. Yo creo que no debería interrumpir una conversación como esa, pero ¿quién soy yo para saber esas cosas? No tengo ni idea de lo que se supone que debería hacer ahora.

—No quiero ser entrometida, pero todos vamos a estar aquí para ayudar, Caroline.

La otra la mira como si acabara de presentarse un extraterrestre justo delante de sus narices. Sacude la cabeza con tristeza.

—Tenemos que estar preparados, eso es todo. No es fácil, la lista de espera es larga y Chase no es compatible con casi nadie en el mundo, como ya nos imaginábamos —dice, en un tono que parece ser casi un chiste sobre lo asocial que es su hijo—. No es como si cualquier riñón sirviera. Y una vez casi lo tuvimos y lo perdimos porque debíamos mucho dinero al hospital, eso no va a volver a pasar.

—Estamos aquí para lo que necesitéis —insiste mamá.

—Te lo agradezco, Kate, pero ahora tengo que comer algo y, después, tengo que irme a trabajar.

La observo mientras se aleja por el pasillo. Sigue en pie, aunque todo se haya derrumbado. Y es la primera vez que siento verdadera admiración por la madre de Chase. Nunca he estado del todo de acuerdo con su manera de enfocar esto, volcada en el trabajo, priorizando el dinero, perdiendo un tiempo valioso que podría pasar con su hijo. Pero creo que puedo ponerme en su lugar. Solo está luchando para mantener junto a ella a una de las personas más importantes de su vida.

Michelle se asoma a la puerta del cuarto. Se nota que ha llorado aún mucho más. Me hace una seña con la cabeza para que me acerque.

Doy un solo paso dentro de la habitación y me detengo en el umbral de la puerta entornada. Chase está sobre la cama, recostado en dos almohadones, con un montón de cables y tubos conectando su brazo izquierdo a un par de máquinas. Me mira, con cierto aire culpable. Hablo en cuanto veo que él abre la boca, para no darle tiempo a decir nada:

—Ni se te ocurra decir «No me jodas, Clark», ni eso de que no tengo que quedarme, porque no pienso irme a ninguna parte.

Esboza una sonrisa torcida.

—No iba a decir eso. Iba a decir que lo siento. Pero no me arrepiento.

Suelto un gruñido bajo y avanzo hasta el borde de la cama. Vuelve la mano para ofrecerme la palma y yo la cojo, sin poder evitar fijarme en la forma en que la vía se clava en su piel e invade su vena.

—No voy a preguntar cómo estás, porque vas a decir que estás bien. ¿Por qué has hecho esto, Bailey?

—Porque es un idiota, por eso —responde Michelle por él, apoyada en la pared del fondo de la estancia.

Él hace una mueca. Y busca conectar nuestras miradas.

—Vamos, sé que lo entiendes. Tenía que dártelo, Zoe. Algo que recordar. Aprovechar el tiempo. Quería darte una noche perfecta.

Cierro los ojos para contener las lágrimas.

—No tenías que hacerlo así.

—No es para tanto. Lo que tengo es lo que es, no tiene vuelta atrás, veinticuatro horas más enganchado a esta máquina tampoco suponen la diferencia y las dos lo sabéis —apunta, incluyendo a Michelle en la conversación.

Me siento a su lado con cuidado y lo abrazo. Puedo notar su suspiro en mi pelo y me rodea con el brazo derecho, manteniéndome pegada a su pecho.

—Voy a quedarme —le advierto sin despegarme de él—. Todo el tiempo que haga falta. No te servirá de nada discutir.

Fuerza una sonrisa cuando muevo la cabeza para poder mirarlo, y niega lentamente:

—Quiero que te quedes.

Estiro el cuello para darle un beso corto. Luego me aparto y me levanto de la cama, porque no quiero que Michelle nos acuse de que se le va a atragantar la comida y estoy casi segura de que está a punto de hacerlo.

—Eh, hermanita...

Me giro a mirarla cuando oigo a Bailey llamarla a así. Está llorando en silencio, con la espalda pegada a la pared, y se seca las lágrimas furiosamente con los puños cuando se da cuenta de que la miramos.

—Sigues siendo un idiota —habla, con la voz temblorosa—. Eres el peor hermano del mundo, ¿lo sabías?

—Me lo dices mucho —bromea él, en tono cariñoso—. Venga, ven.

Michelle se acerca hasta sentarse en el colchón, al otro lado del que hasta hace unos segundos ocupaba yo. Chase la abraza con un solo brazo y le revuelve el pelo con cariño, mientras ella llora contra su pecho.

—Pequeñaja, está bien. Vas a estar bien, ¿vale? Y mamá y papá también lo estarán. Estaréis bien los tres. Vas a tener que dejar esa mierda de trabajo porque ahora tienes que volver a encargarte de *Max* a tiempo completo. Y tienes que prometerme que no vas a dejar de dibujar, ¿me oyes? No se te ocurra dejar de dibujar, pase lo que pase.

—No. Tienes que ponerte bien —solloza ella—. Tienes que volver a casa. Tiene que haber algo que pueda hacer.

—Tú no tienes que hacer nada. Tienes que terminar el instituto y tienes que conseguir una beca para estudiar Arte y tienes que ser feliz con Jamie y recordarle cada día que yo toco la batería mejor que ella, ¿vale? Y cuidar de *Max*. Eso es todo lo que tienes que hacer por mí. Tu riñón no me vale —añade, en tono de broma, y le pellizca la parte baja de la espalda—. Una pena, tiene pinta de funcionar bien.

Su hermana se aparta de él y le da un manotazo en el pecho, en respuesta a sus estupideces.

—No tiene gracia.

—Hay otra cosa que puedes hacer por mí —dice él, más serio—. Cuando vayas a casa..., acuérdate de traerme algo de música.

Caroline vuelve a aparecer cuando hace solo unos cuantos minutos que se ha ido. Seguro que se ha comido un sándwich o cualquier cosa rápida para poder estar de vuelta cuanto antes. Se acerca a su hijo como si nosotras no estuviéramos presentes y le acaricia el pelo con ternura.

—Eh, ¿estás bien? Tengo que ir a hacer mi turno a la residencia, pero volveré en cuanto termine.

Veo cómo a él le cambia la cara de forma radical. Se le frunce el ceño y mira a su madre como un niño perdido al que le están diciendo que ya no va a poder volver a casa.

—¿Te vas a trabajar? Mamá...

—Tengo que ir. Sabes cómo son las cosas. Necesitamos el dinero.

Chase sacude la cabeza, como si estuviera en total desacuerdo con eso. Y Michelle pasa por delante de mí, sin decir ni una palabra, y sale al pasillo como un rayo.

—No, mamá. No necesito el dinero. No necesito más tratamientos, ni más falsas esperanzas, ni más posibles operaciones. Necesito a mi madre. Que te quedes. Que estés. Necesito tiempo contigo. Hace más de un año que apenas te veo. Que no estás para Michelle. No quiero que sigas así.

—Tengo que hacer lo mejor para ti.

—¡Lo mejor para mí es tener una madre! No un cheque

que pague las facturas del hospital. Yo quería que estuvieras en casa, conmigo. El tiempo no vuelve, mamá.

Ella aprieta los labios y traga saliva despacio, antes de endurecer el gesto.

—Ahora no puedo hacer esto. Volveré esta noche, cariño.

Lo besa en la frente y se va.

Nos quedamos solos.

Bailey vuelve la cabeza, como si quisiera esconderme su rostro. Me acerco despacio, prudente, hasta ocupar el sitio en el que antes ha estado sentada Michelle. Está llorando. Le seco una lágrima con el pulgar y acaricio su mejilla con ternura, de paso.

—Está haciendo todo esto porque no quiere perderte, ¿sabes?

No me mira. Se está mordiendo el interior de la mejilla y eso hace que se le marque más la mandíbula.

—Cuando me muera le va a doler tanto no haber estado, Zoe... Eso es lo que más me duele. Pensar en todas las cosas de las que va a arrepentirse cuando yo no esté.

Siento que se me encoge el pecho y me falta el aire.

—No digas eso. Por favor, no digas eso. Aún no hemos tirado la toalla, ¿no?

Hace una mueca triste, pero no confirma ni desmiente mis palabras. Se incorpora más en la cama, para poder mirarme a los ojos de manera cómoda. Me impresiona la vulnerabilidad que reflejan.

—Tengo miedo, Clark.

Eso me hace ser consciente de mi propio miedo. De lo mucho que lo necesito conmigo. No puede irse. No así. No ahora. No es justo. Aún tenemos tantas cosas que hacer juntos...

Le cojo la mano y entrelazo nuestros dedos.

—Yo también —admito en un susurro—. Estamos juntos,

¿vale? Voy a estar contigo. Y, si tú no puedes mantener ya la esperanza, lo haré yo por los dos.

—Mira lo que hemos hecho. Pensaba que estaba listo para esto desde hace tiempo y tú... llegaste y lo cambiaste todo. Y empezaste a armar escándalo y a encender todas las malditas luces, estrellita del *rock*. Y yo ahora no quiero irme. No quiero perderme esto. Quiero tener tantas cosas contigo que no caben en una vida.

Noto las lágrimas resbalando por las mejillas, como reflejo de las suyas.

—Aún hay mucho que podemos hacer.

Niega, como si le estuviera prometiendo imposibles. Se mueve para ponerse más cerca y apoya la frente sobre la mía. Se traga un sollozo antes de ser capaz de hablar otra vez:

—No me quiero morir, Clark. Quiero quedarme contigo.

Lo abrazo. Intento luchar contra el llanto y eso es todavía peor. Me duele la cabeza. Siento el cuerpo entumecido. Y me pesa tanto el corazón como si acabaran de atarme una losa al pecho antes de arrojarme al océano.

Me tumbo en el espacio libre que deja en el colchón y me abrazo a él. Nos quedamos así, juntos y en silencio. Respirando y sintiendo al otro. No me muevo durante mucho rato, incluso después de que él se haya quedado dormido.

Mamá me obliga a bajar a la cafetería a cenar algo. Y, cuando volvemos a subir a la planta, Caroline Turner ha vuelto. Está delante de la puerta, hablando con un hombre con bata blanca. Me acerco hasta allí, y los dos me miran sorprendidos al ver interrumpida su conversación.

—Quiero hacerme las pruebas —digo, firme y convencida.

Y todo el mundo en este pasillo me mira como si me hubiera vuelto loca. Pero creo que no he hablado más en serio en toda mi vida.

Mi madre, los padres de Chase y Michelle, y hasta mi

mejor amiga, intentan convencerme de que me vaya a casa. Al final, tienen que ceder ante la evidencia de que no pienso moverme de aquí por el momento. La familia Turner se ve obligada a contar conmigo cuando empiezan a organizar los turnos para que Chase nunca se quede solo. Y, una vez que he conseguido que me tengan en cuenta, y mientras ellos siguen discutiendo el mejor modo de afrontar la nueva situación, me cuelo de nuevo en la habitación y me acerco a la cama para tenderme junto a él.

Duerme y, aun así, cuando me acerco y escondo la cara en el hueco de su hombro, se mueve para pegarse más a mí.

Acaricio la línea de su mandíbula con la nariz, despacio. Cierro los ojos y me esfuerzo para retener esta sensación, para no olvidarla jamás. Luego susurro en su oído:

—Quiero quedarme contigo, Chase. Por si mañana se acaba el mundo.

# 37

# Nos vemos al otro lado, Clark

Dicen que hacen falta veintiún días para crear un hábito, para adaptarse de verdad a una rutina. A mí me han bastado quince para que parezca que llevo cubriendo turnos de hospital toda la vida. Bailey insiste en que puede quedarse solo perfectamente y que prefiere que le dejemos en paz algún rato. No le hacemos caso, claro.

Este lunes ya ha pasado de largo la hora de comer cuando camino hacia la puerta de su habitación. Lucy y Molly están sentadas en el suelo del pasillo, y me saludan con la mano, a distancia, al verme llegar.

—¿Por qué estáis ahí tiradas?

—Tienen reunión de la banda ahí dentro —responde Molly.

Me tiende la mano, sin levantarse, y yo la cojo y dejo que me dé un apretón cariñoso.

—¿Cómo lo llevas? —pregunta Lucy.

Me encojo de hombros.

Y entonces veo a Lucas acercarse desde la otra punta del pasillo, con un botellín de agua en la mano. ¿Qué hace aquí? ¿No se supone que pasaba el verano en otro estado? Sea como sea, verlo me remueve de golpe todas las emociones.

Como esas veces en que aguantas el tipo hasta llegar a casa y poder derrumbarte en lugar seguro.

Se para al verme y esboza tan solo un amago de sonrisa. Y yo suelto la mano de Molly y camino a toda prisa hasta estrellarme contra su pecho y abrazarme a su torso. Me devuelve el abrazo sin perder ni un segundo.

—¿Qué haces aquí?

—Tenía que venir. No podía estar tan lejos y...

Me aparto y me seco las lágrimas con el dorso de la mano antes de mirarlo a la cara.

—¿Lo has visto?

—Aún no, iban a hablar de rollos de la banda, así que he pensado que mejor entraba después.

Vuelvo a abrazarlo, sin poder contener mi impulso.

—Todo irá bien, Zoe —me susurra al oído—. Ya verás. Tiene que haber alguna forma de que esto salga bien.

—No lo sé.

Hace más de una semana que me hice las pruebas. Mi riñón no sirve, aunque tampoco está claro que él fuera a aceptarlo, o que mi madre fuera a firmarme un consentimiento para dar uno de mis riñones. En fin, no hemos tenido que discutirlo. El tonto del batería dice que no es ninguna sorpresa que no seamos compatibles y que no hacía falta ningún análisis para poder imaginarlo. Y yo lo único que pienso de todo esto es que nos quedamos sin opciones. Derek también se hizo las pruebas. Y seguimos sin tener suerte.

—Ven. —Agarro la mano de Lucas y tiro de él para arrastrarlo conmigo—. Interrumpiré la sesión de la banda y así puedes pasar a verlo.

Llamo a la puerta, pero ni siquiera hay respuesta al otro lado. Entro sin que eso me preocupe y los chicos se vuelven a mirarme, todos a la vez. Parece que se estaban riendo, seguro que con alguna tontería que haya dicho Derek. Chase me sonríe tanto como puede en cuanto nuestras miradas conectan.

Cada día le cuesta más.

Cada día está más cansado.

Cada día es un poco menos él.

—Hola —saludo, con los ojos clavados exclusivamente en él—. ¿Qué tal? ¿Ya se ha ido tu madre?

Asiente.

—Sí, hace un rato. Llegas tarde, Clark —reprocha, en tono de broma—. Y, por cierto, ha dicho que quería hablar contigo.

No digo nada en respuesta. Me inquieta un poco lo que Caroline pueda tener que decirme, pero no quiero pedir explicaciones ahora. Me acerco hasta la cama y él se incorpora para adoptar una postura en que podamos besarnos de forma más cómoda.

Peter y Daniel carraspean, como un par de tontos, para burlarse de nuestra demostración de afecto. Me gustaría decirles que ellos deberían dejarse de tonterías y admitir que están locos el uno por el otro también, pero sé que es un tema tabú y que ni ellos mismos saben lo que quieren hacer con respecto a lo que es obvio que sienten, así que me muerdo la lengua.

—Ha venido alguien más a verte.

En cuanto informo a Bailey de eso, retrocedo hasta la puerta y dejo pasar a Lucas.

—Eh, tío.

El batería ensancha la sonrisa un poco más y extiende la mano con el puño cerrado para poder chocarlo con él.

Los observo mientras interactúan. Siempre me meto con él recordándole su fama de asocial, pero lo cierto es que Bailey está rodeado de amigos. Gente que lo quiere. Puede que con algunos haya tenido sus más y sus menos en el pasado, pero están todos aquí por él. Me gustaría que lo viera como lo que es: en el fondo se hace querer. Aunque sé perfectamente que, ahora mismo, para él, es solo más gente que sufre por su culpa. Odio cuando dice eso.

Me paseo por la habitación mientras ellos hablan, apartando algunas cosas para hacerme sitio en el incómodo sillón una vez que los chicos se hayan ido. Esto cada vez parece menos un cuarto de hospital y más su habitación de verdad. Michelle y yo nos hemos encargado de ir trayendo poco a poco cada cosa que nos pedía, y ahora la guitarra de mi padre está apoyada en la pared, las baquetas que le regalé sobre una de las mesillas, y tiene varias fotos colgando de las paredes. No hemos podido traer la batería del local de ensayo, claro, pero él marca ritmos con las baquetas en cada superficie que tiene al alcance. Sus padres, por otro lado, se ocuparon de traerle algo de ropa. Así no tiene que estar con un incómodo camisón de hospital. Ahora está vestido con un pantalón de deporte y una camiseta gris algo desgastada, e incluso así me podría pasar horas mirándolo.

La enfermera pasa dos veces a regañarnos por estar tantas personas en la habitación, de modo que los chicos no tardan demasiado en irse.

Cuando nos quedamos solos me siento junto a él en el colchón y acaricio su pelo con mimo. Se nota lo cansado que está hoy. Michelle me ha dicho que esta noche ha dormido mal, así que quizá no era el mejor día para que vinieran todos los chicos.

—¿Sabes?, deberíamos escaparnos, Clark.

Alzo una ceja al mirarlo, y él curva el labio en media sonrisa pícara.

—¿Y adónde iríamos?

—A cualquier parte. A Londres. A Roma. A la azotea

del instituto a dormir bajo las estrellas. Las posibilidades son infinitas.

Le acaricio la mejilla despacio, disfrutando de cada sensación que me proporciona el contacto con su piel.

Tengo que tragarme el nudo de la garganta y sonreír y seguirle el juego. Y soñamos despiertos una vez más.

Duele saber que ni siquiera puedo darle eso. Que no puedo sacarlo de aquí, aunque solo sea por una noche, y volver a exprimirla como si la amenaza de un meteorito nos apremiara a vivirlo todo de golpe. Lo que viene es peor. Lo que queda por delante solo lo amenaza a él y, a veces, pienso que esto sería más fácil si el fin del mundo nos pillara juntos. No tiene ningún sentido que el mundo siga si él no va a estar.

El sábado por la tarde Michelle y yo conseguimos que le permitieran salir a dar un pequeño paseo por los alrededores del hospital. En realidad, era la excusa que pusimos para que pudiera ver a *Max*. Lo trajimos desde su casa y, cuando bajé a la calle con Bailey, su hermana y yo tuvimos que esforzarnos al máximo para sujetar al perro y que no lo tirase al suelo con la emoción. El reencuentro fue tan bonito que aún se me siguen escapando las lágrimas cuando pienso en ello. Pero también nos dejó clara una cosa: que Chase está siempre mucho más cansado de lo que intenta aparentar.

—Ha sido tu padre, ¿verdad que sí?

Su comentario me descoloca. Ha interrumpido de golpe la charla sobre destinos para nuestra imposible escapada, así que me cuesta un momento reaccionar.

—¿El qué? —pregunto, desorientada.

—Mi madre quería hablar contigo porque, al parecer, una donación anónima ha cubierto todos los gastos del hospital e incluso una posible, aunque improbable, operación de trasplante de riñón. Además, la cuenta de mis padres ya no está en números rojos, hay suficiente para amortizar el préstamo que tuvieron que pedir para operarme la otra vez. Tu madre no sabe nada, así que... ¿lo sabías tú?

He tenido que quedarme pálida, incluso más que él. Me está costando procesar lo que dice.

La última llamada semanal con papá la pasé sin poder parar de llorar ni un solo segundo. No es que le hubiera dado muchos detalles sobre lo que pasaba con Bailey antes de ese día, pero entonces me vi obligada a contárselo todo. No dijo nada aparte de ofrecerse a venir para pasar por esto conmigo. Desde luego no dijo nada acerca de pagar su tratamiento. Tuve que ponerme seria para asegurarme de que no deja el centro y viene hasta aquí, aunque él dice que tiene todo un equipo preparado para poder seguir con la rehabilitación vaya donde vaya. Por eso su estancia en el centro iba a ser, desde el principio, más corta que la media. Seguirá con ello en casa, rodeado de un equipo de profesionales.

Y ahora que Bailey dice esto, lo veo claro. Sí que ha sido mi padre. Por supuesto que ha sido él. Porque ahora lo único que quiere es compensarme por todos sus errores pasados. No deja de repetir que haría cualquier cosa por mí. Y ayudar a mi novio y su familia debe de parecerle una buena manera de demostrarme que puede hacer algo bueno con su fama y su dinero, por fin.

Me tiembla la voz cuando respondo:

—Te juro que no tenía ni idea.

Sé cómo es. Sé lo que piensa. Sé cómo podría sentarle esto y lo muchísimo que detesta la lástima de la gente y que lo último que quiere en el mundo es la caridad de nadie.

Por eso me sorprendo tanto cuando me mira a los ojos y vuelve a hablar, con la voz rota:

—Por favor, dale las gracias a tu padre.

Me acerco más y apoyo la frente y la nariz sobre las suyas, mientras los dos nos aguantamos las lágrimas.

—Tus padres van a estar bien, batería. Michelle estará bien —susurro, cerca de su boca—. Y tú también tienes que estar bien. Deja de preocuparte por todos los demás y céntrate en cuidarte y en aguantar, porque va a llegar un riñón para ti, seguro, y el año que viene podremos ir a todos los sitios que quieras y recorrer cada ciudad como si se nos acabara el tiempo, sabiendo que tenemos toda la vida por delante para nosotros dos.

Pone las manos sobre mis mejillas y me aparta un poco para mirarme a los ojos con intensidad.

—He tenido toda una vida, Clark. Me la has dado tú. He vivido mucho más en unos meses contigo que en los dieciocho años anteriores. Y quiero mucho más, pero, incluso aunque no lo haya, ya me has dado más de lo que creía poder tener jamás. El año que viene irás a todos los sitios a los que quieras ir, conmigo o sin mí, y harás todas las cosas que quieras hacer. Y deslumbrarás a la gente, e incluso puede que haya alguien por ahí que te odie por ser tan chirriante, pero tú no vas a dejar de brillar por eso. Sé que no lo harás. Tienes que prometerme que cumplirás todos nuestros tontos sueños, aunque yo ya no esté.

—Vas a estar.

Me acaricia las mejillas y me obliga a mover la cabeza para que no pueda apartar la mirada de sus ojos.

—Prométemelo.

Me muerdo el labio, para contener un pequeño sollozo, y asiento despacio.

—Te lo prometo, Bailey.

Esboza una sonrisa leve y tierna, antes de soltarme y moverse todo lo que le permite la vía para sentarse al borde de la cama.

—Muy bien, pues ahora acércame la guitarra y vamos a seguir con los arreglos, que esa canción no va a pulirse sola y no quiero que tengas que terminarla sin mí.

Me trago la pena y me pongo en marcha, porque yo también necesito que la canción quede perfecta mientras él siga estando a mi lado.

♪ ♪ ♪

Mi madre está hablando con alguien cuando entro en casa. Solo espero que no sea nadie que requiera que yo me esfuerce por ser amable y socializar porque ahora es lo último que me apetece. Solo quiero meterme en la cama y dormir durante un par de días, por lo menos.

Ha pasado ya de largo la tercera semana de hospitalización de Bailey y todo parece haberse estancado. Lo bueno de eso es que no empeora y que, aparte del cansancio, se encuentra bien y tiene ganas de recibir visitas y de seguir disfrutando de la música y hasta de bromear con sus amigos. La parte mala es que tampoco hay ninguna perspectiva de mejora. Y cada día que pasa es un día más de deterioro para su organismo. Y de desgaste emocional para todos nosotros.

Ya me he acostumbrado a dormir encajando con él en esa cama individual de hospital cada vez que tengo que quedarme a pasar la noche, así que ese no es el motivo de que hoy esté tan hecha polvo.

—Entiendo que hayas venido, y estoy segura de que ella también te necesita aquí, pero no puedes simplemente largarte y dejar las cosas a medias. Eso no os sirve a ninguno de los dos. Y tampoco a mí, si quieres mi opinión.

Camino hacia la cocina mientras oigo hablar a mamá. Tengo que arrastrar los pies para poder moverme, como si de repente pesaran una tonelada cada uno.

—Zoe...

Me quedo paralizada cuando veo a papá ahí, en medio de nuestra cocina. Se ha cortado el pelo, viste vaqueros y una camiseta blanca lisa y tiene menos aspecto de Shade, la estrella del *rock*, y mucho más aspecto de Albert. Solo oír su voz pronunciando mi nombre con esa ternura hace que los ojos se me llenen de lágrimas. Recupero la movilidad y me lanzo a sus brazos mientras me rompo en sollozos amargos.

—Cariño —murmura, con la boca pegada a mi pelo y sus brazos estrechándome con firmeza—. Princesa. Ya está. Estoy aquí, mi vida. Todo va a ir bien, ya lo verás.

Dejo que me meza con suavidad y pronuncie palabras de ánimo a media voz hasta que me calmo. Luego me aparta con delicadeza de su pecho y me mira a la cara mientras me seca las lágrimas con las yemas de los dedos.

—Deberías estar en el centro, papá, no puedes dejarlo como si no fuera importante.

—Shh —me hace callar, y acaricia mi mejilla con mimo—. El hostal de Nicole es mi nuevo centro de desintoxicación desde ahora y hasta que haga falta. Tengo todo un equipo conmigo, y Lion es el peor niñero de la historia, pero se encarga de vigilarme y sabes que puedes confiar en él para eso. Yo voy a estar bien, y voy a estar aquí contigo, mi niña.

—Nicole no debe de estar muy contenta con eso.

Se ríe suave en respuesta y el sonido de su risa me destensa levemente el nudo que me cierra el estómago desde hace días ya.

—Está claro que lo hace por ti, no por mí. Anda, descansa un poco, ¿vale? Y, cuando quieras volver al hospital, llévame contigo porque quiero conocer a ese chico.

Papá se queda hoy a cenar. Es raro, pero creo que me sienta bien. Mamá limita la conversación con él a cosas que tienen que ver conmigo, pero el hecho de que pueda sentarse a su misma mesa y hablar con él sin que su dolor inunde la sala entera ya es un gran paso adelante. El tiempo no se ha detenido desde que este hombre le rompió el corazón, y las heridas se están cerrando y dando paso a cicatrices. De esas que demuestran que has sobrevivido.

No sé si es por el cansancio o porque mi padre ha venido a cuidarme cuando yo más lo necesitaba, pero duermo la noche del tirón y mejor de lo que lo he hecho en mucho tiempo.

Y por la mañana me doy un paseo hasta el hostal de Nicky y me dejo querer un poco por esa gente que es más familia que empleados. Papá me presenta a las nuevas incorporaciones: a la psiquiatra, el terapeuta y la médica generalista que lo están apoyando en su proceso de desintoxicación. Parecen simpáticos y, sobre todo, muy profesionales. Supongo que mi padre está en buenas manos. Al menos, puedo estar tranquila por esa parte.

Alexis nos lleva en coche hasta el hospital de Great Falls después de comer. Lion insiste en venir con nosotros, aunque no pasa del vestíbulo.

Oigo la voz de Michelle incluso antes de girar en la esquina del pasillo.

—¿De qué me sirve rezar, papá? Es lo único que dices y que haces y, a la hora de la verdad, rezar no nos ha servido de nada.

—En eso te equivocas. Nos sirve para mantener la esperanza.

—Yo ya no tengo esperanza.

Se queda callada y su expresión se vuelve aún más sombría cuando sus ojos se encuentran con los míos.

—Hola —saludo, a media voz.

Me da la impresión de que se siente culpable, de que no quería que yo oyera lo que acaba de decir. La entiendo, en realidad. A mí también me cuesta cada vez más mantener la esperanza. Sobre todo, porque sé que a Chase hace tiempo que no le queda y es duro tener que tirar de esto por los dos.

—Zoe...

No le da tiempo a decir nada más porque su madre sale al pasillo desde la habitación y nos observa con curiosidad. Mi padre se adelanta para presentarse y les tiende la mano a ambos, uno detrás de otro, de manera cordial.

—Buenas tardes, soy el padre de Zoe.

Me gusta que se presente así, como si ser mi padre fuera lo que más consigue representarlo ahora mismo.

Caroline no se anda con rodeos y no creo que haya pasado ni un minuto cuando le pregunta si la donación anónima de la semana pasada es suya. Mi padre se hace tan bien el sorprendido que, si fuera ellos, lo creería. Pero yo lo conozco mucho mejor, y sé que es muy buen mentiroso.

Chase parece especialmente animado hoy y me recibe con una sonrisa más amplia que de costumbre cuando paso a verlo. Tiene una de las baquetas en la mano y no para de darle vueltas y golpear cosas con ella, como si no pudiera parar quieto ni un instante.

—Voy a necesitar la batería para asegurarme del ritmo que debe tener la canción, Clark. —Es lo primero que me dice.

—No creo que nos dejen montar la batería aquí, pero algo se nos ocurrirá.

—Sí. Tú eres la de las grandes ideas. Confío en ti, estrellita del *rock*.

—Hablando de estrellas del *rock*... Mi padre ha venido —informo, aún desde la puerta—. ¿Crees que puedo decirle que pase?

Se incorpora, suelta la baqueta y se estira la ropa. Se me escapa la sonrisa cuando lo veo. Debería decirle que mi padre no impone demasiado, para que esté tranquilo, pero me callo e invito a la famosa estrella del *rock* a pasar y conocer a mi novio.

—Ya tenía ganas de conocerte, chico —le dice papá, al

tiempo que le estrecha la mano—. Me han dicho que le has sacado provecho a mi vieja guitarra, ¿no?

Se lo gana hablando de música. Y Chase parece mucho más relajado en solo un par de minutos. Hasta me temo que empiezo a sobrar en esta habitación. Ninguno de los dos protesta cuando les digo que voy a salir a por una botella de agua de la máquina.

Michelle se une a mí en mi excursión por los pasillos hacia el rellano donde están las máquinas expendedoras de esta planta. Se mantiene a mi lado todo el tiempo, aunque no parece dispuesta a abrir la boca.

—¿Qué pasa? ¿Estás bien? —le pregunto por fin cuando su silencio empieza a ponerme nerviosa.

—¿Crees que soy una mala persona, Zoe?

La miro sorprendida, con mi botella de agua en la mano.

—Claro que no. ¿Por qué dices eso?

Se sienta en una de las sillas de plástico que hay pegadas a la pared y sube los pies al asiento para abrazarse las rodillas.

—A veces tengo ganas de que esto acabe de una vez, ¿sabes? A veces pienso que si mi hermano no... —Se le quiebra la voz. Sacude la cabeza y respira hondo para poder volver a hablar—. A veces pienso que si mi hermano no hubiera superado la primera operación, si no hubiera tardado tanto en dar síntomas, si hubiera sido como tantos niños que desarrollan esto nada más nacer... No lo sé, a veces me pregunto si yo habría tenido a mis padres de verdad; si habría sido más fácil; si sin su enfermedad siendo el centro de todo yo podría haber sido... Yo qué sé, más yo. En mi casa esto ha sido siempre alrededor de lo que giraba todo. Y me siento muy egoísta, pero a veces me gustaría haber sido yo también la protagonista, ¿sabes? Que contara yo y no lo que puedo hacer por mi hermano. Y, ahora, algunos días, me encuentro pensando que ojalá esto se acabe de una vez y me siento tan mal por ello... Lo quiero, no quiero que se muera, pero es que a veces pienso que sería más fácil.

Rompe a llorar, con la cabeza entre las rodillas. Me acerco y me siento a su lado. La abrazo, de manera torpe, y apoyo la mejilla en su espalda mientras sus sollozos nos sacuden a las dos.

—No eres una mala persona, Michelle —murmuro, como puedo, con las lágrimas nublándome la vista—. Es normal que estés cansada, es normal que quieras dejar de sufrir, y es normal que te preguntes cómo podría ser tu vida si las cosas hubiesen sido diferentes. Es normal. Esta situación no es fácil. Nos desgasta a todos. Y eso no significa que lo quieras menos.

Se mueve para poder abrazarme con fuerza. Y, por unos cuantos minutos, lloramos juntas, aferrándonos la una a la otra. No soy capaz de hablar en voz alta; sin embargo, espero que le esté llegando el mensaje a ella igual que ella consigue transmitírmelo a mí: «Siempre vas a tenerme».

Volvemos hasta la puerta de la habitación a toda prisa cuando oímos a su madre llamarla a gritos desde el pasillo. Tengo el corazón completamente desbocado cuando nos acercamos hasta allí, porque esto solo puede significar que ha ocurrido algo, que...

Hay un médico junto a la puerta abierta de la habitación y hace un gesto que invita a la familia a pasar dentro. Puedo ver a Chase, sentado en la cama, con la misma cara de asustado que debo de tener yo ahora mismo.

—Solo la familia, lo siento —se disculpa el doctor conmigo y con mi padre antes de cerrarnos la puerta en las narices.

Papá me rodea los hombros con un brazo, como si quisiera protegerme con su cuerpo.

—Papá, ¿qué pasa?

—No lo sé. Pero han dicho que son buenas noticias, princesa.

Puede que pasen más de media hora encerrados en esa habitación mientras yo me paseo de un lado a otro del pasillo mordiéndome las uñas y sin hacer caso a los intentos de mi padre por calmarme.

Miro ansiosamente hacia la puerta cuando oigo cómo se abre. Es el médico, que se vuelve para decir algo más a la familia antes de marcharse de aquí:

—Dejo que lo habléis unos minutos, pero no hay mucho más tiempo para decidirlo. Pasaré en un rato para saber qué es lo que queréis hacer.

Deja la puerta abierta cuando se va. Y yo me acerco prudente para asomarme. Mis ojos encuentran enseguida los de Chase, pero es Michelle quien habla, con voz temblorosa:

—Tenemos un riñón, Zoe.

Bailey curva levemente los labios hacia un lado, en respuesta a mi mirada cargada de interrogantes. Me acerco a él tan rápido como puedo y lo abrazo, sin poder contener las lágrimas.

—No es cien por cien compatible. —Oigo decir a su madre, en un tono muy preocupado.

—Ninguno es cien por cien compatible, Caroline —responde su marido.

—¿Has oído lo que ha dicho? La probabilidad de éxito es solo de un sesenta por ciento.

—¿Solo? Mamá, eso es un sesenta por ciento más de lo que tenemos ahora —rebate Michelle.

—¿Y si...? No sé si es suficiente. No sé si podemos arriesgarnos a...

—Mamá —interrumpe Chase, sin separarme de él y con la mano enredada en mi pelo—, vamos a hacerlo. Sea lo que sea lo que tenga que pasar. No quiero sobrevivir unos meses más encadenado a una cama de hospital y a una máquina de diálisis. Quiero vivir de verdad. Quiero salir de aquí y poder hacer cosas. Quiero tener la oportunidad de poder hacerlo. Y si no me opero no la tendré. Sé que no quieres arriesgarte, pero la verdad es que yo ya estoy muerto, aquí, encerrado y sin poder hacer otra cosa que apagarme poco a poco. No quiero esto. Quiero intentarlo. En realidad, no tenemos nada que perder.

Me separo de él para poder mirarlo bien. Parece completamente decidido. Me colapsa el pecho ante la angustia de pensar que puede que solo tenga unas horas más para mirarlo. Para grabármelo dentro con tanta fuerza que ni siquiera el tiempo pueda borrarlo.

Solo unas horas.

—Iré a buscar al médico —decide su padre.

Se va y nos deja a todos en silencio, cada uno sumido en sus propios pensamientos. Bailey me acaricia la mejilla y eso hace que le preste atención de nuevo, aunque no haya dejado ni por un segundo de estudiar su rostro.

—¿Cuándo...?

No me deja terminar la pregunta antes de responderla:

—Entro a quirófano mañana a primera hora.

El tiempo transcurre de una manera extraña, como si todo lo que estoy viviendo esta tarde fuera irreal. Quiero estar más presente que nunca y, sin embargo, me siento como si estuviera viviendo un sueño confuso.

Todo el mundo habla, discute, llora y lanza mensajes de esperanza a mi alrededor. Y yo siento como si ni siquiera estuviera aquí.

Solo vuelvo a enfocarme en el presente cuando acaba la tarde y oigo a Bailey decir:

—Quiero que se quede Zoe esta noche.

Su madre es la única que protesta, pero, al final, la convencen para que se vaya a casa a dormir unas horas. Yo tengo que prometerle a papá que voy a estar bien, y él me asegura que estará aquí a primera hora de la mañana, antes de marcharse.

Hoy no he venido preparada para dormir en el hospital, pero eso no es importante. Me acurruco junto a Chase en la cama en cuanto nos quedamos solos y dejo que me acaricie el pelo de forma distraída mientras escucho los latidos de su corazón, con la cabeza apoyada en su pecho.

—Todo va a salir bien —susurro.

—Todo va a salir bien, estrellita. Pero, si no, quería asegurarme de que eres tú la persona con la que paso mi última noche en la Tierra.

Muevo la cabeza para poder mirar su cara. Me sonríe, mucho más tranquilo de lo que estoy yo.

—Te quiero, y pienso pasar contigo todas las últimas noches que tengamos.

—¿Te acordarás de mí cuando escuches All Time Low?

—Me acordaré de ti siempre.

Sonríe y me besa la frente.

—No quiero que te ofendas por esto: ha estado bien conocer a tu padre y eso, pero no es mi mayor ídolo, así que no hemos terminado la lista.

—Así tienes una razón para quedarte.

—No necesito más razones para quedarme, Clark. Y, a lo mejor, una de las cosas que hay que hacer antes de morir es asegurarte de dejar algo sin hacer, para que los demás puedan hacerlo por ti y sentir que eso los ayuda a llevar mejor tu ausencia.

—No digas eso.

—Te quiero. Estoy bien. Me has hecho feliz, Zoe. He tenido una familia genial, el mejor perro del mundo, una banda de música con unos idiotas y me quiere la chica más increíble que ha existido jamás. Creo que sí he completado la maldita lista.

—Eso dímelo mañana cuando vaya a verte a ti y a tu riñón nuevo, ¿quieres?

Sus ojos me recorren el rostro como si él también necesitara memorizarme para no olvidarse nunca de mí.

—Después de la operación me llevan a la otra ala del hospital, así que, pase lo que pase, nos veremos al otro lado, ¿vale?

—¿Eso es un maldito chiste negro de los tuyos, batería?

Se ríe y no puedo evitar sonreír. Me muevo para estar más cerca y poder besarle la sonrisa.

—Deberías descansar —señalo.

—Sí, pero quiero mirarte toda la noche, ¿puedo?

—Solo si yo puedo mirarte a ti.

—En el fondo, no te caigo tan mal, estrellita.

—En el fondo, nunca me has odiado ni un poquito, batería.

Los dos sonreímos.

Y nos pasamos la noche mirándonos. En contacto. Bebiendo de las palabras y los gestos del otro para llenarnos de ellos y guardarlos dentro para siempre. Prometo que lo llevaré conmigo hasta que llegue el mismo fin del mundo.

Ni siquiera estoy cansada cuando vienen por la mañana a prepararlo para la operación. Su madre llega pronto y se queda dentro con él mientras yo bajo a tomar algo. Me encuentro a papá en la puerta y me invita a desayunar. Aunque tampoco es que pueda comer mucho.

Mis padres hacen un frente común para estar a mi lado en las eternas horas que vaya a durar todo el proceso. Aunque yo prefiero pegarme bien a Michelle y consolarnos la una a la otra en silencio.

Me acerco a Bailey por última vez cuando un par de celadores ya arrastran su camilla por el pasillo para llevarlo a la zona de quirófanos.

—Eh —me saluda con una sonrisa perezosa—, tengo algo para ti.

—¿El qué?

Uno de los celadores bufa impaciente, pero el batería lo ignora como si nada.

—Kev vino el otro día con su madre a hacerme una visita y me trajo un encargo que le había hecho. Es el mejor joyero que he conocido nunca, así que...

Me pone en la palma de la mano un anillo hecho con alambre y una piedrecita. Y me dan tantas ganas de llorar de emoción como si me hubiera regalado un diamante enorme.

—Eres tonto.

—Te debía un anillo, estrellita —me recuerda—. Oye, tengo que irme...

Lo beso, con las manos en sus mejillas y las mías húmedas por las lágrimas.

—Te quiero.

Me abraza con un solo brazo y habla en mi oído:

—Te quiero. Nos vemos al otro lado, Clark.

Asiento al apartarme. Y sujeto su mano hasta que la camilla se aleja tanto que nos hace perder el contacto.

Ya solo queda esperar.

No creo que sea una exageración decir que son las seis horas más largas de mi vida. Seis malditas horas de operación que yo paso acurrucada con Michelle en el otro lado del hospital, donde tienen que traer a Bailey, sin apenas hablar. Mamá se encarga de recordarnos a todos que tenemos que comer. Y papá se encarga de ir a buscarnos algo cuando nos negamos a movernos de aquí.

Ni siquiera sé qué hora es cuando veo al médico acercarse por el pasillo, cabizbajo. El corazón parece ir a salírseme de entre las costillas en cualquier momento. Me pongo de pie. Quedo en un segundo plano cuando los padres de Chase y su hermana dan un paso adelante, ansiosos por conocer las últimas noticias.

Todo se vuelve oscuro y me duele el pecho cuando veo al médico sacudir la cabeza lentamente. Los gritos desgarradores de Caroline Turner apenas dejan que se oiga su explicación. «Rechazo hiperagudo del riñón.» «Fallo multiorgánico.»

Estoy fuera de la realidad y no entiendo lo que está pasando. Veo al pastor Turner sostener a su esposa entre los brazos mientras solloza desconsolada. Y no soy capaz de procesar nada. Michelle me abraza, llorando tanto y con tanto ímpetu que me cuesta mantener el equilibrio y devolverle el abrazo. Su padre la coge de la mano y la aparta de mí para acercarla a ellos y unirla a ese abrazo familiar que no termina de ser consuelo.

Miro hacia el fondo del pasillo. Tendría que aparecer por allí. En cualquier momento, tendrían que venir por allí arrastrando su camilla, con él aún atontado por el efecto de la anestesia. Me sonreiría de esa forma perezosa suya. Y yo me grabaría su imagen en la memoria una vez más, solo para asegurarme de que nunca me olvido de su rostro.

Tiene que venir, yo ya estoy al otro lado. Aún nos quedan un millón de cosas por hacer juntos.

Teníamos que vernos al otro lado.

Lo estoy.

*Estoy al otro lado, Bailey.*

Me lanzo hacia el lugar por el que debería haber aparecido, pero mi padre me atrapa entre los brazos antes de que pueda avanzar demasiado. Me sostiene, me retiene cuando intento zafarme, y me habla en susurros que no llego a entender.

—¡No! —grito, al tiempo que me revuelvo con furia—. ¡No, papá, déjame! ¿Dónde está? ¿Dónde está? ¡Quiero verlo!

Pero él solo me sujeta con más fuerza.

—Lo siento, princesa. Lo siento. Lo siento tanto...

—¡No es justo! ¡No es justo! ¡No es justo!

Me quedo sin voz cuando los sollozos colapsan mi garganta. Y lloro todo lo que tengo dentro contra la camiseta de papá, refugiada en su pecho. Hasta quedarme vacía.

El universo no se detiene. Ni siquiera guarda silencio. Sigue girando, pero él se queda aquí.

Y yo entiendo que puede ser el fin del mundo aunque alrededor nada parezca haber cambiado.

# 38

# Niños en la oscuridad

Es el segundo día que despierto con esa sensación de urgencia por ponerme en marcha rápido para ir al hospital. Y entonces, como un mazazo, recuerdo que Bailey ya no está allí y el mundo se acaba de nuevo. Una y otra vez.

—¡Zoe! —Mamá aporrea la puerta del baño por tercera vez en un cuarto de hora—. ¿Estás bien? Cariño, si no te das prisa no vamos a llegar.

Le respondo en un grito que estoy bien y que salgo enseguida. Es mentira. No estoy bien. Vuelvo a inclinar la cabeza bajo la ducha y observo cómo el color negro se diluye y escapa por el desagüe. Siento un zumbido constante taladrándome los oídos. No sé cómo pararlo. No tengo fuerzas para hacerlo callar. Y siento tantas ganas de llorar que me duele el pecho y me escuece la garganta, pero las lágrimas no salen. Desde que me vacié por completo en ese pasillo de hospital entre los brazos de mi padre no he vuelto a hacerlo. No me queda nada dentro.

Mi madre está en el pasillo, apoyada en la pared frente a la puerta del baño, cuando al fin salgo envuelta en una toalla y con el pelo mojado. No muestra la expresión horrorizada que casi esperaba ver en su cara, pero hace una mueca y sacude la cabeza con tristeza.

—¿Qué te has hecho en el pelo?

No respondo. Sigo el camino hasta mi cuarto para poder vestirme. El vestido negro está sobre la cama y me encoge el corazón verlo. Es muy punk, pero supongo que, de todo lo que tengo, es lo más adecuado para un día como hoy. Me acerco a la cómoda para sacar un conjunto de ropa interior. Algún bicho se estrella contra mi ventana y, cuando me vuelvo a mirar, casi espero encontrarlo a él al otro lado, con esa sonrisa traviesa y su estúpida idea romántica de entrar por ella o que salga yo y nos escapemos juntos.

Quiero escaparme con él. Pero adonde ha ido ya no puedo seguirlo.

Me quedo un momento mirando ese punto de mi habitación donde lo pillé una vez estando yo en toalla, justo como ahora. Me acuerdo perfectamente de su expresión avergonzada, de su manera de tartamudear mientras pedía disculpas... Echo de menos odiarlo. Y echo de menos quererlo.

Cada pequeña cosa consigue traerlo de vuelta, solo para dejar claro lo dolorosamente ausente que está. La guitarra de mi padre apoyada en ese rincón. El marco de fotos en el que sustituí una hace tiempo para poner la mejor instantánea de nosotros dos. *Hogar*. ¿Qué se supone que se hace cuando la parte más importante de tu hogar se derrumba y quedas atrapada entre los escombros? No sé cómo salir.

El sonido del timbre me trae de vuelta a la realidad y me obligo a ponerme en marcha para vestirme lo más rápido posible. Pido un minuto más, para poder maquillarme, cuando mamá me anuncia en un grito que mi padre ha llegado. El claro azul de mis ojos contrasta enormemente con el ahumado de la sombra, el color de pintalabios oscuro y el nuevo tono negro de mi pelo. Observo el reflejo del pequeño aro de mi nariz. A Bailey le gustaba darle toquecitos delicados con el dedo índice solo para molestarme. Decía que le gustaba cómo me quedaba. Que me daba más aspecto de estrellita del *rock*. Me estiro para coger la cadena a la que quité un colgante que me regaló papá hace tiempo para poder colgar de ella el anillo de alambre y piedra que Chase me dio la última vez que lo vi.

*Me casaría contigo mañana mismo, Chase Andrew Bailey.*

Lo cuelgo de mi cuello y cuelo el extremo bajo la tela del vestido. Y luego respiro hondo, me calzo los incómodos zapatos que mamá ha insistido en que lleve y salgo lista para marcharnos.

Mis padres están hablando bajito entre ellos junto a la puerta principal. Se callan en cuanto me ven. Papá da un par de pasos hacia mí y me recibe con los brazos abiertos.

—¿Cómo estás, princesa? ¿Lista para esto?

Para esto. *Esto*. Nadie quiere decir lo que es *esto* en voz alta. Yo ni siquiera quiero pensarlo. Asiento con la cabeza, solo por inercia. Mamá va vestida de negro también, con un vestido sobrio y elegante. Papá lleva traje. Todo es tan irreal que siento ganas de pellizcarme para poder despertar de esta pesadilla de una vez. Solo que ya me he demostrado varias veces antes que eso no funciona. Nunca despierto. Ni siquiera cuando me quedo dormida.

Lion me dedica una sonrisa triste, apoyado junto a Alexis en un coche oscuro, grande y carísimo.

Me vuelvo para mirar a papá.

—Yo... prefiero ir con mis amigos, papá.

No dice nada. Sé que lo entiende. Y, cuando vuelvo a mirar hacia la calle, ya veo a Daniel y a Lucas acercándose desde la perpendicular. Me separo de mis padres y camino hacia ellos. Danny es el primero que me abraza.

—Estoy bien —murmuro en respuesta a una pregunta de Lucas—. ¿Michelle? ¿Habéis hablado con ella?

—Ha dicho que iba con sus padres —dice Daniel—. Vamos, la veremos allí.

Me dejo conducir, con su mano posada en la espalda. Hace dos días que no sé mucho de Michelle. Hemos hablado por mensajes, pero no ha tenido tiempo para vernos y no ha querido hablar por teléfono conmigo. Tampoco sé muy bien qué decirle, así que supongo que está bien que sea así.

La entrada a la iglesia está abarrotada de gente. Apuesto a que todo el pueblo está aquí. Y muchas de las miradas se centran en nosotros a medida que aumenta el sonido de los murmullos.

—Chase habría odiado esto.

Me vuelvo para mirar a quien ha dicho eso. Es Derek. Va vestido de una forma elegante que no pega para nada con él. Lucy está a su lado, cogida de su mano, y lo suelta para poder darme un abrazo.

—Casi ni vino a su fiesta de cumpleaños; os aseguro que ni de broma habría venido a su funeral.

Sonrío con tristeza cuando lo oigo decir eso. Tiene mucha razón. Y luego doy un paso al frente y lo abrazo con fuerza. Derek se aferra a mí de la misma forma. Cuando nos separamos, veo que tiene los ojos llenos de lágrimas que lucha por no derramar. Lo cojo de la mano y le doy un apretón.

—Vamos —animo en general.

La gente va abriendo paso a medida que avanzamos para permitirnos llegar hasta la puerta y entrar en la iglesia. En cuanto lo hacemos, localizo a Michelle. Está de pie al lado de los primeros bancos sujetando el brazo de su madre. Su padre habla con unas cuantas personas que seguramente se hayan acercado a darles el pésame.

Mi amiga se vuelve a mirarnos, como si hubiera notado mis ojos en la nuca. Le dice algo a su madre al oído, la suelta y viene hacia nosotros. Parece bastante entera. Mucho más de como esperaba verla. Incluso esboza una sonrisa para responder a los saludos de nuestros amigos en común. Luego me mira directamente a mí. Coge mi mano y me cuesta unos cuantos segundos bajar la mirada para ver lo que acaba de poner en ella. Son las baquetas de Bailey.

—Me dijo que quería que las tuvieras tú.

Cierro el puño en torno a ellas, con la vista clavada en el grabado de su apellido. Siento como si la madera me quemara la piel y, aun así, fuera a morir si las suelto. No dejo de ver en mi cabeza su imagen sentado a la batería, haciéndolas girar entre los dedos una y otra vez.

Me esfuerzo en volver al momento presente y levanto la mirada para poder conectarla con la de mi mejor amiga.

—Gracias. ¿Cómo estáis?

Encoge un solo hombro.

—¿Y tú?

Imito su gesto en respuesta.

—Siéntate delante con nosotras —ofrece, y me pone una mano en el brazo—, ¿quieres?

Asiento.

—Sí. Sí, claro.

El resto de nuestros amigos ocupan un lugar más discreto. Yo voy con Michelle para sentarme a su lado. Su madre me da un abrazo demasiado largo, pero no protesto, porque me parece que ambas lo necesitamos, en realidad.

Me paso toda la ceremonia acariciando las letras grabadas en las baquetas, sin parar. Apenas escucho al pastor Turner mientras se esfuerza en decir las palabras de consuelo y esperanza que él mismo necesita más que nadie. Se le rompe la voz tantas veces mientras intenta dar el sermón que resulta desgarrador, pero se recompone y continúa con fuerzas renovadas cada una de ellas, como si necesitara hacer esto por Chase. Al final, pide intimidad para el momento en el cementerio que nos espera a continuación y anuncia que la familia recibirá a la gente más tarde en el local anexo a la iglesia.

Sé que no estoy sola mientras camino hacia el cementerio siguiendo a los adultos. Los padres de Chase caminan junto a los míos. Los padres de Peter, Nicky y el agente Wood también se han unido a la marcha. El resto de los que vamos al cementerio somos nosotros: la banda. Jamie avanza en silencio sujetando la mano de Michelle, firme como una roca para ella, aunque dudo que los padres de mi mejor amiga se hayan dado cuenta de eso. A mi alrededor todos parecen querer darme el espacio que necesito y a la vez arroparme lo suficiente como para que sepa que no tengo que pasar sola por esto: Peter, Molly, Mike y Stacy. Lucy abraza a Derek sin dejar de caminar. Danny va junto a Michelle. Lucas tiene una mano en mi cintura.

Me impacta de verdad ver el ataúd. Saber que está ahí, aunque ya no está. Lucas me sujeta cuando me fallan las rodillas. Me aferro a su brazo y cierro los ojos para no verlo más.

Más tarde, cuando el pastor Turner ha terminado de hablar, es papá quien me abraza y me ofrece su pecho para que yo pueda enterrar la cara en él y no ver cómo lo bajan. No quiero verlo. No quiero tener este recuerdo. No quiero pensar en esto ni por un solo segundo cuando me acuerde de él.

El cementerio se va despejando a medida que la gente se aleja. Mi madre lleva a Caroline del brazo. Josh camina junto a Carl Turner. Oigo a algunos de mis amigos decir que nos vemos más tarde, en la recepción. Michelle y yo seguimos aquí, plantadas frente a ese hueco en la tierra que aún ni siquiera tiene lápida.

—¿Necesitas...? —Oigo hablar a Lucy, en tono dulce—. Vale. Te veo allí ahora, ¿está bien?

Derek se acerca hasta ponerse a mi lado cuando ella se va. Me apoyo en su costado y él me rodea con un brazo.

—Voy ahora —dice Michelle, hablando con su novia.

Después se pega a mí y se une a nosotros. Nos quedamos los tres solos, sin hablar. Unidos en nuestro dolor.

Solo unos niños en la oscuridad.

Amanda se hizo cargo de la recepción y preparó la sala, y Nicole ha hecho toda la comida que hay para ofrecer a quien se pase a dar sus condolencias a la familia.

Me agobia el ir y venir de la gente, así que me escabullo en cuanto puedo y salgo para esconderme tras la esquina del edificio y poder tomarme un minuto a solas. Claro que mi soledad no dura mucho. Pero eso no me importa si es Michelle quien aparece a mi lado.

—¿Podemos largarnos de aquí, Zoe? —suplica, con los ojos llenos de lágrimas.

Asiento.

—Sí. Vámonos.

Caminamos cogidas del brazo. Al principio vamos en silencio. Es ella la primera en romperlo:

—Él también se habría largado de allí conmigo sin pensárselo dos veces.

—Derek dice que ni de broma habría venido.

—Y es verdad. ¿Puedes...? —Parece dudar, pero luego retoma la pregunta—: ¿Crees que puedes acompañarme a casa? Tengo algo para ti.

No dudo ni un segundo antes de decirle que sí. Seguimos hablando mientras nos dirigimos hacia allí. Es ella la primera que cuenta algo sobre Bailey de pequeño que me hace reír. Y luego sigo yo, contándole nuestros primeros encuentros y lo mucho que los dos nos detestábamos, hasta que terminamos por soltar unas cuantas carcajadas. Con esa risa vuelven mis lágrimas. Y dejo que se deslicen por mis mejillas mientras lo seguimos recordando a nuestra manera, metiéndonos con él, riendo con sus malditas manías, y hasta homenajeando su humor negro.

*Max* nos recibe en la puerta y empieza a dar vueltas a mi alrededor como si me hubiera echado terriblemente de menos en los días que no nos hemos visto.

—Ven —me pide Michelle.

La sigo por el pasillo. Josh ha arreglado algunos de los desperfectos de la casa y empieza a tener mejor aspecto. Una mano invisible me estruja las tripas cuando llegamos junto a la puerta del cuarto de Bailey. Sus cosas siguen ahí. Como si él no se hubiera ido. Me vienen a la mente tantos recuerdos que tengo que dar un paso atrás y poner distancia para intentar protegerme de ellos. Ahora duelen demasiado.

*Max* entra en esa habitación, pero Michelle tira suavemente de mi mano para seguir el camino hasta la suya.

—Ten, esto también era para ti —dice, antes de pasarme la libreta de Chase.

La cojo con la mano en que no tengo las baquetas y luego utilizo las dos para pasar las páginas de forma rápida. Llenas de pentagramas torcidos y tachones, palabras sueltas y algunos de mis versos anotados con su letra sobre las notas musicales que él dibujó.

—Yo...

—Es tuyo, Zoe —insiste—. Me hizo prometer que te lo daría, igual que las baquetas, y también...

Alzo la vista para mirarla. Me tiende un sobre mediano. Por el tacto, parece contener algunos otros más pequeños. Lo giro para verlo desde todos los ángulos. No me da tiempo a estudiarlo del todo porque mi amiga me tiende algo más.

—Y esto... Las últimas semanas me he dedicado a dibujarlo, ¿sabes? Solo para... No lo sé, para no olvidarlo. Hay algunos dibujos que deberías tener tú.

Los miro despacio, uno a uno, apoyada en el escritorio del cuarto de Michelle. Somos nosotros. Chase y yo. Tocando la guitarra en la cama del hospital. Dormidos y abrazados. Yo sujetando a *Max* mientras Chase reía animándolo a ir con él. Y el que termina de romperme el corazón: los dos mirándonos como si no existiera nada más en el mundo, con esas sonrisas tontas de cuando todo lo que quieres está justo delante de ti.

Me muerdo el labio para no llorar.

—Son preciosos, Michelle.

—Tenía buenos modelos.

Estiro la mano y ella la coge y deja que la estreche con fuerza.

—Estoy aquí para ti. Siempre y para siempre.

Asiente.

—Yo también lo estoy. Siempre y para siempre.

Nos abrazamos por unos segundos y ella es la primera en apartarse, secándose las lágrimas.

—Debería sacar a *Max* a dar una vuelta.

—Te acompaño.

El perro sigue en el cuarto de Bailey. No hace ni caso, a pesar de que Michelle lo llama unas tres o cuatro veces, y sigue dando vueltas alrededor de la cama, olisqueándolo todo.

—¡*Max*! Vamos —insiste ella.

Tiene que acercarse y cogerlo del collar para tirar de él. Es difícil de mover, así que tengo que acudir en su ayuda. Ella tira y yo lo empujo hasta que lo sacamos al pasillo.

—¡Deja de buscarlo de una vez, *Max*! —exclama mi amiga, rompiendo a llorar—. Chase no va a volver.

Se sienta en el suelo, sollozando, y abraza al perro por el

cuello cuando intenta lamerle la cara. Y yo me siento a su lado y también lo abrazo, compartiendo la tristeza que estoy segura de que él también siente.

♪ ♪ ♪

Mis padres están juntos, sentados en el sofá, cuando llego a casa. Me regañan por haber estado desaparecida y haberlos preocupado. Y yo me limito a decir que no tengo ganas de cenar y me voy a mi cuarto.

Dejo los dibujos de Michelle sobre la mesa, pero me llevo la libreta y las baquetas a la cama conmigo. Recupero el sobre para poder verlo con detenimiento. Mi mejor amiga ha dicho que Chase dejó una carta para sus padres, una para ella, otra para Derek y unas cuantas para mí. Abro el sobre y dejo caer sobre la colcha lo que contiene. Una llave. No me hace falta explicación para saber de dónde es: la llave de la azotea del instituto. La que él quiso darme prometiendo que no diría nunca en voz alta lo mucho que le irritaba tenerme allí. Los sobres son seis. Y en cada uno de ellos, en la parte frontal, hay algo escrito con su letra:

*Palabras para Zoe.*

# 39

# Eterno

Han pasado cinco días cuando soy capaz de volver a coger la guitarra. La de papá y mía. La de Chase. Toco su canción con los ojos cerrados, no me hace falta mirar la libreta porque me sé los acordes de memoria.

Al acabar me quedo unos segundos así, con la guitarra entre los brazos y los ojos cerrados, sintiéndolo junto a mí. Sigue sonando a esperanza. Y sé que tengo que ponerme en pie y continuar haciéndola sonar por él.

Veo su sonrisa torcida, su gesto de concentración y su ceño fruncido mientras tocaba. Lo veo lanzarme esas miradas cargadas de significado. Lo veo pedirme que siga, que brille y que sueñe. Que lo cumpla todo, por los dos.

Eso es lo que voy a hacer.

Inspiro con fuerza y vuelvo a tocarla otra vez.

—Suena bien.

La voz de papá me hace abrir los ojos de golpe y volver la cabeza hacia la puerta del cuarto. Ni siquiera lo he oído llamar, si es que lo ha hecho.

—Aún hay que terminar algunos arreglos.

—Las canciones no tienen que ser perfectas, Zoe, tienen que hacerte sentir.

Se acerca y se sienta al borde del colchón, junto a mí.

—Vengo a despedirme. Vuelvo al centro unos días. Ya sabes, hay algunas sesiones de terapia y unas cuantas reuniones a las que me vendría bien ir. Vendré a buscarte y nos iremos un tiempo a donde tú quieras antes de que empiece el curso del instituto, ¿quieres? Mamá y yo pensamos que te iría bien salir de aquí.

Asiento despacio.

—Sí. Estaría bien.

Se inclina hacia mí para besarme la frente.

—Te quiero más que a nada, princesa, ¿lo sabes?

Suelto la guitarra para poder darle un abrazo.

—Yo también te quiero, papá.

—No te imaginas lo bien que sienta oír eso. Estaba un poco acojonado después de la charlita que me dio tu novio.

Me aparto para mirarlo interrogante. ¿De qué habla?

—¿Qué charlita?

Sonríe de medio lado, como si lo estuviera recordando.

—Aquella tarde en el hospital, cuando nos dejaste solos en la habitación, ese batería tuyo me dijo que lo habías pasado muy mal por mi culpa y que tengo que ponerme las pilas si quiero merecer tu amor.

—Estás de broma.

—No. Y no le dije cuatro cosas porque la verdad es que sé perfectamente que tenía razón, Zoe. Tú te mereces mucho más. Te juro que entiendo lo que sientes, y que, a partir de ahora mismo, voy a ser el mejor padre que pueda ser. Para ti y para tu hermana.

Siento saltar mi corazón. Lo miro, incrédula, y él fuerza una sonrisa triste.

—Lo voy a hacer bien. ¿Querrás ayudarme a hacerlo bien con ella?

Asiento varias veces con la cabeza, con un nudo en la

garganta que me impide hablar. Papá me abraza de nuevo y yo lo abrazo con más fuerza que antes.

—Te prometo que todo va a ir bien, princesa. Que volverá a salir el sol y que volverás a ser todo lo feliz que te mereces. Voy a estar aquí para ayudarte cada vez que lo necesites. Ahora tengo que hacer lo que tengo que hacer. Y creo que tú también tienes que cerrar algunos capítulos. Y luego seguiremos adelante, ¿está bien?

—Sí, papá.

Me besa el pelo antes de levantarse y retroceder hasta la puerta.

—Volveré a por ti, hija.

—Te estaré esperando, papá.

Esbozamos unas leves sonrisas bastante parecidas. Y luego se va.

Todo va a ir bien, sí. Seguiré adelante. Pero eso no significa olvidar.

Bailey dijo que una de las cosas que hay que hacer antes de morir es dejar algo sin terminar, para que los que te quieren puedan hacerlo por ti y sentir que eso les ayuda a seguir adelante. Sé que no soy la única que necesita hacer algo por él para seguir. Tengo que asegurarme de que lo hacemos. Tengo que asegurarme de que Chase Bailey nunca será olvidado.

«Compondría canciones que sean las favoritas de alguien porque suenan a esperanza.»

Eso es lo que Chase quería hacer antes del fin del mundo. Y yo voy a terminar de cumplirlo. Por él y por mí.

Casi puedo oír su voz en mi cabeza: «Hagámoslo, Clark».

*Hagámoslo, Bailey.*

Cojo el teléfono y mando un mensaje al grupo de la banda. Luego grabo un mensaje de voz solo para Michelle:

—Sé que debes de estar haciendo la maleta para esas vacaciones en casa de tus abuelos, pero esto es importante.

¿Crees que puedes escaparte un rato y traer a Jamie contigo? Hay algo que tenemos que hacer.

♪ ♪ ♪

—¡Por fin! Zoe, vamos, ¿a qué viene todo esto?

Molly me mira con los brazos en jarras y una ceja alzada cuando entro en el local de ensayo algo más tarde de la hora en la que los había citado aquí.

*Max* viene a saludarme y tengo que dejar la guitarra de mi padre a un lado, apoyada en la pared, para poder prodigarle las caricias que exige.

—Tú solo estás aquí como público y porque, como *groupies* de la banda, habéis desarrollado un muy buen oído musical que nos puede servir para la crítica constructiva.

Stacy se hace un poco la ofendida, pero Lucy parece del todo dispuesta a criticar lo que sea necesario. A Molly no hace falta preguntarle, aunque no creo que podamos confiar en que su crítica vaya a ser siempre constructiva.

Saco las fotocopias que he traído guardadas en la funda de la guitarra y las reparto entre los músicos del lugar: Mike, Derek, Danny, Peter, y Jamie. Cuando estoy frente a esta última recupero las baquetas de Bailey, que sobresalen del bolsillo trasero de mi pantalón, y se las tiendo:

—¿Nos echas una mano con la batería?

Me sonríe con complicidad, y las coge con tanto cuidado como si fueran de porcelana.

—Por supuesto.

—Tendrás que enseñarme a tocar algún día.

—Eso está hecho.

Me guiña un ojo, y yo se lo agradezco con una sonrisa leve.

—Esto que tenéis entre las manos ahora mismo es la partitura para guitarra y la letra de la canción de Chase —informo, mientras los miro uno a uno—. ¿Me ayudáis a instrumentalizarla?

Derek suelta una risita y salta sobre el escenario para recuperar el bajo y colgárselo, con el papel en la mano.

—Pues claro que sí. Vamos allá.

—¡Vamos allá! —exclama también Daniel—. Tócala y te seguimos, Zoe.

—Esto va a ser divertido —apunta Jamie.

Besa a Michelle en los labios antes de alejarse para sentarse tras la batería de Bailey.

—Haremos de ella un temazo, novata —murmura Peter cerca de mi oído, mientras me achucha unos segundos con el brazo sobre mis hombros.

Luego sube al escenario y coge su guitarra eléctrica para situarse junto a Daniel.

—Eres grande, Zoe —dice Lucas en voz baja, cuando me acerca el instrumento que he dejado a la entrada—. No tengo ni idea de música, pero prometo criticar todo lo que necesites.

Recupero la guitarra de mi padre y me siento ante la banda para empezar a tocar. Michelle se sienta a mi lado, pegada a mí, pero dándome el espacio suficiente para no entorpecer mis movimientos.

—¿La has terminado por él?

Sacudo la cabeza lentamente.

—No. Ya estaba acabada. Solo he hecho algunos pequeños arreglos en la letra. Tu hermano ha dejado algo que suena a esperanza, tía. Algo que puede ser eterno. Hagamos que llegue a todo el mundo.

—Sí. Hagámoslo.

Miro a mis amigos, listos con sus instrumentos, esperando mis instrucciones para empezar a trabajar en esto.

—La tocaré primero una vez para que podamos decidir por dónde empezar.

Parecen conformes. Antes de que pueda dar la primera nota, Derek me interrumpe:

—Eh, jefa, solo una cosa... ¿Cómo se titula?

Una extraña sensación cálida me recorre la espalda cuando recuerdo el día en que decidimos el título. Y todo lo que significa. Lo que trajo esa lista que aún guardo como un tesoro entre las páginas de mi libreta de versos. Aún queda algo por tachar y estoy dispuesta a hacerlo por él.

Miro a Derek con media sonrisa antes de responder:

—*Cosas que hacer antes de morir.*

# 40

# Seguir soñando

—Creo que te están llamando.

—¿Qué?

Me giro para mirar al chico que ha hablado, a mi derecha, de pie junto a mí frente a un puesto en el mercadillo de Camden, contemplando la multitud de púas de guitarra que hay a la venta.

Señala mi bolso, del que sale una musiquilla bastante infernal. Hago una mueca.

—Te está sonando el móvil.

—Sí, ya. No pasa nada.

Me mira por un segundo como si me hubiera vuelto loca y, después, se aleja sin decir nada más.

El móvil se calla solo por un instante antes de volver a sonar insistentemente. ¡Qué pesados! Lo recupero del bolso y respondo sin molestarme en mirar la pantalla:

—Estoy bien, papá, solo estoy dando una vuelta.

—¿Dando una vuelta dónde? He mandado a Lion a buscarte. ¡Te has escapado del hotel por la puerta trasera! ¿Quién demonios te ha dejado salir por la puerta trasera? ¿Ha sido ese aparcacoches que te hace ojitos cuando cree que yo no miro?

—Relájate, Albert —suspiro, y pongo los ojos en blanco, aunque él no pueda verme—. Solo quería conocer la ciudad de verdad y no a través de los cristales tintados del coche. Volveré luego. Pillaré un *fish & chips* para ti.

—¡No tienes que «pillar» nada para nadie! Haz el favor de decirme dónde estás. Tu madre va a matarme si te pierdo en Londres.

Suelto una carcajada, casi sin querer.

—Nadie va a perderse en Londres, de verdad. Tengo un mapa del metro. Es fácil. Dile a Lion que deje de dar vueltas y se tome un descanso. Por favor, papá, de verdad que necesito esto. Tendré cuidado y volveré antes de que sea de noche.

Lo oigo suspirar pesadamente al otro lado.

—Zoe...

—Ya no soy una niña.

—Vale. Está bien. Vuelve antes de las ocho, ¿entendido? He reservado mesa para cenar.

—Vale. Te veo luego, papá.

Está diciendo algo más, pero no me paro a escuchar antes de colgar el teléfono. Aprovecho que lo tengo en la mano para hacer una foto de la colorida y bulliciosa calle y enviársela a Michelle:

> Te encantaría esto. Hay arte por todas partes.
> ¿Qué tal con tus abuelos?

Luego guardo el móvil en el bolso y vuelvo a mirar alrededor. A Bailey también le habría encantado esto.

Vuelvo a la realidad cuando la dueña de la tienda sale para atender a los clientes que se han parado frente al puesto.

—¿Cuánto cuestan estas?

Señalo dos de las púas que más me gustan.

—Ocho libras las dos, cielo.

—Genial. Y... ¿tenéis baquetas?

Salgo de Camden con un par de bolsas llenas con mis compras. Paseo en dirección a Regent's Park. Quiero ir hasta Little Venice antes de tener que volver al hotel.

Me siento en un banco del parque y leo la respuesta de Michelle a mi mensaje. Dice que se está volviendo loca con su familia y ya tiene ganas de volver a casa. Que le encantaría poder estar aquí conmigo. Le respondo y charlamos un rato. Creo que a los Turner les ha ido bien alejarse unas semanas del pueblo. Poder tomarse unas vacaciones. Por lo que yo sé, hacía por lo menos año y medio que Caroline no se permitía ni un solo día de fiesta. Pregunto por *Max* y me manda unas cuantas fotos.

Luego me despido de ella para poder seguir mi camino y vuelvo a ponerme en marcha.

Voy sola, pero, en realidad, no siento que lo esté. Es como si llevar la última carta de Chase en el bolso, esa que aún no he querido leer, lo mantuviera conmigo de alguna manera.

Tendríamos que estar aquí juntos. Perdiéndonos por las calles de Londres, riendo mientras corremos para coger ese autobús, besándonos en cada esquina. Retándonos a hacer cosas estúpidas con un «ahora o nunca».

Él ya no está, y me toca hacerlo por los dos. Vivir Londres, disfrutar de sus rincones y soñar con el siguiente destino al que iría con él.

Seguir soñando, como dice mi antigua canción favorita, esa que me pidió que le enseñara una tarde sentados en su vieja camioneta.

Little Venice es un bonito lugar para perderse en el corazón de Londres. Sonrío mientras camino entre la gente y veo a los turistas fotografiarlo todo. Me cuesta un poco encontrar un rincón tranquilo cerca del canal. Cuando lo hago, me siento y saco el sobre.

Releo una vez más lo que está escrito en la parte frontal: *Palabras para Zoe*, y un número detrás.

Si me lo pienso demasiado nunca la leeré, porque de esa forma puedo aferrarme a que aún me queda algo de él. Sé que no necesito este sobre para mantenerlo vivo en mí. Bailey ha dejado mucho más que un puñado de palabras escritas en una hoja de papel.

Ha dejado risa.

Ha dejado música.

Ha dejado muchos, pero muchos, gruñidos.

Chase Bailey ha dejado amor.

Y todo eso se queda conmigo.

Lo recordaré siempre. Cada vez que suene una canción. Cada vez que coloque bien los retrovisores al sentarme al volante. Cada vez que se me ocurra un nuevo verso. Cada vez que logre algo importante. Cuando tache un punto de mi propia lista.

El chico que hizo al mundo estallar en colores.

Voy a lanzarme ahí fuera a comérmelo todo de un bocado, a brillar como una maldita estrellita del *rock*, a vivir como si mañana no fuera a existir.

*Ahora o nunca, Clark.*

## PALABRAS PARA ZOE VI

*La primera vez que la oí en mi cabeza fue después de conocerte. Me refiero a la melodía. Esa que, al final, ha terminado siendo nuestra canción. Nunca me había pasado y fue un rollo raro. Algo inquietante. Una razón más para odiarte por chirriarme en los oídos, Clark.*

*Como tú, se quedó dentro y ya nunca he podido volver a sacaros de mí a ninguna de las dos. Me estaba volviendo loco, ¿sabes? Y no paraba de pensar en cómo sacarla de ahí y que al menos sirviera para algo más que para atormentarme. Entonces viniste y me pediste que te enseñara a conducir. No dijiste «por favor». Qué maleducada, estrellita. Y yo no debería haberte propuesto un trueque, pero lo hice. Tu guitarra y tú me salvasteis la vida. De forma metafórica, claro.*

*No me arrepiento ni de un solo segundo de los que he pasado contigo, ~~aunque a veces pueda haber parecido lo contrario~~. Tú también la sentías, ¿no? Esa maldita tensión que flotaba entre los dos mientras yo intentaba mantener la vista en la carretera en lugar de en tus pestañas. Ojalá no lo hubiera intentado tanto. Ojalá hubiera dedicado cada uno de esos segundos a mirarte. A estudiarte milímetro a milímetro hasta aprenderme cada pequeña marca de tu piel. ¿Qué habrías hecho tú? ¿Qué habrías hecho si llego a decirte mucho antes que me estaba volviendo loco por ti?*

*~~Ah, vale, espera: salir corriendo como cuando te besé por primera vez.~~*

*Intentaré ir al grano, que Michelle ya quiere dormir y me está pidiendo de una forma muy poco amable que apague la luz de una vez. Ella tampoco sabe pedir las cosas por favor. Prefiero las noches en que te quedas tú, ¿sabes? Me imagino que estamos lejos de aquí, bajo las estrellas, como aquella noche, y que podemos seguir fingiendo que tenemos toda la vida para exprimirla en las próximas horas.*

*Te estaba hablando de la melodía. De cómo apareció contigo. ~~Si ahora hay una canción no es gracias a mí.~~ Si no llegas a estar conmigo, yo habría tirado la toalla la primera vez que intenté tocarla y me fallaron los dedos. Pero estabas... Estabas, Zoe, y diste música a unas simples notas y letra a todos mis mejores propósitos.*

*Ahora esa melodía se ha convertido en algo que vibra y hace vibrar, en un estallido de malditos colores que borran todo el gris, en algo a lo que aferrarse cuando acecha la oscuridad. La canción brilla. Joder, te juro que brilla y chirría tanto que me es imposible no amarla.*

*Dijiste que sonaba a esperanza, ¿te acuerdas?*

*Sí que lo hace. Alto, claro y con mucha fuerza.*

*Porque la canción eres tú, Zoe. Siempre lo has sido. Desde el maldito primer día.*

*Tú eres toda la esperanza.*

*Siento que no he tenido tiempo para decirte que te quiero las suficientes veces. Que no he podido demostrarte lo maravilloso que es esto que eres, lo que somos, lo que yo soy contigo.*

*Te quiero.*

*Y, si yo no puedo decirlo lo suficiente, vuelve a tocar nuestra canción. Porque está todo ahí. Tú y yo, y el mundo estallando en colores.*

*Volvería atrás otra vez y te juro que lo haría todo de nuevo. ~~Hasta sacarte de quicio e irritarme con cada cosa que haces.~~ Si esto se acaba, vaya donde vaya, esté donde esté, yo te espero. Te espero mil vidas y mil muertes por solo un instante más contigo.*

*Tú no, ¿vale? Tú no me esperes. Tú sigue sonando muy alto, llega a todas partes y sigue iluminando el mundo. No dejes de luchar contra las injusticias. Haz cada pequeña cosa que quieras hacer antes de morir. Y no pienses en mí, pero llévame contigo. Quiere como tú lo haces, con todo y a pesar de todo, aunque tengas que odiar un poco primero. Asegúrate de que te quieren tal y como tú te mereces. Mucho mejor que yo, quizá, pero con las mismas ganas.*

*Y, si al final nos volvemos a encontrar, espero que me enseñes tu lista con todos los puntos tachados. No te dejes ni uno, estrellita del* rock*, porque, de los dos, tú eres la que está destinada a hacer grandes cosas.*

*Cántala de nuevo. Muy alto. Por los dos.*

# Epílogo

*Un año más tarde*

*Fatal*, de verdad. Ya llego tarde. Al final van a tener razón con eso de que soy tan impuntual porque me gusta tener a la gente esperando como una diva. Odio cuando el tonto de Derek dice eso. Sobre todo, porque sé de quién escuchó esas palabras primero.

—¡Voy a salir, mamá!

Espero unos segundos, a ver si hay una respuesta. A lo mejor está muy ocupada pintándose los labios. No tengo dudas de que ella también sale esta noche, aunque no lo haya dicho. No sé si me gusta mucho esto de que haya empezado a tener citas. O, en realidad, puede que lo que no termine de convencerme es que todas las citas sean con Charlie Wood y que eso nos pueda convertir a Derek y a mí en una especie de hermanastros y le dé derecho a ese payaso a pasarse el día llamándome «hermanita».

—¡Vale! ¿Vais a salir del pueblo?

Se asoma a la puerta de su habitación y me mira, con la raya del ojo pintada solo en uno de los dos.

—No. Estaremos en el local de los chicos.

—Bien. No vuelvas tarde, todavía no has terminado la maleta para irte a Australia con tu padre estas tres semanas.

Pongo los ojos en blanco y veo cómo aprieta los labios al verme. Sacarnos de quicio se está convirtiendo en todo un arte en esta casa.

—Claro. Me voy. Si no vas a volver a dormir, avisa, pero no des detalles —pido, en tono burlón.

—Pásalo bien.

—También tú.

Cuando salgo y cierro la puerta borro la sonrisa falsa que le estaba dedicando. «Pásalo bien.» Ella no se acuerda de qué día es hoy, claro.

Consulto el móvil mientras echo a andar hacia el local. Molly me ha enviado unas cuantas fotos de colores de tinte, pero no me molesto en mirarlos ahora. Hace unos pocos meses que he vuelto despacio al rubio ceniza de mi cabello y ya voy necesitando sentirme más yo otra vez con algún tono oscuro. Pero la peluquera dice que debería dejar a mi pelo respirar.

Encuentro a Lucas fuera, esperando en la puerta, cuando llego al local. Está con las manos en los bolsillos y mirando el suelo, y se yergue y me dedica una sonrisa leve cuando me ve acercarme.

—Eh.

—Hola —respondo al saludo—. ¿Qué haces aquí fuera? ¿Aún no han llegado?

—Claro que sí. Eres la última. Están todos dentro. Solo... quería esperarte. ¿Seguro que estás lista?

—Sí. Sí, claro.

Es Michelle quien nos abre la puerta y me da un abrazo tan efusivo que necesito las dos manos para poder quitármela de encima. No sé qué voy a hacer sin ella cuando se largue a la universidad. Ha conseguido una beca para estudiar Arte. Y no sé si ella se pregunta qué va a hacer sin mí, pero seguro que se pregunta qué va a hacer sin Jamie, que ahora mismo está sentada detrás de la vieja batería de Bailey, marcando ritmos.

Yo he decidido tomarme un año sabático. Viajar con papá o sola. Y hacer un voluntariado en Nepal que lleva dándome vueltas en la cabeza desde hace demasiado tiempo ya.

—¡Hermanita! —exclama Derek—. Mi padre se ha echado litros de colonia hoy, ¿crees que tendrá suerte?

Hago una mueca y lo empujo para poder pasar, pero solo consigo hacerlo reír a carcajadas.

No puedo saludar a nadie más porque *Max* viene trotando hacia mí y exige su dosis de amor del día.

Molly ha traído a Gareth con ella, y es que hace ya casi un año que esos dos se han vuelto inseparables. Stacy no ha venido, no sé muy bien si porque realmente no podía o porque aún le duele la ruptura con Mike desde que la distancia entre universidades se interpuso en su historia de amor. Peter y Daniel están acaramelados en un rincón. A esos la distancia les ha venido mucho mejor y empezaron a salir en serio cuando Peter ya llevaba unos cuantos meses estudiando fuera de casa y solo venía en fechas señaladas. Claro que, después de que lo hicieran oficial, empezó a venir mucho más. Lucy me coge la mano y me sonríe para infundirme ánimo cuando su novio salta sobre el escenario y pide la atención de todos los presentes.

—Bueno, ya sabéis que estamos aquí porque hace un año que Chase no lo está. Y, como él nos habría mandado a la mierda si nos ponemos a lloriquear, propongo que, para homenajearlo, contemos solo esos recuerdos que tenemos con él que siempre nos hacen reír. Pero que alguien ponga una alarma, que no nos podemos perder el estreno mundial, ¿eh?

Nos sentamos formando un círculo, algunos en los viejos sofás, otros directamente en el suelo. Yo acaricio distraídamente ese anillo de alambre y piedra que siempre cuelga de mi cuello.

Cualquiera que pase por aquí pensará que estamos consumiendo sustancias ilegales porque cada vez gritamos más y reímos más alto.

Y creo que a *él* le habría gustado vernos así y esta manera nuestra de recordarlo. Dejándolo en mal lugar e insultándolo un poquito.

—Vamos a montar los altavoces fuera —propone Peter cuando se acerca la hora—. Vamos a hacer que lo oiga todo el pueblo.

Todo el mundo se pone en marcha en cuanto hemos brindado por Chase con unas copas llenas hasta el borde de zumo de manzana.

Me quedo rezagada, dentro del local. Michelle me dedica una sonrisa repleta de comprensión cuando ve que me quedo atrás.

Derek es el último que permanece dentro conmigo.

—Habla con él, Zoe. Ayuda un poco, ¿sabes? Yo al principio me sentía ridículo hablando solo en voz alta, pero ahora de vez en cuando voy allí y le cuento mis mierdas y es un poco más fácil que tragármelas solo.

Me da un apretón cariñoso en el hombro y luego sale del local también él. Cierra la puerta y me deja sola.

Abro el bolso y saco las baquetas. El grabado sigue intacto, como el primer día, a pesar de la cantidad de veces que he pasado los dedos sobre las letras de su nombre. Me acerco hasta la batería y acaricio los *toms*, de manera delicada. Luego marco un ritmo, el de nuestra canción, durante unos cuantos segundos. Hago girar la baqueta en la mano derecha, como él lo hacía, pero más torpe. Y luego hablo, aunque en susurros, para no sentirme tan ridícula:

—Eh, Bailey. Lo hemos hecho, ¿sabes? Está a punto de

sonar nuestra canción en la radio, ¿te lo puedes creer? Sí, puede que el hecho de que mi padre sea quien es y yo sea una maldita estrellita del *rock* nos haya echado un cable para que llegara hasta el grupo revelación del año pasado, pero, oye, tampoco me vas a quitar todo el mérito, ¿no? Estuve en Londres sin ti, pero te llevé conmigo. Mi padre y yo estuvimos en Melbourne en Navidad y conocí a mi hermana. Te habría caído bien, es igual de chirriante que yo —murmuro, con una risita triste—. Es genial, ¿sabes? Ahora me escribe cartas y me las manda en foto en vez de por correo, y para mi cumpleaños me hizo una pulsera de la amistad. Es esta. —Levanto el brazo para mostrar la muñeca, aunque no tenga a quién enseñarla—. Jamie me ha estado enseñando a tocar la batería, y siento decirte que ya lo hago mejor que tú. Tus padres están bien, tranquilo, mamá y las chicas cenan con tu madre una vez a la semana, lo han convertido en cita obligatoria cada viernes. Michelle tiene la beca, aunque no creo que te sorprenda porque los dos sabíamos que lo haría. *Max* va a echarla de menos y yo también, pero ya sabes que los dos nos adaptamos bastante bien a las nuevas circunstancias. Y seguro que estás harto de que Derek te hable a todas horas, así que ya sabrás cada detalle de su vida. Yo estoy bien. Mañana me voy a Australia y pasaré tiempo con Lisa, dice que quiere enseñarme un montón de cosas y llevarme a ver canguros. Le vuelven loca los canguros. Y, oye, sé que nunca te hablo ni nada así, pero me acuerdo muchísimo de ti. —Se me escapa una lágrima y dejo salir un sollozo quedo—. Todos los días, batería. Cada noche me pregunto con quién me gustaría pasarla si mañana fuera el fin del mundo y tú eres la primera persona que me viene a la cabeza todas y cada una de las veces. Aún te quiero, Chase. Sigo tachando cosas de la lista para poder enseñarte todo lo que he cumplido cuando nos volvamos a ver.

—¡Zoe! —La voz de Michelle, llamándome desde fuera, me trae de vuelta a la realidad.

Y en la realidad solo hay un local vacío con unos cuantos instrumentos y una batería vieja que perteneció al chico que me enseñó la importancia de hacer y decir las cosas cuando aún estamos a tiempo.

—Ya tengo que irme —murmuro, aun así—. Lo hicimos por ti, terminar aquello que tú no habías podido acabar. Y seguiré haciéndolo siempre. Te prometo que seguiré sonando a todo volumen, Bailey. Por mí y por ti.

Creo que es evidente que he llorado un poco cuando salgo al exterior y me reúno con mis amigos. Peter me rodea con un brazo y me achucha por un momento. Lucas me guiña un ojo desde donde está. Y Daniel está a punto de decir algo cuando suenan las primeras notas.

—¡Sube el volumen, Mike! —grita Derek, eufórico.

Sí que debe de oírse por todo el pueblo. Su canción. Nuestra canción. Esa que nació entre algunos «ahora o nunca» y que despegó con un «hagámoslo».

Lo seguiremos haciendo.

*Lo hicimos, Bailey.*

Michelle me salta sobre la espalda y me estruja el cuello con los brazos, riendo, cuando ya suena el final de la canción y nuestros amigos están aplaudiendo, silbando y vitoreando. Acaricio sus brazos y alzo la vista al cielo, tan repleto de estrellas como cuando dormimos bajo ellas y vivimos toda una vida en una sola noche.

—Lo has hecho eterno, Zoe.

# Agradecimientos

A todas esas personitas a las que esta historia les llegó al corazón: a Ángela por sufrir conmigo capítulo a capítulo. A Eva por tomar este libro como referencia para todo lo que escribo y escribiré en el futuro. A mis padres y a mi tía Marta, que me siguen leyendo manuscrito tras manuscrito, aunque sepan que en algún momento les voy a hacer sufrir un poquito. A las tatas, por escuchar cada nueva idea para novelas presentes y futuras y compartir este camino conmigo.

Una vez más, mil gracias a Crossbooks, por seguir creyendo en el potencial de mis historias y permitirme llevarlas un paso más allá y ponerlas al alcance de quien quiera darles una oportunidad y sentir con ellas.

Y a ti, que has decidido dedicar tu tiempo a leer este libro, por el motivo que sea, gracias por ayudarme a seguir escribiendo y a intentar emocionar con cada nuevo proyecto. Espero que la historia de Clark y Bailey haya dejado un poso de amor y una pequeña llama de esperanza.